부스

BOOTH

캐런 조이 파울러 지음

서창렬 옮김

부스

BOOTH

시인사

일러두기

하나, 모든 표기는 출판사 편집 매뉴얼의 교정 규칙에 따르되, 작가 혹은 역자의 의도에
    따라 필요하다고 판단될 경우 절충하여 표기하였습니다.
둘, 같은 제목의 작품이라도 맥락에 따라 책과 그 외 장르를 구분하였습니다.
    단행본 형태의 책 제목은 《》로, 그 외 저작물과 연극, 그림 등은 〈〉로 표기하였습니다.
셋, 본문의 주석은 모두 옮긴이 주입니다.

이 책을 스승으로서, 본보기로서,
지지자로서 내 삶을 변화시킨 세 분에게
바친다. 지금은 세 분 모두 세상을
떠났지만, 나의 고마움은 내가 살아 있는
한 계속될 것이다.

차머스 존슨, 어슐러 르 귄, 메리언 우드에게.

B O O T H

BO
가계도

부

Junius Brutus Booth
주니어스 브루터스 부스

Junius Brutus Booth, Jr.
준 주니어스 브루터스 부스 주니어

Rosalie Booth
로지·로즈 로절리 부스

Henry Byron Booth
헨리 바이런 부스

Mary Ann Booth
메리 앤 부스

Frederick Booth
프레더릭 부스

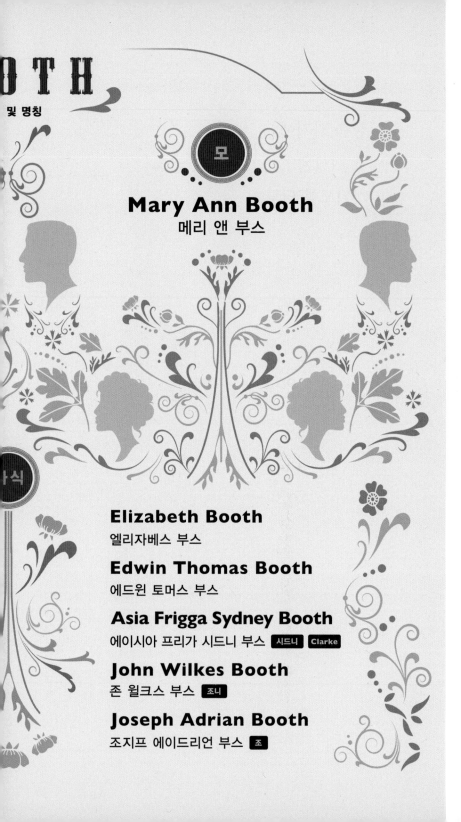

OTH

및 명칭

모

Mary Ann Booth
메리 앤 부스

Elizabeth Booth
엘리자베스 부스

Edwin Thomas Booth
에드윈 토머스 부스

Asia Frigga Sydney Booth
에이시아 프리가 시드니 부스 시드니 Clarke

John Wilkes Booth
존 윌크스 부스 조니

Joseph Adrian Booth
조지프 에이드리언 부스 조

미국은 과거에 대해 거짓되고, 현재에
대해 거짓되며, 미래에 대해서도
거짓되도록 단단히 결속한다.

☞   프레더릭 더글러스

우리는 역사를 피할 수 없다.

☞   에이브러햄 링컨

1822년

그 땅은 절반이 울창한 숲으로 뒤덮여 있는 삼림지대이지만 거기 사는 사람들은 그곳을 농장이라고 부른다. 방이 두 개인 2층짜리 통나무집이 돼지기름을 칠한 굴림대를 이용하여 멀지 않은 곳에서 그곳으로 옮겨졌다. 통나무집의 벽은 회칠을 해서 하얗고, 덧문은 붉은색으로 칠해져 있다. 한쪽에는 부엌을, 다른 한쪽에는 침실 하나와 다락방을 추가로 지었다. 추가로 지은 건축물은 부속 건물처럼 안방에서 멀찍이 떨어져 있다. 낮은 천장, 초라한 창문, 기울어진 계단 따위가 눈에 들어오는 이 통나무집은 특별한 점이 하나도 없다. 이 통나무집을 옮기는 것은 비용이 많이 드는 일이었다. 그 일을 위해 이 지역의 모든 소와 사람들이 고용되었다. 이 모든 일은 이웃 사람들에게 새 주인이 약간 돌았다는 인상을 심어주었고, 이후에도 그들은 그 생각을 수정할 이유를 찾지 못했다.

　옮겨진 통나무집은 너도밤나무 샘 옆에 자리 잡았는데, 그 샘의 물은 너무 깨끗하고 맑아서 눈에 보이지 않을 정도이다. 지금은 빽빽이 들어찬 호두나무, 참나무, 튤립나무, 너도밤나무 숲들이 바람을 막아주고 또한 도로에서 통나무집이 보이지 않게 가려주기 때문에 이 집은 비밀의 통나무집이기도 하다. 이웃들은 그것이 통나무집을 옮긴 진짜 목적이 아닐까 의심한다. 그럼에도 불구하고 이웃의 모든 사람이 이 통나무집을 옮기는 것을 도와주었기 때문에 그 근방의 모두가 통나무집이 거기 있다는 것을 안다.

　가장 가까이 사는 이웃은 한쪽 방향으로는 울지 가족이고 다른 방향으로는 로저스 가족이다. 군청 소재지인 벨에어는 5킬로미터 정도 떨어져 있으며, 대도시인 볼티모어는 마차가 다닐 수 있는 울퉁불퉁한 도로를 남서쪽으로 약 50킬로미터쯤 가면 나온다.

　개작이 이루어진다. 복숭아와 사과, 배를 심은 과수원이 만들어지고, 옥수수와 사탕수수, 보리와 귀리를 심은 밭이 일구어지며, 무, 사탕무, 양파를 심은 텃밭이 가꾸어진다. 현관문 가까운 곳에 벚나무 가지 하나가 꺾꽂이로 심어져서 세심한 보살핌을 받고 있다. 곡물 창고와 마구간과 헛간, 그리고 소젖을 짜는 착유실이 지어진다. 그 구역을 지킬 목적으로 커다랗고 까만 뉴펀들랜드 품종의 개 세 마리가 그곳에 도착한다. 개들은 낮에는 사슬에 묶여 있지만 밤에는 풀려난다. 이웃 사람들 말에 따르면 이 개들은 몹시 사납고 난폭하다.

　지그재그 형태의 울타리가 세워지고, 때때로 수리된다. 우편물이 말 등에 실려 일주일에 한 번 배달된다. 우체부가 대문 너머로 우편물을 던진 뒤 두 손가락으로 휘파람을 불면서 지나가면 개들이 쇠사슬을 덜컹거리며 미친 듯이 울부짖는다.

　비밀의 가족이 비밀의 통나무집으로 이주한다.

16년이 지난다. 가족은 늘어나고, 줄어들고, 다시 늘어난다. 1838년, 곧 태어날 아이 한 명과 이미 죽은 네 명을 포함하여 아이들은 총 아홉 명이 된다. 최종적으로는 열 명이 될 것이다.

이 아이들은 :

유명한 셰익스피어 연극배우인 아버지를 두었다. 그는 고향에서의 공연보다 순회공연을 더 자주 한다.

황새처럼 빼빼한 친할아버지를 두었다. 백발의 머리를 한 줄로 땋은 그는 유행에 50년쯤 뒤처진 복장을 하고 있다. 무릎 바로 아래에서 여미는 반바지를 입고 버클이 달린 구두를 신은 차림새가 그렇다. 그는 아이들의 아버지가 장기간 집을 비우는 동안 가족을 도와줄 목적으로 런던에서 왔다. 한때 변호사였던 그는 반역자처럼 미국 혁명가들에게 동정적이었고 미국의 모든 것에 관해 열광적이었다. 런던에 있는 그의 집을 방문한 사람들은 조지 워싱턴의 초상화 앞에서 절을 해야 했다. 하지만 지금은 이곳에 살고 있으므로 미국적인 것을 싫어한다. 그는 이 농장을 로빈슨 크루소의 섬에 비유하고, 자신을 그 섬의 황량한 해안에 홀로 고립된 조난자에 비유한다. 그는 술에 취하지 않고 맨정신으로 생활하는 때가 거의 없으므로 기대했던 것만큼 가족들에게 도움이 되지는 않는다.

엄하지 않고 관대한 엄마를 두었다. 검은 머리의 아름다운 여성인 엄마는 사교성이 없는 사람으로, 한때 드루리 레인에 있는 가족 묘목장에서 기르고 가꾼 꽃들을 팔았다. 그녀가 아이들의 아버지를 처음 보았을 때 그는 무대에서 리어왕을 연기하고 있었는데, 다시 그를 만났을 때 그녀는 그가 젊고 잘생긴 남자였다는 사실에 깜짝 놀랐다. 그가 다른 곳도 아닌 런던 거리에서 "어흑, 어흑, 어흑!"[1] 하는 대사를 공연에서처럼 읊고 나서야 그녀는 그가 정말 그 연극배우와 동일한

14

사람이라는 것을 믿게 되었다. "언제 나와 함께 하루를 보낼 건가요?" 그녀의 이름을 안 지 몇 분도 채 되지 않아 그가 물었다. "내일?" 그녀는 좋다고 대답했고, 자신이 그렇게 대답한 것에 놀랐다.

짧게 교제하는 동안 그는 그녀에게 아흔세 통의 연애편지를 보냈다. 그의 야망과 열정을 담아서, 바이런 경의 시와 모험에 대한 약속을 담아서 거듭거듭 청혼하는 연애편지를 써 보낸 것이다. 오래지 않아 그녀는 함께 마데이라섬[2]으로 달아나고, 그곳에서 다시 미국으로 떠나자는 그의 말에 동의했다.

아마도 모험에 대한 언급은 명시적인 약속이었다기보다는 암시적인 표현이었을 것이다. 그들이 영국의 가족을 떠나고, 첫아이를 낳고, 메릴랜드주에 도착하여 1천 년 임대 계약으로 농장을 임대하고, 그러고 나서 통나무집을 이 농장으로 옮긴 뒤, 그는 그제야 비로소 자신이 매년 9개월 동안 그녀 없이 순회공연을 하러 다니게 될 거라고 설명했다. 매년 9개월 동안 그녀는 술에 취해 사는 시아버지와 함께 이곳에 남겨질 터였다.

내가 달리 뭘 할 수 있겠소? 그가 물었다. 하지만 그녀가 대답할 수 있는 틈은 주지 않았다. 그는 타이밍의 달인이었다. 가족이 먹고살려면 순회공연을 해야 한다고 말했다. 물론 그녀와 아기는 그와 함께 갈 수 없다고도 했다. 그런 다음 경고의 의미로 아내로서 불만을 품고 불평을 해대는 고약한 여자보다 더 나쁜 것은 없다는 말로 끝맺었다. 그는 그런 여자를 아내로 두고 살 생각이 없었다.

---

1 셰익스피어의 《리어왕》 5막 3장에 나오는, 막내딸 코딜리아의 주검 앞에서 리어왕이 "Howl, Howl, Howl!" 하고 울부짖는 대사.

2 포르투갈령 마데이라 제도 중 가장 큰 섬.

그래서 그녀는 이곳 농장에서 지금까지 16년을 살아왔다. 그녀는 임신을 하고 있거나 아니면 어린 아기를 돌보는 생활을 17년 동안 거의 중단 없이 이어왔다. 20년을 채울 때까지 이런 생활을 계속해야 비로소 이 같은 상황이 끝날 것이다.

나중에 그녀는 아이들에게, 그녀의 마음을 기울게 한 것은 바이런 경의 시였다고 말해줄 것이다. 그녀는 주의하라는 뜻으로 그 말을 하겠지만, 아이들에게는 그 말이 그런 의미로 받아들여지지 않으리라는 것을 알게 될 것이다. 그녀의 아이들은 모두 멋진 로맨스를 사랑하니까.

아이들은 다들 자기들이 비밀의 존재라는 것을 모른다. 그것을 알게 된다면 큰 충격을 받을 것이다. 아이들로서는 그렇게 생각할 이유가 없다. 비밀의 통나무집과 마찬가지로, 아이들이 아는 모든 사람은 그들이 여기에 산다는 것을 알고 있으니까.

링컨과 〈우리 정치 제도의 영구화〉[3]

그렇다면 고도의 천재성을 지닌 사람이 그것을 최대한으로 밀어붙일 수 있을 정도의 야망과 결합하여 언젠가 우리 사이에 불쑥 나타날 것이라고 예상하는 것이 불합리한 생각인가? 그리고 그런 사람이 나타난다면 국민은 그의 계획을 성공적으로 좌절시키기 위해 서로 단결하고, 정부와 법을 따르고, 보편적으로 슬기롭게 행동해야 할 것이다.

— 에이브러햄 링컨, 1838년

1838년 1월 스프링필드의 청년회관에서 링컨은 첫 주요 연설을 한다. 그는 스물아홉 번째 생일을 한 달 앞두고 있으며, 최근 세 번째로 일리노이 주의회 의원에 당선되었다. 링컨은 이미 농부, 가게 점원, 우체국장, 측량 기사, 민병대 대위, 그리고 변호사로 살아왔다.

이 연설의 배경을 이루는 것은 두 가지 끔찍한 살인 사건인데, 첫 번째는 흑인, 두 번째는 백인 살인 사건이다. 첫 번째는 세인트루이스에 사는 스물여섯 살의 프랜시스 매킨토시가 린치를 당한 사건이었다. 매킨토시는 나무에 묶여 산 채로 불에 태워졌다. 대배심이 소집되었고, 판사는 배심원들에게 린치를 가한 폭도들을 비난할 것이 아니라 그 같은 일을 유발한 노예제 폐지론자들을 비난하라고 촉구했다.

3 **링컨이 1838년 스프링필드의 청년회관에서 행한 연설 제목.**

그는 한 사람의 이름을 콕 집어 말했는데, 목사이자 신문 편집자인 일라이자 러브조이가 바로 그 사람이었다. 그러자 러브조이는 세인트루이스를 떠나 일리노이주 올턴으로 도망쳤다. 그런데도 결국 폭도들은 그곳에서 그를 살해했다. 이 재판에서 배심원단장은 폭도 중 한 사람이었으며, 다름 아닌 그 판사가 피고 측 증인으로 소환되었다. 그 두 사건 모두 유죄 판결을 받은 사람은 없다.

백인인 러브조이의 죽음은 온 나라에 영향을 미친다. 존 브라운[4]이 노예 제도를 없애는 데 자신의 삶을 바치기로 결심한 계기가 바로 그 사건이라고 한다. 그러나 링컨에게는 그 두 살인 사건 모두 깊은 영향을 끼친다. 링컨은 이 연설에서 공화국을 위태롭게 할 수 있는 두 가지에 대해 경고한다. 첫 번째는 폭도들의 무법적인 행동에서 발견되고, 두 번째는 언젠가 필연적으로 나타날 야심을 품은 독재자에게서 발견된다. 만약 폭도와 독재자가 결합한다면 가장 심각한 위험이 초래될 것이다.

---

4   1800년~1859년. 무력을 동원하여 노예 제도를 폐지하고자 한 급진적 노예 해방론자.

1

W. 셰익스피어, 《로미오와 줄리엣》

이름이 무엇이면 어때?
장미를 다른 이름으로 부른다 해도
달콤한 향기는 그대로인 것을.

로절리

|

산 자

맏딸인 로절리는 너도밤나무 샘으로 내려가는 계단에 앉아 어리디어린 남동생과 여동생이 나뭇잎으로 배를 만드는 것을 지켜보고 있다. 로절리는 물에 잠겨 흠뻑 젖은 드레스를 입은 채로 물 위에 떠도는 오필리어[5]를 생각한다. 오필리어의 머리 다발은 물 위에 펼쳐져 있고 얼굴은 꽃들에 둘러싸여 있다. 로절리는 아름답게 죽는다는 것은 어떤 것일까, 상상해본다. 지금은 1838년 3월이다. 7월이면 로절리는 열다섯

---

5   《햄릿》에 나오는 인물로, 자신이 사랑하는 햄릿이 자기 아버지를 죽였다는 것을 알고 강물에
     몸을 던져 죽는다.

살이 된다. 그녀는 성공한 사랑보다 비극적인 사랑에 대한 상념이 한결 더 마음에 와닿는다고 생각한다.

로절리는 죽지도 않았고 아름답지도 않지만, 그녀로서는 자신이 죽는 것을 상상하는 편이 아름답다고 상상하는 것보다 더 쉽다. 그녀는 아버지와 오빠를 닮았다. 그러나 축소판처럼 닮았을 뿐, 아버지와 오빠의 특징이 여성화되어 나타나지는 않았다. 조용히 숨어 지내기 좋아하며 말수가 적고 다부진 그녀는 다른 형제들처럼 재치 있지도 않고 단아하지도 않다. 부모님이 그녀에게 기대하는 것은 달리 없다. 단지 엄마에게 도움이 되는 착한 소녀이기를 바랄 뿐이다. 그녀는 되도록 관심받지 않기를 바라는데, 실제로 다른 아이들보다 관심을 덜 받는다. 이 비상한 가족 가운데 가장 평범한 아이이다.

긴 겨울이 막 끝나가고 있다. 찌르레기가 찾아왔으니 이제 곧 개똥지빠귀도 찾아들 것이다. 로절리는 자신의 숨결과 뼛속에서 계절의 변화를 느낀다. 그녀는 그다지 즐거운 기분이 아니지만, 뜻밖에도 몸과 마음이 가뿐해지는 것 같다. 마음이 가벼워지는 것을 느낀다. 어쩌면 어려운 시기가 끝났는지도 모른다.

그 느낌은 그것을 인식한 순간 스르르 사라져버린다. 아버지가 순회공연을 떠날 때마다 뚜렷한 안도감이 찾아든다. 우편물이 오는 날은 예외다. 정오가 되면 엄마는 아버지가 보낸 편지를 읽을 것이다. 편지는 좋은 내용이거나 나쁜 내용일 것이다. 엄마는 로절리가 절실히 필요하거나, 아니면 전혀 필요치 않을 것이다.

나무 위의 창백하고 휑한 하늘이 평평한 수면에 반사되어 옅게 깔려 있다. 따뜻한 날은 아니다. 건조한 날이다. 로절리는 숄을 걸치고 보닛을 쓰고 있으며, 몇 년 전에 오빠 준을 위해 산 튼튼한 부츠를 신고 있다.

열여섯 살인 준은 맏이이다. 그는 아침에 보리밭에 갔다. 아버지가 거름을 주는 어떤 새로운 기법에 관한 기사를 읽었고, 따라서 준이 그 방법을 즉시 시도해봐야 하기 때문이다. 아버지는 자신이 참여하지 않는 과제를 완수하도록 늘 조급하게 재촉한다. 또 종종 할아버지가 부지런하지 못하다고 책망하며 술을 너무 많이 마신다고 생각한다.

할아버지도 아버지에 대해서 똑같은 생각을 한다. 아버지가 집에서 지낼 때마다 두 사람은 곧잘 처치빌의 술집에서 익숙한 자기들 자리에 앉아 이 문제로 끝없이 다툰다. 그곳에서는 그러한 모든 논쟁이 주신酒神의 부추김에 힘입어 격해지는 경향이 있다.

로절리는 지금 할아버지가 어디에 있는지 모른다. 그녀의 남동생 헨리 바이런이 죽은 이후로 할아버지는 찾기 어려울 때가 많다. 그리고 그들은 보통 할아버지를 찾지 않는다. 할아버지는 알아서 오고, 알아서 간다. 자주 있는 일은 아니지만, 할아버지는 가끔 식사 시간을 놓친다. 전에는 할아버지가 손주들에게 훈육을 하기도 했는데, 그러나 사실 이것은 헨리를 위한 것이었다. 다른 아이들 중에는 할아버지의 흥미를 끌 만큼 장래가 촉망되는 아이가 없다. 머리보다는 체력이 더 좋고 잘생긴 준은 할아버지의 관심을 끌지 못한다. 준은 한때 자신이 의사나 변호사가 될 거라고 기대했던 집안 식구들에게 얼마간 실망감을 안겨주고 있다. 로절리는 당연히 할아버지의 관심을 끌지 못한다.

엄마가 비탈 위쪽 통나무집 문 앞에 나타나 잔디밭 너머 이쪽을 바라본다. 엄마의 두 팔은 배 주위를 둥글게 감싼 채 커다란 공처럼 튀어나온 배를 떠받치고 있다. 엄마는 이제 로절리의 도움 없이는 신발을 신을 수도 없고 신발 끈을 묶을 수도 없다.

얼굴에 햇빛을 받고 있는 엄마는 따뜻한 온기를 더 잘 음미할 셈으로 두 눈을 감는다. 엄마는 피곤해 보이면서도 동시에 평화로워 보인다. 지금 이 순간만은 어린 소녀 같기도 하다. "아기가 아침 시간을 바쁘게 보내고 있구나." 엄마가 말한다. "이 안에서 헤엄을 치면서 말이야." 그러고 나서 눈을 뜬 엄마는 곧바로 다시 걱정과 근심 속에서 늙어간다. "에이시아가 물에 너무 가까이 다가가서 놀지 않도록 해야 한다." 엄마는 다시 어두운 통나무집 안으로 사라진다.

마치 로절리가 에이시아의 모든 움직임을 다 지켜보고 있다는 걸 모르는 것처럼.

아니면 에이시아가 로절리의 말이라면 뭐든 다 하는 아이인 것처럼! 엄마 배 속에서 헤엄치고 있는 아기를 제외하면 에이시아가 가장 어린 동생이다. 에이시아는 두 살이지만 최근에야 이름이 정해졌으므로 로절리는 아직도 이 아이를 에이시아라고 생각하는 것에 익숙지 않다. 부모님은 아이샤 아니면 시드니로 이름을 지으려고 마음먹었지만, 그 둘 중에서 하나를 선택하지 못했다. 그러다가 갑자기 아버지에게서 편지가 왔다. "아이의 이름을 에이시아로 지읍시다." 아버지는 그렇게 썼다. "왜냐하면 하느님이 그 대륙[6]에서 처음으로 인간과 함께 걸으셨기 때문이오. 그 애는 금요일에 태어났으니 가운데 이름은 프리가로 부릅시다."[7] 엄마는 썩 내키지 않았으므로 지금 그들은 아이를 은밀히 에이시아 시드니로 부른다. 아이가 프리가라는 이름의 모든 무게를 견딜 수 있을 만큼 자랄 때까지 그럴 것이다.

실은 에이시아는 목요일에 태어났다.

---

6   에이시아Asia, 즉 아시아 대륙을 말한다.

7   금요일Friday의 어원은 프리가의 날Frigga's day이다. 프리가는 북유럽 신화에 나오는 최고의 신인 오딘의 아내로, 대지와 결혼, 가정의 여신이다.

로절리의 남동생 에드윈은 네 살이다. 에드윈은 조용히 울고 있는데, 우는 것이 그가 모든 것을 처리하는 방식이다. 그는 자기 배에 태울 승객들인 조약돌과 콩꼬투리를 모으고 있지만, 에이시아가 그것들을 계속 집어 가서 샘에 던져버린다.

로절리는 에드윈 옆으로 다가가서 무릎을 꿇고 한 손으로 자기 옷소매를 걷어 올린 다음 차가운 물 속으로 다른 한 손을 뻗는다. 그녀는 잠시 손가락이 길어지고 굴절되는 마법에 정신이 팔린다. 에이시아는 멀리까지 던지지 못하므로 에드윈의 조약돌은 쉽게 구조된다. 그녀는 조약돌 세 개를 에드윈에게 건넨 다음 차가운 손을 치맛단에 닦는다.

이 행동에 에이시아는 너무 화가 나서 말도 제대로 하지 못한다. 에이시아는 물을 가리키며 흐느껴 운다. 발을 동동 구르며 비명을 지른다. 엄마가 다시 문밖으로 나온다. "여긴 아무 문제 없어요." 로절리가 말한다. 그러나 로절리가 너무 작은 목소리로 말했으므로 에이시아와 에드윈만 그 말을 듣는다. 로절리가 한 말은 전혀 사실이 아니기 때문에 그 말이 에이시아를 훨씬 더 화나게 하고 훨씬 더 야단스럽게 만든다.

두 살짜리 아이들은 모두 다 성질이 고약하다고 엄마는 말한다. 하지만 다른 아이들은 그렇지 않았다. 이런 식이 아니었다. 에이시아의 분노를 마주한 에드윈은 그의 나뭇잎 배와 조약돌을 포기하고 내준다. 이제 에이시아는 그것들을 다 가졌다. 에이시아의 뺨이 금세 마른다. 에이시아는 이미 로절리에게 부족한 아름다움을 지니고 있다. 검은 머리와 반짝반짝 빛나는 검은 눈을 가졌다.

로절리에게 몸을 기대고 있는 에드윈도 아름답다. 에드윈의 앙상한 어깨가 그녀의 위팔을 꾹 짓누르고 있다. 그에게서 아침에 먹은 비스킷 냄새 같은 냄새가 난다. 이웃인 일라이자 로저스 부인은 엄마가 처음 농장에 도착했을 때 부엌 난로에서 비스킷과 옥수수빵을 만드는 방법을 가르쳐야 했다. 그녀는 이제 로절리에게 그걸 가르치고 있다. 자식이 없는 부인은 부스 가족을 무척 사랑하는데, 부스 집안 사람들은 모두 그녀를 이모라고 부른다. "내 생각에 네 엄마는 전에 요리를 해본 적이 없는 것 같아." 언젠가 로저스 이모가 로절리에게 말했다. 엄마가 진짜 숙녀라는 걸 로절리에게 알려주기 위해서였거나, 아니면 엄마가 벨에어 기준으로는 유별나게 무능하다는 걸 알려주기 위해서였다. 이 중 어떤 의미로 말한 것인지 로절리는 지금까지도 도무지 알수가 없다. 엄마의 비스킷은 이제는 괜찮은 편이지만 로저스 이모의 비스킷만큼 좋지는 않다. 아니, 솔직히 말하자면 로절리의 비스킷만큼도 좋지 않은 것 같다.

"그 개구리는 잠을 자고 있어." 에드윈이 말한다. 이 말은 질문처럼 들리지 않지만 질문이다. 자기 말이 옳다는 대답을 듣고 싶은 것이다. 에드윈은 이미 답을 알고 있을 때만 질문을 한다.

"늙다리 황소개구리는 겨우내 잠을 잔단다." 로절리가 말한다. "여름이 되어야만 깨어나지."

"늙다리 황소개구리는 나이가 아주 많아." 에드윈이 그녀의 말에 장단을 맞춘다.

"나이가 아주아주 많지."

"100살만큼."

황소개구리는 100년까지 살지 못한다. 운이 좋으면 8년을 산다. 할아버지가 그렇게 말씀하셨다. 하지만 로절리는 둥글넙데데한 그 거대 개구리의 울음소리가 들리지 않았던 여름을 기억하지 못한다. 곤충들이 윙윙거리고 새들이 지저귀고 물이 세차게 흐르고 바람이 불고

나무가 바스락거리고 소들이 시끄럽게 울어대는 후덥지근한 저녁에
도 여전히 그 깊고 굵은 황소개구리의 울음소리를 들을 수 있다. 2킬
로미터쯤 떨어진 곳에 사는 마을 사람들도 그 시끄러운 소리에 대해
불평한다.

"적어도 100살은 되지. 늙다리 황소개구리는 자기 눈으로 미국 혁
명을 직접 보았어. 걔는 보스턴 항구의 차를 마시기도 했어."[8] 로절리
는 자신의 목소리가 목에 걸리는 것을 느낀다. 헨리 바이런은 언제나
그 늙다리 황소개구리의 과거 이야기를 다채롭고 조리 있게 지어냈다.

한번은 몇몇 이웃들이 아버지에게 와서 평화와 고요를 위해 그
황소개구리를 죽여야 한다고 요청했다. 아버지는 거절했다. 농장은
신이 창조한 모든 피조물의 안식처니까. 심지어 독사의 안식처이기도
하니까 말이다. 아버지는 고기를 먹는 것도 좋지 않게 생각하는데, 한
번은 술집에서 벌떡 일어나 굴 한 접시를 먹고 있는 사내를 손가락으
로 가리키더라고 엄마가 말해줬다. "살인자! 살인자! 살인자!" 아버지
는 맥베스를 연기하던 때와 똑같은 목소리로 말했다. 가끔 아버지가
우스갯말을 한다고 생각할 수도 있지만, 확신할 수는 없다.

에이시아는 에드윈의 배와 조약돌을 전부 다 물속으로 던지는 일
을 끝냈다. 아이는 승리감으로 환해진 얼굴을 에드윈 쪽으로 돌리지
만, 에드윈이 자기를 보고 있지 않다는 것을 깨닫고는 즉시 표정이 흐
려진다. 에이시아가 그들 쪽으로 다가오자 로절리는 에드윈이 밀려
나지 않도록 그를 다른 쪽으로 옮긴다. 에드윈의 무릎이 부드럽게 움
직이고, 그는 이내 로절리의 무릎 위에 자리 잡고 앉는다. 에이시아는

---

8   1773년 12월, 미국 식민지 주민들이 영국 본국으로부터의 차 수입을 막기 위해 보스턴 항구에
     정박한 영국 배에 올라 엄청난 양의 차 상자를 바다로 던져버린 사건이 있었다. 황소개구리가
     그때 찻물이 되어버린 보스턴 항구의 바닷물을 마셨다는 뜻.

같은 식으로 로절리의 품을 파고들면서 가능한 한 많은 공간을 차지하려 든다. 아이에게서 열기가 확 퍼져 나온다. 로절리는 에드윈이 더 작아지는 것을 느낀다.

"네 얘기를 듣고 싶니?" 그녀가 에드윈에게 묻는다. 그는 듣고 싶어 한다. 그가 가장 좋아하는 이야기다.

"네가 태어난 날 밤에," 그녀가 말한다. "아버지는 뉴욕에서 리처드 3세를 연기하고 계셨지."

로절리는 그날 밤을 무서웠던 밤으로 기억한다. 하지만 그녀는 무섭지 않은 방식으로 그날의 이야기를 들려준다. 출산이 순조롭지 않았던 것과 엄마가 느꼈던 극도의 산고, 산파가 준에게 말을 타고 가서 의사를 불러오라고 말했던 순간에 관한 이야기는 건너뛴다. 땅이 얼어붙었다는 얘기도 건너뛴다. 로절리는 준이 말을 너무 빨리 모는 바람에 말이 발을 헛디딜지 모른다는 두려움뿐 아니라, 말이 충분히 빠르지 않아서 의사가 너무 늦게 도착할지 모른다는 두려움을 동시에 느꼈다는 얘기도 건너뛴다. 엄마는 그때까지 다른 여섯 아이를 낳았는데, 전에는 의사가 필요했던 적이 한 번도 없었다.

로절리는 대신 에드윈에게 그날 밤 한 시간 이상 계속해서 별똥별이 떨어졌다는 이야기를 해준다. 준이 막 떠나려 할 때 볼티모어 상공에서 거대한 유성이 폭발했고(로절리는 그 폭발을 표현하려고 두 손을 활짝 펼쳐 보인다) 준은 머리 위 하늘에서 유성이 쏟아져 내리는 동안 말을 타고 달렸다.

에드윈은 가족의 일곱 번째 아이이고, 그가 여전히 얼굴이 양막에 싸인 채 태어났다고 로절리가 말해준다. 그 양막은 엄마의 장롱에 있는 조그만 상자 속에 보관되어 있다. 그것은 낡고 닳은 손수건 같은 느낌을 준다. 에드윈에게 이걸 보여주긴 했지만, 손으로 만지는 것은 더 나이 들 때까지 허락되지 않을 것이다.

이 모든 것은(별똥별, 양막, 숫자 7) 에드윈이 특별한 사람이라는 것을 나타내는 표시라고 로절리가 말한다. "이 애는 유령을 볼 거야." 의사가 돌아가고 산파가 다시 책임을 맡게 되었을 때 그 산파가 말했다. "얘는 절대 물에 빠져 죽지 않을 거야. 방방곡곡의 사람들이 이 애의 이름을 알게 될 거야." 산파는 에드윈을 데려가 포대기로 한결 단단히 감쌌다. 그녀가 아이를 돌려주는 태도에는 뭔가 경건하고 의례적인 것이 있었다.

로절리는 전에는 항상 유령을 볼 거라는 부분은 빼고 얘기해주었다. 그런데 오늘은 그걸 깜빡 잊었다. 그녀는 이 이야기에 에드윈의 표정이 굳어지는 것을 느낀다. 에드윈은 아직 자신의 뛰어남을 증명하지 못했다. 그는 소극적이고 연약하고 불안해하는 아이이다.

로절리와 에드윈 사이에 있는 10년의 간격에는 죽은 아이들이 모두 다 존재한다.

2
죽은 자

맨 먼저 죽은 아이는 프레더릭이다. 그는 집에서 멀리 떨어진 보스턴에서 죽었다. 그곳은 아버지가 처음으로 트레몬트 극장을 경영해보려고 간 곳이었다. 엄마도 아버지를 따라 그곳으로 갔는데, 너무 어려서 집에 남겨두고 갈 수 없던 프레더릭은 데리고 갔다. 부모님이 없는 동안 나머지 아이들은 농장 관리자의 아내인 앤 홀과 하녀인 헤이거가 돌보았다. 헤이거의 성이 무엇인지는 다른 사람들뿐 아니라 그녀 자신도 몰랐다.

프레더릭은 첫 생일이 지난 지 몇 달밖에 안 되는 11월에 죽었다. 로절리는 지난여름 이후로 프레더릭을 보지 못했다. 그녀는 프레더릭이 태어나서 처음으로 뗀 말과 첫걸음마를 듣지도 못했고 보지도 못했다. 엄마가 몹시도 그리웠다. 로절리는 다섯 살이었다.

프레더릭이 어떻게, 왜 죽었는지 로절리에게는 명확히 알려지지 않았다. 그 누구의 잘못도 아닌 사고였거나, 아니면 병에 걸려 죽었을 거라는 게 로절리의 생각이다. 아버지의 경영 실험은 두 달 만에 끝났다. 아버지가 다시 공연하기 위해 뉴욕으로 떠났을 때 엄마는 프레더릭과 함께 몇 주 더 보스턴에 머물면서 다시 집으로 돌아올 준비를 했다. 마침내 엄마가 집에 돌아왔을 때 엄마는 혼자였다.

얼마 안 있어 아버지가 프레더릭을 데리고 왔다. 아니, 조그만 관을 가지고 온 것인데, 모두가 그 안에 프레더릭이 들어 있다고 말했다. 로절리는 몇 주 동안 엄마가 거의 말을 하지 않았던 것을 기억한다. 엄마가 더 이상 아이들이 잠자리에 든 시간에 아이들의 손과 목이 깨끗한지 확인하기 위해, 또는 여전히 살아서 생활하는 아이들에게 키스해주기 위해 나타나는 일이 없었던 것도 기억하고 있다. 로절리는 엄마의 슬픔을 유난히 무기력했던 것으로 기억한다. 한바탕 크게 울음을 터트리지도 않고 그저 조용히 걷잡을 수 없는 눈물만 흘릴 뿐이었다. 마치 프레더릭이 세상을 떠날 때 엄마 모양의 껍데기만 남기고 엄마의 영혼은 데리고 간 것 같았다.

로절리는 헨리와 메리 앤에 대한 책임이 이제 자기한테 있다는 것을 처음으로 이해했던 순간을 기억한다. 그녀는 메리 앤과 침대를 같이 썼는데, 어느 날 밤 로절리가 혼자 조용히 울고 있을 때 메리 앤도 울기 시작했다. 메리 앤은 겨우 두 살이었으므로 로절리에게 자기가 우는 이유에 대해서 말하지 못했다. 그저 모두가 항상 울고 있다는 말만 했을 뿐이다.

"난 그만 울게." 로절리는 메리 앤에게 그렇게 말하고 나서 서툴게 끅끅거리며 울음을 멈추려 애썼다.

"엄마." 메리 앤이 여느 때보다도 더 심하게 울면서 말했다. "엄마."

로절리는 굿나이트 키스가 없어졌기 때문에 메리 앤이 우는 거라고 이해했다. 아무튼 그런 생각이 들었다. 로절리는 메리 앤을 자기 쪽으로 돌리고 나서 엄마가 하던 방식과 똑같이 이마에 키스했다. 침이 조금 더 많이 묻긴 했지만 말이다. 그런 다음 헨리에게도 키스를 해주려고 자리에서 일어나 차가운 방을 재빨리 걸어 나갔다. 이제 그 일이 자기 몫으로 떨어진 것처럼 보였기 때문이다.

로절리는 거치적거리며 집 안에 있지 말고 겨울 공기 속에서 조용히 놀라는 말에 따라 헨리, 준과 함께 밖으로 쫓겨났던 또 다른 날을 기억한다. 그녀는 빨간 벙어리장갑을 낀 손을 커다란 플라타너스 몸통에 대었는데, 얼어붙은 나무껍질에 장갑이 달라붙어버렸다. 장갑은 그곳에 생긴 상처처럼 선명했다. 그녀는 장갑에서 손을 빼고 창백하게 드러난 손가락을 빤히 내려다보았다. 그들 형제는 준, 그녀 자신, 헨리 바이런, 메리 앤, 프레더릭, 이렇게 다섯 명이었다. 그러나 이제는 네 명뿐이었다. 손가락 하나가 잘려 나간 손 같았다.

그녀는 팔꿈치에 보조개처럼 옴팍 들어간 부분이 있고 날카로운 이빨이 두 개 있는 프레더릭이 그리웠다. 프레더릭이 통나무집을 기어 다닐 때면 조그만 엉덩이가 되똥되똥 좌우로 귀엽게 움직였다. 로절리는 아침이면 아기가 조용히 옹알이하는 것을 듣곤 했었다. 에드윈과 에이시아는 잠에서 깰 때 우는 일이 종종 있지만 프레더릭은 한 번도 그러지 않았다.

그러나 로절리가 프레더릭을 그리워하는 방식은 엄마와 아버지가 프레더릭을 그리워하는 방식과는 달랐다. 그녀는 아이가 그렇게 곧바로 땅속으로 사라질 수 있다는 것에 충격을 받았다. 로절리는 아이의 부재 자체보다 아이의 부재가 내포하고 있는 의미에 더 불안해했다. 그런 일이 프레더릭에게 일어날 수 있다면, 무엇이 그녀에게도 그런 일이 일어나는 것을 막아줄 수 있단 말인가?

프레더릭의 무덤 주위에 넓은 가족 묘지가 만들어졌다. 철망으로 울타리를 두르고 무궁화와 재스민을 심었다. 다섯 살짜리 아이인 그녀도 나머지 모든 형제들이 들어가기에 충분한 공간이 남아 있다는 것을 알 수 있었다.

3년 뒤 엘리자베스가 태어나서 아이들의 수가 다시 다섯 명이 되었다. 그러나 엘리자베스는 프레더릭만큼 튼튼하지 않았고, 로절리는 그 점이 걱정스러웠다. 엘리자베스의 코에서는 늘 콧물이 흘렀고 종종 콧구멍 아래에 딱지가 앉았다. 로절리는 너무 애착을 갖지 말자고 마음먹었다.

이것은 현명한 생각이었다. 어느 끔찍한 2월에 메리 앤과 엘리자베스가 죽었다. 아버지는 햄릿을 연기하러 리치먼드에 가 있었다. 나중에 아버지는 어떤 짓궂은 녀석이 주로 요릭[9]의 해골로 사용되는 해골을 가져가고 대신 어린아이의 해골로 대체해놓았더라고 형제들에게 말해주었다. 아버지는 손가락이 그 작은 두개골에 닿자마자 어떤 불길한 예감에 거의 쓰러질 뻔했다고 말했다.

이틀 후 한 심부름꾼이 먼지를 뒤집어쓰고 무대에 도착했다. 그 사람은 서두르느라 말을 더듬었다. 그는 아버지에게 메리 앤이 콜레라로 죽었고 아기인 엘리자베스와 열한 살 먹은 준도 콜레라에 걸렸

---

9   《햄릿》에 나오는 죽은 어릿광대로, 햄릿이 그의 해골을 들고 독백하는 장면이 5막에 나온다.

다고 말했다. 아버지는 아무것도 챙기지 않고 여전히 연극 의상과 연극 분장을 한 모습 그대로 극장에서 뛰어나왔다.

한편 로절리는 집안이 극심한 혼돈에 빠져드는 것을 지켜보았다. 그녀는 이제 아홉 살이었다. 준도 그 전염병을 앓았고, 엘리자베스는 목숨이 위태로울 지경으로 심하게 앓았다. 메리 앤은 죽었다. 엄마는 정신이 정상적이지 않았고 반항적이었으며 자살 충동마저 느꼈다. 이것은 프레더릭이 죽었을 때와 같은 조용한 패배가 아니었다. 이 슬픔은 세상과의 전쟁이었다.

로저스 이모가 매일 와서 앤 홀과 헤이거를 도와 간호하고 위로를 보탰지만 엄마에게는 위로가 되지 않았다. "날 죽게 내버려둬요." 로절리는 엄마가 그렇게 말하는 것을 매일 매시간 들었다. "제발 그냥 가줘요. 날 죽게 내버려둬요." 로절리는 아버지가 집에 돌아오기를 기도했다. 아버지가 엄마에게 죽지 말라고 말하면 엄마는 죽지 않을 테니까.

그러나 아버지가 집에 돌아왔음에도 나아진 것은 없었다. 아버지가 검은 얼룩이 있는 흰 조랑말을 타고 전속력으로 달려왔을 때 로절리는 아버지를 맞으러 밖으로 뛰어나갔다. 여전히 타이츠에 망토 차림의 아버지는 햄릿을 연기할 때 차던 칼의 납작한 몸체로 애마인 피콕의 옆구리를 찰싹 때렸다. 말에서 내린 아버지는 농장 관리자 조 홀에게 고삐를 건넨 뒤, 로절리를 보지도 않고 옆으로 밀치며 일주일 전에 죽어서 땅에 묻힌 메리 앤을 보겠다고 했다. "내게 보여줘." 아버지가 말했다. "내게 보여줘." 아버지가 소리쳤다.

구름 한 점 없는 밝고 화창한 날이었다. 아버지의 목소리를 듣고 엘리자베스의 침대 곁에 있던 엄마가 문밖에 나타났다. 엄마가 잔디밭 위로 발을 내디뎠다. 엄마는 아직도 잠옷을 입은 채였고, 머리는 마구 헝클어져 있었다. 아버지는 화장품과 먼지가 얼굴에 말라붙어서 마치 얼굴이 사라져가는 것 같았다. 두 사람은 반쪽만 엄마고 반쪽만 아버지인, 엄마와 아버지의 고약한 복제품 같았다. 로절리는 엄마와 아버지, 둘 다 무서웠다.

그렇지만 다른 한편으로 로절리는 희망을 품고 있었다. 아버지가 이 상황을 해결할 거라는 희망이었다. 그가 쏜살같이 집으로 달려온 이유가 바로 그것이니까. 로절리는 헨리의 손을 잡았다. 헨리의 손가락은 조금 전에 입에 들어갔다가 나온 까닭에 침이 묻어 있었다. 로절리와 헨리는 묘지로 가는 조 홀, 아버지, 엄마를 따라 걸었다. 이미 아버지는 메리 앤을 살릴 수 있다고 소리치고 있었고, 이것은 로절리로서는 가능할 거라고 생각해본 적이 없는 해결법이었다. 로절리는 가슴이 뛰었다. "삽을 가져와." 아버지가 조에게 말했다.

조는 움직이지 않았다.

그러나 삽은 울타리에 기대어진 채 거기 놓여 있었다. 아버지는 세 걸음을 걸어가서 삽을 손에 쥐었다. "애는 나 때문에 죽은 거야." 아버지가 조에게 말했다.

"하느님의 뜻이지요." 조가 말했다. "누구의 잘못도 아닙니다."

"하느님이 벌을 내리신 거야." 아버지가 말했다. "나는 내 믿음을 저버렸고, 좋은 습관을 들이지 못하고 경솔하게 처신했어. 그걸 하느님이 알아차리신 거야."

메리 앤의 관을 덮은 땅은 푸석푸석해서 쉽게 파헤쳐졌다. 아버지는 땅을 팠고, 엄마는 흐느끼며 아버지에게 그만 멈추라고 사정했다. 그녀는 그가 자신의 미어지는 가슴을 쓰라리게 저미고 있다고 말했다. 이런 일들이 일어나고 있을 때 앤 홀이 로절리와 헨리를 데려가기 위해 갑자기 그곳에 나타났다. "우린 이걸 볼 필요가 없어." 앤이 말했다. 로절리는 그걸 보고 싶은 마음이 간절했음에도 앤 홀은 그들을 데리고 가버렸다. 왜 메리 앤이 눈을 뜨는 순간에 로절리가 거기 있으면 안 되는 걸까?

로절리는 앤 홀의 다리에 몸을 기댄 채 통나무집 앞 잔디밭에 헨리와 함께 앉아 기다렸다. 이윽고 아버지가 메리 앤의 관을 두 팔로 안고 휘청휘청 오솔길을 올라왔다. 엄마는 실성한 듯한 얼빠진 표정으로 아버지 뒤를 따랐다.

앤은 로절리와 어린 헨리에게 2층으로 올라가라고 말했다. 그들은 천천히 계단을 올라갔고, 앤이 더 이상 자기들을 지켜보지 않자 위쪽 계단 중 한 곳에 함께 앉았다. 계단은 매끄럽고 차가웠으며 사람들이 발을 딛는 중간 부분은 약간 경사져 있었다. "괜찮아." 로절리가 헨리에게 말했다. "아버지가 해결하고 계셔."

로절리와 헨리는 아버지가 메리 앤에게 무어라 얘기하는 소리를 들을 수 있었지만, 무슨 말을 하고 있는지는 알아들을 수 없었다. 메리 앤이 대답하는 소리도 들을 수 없었다. 그러고 나서 슬픔에 찬 아버지의 울부짖음이 하늘에 닿을 것처럼 쩌렁쩌렁 울려 퍼지자 로절리는 아버지가 실패했다는 것을 알았다.

몇 분 전만 해도 아버지가 무언가에 실패한다는 것은 있을 수 없는 일인 것처럼 여겨졌으나, 로절리는 그때 자신이 아버지가 실패하리라는 것을 늘 알고 있었다는 사실을 깨달았다. 오로지 죽은 아이만이 중요했다. 아버지는 절대 관 주위를 떠나지 않으려 했다. 심지어 준이나 엘리자베스를 보러 가려고도 하지 않았다. 아버지는 메리 앤을 다시 땅에 묻는 것을 거부했다. 그날 밤 지켜보는 사람이 아무도 없을 때 아버지는 아이가 든 관을 통나무집에서 슬며시 들고나와 넓은 농장 어딘가에 숨겼다.

그것을 찾기 위해 조를 보냈고, 조는 어둠을 헤치며 몇 시간 동안이나 여기저기를 찾아보았으나 아무 성과가 없었다. 하지만 마침내 개들이 조를 올바른 곳으로 인도해주었다. 이웃들이 왔다. 그들의 랜턴이 흔들거리며 깜깜한 밤길을 비추었다. 로저스 씨, 슈크 씨, 메이슨 씨였다. 그들은 아버지에게 술을 먹인 다음 아버지를 억지로 침실로 들여보냈고, 아버지는 고래고래 소리 지르며 욕을 해댔다. 조가 메리 앤을 다시 땅으로 돌려보내는 동안 그들은 아버지가 방에서 나오지 못하도록 막았다. 앤은 거기 없었으므로 로절리가 보지 못하도록 가로막지 못했다. 로절리는 그 모든 걸 다 지켜보았다.

준은 살아남았으나 엘리자베스는 죽었다. 아버지가 집에 있었지만 죽음을 막지 못했다. 아버지는 가혹한 속죄의 고행을 시작했다. 신발에 돌멩이들을 넣고 그걸 밟으며 먼 거리를 걷는 것이었다. 헤이거는 식사 시간마다 음식을 만들었지만 아무도 먹지 않았으므로 접시에서 그 음식들을 긁어 개들이 있는 곳으로 가지고 갔다. 아버지는 예정된 모든 용무를 취소했다. 가장 친한 친구인 톰 플린에게 보내는 편지에 자기가 떠나면 아내는 자살할 것이므로 자기는 아내를 떠날 수 없다고 썼다.

이 혼란과 괴로움의 와중 어느 시점에선가 에드윈이 잉태되었다. 에드윈은 로절리가 얘기한 별똥별과 양막과 관련된 일화가 있었던 그해 11월에 태어났다.

다시 순회공연으로 돌아갔을 때 아버지는 이제 술을 마시는 것만으로도 필요한 열정을 불러일으킬 수 있다는 것을 알았다. 아버지는 루이빌에서 공연을 했는데, 그곳에서 처음으로 나그네비둘기[10]의 대량 도살을 목격했다. 그것은 20년 전 오듀본[11]에게 커다란 충격을 주었던 것과 같은 소행이었다.

　로절리는 어렸지만 그녀 또한 비둘기의 한 해를 겪었다. 그녀는 비둘기 떼를 보기 전에 그 소리가 먼저 들린다는 것을 알고 있었다. 멀리서 들리는 날갯짓 소리는 끊임없이 이어지는 천둥소리 같고, 그 안에서는 썰매 방울 소리 같은 지저귀는 소리가 들렸다. 해를 가릴 정도로 어마어마하게 많은 수의 나그네비둘기 떼는 한 덩어리로 무리 지어서 몇 시간 동안이나 계속 머리 위 하늘을 날아갔다. 그것들이 날아갈 때는 하늘이 없고, 머리 위에는 오직 파란색, 회색, 보라색 물결을 이루는 비둘기 떼뿐이었다. 배설물이 눈처럼 떨어졌다.

　농부들은 자기 밭을 보호하고 자신들의 식품 저장실을 채우기 위해 밖으로 뛰쳐나왔다. 그들은 공중을 향해 산탄총을 쏘기만 하면 되었다. 겨냥할 필요가 없었다. 놓칠 리 만무했다. 사격이 시작되면 덩어리를 이룬 나그네비둘기 떼가 거대한 뱀처럼 구불구불 굽이지게 허공으로 올라갔다. 죽은 비둘기들은 수직으로 곤두박질쳤고, 산 비둘기들은 귀리밭에 내려앉아 몇 분 만에 밭을 줄무늬로 장식했다. 피해를 받은 농작물에 대한 대가로 농부들은 비둘기들의 시체들을 바구니에 모았다. 굳이 그것들을 다 담으려고 애쓰지도 않았다. 한 줌의 산탄이면 죽은 비둘기들이 누구나 충분히 먹을 수 있는 양보다 더 많은 양으로 쌓였다.

　그러나 아버지는 집에 없었으므로 이런 장면을 처음 보았다. 아버지는 죽어가는 새들에 대한 공포감에 사로잡혀서 시끄러운 총소리

10　장거리를 나는 북미산 비둘기로, 개체 수가 엄청나게 많았으나 현재는 멸종되었다. 여행비둘기라고도 한다.

11　존 제임스 오듀본(1785년~1851년), 미국의 조류 학자이자 화가.

조차 들리지 않을 정도였다. 상상할 수 없을 만큼 엄청난 수의 비둘기들이 죽었다.

다음 날 아버지는 시장에 가서 죽은 비둘기를 짐마차 한가득 샀다. 아버지는 관 하나와 묘지 부지를 구입하여 공식적인 장례식을 치렀다.

사람들이 모여들었다. "어떤 광기가 여러분을 이런 대학살로 이끌었습니까?" 아버지가 비통한 어조로 소리쳤다. "어떤 광기가 아름다운 빛깔과 곱고 낭랑한 울음소리를 지닌 이 감탄스러운 피조물을 죽이는 죄로 여러분을 이끌었습니까? 오, 여러분들은 돌로 만들어졌군요! 여러분의 자비심은 어디로 갔나요?"

군중은 처음에는 즐거워했다. 그러나 아버지가 죄 없는 새들을 십자가의 그리스도에 비유하자 분위기가 가라앉았다. 이어서 아버지는 그리스도가 고기를 먹은 죄로 십자가에 못 박혔다고 말했다. 빵과 물고기가 없었다면 십자가에 못 박히는 일도 없었을 거라는 게 아버지의 추론이었다. 그런 다음 아버지는 힌두교도만이 단 하나의 진정한 종교를 가지고 있다고 말했다. 아버지는 현장에서 체포되었다.

'지금 저는 악당들에게 진실을 말한 죄로 감옥에 갇혀 있습니다.' 아버지는 할아버지에게 그렇게 써 보냈고, 할아버지는 그 편지를 엄마에게 소리 내어 읽어주었다. 그러는 동안 로절리는 두 사람이 눈치채지 못하도록 가만히 귀 기울였다. "아비는 언제나 언제나 언제쯤에나," 할아버지가 말했다. "이런 어처구니없는 미친 짓에 싫증이 날까?"

1835년에 에이시아가 태어났다.

1836년, 로절리가 열세 살이 되던 해에 헨리 바이런을 잃었다. 당시 그들은 영국에 있었다. 가족 구성원 전체와 헤이거까지 함께 영국에 있었지만 할아버지는 없었다. 할아버지는 이제 미국을 많이 싫어했지만, 여전히 영국을 더 싫어했다. 게다가 남아서 할 일이 있다고 했다. 그것은 《아이네이스》[12]를 영어로 번역하는 일이었다. 할아버지는 그 작품을 아버지가 주연을 맡아 연기할 희곡으로 각색하면서 그 리듬을 유지하려고 노력했다.

가족이 영국으로 떠나기 전 몇 주 동안 할아버지는 헨리를 위한 몇 개월간의 과학, 문학, 철학 수업 계획을 세우는 데 시간을 보냈다. 헨리는 겨우 네 살이었을 때 머릿속으로 간단한 계산을 할 수 있었다. 다섯 살에는 신문에 나온 아버지에 대한 비평뿐 아니라 당일의 뉴스도 읽을 수 있었다. 헨리는 부엌 의자에 앉아 요리를 하거나 설거지를 하는 여자들에게 소리 내어 글을 읽어주었는데, 구경거리spectacle, 영광스러운glorious 같은 단어를 그 특유의 혀짤배기소리로 발음하여 그들 모두를 매혹했다. 때때로 아버지에 관한 비평 기사에 아버지를 술에 취한inebriated 듯하다고 묘사하는 대목이 나왔는데, 그 단어를 헨리는 정정하지 않고 잘못 발음하곤 했다. 앤 홀은 그들에게 '술에 취한'은 정신이 충만하다는 뜻이라고 말했고, 그래서 아이들은 모두 오랫동안 '술에 취한'이 가장 큰 칭찬이라고 믿었다. 할아버지가 기분이 안 좋았던 어떤 때에 아이들에게 그 단어의 다른 의미를 말해줄 때까지 그랬다.

그 여행은 아버지의 생각이었다. 그토록 많은 상실의 현장에서 엄마를 벗어나게 해주는 방법일 뿐만 아니라 아버지에게는 영국의 관객들을 황홀하게 호릴 수 있는 또 다른 기회이기도 했다. 이번이 아버지가 그런 시도를 하는 세 번째였다. 하지만 아버지가 아무리 우렁찬

---

12   고대 로마의 시인 베르길리우스(B.C.70년~B.C.19년)가 쓴 로마의 건국과 사명을 노래한 민족 서사시.

40

소리로 읊고 열변을 토해도 영국 관객들은 아버지를 비판적으로 에드
먼드 킨[13]과 비교하면서 좀처럼 좋아해주지 않았다. 에드먼드 킨! 아
버지가 배우로서의 경력을 시작할 때 아버지를 속여서 계속 단역만
연기하도록 계약을 맺게 한 사람. 아버지가 열연하는 연극장에 온 에
드먼드 킨의 추종자들은 단지 극장 바닥 자리에서 소란을 피우고, 싸
우며 소리 지르고, 오렌지 껍질을 무대에 던지고, 아무도 연기하는 소
리를 들을 수 없도록 불협화음을 만들어내기 위해 오는 것일 뿐이었
다. 에드먼드 킨은 죽어 사라졌지만 그는 여전히 아버지가 이길 수 없
는 무자비한 상대였다.

아버지는 다시 한번 육체적 힘과 인물에 대한 이해, 이 두 가지가
다 부족하다는 평을 받았다. 평론가들이 말하기를, 킨은 리처드 3세를
연설이 능숙하고 기운과 위트가 넘치는 사람으로 이해했으나 아버지
는 리처드 3세를 단순히 호통치며 허세 부리는 사람으로 연기했을 뿐
이라고 했다.

아버지는 집에 편지를 보냈다. '……우리끼리 얘기지만, 영국의 연
극은 잠에 빠져 있어요. 자기들끼리는 객석이 꽉 찼다고 엄청 칭찬하기
바쁘지만 말이에요.' 아버지는 런던의 협잡꾼들에 대해 투덜거렸다.

런던에서의 그 몇 달의 시간은 로절리가 생애 처음이자 마지막으
로 받았던 유일한 학교 교육을 그녀에게 제공했다. 그녀는 특별히 사
귀는 친구도 없고 너무 조용했으며 학교 분위기를 어색해했지만, 그
러나 선생님들은 그녀를 좋아했다. 로절리는 학교생활을 꽤 잘 해냄
으로써 가족을 놀라게 했다. 아버지는 할아버지에게 보내는 편지에
그런 얘기를 쓰기까지 했다.

13 1789년~1833년. 셰익스피어 연극의 악역 연기로 유명한 영국의 연극배우.

그 여행 전에 아이들 모두 천연두 예방 접종을 받았다. 그럼에도 에드윈과 에이시아는 가벼운 증상을 앓았다. 헤이거는 병원에 입원해야 했지만, 그녀 역시 살아남았다. 그러나 헨리의 예방 접종은 효과가 없었다. 헨리는 죽었다. 그의 죽음은 메리 앤이나 엘리자베스의 죽음보다도 더 끔찍한 일이었다.

헨리 바이런은 모든 아이들 중에서 가장 사랑받는 아이였다. 헨리는 빠르고 생각이 깊고 매력적인 아이였다. 집안의 빛나는 소년이었다. 로절리에게 헨리는 바위였고 단짝이었다. 그들의 끈끈한 유대감은 끔찍한 콜레라 시기에 형성되었다.

이미 나무를 잘 타는 헨리는 기회가 되면 꼭 말을 타겠다고 마음먹었다. 그는 농장에 관한 모든 것을, 그리고 이 농장에 살거나 가까이에 사는 모든 사람을 다 알고 사랑했다. 헨리가 죽기 전 여름에 준과 로절리와 헨리는 각자에게 맡겨진 집안일을 끝낸 후 긴 카멜롯[14] 놀이를 하며 시간을 보냈다. 그것은 카멜롯 이야기를 연극으로 만든 놀이로, 그들 모두 공연에 참여했다. 준은 아서왕과 멀린이었고, 로절리는 귀네비어와 일레인이었으며, 헨리는 랜슬롯과 갤러해드였다. 이 이야기의 서술은 전부 헨리가 맡았는데, 로맨스 부분은 짧고 기사들이 말을 타며 창 시합을 하는 부분은 길었다. 그들은 이 놀이를 나뭇잎이 무성한 나무들 아래서 했으므로 로절리는 보닛을 벗고 꽃 화관을 만들어 쓸 수 있었는데, 여름 햇볕에 붉어진 뺨이나 주근깨가 생긴 코는 잠자리에 들 때도 로절리를 놓아주려 하지 않을 것이었다. 아버지의 상자에서 훔친 망토와 목검으로 무장한 그들은 목검을 휘두르며 나뭇가지와 뿌리 사이를 헤치고 다녔다.

14   아서왕의 궁전이 있었다는 전설 속의 마을.

"빨리 내게로 오세요." 로절리는 아서에게 공개적으로, 또는 랜슬롯에게 은밀히 말하곤 했다.[15] 그녀는 너무 깊이 믿고 빠져들었으므로 현실로 돌아와 다시 로절리가 되는 것이 쉽지 않았다. 가끔 로절리는 만약 자신이 엄마처럼만 생겼다면 아버지처럼 무대에 설 수 있을까, 궁금했다. 그때는 자기가 엄마처럼 아름다워질 수도 있으리라는 것이 여전히 가능해 보였다. 만약 그렇게 된다면 그녀는 도망쳐서 극단에 들어갈 것이고, 그리하여 매일매일 다른 어떤 사람이 될 수 있을 것이다. 그들은 이 놀이를 헨리가 '숲속의 푸른 지대'라고 부르는 곳에서 했다. 그럴 때면 그들은 어린 형제들이 죽은 안타깝고 슬픈 집에서 벗어날 수 있었다.

어느 날 그들은 랜슬롯에게 나무들 속으로 모험 여행을 떠나게 했다. 5분 후에 그가 다시 나타났다. "로절리! 준!" 그가 소리쳤다. "이리 와서 좀 봐!" 오솔길과 숲 사이에 늪으로 이어지는 넓은 빈터가 있었는데, 그 빈터를 야생 백합이 빽빽이 뒤덮고 있었다. 그 꽃을 꺾어서 엄마에게 갖다주자는 것이 헨리의 아이디어였다. 이 화려한 백합꽃을 가져갈 수 있는 한 최대한 많이 가지고 가서 엄청난 양의 아름다움으로 엄마를 어쩔 줄 모르게 만들자는 것이었다.

"어머, 정말 아름답구나!" 엄마는 그렇게 말하고는 곧바로 그 꽃을 한 아름 가득히 안고, 한 번에 가져갈 수 있는 양보다 더 많은 양의 꽃을 가슴에 안고, 묘지로 갔다.

헨리의 무덤은 영국에 남아 있었다. 헨리의 시신을 집으로 옮길 방법이 없었다.

---

15 로절리가 연기하는 귀네비어는 아서왕의 아내이면서 랜슬롯과 사랑하는 사이였으므로 랜슬롯에게는 몰래 말해야 했다는 뜻.

슬픔은 로절리의 눈앞에서 부모님을 파괴했다. 에드윈이 그토록 불안한 아이로 태어난 것도 이상할 게 없었다. 에이시아가 그토록 성마른 아이로 태어난 것도 이상할 게 없었다. 그 일은 로절리에게는 하느님이 손을 뻗어서 그녀 가족의 가운데 부분을 파내버린 것처럼 보였다. 마치 수박을 먹고 있기나 한 것처럼 무심히 말이다.

3

이 모든 죽음이 준을 무신경하게 만들고, 에드윈을 불안하게 만들고, 에이시아를 성마르게 만들었다고 한다면, 로절리는 어떻게 만들었을까?

로절리는 조심스러워졌다. 헨리가 죽은 후로 그녀는 늘 낮은 목소리로만 말했다. 그녀는 콜레라도 천연두도 걸리지 않은 유일한 아이지만, 사람의 운은 언제나 그렇듯 마지막 순간에는 결국 바닥날 것이다. 헨리 바이런의 운이 그랬듯이.

로절리는 여전히 엄마와 함께 시온산 교회에 다니고 있지만, 지금 그녀는 경건한 딸의 역할을 연기하고 있을 뿐이다. 그녀가 하느님과 사이가 틀어진 것은 이번이 처음이 아니다. 여덟 살 때의 어느 일요일 아침, 로절리는 교회에서 두 여자가 자기에 대해 이야기하는 소리를 우연히 엿들었다. 로절리가 너무 안쓰러워, 목소리는 나직하고 듣기 좋은데 말이야, 하고 한 여자가 말했다. 로절리는 처음에는 이해하지 못했다. 그런데 무엇이 너무 안쓰럽다는 걸까?

하지만 그때 다른 여자가 말했다. 걔 엄마는 아주 아름다운데 말이지!

모든 소녀는 누군가가 자신에게 못생겼다고 말할 때까지는 자기가 못생겼다는 것을 알지 못하며, 모든 못생긴 소녀들은 그 말을 처음으로 자기한테 했던 사람을 기억한다. 로절리는 집에 가서 그 여자들이 했던 말이 틀렸기를 바라며 거울을 들여다보았다. 그녀는 자신의 얼굴을 제대로 평가할 수 없었고, 따라서 수년의 세월이 흘러 더 많은 확인이 이루어지고 쌓일 때까지는 희망을 간직할 수 있었다. 그럼에도 그 일은 마음에 상처를 주었고, 로절리가 생각하기에 하느님은 당신 자신의 교회에서 로절리가 이것을 알게 해서는 안 됐다. 하느님은 그녀를 그녀 자신이 아닌 다른 사람처럼 보이게 만들지 말았어야 했다. 그런데 만약 그녀가 그녀 자신의 내면과 정확히 똑같이 생긴 것이라면 어떨까? 만약 그녀 내면의 모습도 겉으로 보이는 것만큼이나 아름답지 않다면?

후에 로절리는 이런 감정들이 자신의 허영심이라는 죄에서 비롯되었다는 것을 알게 되었다. 로절리가 정확히 하느님을 용서한 것은 아니었지만, 그러나 그녀는 자기 몫의 책임을 짊어졌다.

이번에는 더 나빴다. 그녀는 헨리가 회복되게 해달라고 기도했지만, 하느님은 붉은 발진을 무더기로 보내서 헨리의 눈꺼풀을 덮고 부풀어 오르게 하고, 헨리의 입과 코의 안쪽에도 침투하여 그가 극심한 고통 속에서 죽게 했다. 이제 로절리는 하느님과의 거래는 더 이상 원치 않았다. 심지어 헨리가 지금 천국에 있다는 것에도 신경 쓰지 않았다. 그런 죽음에 대해 이러쿵저러쿵 변명할 수는 없었다.

그러므로 로절리의 조심스러움은 자신보다 엄마를 위해 의도한 세속적인 것이다. 아이를 한 명 더 잃어버린다면 엄마는 죽고 말 거라고 로절리는 생각한다. 로절리는 그 '한 명 더'의 아이가 되지 않을 것이다.

그럼에도 불구하고 로절리는 자기가 죽는다면 정확히 얼마만큼

의 슬픔을 불러일으킬지 못내 궁금하다. 그녀는 때때로 그걸 상상해
보면서 잠들기 전의 시간을 보낸다. 아버지가 자신을 땅에서 파낼까?
엄마가 별들이 깨어날 만큼 슬프게 울까? 이러한 환상에는 묘한 즐거
움이 있다. 로절리는 꿈속에서 자꾸자꾸 되풀이하여 자신의 관으로
돌아간다. 아이러니하게도 그녀의 바보 같은 나직나직한 말소리와 밖
으로 나가서 세상을 돌아다니기를 거부하는 태도가 엄마를 적잖이 짜
증 나게 한다.

　　로절리는 부엌 벽난로 앞 흙바닥에 무릎을 꿇고 앉아 에이시아
가 속옷 차림으로 낮잠을 잘 수 있게 하려고 동생의 드레스 단추를 풀
어주고 있다. 실내는 덥고, 불에 탄 계란 냄새가 난다. 엄마가 커스터
드를 다 먹어야 한다고 말했을 때 에이시아가 자기 커스터드를 불 속
에 던져버렸기 때문이다. 비스킷 반죽은 우묵한 그릇에 담긴 채 로절
리가 그것을 밀어서 펼 시간이 날 때까지 흠집 많은 부엌 탁자에 놓여
있고, 빨랫줄에 걸리기를 기다리는 젖은 빨래도 거기 있다.
　　로절리는 개들이 미친 듯이 짖는 소리를 듣는다. 이 소리에 마음
속에서 한 줄기 불안감이 스치는 것을 느낀다. 우편물이 너무 일찍 도
착한 것이다. 30분만 늦게 왔더라면 준이 저녁 식사를 하러 오는 길에
우편물을 챙겨 들고 올 수 있을 텐데 말이다.
　　에이시아가 자기 신발 한 짝을 들고 그것으로 로절리를 때린다. 한
번은 팔을, 한 번은 얼굴을 때린다. 그 행동에 로절리는 아픈 것보다는
놀라움을 더 느낀다. 엄마가 다가와 옆에서 지키고 선다. 엄마는 배 속
의 아기가 너무 커서 무릎을 꿇고 앉을 수가 없다. 앉으면 다시 일어나
지 못할 것이다. "가서 우편물 가져와." 엄마가 로절리에게 말한다. "이
심술꾸러기는 여기 남겨두고." 그러자 심술꾸러기가 비명을 지른다.

에이시아는 흐느껴 울면서 발을 마구 찬다. "낮잠 안 잘 거야!" 에이시아가 로절리에게 말한다. "낮잠 안 자! 낮잠 안 자!"

로절리는 엄마 말도 에이시아의 말도 다 못 들은 척한다. 로절리는 계속 에이시아와 씨름한다. "로절리." 엄마가 단호하게 말한다. "가서 우편물 가져오라니까." 엄마는 이다음 문장이 양보처럼 들리게 하려고 잠시 말을 멈춘다. 가족 중에 극적인 타이밍 감각을 가진 사람이 아버지 혼자뿐인 것은 아니다. "개들을 데리고 가도 돼."

지금 개들이 울부짖고 있다. 어흑, 어흑, 어흑, 울부짖는다고 로절리는 생각한다. 왜냐하면 이 집의 아이들은 누구나 필요할 때면 셰익스피어의 인용구를 떠올릴 수 있기 때문이다. 결연히 용기를 내야 해.[16]

"난 아직 비스킷 만드는 걸 끝내지 못했어요." 로절리가 말한다.

"그건 내가 끝낼 수 있어." 엄마의 말은 똑 부러지고 명확하다. 엄마는 처음에는 로절리의 두려움을 시간이 지나면 사라질 것처럼 여기며 대응하곤 했다. 그러나 그렇게 되지 않자 이제는 로절리를 구슬려 두려움에서 벗어나게 하려 했다. "넌 밖에서 노는 걸 좋아했잖아." 엄마는 그렇게 말하곤 했는데, 그것은 사실이었다. 로절리는 그랬다. 헨리 바이런과 함께 밖에서 노는 것을 좋아했었다.

로절리는 농장 곳곳을 돌아다녔던 것을 기억한다. 때로는 다른 아이들과 함께, 때로는 혼자서 낙농장으로, 사과즙 짜는 기계가 있는 곳으로, 헛간으로, 어둑한 숲속으로, 습지 가장자리로 가곤 했다. 그녀는 아버지가 앨곤퀸 인디언이 만들었다고 말해준 길들을 걸었고, 화살촉과 작은 손도끼를 집으로 가져왔다. 그녀는 이것들을 상실감

---

16 《맥베스》1막 7장에서 레이디 맥베스가 맥베스에게 하는 말. 로절리는 엄마의 말을 거스르기 위해 용기를 내자고 스스로 다짐하면서 이 인용구를 떠올렸다.

반 경각심 반의 감정으로 기억한다. 활달하고 야성적인 아이였던 그
녀는 얼마나 행복했던가. 얼마나 순수했던가.

동시에 얼마나 부주의했던가. 얼마나 무방비한 상태였던가.

엄마의 구슬림이 아무런 효과를 보지 못하자 이제 엄마는 엄한
태도로 돌아섰다. 이 엉터리 같은 일이 무척 오래 계속되었다. 엄마는
벽의 못에 걸린 보닛을 집어 들어 로절리의 땋은 머리 위에 씌운다.
엄마가 보닛의 끈을 맨다. 너무 꽉 맨 것 같다. 그러고 나서 엄마는 로
절리가 문을 나갈 때까지 문 앞에 서 있는다.

로절리는 개들을 풀어놓는다. 개들은 너무 흥분한 상태여서 자
유로이 풀려날 때까지 참지 못하고 안달을 한다. 지금은 비토와 롤라,
두 마리이다. 이들은 예전에 키웠던 사납고 난폭한 세 마리 개의 새끼
들로, 부모보다는 더 순하다. 그 세 마리 개들은 이웃집 돼지들의 목
을 물어뜯기 위해 이 집의 구역 밖으로 슬며시 빠져나가곤 했다. 그래
서 아버지는 돼지들의 사체를 사지 않을 수 없었는데, 경악스럽게도
아버지는 개들이 그 고기를 먹게 해주었다.

비토와 롤라는 먼저 에이시아가 계속 징징대는 통나무집으로 달
려가서 누가 어린아이를 그렇게 괴롭히는지 알아내고 싶어 한다. 그
후 녀석들은 서로 흩어졌고, 그래서 로절리는 녀석들을 다시 불러야
한다. 녀석들이 돌아와서 그녀의 주변을 뛰어다닌다. 녀석들이 짖는
소리와 에이시아의 울음소리, 둘 다 음높이와 음량이 올라가는데, 그
럼에도 로절리는 귓속에서 계속 쿵쾅거리는 자신의 심장 박동 소리를
들을 수 있다. 그녀는 시끄러운 소리를 싫어한다. 시끄러운 소리가 머
리를 아프게 한다.

로절리는 보닛의 끈을 풀어보지만, 그것은 두통에 도움이 되지
않는다. 우편물이 오는 대문까지의 거리는 400미터다. 엄마는 문간에

서 로절리를 지켜보고 있다. "우편물은 스스로 걸어서 여기로 오지 않
아." 엄마가 야박하게 말한다. 그 말이 야박한 이유는 준이 우편물을
가져올 때는 우편물이 쉽게 걸어서 여기로 올 수 있기 때문이다. 로절
리가 우편물을 들고 돌아왔을 때(만약 로절리가 무사히 돌아온다면
말이다) 엄마는 아버지의 편지를 보려고 그렇게 서두른 것을 후회하
게 될지도 모른다. 아버지의 편지는 어디로 튈지 알 수가 없다.

로절리는 무거운 발걸음을 한 발 떼고, 다시 한 발 떼고, 또다시
한 발 뗀다. 개들이 소리 나지 않게 그녀 옆을 따라 걷는다. 지금은 조
용히 걷고 있지만 로절리는 녀석들이 헐떡이는 소리를 들을 수 있다.
로절리는 자신이 들을 수 있는 모든 소리에 정신을 집중하고, 그 소리
들을 하나하나 분리하고자 한다. 그들이 헤엄을 치며 노는 4음짜리 개
울물 소리, 숲속에서 나는 6음짜리 흉내지빠귀 소리, 멀리서 딱따구리
가 벌레를 잡아먹기 위해 나무를 쪼아대는 소리, 어린잎들을 흔드는
바람 소리. 두근, 두근, 두근, 스타카토로 들리는 자신의 심장 소리.

로절리는 너도밤나무 숲을 지나 공터로 나간다. 그녀는 고개를
뒤로 젖힌다. 머리 위에서 드넓은 푸른 하늘이 빙글빙글 돈다. 어지럼
증이 너무도 아뜩해서 그 어지럼증이 자신을 곧장 하늘로 빨아올릴
것만 같은 느낌이 든다. 사방에 소음이 너무 많다. 세상은 날카롭게 비
명을 지르며 그녀 주위를 빙글빙글 돌고 있다.

로절리는 숲을 향해 달린다. 그녀는 곧(그러나 '곧'인 것처럼 느껴
지지 않는다) 가족 묘지 가장자리의 풀밭을 지나가고 있다. 철제 울타
리가 있는 곳에 벌써 분홍 히비스커스가 꽃봉오리를 맺었다. 엄마는
그녀에게 그 꽃들은 요정들이 요정 무도회에 갈 때 입는 옷이며, 풀이
절대 자라지 않는 숲속의 둥그런 맨땅이 요정들의 무도회장이라고 말
하곤 했다. 로절리는 그 꽃들을 꺾어서 둘씩 짝을 지어 그녀의 손에서

왈츠를 추게 하고 싶었지만, 아버지는 안 된다고 했다. 농장에서는 나무를 쓰러뜨려도 안 되고 꽃을 꺾어도 안 되었다. 아버지가 있으면 적어도 나이 많은 아이들은 이 규칙을 고지식하게 지킨다. 그러나 어린 동생들은 그렇게 순종적이지 않다.

엄마는 죽은 자식들이 모두 황금 접시에 담긴 음식을 먹고 비단 날개로 날아다닌다고 믿지만, 로절리는 그렇지 않다는 것을 안다. 그녀는 근처에 묻힌 세 아이의 산들바람 같은 손가락을 느낀다. 그들이 그녀의 얼굴과 목을 어루만지며 오솔길 위에 있는 이 살아 있는 것에 대해 한껏 들떠서 속삭인다. 그들은 그녀 주위를 요리조리 왔다 갔다 하다가 살며시 에워싸면서 그녀가 그들의 기억 속에서 환기시키는 것들에 대해서도 속삭인다. 휘저어 만든 버터 꿀 비스킷 따뜻한 우유 보닛 끈 바람이 불 때 조그만 빨간 모자 조그만 울새 아마 낮잠을 자면 네 조그맣고 하얀 뺨이 빨개질 거야 나무 꼭대기에 지은 집을 꿈꿔본 적 없니 그 바다는 절대 믿을 수가 없어.

별들아, 네 불을 숨겨. 그들이 그녀에게 말한다. 우리를 여기 두고 가지 마.

로절리가 유령들과 어울려 지내는 아이라는 것을 알면 모두가 얼마나 충격을 받을까. 로절리는 엄마가 걱정할 필요 없도록 그들을 두고 떠난다.

이제 이 오솔길에서 가장 위험한 구간이 나오므로 유령들은 따라오지 않는다. 로절리는 전에 오솔길과 숲이 만나는 이곳에서 이상한 사람들을 본 적이 있다. 그녀가 지나갈 때 어둑한 형체들이 어두운 곳으로 물러나서 가장 큰 나무 뒤로, 이끼로 뒤덮인 거대한 나무 몸통 뒤로 숨는 것을 보았다. 어쩌면 그것은 단 한 사람뿐이었고, 단 한 번 보았을 뿐이었는지도 모른다. 로절리는 사람들이 사냥을 하러 숲에 온다는 것을 알고 있다. 때때로 사냥개들이 짖는 소리나 총소리가 들리기도 하고 어떤 때는 나무가 총에 맞아 금빛 수액을 흘리기도 하지만, 어떤 사냥꾼도 그녀의 모습을 보고 몸을 숨길 필요를 느끼지는 않았을 것이다. 그녀는 롤라에게 가까이 있으라고 손짓을 해보지만 롤라는 이것을 무시한다. 하지만 로절리는 개의 시선을 끌기 위해 소리 높여 부르는 위험을 감수할 수 없다.

몇 달 전, 할아버지는 로절리에게 주의할 점을 당부하기 위해 그녀를 옆에 데리고 나갔다. 로절리가 눈에 띄게 자라고 있으므로 꼭 알아야 할 것들이 있다고 할아버지가 말했다. 씁쓸한 진실이라고 했다. 숲은 여자애들이 사라지는 곳이다. 그리고 예쁜 여자애들만 사라지는 게 아니다. 그런 다음 사라진 애들은 큰일을 당하게 되는데, 그 일이란 게 너무 모호해서 더욱더 공포스럽다. 할아버지는 근처에서 농사를 짓는 앨릭스 버댄을 언급하며 하퍼드 카운티의 모든 아이들은, 남자애 여자애, 흑인 백인 할 것 없이 모든 아이들은 앨릭스 버댄으로부터 멀찍이 떨어져 있어야 한다는 경고를 받는다고 말한다. 로절리는 숲에서 버댄 씨를 만난 것이 아니라 버댄 씨 같은 누군가를 만난 것이다. 왜 집안 어른들은 그녀가 그곳에서 노는 걸 허락했을까? 로절리는 의아해한다.

이제 그녀는 누군가가 자신을 지켜보고 있다는 것을 거의 확신한다. 달리기를 하는 것만으로도 그걸 확인할 수 있다. 그녀는 뒤에서 나는 발소리를 듣는다. 각각의 발소리는 정확히 그녀 자신의 발소리와 일치한다. 그녀가 뒤돌아볼 때 아무도 없다면, 그것은 초자연적이고 기묘한 것이 있음을 암시할 뿐이다.

로절리는 대문에 도착한다. 숨이 가쁘고, 땋은 머리 몇 가닥이 느슨하게 풀려 그녀의 얼굴에 붙어 있다. 눈물이 글썽하고 가래가 끓는다. 왜냐하면 그녀는 다시 돌아가야 하고, 그것은 불공평해 보이기 때문이다. 여기까지 온 것만으로도 엄마는 충분히 만족해야 한다. 로절리는 우편물 꾸러미 옆 보도에 앉아 대문에 등을 기댄다. 개들이 가까이 다가와 그녀를 보호하듯이 옆에 선다. 땅의 습한 기운이 그녀의 치마와 두 벌의 속치마 속으로 스며든다. 그녀는 그중 하나의 속치맛단으로 얼굴을 닦는다.

셋 모두 숨을 헐떡이고 있다. 로절리는 비토의 목털을 잡고 끌어당긴다. 비토의 검은 털과 축축한 숨결로 인해 그녀의 얼굴에 더운 기운이 훅 끼친다. 그녀는 비토의 단단한 머리꼭지에 손을 얹는다. 비토는 그녀의 숨이 한결 고르게 되어 그를 놓아줄 수 있을 때까지 가만히 있는다.

로절리는 돌아가는 것을 미루기 위해 무릎에 놓인 우편물로 부채질을 한다. 다섯 통의 편지가 아버지에게 온 편지다. 그중 두 통은 동일한 여자 필체로 쓰였고 영국에서 왔다. 농사에 관한 기사가 실린 잡지 한 권, 필라델피아와 보스턴에서 공연하는 연극 광고 전단 두 장, 신문 세 부가 있다. 두 통의 편지는 엄마에게 왔다. 둘 다 찰스턴[17]에서 왔는데, 그중 한 통만이 아버지가 보낸 것이다. 그 편지는 부피가 너무 얇아서 돈이 들어 있을 리 없다. 엄마는 그 사실이 유감스러울 것이다. 엄마에게는 언제나 지불해야 할 청구서가 있다. 로절리는 그 편지를 이마에 댄다. 편지를 이마에 대는 것만으로 이 편지가 엄마에게 어떤 영향을 미칠지 알 수 있는지를 알아보려는 것이다. 그녀는 알 수 없다.

로절리는 엄마의 기분에 너무 잘 조응이 되어서 자신이 느끼는 것이 정말 자신의 감정인지 확신할 수 없는 때가 종종 있다. 엄마가

17   미국 사우스캐롤라이나주 남동부에 있는 항구 도시.

허리가 아프다고 호소하면 로절리는 목 바로 아랫부분이 아프고 어깨가 결리고 척추가 뒤틀리는 듯한 느낌이 들기 시작한다. 자기가 정말 아버지의 편지에 대해 걱정하는 것일까, 아니면 엄마가 그녀를 통해 걱정하는 것일까? 자기가 정말 집을 나가는 게 너무 두려워서 집을 떠나지 못하는 사람인 것일까, 아니면 엄마가 로절리의 소심함에 분개하면서도 로절리를 시야에서 놓아주지 못하는 사람인 것일까?

그녀는 돌아가는 길에 파랑새를 찾아보겠다고 마음먹는다. 만약 통나무집에 도착하기 전에 파랑새를 본다면 아버지의 편지는 엄마를 기쁘게 할 것이고, 파랑새를 보지 못한다면 그렇지 않을 것이다.

준이 묘지 옆 오솔길에서 그녀와 합류하는데, 그를 보고 개들은 반가워하고 로절리는 안도감을 느낀다. 그가 로절리에게 사탕수수 줄기를 건넨다. 그녀는 그것을 입에 넣고 혀로 사탕수수즙의 단맛을 맛본다. 준과 동행하니 죽은 아이들이 조용하다. 심지어 하늘도 밝아지고 고요해진다.

"난 농사가 싫어." 준이 말한다. 오전의 노동으로 그의 얼굴이 빨갛다. "난 농부가 되지 않을 거야." 로절리는 그가 이 말을 할 수 있는 유일한 사람이다. 준이 어떤 일에도 특별한 재능을 보이지 않기 때문에 준에 대한 아버지의 계획은 농장을 운영하게 하는 것이다.

현관문 앞의 벗나무가 막 싹을 틔웠다. 아버지가 이 벗나무에 접붙이기를 했으므로 꽃들은 나무의 한쪽과 다른 쪽이 서로 다를 것이다. 그리고 접붙이기를 한 지도 꽤 오래되었으므로 가족들은 본래의 검은 체리와 더불어 올해는 얼마간의 붉은 체리도 열리기를 바라고 있다.

로절리는 자기가 얼마나 자주 그 벗나무에 오르곤 했는지 기억을 떠올린다. 그곳은 줄리엣의 말이 로미오에게 가닿을 수 있는 발코니였다. 그런데 한번은 치마가 구겨진 채로 나뭇가지에 앉아 손이 닿는

곳에 매달린 익은 체리를 모두 다 따 먹은 적이 있었다. 그녀 위의 새들도 똑같이 체리를 쪼아 먹으며 즐거운 소리를 내고 있었는데, 어느 순간 갑자기 그런 움직임이 사라졌다. 로절리는 잠시 시간이 지나고 나서야 나무가 얼마나 조용해졌는지 알아차렸다. 고개를 들자 커다란 뱀 한 마리가 나무줄기를 타고 꿈틀꿈틀 그녀 쪽으로 내려오고 있었다. 뱀은 이미 그녀의 맛을 알아차렸다는 듯이 혀를 날름거렸다. 로절리는 황급히 내려오느라 하마터면 나무에서 떨어질 뻔했다.

"그 뱀은 전혀 해롭지 않은 뱀이었을 거야." 엄마는 그렇게 말했지만, 로절리는 숙맥이 아니다. 오래되고 익숙한 곳에도, 아주 좋아하는 잘 아는 곳에도, 심지어 집에도 위험이 나뭇잎 속의 뱀처럼 숨어 있다.

지금 나무에 새 한 마리가 앉아 있다. 어치다. 어치가 옆으로 몸을 돌린 채 유리알 같은 눈으로 그녀를 꿰뚫어 보고 있다. 이 새는 그녀가 생각한 종류의 파랑새는 아니지만 그래도 파란색을 띠고 있으므로 결국 이도 저도 아닌 불확실한 징조를 나타낸다.

4

엄마는 아버지에게 온 편지들을 아버지의 책상에 놓인 어지러운 서류들 속에 쑤셔 넣는다. 그 서류들 주위로 가발, 모자, 청구서, 잡지, 회계 장부, 신문 기사 스크랩 등이 있다. 단테, 셸리, 토르콰토 타소의 책도 있다. 셰익스피어의 책은 펼친 채 뒤집어놓은 모습으로 잡동사니 위에 놓여 있다.

엄마가 아버지의 편지를 혼자 읽다 멈춘 후 다시 로절리와 준에게 소리 내어 읽어준다. 엄마는 등받이에 가로대를 여러 개 댄 딱딱한 의자에 불룩한 배가 무릎 위에 얹힌 모습으로 앉아 있다. 창문이 방에 비해 너무 작아서 한낮인데도 방이 밝지 않다. 때문에 엄마는 편지를 얼굴에 바짝 대고 있다.

아버지는 찰스턴에 대해 다음과 같이 썼다. '이곳은 북부의 주에서 볼 수 있는 것보다 더 정중한 예의범절이 있는 곳이오. 흑인에 대한 불필요하고 부도덕한 대우만 없다면 캐롤라이나주 주민들은 흠잡을 데가 거의 없을 거요.'

아버지는 다른 사람들과 마찬가지로 과일과 채소의 품질에 깊은 인상을 받았다. 그리고 날씨가 아주 좋다고 말한다. 관객이 연극을 감상하기에 너무 덥지도 않고, 마을에서 밤을 보내기에 너무 춥지도 않다는 것이다. 아버지는 첫 〈오셀로〉 공연의 관객 수가 아주 많았다고 자랑한다. 훌륭한 평가를 받았다고 덧붙인다.

그런 다음 아버지는 한 독자가 편집자에게 보낸 편지에서 다음과 같은 글을 인용한다. '우리는 그를 눈부시고 영광스러운 사람으로 여기지만, 동시에 자기 직업의 희생자로도 여깁니다.' 엄마가 휙 눈을 돌려 로절리를 쳐다본다. 준은 의식하지 못하지만 로절리는 즉시 엄마의 생각을 이해한다. 그것은 이상한 인용구이고, 엄마는 아버지가 무슨 뜻으로 그걸 편지에 인용했는지 궁금해하고 있다.

아버지는 가족 모두에게 사랑을 보낸다고 말하며, 아기들이 절대 알맞은 신발을 신지 않고 밖으로 나가는 일이 없도록 하라는 훈계를 써 보냈다. 이것은 아기들의 건강에 매우 중요하오! 아버지가 덧붙였다. "아버지가 항상 너희들을 얼마나 많이 생각하는지 알겠지?" 아버지의 그 말은 준과 로절리가 아니라 에드윈과 에이시아를 생각하고 한 것처럼 보이지만 엄마는 그렇게 말한다. 아버지는 돈을 보내지는 않았다.

아기들은 지금 낮잠을 자고 있어야 하지만, 로절리는 여전히 에

이시아가 다락방에서 혼자 칭얼거리는 소리를 들을 수 있다. 에이시
아의 칭얼거림이 더 심해지고 엄마는 에이시아가 에드윈을 깨울까 봐
걱정하므로 로절리는 다락방으로 올라가 에이시아 옆에 눕는다. 에
이시아는 모든 것에 전력을 다한다. 잠을 잘 때도 열심히 땀을 흘리며
잔다. 얼마 안 있어 에이시아의 머리가 있는 로절리의 옷소매 부분에
축축한 곳이 생긴다. 그곳에서 시큼한 우유 같은 냄새가 난다.

에이시아가 잠에 빠졌을 때는 준이 이미 저녁 식사를 마치고 나
간 뒤였다. 엄마는 여전히 탁자에 앉아 있다. 구부린 한쪽 팔에 이마를
대고 엎드려 누워 있는데, 음식은 손대지 않은 채로 있다. 로절리는
엄마의 머리카락이 양쪽으로 갈라진 부위에 하얀 두피의 예리한 선이
드러나 있는 것을 볼 수 있다. 로절리의 숨이 목구멍에서 가시처럼 따
가워진다. "엄마?" 로절리가 부른다.

엄마가 얼굴을 든다. 얼굴이 붉어지고 축축해져 있다.

엄마가 로절리에게 찰스턴에서 온 두 번째 편지를 건넨다. 이 편
지는 토머스 플린에게서 온 것이다. 플린은 아버지의 매니저이자 가
장 가까운 친구다. 그는 이것저것 잘 살펴봐달라는 엄마의 요청에 따
라 아버지와 동행하여 찰스턴에 갔다. 그의 편지는 엄마의 요청을 수
행하지 못한 것에 대한 사과의 글이다. 플린의 필체는 갑갑하고 고르
지 못하다. 로절리는 그걸 읽어내는 게 힘들었지만, 마침내 이해했다.

플린 씨는 다음과 같이 썼다. 배가 그들을 찰스턴으로 데려가는
동안 로절리의 아버지는 점점 더 엘더 콘웨이에 집착하게 되었다. 콘
웨이는 아버지가 알고 지내던 배우로, 몇 년 전에 바로 이곳 대서양
바다에 뛰어들어 스스로 목숨을 끊은 사람이다. 아버지는 그가 바다
로 뛰어든 정확한 지점에 배가 도착하면 알려달라고 요청했지만, 당
연히 정확한 지점을 아는 사람은 없었다. 그렇지만 결국 선장이 지금

배가 그 지점과 가까운 곳에 있다고 말해주었다.

아버지는 플린 씨의 정신이 산만해지기를 기다렸다가 밖으로 나가 위쪽 난간을 휙 넘어서 요란한 소리를 내며 산책용 갑판에 떨어졌다. 이 같은 일이 사람들의 눈에 띄지 않고 넘어갈 리 없었다. 위쪽 갑판에 사람들이 모여들어서 아버지에게 다시 올라오라고 소리쳤다. 아버지는 그 모든 얼굴들을 쳐다보았다. "난 콘웨이에게 전할 말이 있어요." 아버지는 그렇게 외치고 나서 뛰어내렸다.

아버지는 선장이 구명보트를 내려줄 때까지 배로부터 800미터쯤 뒤쪽의 몹시 차가운 물에 떠 있었다. 플린 씨는 아버지를 배에 끌어 올리는 동안 하마터면 구명보트를 뒤집을 뻔했다는 이유로 로절리의 아버지가 자기를 질책했다고 말했다. "맙소사, 톰. 자네, 더욱더 조심하지 않으면 우리 모두를 익사시키고 말겠어." 로절리의 아버지가 그렇게 말했다는 것이다.

'당신이 이 소식을 다른 데서 듣기 전에 내 편지가 당신 손에 들어가기를 바랍니다.' 플린 씨가 편지에 썼다. '우리가 찰스턴에 도착했을 무렵, 이미 꽤 많은 언론 보도가 있었거든요.'

엄마는 로절리가 끝까지 읽을 때까지 지켜본다. "우리 사이엔 비밀이 없다." 엄마는 로절리에게 그렇게 말했는데, 그것은 로절리의 입장에서는 분명 사실이 아니다. 로절리는 엄마의 입장에서도 그 말이 사실이 아니기를 바란다. 로절리에게는 알고 싶은 것들도 있지만, 알고 싶지 않은 것들도 있기 때문이다. 엄마는 준에게는 절대 "우리 사이엔 비밀이 없다"고 말하지 않는데, 그것은 때로는 로절리로 하여금 엄마가 로절리를 가장 사랑한다고 생각하게 하고, 때로는 그와 정반대로 생각하게 만든다.

아버지의 자살 시도는 로절리로서는 알고 싶지 않은 것들 중 하나이다. 그녀는 이 두 번째 자살 시도(첫 번째는 목매달아 죽으려는 것이었고, 바다에 뛰어든 이번이 두 번째다)에 대해 알고 있지만 준은 알지 못한다. 만약 아버지가 죽는다면 그들 모두는 어떻게 되는 걸까?

로절리는 아버지가 정말로 죽고 싶을 때는 덜 연극적으로 행동할 거라는 생각을 위안으로 삼는다. 그리고 아버지는 덜 연극적으로 행동할 수 없다는 사실에 더 큰 위안을 얻는다. 아버지는 자살의 극적인 잠재력을 결코 놓치지 않을 것이다. 그것은 중요한 장면이니까. 많은 관객을 필요로 하는.

"내가 아버지한테 가봐야겠다." 엄마가 말한다. 엄마는 두 번의 시도 끝에 거대한 배와 떨리는 다리를 겨우 지탱하며 자리에서 일어나는 데 성공한다. 엄마가 가방을 챙긴다. 할아버지와 앤과 조 홀에게 이야기한다. 엄마는 마지막 순간에 에드윈을 데려가기로 결심한다. 에드윈을 보면 아버지가 힘이 날 거야, 엄마가 말한다. 그래서 다루기 쉬운 아이는 가고 다루기 힘든 아이는 남는다.

5
노예들

준과 로절리는 집에 남아 오직 술꾼인 할아버지의 도움만으로 그 황야에서 생활하고 에이시아를 돌보아야만 하는 것이 아니다. 전혀 그렇지 않다. 1838년 무렵, 그 농장은 약 40명의 사람들이 사는 거처의 본거지였다. 그 사람들 대부분은 숲 가장자리에 드문드문 지어진 오두막에 사는 노예들이었다. 아버지는 이 노예들을 소유주로부터 임차하여 농장에서 일하게 했다. 그뿐 아니라 이 노예들에게 직접 임금을 지급하기도 했는데, 이들 중 소수는 그 돈으로 자유를 살 수 있었다.

로절리가 아홉 살쯤이었을 때, 언젠가 그녀는 로저스 이모가 엄마에게 노예를 소유하는 것과 노예를 임차하는 것의 차이는 그리 크지 않다고 말하는 것을 들었다. 그 말을 듣고 엄마가 말했다. "이 집에서 우린 하느님이 만드신 모든 개개인의 천부적 존엄성을 존중해요." 로절리는 엄마의 목소리가 엄청 화가 난 것처럼 들려서 깜짝 놀랐다. 갑자기 로저스 이모와 엄마가 다투고 있는 것처럼 보였다.

그러나 그때 엄마가 로저스 이모의 아픈 무릎 상태는 어떤지 물었고, 다행스럽게도 그날 로저스 이모의 무릎은 자세한 설명이 필요할 만큼 매우 좋지 않았다. "슬개골 밑을 칼로 도려내는 것처럼 아파요." 로저스 이모가 말했다. 그러고 나서 그것으로는 설명이 부족한 듯 덧붙였다. "불이 일렁이는 것만 같아요." 논쟁을 초래하기 쉬운 노예제라는 주제는 잊었다. 그때 부엌에서 일하고 있던 앤은 로저스 이모의 무릎이 참 안타깝다고 말했다.

앤과 조 홀은 로저스 이모보다 더 가족에 가깝지만 로절리는 그들을 이모나 삼촌으로 생각하지 않고 그저 앤과 조로 여길 뿐이다. 조는 1822년에 농장에 왔으므로 그녀로서는 조가 없는 집은 결코 알지 못한다. 조는 그녀의 삶에서 한결같이 위안이 되는 존재였다.

집에 아버지가 없을 때는 조가 모든 것을 운영한다. 그는 작업 일정을 세우고, 농작물을 심고, 낙농장을 운영하고, 일꾼들을 감독하고, 수리나 수선이 필요한 일들을 한다. 조는 아주 까맣고 아주 키가 크다. 아버지의 키는 150센티미터를 겨우 넘지만 조는 180센티미터를 훌쩍 넘어서는 거인이다. "난 웃지 않을 수가 없어." 언젠가 로저스 이모가 로절리에게 말했다. "두 사람이 뭔가 궁리하면서 서로 머리를 맞대고 있는 모습을 보면 말이야."

로절리는 네 살쯤이었을 때 조에게 몸이 왜 그렇게 새까만지 물

었는데. 그는 마다가스카르 왕가의 후손이기 때문이라고 말했다. 로
절리는 잃어버린 왕자가 아버지의 밭을 경작하고 있다는 생각에 황홀
해졌다.

로절리는 그것에 대해 계속 공상을 이어나갔다. 한동안 그녀는 아
버지의 연극 광고 전단에 나오는 왕족의 얼굴에(햄릿과 리처드의 얼굴
에, 심지어 아버지가 대부분의 인물들보다 더 검게 분장하고 연기하는
오셀로의 얼굴에도) 잉크를 칠했지만, 결코 조만큼 까매지지는 않았
다. 로절리는 자신의 묵인 아래 조가 그의 왕국으로 복귀하게 되고, 이
제 그녀가 맡게 될 역할은 조의 결정에 달려 있다는 상상을 했다. 그녀
는 아서왕에 대해 알고 있는 이야기를 조에 맞게 바꾸고, 조가 어떻게
그의 주장을 증명할 수 있을지 생각해내려고 애썼다. 조는 엄청 힘이
셌다. 돌에 박힌 검을 뽑는 것쯤은 너무 쉬울 것이다. 아마도 조는 뭔가
를 가지고 있을 것이다. 그의 어머니가 어린 그를 감싼 포대기를 고정
하기 위해 꽂아놓은 브로치가 있거나, 그게 아니라도 이제는 내보일
수 있는 뭔가를. 어쩌면 그의 몸에는 정당한 왕으로 식별될 수 있는 모
반母斑이 있을지도 모른다. 그녀가 그에게 물어볼 수 있는 것은 아니지
만 얼마든지 그런 것이 그의 몸에 있을 수도 있었다. 로절리는 사람이
모여든 법정에서 그녀 자신이 조의 사건을 논함에 따라 사람들의 의심
이 점차 기쁨으로 바뀌는 것을 상상하기 좋아했다. 물론 그의 이름에
대해서는 뭔가 조치를 취해야 할 것이다. 조라는 이름의 왕王은 들어본
적이 없으니까.

모든 형제들은 어린아이였을 때 조가 만들어준 잔가지로 엮은 아
름다운 바구니에서 잠을 잤다. 조금 더 커서는 오리 새끼들처럼 농장
을 거니는 조의 뒤를 졸졸 따라다녔다. 청소년이 되어서도 그들은 이
전 못지않게 조를 좋아한다. 하지만 그들은 조의 교육이 부족하다는

것과 조의 주장들이 과장되었다는 것을 알아차리기 시작하고, 그의 끝없는 이야기가 재미있다고 느낀다. 그들은 조의 말을 모방하면서 서로를 웃기고 즐겁게 한다. 에이시아는 어른이 되었을 때 애정을 듬뿍 담아서 조를 언급하며 무척 충직했노라고 말할 것이다. 우리들의 충직한 조 아저씨, 그렇게 부를 것이다.

조의 아내는 로저스 토지에 속해 있다. 이모 로저스와 일라이자 로저스가 아니라 일라이자의 아버지인 롤런드 로저스의 더 넓은 토지에 속한 노예이다. 조는 로절리의 아버지에게서 받는 임금으로 앤이 지불할 500달러를 천천히 모으고 있다. 로절리는 이 일이 하루빨리 일어나기를 기다린다. 그러면 앤은 마침내 조와 함께 이 농장에서 살게 될 것이다. 그러면 그들의 아기들이 자유인으로 태어날 것이다.

그들은 이미 두 명의 자식을 두고 있다. 두 딸이 있는데(루신다와 어린 메리 엘런), 둘 다 롤런드 로저스의 소유이다. 앤은 다시 임신을 했고, 이 아기 역시 그의 것이 될 것이다.

앤과 조는 오직 일만 한다. 농장에서뿐 아니라 일거리(바느질, 목공, 밭일, 농사 등)를 구할 수 있는 곳이면 어디에서든 일한다. 그러나 하루는 그리 긴 시간이 아니다. 돈은 더디게 모인다. 로절리는 앤이 엄마와 이야기하는 것을 듣는다. 조가 앤을 먼저 사는 것이 타당해 보인다. 그렇게 하면 이후 태어날 아기들은 다 자유를 누리게 될 테니까. 그러나 아이들의 값이 더 쌀 텐데, 만약 로저스의 농사가 흉작이 들면 그는 아이들을 팔아버릴 가능성이 크다. 그러므로 가능한 한 빨리 루신다를 사야 하는 게 아닐까, 또는 배 속의 아기가 태어나자마자 아기를 사야 하는 게 아닐까? 아니면 앤을 위해 계속 돈을 모아야 하는 걸까?

엄마는 로절리에게 이 모든 것에 대해 걱정할 필요가 없다고 따로 조용히 말한다. 엄마는 로저스 씨가 앤의 아이들을 팔아넘기는 일은 없을 거라고 확신한다. 마을의 백인들은 모두 로저스 씨를 관대한 사람이며 아량이 있는 노예 상인으로 여긴다는 것이다.

놀랍게도 엄마는 앤이 얼마나 로저스 씨를 싫어하는지 알아차리지 못하는 것처럼 보인다. 로절리에게는 그게 명백히 보이는데도 말이다. 앤과 조는 결혼한 지 수년이 되었지만 로저스 씨는 앤이 이곳에서 밤을 보내는 것을 절대 허락하지 않는다. 어느 날 앤이 로저스 씨 밭에서 일하고 있을 때 앤의 자식 한 명이 질식해 죽었는데도 로저스 씨가 사람을 보내 앤을 불러오게 하지 않았다는 사실을 엄마도 알고 있다는 것을 로절리는 안다.

앤과 엄마는 죽은 자식들로 함께 묶여 있다. 앤은 질식해 죽은 어린 남자애와 이름을 짓기도 전에 죽은 아기 여아, 이렇게 죽은 자식이 둘 있다. 둘 다 이곳 농장에 묻혀 있다. 앤은 엄마를 위해 일하는 동안 살아 있는 자식들과의 시간을 죽은 자식들과의 시간과 맞바꾸었다. 그 아이들의 무덤은 가족 묘지와 인접해 있지만, 울타리 안이 아니라 울타리 바깥쪽에 있다.

로절리는 그 애들의 존재감을 느낀 적이 없었다. 하긴 그녀로서는 느낌이나 목소리로 그 애들을 알아보지는 못할 것이다. 그 애들은 거기 있지만 단지 로절리에게 관심이 없을 뿐일 수도 있다. 로절리는 가끔 앤에게 그 애들이 말을 걸어오는지 물어보아야겠다고 생각한다. 하지만 늘 다시 생각해보고 나서 묻지 않는 게 좋겠다고 마음을 바꾼다. 엄마는 유령에 대해 절대 알면 안 된다.

그렇게 로절리는 노예들과 함께 자랐다. 어린 시절 그녀는 노예 아이들과 함께 수영을 하고, 그들을 따라 나무에 오르고, 조 홀이 일을 하러 갈 때 그들의 '피리 부는 사나이'[18]인 조를 따라가는 아이들의 무리에 합류했다. 그들은 로절리의 첫 놀이 친구 중 일부였지만 그들의 어린 시절은 아직 어린아이일 때 끝나버리고, 그들의 부모가 여전히 로절리 아버지에게 고용되어 있는 동안 그 아이들은 그들을 소유한 토지로 돌아가 집안일을 하고 밭일을 해야 했다.

로절리는 넬슨이라는 이름의 어린 남자애와 거의 2년 동안 지속된 특별한 우정을 지니고 있었다. 넬슨은 헨리 바이런처럼 놀이를 잘 만들었고, 자기가 만든 놀이를 하는 데 능했다. 그가 정확히 몇 살인지는 아무도 몰랐지만, 로절리보다는 확실히 어리고 헨리보다도 더 어린 것 같았다. 그는 종종 아침 식사 후에 마당으로 와서 준이나 헨리나 로절리를 밖으로 불러내기 위해 휘파람을 불곤 했다. 손가락을 입에 넣고 한 음으로 부는 휘파람이 아니라(그는 그런 휘파람도 불 수 있었다) 로절리가 모르는 노래의 한 대목 전체를 휘파람으로 불었다.

적지 않은 세월이 흐른 후에 꽤 많이 성장한 로절리는 가족과 함께 주일 산책을 나갔다가 볼티모어 공원에서 한 남자가 이 노래를 바이올린으로 연주하는 것을 다시 듣게 될 것이다. 다른 가족들은 그걸 의식하지 못한 채 계속 걸어가겠지만, 그녀에게는 이 곡조가 주먹처럼 날아들어서 숨도 제대로 못 쉴 만큼 충격을 줄 것이다. 그 곡조는 모든 기억을 되살려줄 것이다. 당연히 넬슨이 먼저 떠오른다. 넬슨이 마당에서 그녀를 향해 빙긋 웃는다. 그런 다음, 로절리가 메리 앤을 두고 뛰쳐나가 놀려고 할 때 자기도 따라가게 해달라고 조르는 메리 앤에 대한 날카롭고 가슴 아픈 기억이 떠오른다. 그리고 두 팔을 벌린

18 독일의 도시 하멜른에서 내려오는 전설을 바탕으로 그림 형제 등이 재구성한 동화의 제목이자 이 동화 속의 인물.

엘리자베스의 기억도 떠오른다. 엘리자베스의 붉어진 뺨, 흐르는 콧물, 여린 아기 머리 위로 성기게 난 엷은 머리털이 떠오른다.

그리고 마지막으로 주위에 벌 소리가 가득한 잔디밭에서 그녀와 함께 누워 있는 헨리 바이런이 떠오른다. 그녀 없이 침대에 누운 그의 얼굴에, 그의 손에, 그의 목에, 모든 곳에, 모든 곳에, 심지어 그의 눈 안에까지 발진이 나타나 퍼진다.

로절리는 바이올린 연주자에게 그 곡의 이름이 무엇인지 묻는다. 이 특이한 행동을 눈여겨보는 사람은 없다. 로절리에게 주목하는 사람이 없기 때문에 그녀는 낯선 남자에게 말을 건 것이다. "〈가엾은 로지¹⁹〉라고 해요." 그가 말한다. 그녀는 이 말에 깜짝 놀라서 갑자기 얼음처럼 굳어질 것이다. 넬슨은 그걸 알았던 것일까? 넬슨은 그녀를 가엾게 여겼던 것일까? 그가 그녀를 놀린 것일까? "이 곡이 마음에 들어요?" 바이올린 연주자가 묻고 로절리는 그가 묻는 말을 들을 테지만, 그때는 이미 그녀가 걸음을 옮긴 후일 것이다.

로절리는 넬슨을 좋아했고 넬슨도 자기를 좋아할 거라고 생각했다. 준과 헨리 바이런이 다른 일로 바쁘고 로절리는 바쁘지 않은 경우가 가끔 있었는데, 그럴 때에도 넬슨은 로절리하고만 노는 것을 전혀 꺼리지 않았다. 그런 일이 자주 있었던 것은 아니지만, 가끔 있었다. 그들은 정말 친구였던 적이 없었을까? 로절리는 평생토록 쉬이 친구를 포기할 수 있을 만큼 많은 친구가 있었던 적이 없었다. 분명 다시는 보지 못할 친구라 해도 그녀로서는 포기할 수 없다. 그녀는 자기가 넬슨을 좋아한 만큼 넬슨도 자기를 좋아했다고 믿을 필요가 있다.

넬슨은 이가 생기는 것을 예방하기 위해서거나 아니면 생긴 이를

박멸하기 위해서 주기적으로 머리를 빡빡 밀었으므로 그의 머리털은
자랐을 때도 짧았다. 두 앞니는 아직 나지 않았는데, 그것은 그가 휘
파람을 부는 데 도움이 돼주었고 웃을 때면 휑한 틈으로 보였다. 그는
늘 웃었다.

넬슨은 신발을 신은 적이 없었다. "물론 나도 신발이 있어." 그가
말했다. "신발을 신는 걸 좋아하지 않을 뿐이야." 그 영향으로 헨리 바
이런은 자기도 신발 신는 것을 좋아하지 않는다는 걸 깨닫게 되었다.
로절리의 발은 신발을 신지 않고 맨발로 숲속을 뛰어다닐 만큼 튼튼
하지 않았고, 준은 신발을 신지 않고 돌아다니지는 않겠다고 마음먹
었다. 그러나 헨리와 넬슨은 계속 맨발로 다녔는데, 어느 날 개 한 마
리가 헨리의 신발 한 짝을 물고 가서는 반쯤 물어뜯은 상태로 돌려주
었다. 엄마는 어찌 됐든 헨리가 그 신발을 신어야 한다고 말했다. 애초
에 절대 신발을 벗지 말았어야 했기 때문이라고 했다. 전염성 피부병
에 걸리고 싶어서 그런 거야? 엄마가 물었다. 그런 다음 준과 로절리
가 그걸 허락하지 말았어야 했다고 나무라듯 말했다. 어린 동생의 모
든 부적절한 행동은 언제나 나이가 더 많은 형제의 잘못이었기 때문
이다. 그것이 가족이 작동하는 방식이었다.

준은 어딘가로 가고 없고, 헨리 바이런과 로절리와 넬슨만 히커
리 길이 개울과 만나는 곳까지 내려간 날이 있었다. 햇빛이 나무 사
이로 스며들어 별빛처럼, 불티처럼 물 위에 내려앉았다. 다람쥐들이
높은 나뭇가지에서 노닐며 서로를 쫓고 있고, 토끼들은 풀밭에서 풀
을 먹고 있었다. 헨리가 댐을 쌓아서 물고기가 들어갈 구멍을 만들자
는 아이디어를 냈다. 그 일을 제대로 한다면 막대기도 필요 없을 거라
고 했다. 손을 뻗어서 구멍에 갇힌 물고기를 꺼내기만 하면 될 터였다.
"그리고 나서 우린 불을 피우는 거야." 넬슨이 말했다. 흥분한 그의 치

아 사이 넓은 틈으로 침방울이 튀어나왔다. "그리고 그것들을 막대기에 꽂아 구워야지. 감자 저장 통에서 감자도 몇 개 훔쳐서 숯불 속에 묻어두자. 우린 왕처럼 먹는 거야!"

그들은 댐을 만들 통나무를 모으기 위해 흩어졌다. 그 계획은 헨리와 넬슨을 들썩이게 한 것만큼 로절리의 마음을 들뜨게 하지는 않았지만, 그래도 로절리는 도움이 되려고 노력했다. 그녀는 통나무를 하나 발견했는데, 너무 무거워서 들 수가 없었으며 여기저기 나뭇가지가 달려 있어 굴릴 수도 없었다. 그녀는 그것을 간신히 아주 조금 들어 올렸다. 그러자 다리가 엄청 많이 달린 벌레를 비롯하여 10여 마리의 벌레가(지네, 쥐며느리, 유령처럼 새하얀 거미 따위가) 나왔고, 그것들이 그녀의 발 쪽으로 기어오는 것이었다.

"아버지는 우리가 물고기를 죽이는 걸 허락하지 않을 거야." 로절리는 헨리에게 아버지의 신조를 상기시키며 통나무를 다시 땅에 내려놓았다. "아버지가 이걸 알면 우린 엄청 혼날 게 뻔해." 넬슨의 역할은 무엇이든 적극적으로 하려는 것이다. 로절리의 역할은 소극적인 태도를 보이는 것이다. 물고기들은 그녀로부터 안전하다.

로절리의 제안으로 그들은 물고기 대신 달걀을 삶아 먹기로 한다. 그녀는 닭장에서 달걀 세 개를 가지고 온다. 냄새나는 둥지에서 따뜻한 달걀을 잽싸게 꺼낼 때 닭들이 그녀 주위에서 꼬꼬댁거린다. 그녀가 돌아오자 남자아이들은 불을 피웠다. 넬슨이 냄비를 구해 와서 물을 채워놓았다. 그들은 껍질을 벗기고 따끈따끈한 달걀을 먹는다. 왕이 된 듯한 기분만으로도 그들 모두는 충분히 만족스럽다.

또 다른 날. 넬슨이 숲속의 빈터에서 넓은 이끼밭을 발견했다. 넬슨은 그것이 통나무집 벽난로 옆에 깔린 붉은 터키산 양탄자처럼 부드럽다고 했다. 그는 그것을 보여줄 사람을 찾으러 왔다가 로절리만 있는 것을 보고 로절리를 그곳으로 데려갔다. 넬슨은 나뭇가지들이 뒤로 휘면서 로절리의 얼굴을 때리지 않도록 신사처럼 나뭇가지들을 잡아주었다.

양탄자보다 좋은걸, 하고 로절리는 동의했다. 훨씬 더 좋아. 그때 헨리 바이런이 왔고, 두 아이는 막대기들을 이용하여 이끼 위에 형편 없이 간단한 집을 만들었다. 세 사람이 안에 들어가 서로 팔과 팔을 맞댄 채 겨우 함께 앉을 수 있을 만큼의 공간뿐이었다. 로절리는 엉덩 이 밑에서 습한 냉기를 느낄 수 있었고, 양쪽 남자애들의 칙칙한 땀 냄새를 맡을 수 있었다.

"여기 있으면 우린 비가 와도 젖지 않아." 넬슨이 마치 햇빛이 지 붕을 뚫고 들어와 로절리의 손과 넬슨 자신의 얼굴에 아른거리고 있 다는 것을 모르는 것처럼 말했다. 그들은 나뭇잎 밑에서 계획을 세웠 다. 두 남자애는 인디언이 되기로 마음먹었다. 그러나 로절리는《스위 스 로빈슨 가족의 모험》[20]의 안락함을 택했다. 헨리와 넬슨이 사냥과 습격을 계획하는 동안 로절리는 침실과 무도회장, 그리고 손을 씻고 설거지를 할 수 있도록 속이 빈 통나무를 통해 물이 떨어지는 장치를 상상했다.

헨리 바이런과 넬슨은 항상 세상을 다시 조정하고 있었다. 개울 을 건너 작은 섬으로 가는 새로운 길을 만들기 위해 징검다리를 놓았 고, 통나무와 나뭇가지를 옮겨서 댐과 다리, 요새와 원뿔꼴 천막집을 만들었다. 그들은 탈출을 꿈꾸었고, 집안일과 공부를 떠나, 집과 가족 을 떠나 숲속으로 들어가는 것을 꿈꾸었다. 로절리에게 탈출은 무척

---

20 《Swiss Family Robinson》. 스위스의 로빈슨 가족이 오스트레일리아로 이민을 가면서 일어난 이야기를 다룬 요한 다비드 비스의 소설. 1812년에 출간되었다.

현실적인 것이었다. 메리 앤과 엘리자베스로부터, 그리고 아기를 돌보는 따분함으로부터 잠시 벗어나서 쉬는 일이었다. 넬슨에게도 탈출이 현실적인 것인지 로절리는 결코 알지 못했다.

그 이후로 넬슨은 더 이상 오지 않았다. 이 일은 그녀의 두 여동생이 죽었을 무렵에 일어났고, 따라서 그녀는 자기가 알고 있던 모든 것이 무너지는 것을 목격하는 끔찍한 불행에 너무 경황이 없어서 처음에는 그걸 알아차리지 못했다. 그녀는 자신이 맏딸 노릇에 얼마나 피곤해했는지, 그래서 얼마나 자주 남자애들과 몰래 빠져나가 숲으로 갔는지를 생각하면서 남몰래 부끄러워했었다.

마침내 넬슨이 그리워졌을 때 로절리는 넬슨도 콜레라로 죽은 게 아닐까 걱정했다. 그녀는 부엌에 있는 앤을 찾아가 물었다. 아니, 다른 애들은 아무도 죽지 않았어, 앤이 말했다. 넬슨에 대해서 앤은 간단히 말했다. "팔렸어."

로절리는 안도했다.

"65달러에." 앤이 말했다.

로절리는 감명받았다. 아홉 살인 그녀로서는 넬슨의 삶이 많이 바뀌었다는 것을 상상할 수 없었다. 넬슨은 어디에 있든 간에 요새를 쌓고, 얼굴에 출진 물감[21]을 바르고, 치아 사이로 넓은 틈이 보이는 특유의 미소를 짓고 있을 거라고 로절리는 생각했다. 누군가가 65달러를 지불했다면 그 사람은 넬슨을 무척 사랑하는 게 틀림없다고도 생각했다.

그렇지만 로절리는 미심쩍어했을 것이다. 왜냐하면 뒤이어 다음과 같이 앤에게 물었기 때문이다. "넬슨은 행복하겠죠? 그렇게 생각하죠?" 로절리는 그렇게 말했고, 이어서 곧장 앤이 올바른 대답을 하

---

21   북미 원주민 등이 전투에 나갈 때 얼굴과 몸에 바르는 물감.

도록 유도하기 위해 덧붙였다. "넬슨은 늘 행복하니까요."

"아이들은 가장 어두운 시기에도 행복을 잡아챌 수 있단다." 앤이 말했다. "그것이 하느님의 선물이고, 하느님이 아이들을 사랑하는 방식이지. 어른이 되면 더 이상 그렇게 할 수 없어. 어른에겐 그런 선물이 없으니까. 하느님이 그걸 도로 가져가버리시거든."

로절리의 상실감은(미래의 그 모든 세월에 걸쳐 되풀이하여 밀려들 테지만) 감당할 수 있는 무게보다 더 무거운 무게로 그녀의 가슴속에 밀려들었다. 프레더릭과 엘리자베스, 메리 앤과 넬슨. 잃어버린 엄마의 행복, 아버지의 온전한 정신. 로절리는 이제 앤의 무릎에 앉기에는 너무 컸지만, 그래도 앤은 식탁 의자에 털썩 앉더니 마치 로절리가 아직 어린아이인 것처럼 로절리를 옹색스럽게 끌어안고 부드럽게 흔들면서 교회 노래 같은 것을 흥얼거렸다. 로절리는 깊은 슬픔 속에서 처음으로 자신은 이제 어린아이가 아니라는 것을 깨달았다.

로절리는 그것마저도 잃어버린 것이었다.

그럼에도 불구하고, 그녀 주변 곳곳에서 일어난 이 모든 일들에도 불구하고, 로절리는 노예 제도에 대해 거의 생각하지 않았는데(노예 제도는 으레 존재하는 것이었다) 그들 가족이 헤이거를 데리고 그 끔찍한 영국 여행을 했을 때까지 그랬다. 어느 날 로절리는 학교에서 헤이거를 언급했다. 헤이거는 노예였어요, 로절리가 말했다. 로절리는 그 말이 불러일으킨 충격을 느낄 수 있었다. "우리 노예는 아니었어요." 그녀는 재빨리 해명했지만 이미 손상을 피할 수 없었다.

곧 노예 제도에 대한 수업이 이루어졌고, 아이들은 모두 노예 제도는 국가가 결정한 것이며 국가는 언제나 더 나은 결정을 내릴 수 있다는 것을 배웠다. 이 수업 중에 한 여자애가 그 누구도 다른 어떤 사람의 노예가 되어서는 안 된다고 말했고, 선생님은 그 말에 동의했다.

노예 제도는 성경에 나오지 않는 것이에요, 하고 그 여자애가 말했다. "우리가 생각하는 것도 그거야." 로절리가 그 애한테 말했다. 비록 그 것이 잘못된 것이라 해도 성경에는 나와 있을 거라고 확신을 가진 채 그렇게 말했던 것이다.

미국에 돌아왔을 때, 많은 것들이 빠져나간 슬픈 집에 돌아왔을 때, 헤이거가 예기치 않게 아버지에게 일라이자 본드 박사의 토지로 돌아가도록 허락해달라고 요청했다. 헤이거는 수년 동안 아버지와 엄마를 위해 일해왔지만 본드 박사의 소유였고, 원래 넓고 부유한 그곳에서 자랐다. 헤이거는 영국에 가기 전에는 무척 행복해 보였다. 부엌에서 일하며 노래를 부르곤 했다. 하지만 영국에 갔다 온 후 그녀는 달라졌다. 주의가 산만하고 말수가 없어졌다. 그걸 아무도 주목하지 못했다. 주의 깊은 로절리도 알아채지 못했다. 그들은 모두 각자의 슬픔에 잠겨 있었다. 헤이거라고 그렇지 않았겠는가? 그녀도 헨리 바이런을 사랑했다.

아무도 헤이거가 천연두에 걸렸다가 간신히 죽음에서 탈출한 것이 그녀에게 어떤 의미를 던졌을지 궁금해하지 않았다. 아무도 영국의 자유가 미국 메릴랜드주의 노예에게 어떻게 보였을 것인지 생각하지 않았다.

헤이거의 요청에 대한 아버지의 첫 반응은 안 된다는 것이었다. 절대 안 된다고 했다. 엄마는 그 어느 때보다도 더 그녀가 필요했다. 게다가 이 농장에서 지내는 것이 헤이거에게 가장 이익이 되었다. "왜 노예 생활로 돌아가려고 해?" 아버지는 헤이거가 최근에 겪은 정확한 상황을 유념하지 않은 채 그녀에게 그렇게 물었다. 헤이거는 이곳 농장에서 임금을 받고 사랑을 받았다. 그러니 돌아가겠다는 것은 말도 안 되는 소리였다. 아버지는 허락하지 않으려 했다.

할아버지가 끼어들었다. "네가 자유를 신봉한다면," 할아버지가 아버지에게 말했다. 아버지는 항상 자신은 자유를 신봉한다고 주장했다. "이것은 헤이거가 선택할 문제라는 것에 동의할 거야."

로절리가 헤이거를 마지막으로 보았을 때 헤이거는 마차 뒤에 탄 채 멀어져가고 있었다. 그녀의 등은 뻣뻣하고 얼굴은 움직임이 없었다. 마치 나무에 새겨진 인물 같았다. 그러나 그녀는 노예 생활로 돌아가지 않았다. 대신 도망쳤다.

그녀가 없어졌다는 사실이 3일 동안 발각되지 않았고, 발각된 후에는 그녀를 추적할 방법이 없었다. 그녀를 감시하지 않고 한눈판 사람이 아버지였다는 이유로 본드 박사는 그녀를 구입했던 가격 전액을 아버지에게 요구했다.

헤이거가 유일하게 아버지가 어쩔 수 없이 돈을 지불해야 했던 행방불명된 노예였던 것은 아니다. 어느 날 로절리는 긁힌 자국이 많은 직사각형 금속판(금속판에는 숫자 37이 새겨져 있었다) 하나와 둥근 고리 모양의 부서진 사슬 하나를 발견했다. 그것은 헛간 건초 더미 사이에 있었다. 로절리는 그것이 무엇인지, 어떻게 해서 헛간에 있게 되었는지 전혀 알지 못했다. 그녀는 그것을 할아버지에게 보여주었고, 할아버지는 그녀가 신경 쓸 일이 아니라고 말했다. 할아버지는 로절리에게서 그것을 받아 가져갔는데, 로절리는 다시는 그것을 보지 못했다. 그녀는 이후 수년 동안 자신이 발견한 것이 족쇄였고, 숫자는 그 족쇄를 찬 사람을 식별하기 위한 것이었다는 사실을 알지 못했다. 또한 할아버지가 수년 동안 자유를 찾아 필라델피아로 도망가는 노예들을 돕고 있었다는 것도 알지 못했다. 할아버지는 탈출하여 정착한 노예들이 몰래 와서 도망치는 노예들을 데리고 볼티모어와 그 너머 지역으로 안내해줄 수 있을 때까지 그들을 농장의 숲속에 숨겨주었던 것이다.

그 일에 관해서는 아버지도 전혀 알지 못했을 것이다. 다만 한 차례 할아버지가 붙잡혀서 오직 아버지의 돈만이 할아버지를 감옥에서 빼낼 수 있었던 경우를 제외하고는 말이다.

아버지는 원칙적으로 노예 제도를 반대한다. 그러나 할아버지만큼 강력하게 반대하지는 않는다. 아버지는 두 차례 노예 소유주가 되었다. 본드 박사에게서 조 홀을 구입했다. 구입하기 전에 좋은 예절이 노예제의 악을 완화할 수 있다는 듯이 먼저 조의 허락을 구했다. "나를 위해 5년 동안 열심히 일해줘." 아버지가 말했다. "그러면 너를 자유롭게 해줄 거야." 그리고 정말 그렇게 해주었다.

아버지가 두 번째로 구입한 노예는 로절리가 한 살이었을 때 구입한 해리엇이라는 이름의 여자였다. 그때 준은 두 살 반이었고, 황야에서 어떻게 살아가야 할지 모르는 엄마는 도와줄 사람이 절실히 필요했다. 이번에도 아버지는 자신이 관대한 사람이라고 굳게 믿었다. 아버지는 거의 모든 것에 대해 자신을 납득시킬 수 있었다. 당신이 당신 자신의 가장 손쉬운 표적이었던 것이다. 아버지는 종신 노예였던 해리엇에게 조건부 노예라는 속박의 형태를 제시했다.

그 조건들은 이러했다.

1) 해리엇은 조처럼 5년 동안 복무한 뒤 자유롭게 풀려난다. 그러나 여자이기에 향후 태어날 수 있는 자식들에 대해서도 고려해야 한다.
그러므로…….

2) 아버지는 그녀가 낳은 모든 아이들을 그들이 스물네 살이 될

때까지 소유할 것이고, 이후 그들은 자유롭게 풀려날 것이다. 그리고 마지막으로…….

3) 그녀의 자식들 중 누구도 메릴랜드주 바깥으로 팔려 가지 않을 것이며, 풀려난 뒤에 메릴랜드주에서 쫓겨나지도 않을 것임을 약속한다.

이 계약이 체결된 지 3일 후, 해리엇은 첫 기회가 찾아오면 언제든 울타리 가로장으로 엄마를 패 죽이겠다는 의도를 무심코 드러냈다. 해리엇은 즉시 자유를 얻었으며 복무에서 면직되었다. 그녀는 아버지가 구입한 마지막 사람이었다.

로절리는 로저스 이모가 말해주었기 때문에 해리엇에 대해 알고 있다. 불쌍한 엄마는 비스킷을 잘 만들지도 못하고 노예를 잘 다루지도 못했다. 엄마와 로저스 이모가 노예제에 대해 거의 다툴 뻔했던 지난번의 언쟁에서 로저스 이모는 해리엇을 언급할 수도 있었을 것이다. 분명히 아버지와 엄마의 원칙들은 엄마가 생각하는 것보다 확고하지 못하고 가변적이었다. 그러나 로저스 이모로서는 다음과 같은 것을 아는 것으로 충분했다. 즉 자신이 그걸 언급할 필요가 없다는 것이다. 엄마가 신봉한다고 주장하는 게 무엇이든 간에, 로저스 이모와 엄마 모두 여전히 백인 여자였다.

6

1838년, 엄마와 아버지가 둘 다 집에 없는 상황에서 로절리는 모처럼 쉴 수 있는 여유가 생긴다. 봄은 깨진 거울 조각들에 담긴 것들처럼,

지나가는 마차에서 들리는 소리처럼 분명한 조각들로 다가오고 있다. 새, 벌레, 나뭇잎, 꽃, 비, 구름…… 통나무집 주변 땅 곳곳에서 만족스러운 기운이 피어오른다. 밤사이에 벚꽃이 탐스럽게 피어났다. 날은 때아니게 따뜻하다.

아직 커다란 황소개구리의 울음소리는 없지만, 송장개구리는 겨울잠에서 깨어났다. 에이시아가 잠자리에 든 저녁이면 로절리는 등받이에 가로대를 여러 개 댄 엄마의 의자를 현관문 밖으로 끌고 나와 송장개구리의 울음소리를 듣는다. 개울이 습지로 변하는 바로 그 지점의 버드나무 아래에서 송장개구리들이 이상한 소리로 합창을 하는데, 마치 질주하는 말발굽 소리처럼 들린다.

로절리는 징조를 지켜본다. 찰스턴에 있는 아버지와 엄마가 어떻게 될지 그 조짐을 보려는 것이다. 어느 날 밤, 그녀는 부엉이가 밑으로 떨어지듯 내려갔다가 발톱으로 뭔가 작고 부드러운 것을 잡아서 다시 날아오르는 것을 본다. 부엉이는 근처 나무에 자리 잡고 그것을 먹는다. 내장에서 나온 줄 같은 것들이 부리에 매달려 있다. 로절리는 징조를 믿지 않기로 마음먹는다. 엄마의 의자를 다시 안으로 가지고 들어간다. 그녀는 묘지에 가는 것을 평소보다 더욱더 피한다. 유령들이 운명을 모호하게 예언하기 시작했기 때문이다. *사냥꾼들이 늑대 무리 같은 이빨을 가진 사냥개들과 함께 있고 그들이 한 번 철썩 쳐서 사냥개를 풀어주면 녀석은 어둠 속이 아니라면 수의를 짓게 될 것이고 이 격렬한 기쁨에는 격렬한 종말이 있지.* 유령들이 이 같은 불길한 중얼거림으로 로절리에게 고통을 주려는 의도가 있는지조차 분명하지 않다. 그들 자신은 동요하지 않는 것 같다.

밤이 되면 준은 촛불 옆에서 희곡을 암송하여 그녀를 즐겁게 한다. 준은 큰 몸짓을 해가며 큰 목소리로 독백을 해 보인다. 그의 뒤에 있는 거친 나무 벽에 그의 그림자가 두 팔을 뻗는다. 아버지는 어떤 자식에게도 당신의 연극을 보는 것을 허락한 적이 없다. 아버지는 어떤 자식도 당신을 따라 극장에 들어가는 것을 원치 않는다. 하지만 집 안 곳곳에 연극 광고 전단과 오려낸 기사, 그리고 장갑, 가발, 모자 등이 쌓여 있다. 어떤 아이도 맥베스의 단검이나 햄릿의 망토를 찾기 위해 멀리까지 갈 필요가 없다. 리처드[22]의 굽은 등은 보통 아버지의 책상 위에, 농장 카탈로그와 빚진 돈을 상기시키는 아주 많은 문서나 독촉장 밑에 놓여 있다. 여름철에 아버지가 집에 있을 때면 아버지는 매일 저녁 아이들에게 희곡을 읽어준다. 그러면서 말씨, 억양, 리듬에 대해 이야기한다. 아버지는 아이들에게 금지된 것을 위해 그들 모두를 훈련시키는 것이다.

준은 필라델피아에서 연기 경력을 쌓는 것을 꿈꾸기 시작했다. 그는 필라델피아에 있는 몇몇 극단을 알고 있고, 그에게 기회를 주겠다는 약속을 받았다. 이것은 아버지의 희망에 반하는 일이다. 아버지 자신의 연기 경력이 당신의 희망에 반하는 것처럼 말이다. 준이 궁극적으로 이어나갈 다른 가족 전통들도 있지만, 준은 아직 그게 무엇인지 알지 못한다.

로절리는 준이 자신의 성공으로 아버지를 놀라게 하고 싶어 한다는 것을 알고 있지만, 그렇게 하지 못하리라는 것을 안다. 준은 말이 너무 빠르고, 커다란 감정을 보여주고 싶을 때는 목소리가 커진다. 이것이 그녀를 슬프게 하지만, 준은 괜찮을 것이다.

어쨌든 준은 이 가족 중에서는 예외적으로 무척 꾸준하고 한결같다. 로절리는 준이 가버리면 몹시 보고 싶어질 것이라고 생각한다.

22   선천적으로 장애를 가지고 태어난 리처드 3세를 말한다.

준이 그녀와 많은 시간을 함께한 것은 아니지만, 적어도 그는 항상 이곳, 그의 자리에 있었다.

아버지, 엄마, 그리고 어린 에드윈이 집에 돌아온다. 그들은 아무도 예상하지 못한 늦은 밤에 도착한다. 로절리는 개들이 낑낑거리는 소리에 잠에서 깬다. 그녀는 잠옷 위에 숄을 두르고 맨발로 아래층에 내려가 먹을 것을 준비한다. 에드윈은 아버지의 어깨에 자루처럼 걸쳐진 채 자고 있다. 로절리는 아버지에게 다가가 키스를 하려고 하지만, 아버지는 그녀에게 에드윈을 건네는 것으로 키스를 피한다. 그녀는 그 이유를 알게 된다. 아버지의 얼굴이 엉망이 돼 있는 것이다.

다음과 같은 일이 있었다. 아버지가 한밤중에 플랜터스 호텔에 있는 토머스 플린의 방 창문을 통해 안으로 들어가서 자고 있는 그를 부지깽이로 공격했다. 아버지는 그를 죽이려 했던 것 같다. 플린 씨가 반격했다. 플린 씨는 근처 탁자에 놓여 있던 백랍 냄비를 집어 들고 아버지의 얼굴을 후려갈겨서 코를 부러뜨렸다.

모두가 이 모든 것을 몹시 유감스럽게 생각한다. 우정에는 영향이 없다. 플린 씨는 아버지보다 훨씬 더 속상해한다. 플린 씨는 눈물 없이는 이 이야기를 할 수 없을 것이다. 그는 아버지의 경력을 망친 것에 대해 자책한다. 하지만 아무도 아버지의 경력이 망쳐진 것을 알아차리지 못하는 것 같다. 예약, 많은 관객, 열광적인 비평이 계속된다.

로절리의 아버지는 다시는 잘생겨 보이지 않겠지만, 그러나 그 점에 대해 신경 쓰는 사람은 없다. 중요한 것은 아버지의 목소리다. 언제나 목소리가(가락이 곱고, 미묘한 차이를 섬세하게 표현할 수 있는 목소리가) 아버지의 가장 중요한 재능이었다. 그 목소리가 없다면 아버지의 연기는 더 기능적이고 덜 천재적일 것이다.

아버지는 빠르게 회복된다. 단 며칠 후에 집 밖으로 나가 외부 활동을 한다. 〈볼티모어 선〉은 '격정적인 비극 배우가 우리 도시에 왔다'라고 보도한다.

또 다른 신문은 이렇게 쓴다. '이 사람은 광인인가?'

아무도 그 싸움이 무엇에 관한 싸움이었는지 로절리에게 설명해주지 못한다. 그걸 아는 사람이 없는 것 같다. 아버지는 말하기를, 플린 씨를 부지깽이로 내려칠 때 자기는 이아고의 대사를 읊어주었다고 한다.

마누라에는 마누라로 그에게 대갚음하기 전에는
그 어떤 것도 내 영혼을 만족시킬 수 없을 테니까.
만약 대갚음하지 못한다면 적어도 이 무어인에게
그따위 분별력으로는 치유할 수 없는
아주 강렬한 질투심을 심어주겠어![23]

그러다가 갑자기 이야기가 바뀌어 이제 아버지는 자기가 오셀로라고 생각하고는 다음과 같이 소리쳤다.

악당아, 내 사랑이 창녀라는 걸 증명해봐![24]

엄마에게 털어놓은, 로절리에게 털어놓은 플린 씨의 이야기는 훨씬 덜 셰익스피어적이다. 플린 씨는 아버지가 화난 이유는, 아버지가

---

23 《오셀로》 2막 1장에 나오는 이아고의 독백. 오셀로가 자기 아내를 간음했을 거라고 의심하면서 복수를 다짐하는 장면.

24 《오셀로》 3막 3장에 나오는 장면.

엄마에게 앙갚음할 공평한 기회를 가지려 하는 것을 플린 씨가 막았기 때문이라고 말했다. 로절리는 공평한 기회가 무엇인지 모르지만, 묻지 않는 게 좋다는 것 정도는 안다. 엄마는 싸움을 직접 보지는 못했다. 하지만 엄마는 가엾은 에드윈이 뭔가를 봤을 수도 있다고 생각한다. "그 후로 에드윈은 엄청 크고 엄청 슬픈 눈을 가지게 되었어. 접시만큼 큰 눈을." 엄마가 로절리에게 말한다. 에드윈은 언제나 엄청 크고 엄청 슬픈 눈을 가지고 있다. "에드윈을 데리러 갔더니 에드윈이 내 팔 밑에 머리를 파묻는 것이었어. 마치 아무도 자기를 찾지 못하게 하려는 것처럼 말이야."

죽은 새들을 보고 눈물을 흘리며 독사라 해도 죽이지 않을 만큼 마음이 부드러운 사람, 꽃을 꺾는다는 것은 그 향기롭고 순결한 생명을 끝낸다는 걸 의미하기 때문에 꽃을 꺾지 못하는 사람, 그런 아버지가 일단 누군가를 적대시하기 시작하면 잔인해질 수 있다는 것을 로절리는 안다. 적대시하는 데다가 술에 취해 있으면 아버지는 위험하다. 아버지를 대단한 존경심을 가지고 대하는 엄마도 아버지를 무척 두려워한다는 것을 로절리는 안다. 로절리는 아버지를 매우 사랑하지만 동시에 무척 두려워하기도 한다.

이런 것은 다른 형제들은 알지 못하고 느끼지 못하는 것인데, 에드윈이 그처럼 순수하고 어린 나이에 그런 것을 배우고 있을지도 모른다고 생각하니 로절리는 무척 안쓰럽고 마음이 아프다.

그녀는 에드윈에게 찰스턴 여행에 대해 묻는다. "너처럼 굉장한 아이에겐 정말 굉장한 여행이었겠구나." 그녀가 에드윈에게 말한다. 다행히도 에드윈이 유일하게 기억하는 것은 아버지의 트렁크에 들어 있던 의상들이 침대에 널려 있었고, 그 의상들 사이에 눕혀졌다는 것뿐인 듯하다.

7

엉망이 된 얼굴을 비롯한 여러 가지 안 좋은 상황에도 불구하고 아버지는 3주가 지나기도 전에 다시 여행을 떠난다. 어느 날 밤 무언가가, 불길한 예감이거나 예기치 않은 어떤 소음이(로절리는 그게 무엇인지 모른다) 그녀를 깨운다. 그녀는 소리 나지 않게 계단까지 걸어가서 아래층으로 내려간다. 어둠 속에서 터키산 양탄자의 가장자리를 찾아 그것을 밟고 의자와 탁자들을 빙 돌아 이윽고 현관문에 이른다. 그녀는 문을 연다. 꿈을 꾸고 있는 것만 같다. 달은 나무 위 높은 곳에서 10센트짜리 동전처럼 빛난다. 달 주변에는 무수한 별들이 대충대충 흩뿌려져 있다. 가까운 곳에서 부엉이가 운다. 까마귀 한 마리가 공중으로 날아오르고, 로절리는 파닥파닥하는 까마귀의 날갯짓 소리를 들을 수 있다. 세상은 검은빛과 은빛이다. 그녀는 곧 비가 오려는 냄새를 맡을 수 있다.

개들은 통나무집 앞에 누워 있다. 개들이 털을 뻣뻣하게 세우며 갑자기 일어난다. 개들이 짖는다. 계속 짖는다. 로절리는 가슴속에서 공포를 느낀다. 위층으로 올라가 준에게 가서 준을 흔들어 깨운다. 그리고 아버지의 장전되지 않은 총을 준에게 갖다준다. 그들은 잠옷 차림으로 문간에 함께 서서 개들의 소리에 귀를 기울인다.

엄마가 그들이 있는 문간으로 오고, 잠시 후에 할아버지도 합류한다. 갑자기 무척 허약해진 할아버지의 모습이 로절리의 눈에 띈다. 만약 그들이 살해당할 위험에 처한다면, 그걸 막아줄 사람은 할아버지가 아닐 것이다.

어둠 속에서, 그리고 나무에서 사람의 형체가 나타난다. 그들의 모습이 한 성인 남자로, 한 성인 여자로, 그리고 아주 많은 수의 아이들로 점점 명확해진다. 여자의 모습은 정상이 아닌 것처럼 보였지만, 거리가 더 가까워지자 여자가 아기를 안고 있다는 것을 알아볼 수 있게 된다. 더욱더 가까이 다가오자 이들 모두 무척이나 특이한 차림새로 옷을 입고 있는 모습이 눈에 들어온다. 드라마, 희극, 그리스 타블로[25] 등 서로 완전히 다른 연극에서 나온 연극 의상들을 입고 있다. 한 남자아이는 너무 큰 여성용 판탈롱을 입었다. 그 아이는 손으로 옷을 들어 올리면서 걷는다. 그는 맨발이다. 성인 남자는 연미복처럼 생긴 긴 녹색 벨벳 코트를 입고 있다. 성인 여자는 토가[26] 차림에다 어깨에 숄을 둘렀는데, 그 모습이 반은 여신 같고 반은 아일랜드 세탁부 같다. 개들이 으르렁거리며 물 것처럼 설치고 있지만 그 사람들은 개의치 않고 앞으로 오고 있다.

로절리는 전에 이 사람들을 본 적이 없다. 준도 본 적이 없고 엄마도 본 적이 없다. 남자가 총을 든 준에게 먼저 말한다. "네가 아들 주니어스인가 보구나." 그가 말한다. "난 네 고모부 미첼이야."

여자의 눈이 로절리의 얼굴을 지나 할아버지가 서 있는 곳으로 향한다. "안녕하세요, 아버지." 그녀가 말한다. "우리가 왔어요. 영국에서 여기까지, 아버지는 상상하기 힘든 시련을 겪으면서 그 먼 길을 왔어요."

"난 너희들을 환영하지 않는다." 할아버지가 그녀에게 말한다. "계속 걸어가렴." 할아버지는 뒤로 물러나서 집 안으로 들어가 문을 닫는다. 잠시 후 막 비가 내리기 시작할 때 준과 로절리는 비를 피하기 어려운 자리에 남겨져 있다.

---

25   분장한 사람이 정지한 모습으로 명화나 역사적 장면 등을 연출하는 것.

26   고대 로마 시민이 입던 헐렁한 겉옷.

제임스 미첼은 그동안 뭔가를 해낸 업적도 없고 직업도 없는 사람이다. 오래전에 그는 거리의 구두닦이였는데, 고모를 설득하여 자기와 결혼하게 했다. 할아버지가 미국 혁명가들의 민주주의 정신을 존경하는 것과 자기 딸이 자신의 분명한 명령을 어기고 그녀보다 한참 뒤떨어진 사내와 눈이 맞아 달아나서 결혼하는 것을 보는 것은 전혀 별개의 문제다. 할아버지는 즉시 그녀의 상속권을 박탈했고, 오늘 밤까지 그녀에게 한마디도 하지 않았다. 할아버지는 앞으로도 그럴 것이다.

그 끔찍했던 영국 방문 기간 중, 헨리가 전염병에 걸리기 전의 어느 시점에 아버지가 몰래 자신의 누이동생을 만나러 갔었다는 것을 그들은 곧 알게 될 것이다. 그녀의 환경과 극심한 가난과 폭력적이고 술고래인 남편을 보고 마음이 몹시 괴로워진 아버지는 그녀에게 자식들을 데리고 미국 메릴랜드주로 올 수 있을 만큼의 돈을 주었다. 아버지는 이 돈을, 그녀의 남편이 이곳으로 오는 일행이 아니어야 한다는 구체적인 단서를 달고 주었다. 이 돈은 제인 미첼의 탈출을 위한 돈이었던 것이다.

미첼 고모는 명백히 이 지침을 무시했다. 그들은 아버지의 돈으로 뉴욕에 왔지만, 짐도 없고 먹을 것도 없는 극빈자로 도착했다. 때로는 걸어서, 때로는 자선에 의지하여 지나가는 마차나 달구지를 얻어 타고 볼티모어로 왔다. 거기서 그들은 입고 있는 단벌옷들이 누더기가 되었으므로 그곳의 극단에 도움을 청했고, 아버지의 명성에 힘입어 극단에서 사용하는 의상 쪼가리들을 얻어 입게 되었다. 그리고 농장으로 가는 방향에 대해서도 안내받았다.

엄마는 문을 열고 그들을 모두 집 안으로 들여보낸다. 일곱 명의 이상한 아이들의 코에서는 콧물이 나오고, 발에는 물집이 잡혀 있다. 그들의 기름 낀 머리에 빗방울이 송알송알 맺혀 있다가 뺨을 타고 흘러내린다. 몸에서 나는 냄새가 지독하다.

미첼 고모부가 비좁은 방과 흙바닥, 낮은 천장을 둘러본다. 자비로운 촛불 속에서도 그 방이 초라하다는 것을 부인하기는 어렵다. 고모부는 벽에 걸린 그림 앞에 서서 촛불을 들고 그림을 유심히 들여다보는 체한다. 농가 마당을 그린 그림으로, 한 소년이 손에 든 말먹이를 말에게 주는 모습이 그려져 있다. 빗방울이 처음에는 가볍게 지붕을 두드리다가 점점 더 크고 빠르게 지붕을 때린다. "우리 식구들은 다들 어디서 자죠?" 고모부가 묻는다.

우선 그들은 먹을 것을 찾아 먹는다. 식품 저장실에 남아 있는 찬 음식과 딱딱해진 빵 같은 것을 닥치는 대로 먹으면서 고기가 없다고 불평한다. "내일 아침에," 미첼 고모부가 말한다. "너희 집 닭을 몇 마리 잡을 거야."

"그건 안 돼요." 준이 고모부에게 말한다.

"어른한테, 그리고 더 나은 사람한테 말대꾸하지 마라." 미첼 고모부가 말한다. "난 내 뜻대로 할 거야." 대화는 더 이상 이어지지 않는다.

엄마는 위층에서 정리를 하고 있다. 고모와 고모부가 엄마와 아버지의 침대를 차지할 것이다. 미첼의 딸들은 에이시아와 함께 자도록 올려보낸다. 그들은 울타리 기둥처럼 전부 다 매트리스 위에 가로로 눕는다. 준은 자기가 에드윈과 함께 쓰는 침대를 남자애들이 사용할 수 있게 하려고 조 홀과 함께 마차 차고로 물러간다. 로절리와 엄마는 아래층 양탄자 위에서 잠을 잔다. 아니, 거의 잠을 이루지 못한다. 로절리는 보온을 위해 맥베스의 망토로 몸을 감싼다. 밤새도록 비가 내렸다 그쳤다를 반복한다. 다음 날 아침, 로절리의 마음은 피로에 찌들어 있다.

밝아오는 새날은 온화하고 화창하다. 엄마가 통나무집의 공기를 환기하기 위해 문과 창문들을 열어젖힐 수 있다. 농장에서 맞는 이 계절은 언제나 참으로 아름답다. 부드러운 잎을 피워 올리는 나무들, 재스민 향기로 가득한 공기, 새와 개울물의 노랫소리……. 아버지가 너무 자주 이 아름다움을 놓친다는 게 안타깝다. 아버지는 언제나 소생하는 자연을 보며 깊이 감동하는데 말이다.

고모와 고모부는 아직 자고 있고, 로절리는 아이들을 데리고 샘이 있는 곳까지 가려고 하므로 집 안은 얼마 동안 조용할 것이다. 엄마는 숲으로 갈 것을 권했으나 로절리는 멀리 거기까지 가서 새로운 아이들을 죽은 동생들의 호기심에 노출시킬 필요는 없다고 생각한다. 부어오른 맨발로 걷는 미첼 집안 아이들은 다들 절뚝거린다. 남자애들은 헐렁한 준의 옷에 몸이 쏙 들어가 있다. 여자애들은 맨다리를 드러낸 채 짜서 만든 담요로 몸을 감싸고 있다. 산책은 그다지 즐겁지 않을 것이다.

게다가 로절리는 어린 샬럿을 안고 가야 할 것이고, 그러면 에이시아가 자기도 안고 가달라고 할 것이다. "난 쟤들이 싫어." 에이시아는 그들이 들을 수 있는 곳에서 그렇게 말하고, 로절리는 걱정하지 말라고, 미첼 가족은 곧 떠날 거라고 나직이 속삭인다. 방이 없다는 것은 누구나 다 알 수 있다.

사촌들은 서로 말을 하지 않는다. 에이시아는 사촌들을 마음에 들어 하지 않고, 에드윈은 수줍어한다. 미첼 집안 아이들은 함께 옹기종기 모여 있는데, 무기력하고 불안해 보인다. 엄마는 햇빛 속에서 일하기 위해 의자를 현관문 밖으로 가지고 나온다. 그들이 입고 온 누더기 의상들을 모아놓고 어떤 것들을 수선해서 돌려줄 수 있는지 알아본다. 엄마는 이내 수선을 시작한다.

마침내 미첼 고모부가 일어났을 때 모두 다 그와 함께 식탁에 앉는다. 앤 홀이 빵과 우유, 치즈를 넣은 스크램블드에그, 감자와 구운 사과를 차려준다. 앤의 부탁에 따라 로저스 이모가 옥수수빵을 냄비에 담아서 보내주었다. 앤은 로절리와 준에게 손님들이 적당히 배를 채웠다는 것을 알기 전에는 그걸 먹지 말라고 조용히 말한다. 로절리는 옥수수빵을 좋아하지만 앤의 말을 언짢아하지 않는다. 로절리는 미첼 집안의 사람들처럼 굶주린 적이 없었다.

　미첼 고모부는 억지로 우아한 태도를 지으며 그들 모두에게 고마움을 표한다. "우리는 오랫동안 필사적인 여행을 하면서 그 절망적인 긴긴밤에 오로지 행복한 꿈만을 생각했던 것만큼이나 따뜻한 환대를 받는군요." 그러고 나서 음식을 열심히 먹는다. 꽤 많은 양의 음식을 먹고 나서 미첼 고모부가 말을 잇는다. "그러나 앞으로의 문제에 대해서 말하자면, 이렇게 계속 지낼 수는 없다는 걸 잘 알 거라고 믿어요. 이런 식으로 다 함께 빽빽이 모여 있을 순 없습니다. 우리만의 방과 침대가 필요할 것 같아요.

　우리는 형님 댁이 더 멋지고 넓은 집에서 사는 줄 알았어요." 그가 이유를 댄다.

　고모부는 버터가 들어간 사탕수수를 옥수수빵에 발라서 좀 더 먹는다. "그렇지만 이 집 주인인 형님이 돌아올 때까지 이 모든 걸 참고 기다릴 수 있습니다. 서두를 필요는 없어요. 우린 더 안 좋은 상황도 아주 잘 알고 있으니까요."

　로절리는 조지가 스크램블드에그를 먹으면서 빌려 입은 준의 외출용 셔츠 소맷동을 스크램블드에그에 적시는 것을 지켜보고 있다. 소맷동의 가장자리에 누런 얼룩이 생긴다. 얼룩을 빼는 일은 당연히 로절리에게 맡겨지겠지만, 그 얼룩은 결코 완전히 빠지지 않을 것이다.

　그 때문에 미첼 고모부의 말이 머리에 들어오기까지 잠시 시간이 걸린다. 로절리는 놀란 얼굴을 엄마에게 돌린다. 앤이 못마땅한 표정을 지으며 조그맣게 쯧 하는 소리가 들린다. 미첼 집안은 여기서 지내기 위해 온 것이다.

고모부네는 돈이 없으므로 아버지는 이제 그들도 부양해야 할 것이다. "내가 자리 잡을 때까지만." 미첼 고모부는 그렇게 말하지만, 그날이 오려면 아주 오래 걸릴 것이다. 메리 앤과 엘리자베스가 죽은 이후로 부모님은 돈이 빠듯하다. 아버지는 여전히 아주 많은 관객을 끌어모으지만, 가끔 출연하는 것을 잊어버리기도 하고 거부하기도 하며, 또는 연극을 절반쯤 하다가 흥미를 잃어버리기도 한다. 그러면 공연 매니저는 티켓값과 장소 비용에 대한 배상을 요구했다. 그런 경우 말고도 아버지는 엄마가 돈을 손에 넣기 전에 벌어들인 수입을 술 마시는 데, 허황된 투기사업에, 또는 갑작스러운 자선 행위에 쓰기도 한다.

새로운 수입원이 필요하다. 엄마는 농산물을 도시로 가지고 나가 가판대에서 팔아야 할 것이다. 엄마가 그래야만 한다는 것을 준은 몹시 언짢게 여기지만, 로절리는 엄마가 주기적으로 하룻낮 하룻밤 동안 농장을 떠나 있는 것을 개의치 않을 거라고 생각한다.

어린 딸을 안고 볼티모어에서부터 50킬로미터를 힘겹게 걸어온 미첼 고모는 갑자기 병자가 된다. 고모는 자기 침대로 들어가버리고, 그녀의 새언니를 하인처럼 대한다. 아버지가 계속 영국에 있었다면 아버지의 명성이 올라갈 때 그녀와 그녀의 남편도 중요한 인물이 되었을 거라면서, 그렇게 되지 못한 데 대해 엄마를 탓한다. "네 엄마는 나한테 빚을 졌어." 그녀가 로절리에게 말한다. "네 엄마가 우리 오빠를 유혹해서 우리를 떠나게 하지 않았다면 나도 제대로 된 삶을 살 수 있었을 거야." 로절리가 아무런 대답도 하지 않자, "똑바로 서! 크게 말해! 넌 그렇게 어물쩍거리고 몸을 수그리고 있는 것이 참하고 여성

스럽다고 생각하나 보지만, 분명히 말해서 넌 그렇게 보일 수 있는 여
자가 아니야."

온 이웃 사람들이 지켜보며 놀라워한다. 그 집 엄마는 왜 이걸 참
지? 수수께끼야. "미첼 씨는," 앤 홀이 로저스 이모에게 말하고, 로저
스 이모는 모든 사람에게 말한다. "일을 조금도 하지 않아요. 그 사람
은 몸을 굽혀서 불에 장작을 넣는 일조차도 하지 않을 거예요."

미첼 고모부는 금세 성질이 고약한 술꾼으로 알려져 사람들로부
터 손가락질을 받는다. 이웃 아이들은 흑인이든 백인이든 농장을 배
회하는 데 익숙해져 있고, 통나무집 안으로 들어가는 것에도 익숙해
져 있다. 집 안으로 들어가면 엄마나 앤이 아이들에게 먹을 것을 주기
도 한다. 그러나 이제는 집에 여분의 음식이 없을 뿐 아니라 미첼 고
모부가 아이들에게 이곳에서 나가라고 소리를 지른다. 아이들이 고모
부보다 이곳에서 더 오래 살았는데도 말이다.

로절리의 사촌들도 전에는 너무 힘들게 살았으니 이제 자기들도
편안한 삶을 누릴 자격이 있다고 생각하는 것 같다. "로절리 사촌," 조
지가 말한다. "우유 좀 갖다줘." 우유를 담은 통은 낮은 온도를 유지하
기 위해 샘이 흘러 지나가는 조그만 벽돌 저장고 안에 넣어두고 있다.
로절리는 부츠와 보닛을 착용하고 가서 우유를 담고, 그걸 들고 다시
돌아와야 한다. 조지는 로절리보다 나이가 두 살 어린데도 말투가 거
만하다. 사실 그는 헨리 바이런이 살아 있다면 헨리의 나이와 똑같은
나이이다. 로절리는 돈을 벌지 않은 채 설명이 안 되는 방식으로 살아
가는 이런 행태에 말할 수 없이 분개한다.

"로절리 사촌," 로버트가 말한다. 그도 로절리보다 나이가 적다.
"네 하녀한테 가서 나에게 부드러운 달걀노른자 요리를 만들어주라
고 말 좀 해줘."

어느 날 로절리가 에이시아를 낮잠 재우려고 준비하고 있을 때 미첼 고모부가 토끼 한 마리를 들고 나타나서는 부엌 탁자에 툭 던진다. 토끼의 목이 부러져 있다. "이놈이 깡충 뛰더니 그냥 죽어버렸어요." 미첼 고모부가 말한다. "내 발밑에 떨어졌죠. 신의 손에 의해. 난 이놈을 그냥 썩어가게 내버려두는 게 무례한 일이라고 생각했어요. 아주머니네 여자에게 양파와 감자를 조금 넣고 이걸 끓이라고 말해주세요."

로절리는 토끼의 눈에서 거대한 무無를 본다. 살인자! 살인자! 살인자!

"넌 꼬리를 가질 수 있어." 미첼 고모부가 에이시아에게 말한다. 에이시아는 자기가 당장 격렬히 원하지 않는 것인데도 그걸 가질 수 있다는 제안을 먼저 받아본 적이 없었다.

엄마는 꼬리는 안 된다고 말한다. 그 말에 에이시아는 비명을 지르고, 로절리는 에이시아가 다시 차분해질 때까지 집 밖으로 데리고 나가 있어야 한다. 그런데 엄마는 스튜를 만드는 것에 동의한다. 심지어 먹기까지 한다. 로절리만 빼고 모두가 먹는다. 아버지가 메리 앤과 엘리자베스를 죽게 한 것은 자신의 믿음에서 벗어나 고기를 먹었기 때문이라고 말했던 것을 기억하는 사람이 로절리뿐이란 말인가? 통나무집에서는 며칠 동안 익힌 고기 냄새가 난다.

저녁 무렵, 아직 빛이 있는 동안, 엄마는 벚나무 밑에 있으려고 밖으로 끌고 나온 의자에 앉는다. 그 어느 때보다도 임신한 배가 불룩한 모습이다. 바람은 엄마의 검은 머리 위로, 어깨 위로, 전에는 무릎이었던 곳에 불룩 솟은 언덕 위로 흰 꽃잎들을 떨군다. 엄마는 로절리의 평상복 원피스와 준의 외출용 셔츠를 미첼 집안의 아이들이 입을 옷으로 개조하느라 바쁘다. 엄마는 항상 아버지의 의상을 만들어왔으

므로 이 일을 잘한다. 로절리는 가장 좋아하는 원피스가 사라지고 더
는 자기 것이 아닌 옷으로 재탄생하는 모습을 지켜본다. 로절리 자신
은 가장 수월하게 할 수 있는 바느질 작업인 천을 접어 올려 기저귀를
만드는 일을 맡아 하고 있다.

　엄마는 옷이 든 트렁크들을 열었다. 샬럿은 이미 엘리자베스의
조그만 깅엄[27] 드레스를 입고 있다. 엘리자베스의 드레스가 엘리자베
스 없이 주위를 아장아장 걷는 모습은 로절리에게 유령 같은 느낌이
들게 한다. 유령들은 그렇게 하니까 말이다. 엄마의 다음 작업은 메리
앤의 앞치마일 것이다. 메리 앤은 새들이 수놓아져 있기 때문에 이 앞
치마를 무척 좋아했다. 집에 손님이 오면 앞치마를 벗기로 되어 있었
지만, 메리 앤은 절대 벗으려 하지 않았다. 그 애는 자기 이름의 알파
벳 글자를 익히는 데 바친 노력과 동일한 노력을 기울여 로절리로 하
여금 앞치마에 십자수로 수놓아진 서로 다른 새들의 이름(개똥지빠
귀, 홍관조, 굴뚝새, 찌르레기)을 자기한테 말하게 했다. 그런 다음 마
당에서 새가 보이면 앞치마의 새 이름을 큰 소리로 부르곤 했다. 왜
냐하면 그 새가 자기 앞치마에 있는지 없는지의 여부가 자신이 그토
록 힘들게 익혔던 자기 이름보다 더 중요했기 때문이다. 로절리는 어
느 날엔가 에이시아가 그 앞치마를 걸친 모습을 보게 될 거라고 늘 생
각했었다. 하지만 마리아 미첼이 입은 모습으로 그 앞치마를 보는 것
은…… 그건 견딜 수 없을 것 같았다. 이빨로 실 끄트머리를 끊고 나
서 완성된 옷을 흔들어 터는 엄마도 분명 똑같은 기분일 것이다.

　이틀 동안 비가 와서 그들은 모두 집 안에서 서로서로 부딪치며
지내야 했다. 아버지가 집에 돌아왔을 무렵, 집 안은 이미 원한과 박

27　체크무늬의 면직물.

탈감으로 가득하다. 로절리와 준은 아버지가 미첼 집안 사람들을 떠나게 할 거라고 생각했지만, 아버지는 그러는 대신 그들에게 마차 차고를 내준다. 아내와 자식들이 있음에도 불구하고 그곳에서 독신처럼 지내는 조 홀은(로절리가 늘 생각하듯이, 죽은 두 명을 포함하면 네 명의 자식이 있다) 노예 오두막으로 옮겨 간다.

추가로 늘어난 일 때문에 로절리도 힘들지만, 가장 힘든 사람은 조와 앤이다. 그들은 이제 다른 일을 더 구해서 할 시간이 없다. 앤이 자유롭게 풀려날 날이 미래로 물러난다. 설상가상으로 그들이 모아둔 돈은 마차 차고 뒷벽에 놓인 인방 속에 숨겨져 있는데, 거처를 옮기는 일이 너무 급작스럽게 일어나서 그 돈을 가지고 나오지 못한다. 미첼 가족이 거기서 사는 동안 그들은 모아둔 돈을 되찾을 수 없다. 미첼 고모부가 그 방에 오래 있으면 오래 있을수록 고모부가 그 돈을 발견할 확률은 높아진다.

8

1838년 5월, 미첼 집안 사람들이 온 지 한 달 뒤에 가족의 아홉 번째 아이가 태어난다. 출산은 순조롭게 진행되고 의사는 필요치 않다. 하늘에서 어떤 별도 떨어지지 않는다. 아기의 얼굴이 양막에 싸여 태어나는 일도 없다. 아들이다.

아이의 이름을 짓기 위해 2년을 기다리지도 않는다. 아이의 이름을 짓는 영광이 할아버지에게 주어지고, 할아버지는 존 윌크스라는 이름을 선택한다. 할아버지의 《아이네이스》 번역 작업은 결코 끝나지 않을 것이다. 따라서 이 이름을 지은 것이 이 세상에 남을 할아버지의 마지막 흔적일 것이다.

젊었을 때 할아버지는 혁명가들과 합류하기 위해 미국으로 가는 길에 먼저 프랑스로 도망쳤다. 할아버지는 한 번도 만난 적이 없었음에도 불구하고 급진적인 국회의원이자 종종 추문을 일으키는 자유사상가인 존 윌크스에게 지지 편지를 써달라고 부탁했다. 윌크스는 즉시 할아버지의 가족에게 이 사실을 알렸고, 할아버지의 가족은 법을 준수하는 차분한 삶을 살게 하려고 할아버지를 즉시 체포하여 집으로 돌려보내도록 조처했다. 할아버지의 아버지는 스페인을 거쳐 영국에 온 은 세공인이었다. 그는 윌크스에게 말을 잘 듣지 않는 아들이 돌아올 수 있게 해준 데 대한 감사의 표시로 정교한 은 제품을 선물로 보냈다.

이 배신에도 할아버지의 존경심은 줄어들지 않았다. 결국 할아버지는 존 윌크스의 사촌과 결혼했고, 그분은 셋째 아이를 낳다가 죽었다. 영국에는 존 윌크스라는 이름을 가진 다른 친척들도 있다. 이 이름은 혁명적인 동시에 가족적인 의미를 지니고 있다. 그 이름을 주는 것은 성직 임명 같은 것이다.

엄마의 진통이 시작되자 아버지는 서둘러 집을 나가 벨에어 술집으로 간다. 출산이 무사히 이루어졌다는 소식을 조가 전하자마자 아버지는 곧장 집으로 돌아온다. 아버지는 자식이 태어날 때 집에 있는 경우가 거의 없었지만, 조니가 아버지를 처음 본 것은 태어난 지 고작 세 시간밖에 되지 않았을 때이다.

아버지는 아기에게 특별한 관심을 보인다. 세상을 떠난 가엾은 헨리 바이런이 그랬던 것처럼, 아버지는 아기에게서 아내의 아름다움과 자기 자신의 총명함이 빚어낼 수 있는 최상의 조합을 발견한 것이다. 로절리의 눈에는 다른 아이들보다 더 특별할 것이 없는 보통 아기의 모습만 보일 때에도 이런 점들이 계속 언급된다.

에드윈의 양막과 별똥별은 빠르게 잊힌다. 에드윈은 이제 가족 중에서 운명을 지닌 유일한 남자애가 아니다. 조니도 운명을 지니고 있다. 운명은 조니가 배앓이를 하던 날 밤에 찾아왔다. 집 안에 있는 사람들은 다 잠이 들고, 엄마와 아기만 아래층의 사위어가는 불 옆에 앉아 있었다. 그들은 담요 하나로 함께 몸을 감쌌다. 엄마의 가슴에 닿은 존의 어린 몸이 뜨거웠다. 엄마는 보채느라 붉게 달아오른 아기의 얼굴을 내려다보고 있었는데, 그때 갑자기 충동적으로 아이의 운명이 어떻게 될 것인지 알게 해달라고 요청하는 기도를 했다.

즉시 잿더미에서 화염 하나가 솟아올라 이내 팔 모양이 되더니, 마치 아기에게 기사 작위를 수여하듯이 그것이 아기를 향해 뻗어오는 것이었다. 엄마는 그 화염 속에서 국가라는 단어를 읽을 수 있었으며, 그 단어 뒤에 조니의 이름이 이어졌다고 말했다. 그런 다음 그 팔은 뒤로 떨어져 사라져갔다. 그들의 조그만 난로 위에서 일어난, 불이 일으킨 일이라고 상상하기 어려운 이 이상한 일은 온 가족을 흥분시켰다. 이것은 모호한 운명일 수도 있지만, 분명 영광스러운 운명이고, 에이시아가 훗날 그녀에게는 이런 영광스러운 운명이 주어지지 않은 것에 대해 자신이 한때 무척 화가 났다는 사실도 잊고 이것에 관한 시를 쓰게 할 만큼 강렬한 힘을 지닌 이야기였다. 에이시아는 자신의 운명이 없다는 것에 화가 난 것보다, 혹시 그녀에게도 화염과 관련된 이야기가 있는지 물어보는 사람조차 전혀 없었다는 사실에 더 화가 났다.

조니의 출생이 로절리에게 미치는 영향은 엄청나다. 조니는 행복한 아이다. 때로는 그녀의 마음을 차분히 가라앉히고 때로는 그녀의 기운을 북돋운다. 어느 날 그녀는 조니를 어깨에 붙여 안고 묘지를 지나간다. 오, 예쁘다! 유령들이 말한다. 귀엽고 예뻐. 귀엽고 사랑스러워.

그들은 아기 주위에 모여들어 부드럽게 입김을 불어서 아기의 눈을 감기고 아기의 볼을 식힌다. 그들은 아기의 젖내 나는 숨을 빨아들인다. 그들은 아기의 냄새에 대해 소곤거린다. 클로버 냄새, 그들이 말한다. 버터, 새끼 고양이. 그러나 그들은 단지 향수에 젖어 있을 뿐이다. 아이에게서 나는 냄새는 전혀 그런 냄새가 아니다. 한편 로절리는 조니가 그녀의 품에 안겨 있는 동안 죽은 아이들이 그녀에게는 별 관심이 없다는 것을 알아차린다. 그녀는 그들에게서 습관적으로 나타나는 위협적인 집착이 없다는 것에 주목한다. 그들은 모두 사랑이다.

로절리는 조니를 그녀가 가는 곳마다 데려가기 시작한다. 조니를 업으면 어디든 갈 수 있다는 것을 알게 된다. 조니를 교회에 데리고 간 로절리는 하느님과의 불화가 끝났다고 느낀다. 그녀는 조니를 개울로 데리고 가서 물고기와 늑대거북을 보여주고, 낙농장으로 데리고 가서 젖소를 보여주고, 오두막으로 데리고 가서 앤과 조를 보여주고, 이웃집으로 데리고 가서 로저스 이모를 보여준다. 모두가 다 아기에게 흠뻑 빠진다.

1년이 지난다. 조니는 아름답고 매력적이고 다정한 남자아이로 자라고 있다. 그는 특히 앤을 좋아한다. 그래서 아이가 앤의 무릎에 앉아 있는 모습이나 주먹손으로 앤의 치마를 꽉 잡고서 요리를 하며 부엌을 돌아다니는 앤의 꽁무니를 질질 따라다니는 모습을 자주 볼 수 있다. 농장 일꾼들은 조니를 앤의 새 백인 아들이라고 말하며 앤을 놀린다.

질투가 많은 에이시아도 조니에게 흠뻑 빠진다. 조니가 기어서 멀리 가면 에이시아는 아이를 잡아야 한다고 조르며 울고불고한다. 엄마가 조니를 바라볼 때면, 로절리는 엄마의 얼굴에서 간절하고도 굶주린 사랑의 표정을 본다. 아버지는 조니를 위한 계획을 짜기 시작한다. 헨리가 죽은 후로는 듣지 못한 종류의 계획들이다. 로절리는 어쩌면, 어쩌면, 그녀의 망가진 가족을 치유할 수 있는 아이가 마침내 태어난 것인지도 모른다는 생각을 조심스럽게 해본다.

9

할아버지는 미첼 집안에 넌더리가 났다. 그는 트렁크에 짐을 챙겨서 화를 내며 밖으로 나가버린다. 빈 침대가 하나 더 생겼다. 할아버지는 볼티모어에 조그만 방을 하나 얻어서 사는데, 이후 다시는 농장에 발을 들여놓지 않는다.

　6개월 후, 크리스마스 직후에 할아버지는 밤중에 홀로 원인을 알 수 없는 죽음을 조용히 맞이한다. 아버지는 순회공연 중이기 때문에 아버지가 돌아올 때까지 프런트스트리트 극장 근처에 사무실이 있는 장의사가 할아버지의 시신을 돌본다. 아버지는 할아버지를 가족 묘지로 데려오지 않는다. 할아버지가 자신의 자유 의지로 농장을 떠났고, 아버지는 자유를 신봉하기 때문이다.

　대신 아버지는 볼티모어에 있는 무덤을 선택하고, 히브리어로 된 묘비명을 새긴 묘비를 세운다. 그 묘비명을 번역하면 다음과 같다.

　　나는 여관에서 출발하듯 삶에서 출발한다.
　　나는 가장 명성 높은 통치자가 다스리는
　　지옥의 왕국까지 당신을 따라가고
　　거기에서 별까지 간다.

　아마도 할아버지는 학식이 높은 사람만 읽을 수 있는 묘비명을 가지고 싶었나 보다, 하고 로절리는 생각한다.

아버지는 며칠 동안 집에서 아버지를 잃은 죄인인 햄릿을 연기한다. 그러나 이것은 오래가지 않는다. "아버지를 떠나보내는 것은 가혹한 일이야." 어느 날 저녁 아버지가 식탁에서 준에게 말한다. "그러나 아버지가 돌아가시는 것은 세상사의 자연스러운 과정으로 받아들여야 해. 그건 슬며시 와서 자식을 훔쳐 가버리는 무시무시하게 부자연스러운 악귀가 아니야."

백인 아이들을 위한 조그만 학교가 벨에어로드에 문을 연다. 대부분의 학생들에게 학교로 가는 지름길은 부스 집안의 땅을 가로질러 가는 것이다. 따라서 로절리는 부엌에서 설거지를 하거나 향신료를 젓거나 양념을 갈거나 양파를 자르는 등의 집안일을 할 때 부엌 창문을 통해 그들을 볼 수 있다. 햇빛이 나고 바람 부는 날에는 잔디밭에서 젖은 빨래를 널면서 그들을 보기도 한다. 학생들은 석판[28]과 책을 가지고 무리 지어 걸어간다. 겨울이면 학생들은 눈을 뭉쳐서 서로에게 던졌다. 봄이면 그들은 서로를 뒤쫓는다. 소녀들은 안전한 곳에 있는 다른 소녀들을 찾아 마구 달리면서 신나게 웃는다. 이 학교가 있는 것은 에드윈과 에이시아에게 좋은 일일 것이고, 그들을 끊임없이 돌보아야 하는 일로부터 자신을 구해줄 거라고 로절리는 혼잣말을 한다.

로절리 자신은 너무 나이가 많고 너무 바빠서 학교를 다니는 것에 대해 생각할 수가 없다. 그녀는 영국에 있을 때 교실에서 보낸 시간들을 거의 기억하지 못한다. 헨리 바이런의 죽음이 대부분의 기억을 흐릿하게 지워버린 것이다. 하지만 아버지가 그녀를 자랑스러워했던 것은 기억한다. 그것은 아주 드문 일이어서 절대 잊히지 않는다.

---

28   과거 아이들이 학교에서 글씨 쓰는 데 이용하던 것.

　어느 날 아침, 준은 로절리에게 밖으로 나가 함께 산책하자고 요청한다. 그녀는 산책하지 않는 게 좋겠다고 말한다. 조니는 자고 있어서 함께 갈 수 없다. 조니를 두고 가면 여러모로 불안할 것이다.

　하지만 준은 고집스럽다. 그는 로절리를 구슬려서 숲속 개울가로 데리고 나온다. 예전에 그들이 기사와 귀부인, 왕과 왕비였던 곳이다. 바람이 세차다. 로절리의 풀어진 머리카락이 흩날리며 그녀의 얼굴을 찌른다. 잔가지와 나뭇잎들이 흐르는 개울물로 떨어져 보글보글 거품을 일으키며 바위 주위를 맴돌거나, 둑에 쌓인 쓰러진 나무들에 도달한다. 로절리는 예전에는 띄엄띄엄 놓인 징검다리를 춤을 추듯 불안정하게나마 밟으며 이 개울을 건널 수 있었다. 그러나 그녀의 척추는 아주 약간이긴 하지만 굽어지기 시작했고, 그에 따라 체중이 중심을 벗어나게 되어 징검다리를 건너는 것을 매우 서툴고 어렵게 만들었다. 엄마는 이것을 조니를 안아서 데리고 다니기 때문이라고 생각하고, 조니를 다른 쪽 엉덩이에 힘이 가도록 바꾸어서 안으라고 로절리에게 말한다. 그러나 그것은 로절리에게 효과가 없기 때문에 그녀는 엄마가 지켜볼 때만 그렇게 한다.

　준은 나무들이 둥글게 둘러싸서 바람을 막아주는 맨땅으로, 그러니까 요정들의 무도회장 가운데 한 곳으로 그녀를 데려간다. "난 내일 필라델피아로 떠날 거야." 그가 말한다. "그곳 극단에서 자리를 주겠다는 제안을 받았어." 그러고 나서 로절리의 얼굴을 쳐다본다. "오, 로지!"

　로절리는 오래전부터 이 순간이 오고 있다는 것을 알았지만, 막상 그 순간이 찾아오자 그것은 생각했던 것보다 더 나쁘다. 마치 준이 그녀의 목구멍 안으로 손을 뻗어 안에서 목을 조르는 것 같은 기분이다. 그녀와 준은 그리 친한 사이가 아니지만, 그녀의 보살핌이 필요치 않은 유일한 형제는 준뿐이다. "헨리는 선택의 여지가 없이 떠났어."

그녀가 말한다. "죽은 동생들은 누구도 선택의 여지가 없었어." 로절리는 자신을 구걸하지는 않을 생각이다. "에드윈은 어떡하고?" 에드윈은 준을 아주 좋아한다.

"내가 여기 있다 해도 난 아무런 도움이 되지 않을 거야. 에드윈에겐 네가 있잖아."

그렇지만 이 일을 왜 로절리가 맡아야만 하는 걸까? 어쩌면 그녀도 아무런 도움이 되지 않는 편이 나을지도 모른다. "나도 데려가."

그녀는 준이 깜짝 놀라는 것을 본다. 그는 다가와 로절리를 안으면서 자기는 그녀를 원치 않는다는 것을 로절리가 알지 못하게 하려고 노력하지만, 그의 행동이 너무 느렸으므로 로절리는 알게 된다. "네가 갈 수나 있겠어?" 준이 묻는다. "널 여기까지 데려오는 데만도 내가 얼마나 힘들었는지 생각해봐."

로절리는 만약 지금 엄마를 떠나지 않으면 자기는 결코 엄마를 떠나지 못하리라는 것을 분명하고도 명료하게 깨닫는다. "난 갈 수 있어." 그녀가 말한다. "갈 거야." 그녀는 진심이다. 빨리 내게로 오세요.[29] 로절리는 그 대사를 생각하며 그녀 자신이 떠날 사람일 수도 있다는 것에 놀란다. 그녀는 엄마가 아버지와 함께 달아났던 때의 나이와 거의 같은 나이이다. 엄마가 이 먼 미국 땅으로 달아났다고 한다면 로절리는 분명 필라델피아까지는 갈 수 있지 않겠는가.

통나무집으로 돌아가는 길에 묘지를 지나갈 때 그녀는 반대에 부딪힌다. 유령들이 쉬익 소리를 내며 그녀의 머리를 헝클어뜨린다. 우린 가지 못하게 할 거야, 그들이 말한다. 우린 엄마한테 이를 거야.

그것이 잠시 그녀로 하여금 엄마를 죽은 자식들의 수중에 맡기는

---

29   로절리가 귀네비어 역을 연기할 때 했던 대사.

것에 대해 생각해보게 만든다. 로절리는 이 생각을 지운다.

넌 아무 데도 못 갈 거야, 그들이 그녀 뒤에서 소리친다. 엄마가 널 막을 거야 엄마 엄마 엄마 엄마. 그들은 단어를 너무 자주 반복하기 때문에 의미 없는 말, 종잡을 수 없는 말이 돼버린다.

로절리는 하루의 나머지 시간을 가슴속에서 절규하듯 들끓는 흥분과 두려움, 죄책감과 분노로 보낸다. 그날 밤늦게 엄마가 와서 침대에서 내려오라고 손짓한다. 그들은 에이시아를 깨우지 않고 이야기할 수 있도록 방을 나와 계단을 내려간다. "준이 집을 나가겠대." 엄마가 죽은 아이들의 목소리로 말한다. 엄마의 손이 로절리의 손목을 너무 꽉 쥐고 있어서 지문이 남을 것만 같다. "준이 떠나지 못하게 해줘."

그러므로 준은 엄마에게 로절리도 떠날 거라는 말을 하지 않은 것이다. 준은 로절리가 떠날 거라는 생각을 전혀 하지 않은 게 분명하다.

로절리는 만약 준이 그렇게만 말해주었다면 자기는 집을 떠났을 거라고 늘 믿을 것이다. 그녀 자신은 엄마의 고뇌 어린 눈을 보며 그 말을 할 수가 없다. 그리고 사실 필라델피아에서 그녀가 하루 종일 뭘 하겠는가? 그녀가 어떻게 돈을 벌어 자립하겠는가? 그것은 결코 실현 가능한 계획이 아니었다. 계획이랄 수 없는 것이었다. 그녀는 이 일을 생각하면 가능성이 그녀의 몸을 떠나 떠내려가버려서 불가능해진 순간으로 느낄 것이다. 남아 있는 것은 차갑고 사납다.

"준과 아버지가 모두 우리한테 돈을 보내면 상황이 훨씬 나아질 거예요." 로절리가 자신의 억센 손가락으로 엄마의 움켜쥔 손을 풀면서 말한다. 이 말은 똑같은 차가운 사나움에서 비롯된 말일 것이다. 이 말이 실제로 엄마의 마음을 누그러뜨릴 수 있을 거라는 생각에 로절리는 화가 난다. 엄마가 준을 돈과 바꿀 수 있을 거라는 생각에 화가 나고 만다.

로절리는 아버지가 불같이 화를 낼 거라고 예상한다. 그녀는 독사의 이빨Serpent's tooth[30]에 대한 여러 가지 변형된 따끔한 말을 듣게될 거라고 예상한다. 그러나 아버지는 그 소식을 로절리보다 한결 더 기꺼이 받아들인다. 아버지는 편지에 준은 돌아올 거라고, 예상보다 더 빨리 돌아올 거라고 쓴다. 이어 농사에 대해서, 파종과 추수의 리듬에 대해서, 단순한 삶의 좋은 점에 대해서 아름답고 서정적인 글을 쓴다. 아버지는 무대가 사람을 공허하게 하며, 본질적으로 무대에는 허위와 기만이 있다고 말한다.

그리고 극단의 얄팍하고 오래가지 못하는 동료애는 서로 사랑하는 가족들의 가족애에 비하면 아무것도 아니라고 말한다. 준은 그걸 알게 될 거라고 덧붙인다.

몇 달이 지난 뒤에도 아버지는 편지에 계속 이런 말들을 쓴다.

'준은 집에 돌아왔나요? 지금은 준이 사과즙을 짤 시기인데.'

'준에게 말편자를 점검하라고 일러줘요.'

'무를 심을 때예요.'

'목초지의 문은 내가 마지막으로 봤을 때 느슨했소. 소들이 거기에 대고 몸을 비벼대니까. 준과 조에게 모든 울타리를 점검하라고 말해줘요.'

아버지는 준이 결혼했다는 것을 알게 되었을 때에야(준이 알려준 것이 아니다) 편지에 그런 말을 쓰는 것을 멈춘다. 준의 아내 클레멘티나 디바는 희극 배우이자 이름난 하일랜드 플링[31] 댄서인데, 준

---

30   《리어왕》 1막 4장에 나오는 '은혜를 모르는 자식을 두는 것은 독사의 이빨에 물리는 것보다 더 고통스럽다'라는 대사에서 나온 말로, 은혜를 모르는 자식을 비유한 말.

31   4분의2 박자 곡에 맞추어 혼자서 추는 스코틀랜드의 춤.

보다 나이가 열세 살이나 많다. 그녀는 일이 벌어진 뒤에야 그런 일이 있었다는 것을 알리는 경쾌한 편지를 그들에게 보낸다. 그 후 딸이 너무 빨리 태어나는데, 그 때문에 준은 아기가 가족과 많이 닮았음에도 불구하고 늘 그 애가 정말 자기 딸인지 의심을 품게 될 것이다.

1840년 2월, 열 번째이자 마지막 자식인 조지프 에이드리언이라는 아들이 태어난다. 에이드리언이라는 이름은 준이 〈리술리외〉에서 잘생긴 아드리앵 드 모프라 역으로 데뷔한 것을 기념하기 위해 선택한 것이다. 그 역에서 준은 존재감을 발휘하는 데 실패하고 만다. "괜찮았어"가 동료 연기자들이 해줄 수 있는 최선의 말이었다. "잘한 게 아무 것도 없어." 그들은 그가 그 역을 맡게 된 것은 오직 부스라는 이름 때문이었다고 수군거린다. 이 수군거림이 아버지의 귀에까지 들어가지만, 이미 너무 늦었다. 이미 아들 조지프의 이름을 지어버린 것이다.

그해 가을 가족은 볼티모어로 이사를 간다. 겨울에 농장을 미첼 집안에게 완전히 양도하고, 볼티모어에 콜레라와 장티푸스가 창궐한 여름 동안에만 농장으로 돌아가 머무른다. 그들은 놀이터 같은 과수원과 밭과 숲을 도시의 거리 및 공원과 맞바꾼 것이다. 이름을 알고 있는 그들의 모든 이웃을 분주하고 시끄러운 10만 인구의 도시와 맞바꾼 것이다.

미첼 집안 사람들은 통나무집으로 거처를 옮긴다. 이것은 적어도 하나의 행복한 결과를 가져다준다. 앤 홀은 마침내 마차 차고로 다시 들어갈 수 있을 것이고, 거기서 그녀는 그들이 놓아둔 상태 그대로 고스란히 있는 그녀의 돈을 찾을 것이다. 그녀는 제임스 미첼이 2년 동안이나 살면서도 한 번도 그곳을 제대로 둘러보지 않았을 만큼 심하게 게을렀다는 것을 하느님의 자비로 여길 것이다.

10

포도 클로버 호밀 감자 복숭아 파스닙 얼룩 조랑말 흰 송아지 아버지의
의자 엄마의 파우더 나무 사이로 비가 와 개울물 속의 나뭇잎들이 은빛
으로 변해 요정의 집처럼 버섯들 그리고 조의 손과 앤의 치마 비에 젖
은 바위 색깔 검은 개에 기대어 눕고 우리 손가락에 개의 털이 그리고
가발을 쓴 아버지가 소리쳐 난 꿈이 있었는데 그건 전혀 꿈이 아니었어
그리고 엄마 그리고 엄마 그리고 엄마 그리고 봐! 우리 누나 우리 언니
가 숲을 지나서 오고 있어 두 팔 가득 꽃을 안고.

링컨과 우울의 동굴

그래! 나는 내가 할 일을 결정했어
그리고 그 일을 할 곳은 바로 이곳이야
나는 이 심장에 단검을 찔러 넣을 거야
비록 나는 지옥에서 이걸 후회하겠지만!

—자살에 관한 에이브러햄 링컨의 시

같은 해 겨울, 부스 가족이 볼티모어로 이사 가서 사는 동안 에이브러햄 링컨은 두 번째 신경 쇠약을 겪는다. 링컨은 이제 30대에 접어들었고 일리노이주의 4선 국회의원이 되었는데, 처음으로 온전한 정신을 갖고 회의에 참여할 수 없는 상태가 된다. 그는 머리가 너무 무거워서 움직일 수 없을 것만 같다. 생각이 독수리처럼 빙빙 돈다.

링컨은 메리 토드와의 교제를 그만두었다. 이것이 그가 앓은 우울증의 결과인지 원인인지는 분명하지 않다. 그녀와 결혼하는 것은 나를 죽이는 일이 될 거야, 라고 그는 친구들에게 말한다. 하지만 링컨은, 사람들은 자신이 그녀에게 불명예스럽게 행동했다고 생각한다는 것을 알고 있다. 링컨도 자기가 그렇게 행동하지 않았다고 확신하지 못한다.

그는 다른 여자와 사랑에 빠져 있는지도 모른다. 친구 중 몇몇은 그가 주 상원 의원의 열여덟 살 먹은 딸에게 흠뻑 빠져 있다고 생각한다. 그녀는 이처럼 그녀를 흠모하는 사람을 많이 두고 있다.

링컨은 의약의 도움으로 고통을 덜기 위해 의사에게 간다. 그는 이렇게 쓴다. '나는 지금 살아 있는 사람 중에서 가장 비참한 사람이다. 만약 내가 느끼는 감정이 전 인류에게 똑같이 배분된다면 지구상에 즐거운 얼굴을 한 사람은 한 명도 없을 것이다.' 그는 더 이상 살이 빠질 수 없을 정도로 체중이 준다. 팔과 다리는 막대기 같아서 그의 옷이 깃대에 달린 깃발처럼 팔다리 주위에서 펄럭인다.

링컨은 친구 조슈아 스피드의 압력을 받고 켄터키주에 있는 스피드 농장을 방문한다. 그는 그가 탄 배의 갑판에서 '주낙줄[32]에 걸린 물고기들처럼' 함께 사슬에 묶인 열두 명의 흑인 남자를 보게 된다. 이 심상이 그의 뇌리를 떠나지 않을 것이다. 그는 수년에 걸쳐 이 사슬에 묶인 사람들을 자주 언급할 것이다. 그 사람들이 걸어갈 힘들고 궁핍한 길을 보고, 철커덩거리는 쇠사슬 소리를 듣게 될 것이다. 그는 그들이 가족과 사랑하는 모든 사람들로부터 찢겨 나왔다는 것을 안다. 그러나 여전히 비참한 자아의 우울한 공기 속에 가라앉아 있는 링컨이 이 첫 만남에서 생각하는 것은 그 사람들이 표면적으로는 자기보다 더 행복해 보인다는 것이다. 그는 이것이 어떻게 가능한지 궁금해한다.

조슈아 스피드는 링컨이 스스로 목숨을 끊지 않을까 두려워서 링컨에게 그러지 않겠다는 약속을 해달라고 간청한다. 링컨은 스피드에게 걱정하지 말라고 말한다. 그는 아직 사람들이 자신을 기억할 가치가 있는 사람으로 만들어줄 어떠한 일도 하지 못했고, 자기는 그런 일을 해낼 때까지는 죽지 않겠다고 결심한다.

---

32   일정한 간격을 두고 여러 개의 낚시를 달아 물속에 늘어뜨리는 긴 낚싯줄.

내가 좀 말을 함부로 한다 해도
나를 용서해줘.

난 그런 버릇을 아버지에게서
물려받았거든.

볼티모어는 결코 농장보다 덜하지 않다. 어두워진 후에는 거리에서 개구리 대신 술에 취한 사람들의 합창 소리가 들린다. 새소리 대신 공장의 소음이 들린다. 샘물과 개울물 대신 기차와 〈볼티모어 선〉을 찍는 인쇄기가 밤을 새운다. 1840년대에는 볼티모어가 미국에서 두 번째로 큰 도시이다. 새 철도 연결, 공장, 항구, 대기 오염, 수질 오염, 소음 등등 이곳의 모든 것이 더없이 현대적이다.

돼지들이 자유로이 돌아다닌다. 백인 비행 청소년 무리도 배회한다. 검볼스, 네버스웨츠, 콕로빈스 같은 이름의 갱들이 거리를 장악한다. 〈볼티모어 선〉의 한 사설에는 볼티모어 시민들은 미국 내 다른 어떤 도시의 시민들보다도 더 불량배들에게 시달린다는 주장이 실린다.

부스 가족은 6년 동안 임대 연립 주택에서 산다. 1846년에 아버지는 노스엑서터 거리 62번지에 있는 널찍한 벽돌 타운하우스를 구입한다. 새집은 적당한 운치가 있다. 프랭클린 스토브, 아들들이 쓰는 침실 하나와 딸들이 쓰는 침실 하나, 식당…… 백합 문양의 노란 벽지가 집 안 곳곳을 장식한다.

녹색 덧문이 창문을 돋보이게 한다. 뽕나무가 마당에 그늘을 드리운다. 뒷마당에는 정자가 있고, 앞에는 높다란 현관 입구 계단이 있으며, 무엇보다도 편리한 것은 조그만 스트럿호프 식료품점이 바로 옆집이라는 사실이다.

날씨가 따뜻하고 건조한 이른 저녁, 집 안의 엄마들이 이미 참기 힘들 만큼 소란스러운 소리와 말다툼을 겪었을 때쯤이면 동네 아이들은(모두 백인이다) 밖으로 내쫓겨 거리에서 친구들과 함께 놀게 된다.

현관 입구 계단에서 프런트스트리트 극장까지는 걸어서 금방 갈 수 있는 거리다. 이곳은 그리스 건축에 영감을 받은 웅장한 극장으로, 4천 명의 관객을 수용할 수 있으며, 맨 아래층 전체는 말과 마차 전용 공간이다. 뒷문을 지나면 곧바로 존스폴스 수로가 나온다.

볼티모어는 네 개의 초연 극장을 자랑하고, 열광적인 관객들로 전국적으로 유명하다. 또한 자유 흑인 수가 미국에서 가장 많은 도시이며, 그들은 흑인의 관람을 금지한 〈오셀로〉 같은 연극을 제외하고는 상당히 많은 수가 극장에 간다.

그동안 가족은 심각한 손상을 입었다.

일찍 태어난 형제들은 태반이 죽고 준과 로절리만 살아 있으며, (그 둘 중에서도) 로절리는 유명하고 돈을 많이 벌고 냉철했던 시절의 아버지를 기억하는, 집에 남은 유일한 자식이다. 그리고 프레더릭, 메리앤, 엘리자베스를 기억하는 집 안의 유일한 아이이기도 하다. 실은 로절리는(지금은 로즈라고 부른다) 이제 더 이상 아이로 간주할 수 없다. 그녀는 가족이 엑서터 거리로 이사할 무렵에 이미 스물두 살이었다.

늦게 태어난 어린 형제들은 도시의 아이들이다. 그들에게 농장은 도시 생활 사이에 끼어든 여름 한 철의 막간극 같은 것일 뿐이다. 그들은 스스로 도시스러운 이름을 선택한다. 에드윈은 네드(때로는 테드)가 되고, 에이시아는 시드니가 되고, 조니는 윌크스로 알려진다. 이들 세 명은 가족의 고동치는 심장이 되었다. 그들은 서로 다투고 비판하고 조롱하고 배신한다. 여전히 그들은 서로의 어린 시절 전체를 차지할 만큼 단단히 묶인 폐쇄적인 집단이다. 에드윈은 훗날 "우리는 서로에게 서로만 있었다"라고 말할 것이다. 같은 의미를 에이시아는 "우리는 서로에게서만 편안함을 느낄 수 있었다"라고 표현한다.

엄마는 미첼 집안 때문에 하는 수 없이 농장을 떠나야 했지만, 더 좋아하는 곳에 안착했다. 여전히 앤을 그리워하지만, 지금은 집에 와서 요리와 청소를 하는 아일랜드인 하녀뿐 아니라 로절리를 도와 빨래를 하는 자유 흑인 여자도 있다.

엄마는 어린 자식들에게서 가능성을 본다. 그들은 학교에 다닌다. 춤 수업과 음악 수업을 듣는다. 엄마가 직접 만들어준 더 좋은 옷을 입고 다닌다. 엄마는 어린 시절에 가졌던 중산층의 위신을 열망한다. 그녀는 연극 세계와 아무 관련이 없는 유용한 사회적 관계를 찾고 발전시키기 시작한다.

아버지는 이에 대한 장벽으로 존재한다. 아버지는 연극을 보는 것은 전적으로 훌륭한 일일 거라고 생각하면서도 배우로서 연극을 하는 것에 대해서는 미심쩍어한다. 특히 여배우는 매춘부보다 고작 한두 계급 높을 뿐이라고 여긴다. 아버지의 천재성은 한때는 사회의 경멸을 이겨내기에 충분했다. 그러나 이제 아버지의 기행은 당신의 뛰어난 연기보다 더 유명하다.

거리에서, 그리고 학교 운동장에서 다른 아이들이 아버지에 대해 묻는다. 네 아빠는 벌거벗은 채 나무 위로 올라가 나뭇가지에서 수탉처럼 꼬끼오 하고 울었던 적이 있었어? 네 아빠는 죽은 조랑말을 살려내려고 했었어? 아이를 살려내려 했던가? 네 아빠는 살인자의 해골을 트렁크에 넣어두고 햄릿을 연기할 때마다 꺼내서 사용했어? 네 아빠는 리처드 3세를 연기할 때 연극의 마지막 부분에서 죽기를 거부하고 그 장면을 자꾸자꾸 계속하도록 억지를 부려서, 결국 관객들이 포기하고 집에 돌아가게 만들었어? 네 아빠는 사람 얼굴에 총을 쐈어? 배에서 뛰어내렸어? 비둘기 장례식을 치렀어? 다른 배우들이 네 아빠와 함께 무대에 서는 것을 두려워했어? 네 아빠는 하느님을 믿지 않았어?

이 이야기들 가운데 일부는 사실이고 일부는 사실이 아니다. 어린 동생들에게는 이 모든 것이 새로운 얘기다. 아버지의 천재성은 부동의 사실이고, 가족은 그 주위를 돈다. 아버지를 알지도 못하는 사람들이 아버지에 대해서 자식들보다 더 많이 안다는 것은 있을 수 없는 일로 여겨진다. 그래서 그들은 이 모든 것을 부정하고, 자신들의 부정이 옳다고 믿으며, 이 믿음을 지탱하기 위해 서로에게 의지한다. 그럼에도 불구하고 그들은 그런 소문에 상처받는다.

그들은 미첼 집안의 사촌들을 특히 경멸한다. 여름에 농장으로 돌아가면 그들은 모든 연극 놀이에서 미첼 집안의 아이들을 제외한다. 사람이 더 필요한 경우에는 주변 어딘가에 있을 홀 집안의 아이들로 수를 채운다. 만약 다른 사람들 가운데 부스 집안의 일원이 되는 것이 중요한 차별점이라고 생각하는 사람이 아무도 없다면, 그들은 스스로 그것을 중요한 차별점이라고 주장할 것이다.

에드윈

|

지금은 1846년, 또 한 번의 3월이 오고 있다. 이날은 눈에서 비로, 비에서 눈으로 오락가락 빠르게 바뀌는 날씨가 계속된다. 흰 눈이 한 꺼풀노스엑서터를 덮었다가 잠시 후 물에 씻겨 사라진다. 거의 싹이 나지않은 가느다란 뽕나무 나뭇가지에 까마귀 네 마리가 앉아 있다. 까마귀들은 어깨를 움츠리고 있다. 때때로 한두 마리의 까마귀가 부리를벌렸다가 닫는다. 그 모습을 보면서 에드윈은 너무 멀리 떨어져 있어서 들리지 않는 조그맣고 불길한 울음소리를 상상한다. 그는 창가에서서 뭔가 재미있는 일이 밖에서 일어나지 않을까 하는 희미한 희망을 가지고 거리를 지켜보고 있다. 집 안에서는 분명 어떤 재미있는 일도 일어나지 않을 것 같으니까.

에드윈은 이제 열두 살이고 에이시아는 열 살, 조니는 곧 여덟 살이 된다. 에드윈은 다른 모든 청소년과 마찬가지로 감정 변화가 심해지고 불만이 늘었지만, 에이시아나 조니에 비해 아주 조용한 편이었으므로 이런 변화는 거의 눈에 띄지 않았다.

내일 아버지가 집에 돌아오면 모든 따분함은 사라지고 집안 특유의 긴장과 흥분이 뒤섞인 분위기가 살아날 것이다. 아버지가 집에 있으면 집은 깨어난다. 아버지는 가족을 단단히 연결하는 실이다. 가족들이 활기를 띨 때까지 바이올린 줄처럼 가족을 팽팽하게 조이는 실이다. 모든 가족은, 어쩌면 아버지조차도, 아버지가 집에 없을 때도 아버지의 규칙을 따르는 척하느라 바쁘다. 마치 요리, 청소, 허드렛일, 학업의 규칙적인 일상이 있는 것처럼 행동하고, 아버지는 단지 그 규칙에 빠져들 뿐이다.

아버지는 앞으로 2주 동안 집에서 지내며 볼티모어 박물관에서의 공연을 완수할 것이다. 이 박물관에서 아버지는 각기 다른 날 저녁에 오셀로, 햄릿, 리처드 3세, 코체부[33]의 낯선 사람, 그리고 〈철제 상자〉에 나오는 에드워드 모티머를 연기할 것이다. 모티머가 가장 먼저이다. 에드윈은 그 희곡을 읽었고, 아버지가 그 분노로 가득하고 불안에 떨며 죄책감을 느끼는 사람을 얼마나 잘 연기할지 쉽게 상상할 수 있다. 에드윈은 자기가 어린 고아 윌퍼드 역을 연기하는 상상을 하며 이미 극적인 대사를 조금 외웠다.

이 집은 절대 내가 있을 집이 아니야. 나는 달아날 거야. 결심했어. 그런데 어디로 달아나지? 그자의 위협은 나를 공포에 떨게 해. 내가 만

---

33   1761년~1819년. 독일의 극작가.

약 북극에 도달한다 해도 과연 그자의 손아귀를 벗어날 수 있을 것인
지 의심스러워.

상상하기 어려운 것은 모티머 역을 맡은 아버지의 상대역으로 월
퍼드를 연기하는 것이다. 에드윈은 수년에 걸쳐 아버지가 연기를 준
비하는 모습을 보아왔다. 〈철제 상자〉가 상연되는 날이면 아버지는 일
찍부터 변신을 시작할 것이다. 아침 식사를 하는 동안 아버지의 자세
와 몸짓과 억양이 바뀔 것이다. 하룻낮 하루 저녁 동안 그 변신은 얼
마나 철저한가? 아버지는 진실로 엄마가 아닌 여자와 사랑에 빠진 게
아닐까? 심지어 자식도 있는 게 아닐까?

에드윈은 아버지 없는 고아인 월퍼드를 연기하는 반면에 아버지
는 실제로 자식 없는 살인자인 모티머였던 것일까? 진짜 연기란 그런
것일까? 척하는 것을 그만두는 그런 순간? 만약 그렇다면 어떤 사람
에 대해서, 그가 무대 밖에서도, 심지어 자기 집 거실에서도 단지 연
기를 하고 있을 뿐인 것은 아니라고 정말 확신할 수 있을까? 세상이
다 무대이다, 어쩌고저쩌고. 꼭 셰익스피어 배우의 아들이어야 그런
생각을 할 수 있는 것은 아니다. 누구나 그런 생각을 할 수 있다.

에드윈의 얼굴 옆에 있는 커튼은 하얀 거미줄 모양의 레이스로
멀리 영국 노팅엄에서 온 것인데, 엄마의 큰 자랑거리이다. 커튼에서
는 먼지 냄새가 난다. 에드윈은 몸을 앞으로 기울여 유리창에 대고 입
김을 내뿜는다. 얼굴 앞의 유리가 흐려진다. 한 손을 차가운 유리에 대
고 다른 손으로 손의 윤곽을 그린다. 그는 그걸 지우고 다시 시야를
가로막는 것이 없는 저 너머 거리를 바라본다.

길 건너편에 있는 올라플렌 집안 저택의 덧문은 닫혀 있다. 그 집
은 따분하고 칙칙해 보인다. 올라플렌 집안의 사람들은 오늘 집에 없

는 것 같다. 조니는 아마도 그걸 알고 있을 것이다. 윌리엄 올라플렌은 조니의 친한 친구이다. 케이트 올라플렌은 에이시아의 적이다. 둘 중에 누가 처음 불화를 일으켰는지 에드윈은 알지 못하지만, 아무튼 그 둘은 불화를 계속 유지하는 데 똑같이 마음을 쏟는다. 마이클 올라플렌은 조[34]의 나이와 비슷하지만, 그들 둘은 함께 놀지 않는다. 대신 마이클은 자신의 형인 윌리엄을 졸졸 따라다닌다. 마이클은 조니의 관심을 받기 위해서라면 뭐든 할 것이다. 그는 지저분한 머리를 하고 더러워진 옷을 입고 다니는 때투성이 아이이다. 나는 그 애의 몸을 박박 문질러주고 싶어. 엄마는 그렇게 말하지만 에드윈은 아무 소용이 없다고 생각한다. 그래봤자 해 질 녘까지도 가지 못하고 다시 더러워질 것이다.

두 마리 검은 말이 끄는 마차가 지나간다. 말들은 목을 동그랗게 구부린 채 발을 높이 들어서 조심스럽게 미끄러운 땅을 나아간다. 까마귀들이 퍼덕거리며 땅으로 내려가 말이 싸고 간 말똥 더미를 쪼아 먹는다.

에드윈은 아버지가 이제는 연극 관람을 허락해줄지 궁금해한다. 박물관에서 하는 연극들은 다 고상한 것들이다. 술을 팔지도 않는다. 숙녀를 불편하게 할 가능성이 있는 사람은 표를 구할 수 없다. 관람료는 정신을 고양하는 내용을 고려하여 저렴하게 책정된다. 아래층 뒤쪽 좌석은 파케이[35]라고 부른다. 관객에게는 무대로 물건을 던지는 것은 용납되지 않는다는 것을 이해시킨다. 그는 이제 정말 그런 훌륭한 환경 아래 열리는 그런 훌륭한 연극에서 아버지가 연기하는 것을 볼

---

34 여기서는 막내아들 조지프의 애칭.

35 건설 용어로 '쪽모이 세공을 한 바닥'이라는 뜻이 있으나, 여기서는 1층 뒤쪽 좌석, 특히 발코니 아랫부분의 좌석을 말한다.

만한 나이(그는 곧 열세 살이 된다!)가 되었다. 그곳은 연극 공연장일 뿐 아니라 박물관이기도 하다. 볼티모어에 사는 모든 학생은 마스토돈[36] 턱뼈 화석을 보러, 위협적인 살쾡이 입체 모형을 보러 박물관에 가곤 한다.

"에드윈!" 엄마의 목소리에 짜증이 묻어 있다. "넌 정말 듣는 법부터 배워야겠다. 같은 말을 세 번이나 하는데도 대답하지 않으면 기분이 상하는 거야."

그가 처음 창가에 자리를 잡았을 때는 거실에 그 혼자뿐이었다. 그러나 지금은 그가 모르는 사이에 가족들이 여기 와 있다. 로절리는 바느질 바구니를 옆에 둔 채 소파에 앉아 아버지 셔츠의 단추를 더 튼튼하게 조이고 있다. 어린 조는 로절리의 발치에 앉아 치마에 등을 기댄 채 엄지를 빤다. 책장에서 도미노를 가져온 에이시아는 놀이를 하자며 조니를 꼬드기고 있다. 에이시아와 놀이를 함께 하면 어떤 놀이든 그 결과는 두 가지만 가능하다. 에이시아가 이겨서 마구 떠들며 자랑하거나, 져서 몹시 화를 내는 것이 그것이다. 엄마는 커다란 석제 벽난로 옆 양탄자 위에 서서 불이 활활 일어나게 하려고 불을 쑤셔댄다. "언젠가는 누가 너에게 정말 중요한 말을 하지 않겠니? 네가 꼭 들어야 할 말을 말이다." 엄마가 에드윈에게 말한다.

"그 구멍에 발을 들여놓지 마." 조니가 예를 든다.

"발밑을 조심해!" 에이시아가 말한다.

"그 총은 총알이 들어 있어."

그들은 에드윈을 놀린다. 에드윈은 기분이 몹시 언짢다.

"형은 왜 창문에 새를 그렸어?" 조가 창문을 가리키며 묻는다. 유

---

36   지금은 멸종한, 코끼리와 유사한 동물.

리창에 다시 김이 서리면서 에드윈의 손 윤곽이 도로 나타난다.

"이건 새가 아니야." 에드윈은 그것을 닦아내고 레이스 커튼을 당겨서 그와 가족 사이를 차단하려 한다. 그러나 그것은 사생활을 지키고자 하는 단순한 몸짓일 뿐이다. 커튼은 너무 많이 열려 있어서 그를 숨길 수 없다.

거리에 크고 무거운 트렁크를 들고 가는 한 남자가 있다. 그 사람은 몇 미터쯤 걸어가고 나서 트렁크를 내려놓고 얼굴의 물기를 닦아낸다. 다시 트렁크를 집어 들고 비틀비틀 열 걸음쯤 나아간다. 다시 트렁크를 내려놓는다. 언젠가 에드윈이 아버지와 함께 외출했을 때, 그들은 오르막길에서 한 남자가 커다란 통을 굴려 올리려고 애를 써보지만 결국 실패하고 마는 모습을 본 적이 있다. "시시포스." 그때 아버지가 말했다. "저이는 모닝코트를 입은 시시포스야." 그 남자가 에드윈의 시야에서 벗어난다. 에드윈은 거실 쪽으로 몸을 돌린다.

조니는 매우 현명하게도 도미노 놀이를 계속 거절했다. 에이시아가 조니를 향해 도미노 하나를 던진다. 도미노는 조니의 머리를 스쳐 지나간다. 만약 조니의 머리를 맞히고자 했다면 에이시아는 그렇게 할 수 있었을 것이다. 조니는 그리 멀리 떨어져 있지 않으니까. "에이시아, 네 방으로 가." 엄마가 말한다. "지금 당장."

그러나 에이시아는 이제 시작일 뿐이다. 그녀는 바닥에서 일어난다. 찌푸린 얼굴, 화난 눈, 흐트러진 검은 머리……. "안 갈 거야." 에이시아가 말한다.

엄마의 어조는 여전히 차분하다. "넌 이제 숙녀가 되는 법을 배우기 시작할 때야. 로즈를 봐. 로즈는 절대 입술을 삐죽거리거나 토라지지 않아."

"누가 로즈 언니처럼 되고 싶을까요?" 에이시아가 말한다. "아무도 없어요." 자문자답한다.

에드윈은 걱정스러운 표정으로 로절리를 쳐다본다. 하지만 그녀는 바느질에만 열중하는 것 같다. 그렇지만 당연히 로절리는 모든 말을 들었다. 가엾은 로즈! 그리고 그들 모두가 속으로만 생각하는 것을 큰 소리로 말해버리는 야비한 에이시아. 로절리의 척추는 서서히 틀어져서 리처드 3세처럼 약간 허리가 굽기 시작했다. 그녀는 이제 걸을 때 절뚝거리지 않기 위해 뭔가를 해야 한다. 아버지는 절뚝거리는 것을 용납하지 않을 것이다. 에이시아는 내버려두면 더 많은 말을 했겠지만, 또 다른 피해를 입히기 전에 조니가 교묘히 그녀의 말을 끊는다. "에드윈은 몽상을 너무 많이 하고," 조니가 말한다. "에이시아는 화를 조절하는 법을 배워야 해. 그럼 난 뭘 고쳐야 하는 거야?"

이것은 에이시아도 침묵시킬 만큼 아주 흥미롭다. 엄마는 가장 좋아하는, 완벽하게 빛나는 아들에 대해 뭐라고 말할까? 벽난로 속의 통나무가 갈라지면서 붉은 불꽃을 쏟아내고 무너져 내린다.

"넌 학교에서 더 열심히 공부해야 해." 엄마가 말한다.

"난 엄청 열심히 공부하고 있어요." 조니가 말한다. "단지 공부를 잘하지 못할 뿐이에요."

"넌 다른 어떤 애들 못지않게 똑똑해." 엄마가 단호히 말한다.

이 대화를 하고 난 직후에 조니는 에드윈에게 자기가 단어 스펠링 외우기와 산수 문제를 적의 병사들로 상상함으로써 학교 공부를 향상시키는 방법을 생각해냈다고 말한다. 그것들을 공부해야 할 것이라기보다는 싸워야 할 적으로 생각하는 게 더 낫다는 것이다. 에드윈은 이것을 창의적이지 않은 것을 해결하는 매우 창의적인 방법이라고 생각한다.

"다음은 나." 조가 말한다. "나는?"

로절리가 바느질감을 내려놓고 조를 끌어당겨 무릎에 앉힌 다음, 조의 머리에 뺨을 갖다 댄다.

"조는 더 명랑해지는 법을 배워야 해." 엄마가 말한다. "침울해하는 것은 정말로 안 좋은 일이 생겼을 때를 위해 아껴둬야 하는 거야."

"내가 갈매기라면 행복할 텐데요." 조가 말한다. 조는 요 며칠 동안 팔을 파닥거리며 "끼룩끼룩" 하고 소리치면서 집 안을 날아다니듯 돌아다녔다. 조가 나름대로 그 이유를 설명한 것은 이번이 처음이다. 에드윈은 조가 웃기려 한다고 믿었다면 웃었을 것이다. 그러나 조는 웃기려 한 게 아니었을 것이다. 조는 침울하고 이상한 아이이다.

소동은 지나갔다. 에이시아는 자기 방으로 가지 않는다. 조니는 도미노를 하지 않는다. 에드윈은 잠자리에 들고 나서야 엄마가 자기한테 세 번이나 했다는 말이 무엇인지 알아내지 못했다는 것을 깨닫는다.

2

에드윈 등장.

그는 혼자 걷고 있다. 비밀리에 배반을 꾀하여 아버지의 것인 펜싱 칼 한 세트를 들고 가는 중이다. 준은 집에 올 때마다 그와 조니, 둘 모두에게 펜싱을(진짜 펜싱이 아니라 무대 펜싱을) 가르쳐왔다. 에드윈은 이 펜싱을 운동 신경이 좋은 동생보다 더 잘하기 위해 필사적이다. 그는 갈 길이 멀다. 그와 준이 가장 최근에 펜싱을 했을 때 에드윈은 준의 공격을 피하지 못하고 펜싱 칼을 정통으로 눈에 맞았다. 칼끝은 무뎌져 있었다. 그럼에도 며칠 동안 엄마는 에드윈이 눈을 잃게 될까 봐, 눈 자체가 아니라 해도 시력에 이상이 있을까 봐 몹시 두려워했다. 공막이 루비처럼 뻘게졌다. 단순히 뻘게진 정맥만 드러난 게 아니라 홍채를 감싸고 있는 단단한 조직 전체가 핏빛이 된 것이었다. 에드윈은 더 이상 펜싱은 안 돼, 엄마가 선언했다. 하지만 엄마는 조니가 여전히 펜싱을 해도 되는지에 대해서는 답을 하지 않고 열어두었다.

조니는 엄청 인기 있다. 그는 자칭 '볼티모어 불리보이스'라는 어린 불량배들과 어울린다. 그리고 주먹을 잘 쓴다. 그와 대조적으로 에드윈은 바이올린을 공부한다. 무용 수업에서도 다른 아이들보다 뛰어나다. 그는 자신이 되고 싶은 사람을 마음에 새기고 있다. 예술적이고 섬세하고 얼마간 괴짜 같은 사람이 그것이다. 에드윈은 날마다 의상과 소품과 목소리와 자세로 이런 사람을 창조한다.

그는 로미오처럼 짧은 망토를 입는다. 바이런처럼 헝클어지고 곱슬곱슬한 머리를 하고 있다. 그는 애완용 어린 양과 함께 거리에 있는 모습이 목격되곤 한다. 나선형의 곱슬머리에 안경을 쓴 구식 선생님인 수전 하이드는 에드윈을 매우 좋아한다. 하이드 선생님은 부드러운 태도로도, 그리고 등나무 매를 단단히 쥔 모습으로도 유명하다. 에드윈은 그 둘 다를 경험했는데, 결코 매질이 선생님의 부드러움을 가리지 못했다. 사실, 에드윈은 훗날에 자신이 선생님을 좋아하게 된 것이 그 매질 때문이었다고 말할 것이다.

만약 그가 자신이 공격의 목표가 되는 것을 의도했다면, 그는 목적을 이룰 수 있었다. 불리보이스도 그를 때렸을 것이다. 다만 그가 윌크스의 형이기 때문에 그들은 그를 때리는 대신 어쩔 수 없이 그를 보호한다.

머리카락이 눈에 들러붙자 그는 펜싱 칼을 들고 있지 않은 손으로 머리카락을 쓸어 넘긴다. 지나치는 집의 창문에서 조그만 흰 개가 그를 향해 사납게 짖는다. 공장에서 증기를 내뿜는 소리가 난다. 나무들이 가지들을 건들건들 흔들어대고 바람은 돼지 냄새를 퍼뜨린다.

에드윈이 걸어갈 때, 그보다 어린 것 같지만 덩치는 단연코 더 큰 한 아이가 옆에 붙는다. 이 아이는 납작한 모자를 썼고, 아직 앞니가 다 자라지 않았다. 앞니는 약간만 나와 있어서 입을 벌려야 그 끝이 드러난다. 얼굴은 주근깨투성이다. 에드윈은 그를 알지 못한다. "난 너를 알아." 그 아이가 말한다.

사람들은 종종 거리에서 아버지를 알아본다. 그들은 멈춰 서서 인사를 하고, 아버지는 항상 답인사를 건넨다. 그래서 에드윈은 처음에 아버지가 그 사람들을 다 아는 줄 알았다. 그러나 얼마 가지 않아 아버지는 그에게 진실을 알려준다. 누구든 얼간이는 알아보는 법이지. 아버지가 말했다.

두 명이 더 나타난다. 그들은 썩은 사과처럼 나뭇가지에서 떨어져 땅에 내려선다. 두 사람은 첫 번째 아이만큼 크지 않다. 같은 금발에다 똑같이 생긴 뭉툭한 코를 가진 것으로 보아 틀림없이 형제들이다. "얘가 네드 부스야." 주근깨투성이 아이가 그들에게 말한다. "얘는 자기가 웅덩이에서 가장 큰 두꺼비인 것처럼 거리를 누비고 있어."

"난 그렇게 생각 안 해. 그냥 집에 가고 있을 뿐이야." 에드윈이 말한다.

"이 일은 오래 걸리지 않을 거야." 그 아이가 에드윈이 들고 가는 펜싱 칼을 가리킨다. "그거 좀 보자."

"이건 내 것이 아니야."

"그럼 내 것인 모양이지." 그 아이가 에드윈에게 말한다. 아이는 저항하지 않는 에드윈의 손에서 아버지의 펜싱 칼을 빼앗아 가서 훑어본다. "이게 뭐지? 장난감 칼인가? 장난감 병정을 위한 장난감 칼? 난 이따위 것은 필요 없어." 그는 그 두 개의 칼을 진창에 떨어뜨린다. 그리고 몇 차례 칼을 짓밟아서 뚝뚝 부러뜨린다. "이제 칼이 두 배가 되었구나. 넌 나한테 고맙다고 말해야 해."

에드윈은 엄마에게 아버지의 펜싱 칼을 가져가도 된다는 허락을 구하지 않았다. 엄마가 허락하지 않을 것이기 때문이었다.

"넌 쟤한테 고맙다고 말해야 해." 에드윈의 오른쪽에 있는 아이가 말한다. 그 아이는 납작한 광대뼈 쪽에 희미한 멍이 있고 턱에는 곧 떨어질 것 같은 딱지가 있다. 이번이 그의 첫 번째 싸움이 아니라는 흔적이다.

이번이 첫 싸움이 아니기는 에드윈도 마찬가지다. 에드윈은 다음에 무슨 일이 일어날지 알고 있다. 그는 이 상황을 헤쳐나가려면 자신이 어떤 역을 연기해야 하는지를 아직 찾지 못했다. 만약 그가 달아난다면 그들은 그를 붙잡아서 때릴 것이다. 만약 그가 뜻을 굽히지 않고 버틴다면 그들은 그것을 도발로 받아들여 그를 때릴 것이다. 만약 그가 굴복한다면 그들은 그것을 나약함으로 여기고 그를 때릴 것이다. 덩치가 큰 아이가 에드윈의 재킷 뒤쪽을 붙잡고 옷깃을 비틀어서 에드윈의 목을 조인다.

"아직 네 말을 듣지 못했어." 에드윈의 오른쪽에 있는 아이가 말한다.

"고마워." 놀랍게도 그는 분명 자신이 울고 있지 않다고 믿었는데, 그 말이 흐느끼는 소리가 되어 나온다. 에드윈은 두 손으로 얼굴을 감싸는데, 그 동작 덕분에 바로 그 순간에 날아온 첫 번째 주먹을 막아낸다. 두 번째 주먹은 그의 어깨를 친다. 이어 정강이를 걷어차여서 다리에 힘이 풀린다. 그는 부러진 펜싱 칼이 쌓여 있는 곳으로 쓰러져서, 마른 나뭇잎처럼 동그랗게 몸을 말고 두 손으로 눈을 가린 채 거기에 그대로 있는다. 정강이 부위에서 극심한 통증이 퍼진다. 누군가가 그의 등을 걷어찬다.

날카롭고 커다란 호루라기 소리가 들린다. 불리보이스의 조지 스타우트다. 그가 현장에 도착해서 지원 인력을 요청하는 호루라기를 불고 있는 것이다. 조지는 기다리지 않는다. "쟤를 건드리지 마." 조지는 그렇게 소리치며 뛰어들어서 오른쪽 왼쪽으로 주먹을 날린다. 주근깨가 있는 덩치 큰 아이가 풀썩 쓰러진다.

불리보이스 패거리들이 몇 명 더 도착한다. 시어도어 해밀턴, 스튜어트 롭슨, 윌리엄 올라플렌이 도착하고, 뒤이어 윌리엄의 동생 마이클이 온다. 마이클조차도 에드윈보다 투지가 더 강하다. 전투는 거리를 따라 진행되다가 골목길로 이어진다. 소음이 사그라진다. 에드윈은 싸움이 어떻게 끝났는지 알지 못한다.

에드윈은 일어선다. 다리를 움직거려보고 다리가 잘 작동한다는 것을 알게 된다. 그는 부러진 펜싱 칼을 진창에서 꺼낸 다음 참패의 현장을 벗어나는 사람처럼, 꾸중이 기다리고 있는 곳으로 가는 사람처럼 걸어서 그곳을 떠난다. 그는 조니가 근처에 있는지 알아보려고 하지 않는다.

에드윈은 엄마가 펜싱 칼에 대해서 알게 되는 때를 늦추고 싶었지만, 그가 집에 도착했을 때는 이미 조니가 집으로 달려와서 모든 이야기를 하고 난 뒤였다. 조지가 싸움에서 승리한 것 같다. 조니는 그 모든 일로 인해 꽤나 의기양양하다. 불리보이스 만세!

그러나 조니는 한편으로는 당황스러워한다. "에드윈 형은 그냥 서서 애들이 자기를 때리도록 내버려뒀어." 에드윈은 조니가 로절리에게 말하는 것을 엿듣는다. "에드윈이 이기는 싸움은 서로 짜고 꾸며서 하는 싸움뿐일 거야. 그럴 때도 에드윈은 이긴 척만 할 테고. 누가 때리면 에드윈은 울어!"

훗날 노인이 되었을 때 자신이 이 시절을 몹시 그리워하며 되돌

아볼 것이라는 사실을 안다면 에드윈은 얼마나 놀랄까. 나의 근사하
고 멋진 어린 시절, 그는 생각할 것이다. 나의 짧았던, 근사하고 멋진
어린 시절.

3

마침내 아버지가 도착했을 때 아버지는 기분이 몹시 좋은 상태여서
펜싱 칼에 대해서는 에드윈에게 말하지 않겠다고 결정한다. 그 결정
은 한마디 말도 없이 서로 간에 이루어진다. 아버지는 딸들에게 키스
를 하고, 돌아와서 다시 아들들에게 키스한다. 어린 조는 공중으로 던
졌다가 받는다. 아버지는 심지어 저녁 식사 음식을 식탁으로 나르는
것을 도우면서 흑인 하녀 흉내를 낸다. 이 모습을 본 에이시아는 깔깔
깔 크게 웃다가 딸꾹질을 한다. 아이들은 아버지가 자리에 앉을 때까
지 자기 의자 뒤에 서 있는다.

　　아버지와의 저녁 식사 자리는 원맨쇼 자리이다. 연극인으로 사는
삶에 대한 아버지의 혐오감은 아버지가 모든 말과 모든 몸짓으로 펼
쳐 보이는 매력보다 훨씬 설득력이 떨어진다. 오늘 밤 아버지는 변경
의 거친 사나이이자 체로키족[37]의 친구이자 샌저신토 전투의 영웅이
고, 주지사, 웅변가, 상원 의원이었던 샘 휴스턴에 관해 이야기한다.
이 이야기는 너무 자주 들은 것이기 때문에, 에드윈은 조니의 시선을
붙잡기 위해 식탁 건너편을 바라보지만(이 세상에 새로운 것은 없고,
지금 있는 것은 이미 전에 있었던 것이다[38]) 조니는 에드윈의 시선을

37　북아메리카 원주민의 한 종족.

38　셰익스피어의 〈소네트 59〉 첫 부분.

알아차리지 못한다. 사실 에드윈은 이런 옛이야기들을 좋아한다.

샘 휴스턴은 인디언처럼 옷을 입었다. 샘 휴스턴은 거의 죽을 뻔한 부상을 당했다. 샘 휴스턴은 실연당했다. 아버지가 존경하는 사람은 거의 없는데, 오래전 한때 휴스턴은 아버지의 가장 가까운 친구였다. 아버지는 자신의 이마를 가리키며, 아버지 자신처럼 휴스턴도 정신을 지니고 있다고 말한다.

아버지는 휴스턴이 어떻게 해서 어느 날 발작적인 절망에 빠져 자살하기로 결심했는지 그들에게 말해준다. 그리고 갑자기 나타난 독수리 때문에 휴스턴의 손이 자살 직전에 멈춘 이야기를 해준다. "체로키 인디언들은 그 독수리를 '영혼의 사자'라고 했지. 샘 아저씨는 그 인디언들의 훌륭한 친구야. 백인들 중에는 그들의 말을 할 수 있는 사람이 거의 없지만, 샘은 그 언어를 유창하게 구사한단다. 그이는 심지어 체로키족의 이름도 가지고 있어. 콜론 네. 까마귀라는 뜻이야." 아버지는 빵 조각으로 접시를 깨끗이 닦고 있다.

아버지가 휴스턴을 가장 잘 알던 시절에, 두 사람은 증기선을 타고 미시시피강을 항해하며 함께 증기선의 사교실을 휘어잡은 적이 있었다. 술에 취한 채 호메로스와 셰익스피어로부터 영감을 받은 자유에 대한 즉흥 연설로 의자에 앉은 청중들을 즐겁게 해주었던 그 무렵에, 체로키 인디언들은 휴스턴의 이름을 까마귀에서 큰 술꾼으로 바꾸었다. 아버지는 그 부분은 얘기하지 않는다. 체로키 인디언들이 두 사람을 발견했을 때, 놋쇠 단추가 달린 꽃무늬 조끼를 입은 조그만 아버지와 솜브레로[39]를 쓰고 담요를 두른 거구의 휴스턴이 술에 취해 비틀거리면서 커다란 목소리로 정치를 뇌까리고 시를 읊으며 거리를 활보하

---

39 중앙이 높고 챙이 넓은 멕시코 모자.

는 모습이 얼마나 우스꽝스러웠는지에 대해서도 얘기하지 않는다.

이런 세부적인 사실들이 없으면 그 모든 이야기가 웅장하게 들린다. 에드윈은 자기도 체로키족의 이름을 좋아할 것이라고 생각한다. 그렇지만 체로키족은 자기한테는 이름을 주지 않을 게 분명하다. 그러므로 그는 이름을 스스로 지어야 할 것이다. 그가 알고 있는 체로키 단어는 콜론 네가 유일하므로 자기가 지을 이름은 체로키어가 아닐 것이 틀림없다. 그러나 영어 이름은 안 된다. 히브리어는 어떨까? '까마귀'는 히브리어로 무엇일까? 아버지는 알 것이다.

아버지는 앤드루 잭슨 이야기로 넘어갔다. 잭슨은 아버지의 또 다른 한때의 친구로, 지금은 세상을 떠난 지 거의 2년이 되었다. 이 이야기는 잠시 동안 바이런적 우울로 이어진다.

내가 죽을 때, 지금 내 생명을 닳게 하는 뭉근한 불이

무덤 안의 시신을 움직이지 못하듯

나를 더 이상 움직이지 못하게 될 때,

내 순수한 명예의 불꽃이 이야기 속에서 빛나게 하라.[40]

이 설명에서 생략한 부분은 아버지의 옛 친구가 대통령으로 재임하는 동안 아버지가 쓴 편지이다.[41] 이 편지에서 아버지는 잭슨을 빌어먹을 악당이라고 부르며, 그가 잘 때 목을 베어버리겠다고 위협했다. 아마 아버지는 농담으로 그랬을 것이다. 체로키족은 잭슨에 대해서도 특별한 이름을 가지고 있다. 그들은 잭슨을 인디언 킬러라고 부

---

40   《철제 상자》 1막 3장에 나오는 대사.

41   앤드루 잭슨은 미국의 제7대 대통령이다.

른다. 아버지는 이것도 말하지 않는다.

아버지는 로절리가 요리하지도 않은 부추와 감자 요리에 대해 로절리를 칭찬하고 생선 요리에 대해 엄마를 칭찬하면서 이내 다시 활기를 북돋운다. 그래, 생선이지! 한때는 굴을 먹는 사람을 보고 살인자라고 소리쳤던 아버지가 갑자기 그들 모두 생선을 먹어야 한다고 결정했다. 형제들 중에 생선을 좋아하는 아이는 없으므로 이것은 전혀 축하할 일이 아니다. 게다가 에드윈은 예전에 아버지가 본인이 고기를 먹었기 때문에 메리 앤과 엘리자베스가 죽은 거라고 말했었다는 이야기를 로절리 누나에게서 들었다. 그래서 에드윈은 먹고 싶지도 않은 대구 요리 때문에 이번에는 그들 중 누가 생명의 위험에 빠지게 될지 궁금해한다.

물론 에드윈 자신일 것이다. 접시를 내려다보고 있다가 고개를 드니 아버지가 그를 애정 어린 눈으로 바라보고 있는 모습이 눈에 들어온다. "나는 우리 네드에 대해서 결정을 내렸다." 아버지가 말한다. 아버지는 의자에 등을 기대며 뜸을 들인다. "중요한 얘기야." 아버지의 눈이 반짝이고 목소리는 낭랑하다. 이윽고 아버지가 본론을 말한다. "네드는 커서 가구 제작자가 될 거야."

심장을 찌르는 비수 같은 말이다.

"손재주가 아주 좋으니까." 아버지는 에드윈이 이 칭찬과 계획에 틀림없이 기뻐할 거라고 믿으며 온화하게 말한다. "밴조[42]를 얼마나 빨리 손에 익혔는지 봐."

에드윈은 기껏해야 코드를 세 개 알고, 다섯 개의 곡을 연주할 수 있을 뿐이다. 그는 언제나, 언제나 배우가 되기를 원했고, 이것은 누구

---

42   미국의 민속 음악이나 재즈에 쓰는 현악기. 기타와 비슷하나 공명동이 작은 북처럼 생겼다.

나 다 아는 사실이다. 오래전의 기억 가운데 하나는 엄마와 함께 아버지의 분장실에 앉아서 지금 들리는 소리가 무슨 소리냐고 엄마에게 물었던 일이다. 그것은 4천 명의 관객이 동시에 손뼉을 칠 때 나는 천둥소리였다.

아버지는 자기 뜻에 반대하는 것을 싫어하므로 에드윈은 자신의 꿈이 죽어가면서 울부짖고 있는데도 아무 말도 하지 않는다. 이 문제에 대해 아버지가 말을 많이 할수록 그것은 더 단단히 굳어질 것이다.

에드윈은 엄마가 아버지의 말에 반박할 거라고 기대하지 않는다. 엄마는 그런 적이 한 번도 없다. 앞으로도 절대 그러지 않을 것이다. 그가 엄마에게서 기대하는 것은 침묵뿐이다. 침묵, 그리고 어쩌면 아버지가 방을 나간 뒤의 동정심. 그러나 엄마는 그러는 대신 말한다. "예수님도 목수였어."

이제 에드윈은 너무 화가 나서 참고 넘길 수가 없다. 우리가 예수님의 나무 공예품 때문에 예수님을 기억하는 게 아니지 않은가! "준형은 배우가 됐잖아요." 그가 쉰 듯한 목소리로 말한다.

아버지를 자극하기에 충분한 반항이다. 아버지가 두 손으로 식탁을 내리친다. 식기들이 달그락거린다. 아버지는 자기가 감수하는 희생에 대해 분한 목소리로 얘기하기 시작한다. 길고 힘든 순회공연에 대해, 넌더리가 나는 그 모든 거짓된 것들에 대해 말한다. "이게 다 네가 진실한 삶을 살 수 있게 하려는 거야." 아버지가 말한다. "뭔가 멋진 것을 만들면서, 네가 만지고 냄새 맡고 볼 수 있는 것에서, 네 자신의 손으로 만든 생산품에서 누리게 될 기쁨이 얼마나 크겠니. 난 네가 부럽다. 정말 부러워."

긴 침묵이 이어지고, 에이시아는 악의가 서린 눈으로 에드윈을 째려본다. 아버지는 기분이 무척 좋았다. 그들 모두 즐거운 시간을 보내고 있었다. 그런데 에드윈이 모든 것을 망쳐버린 것이었다. "가장은 자기 방식으로 자기 가족을 다스려야 한다[43]고 했다." 아버지가 말한다.

그렇지만 에드윈의 별똥별과 양막은 어찌 된 것인가? 그가 태어날 때 동부 해안과 멀리 로키산맥에 걸쳐 떨어진 24만 개 이상의 별똥별은 어찌 된 것인가? 여기 있는 사람들은 아무도 그 별똥별에 대해 말하지 않을 셈인가?

다시 침묵이 흐른다. 아버지가 양손으로 빵을 찢어 빵의 모서리 부분을 입에 넣는다. 얼마 전부터 치통이 생긴 아버지는 안심하고 씹을 수 있는 곳을 찾아 빵을 이리저리 옮겨본다. 이 모습을 보며 에드윈은 소심하고 음험한 만족감을 느낀다. "준은 연기를 하지." 이윽고 아버지가 빵을 삼키며 말한다. "그러나 준은 배우가 아니야."

대화는 끝났다. 결정이 난 것이다.

사실 주위 사람들이 에드윈의 별똥별을 기억하던 때로부터 오랜 세월이 흘렀다. 별똥별은 조니의 불타오르는 팔로 대체되었다. 에드윈의 별똥별은 온 도시에서 볼 수 있었던 반면에 조니의 불가사의한 불은 오직 엄마 혼자서 보았을 뿐인데도 불구하고 말이다. 에드윈의 별똥별은 종이에 인쇄되어 있다!

나의 탄생에 맞춰
하늘 앞쪽에 불의 모양들이 가득했지.[44]

그리고 왜 조니는 복수하는 사람이 되는데 에드윈은 유령을 보는

43   신약성경 《디모데전서》 3장 4절을 인용.
44   셰익스피어의 《헨리 4세》 3막 1장에 나오는 오언 글렌도어의 대사.

사람이 되는 걸까? 왜 준은 배우가 되는데 에드윈은 가구 제작자가 되어야 하는 걸까? 에드윈은 그 불공평함을 반대하는 것이다.

4

저녁 식사 후 아버지는 친구인 존 힐 휴잇을 방문하기 위해 집을 나선다. 휴잇은 볼티모어의 요란스러운 시인 중 한 명으로, 문학상에 대해 논쟁을 벌이다가 에드거 앨런 포(아버지의 또 다른 친구. 아버지는 모르는 사람이 없다!)의 얼굴을 주먹으로 때린 적이 있는 사람이다. 아버지는 저녁을 먹으러 집에 돌아오거나 그러지 못하면 아이들이 잠자리에 들기 전에 돌아와야 하지만, 그러지 않는다 해도 아무도 놀라지 않는다. 아버지에게 돈과 친구가 있다면 아버지는 가장 가까이에 있는 술집으로 간다(친구는 골라서 갈 수 있고, 유사시에는 잘 모르는 사람과 갈 것이다).

엄마는 저녁 식사가 식을 때까지 아버지를 기다린다. 그러더니 두통이 심하다고 말하며 방으로 들어가 자리에 눕는다. 로절리가 엄마 뒤를 따른다. 다른 아이들은 각자 알아서 조용히 저녁을 먹는다. 조가 울기 시작하는데, 그 이유를 알 수 없다. 아무도 아이들에게 들어가 자라는 말을 하지 않기 때문에 아이들은 들어가 자지 않는다. 다만 거실에서 잠이 든 조는 위층 침실로 옮겨진다. 조의 두 다리가 그를 안고 가는 에드윈의 팔에서 삐져나와 계단 난간과 문틀에 부딪힌다.

아이들은 자정이 지난 시간에 아버지가 비틀거리며 현관 입구 계단을 올라오는 소리를 듣고 아버지의 눈에 띄기 전에 급히 자기들의 방으로 들어간다. 거실에는 그들의 자취를 숨길 수 없는 불이 남아서 타닥거린다.

아버지는 소리를 내지 않으려고 애쓰고 있다. 그들은 소리 내지 않으려는 그 소리를 듣는다. 침실 창문 틈새로 휘휘 소리 내며 새어 들어오는 바람 소리를 듣는다. 문이 열렸다가 닫히는 소리를 듣는다. 로절리가 쿵쿵거리며 위층으로 올라가는 소리를 듣는다. 아들들의 침실은 공기가 얼어붙은 듯 추워서 에드윈은 양말을 신은 채로 이불에 들어간다. 그는 한동안 이가 딱딱 부딪칠 정도로 몸을 떨다가 이윽고 적당히 따뜻해져서 잠이 든다.

아침에 로절리는 아이들에게 식사를 만들어주고 학교에 가는 그들을 뒷바라지해준다. 그녀는 울어서 눈이 빨개졌지만, 이 사실을 인정하지 않고 감기에 걸려서 그런 거라고 우긴다. 아버지는 이미 외출했다. 엄마는 침실에서 나오지 않는다. 집 안에 숨죽인 우울이 안개처럼 내려앉는다.

최근에 내린 비 때문에 보도가 진창과 돼지 똥 웅덩이로 지저분하다. 에드윈은 현관 입구 계단을 채 나서기도 전에 뭔가 더러운 것을 밟는다. 그는 벽돌 위에 발을 올려놓고 신발에 묻은 것을 긁어내면서 입에 담으면 안 되는 어떤 말을 내뱉는다. 그 모든 것(더러워진 신발, 더러운 입)이 조니와 에이시아를 웃게 만든다.

그들 셋은 나란히 걷는다. "엄마가 아버지랑 다투고 있어." 에이시아가 그것을 알아차린 사람은 자기 혼자뿐인 것처럼 말한다. 그들은 이것이 돈과 관련이 있다고 생각한다. 아버지가 돈을 어디 다른 데에 써버렸고, 이제 엄마는 청구서의 돈을 어떻게 갚아야 할지 모른다. 그들 모두 전에도 이 연극을 본 적이 있다.

올라플렌 가족의 집은 반 블록 떨어진 곳에 있다. "윌크스!" 올라플렌 집안 아이들이 큰 소리로 부르자 조니는 그 애들과 함께 가기 위해 앞으로 달려간다. 에드윈의 친구인 존 슬리퍼가 나타난다. 그는 에드윈에게 안녕, 인사하지만 에이시아에게는 아무 말도 하지 않는다. 그러나 그는 손을 뻗어서 에이시아에게서 책들을 가져가 들어준다. 슬리퍼는 헝클어진 곱슬머리에 키가 크고, 행동이 다소 어색한 남자애다. 몇 블록을 함께 걷고 나서 슬리퍼는 에이시아의 책을 돌려준다. 에이시아의 학교는 오른쪽에 있고 남학생의 학교는 왼쪽에 있기 때문이다.

학교는 학교이고 그곳의 모든 것은 아주 평범하고도 지극히 당연한 것처럼 보인다. 에드윈에게서 돼지 똥 냄새가 난다는 말이 아이들의 입에서 나온다. 아마도 그에 대해 보상하라는 의미인 듯, 하이드 선생님은 에드윈에게 〈헤스페로스의 난파선〉[45]을 큰 소리로 읽어달라고 요청한다. 선생님은 에드윈의 낭송이 놀랍도록 무기력하다는 사실을 알고 나서 에드윈의 눈 밑이 거무스름한 것에 주목하고 그를 집으로 돌려보낸다.

에드윈은 노스엑서터 거리에 들어섰을 때 한 여자가 자신의 집 계단을 오르는 것을 본다. 그녀의 검은 실크 보닛의 챙은 구식이라 너무 커서 옆얼굴을 다 가리고 있다. 에드윈은 그녀가 노크하는 것을 지켜본다. 아무도 밖으로 나오지 않는다. 에드윈은 자기 집 현관문 앞에서 이 여자를 마주치고 싶지 않아 걸음을 늦춘다. 여자는 지금 난간 너머로 몸을 기울여 창문을 통해 거실을 들여다보고 있다. 에드윈은 그런 행동은 남의 생활에 지나치게 관심을 보이는 짓이며, 그 여자가 절대 그런 짓을 해서는 안 된다고 생각한다.

해리엇 스트릿호프가 옆집 식료품점의 문 앞에 서 있다. 지금은 머리핀 없이 흘러내리는 머리 모양을 한 그녀는 블라우스 위에 삼베

---

45 미국 시인 헨리 워즈워스 롱펠로의 이야기시.

로 지은 앞치마를 걸치고 있다. 에드윈이 지나갈 때 그녀가 그를 부른다. "젊은 도련님, 왜 학교에 있지 않고 여기 있는 거야?"

"내가 몸이 좀 안 좋아서 하이드 선생님이 집으로 돌려보낸 거예요."

"집이 비어 있을 거야." 스트럿호프 양이 말한다. "오늘 아침 네 엄마가 로즈와 조를 데리고 농장으로 갔어. 엄마가 나한테, 너희들에게 걱정하지 말라는 말을 전해달라고 했어. 아무 일도 아니래. 그런데 너 혼자 있어도 괜찮을까?"

"집으로 돌아오신대요?" 에드윈이 묻는다.

해리엇의 언니가 해리엇을 부른다. "물론 돌아오시지." 스트럿호프 양이 말한다. 해리엇을 부르는 소리가 더 집요해진다. "다만 언제 돌아오실지는 나도 몰라. 뭐 필요한 거 있으면 곧장 여기로 와. 우유나 빵이나 사탕 같은 거 필요하면 말이야." 그녀는 계단을 내려가 식료품점 안으로 사라진다.

그러는 동안 검은 보닛을 쓴 그 여자가 에드윈을 향해 걸어오고 있었다. "넌 주니어스 부스의 아들이니?" 그녀가 묻는다.

에드윈은 그렇다고 시인한다.

그는 전에 이 여자를 본 적이 없다. 그녀는 늙었지만 고령의 나이는 아니다. 보닛 챙의 그림자 속에서 입 주변과 이마에 자리 잡은 깊은 주름이 드러나 보인다. 보닛에 덮이지 않고 드러난 머리카락은 녹슨 철 빛깔이다. 그녀의 억양은 거의 영국식이지만, 그러나 뭔가 다른 억양이 섞여 있다. 에드윈은 머릿속에서 그녀의 억양을 재현하는 연습을 한다. 그는 흉내를 잘 낸다. "영국에서 왔어요?" 에드윈이 여자에게 묻는다. "저도 영국에 간 적이 한 번 있어요."

여자가 숨을 크게 들이마시며 반응을 보인다. "그때가 언제였니?"

"내가 아기였을 때요." 에드윈이 말한다. 여자가 에드윈을 불안하게 만드는 눈초리로 쳐다보고, 그래서 그는 평소라면 하지 않을 말을 덧붙인다. "내 형 헨리가 거기서 죽었어요."

"넌 형제가 많다고 들었다." 여자는 마치 헨리가 쉽게 메꿀 수 있는 사람인 것처럼 말한다. 그녀는 여전히 그 날카로운 눈초리로 에드윈을 꼼짝 못 하게 붙들고 있다. "난 네 엄마랑 얘기를 좀 하고 싶었다."

에드윈은 그녀를 지나쳐서 계단을 올라간다. "엄마는 농장에 가셨어요." 문을 닫고 나니 마음이 놓인다.

에드윈은 그 여자에 대해 잊어버린다. 그는 이 집에 혼자 있는 것이 너무 낯설어서 여태껏 이런 적이 한 번이라도 있었는지 확신하지 못한다. 그는 이 방 저 방 돌아다니면서 각각의 방에 혼자 있는 것이 어떤 느낌인지 알아본다. 확실히 부엌에 혼자 있는 것과 부모님 침실에 혼자 있는 것은 느낌이 다르고, 거실에 혼자 있는 것과 위층에 혼자 있는 것 역시 느낌이 다르다. 그는 혼자 있다기보다는 보이지 않는 존재로서 자신의 몸에 침입해 있는 듯한 느낌을 받는다. 마치 아무도 보고 있지 않으면 그가 더 이상 존재하지 않기라도 하듯이.

그는 소파에 눕는다. 잠들기 전에 그가 마지막으로 떠올린 말은 다음과 같다.

"오, 아버지! 반짝이는 빛이 보여요. 오, 말해주세요,
저것은 무엇일까요?"
그러나 아버지는 한마디도 대답하지 않았다.
얼어버린 시체가 아버지였다.[46]

---

46   〈헤스페로스의 난파선〉에 나오는 구절.

그는 에이시아와 조니가 학교에서 돌아왔을 때 잠에서 깬다. 그들도 엄마가 갑자기 농장으로 갔다는 사실에 에드윈만큼이나 당황한다. "농장에서 뭔가 안 좋은 일이 생긴 게 틀림없어." 에이시아가 말한다. "미첼 가족에게 무슨 일이 생긴 걸까?" 그러나 로절리를 울게 만든 안 좋은 일이 무엇인지는 모르지만, 로절리는 미첼 가족의 문제로 울지는 않을 것이다. 에드윈은 앤이나 조 홀에게 생긴 문제일 거라고 생각한다. 어쩌면 롤런드 로저스가 그들의 자식들 중 한 명을 팔아버렸는지도 모른다. 그거라면 분명히 로절리가 운 이유가 설명된다. 그러나 그것은 비밀이 아닐 테고 나머지 가족들에게 숨길 이유가 없을 것이므로 이 생각 역시 조리에 맞지 않는다.

가족보다 더 중요한 것은 없다고 아버지는 항상 얘기한다. 에드윈은 앞으로는 에이시아와 조니를 덜 성가시게 여길 거라고 개인적으로 맹세한다. 이 맹세는 고작 한 시간 정도만 지속되고 마는데, 맹세가 깨진 것은 조니가 그를 뒷마당으로 불러냈을 때다. 조니는 히죽 웃고 있다. 햇살이 그의 검은 머리에 부딪혀 부서지면서 머리털을 금빛으로 반짝이게 한다. 정자의 벤치 위에 울퉁불퉁하고 요동을 치고 날카롭게 우는 밀가루 자루가 놓여 있다. 조니가 그 안에서 조심스럽게 고양이 두 마리를 꺼낸다. 조니는 아주 기발한 방식으로, 한 놈이 발버둥 치면 그 발톱에 다른 놈이 상처를 입게 되도록 두 마리를 함께 묶었다. 한 마리는 갈비뼈와 갈비뼈 사이의 거죽이 에드윈의 손가락 길이만큼 깊숙이 들어간 몹시 굶주린 회색 고양이이다. 다른 한 마리는 보살핌을 잘 받아서 통통하게 살이 찐 검은 고양이이다. 두 마리 다 쉭쉭거리고 울부짖고 긁어대고 피를 흘린다. 어떤 생명체도 해코지해서는 안 된다는 아버지의 규칙은 농장에서와는 달리 도시에서는,

그리고 에드윈과는 달리 조니의 경우에는 그리 중요하지 않다.

　조니는 차별이 심하다. 그는 개를 좋아한다. 고양이는 싫어한다. 그는 말을 좋아한다. 다람쥐는 싫어한다. 그는 종종 농장의 개구리들에게 노래를 불러주곤 했는데, 엄마가 아이들에게 가르쳐준 〈구애하러 가는 개구리〉나 앤에게서 배운 〈강변에서〉가 조니가 부르는 노래의 전부다. 에드윈의 마음속에 조니의 말 블래키가 조니를 물었을 때의 모습이 떠오른다. 그때 조니의 얼굴에는 심하게 상처받은 감정이 고스란히 드러나 있었다. 조니는 사랑을 하면 그 대가로 사랑을 받기를 기대한다. 에드윈은 그런 기대를 하지 않는다.

　"고양이들을 풀어줘." 에드윈이 말한다. "안 그러면 넌 아버지에게 매 맞을 거야."

　"형이 일러바칠 때만 그렇지." 조니가 말한다. 그러나 그는 주머니칼로 고양이를 묶은 줄을 자른다. 고양이들은 재빨리 튀어 달아나서 울타리를 넘고(검은 고양이), 나무를 타고 오른다(회색 고양이).

　아버지는 저녁 식사 시간에 잠깐 모습을 보인다. 그러나 아버지는 부분적으로만 아버지이고, 부분적으로는 에드워드 모티머와 낯선 사람[47] 사이의 중간쯤에 해당하는 사람 같다. 아버지는 엄마가 집에 없는 데 놀라지 않는 것처럼 보이며, 거의 말을 하지 않는다. 단지 농장의 커다란 벚나무가 곧 꽃망울을 터뜨릴 것인데 그걸 보지 못하면 참으로 애석할 거라고 아쉬운 어조로 말할 뿐이다. 만약 우리들이 일본 사람이라면 꽃놀이를 하러 농장에 가곤 했을 텐데, 만약 우리들이 일본 사람이라면 아주 많은 것들이 달랐을 텐데, 하고 아버지가 낙담한 어조로 말한다.

47　코체부의 연극 〈낯선 사람〉의 주인공을 말함.

에드윈은 무엇이 어떻게 달랐을 것인지 듣기 위해 기다리지만, 아버지의 일본 사람 이야기는 끝난 것 같다. 아버지의 얼굴에는 아직도 무대 화장의 흔적이 남아 있다. 특히 눈가 주름에는 더 진하다. 마치 어떤 종류의 충격을 받은 것처럼, 아버지의 눈은 그 화장으로 인해 더 커진 것처럼 보인다. "우린 모두 농장으로 가야 해." 아버지가 말한다. "농장에 있을 때 우린 안전했어."

그러고 나서 아버지는 아이들이 잠자리에 들 시간을 스스로 알아서 정하도록 내버려둔 채 다시 극장으로 향한다. 이 우울하고 조용한 집에서 늦게까지 자지 않고 깨어 있는 것에 매력을 잃은 아이들은 이제는 그러지 않는다.

엄마와 로절리와 조는 이틀 후에 집에 돌아온다. 그날 저녁 엄마가 침실에 틀어박혀 있고 아버지가 열려 있는 커튼을 마주하고 있을 때, 로절리는 막내를 제외한 동생들을 딸들의 침실로 데려가 자기가 알고 있는 것을 다 말해준다. 요점은 다음과 같다. 아버지의 아내인 애들레이드 부스가 영국에서 이곳으로 왔으며, 그들 모두를 파괴하는 데 혈안이 돼 있다.

5

아이들은 언제나 엄마가 아버지의 아내라고 생각했다.

6

로절리는 누군가가 그 부스 부인에게 엄마가 농장에 있다는 얘기를 한 것이 틀림없다고 말한다. 왜냐하면 그 여자는 흑인이 모는 임대 마차를 타고 곧바로 농장으로 온 다음, 마차에서 내려 곧장 대문을 지나 통나무집 문까지 내처 걸어와서는 커다란 검은 보닛을 쓴 차림새로 마당에 서서 로절리로서는 무슨 일이 있어도 평생 입에 담지 못할 끔찍한 욕설을 엄마에게 퍼부었기 때문이다. 로절리는 동생들이 그 욕설을 듣지 않은 게 퍽 다행스러웠다고 말한다.

그러나 밭에서 일하는 농장 일꾼들이 그 욕설을 들었다. 이웃한 집들의 현관에 있던 이웃 사람들이 그 욕설을 들었다. 묘지에 있는 아이들이 그 욕설을 들었다. "너희들은 그 굴욕감을 상상도 할 수 없어." 로절리가 말한다. 조 홀은 그 여자가 곧장 통나무집으로 들어오는 것을 막기 위해 개들을 풀어줘야 했다. 그 여자는 이제 그 통나무집이, 그 통나무집뿐 아니라 노스엑서터에 있는 집도 자기 것이며, 그들에게는 자기가 그 두 집에 출입하는 것을 막을 법적 권리가 없다고 말했다.

로절리는 어깨를 벽에 기대고 침대에 앉아 있다. 묶음 머리 때문에, 또 척추가 굽었기 때문에 얼굴은 앞으로 쏠려 있다. 크리놀린[48]이 제거된 그녀의 치마는 갈색 웅덩이처럼 이불 위에 힘없이 축 늘어져 있다. 에이시아는 책상다리를 하고 앉아 로절리를 마주 보고 있고, 조니는 에이시아 옆에서 자기 팔을 벤 자세로 몸을 뻗고 누워 있다. 에이시아와 조니는 로절리의 치마 일부에 몸을 얹고 있어서, 마치 핀으로 나비의 날개를 고정하듯 로절리가 얘기를 할 때 자연스레 그녀의 양 날개를 붙들어두고 있다.

에드윈은 차가운 바닥에 자리 잡고 앉았는데, 그 때문인지 아니

---

48   19세기에 서양 여성들이 치마를 부풀게 하기 위해 사용한 버팀대. 전체적으로 종 모양을 이룸.

면 긴장감으로 마음이 옥죄여 있는 탓인지 다리가 덜덜 떨린다. 그는 조금 전까지 무슨 일이 일어나고 있는지 알고 싶었지만, 이제는 그걸 알게 될 것이기 때문에 알고 싶지 않다는 생각이 든다.

그는 무릎을 가슴으로 끌어 올려 두 팔로 감싼다. 그제야 다리의 떨림이 멈춘다. 방 안의 빛은 금빛이고(노곤한 태양은 금빛 노을을 만들어내고[49]) 로절리의 두 눈은 눈에 고인 눈물로 빛난다. 그녀의 코밑이 반짝거린다. 에드윈은 자기가 어서 나이를 먹어 지금 이 순간이 무사히 과거가 될 수 있기를 바라는 마음이 된다. 노곤한 태양은 금빛 노을을 만들어내고, 불타는 수레의 밝은 자취를 남겼는데, 이는 내일 날이 좋을 거라는 징조이다. 그 여자에게 엄마가 농장에 있다고 말해준 사람은? 바로 에드윈이었다.

"난 왜 우리가 굴욕감을 느껴야 하는지 모르겠어." 에이시아가 말한다. "마치 우리가 뭐 잘못한 거라도 있는 것처럼 말이야."

충격이 조금 누그러졌을 때 아이들은 부모님이 결혼했다는 말을 실제로 들은 적이 있는지 생각해내려 애쓴다. 확실한 것은 그들이 결혼하지 않았다는 말을 들은 적은 없다는 것이다.

이제 세 가지 가능성만 있는 것 같다.

1. 다 거짓말이고 아버지는 결코 자신을 애들레이드 부스라고 부르는 여자와 결혼한 적이 없다.

이것은 에이시아가 취하게 될 선택지이다. 에이시아는 남은 생애 동안 아버지와 엄마가 먼저 결혼했고, 그 후에 미국으로 도망쳐 왔다고 주장할 것이다.

2. 아버지가 엄마를 꼬드기고 속였다.

이것은 조니의 선택지이다. 조니는 아버지가 거짓 결혼으로 엄마를 속였으며 엄마는 나머지 가족들과 마찬가지로 자신이 아버지와 결혼하지 않은 상태라는 것을 알고 큰 충격을 받았다고 결론지을 것이다. 이것은 그들의 이웃 사람들과 친구들이 공감하는 감정이다. 엄마는 항상 모든 사람에게 어느 모로 보나 숙녀 같은 인상을 주었다. 반면에 아버지는……

조니는 엄마에 대한 애착이 깊어질 것이다. 아버지에 대한 조니의 감정은 이때부터 마음 밑바닥에서 비난과 분노의 정서를 드러나지 않게 흘려보낼 것이다.

3. 엄마는 알면서도 결혼한 남자와 달아났다.

에드윈은 로절리 누나가 이 중 어떤 선택지가 사실인지 확신하지 못한다는 것을 알고 놀란다. 로절리의 생각이 3번으로 기울어 있다는 것을 알고는 더욱더 놀란다.

형제들 중에서 로절리가 이 추문을 가장 심하게 느낀다. 엄마는 로절리하고는 아무런 비밀도 없다고 얼마나 자주 말하곤 했던가? 엄마는 정말 거짓말쟁이다. 수치심이 로절리의 몸에 열병처럼 번져나가 얼굴을 화끈거리게 한다. 두 손은 오히려 차가워진다. 그녀는 자신이 집을 떠나지 않은 기존의 많은 이유들에 이것을 추가한다.

에드윈 자신의 입장은 세월 따라 바뀌게 될 것이다. 때로는 에이시아처럼 아버지의 유일한 결혼은 엄마와의 결혼이었다고 주장할 것이다. 때로는 로절리처럼 애들레이드의 우선권을 인정할 것이다. 단, 그 여자를 아버지보다 서른두 살이나 많은(그녀는 사실은 아버지보다 네 살 더 많다) 화류계 출신 요부로 폄하하면서 말이다. 에이시아는 그 여자를 본 적이 한 번 있지만 나는 한 번도 본 적이 없다고 에드윈은 말할 것이다.

이것은 이 세상 어느 누구도 그 자신이 한 이야기의 믿을 만한 출처가 될 수 없다는 것을 잘 일깨워주는 예시가 된다.

🎋 링컨과 사생아로 태어난 어머니 🎋

말을 타고 가는 중에 그가 자기 어머니에 관해 이야기했는데, 나로서는 처음 듣는 것이었다. 그는 어머니의 성격에 대해 자세히 얘기하고는 자기가 어머니로부터 어떤 자질을 물려받았는지 언급하거나 열거했다. 무엇보다도 어머니가 단정하고 점잖게 자란 버지니아주 농부이자 농장주였던 루시 행크스의 사생아였다는 얘기를 열심히 들려주었다. 그는 이 어머니라는 원천으로부터 자신의 분석력, 논리력, 지적 활력, 야망이 나왔으며, 그뿐 아니라 자신을 행크스 집안의 다른 구성원 및 후손들과 구별 짓는 모든 자질이 어머니에게서 나왔다고 주장했다. 유전적 특성 문제에 관한 그의 생각은, 무슨 이유에선가 사생아들이 적법한 결혼 생활로 태어난 아이들보다 더 강하고 더 밝은 경우가 흔하다는 것이었다.

— J. L. 스크립스, 에이브러햄 링컨과의 인터뷰

링컨의 어머니는 그가 아홉 살이었을 때, 그리고 누나 세라가 열한 살이었을 때 우유병[50]으로 사망했다. 그의 가족은 인디애나주 남부에 살고 있었다. 이 시기까지 링컨이 살면서 겪은 어려움은 당시로서는 아주 평범한 것들(이따금 얻어맞는 것, 배고픔, 만족시키기 어려운 냉담한 아버지, 끝없는 노동, 그리고 황야에 숨어 있는 모든 위험)이었다. 어머니의 사랑이 그의 삶을 견딜 만하게 만들었다. 그런데 어머니가 돌아가셨고, 그는 아홉 살의 나이에 어머니의 관을 만드는 것을 도와야 했다.

어머니가 죽은 지 14개월 후, 아버지 토머스 링컨은 새 아내를 집

---

50   서양등골나물을 먹은 소의 우유에는 독성 물질이 함유되는데, 그 우유를 짜서 마신 사람에게 발생하는 병.

으로 데려오기 위해 자식들을 남겨 두고 켄터키주로 여행을 떠났다. 아버지는 아주 오랫동안 집을 비웠다. 에이브와 세라는 아버지가 돌아가신 게 틀림없다고 생각했다. 한 이웃은 그들 남매가 거의 알몸 상태였다고 썼다. 그들의 옷이 썩어 문드러져 떨어져 나간 것이었다. 그들은 몸에 이가 들끓었고, 굶주리고 있었다.

드디어 집에 온 새어머니는 자신의 눈에 들어온 모습에 충격을 받았다. 새어머니는 즉시 아이들을 씻기고 옷을 입히고 먹을 것을 만들어주었다. 몇 주 만에 그 오두막은 창문과 마룻바닥과 탁자와 의자들을 갖추게 되었다. 새어머니는 상황을 개선하는 데 능했다.

새어머니가 오기 전, 아버지는 에이브가 책을 읽는 것을 시간 낭비로 여기고 못 읽게 했다. 그러나 새어머니는 그가 공부하기를 장려했다. '에이브는 내가 본 아이들 중에서, 그리고 내가 기대했던 아이들 중에서 가장 뛰어난 아이였습니다.' 그녀는 훗날, 일찍이 자신이 에이브에게서 보았던 재능이 널리 인정받았을 때 그런 글을 쓰게 될 것이다.

링컨은 자신이 지닌 타고난 재능을, 그것이 무엇이든 간에 전부 다 친어머니의 혈통에서 비롯된 것으로 여긴다. 그런 재능이 피어날 수 있게 한 것은 새어머니의 공이다. 링컨은 이런 재능에 아버지가 이바지한 바는 없다고 여긴다.

7

애들레이드 부스는 그들 모두의 뒤를 따라다니기 시작한다. 그중에서도 주로 엄마의 뒤를 따라 볼티모어 여기저기를 다니면서 엄마는 창녀고 그 자식들은 사생아라고 외친다. 그녀는 엄마가 농산물을 팔려고 하는 시장에 나타날 것이다. 또, 에드윈과 조니가 막 학교를 떠나려 할 때 교실 밖에 나타날 것이다.

"나는 폭탄처럼 너희들 등에 떨어질 거야." 애들레이드는 그들을 따라 거리를 걷고, 마차와 보행자들 사이를 요리조리 헤집고 다니면서 소리 지른다. 그녀의 일그러진 얼굴은 보닛에 가려져 있고, 침을 튀기며 나오는 목소리는 요란스럽다. 불리보이스는 그녀가 나타나면 흩어지고 그녀가 없으면 다시 모인다. 그들은 여전히 조니의 확고한 지지자로 남아 있지만, 그들의 주먹과 주먹질은 이 여자 앞에서는 아무런 쓸모가 없다. 변함없이 우정을 지키는 불리보이스 아이들에게 고마워해야 한다는 조니의 거북살스러운 감각은 그에게는 새로운 느낌이며 몹시 비위에 거슬린다.

그 여자가 소리 지르면 지를수록 보도나 거리에서 더 많은 공간이 그녀에게 주어진다. 그녀는 자신의 분노가 만들어낸 사적 공간을 누비며 볼티모어를 옮겨 다닌다. 그녀가 에드윈과 조니를 따라 곧장 학교 운동장으로 들어간다. "이 애새끼들아. 너희들은 부적절하게 태어난 독사들이야. 너희들은 너무 더러워서 짓밟고 싶지도 않아. 난 내 신발을 더럽히지 않을 거다." 다른 아이들이 쳐다보는데, 에드윈은 그들이 그 여자를 쳐다보는 것인지 자기를 쳐다보는 것인지 알 수가 없다. 그는 얼굴이 화끈 달아오르는 것을 느낀다. "우린 다른 길로 가야 해." 조니가 조용히 말한다. 그 후로 그들은 날마다 학교 가는 경로를 바꾼다. 엄마는 몸집이 큰 흑인 남자를 고용하여 에이시아가 학교를 오갈 때 함께 다니게 한다.

오직 아버지만 괴롭힘을 당하지 않고 있다. 부스 부인은 아버지의 수입을 위태롭게 할 정도까지 크게 화가 나 있지는 않다.

때때로 그녀는 아버지의 친아들(준보다 몇 살 더 많은 남자로, 이름은 할아버지의 이름을 따서 리처드라고 지었다)과 함께 다닌다. 로절리는 동생들에게 그 리처드 부스가 실제로 1년 이상 아버지와 함께 순회공연을 다녔다고 말해준다. 아버지는 어떻게 가족이 볼티모어에 살고 있다는 것을 평생 리처드가 알아내지 못한 채로 이 문제가 잘 넘어갈 거라고 상상할 수 있었을까? 그것은 아버지라는 수수께끼 중 하나로 남아 있다. 아버지는 어쩌면 자신의 이중 결혼을 25년 동안 거의 모든 사람에게 비밀로 유지하는 데 성공했다는 사실에 대담해진 것인지도 모른다.

에드윈은 리처드와 눈이 마주칠까 봐 리처드를 똑바로 쳐다보는 일이 거의 없지만, 리처드가 키가 크고 창백하며 연약한 남자라는 것을 알고 있다. 리처드는 준과 전혀 다르고, 아버지와는 모든 면에서 정반대이다. 이런 사람이 정말 아버지의 아들일 수 있을까? 에드윈은 의심스럽다.

리처드는 한마디도 하지 않지만, 그가 자기 어머니 곁에 있다는 사실은 적개심을 품고 있다는 것을 암시한다. 에드윈의 입장에서는 존재조차 알지 못했던 이복형이 자신의 치명적인 적이 된 것이다. 참으로 셰익스피어적인 상황이다.

8

에드윈은 보통 그 상황을 무시하려 한다. 그에게는 생각해야 할 다른 것들이 있다. 그는 극장을 제공받았다!

다만, 정확히 그런 것은 아니다. 조니의 친구 스튜어트의 어머니
인 롭슨 부인은 지역 호텔을 운영하고 있다. 부인은 스튜어트에게, 만
약 스튜어트와 그 친구들이 지하실을 깨끗이 청소한다면 그들이 그
지하실을 놀이방으로 사용해도 된다고 말했다. 스튜어트는 심지어 그
림이 그려진(소박한 시골집의 평범한 방과 벽난로, 그릇과 머그잔이
놓인 투박한 선반 등이 그려진) 실제 배경 세트를 킬미스트가든 리조
트에서 구입하기까지 했다.

조니와 조니의 친구들은 계획이 가득하다. 그들이 동네 아이들에
게는 각각 1페니를, 관심 있는 어른들에게는 각각 2페니를 내게 하고,
그 수익금의 일부를 손풍금 연주자에게 줄 계획이다. 그들의 첫 번째
연극은 〈리처드 3세〉가 될 것인데, 여자가 나오는 부분은 모두 없애고
칼싸움 부분은 강조될 것이다. 조니는 이 모든 것에 몹시 흥분해 있다.
조니는 자기가 주인공이 될 것으로 예상한다. 그는 에드윈에게 이것
을 자랑하는 실수를 저지르고⋯⋯

⋯⋯에드윈은 자기가 그 역을 넘겨받아야 한다는 것을 즉시 깨닫
는다. 조니는 리처드 3세를 연기할 수 없다. 그는 겨우 여덟 살이니까!
에드윈과 에드윈의 친구 존 슬리퍼는 극단에 가입하겠다고 제안한다.
그 제안은 수익금에 대한 자신들의 몫을 명시하는 계약서와 함께 제
시된다. 조지 스타우트가 어른이 되었을 때, 그는 이 열세 살 먹은 형
들을 위협적인 전문가로 기억할 것이다. 엄청 잘난 체했다고도 기억
할 것이다. 나이 많은 형들이 그 배경 세트를 훔친다. 조니와 그의 친
구들은 그걸 다시 훔친다. 그런 식으로 주인이 너무 많이 바뀌어서 그
세트는 사용하기도 전에 너덜너덜해진다.

나이 많은 아이들은 극단에 가입했다기보다는 극단을 손아귀에

넣어버린 것이었다. 에드윈은 당연히 리처드 역을 맡을 것이다. 슬리퍼는 버킹엄을 연기할 것이다. 조니는 리치먼드 역을 맡을 수 있다. 매우 중요한 역할이라고, 영웅이라고, 그들은 조니에게 확신을 심어준다.

이 아이들은 모두 이 극장에서 계속 연기 경력을 쌓을 것이다. 다른 아이들이 남는 시간에 잭나이프 던지기 놀이, 링토,[51] 그레이스 게임[52]을 하는 동안, 부스 집안 아이들의 영향권에 있는 아이들은 오랫동안 연극을 해왔다. 이러한 연극 놀이는 지금까지는 엑서터 62번지의 뒷마당에서 이루어졌다. 그러나 이 새로운 시도는 훨씬 규모가 크다. 지하실은 엄청 넓고 변덕이 심한 볼티모어의 날씨로부터 자유롭다.

에드윈은 연극 의상이 필요하다. 그리고 말. 지하실에는 말을 둘 수 있는 공간이 많이 있다.

행복한 기분으로 곰곰이 이런 생각들을 하고 있을 때 로절리가 부엌으로 내려오라고 그를 부른다. 로절리의 어조로 보아 로절리가 처음 불렀을 때는 에드윈이 듣지 못했다는 것을 알 수 있다. 로절리는 언제나 너무 나직하게 말한다. 그 목소리를 듣기 위해서는 로절리의 목소리가 들려올 거라는 것을 미리 알고 있어야 한다.

에드윈은 계단을 내려가지만 몸만 내려가고 있다. 그의 마음은 여전히 연극을 만드는 일에 빠져 있다. 그는 로절리가 로저스 이모가 가르쳐준 대로 비스킷을 만들고 있는 것을 본다. 로절리는 얼굴이 발개져 있고, 머리와 주름진 셔츠 앞자락에 밀가루가 묻어 있다. 막내인 조는 탁자에 앉아 물컵의 테두리를 이용하여 밀가루 반죽에 비스킷 모양을 찍어내고 있다.

---

51 원 안에 있는 돌을 원 밖에서 겨누어 튕겨내는 놀이.

52 두 사람이 떨어져 서서 각자 두 개의 막대로 동그란 나무 고리를 던지고 받는 놀이.

로절리가 에드윈에게 난로의 불을 더 세게 피워달라고 부탁하자 그는 장작을 더 넣은 다음 장작이 탁탁 소리 내며 세차게 타오를 때까지 불을 잘 헤치고 뒤섞는다. 에드윈과 로절리는 얘기를 나누는데, 막내인 조가 있으므로 추상적으로 에둘러서 얘기를 한다. 그 자신은 부모님의 배신적인 행동에 대한 모든 생각을 회피하려고 노력했지만, 로절리는 뼈다귀를 물어뜯는 개처럼 그 문제에 대해 걱정해왔다는 것을 에드윈은 깨닫는다.

"넌 바이런 경에 대해 얼마나 알고 있니?" 로절리가 묻는다.

에드윈은 엄마가 바이런의 시 때문에 아버지와 함께 달아났다는 말을 얼마나 자주 했는지 안다. 아이들 모두 살아오는 동안 내내 이 말을 들었다.

에드윈은 아버지가 엄마에게 처음으로 선물한 것 중 하나가 타원형에 담긴 바이런의 얼굴이었다는 것을 안다. 바이런의 검은 곱슬머리가 가느다란 금빛 화관에 둘러싸인 것이었다. 그것은 브로치인데, 엄마는 그 브로치를 전혀 착용하지 않는데도 불구하고 무척 소중하게 여긴다. 세월이 흐르면서 엄마는 옷차림에 신경을 덜 쓰게 되었다. 브로치는 장롱 서랍 속에, 에드윈의 양막을 포함하여 엄마의 다른 귀중품들과 함께 보관되어 있다. 에드윈은 가엾은 헨리 형의 중간 이름이 바이런이었다는 것을 알고 있다.

"난 바이런의 시를 좀 읽었어." 에드윈이 말한다. "바이런과 아버지가 한때 친구였다는 것을 알고 있어."

알고 보니 로절리는 훨씬 더 많은 것을 알고 있다. 로절리는 에드윈에게 바이런의 버림받은 아내와 바이런이 아내로 대했던 이복누나와 그의 친구 퍼시 셸리와 임신한 상태로 자살한 셸리의 버림받은 아내(그녀가 혹시 살해당한 것은 아닐까, 하고 덧붙인다. 그러나 누구에 의해, 무슨 이유로 살해당했을 수 있다는 것인지 로절리는 말하지 못한다)에 대해 들려준다. 그리고 무정부주의자이자 여성도 남성만큼 훌륭하다고 믿었던 윌리엄 고드윈에 대해서 얘기한다. 윌리엄 고드윈에게는 자살한 의붓딸이 한 명 있었으며, 또 한 명의 의붓딸은 바이런과 바람을 피워 아이를 한 명 낳았다. 그리고 친딸도 있었는데, 그녀가 바로 퍼시 셸리와 달아난 후 《프랑켄슈타인》을 쓴 그 메리 셸리였다고 얘기해준다. 오, 그것은 끔찍하게 얽히고설킨 관계였고, 로절리가 보기에는 모조리 자유연애일 뿐이다. 자유연애란, 하면서 그녀는 밀가루를 흩뿌리며 에드윈에게 설명한다. 사랑이 결혼보다 더 중요하다는 걸 의미해. 결혼은 사랑이 자유로울 수 없는 감옥이라는 거지.

로절리는 '그녀의 값은 루비보다 훨씬 더 나가느니라'[53]라는 신앙의 말씀이 놓인 십자수가 닳아서 해진 앞치마에 손을 닦는다. 이제 그녀의 머리에는 더 많은 밀가루가 묻어 있다.

아무리 추상적으로 에둘러 하는 말이라 해도 막내 조는 이런 얘기를 들으면 안 된다고 에드윈은 생각한다. 그는 로절리가 제정신이 아닌 모양이라고 생각한다. 로절리는 잘 속아 넘어간다. 로절리는 책을 너무 많이 읽는다. 에드윈은 바이런이 이복누나와 결혼하고 싶어 했다는 얘기를 들었을 때쯤에 더 이상 로절리의 말에 귀 기울이지 않았다. 로절리는 어디서 그런 헛소리를 들은 것일까?

그런 말은 분명 엄마에게서 나왔을 것이다. 엄마와 로절리는 함께 양탄자의 먼지를 털고 빨래를 널고 버터를 만들면서 조용히 사적인 대화를 나누는 경향이 있다. 그 모습을 보며 에드윈은 언제나 엄마와 누나가 저녁 식사로 무엇을 만들 것인지 상의하고 있다고 생각했

다. 그런데 이제 보니 그런 것이 아니라 두 사람은 음란하고 타락한
뜬소문을 주고받고 있었던 것으로 보인다. 엄마와 로즈가 말이다!

　　에드윈과 에이시아는 가끔 〈로미오와 줄리엣〉의 발코니 장면을
공연했고, 그럴 때면 그는 가능한 한 실감 나게 연기하려고 노력했지
만, 분명코 에이시아와 결혼하고 싶은 마음은 들지 않는다. 에드윈은
남매와 결혼하고 싶어 하는 사람에 대해 연민을 느낀다. 그는 또 로절
리와 자유연애에 관해 이야기하고 싶지도 않다. 이보다 더 난처한 일
은 없다. 그는 연극 의상에 대한 생각으로 돌아가야 한다.

　　"사랑에서 나온 결혼은 와인에서 나온 식초처럼." 지금 로절리가
말하고 있다. 이 말은 분명히 바이런이 했던 말일 것이다. 로절리는 쉬
지 않고 얘기를 하는데, 그러는 동안 에드윈은 귀를 닫은 채 그 모든
끔찍한 이야기에서 벗어나 있을 수 있었다.

　　"아이 씨, 아이 씨." 막내 조가 말한다. 조도 제 나름의 탈출 방법
이 있는 것이다.

　　로절리가 보기에 아버지가 엄마를 만났을 시기에는 런던의 거의
모든 사람들이 아내를 버리고 애인과 달아나고 있었다. 당시에는 그
런 풍조가 꽤 유행이었던 것 같다. 차가 있는 소돔과 고모라였다고나
할까.

　　로절리는 엄마와 아버지를 비난하고 있거나 아니면 두 분을 변
호하고 있다. 그중 어느 쪽인지 에드윈은 알 수가 없다. 그는 로절리
가 화를 내고 있다고 생각하지만, 로절리의 경우에는 언제나 감정 상
태를 알기가 쉽지 않다. 그녀는 조용조용 말하지만 밀가루 반죽을 스
푼으로 쿡쿡 찌르는 듯한 동작을 지어 보이며 일하는 모습에는 뭔가
가 있다. "우린 남들보다 더 나을 게 없어." 로절리가 말한다. "아버지
의 젠체하는 태도에도 불구하고 말이야. 이젠 많은 사람들이 우리를

더 형편없는 사람들이라고 생각할 거야. 사실상 모든 사람들이 그렇게 생각할 거야."

그때 에드윈은 로절리가 정말로 하고 있는 말이 무엇인지 문득 깨닫는다. 2년 전에 아버지는 그들 모두를 데리고 서커스장에 갔다. 거기서 로절리는 제이컵 드리스바흐라는 뉴욕에서 온 잘생긴 전직 경찰관 출신 사자 조련사를 만났다. 드리스바흐는 우리도 없고 장벽도 없이 연약한 어린이들로 가득한 관객석과 맹수들 사이에서 일했다. 그는 관객이 지켜보는 가운데 다 자란 호랑이와 씨름을 하여 땅에 눕혔다. 그리고 그와 함께 저녁 식사를 할 사자 몇 마리를 커다란 식탁으로 초대했다. 사자들은 최고의 매너를 보여주었다. 각자의 자리에 앉은 사자들 가운데 주인인 드리스바흐가 식사를 시작하기 전에 음식을 먹는 사자는 한 마리도 없었다. 그러는 동안 내내 그는 다리에 착 달라붙는 반짝이는 아라비아 의상을 입고 있었으며, 근육질의 두 팔은 맨살이 그대로 드러나 있었다. 로절리는 당연히 감명을 받았다.

나중에 드리스바흐는 위대한 연극배우 주니어스 부스를 소개해 달라고 요청했다. 그러나 그의 진짜 관심사는 로절리인 것 같았다. 아버지는 그 모든 상황을 재빨리 중지시켰다. 결국 이 예기치 않은, 믿기지 않는 사건 전개는 집으로 돌아온 로절리가 오랫동안 문을 닫고 소리 죽여 흐느끼는 것으로 막을 내렸다.

아버지는 말했다. 로절리는 집에 필요하다고. 어떻게 엄마가 로절리 없이 집안일을 해낼 수 있을 거라고 생각하느냐고.

드리스바흐는 떠도는 사람이고, 의심할 바 없이 낙담한 여자들의 자취를 뒤에 남기고 다닐 거라고. 로절리가 그의 마음을 사로잡을 만큼 자신이 특별하다고 생각한다면 그녀는 바보일 거라고.

사자들은 아마도 길들여지지 않는 편이 더 행복할 거라고.

드리스바흐는 부차적인 재미를 위한 공연자이며 단순한 구경거리를 만들어내는 사람일 뿐, 예술가도 아니고 진정한 배우도 아니라고. 서커스단 사람들은 자기들 아래에 있는 사람들이라고. 로절리는 그들보다 더 낫다는 것을 잊지 말아야 한다고. 아버지는 로절리가 자신을 그렇게 과소평가하는 것을 허락하지 않을 거라고.

로절리가, 자신이 부스 집안 사람이라는 것을 기억해야 한다고. 이야기는 끝났다.

로절리는 지금 그걸 기억하고 있다.

"왜 나한테 바이런 얘기를 하는 거야?" 에드윈이 묻는다.

"그럼 내가 너 말고 누구한테 얘기할 수 있겠니?" 로절리가 되묻는다.

그날 밤 아버지는 로절리의 비스킷이 이렇게 부드러운 적이 없었다고 말한다. 로저스 이모의 비스킷보다도 더 부드럽다. 로절리의 비스킷은 공기보다 더 부드럽다.

1869년 해리엇 비처 스토가 〈애틀랜틱 먼슬리〉 잡지에 바이런 경의 근친상간을 고발함으로써 엄청난 화제를 불러일으키고, 그로 인해 잡지 구독자의 3분의 1이 떠나게 되었을 때, 로절리는 에드윈에게 자기가 먼저 그 사실을 얘기해주었는데 에드윈이 그 얘기를 믿지 않았다는 것을 상기시킬 것이다. 마찬가지로 아무도 스토의 말을 믿지 않을 것이다.

에드윈이 들은 소식 중에서 다음으로 놀라운 것은 미첼 가족이 농장을 떠날 거라는 소식이다. 애들레이드 부스가 도착한 뒤로 며칠 만에 아버지의 결혼에 관한 비밀이 알려지면서 미첼 가족이 거리로

150

내몰리고 있는 것이다. 모든 사람들은 왜 그들이 농장에 머물 수 있게 허락받았는지, 어떻게 부스 가족을 밀어낼 수 있었는지, 엄마의 환대를 남용하고 아버지의 지원에 대해서 아무런 대가도 지불하지 않았는지 항상 궁금해했다. 이제 그 수수께끼가 풀린다. 미첼 고모부는 협박을 통해 그들의 자리를 차지한 게 명백하다.

에드윈의 머릿속에 어린 시절의 기억이 하나 떠오른다. 그는 아주 어린 소년이다. 어둠 속에서 말을 타고 농장으로 돌아가고 있다. 안장의 경사면에 앉아 있는데 뒤에는 아버지가 있다. 아버지의 따뜻한 품 안에 안전하게 있으면서도 밤의 공포가 커져서 폐부를 태우고 심장을 옥죈다. 그는 부엉이 울음소리와 바람 소리와 말의 헐떡임과 발굽 소리를 듣는다. 그 소리들이 커진다. 깜깜한 하늘 전체가 움직인다.

아버지가 먼저 말에서 내린 다음 그를 안아서 폴짝 내려준다. "아들, 다 왔다." 아버지가 말한다. "네 발은 이제 네 고향 황야를 밟고 있다." 그러자 공포가 스르르 흩어지며 그를 떠난다. 그의 농장은 그의 집이고, 그곳에서는 결코 두려움을 느끼지 않을 것이다.

그는 농장의 모든 것에 대한 갈망을 느낀다. 물 냄새, 바람이 불면 바이올린 활처럼 긁어대는 나뭇가지, 젖을 짜달라고 부르는 암소, 풀밭 위에서 반짝이는 반딧불이. 헤엄치기, 말타기, 뒤얽힌 나무에 오르기, 날씨가 포근한 저녁에 노예나 자유민들과 함께 노래 부르기, 개들을 데리고(앞에 다람쥐가 있어서 개들은 숨을 헐떡이며 앞으로 튀어 나가기를 바란다) 늪으로 가는 길을 산책하는 일······.

이제 어딘가에 숨어 있다가 이 모든 것을 망치는 미첼 가족은 없을 것이다.

미첼 가족은 볼티모어 링팩토리 지역의 지저분한 곳으로 사라진다. 에드윈은 다시는 그들을 생각하지 않을 것이다.

그러나 에드윈이 죽은 후 막내 조는 미첼 집안 사촌들 중 한 명의 딸인 코라 미첼을 그의 두 번째 아내로 맞이할 것이다. 신랑은 54세에 의사이고, 신부는 24세에 사교계 명사일 것이다. 결혼식은 성대하게 치러질 것이며, 많은 신문들이 신랑에게는 고故 주니어스 부스 주니어와 위대한 연극배우였던 고故 에드윈 부스, 이 두 명의 형이 있었다는 사실에 주목할 것이다. 다른 형제는 언급되지 않을 것이다.

<h1 style="text-align:center">9</h1>

마침내 〈리처드 3세〉가 호텔 지하실에서 상연되고 있다. 조니는 리치먼드가 될 기회를 포기했다. 모든 흥미를 잃어버린 그는 자존심이 상해서 연극을 보러 가지 않을 것이다. 1달러 75센트에 산 에드윈의 말(자신이 주목을 받게 된 것이 전혀 감동스럽지 않은 뼈가 앙상한 흰 암말)이 에드윈을 우습게 만들 거라고 조지 스타우트가 말해주었는데도 조니는 연극을 보고 싶은 생각이 없다. 그 말은 여태까지 계속 발을 움직이기를 거부함으로써 에드윈의 모든 환상을 깨뜨려왔다. 만약이 말이 리처드가 자신의 왕국을 주고서라도 얻고 싶은 말이었다면[54] 리처드왕은 결국 영국을 잃었을 것이다.

그날 오후, 조니는 그의 침실에서 무료하게 서성거린다. 친구들은 모두 〈리처드 3세〉를 보고 있거나 아니면 그 연극에 참여하여 공연을 하고 있다. 그는 자신의 결정을 후회하지는 않는다. 다만 지금 무엇

---

54   《리처드 3세》에서, 자기가 탈 말이 없어서 제대로 싸우지 못하는 리처드왕이 "말을 다오, 말을. 말을 준다면 내 왕국을 넘기겠노라"라고 한 대목을 빗대어 말하고 있다.

을 해야 할지 모를 뿐이다. 그때 1층에서 아버지가 외치는 소리가 들린다. 이어 쿵쾅쿵쾅 계단을 밟고 올라오는 소리가 들린다. 아버지가 아들들의 침실로 들어오는데, 손에는 누더기가 된 아버지의 샤일록 의상이 들려 있다. 에드윈이 그가 입을 갑옷을 만들기 위해 그 옷에서 스팽글을 잘라냈던 것이다.

아버지의 머리에 처음 떠오른 생각은 이것은 조니의 소행이라는 것이다. 아버지는 조니의 팔을 붙잡고 조니를 세게 흔든다. 이어 주먹을 뒤로 뺀다. 그러나 조니는 고자질쟁이가 아니다. 에드윈을 입에 담은 것은 막내 조이다. 아버지의 주먹이 조니에게 날아들기 전에 조가 히스테릭한 높은 목소리로 에드윈이 그랬다고 말한다. 이제 에드윈의 이름이 나왔으므로 조니는 기꺼이 사실을 확인해준다. 조니는 에드윈 때문에 얻어맞고 싶은 기분이 아니다. 그는 샤일록 의상의 나머지 부분을 정확히 어디에서 찾을 수 있는지 아버지에게 말해준다.

아버지는 마지막 막이 열리고 있을 때 지하실에 도착한다. 에드윈은 절정의 순간들을 즐기고 있다. "잘 들어라, 적들의 북소리가 들리는구나. 싸워라, 잉글랜드의 용사들이여! 싸워라, 용맹한 병사들이여!" 그가 칼을 휘두를 때 극장 뒤쪽에서 소동이 인다. 그것은 연극에 도취된 관객 때문일 수도 있지만, 그렇지가 않다. 에드윈은 걸어오고 있는 아버지를 본다. 아버지는 자신의 발에 관객들의 손과 발이 밟힐 수 있다는 것에는 전혀 신경을 쓰지 않고 성큼성큼 다가온다. 아버지의 얼굴이 분노로 일그러져 있다.

에드윈은 칼을 떨어뜨리고 지하실 창문으로 뛰어든다. 반쯤 창문을 빠져나갔을 때 아버지가 그의 다리를 붙잡고 만다. 창문은 바깥 거리로 통한다. 연극이 시작될 무렵에 티켓을 거두었던 흑인이 에드윈이 나타나는 것을 보고 그가 빠져나오는 것을 돕기 위해 팔을 붙잡아준다. 몸이 쭉 늘어진 상태로 두 남자 사이에 있게 된 에드윈은 다리를 빼내려고 두 다리를 마구 찬다.

오랜 세월에 걸쳐 부스 가족이 공연한 바와 같이 〈리처드 3세〉는 그 결말이 다양하게 나타났던 것으로 보인다. 그중 어느 것도 리처드 왕에게 걸맞은 결말은 없었다. 아버지는 에드윈의 하반신만으로도 에드윈이 오래도록 기억하게 될 매질을 하는 데 부족함이 없다. 그 매질은 에드윈이 하이드 선생님의 등나무 매로부터 받는 것과 같은 이상한 스릴을 그에게 주지 못한다.

10

아버지는 애들레이드 부스에게 2천 달러라는 엄청난 돈을 지불하고 이 문제가 종결될 것으로 여긴다. 그런데도 애들레이드의 공격은 계속된다. 아버지는 리처드를 자신의 유일한 합법적 아들로 인정하는 것을 거부하기 때문에 법원이 결정을 내려야 할 것이다. 애들레이드가 소송을 제기할 수 있는 자격을 얻으려면 이 나라에서 3년 동안 거주해야 한다. 그녀와 리처드는 허름한 셋집으로 이사 가서 시간을 보내기 시작한다.

애들레이드의 이후 3년은 힘들고 단조로운 일, 악화된 건강, 부실한 음식으로 가득하다. 리처드는 학생들을 가르치지만(그는 아버지의 언어적 재능을 물려받았다) 너무 온순한 그의 성격 탓에 학생들에게 괴롭힘을 당하고, 너무 소심해서 종종 보수를 받지 않고 가르친다. 에드윈이 리처드를 알게 된다면 어쩌면 그를 좋아할지도 모른다. 어쩌면 아버지의 모든 자식들 중에서 에드윈과 리처드가 가장 닮았을 수도 있다.

그러나 에드윈은 그를 알지 못한다. 알고 있는 것은 다만 애들레이드 부스가 거리의 싸움꾼이고, 법에 따르면 그들 모두 아버지의 자식이 될 수 없다는 것뿐이다. 리처드는 에드윈 자신과 준, 로절리, 에이시아, 조니, 조와 맞서 싸우는 사람이다.

애들레이드는 셋집에서 꾸준히 술을 마신다. 그녀는 이 음주와 아버지의 다른 가족인 엄마(애들레이드는 엄마를 홈스 여편네라 부르는데, 홈스는 엄마의 결혼 전 성이다)를 괴롭히는 일에 앞으로 3년간 태반의 시간을 쏟아부을 것이다.

첫 1년이 지나간다. 에드윈은 하이드 선생님의 작고 따스한 교실에서 나와 규율과 발표를 특히 중시하는 은퇴한 프랑스 해군 장교 루이 뒤가의 가르침을 받게 된다. 에드윈은 역사와 문학에 뛰어난 재능을 보인다. 반면 목수 일을 하기에 적합할 것으로 보이는 자질은 아무것도 없다. 어쨌든 그를 목수로 키우겠다는 계획은 고맙게도 두 번 다시 언급되지 않는다.

그와 존 슬리퍼는 교실에서 〈줄리어스 시저〉의 한 장면을 공연하는데, 그 공연을 보러 아버지가 학교에 오고, 심지어 그걸 보고 즐거워하는 것처럼 보이기까지 한다. 에드윈의 연기에 대한 갈망은 결코 흔들리지 않았다. 그는 자신의 재능이 희극 연기에 가장 적합한 것이 아닐까 하는 생각을 가지고 있다. 이제 그는 그 나름으로 인기 있는 사람이 되었는데, 이 말은 그의 작은 친구 집단 속에서 그 특유의 조용한 방식으로 친구들의 호감을 얻고 있다는 뜻이다.

그러고 나서 커다란 변화가 찾아온다.

이미 잠들어 있던 에드윈은(열네 살의 그는 잠을 충분히 잘 수도 없고 음식을 충분히 먹을 수도 없는 것 같다) 엄마가 침대 곁에 앉아 그의 손을 쓰다듬고 있다는 것을 문득 알아차린다. "애야, 거실로 좀 내려가자." 엄마가 말한다. 엄마는 조니와 조를 깨우지 않으려고 나직이 속삭인다. "할 얘기가 있어."

밖에는 바람이 불고 비가 내린다. 실내는 어둡다.

에드윈은 몸을 일으켜 어둠 속에서 엄마를 따라 아래층으로 내려간다. 엄마가 가만가만 아주 조심스럽게 행동했는데도 조니가 그들을 따라온다. 엄마는 난로 앞에 자리를 잡고, 에드윈과 조니는 엄마의 발아래에 자리 잡는다. 에드윈은 엄마를, 오직 그녀와 함께 살기 위해 아버지가 자신의 모든 것을 버리고 도망칠 정도로 무척이나 아름다운 여인을 찬찬히 바라본 적이 실제로 거의 없다. 그래서 그는 엄마가 조심조심 의자에 몸을 앉히는 것을 보고 놀라고, 불그레한 불빛 속에서도 엄마의 목 피부가 약간 처져 있는 게 눈에 띄는 것을 보고 놀란다. 엄마는 열 번의 임신과 네 번의 비통함을 겪고도 아름다운 외모를 유지했다. 그리고 그녀는 여전히 아름답지만, 그 아름다움은 이제 시들어가기 시작했다.

조니는 엄마의 무릎에 머리를 묻고, 엄마는 조니의 머리를 어루만진다. 엄마가 얘기를 나누려는 사람은 에드윈이다. "아버지가 다음 순회공연을 떠날 때," 엄마가 말한다. "네가 아버지와 함께 가줘야겠다."

조니가 고개를 든다. "나도 갈 거야."

조니는 에드윈보다 훨씬 더 민첩하다. 에드윈은 엄마가 무슨 요청을 했는지 아직 이해하기도 전이었다. "학교는 어떡하고요?"

"학교는 계속 다니게 될 거야. 네가 볼티모어의 이 집에 있을 땐 언제나 학교를 다녀야지." 엄마가 말한다.

만약 누군가가 상대로부터 자신이 평소에 원하던 모든 걸 들어주겠다고 제안을 받았는데, 상대가 너무 슬픈 목소리와 미안한 얼굴로 그 제안을 했다면, 그 사람은 과연 자신이 정말로 그것을 원했던가 하는 의아한 생각이 들지 않겠는가?

"나도 갈 거야." 조니가 말한다. "학교생활은 네드 형이 나보다 더 잘하잖아."

"얘야, 넌 너무 어려." 엄마가 조니에게 말한다. 엄마는 조니만은 절대 보내지 않을 것이다. 반면에 에드윈은⋯⋯. 에드윈은 마치 엄마가 현관문을 열고 그를 폭풍 속으로 밀어내는 듯한 느낌을 받는다.

"네드 형은 모든 걸 다 얻었어." 조니가 말한다.

에드윈의 얼굴과 손이 차갑다. 벽난로의 통나무가 속삭이는 소리를 내며 재 속으로 떨어진다. 그는 불에 더 가까이, 그리고 엄마에게서는 더 멀리 움직여간다. 한쪽 뺨은 따뜻하다. 다른 쪽 뺨은 그렇지 않다. 그는 오래전에 엄마가 불을 보면서 조니의 운명을 알려달라고 요청했던 것을 머리에 떠올리며 자신의 운명을 알고 싶다고 속으로 기도한다. 시뻘겋게 달아오른 석탄에서는 아무런 반응이 없다. 어둑한 방 저편에서 레이스 커튼이 갑자기 펄럭인다. 바람이 들어온 듯이, 혹은 유령이 들어온 듯이.

"네가 가야 해." 엄마가 그에게 말한다. 엄마는, 예전에는 준이 때때로 아버지와 함께 여행하곤 했지만, 이제는 준에게 자기 가족이 있고 자기 일이 있다는 사실을 상기시킨다. 엄마는 원래 아버지가 혼자서도 잘 지낸다고 생각했었지만, 지금은 그들 모두 사실 리처드가 아버지와 함께 있었다는 것을 알고 있고, 당연히 리처드에게 다시 아버지와 함께 다녀달라고 요청할 수는 없는 노릇이다. 아버지가 이번에는 정말 혼자이고, 그러니 자칫하면 큰 문제가 생길 수 있다고 엄마가 말한다.

가족이 다 전적으로 아버지의 수입에 의존하고 있다. 만약 아버지가 계속해서 연극 일정의 절반을 놓치거나, 또는 돈을 번 당일 밤에 그 돈을 써버린다면 그들은 곧 거리에 나앉거나 공장에서 일해야 할 것이다. 에드윈이 아버지를 따라다니며 아버지를 곤경에서 벗어나게 해야 한다.

엄마는 이 일에 대해서 에드윈에게 선택의 여지가 없다는 점을 명확히 했지만, 그럼에도 에드윈은 자신이 동의해주기를 엄마가 얼마나 간절히 원하는지 느낄 수 있다. 에드윈은 엄마의 요청을 거절하는 것을 고려해보지만, 결국 그의 대답을 결정한 것은 엄마의 구슬픈 얼굴과 목소리가 아니다. 얼굴과 목소리는 배우의 도구이며, 고뇌는 쉽게 꾸며낼 수 있다. 그의 대답을 결정한 것은 그의 눈과 같은 높이에 있는 조니의 검은 머리털 위에 놓인 엄마의 손, 모조 결혼반지, 닳은 손톱이다. 난로 불빛을 받아 발그레한 엄마의 손에 어린 무언가가 에드윈을 감동시켜 이루 말할 수 없는 다정함을 느끼게 한다. "갈게요." 그가 말한다.

지금까지 오랫동안 로절리의 일은 엄마를 구하는 것이었다. 오늘부터 에드윈의 일은 온 가족을 구하는 것이 될 것이다. 이 일은 아무도 할 수 없는 일이다. 에드윈 말고는 할 수 있는 사람이 없다.

"불공평해." 조니가 말한다.

🦟 링컨과 스프리그 가문의 휘그당원들 🦟

**대통령이 침략을 격퇴할 필요가 있다고 여길 때마다 이웃 국가를 침략하는 것을 허용해
야 하고, 대통령이 그런 목적을 위해 그렇게 할 필요가 있다고 여긴다는 것을 공표하겠다
고 결정할 때마다 그것을 허용해야 하며, 나아가 대통령이 기꺼이 전쟁을 수행하도록 허
용해야 한다.**

— 에이브러햄 링컨, 1848년

링컨은 '그녀와 결혼하는 것은 나를 죽이는 일이 될 거야'라고 말했던
그 여자와 결혼했다. 그들에게는 어린 아들이 두 명 있다. 링컨은 의회
에서 일리노이주의 선량한 사람들을 대표하여 의정 활동을 하기 위해
워싱턴 디시로 왔다. 그 도시는 아직 완성되지 않았지만 이미 쇠퇴하
고 있었다. 포토맥강은 녹조로 질식해가고 있고 죽은 물고기 냄새가
배어 있다. 죽은 고양이들이 거리에서 썩어간다. 그럼에도 불구하고!
워싱턴이다!

그들은 이미 스무 명 이상의 휘그당원이 살고 있는 앤 스프리그
의 하숙집에 방을 얻는다. 끊임없이 뭔가를 하고자 하는 야망이 있는
링컨은 모든 것을 보고 싶어 하고, 하고 싶어 한다. 그러나 메리는 그
들의 어린 아들들을 즐겁게 해주기가 어렵다는 것을 알게 된다. 그녀
는 다른 하숙인들과 다투고, 링컨이 모든 일에서 자기편을 들어주기

를 요구한다. 링컨은 그녀가 아이들을 데리고 켄터키주에 있는 친정
집으로 갔을 때 죄책감과 안도감을 동시에 느낀다.

스프리그 하숙집은 그 지역에서는 '노예 제도 폐지의 집'으로 알
려져 있다. 앤 스프리그를 위해 일하는 노예들은 이상하게도 주기적
으로 북쪽으로 사라진다. 그 하숙집에서 거주하는 휘그당원들은 멕시
코 전쟁을 노예 소유 영토를 확장하기 위한 단순한 계략으로 여긴다.
제임스 포크[55]가 대통령이다. 포크는 수 세기를 거슬러 올라가는 위대
한 전통 속에서 그 전쟁은 정당한 이유 없는 상대방의 침략에 의해 피
치 못하게 자신에게 부과되었다고 주장한다. 그는 그 전쟁에 대한 보
상으로 서부의 거대한 지역을 차지한다.

링컨은 하원에 출석하여 포크가 거짓말을 했다고 비난한다. 그는
첫 번째 총이 발사된 정확한 장소, 처음으로 피를 흘렸던 정확한 장소
를 알려달라고 요구한다. 그곳은 실제로는 멕시코 땅 아니었나요? 링
컨은 이 연설에서 '장소spot'라는 말을 여러 차례 집요하게 반복했다.
나중에 그는 자신을 '장소 집착쟁이spotty 링컨'이라고 부르는 것을 듣
게 된다.

링컨이 일리노이주로 돌아갔을 때, 사람들은 그가 포크를 공격한
것에 놀란다. 전쟁에 반대하는 사람들조차 링컨의 연설이 반역에 가
깝다고 여긴다. 링컨은 그 반응에 놀란다. 그는 미국 군대에 조건이나
논쟁 없이 자금을 지원하고 물자를 공급하기 위한 모든 조치를 지지
했었다. 민주당은 냉소적으로 그것을 전쟁 자체에 대한 지지와 결합
시킨 것이었다.

링컨은 전쟁을 싫어하면서도 군인들을 존경했다. 무척 이해하기

---

55 미국의 제11대 대통령.

어렵지 않은가?

두 번째 원칙이 위태롭다. 전쟁을 선포할 수 있는 권한은 오직 의회에만 있다는 원칙이 말이다.

한때 링컨을 지지했던 〈일리노이주 레지스터〉[56]는 이제 링컨이 일리노이주 전사들의 용기와 희생을 비하했다고 말한다. 휘그당이 의석을 잃었을 때 그 신문은 링컨이 죽었다고 가정하며 다음과 같이 부고 기사를 쓴다. '링컨, 장소 집착증으로 사망하다.'

---

56 1830년부터 1856년까지 일주일에 한 번, 금요일에 발행했던 일리노이주 신문.

| |

거의 최초의 사건에서 에드윈은 하마터면 아버지를 잃을 뻔했다. 해는 1848년, 달은 8월에 아버지는 올버니에서 일주일 동안 공연을 한다. 어느 날 밤은 오셀로를 연기하고, 다른 날 밤에는 이아고를, 다음에는 에드워드 모티머를, 그러고 나서는 자일스 오버리치 경[57]을 연기한다. 18일에는 자선 공연으로 리처드 3세를 연기한 후 장기 공연을 마칠 예정이다. 그때 가서야 진짜로 돈이 들어올 것이다.

에드윈은 이 새로운 생활에서 자신의 길을 찾고 있다. 마르고 창백하며 속쌍꺼풀이 있는 눈을 가진 그는 열네 살보다 더 어려 보인다. 연극에 출연하는 여자들은 그를 귀여워하며, 그가 느끼는 그 자신보다 더 어린애로 취급한다. 그는 그것이 똑같은 정도로 좋기도 하고 싫기도 하다. 이 여자들은 대담하고 시끄러우며, 그를 자주 만지고, 머리를 쓰다듬고, 손을 잡고, 그의 손목에 손가락을 대고 가만히 쓸어보기도 한다. 아버지가 그 자리에 없었다면 에드윈은 덜 불편했을 것이다. 그는 처음에는 별다른 주의를 기울이지 않았으나, 다음 순간 모든 것을 본다. 아버지는 여자들이 에드윈에게 하는 행동을 보며 못마땅해하거나, 아니면 즐거워한다. 아버지를 잘 아는 에드윈으로서는 그 둘 다일 거라고 생각한다. 에드윈은 자신이 둘 중에 어느 것을 더 싫어하는지 알지 못한다.

에드윈은 나무랄 데 없이 능숙하게 맡은 일을 해내려고 노력한다. 그는 아버지가 대사를 잊었을 경우 즉시 대사를 상기시켜주기 위해서, 또는 아버지에게 물 한 모금이 필요할 때를 대비해서 무대 옆에

---

57   영국의 극작가 필립 매신저(1583년~1640년)가 쓴 〈오래된 빚을 갚는 새 방법〉의 주인공.

서서 대본을 따라 읽는다. 그는 트렁크와 의상을, 입구와 출구를 관리한다. 이제 그의 집중을 방해하는 것은 없다. 아버지의 연기를 보는 것은 오랫동안 그에게 허락되지 않았다. 이제는 오로지 아버지의 연기를 보는 것만이 그의 일인 것 같다. 그는 아버지가 새로운 동작이나 새로운 억양을 시도할 때면 그걸 알아차리기 시작한다. 그는 결코 바뀌지 않는 부분을 안다. 관객들은 분명 모르겠지만, 자신은 아버지가 지루해하는 때(자주 있다)를 알 수 있다고 느끼기 시작한다.

17일 오후, 에드윈은 호텔을 나와 신문을 사러 나간다. 아버지는 당일의 부고란을 읽으면서 차를 마시는 것을 좋아한다. 이글 호텔에서 네 블록 정도 떨어진 곳에 도착했을 때 연기 냄새가 나기 시작한다. 그는 처음에는 이것에 대해 아무 생각도 하지 않았지만, 냄새가 점점 강해지고 이내 연기도 눈으로 직접 보게 된다. 연기가 항구 위로 뭉게뭉게 피어오르고, 퍼지고, 짙어진다. 점점 더 많은 사람들이 보도에 나타난다. 사람들은 처음에는 지켜보기만 하면서 서로에게 무슨 일이 일어난 거냐고 조용히 묻는다. 물론 불이 난 것이다. 그것은 물어볼 필요도 없다. 그런데 얼마나 큰 불이? 얼마나 가까운 곳에서?

누가 처음 공포감을 불러일으켰는지 에드윈은 알지 못한다. 얼마동안 모두가 침착해 보였는데, 다음 순간 사람들이 모두 서로에게 소리치며 각자 자기 집을 향해, 또는 위쪽 거리를 향해 뛰어간다. 사람들은 곧 새 떼나 물고기 떼처럼 단일한 방향을 형성한다. 도시를 벗어나는 방향, 불에서 멀어지는 방향이다. 기다란 실크 모자를 쓴, 수염을 기른 남자가 황급히 달리면서 에드윈의 팔을 붙잡는다. "나랑 같이 가자." 남자가 큰 소리로 외쳤고, 에드윈은 손목을 비틀어서 팔을 빼내야 했다.

에드윈은 호텔을 향해 반대쪽으로 달린다. 보도에 사람들이 가득 찼기 때문에 그 흐름을 거슬러 나아가는 일이 쉽지가 않다. 에드윈

쪽으로 오고 있는 한 가족이(엄마와 아빠는 각각 아이들을 가슴과 등에 한 명씩 안거나 업고 있다) 에드윈을 거리 가운데 쪽으로 내모는데, 그 가운데 쪽에는 불안이 전염되어 당황하는 말들이 있다. 그 몇 미터 뒤에 젊은 흑인 한 명이 커다란 백마의 고삐를 붙잡고 씨름하고 있다. 그가 말을 통제하기 위해 고군분투하고 있는 동안 더 나이 많은 백인 남자가 마부의 정신이 팔려 있는 것을 이용하여 세 명의 아이들을 들어 올려 그 마차 뒤쪽에 태우고 자신도 올라탄다. 그 말이 에드윈을 거의 밟을 뻔하지만, 에드윈은 말을 피해 다시 사람들을 헤치고 군중 속으로 들어간다.

더 많은 사람들이 거리를 메우고, 에드윈은 더 나아갈 수가 없다. 보닛을 쓰지 않은 소녀가 넘어진다. 몇몇 사람들이 그 소녀를 넘어가거나 혹은 밟고 가는데, 어느 틈엔가 얼굴이 붉은 뚱뚱한 여자가 동정심을 발휘하여 몸을 숙이고 소녀를 일으켜 세운다. 이 여자가 에드윈도 붙잡고 억지로 돌아서게 하는데, 에드윈은 다시 몸을 빼내지만 이번에는 다른 쪽 팔을 붙잡히고 만다. "놔줘요!" 요즘 종종 그러듯이 갈라지고 쨰진 목소리로 그가 소리 지른다. 그는 너무 화가 나서 입을 앙다물어야 한다. 그렇지 않으면 이를 부드득부드득 갈게 될 것이다.

"네드, 아들아!"

쳐다보니, 그의 팔을 잡은 사람은 아버지다. 안도감이 밀려들면서 갑자기 어지럼증이 인다. 그는 쓰러질 것 같았으나 아버지가 팔을 꼭 붙잡고 있어서 똑바로 서 있을 수 있다. 아버지는 리처드 3세의 굽은 등 의상과 오셀로의 망토를 입고 있다. 아버지는 세인트니컬러스처럼 호텔 베갯잇을 등에 지고 있는데, 그 안에 쉽게 가지고 다닐 수 있는 몇 가지 의상들(안대, 오셀로의 귀고리, 이아고의 타이츠 등)뿐 아니라 왕관 두 개가 들어 있어서 베갯잇은 고르지 않고 우둘투둘하다. 그 안에는 또 엄마와 로절리가 보낸 편지, 지난주의 비평 몇 개도 들어 있다. 나중에 베갯잇을 풀었을 때 에드윈은 아버지가 비평들 중에서 가장 좋은 것을 고르기 위해 시간을 들였다는 것을 알게 될 것이다. 아버지는 햄릿의 망토를 에드윈의 어깨에 던진다.

이제 햇빛이 너무 이상해졌다. 여리고 흐릿해졌으며, 하늘에서 재가 눈처럼 떨어지고 있다. 잠시 에드윈은 그와 아버지 단둘이서 종 모양의 유리 덮개 속에, 급할 것이 없는 느긋한 공간 속에 있는 것 같은 이상한 느낌을 받는다. 유리 덮개 바깥은 혼란과 불협화음과 혼돈이 난무하는데, 그 소리가 흐릿하게 들려오는 듯싶다. "우린 어디로 가요?" 에드윈이 목소리를 높이지도 못하고 묻는다. 숨을 얕게 쉬고 있는데도 매캐한 연기가 목구멍을 거쳐 폐로 들어간다.

아버지는 코와 입에 스카프를 둘러서 묶은 다음 에드윈에게 다른 스카프를 건네며 똑같이 하게 한다. "위쪽으로. 맨션 힐로." 아버지가 도적처럼 소리 죽여 말한다. 잠시 후 덧붙인다. "내 말 기억해둬라. 이 불은 여자가 일으킨 것으로 밝혀질 거야."

맨션 힐은 알고 보니 오랫동안 걸어가야 하는 오르막길이다. 이제는 사람들이 상당히 많이 줄었다. 아버지와 에드윈은 단풍나무와 소나무로 둘러싸인 노란 벽돌집이 우아하게 자리 잡은 케인 단지에 도착한다. 한때는 아주 넓었으나 지금은 도로와 골목길들로 잘려 나간 땅이다. 아버지는 출입문 앞에 서서 스카프를 내리고 다른 화재 피난민들에게 소방관들이 사용하게 될 방법에 대해 권위적으로 장황하게 설명한다. 인간이 고안해낸 모든 발명품(가죽 양동이, 말이 끄는 펌프 등)은 대화재의 무서운 힘 앞에서는 헛된 것으로 드러날 것이라고 말한다. "하느님이 손뼉을 칠 때⋯⋯." 아버지가 말한다. 아버지는 윌리엄 블레이크의 시를 인용한다.

작은 파리야,
너의 여름날 놀이를
나의 경솔한 손이
쓸어버렸구나.

나도 너 같은
파리가 아닐까?
아니 너도 나 같은
사람이 아닐까?

인간의 나약함에 대한 사색은 아버지를 무척 기쁘게 해주는 것
같다. 그리고 나서 아버지는 또다시 자신을 기쁘게 해주는 다른 이야
기(의용 소방대원들의 평등주의적 동지애)로 화제를 돌린다. 아무래
도 아버지는 화재를 진압하기 위한 공동의 노력에 동참하느라 커튼
콜을 놓친 적이 있었던 듯싶다. 그러나 에드윈은 이 이야기를 전에 들
어본 적이 없다. 에드윈은 스카프 속에서 자신의 입 냄새를 맡는다. 그
냄새는 퀴퀴하고 불쾌하다.

저 멀리 물가 쪽에서 폭발이 일어나 화염 줄기들을 붉은 창처럼
공중으로 날려 보내고, 그것들은 다시 연기와 화염이 뒤섞여 끓어오
르는 가마솥으로 떨어진다. 이 모든 것은 아버지 뒤쪽에서 일어나 아
버지 연설의 맹렬히 타오르는 배경을 이룬다. 아버지는 시선을 돌려
보려 하지 않는다.

아버지는 지난 1월에 빅스버그에 있는 새 극장이 불에 탔다고 말
한다. 아버지는 거기서 이아고를 연기하기로 되어 있었다. "하느님은
셰익스피어를 좋아하지 않는다는 생각이 들더군요." 아버지가 말한

다. 아버지는 손으로 납작해진 코를 쓰다듬는다.

평소 아버지에게는 열렬한 관객이 있다. 사람들은 그들 앞에 있는 이 이상한 옷차림의 남자가 그 유명한, 또는 악명 높은 주니어스 부스라는 사실을 이제 막 알아냈다. 그들은 지금 집과 모든 재산을 날리고 있을지도 모르는데, 이 마당에 그들이 무슨 얘기를 할 것인가.

아버지는 다시 소방관을 찬양하는 이야기로 돌아온다. "내가 지금껏 했던 일 가운데 가장 만족스러웠던 것은," 아버지가 말한다. "참으로 가치 있는 전투에서 싸웠던 일이에요. 참으로 무자비한 적을 상대로 말입니다. 만약 나를 보살피고 지키려 드는 내 아들이 여기 없었다면 나는 지금 저곳에 있을 겁니다. 무장한 동료들에 둘러싸여 있을 거예요. 우리 인간에겐 자신의 기개를 증명할 기회가 거의 없습니다. 네드, 절대 한 명도 너를 지나가지 못하게 해라." 아버지의 뒤편에는 화염의 물결, 위에는 낮게 드리운 검은 하늘……. 악마에게 이보다 더 좋은 배경은 한 번도 없었다.

빼빼 마른 노파가 에드윈 옆에 선다. 눈이 축 처진 노파는 발이 삔 것 같고, 지팡이를 짚고 있다. 이 노파는 여기까지 올라온 것만으로도 이미 자신의 기개를 증명했다고 에드윈은 생각한다. 노파가 지팡이로 에드윈의 어깨를 톡톡 친 다음, 지팡이를 들어서 하늘을 가리킨다. "아마 하느님은 그런 속물이 아닌 것 같아." 노파가 말한다. 머리 위의 짙은 검은 구름은 에드윈이 생각한 것처럼 전적으로 연기와 재인 것만은 아니다. 비가 오기 시작한다. 처음에는 약하게 오더니 이윽고 세차게 내린다. 모두 나무 그늘로 몸을 피한다. 사람들은 비에 젖었고, 웃고 있고, 하느님의 자비에 감사하고 있다. 바람이 바뀌었다. 이후 시간이 느리게 흐르는 것 같은 몇 분 사이에 비에 흠뻑 젖어서인지, 아니면 구름에 가려서인지 시뻘건 지평선이 사라졌다. 번개가 하늘에서 화살처럼 나타난다.

나뭇가지들은 구멍이 숭숭 뚫린 지붕이다. 에드윈은 개처럼 머리를 흔들어서 머리의 물기를 턴다. 햄릿의 망토는 촉촉이 젖어서 어깨에 달라붙어 있다. "목표는 우리 인간이 대충 세울지라도, 그 목표를 완성하는 것은 신이라오."[58] 아버지가 노파에게 말한다.

아버지는 에드윈을 다정하게 대한다. "비에 흠뻑 젖었구나, 네드. 어서 널 불 앞으로 데려가야겠다."

비가 내릴 무렵까지 그 불은 다섯 시간이나 계속되었다. 올버니의 많은 부분이 파괴되었다. 열 명의 사망자가 생기고, 더 많은 수의 사람들이 화염이나 연기 흡입으로 다쳤다. 600채의 건물이 불에 타고, 사업체와 선박을 비롯하여 허드슨강 부둣가 전체가 잿더미로 변했다. 그러나 소방관들은 아버지의 칭찬에 보답하는 것 이상의 일을 했다. 이글 호텔은 사라졌지만 아버지의 트렁크는 구한 것이다. 부주의한 객실 청소부로부터 그 대화재가 시작되었다는 소문은 결코 입증되지 않는다.

이 이야기를 듣고 조니는 몹시 부러워한다. 그는 속으로 자기라면 싸우고 진압해야 할 불이 났을 때 나무 아래서 몇 시간을 허비하지는 않았을 거라고 생각한다. 또 그는 속으로, 에드윈 형이 그런 선택을 한 것에 대해서는 놀라지 않는다.

에드윈의 마음속에 이후 수년 동안 계속해서 그를 혼란스럽게 할 의문이 남는다. 그날 아버지는 군중 속에서 자기를 찾고 있었던 것일까? 아니면 그저 우연히 아버지와 에드윈이 서로를 발견했을 뿐이었던 것일까? 엄마는 아버지를 보살피는 것이 에드윈이 할 일이라는 것

---

58   《햄릿》 5막 2장에 나오는 대사.

을 아주 분명히 했다. 에드윈을 보살피는 것 역시 아버지의 할 일이었던 것일까? 아니면 풍향계가 멈춰 서서 가리킨 방향이 그 방향이었을 뿐인 것일까?

12

그 후 5년 동안 종종 에드윈은 순회공연을 하는 아버지와 동행한다. 시간이 지나면 그는 이 씁쓸하고 쓸쓸한 일화를 간략한 이야기로 줄여서 말할 것이고, 다시, 또다시 되풀이해 들려줄 때마다 한결 더 재미있고 한결 덜 고통스럽게 얘기하게 될 것이다.

   에드윈이 아버지의 외출을 금지했을 때가 있었는데, 그때 아버지는 옷장 안으로 들어가 문을 잠가버렸다. 옷장 안에 너무 오래 있고, 너무 조용했으므로 에드윈은 아버지가 질식했을까 봐 두려웠다. 한 시간 동안이나 옷장 문을 두드리며 자기를 안심시켜달라고 애걸복걸하고 난 후 에드윈이 여관 주인을 부르고 도끼를 가져와야겠다고 막 마음먹었을 때 아버지가 갑자기 한마디 말도 없이, 아무런 표정도 없이 옷장에서 나와 침대로 올라갔다. 아버지는 이내 코를 골았다.

   루이빌에서 지내던 시기의 어느 날 밤, 아버지를 밤새도록 쫓아다니며 달빛이 비치는 거리와 빛이 없는 어두운 골목길을 전속력으로 달려야 했을 때(아버지의 체력은 정말 놀라웠다) 격앙된 감정이 목구멍까지 치밀어 올라서 그를 따돌리려는(결국 따돌리지 못했다) 아버지의 모든 방법에 대해 에드윈은 자신이 웃고 있는지 흐느끼고 있는지 알 수 없었다.

   언젠가 에드윈은 자신이 아버지의 무대 등장을 준비하는 동안, 아버지가 술기운이 없는 맑은 정신을 유지할 수 있도록 호텔 방에 가

뒤둔 적이 있었다. 다시 돌아왔을 때 그는 아버지가 호텔 주인에게 뇌물을 주고 박하 술[59]을 달라고 했다는 사실을 알게 되었다. 아버지는 그 술을 열쇠 구멍을 통해 빨대로 빨아 마신 것이었다.

시간이 더 지나면 에드윈은 이런 이야기들을 더 이상 하지 않을 것이다. 아버지의 괴벽은 아버지 자신에게 가장 고통스러웠다. "아버지가 숨기고 싶어 했던 것을 아들이 드러낼 수는 없는 법이죠." 에드윈은 말할 것이다. "저는 단순히 호기심을 만족시키거나 거칠고 경박한 웃음을 짓게 만드는 것에는 관심이 없습니다."

에드윈의 학업은 중단된다. 그는 이로 인해 평생 불이익당하는 느낌을 받을 것이다. 그러나 그는 아버지를 따라 호텔에서 호텔로, 극장에서 극장으로 이동하면서 이 나라의 많은 부분을 보게 된다. 아버지는 시카고, 보스턴, 신시내티, 뉴욕시, 루이빌, 뉴올리언스, 모빌, 서배너 등지에서 공연을 한다. 에드윈은 여러 지역의 억양을 익히고, 경제적 형편이 좋은 사람과 좋지 않은 사람, 노예와 자유인, 이민자와 토박이 모두와 어울린다. 그는 남들 눈에 띄지 않게 자신의 재능을 연마한다. 대부분의 시간에는 아버지를 감시한다.

그는 탈출구가 없다는 것을 알게 된다. 3월의 어느 날, 에드윈은 병이 나서 집에 있게 된다. 이미 그는 자기 가족들 사이에서 침입자가 되어 있다. 가족들이 거북하고 어색하다. 가족들 역시 에드윈을 어색해한다. 이 시간 동안 조니는 거의 집에 없고, 조도 마찬가지다. 그 둘은 벨에어 학교에 다닌다. 조는 학교 기숙사에서 지내고, 조니는 매일 말을 타고 등하교한다. 아침 일찍 집을 나서서 오후 늦게 집에 돌아온

---

59   버번위스키에 얼음, 설탕, 박하를 넣은 술.

다. 가족들은 이 교육이 아무도 벗어나지 못한 곤경에 조니가 빠지지 않도록 해주기를 기대한다. 조니는 결코 엄마를 걱정시킬 생각이 없지만, 그러나 스스로 잘 해나가지는 못하는 것 같다.

엄마, 로절리, 에이시아는 집에 남아 있다. 에드윈은 에이시아가 얼마나 예쁜지, 엄마가 얼마나 피곤해 보이는지, 로절리의 모습이 얼마나 이상해졌는지 본다. 그는 그들 모두를 외부자의 눈으로 본다.

아프다는 것은 모두에게 해야 할 역할을 줌으로써 모든 것이 문제없이 돌아가게 한다. 에드윈은 누나와 여동생이 자기를 위해 부산을 떨면서 깨끗한 시트와 젖은 천을 준비하고 소리 죽여 얘기하는 모습을 보며 사치스러운 기분을 느낀다. 에이시아는 자기가 직접 딴 박하잎으로 만든 차를 들고 계단을 오르내린다. 로절리는 《제인 에어》를 큰 소리로 읽어준다. 햇빛이 군데군데 흠집 난 마룻바닥에 나뭇가지 그림자를 던지며 창문으로 쏟아져 들어온다. 소설의 한 구절이 로절리와 에드윈의 마음에 매우 다르게 다가온다.

나는 실제 세상은 넓다는 사실을 떠올렸다. 그리고 희망과 두려움, 감동과 흥분이 있는 다양한 분야가, 그 넓은 곳으로 나아가 그 위험 속에서 진정한 삶의 지식을 찾고자 하는 용기를 지닌 사람들을 기다린다는 것도 떠올렸다.

해가 지고 로절리는 침묵에 빠져 있다. 에드윈은 소설이 끝나가는 부분에서 자기가 깜빡 잠이 들었다는 것을 깨닫는다. 그는 로절리에게 그 부분을 다시 읽어주어야 한다는 말을 하려고 입을 열었으나, 그때 로절리가 먼저 말을 꺼낸다. 로절리는 속삭이는 듯한 평소의 목소리로 말한다. "내가 과연 결혼을 하는 날이 올까 하는 생각이 들기 시작해."

에드윈은 입을 다문다. 이 문제는 그 사자 조련사 이후(그 이전은 아닐지라도) 꽤 오랫동안 문제시되지 않은 채 정리된 게 분명했다. 로절리는 스물여섯 살이다(스물일곱 살인지도 모른다. 에드윈은 기억이 확실치 않다). 과연 로절리 누나가 자신은 결코 결혼하지 못하리라는 것을 모를 수도 있을까? 로절리는 콜 자매에게 제이컵 드리스바흐와 자신의 금지된 사랑에 대한 이야기를 들려주었다. 콜 자매는 너무 감동해서 로절리와 드리스바흐가 마침내 함께하게 되었을 때 로절리가 그에게 줄 목도리를 각자 하나씩 짰다. 하나는 파란색, 하나는 빨간색이다. 로절리는 이 목도리를 리넨 천으로 싸서 마른 로즈메리 향이 나는 트렁크에 보관하고 있다. 그것은 엄마와 아버지에게는 비밀이지만, 일단 에이시아에게 말하면 그 누구도 비밀을 유지할 수 없다.

에드윈은 엄마가 로절리를 너무 관대하게 대한다고 느끼곤 했다. 엄마는 로절리가 똑바로 서도록 닦아세워야 했고, 강제로 집에서 내보내 세상 밖으로 나가게 해야 했다고도 느끼곤 했다. 아버지와 함께한 시간이 에드윈을 재평가하게 했듯이 말이다. 어쩌면 로절리를 집에 묶어둔 사람은 엄마인지도 모른다. 어쩌면 마음속에 사랑밖에 없는 에드윈의 소중한 엄마가 로절리를 산 채로 잡아먹었는지 모른다. 이것이 부모님들이 자식들에게 종종 저지르는 잘못인 것 같다.

그는 목이 너무 아파서 침을 삼키기 힘들 정도이다. 콧물은 쉴 새 없이 나오고, 자주 코를 풀다 보니 코가 헐었다. 눈은 가렵고, 열이 심한 탓인지 관절이 아프다. 그래서 생각이 지리멸렬하고 흐리멍덩하다. 그러나 그는 자기 침대에 누워 있고 보살핌을 받고 있어서 걱정이 없다. 창문 밖 플라타너스 위쪽의 가는 가지들이 까닥거린다. 은빛 다람쥐 한 마리가 나무를 타고 위로 올라가고 있다. 에드윈은 마음이 흡족하다. "누나는 나에게 와서 나와 함께 살아도 돼." 그가 말한다. "누나가 결혼하지 않는다면 말이야." 그는 이 말이 자신의 진심이라고 생각하기까지 한다.

한편 리치먼드에서는 〈리처드 3세〉 공연이 시작되는데, 아버지는 어디에서도 찾을 수 없다.

에드윈은 편지를 써 보낸다.

1850년 4월 8일, 볼티모어에서

친애하는 세프턴 선생님께. 우리 아버지가 리치먼드에
계시는지, 혹시 편찮으신 것은 아닌지 저에게 알려주시면
고맙겠습니다. 우리는 아버지가 이곳을 떠나신 후로
아버지로부터 아무런 소식도 듣지 못했거든요.
저는 리치먼드 신문을 보고 금요일 밤 연기자 명단에
아버지의 이름이 실리지 않았다는 것을 알았습니다.
우리는 아버지에게 무슨 일이 있는지 알고 싶은 마음이
간절합니다. 이 편지에 즉시 답장해주시면 정말 고맙겠습니다.
그럼 안녕히 계십시오.
마음이 급한 에드윈 부스 올림.

세프턴 씨는 즉시 답장을 통해 아버지가 오지 않았다고 짧고 퉁명스럽게 대답한다.

에드윈은 병상에서 일어나 기차를 타고 버지니아주로 가서 아버지를 찾아야 한다. 아버지가 마침내 근처 농장에서 빈털터리에다 술에 취한 모습으로 발견되었을 때, 에드윈은 다음 일정이 있는 장소로

가기 위해 50달러를 빌려야 한다. 에드윈은 로체스터[60]의 다락방에 있었던 미친 방화범이 누구인지 끝내 알지 못한다.

에드윈의 감시 덕에 아버지는 연극 무대에 서는 것을 놓치는 일이 없다. 하지만 연극이 끝난 후, 아버지의 아드레날린이 솟구치고 갈증이 심할 때 아버지를 술집에 가지 못하도록 막는 것은 불가능하다. 그런 전형적인 저녁은 에드윈이 곧바로 알아차리는 아버지의 손동작으로 시작된다. 한 손으로 뭔가를 자르는 듯한 동작이 그것인데, 에드윈에게 여기서 사라지라는 뜻으로 보내는 신호이다.

그는 사라지는 대신 아버지를 뒤따르며 어두워진 거리를 걷는다. 언제나 거리를 두고 걷지만, 절대 시야에서 아버지를 놓치지 않는다. 그러다 보면 이윽고 아버지가 술집을 선택하고, 자리에 앉고, 술잔을 든다. 아버지가 술을 많이 마실수록 에드윈의 존재가 아버지를 더 화나게 만든다. 아버지는 에드윈에게 자기들이 머물고 있는 방으로 돌아가라고 소리 지르고, 그를 어떤 도시에 버려두고 떠나겠다는 둥, 납치하여 해군으로 보내버리게 하겠다는 둥, 체포하게 하겠다는 둥, 그를 팔아서 견습생으로 만들겠다는 둥 온갖 협박을 해댄다. "내 간수라오." 아버지는 셰익스피어 연극에 나올 법한 비난의 손가락으로 에드윈이 있는 쪽을 가리키며 그 자리에서 술친구가 된 사람들에게 말한다. "나의 사슬, 나의 족쇄라오. 한번은 저 녀석을 5달러에 팔겠다고 제안한 적이 있지요. 그런데 사겠다는 사람이 없었어요. 아쉽게도 말입니다.

'캐시어스가 캐시어스를 속박에서 구할 것이네.'[61] 나가!" 아버지

---

60   《제인 에어》에 나오는 인물.

61   셰익스피어의 《줄리어스 시저》 1막 3장에 나오는 대사.

가 소리 지른다. 아버지의 유명한 목소리는 경멸의 어조에 완벽하게 어울린다. 에드윈은 실내 맨 끝에 있는 의자에 몸을 옹송그리고 앉아 있으므로 그 말을 못 들은 척할지도 모른다. 아니면 양의 수를 세듯이 자신의 단점 목록을 나열하면서 졸 수도 있을 것이다. 에드윈의 지인들은 당시의 그를 연약하고, 창백하고, 볼이 움푹 들어가고, 나이에 비해 눈이 너무 나이 들어 보이는 아이로 묘사한다. 그들은 말하기를, 에드윈은 절대 웃지 않는다고 한다. 얘기도 하지 않는다고 한다. 그는 하인처럼 산다.

가끔 아버지가 그를 따돌리는 데 성공하면 에드윈은 아버지를 찾아다니며 밤새 이 술집 저 술집을 기웃거려야 한다. 때로는 거리에 인적이 끊긴다. 때로는 남자들이 무리 지어 비틀거리며 지나간다. 때로는 여자들이 문간에 서서 그를 부르며, 참 잘생겼다고 말하면서 너무 늦기 전에 엄마가 있는 집으로 돌아가라고 말한다. 에드윈은 낯선 도시의 어두운 거리를 공포에 질려 마구 달리는 꿈을 꾸기 시작한다. 그는 꿈에서는 뒤쫓는 사람이 아니다. 쫓기는 사람이다.

13

보스턴의 8월 어느 날 밤, 에드윈은 술집을 일곱 곳이나 기웃거리고 나서야 아버지를 찾게 된다. 가스등이 거리를 밝히고 있다. 가스등 아래를 지나갈 때 그의 그림자가 보도를 가로질러 길게 뻗었다가 점점 움츠러든다. 공기는 탁하고 날씨는 따뜻하며 바람은 없다. 별들이 밝게 빛난다. 아버지는 조금 전까지 보스턴 박물관에서 샤일록을 연기했다.

나는 당신들이 나에게 가르쳐준 비열한 짓을 실행할 거요.

물론 어렵긴 하겠지만 배운 것보다 더 잘 해낼 거요.[62]

에드윈은 작은 골목을 돌아서 유명한 '그린 드래건' 술집에 다다른다. 술집임을 표시하는 둥근 간판이 문 위에서 흔들거린다. 한 남자가 막 나타나는데, 신기하게도 에드윈을 알아보는 것 같다. 그는 에드윈을 위해 문을 잡아주고 계단 쪽을 가리킨다. "지하실에 있어." 남자가 말한다. "오늘 밤은 좀 특이한 형태야." 사실 아버지의 이상하고 엉뚱한 상태는 흔히 있는 일 아니던가.

에드윈은 계단을 내려간다. 그곳에서 아버지가 윙 체어[63]에 앉아 있다. 아버지의 크라바트[64]는 느슨하고, 파란색 재킷은 벗겨져 있으며, 조끼의 아래쪽 단추는 배가 불편하지 않도록 풀고 있었다. 중절모가 한쪽 무릎 위에 거꾸로 놓여 있다. 에드윈은 이 모자를 전에 본 적이 없다. 그는 아버지가 자기한테 소리 지르는 것을 들을 준비를 한다. 그러나 아버지는 그러는 대신 모자를 들어 올리고 어서 들어오라는 뜻으로 에드윈을 향해 흔든다. 아버지는 에드윈이 의자 팔걸이에 앉을 수 있도록 몸을 살짝 옆으로 움직인다. "네드, 네드, 아들아." 아버지는 이 행복한 만남에 놀라고 기뻐하는 것처럼 말한다. "너도 이 얘기를 듣고 싶어 할 거다." 아버지의 얼굴이 빨개지고 눈에는 눈물이 어린다.

에드윈이 듣고 싶어 할 이야기는 이미 100번쯤 들은 이야기로, 아버지가 초기에 유명 배우인 에드먼드 킨과 불화를 겪은 이야기다. 에드윈은 개의치 않는다. 그는 아버지의 모든 공연과 마찬가지로 이 역시 옛

---

62   셰익스피어의 《베니스의 상인》 3막 1장에 나오는 대사.

63   등받이 양쪽에 날개처럼 생긴 기대는 부분이 달린 안락의자.

64   남성들이 넥타이처럼 목에 걸어 매는 천.

이야기의 새로운 해석을 기대하며 지켜본다. 아버지의 청중은 세 사람인데, 모두 연극에 정통한 사람들인 것 같고 거의 술을 마시지 않은 것 같다. 아버지가 따뜻하고 반갑게 대하는 것으로 보아 그들은 아마 기자들일 거라고 에드윈은 생각한다. 이 역시 연극의 일부일 뿐이다.

지하실은 넓지만 신중하게 배열된 허리케인 램프[65]와 다른 거울들에 맞추어 죽 배치된 거울들 덕분에 실내가 밝다. 에드윈은 동전에 새겨진 얼굴 같은, 납작한 코와 헝클어진 머리가 인상적인 아버지의 유명한 옆모습을 볼 수 있다. 거울에 비친 그 모습이 다른 거울들에도 반복적으로 나타나는데, 끝없이 늘어선 아버지의 얼굴은 하나하나 멀어질수록 점점 더 작아지고 흐릿해진다. 울퉁불퉁한 얼굴이 빛을 굴절시켜서, 마치 성인이나 되는 것처럼 아버지의 머리를 광채와 후광으로 장식한다.

"개릿 씨는 여기서 킨이 샤일록을 연기하는 것을 보았대." 아버지가 에드윈에게 말한다. 누가 누구인지 소개하지 않았지만, 이 사람들 가운데 에드먼드 킨의 연기를 볼 수 있었을 만큼 나이 든 사람은 한 사람뿐이다. "런던이 아니고 뉴욕에서 말이야." 아버지가 그것이 중요한 차이라는 듯이 덧붙인다.

의자 팔걸이가 불편해지기 시작한다. 에드윈은 몸을 움직여 무게 중심을 옮기는데, 아버지는 이걸 주의를 기울이지 않는 태도로 받아들인다. 아버지의 질책은 에드윈의 팔을 잡고 있던 손의 손가락을 꽉 오므리는 형태로 나타난다.

에드윈이 기억하는 바로는, 킨은 자신의 불륜과 이혼을 둘러싼 추문으로 런던을 떠나지 않을 수 없었을 때 뉴욕으로 갔는데, 하지만

65　바람이 불어도 불꽃이 꺼지지 않게 유리 갓을 두른 램프.

알고 보니 이 신세계의 관객들은 구세계의 관객들보다 훨씬 더 내숭 떠는 사람들이었다. 그에 비해 아버지의 추문은 여전히 커다란 사건이라기보다는 가벼운 문제로 인식되고 있는데, 에드윈은 이 점을 의아하게 여긴다. 어쩌면 오랜 세월 계속된 아버지의 광기 어린 행동이 얼마간 예방 주사 기능을 했는지도 모른다. 살인자의 두개골을 트렁크에 넣고 다니는 유명한 무신론자라는 사실이 이중 결혼과 위법을 사소한 이야깃거리의 영역으로 떨어뜨린 것일 수도 있다.

"물론 킨은 아주 멋지게 샤일록을 연기했습니다." 아버지가 무척 관대하게 말한다. 아버지는 열정적으로 술잔을 들어서 버번위스키를 앞쪽 바닥에 뿌린다. 그 냄새가 잠시 담배 냄새, 땀 냄새, 말똥 냄새를 덮는다. 아버지는 잡고 있던 에드윈의 팔을 놓고 손수건을 꺼내 조끼를 톡톡 가볍게 두드린다. 에드윈은 그것이 어떤 의도가 담긴 행동인지 안다. 그것은 잠시 멈추는 시간을 갖기 위한 꽤 좋은 동작이다. 누군가가 아버지 자신의 샤일록 연기를 칭찬할 시간을 만들기 위한 잠시 멈춤인 것이다. 그러나 아무도 그러지 않는다. "킨에게 완벽한 역할이었어요. 그 자신이 그토록 복수심에 불타는 인간이 되는 것 말입니다." 아버지가 덧붙인다. 환대의 시간은 끝났다.

이어지는 이야기는 런던에서 가장 명성 높은 두 장소인 두 개의 극장(코번트 가든과 드루리 레인)에 관한 복잡한 이야기다. 아버지가 첫 번째 극장에 출연하는 계약을 맺었을 때, 킨은 아버지가 두 번째 극장에 출연하도록 유인했다. 킨은 재능 있는 이 새로운 젊은이에게 매혹되었다고 공개적으로 말했다. 그러나 곧 킨의 진짜 의도는 아버지가 초래할 수도 있는 경쟁을 미연에 방지하려는 것이라는 점이 명백해졌다. 아버지는 계속 조연을 맡았고, 준비하지 않은 역할을 연기해야 하는 경우가 많았다. 아버지는 언제나, 모든 면에서, 위대한 에드먼드 킨과 대비되는 약점을 보여주기 위한 용도로 이용되었다. "그는 나를 칭찬하기 위해서가 아니라 나를 매장하기 위해서 온 겁니다." 아버지가 말한다.

우선 코번트 가든이 아버지가 계약을 위반했다고 발표했고, 아버지가 먼저 맺은 그 계약을 이행하기 위해 킨과의 고용 관계를 그만두고 떠났을 때 이번에는 드루리 레인이 그렇게 했다.

당시 킨에게는 자칭 '늑대 클럽'이라는 광적인 지지자들 무리가 있었다. 그들이 아버지를 무대에서 쫓아내려 한다는 소문이 돌기 시작했다. 킨은 화를 내며 이에 대응했다. 신사적인 늑대들은 절대 그런 식으로 행동하지 않을 것이며, 그뿐만 아니라 이 클럽은 오랫동안 해체된 상태였다고 주장했다.

거울 속에서 아버지는 거울에 비친 자신의 모습을 향해 고개를 돌린다. 아버지의 검은 눈은 램프 불빛을 받아 어둠 속의 고양이처럼 반짝인다. 아버지의 목소리가 날카로워진다. "누군가가 내 피를 원하고 있었죠." 아버지가 말한다.

기자들은(그들이 기자들인지는 확실치 않지만) 마치 미리 안무를 짜놓은 것처럼 갑자기 일제히 술을 마신다. 아버지와의 삶은 흔히 연출된 삶처럼 느껴진다는 것을 알고 있었음에도 이 그리스식 합창 같은 동작은 에드윈에게 퍽 이상해 보인다.

아버지가 리처드 3세 역을 맡은 다음 공연을 할 때, 한 무리의 군중들이 아버지를 기다렸다가 대혼란을 일으켜서 아버지는 대사를 관객의 귀에 들리게 할 수가 없었다. 아버지는 플래카드('설명할 수 있게 조용히 해주세요'와 '영국인은 듣지 못한 것을 비난할 수 있나요?')로 의사소통을 시도했다. 그러나 그에 대한 반응은 계속되는 소음이었다. 휘파람을 불고, 발을 구르고, 남자들은 소리치고, 여자들은 까무러쳤다.

　　늘대들은 특별석을 습격했다. 뒤로 쫓겨난 그들은 지팡이로 문을 두드렸다. 주먹다짐이 일어나고, 거리로 쏟아져 나갔다. 의자와 안경과 코가 부러졌다. 연극은 잠깐 동안 팬터마임으로 진행되었지만, 결국 극단은 연극을 포기하고 곧바로 막간극으로 넘어갔다. 아버지가 등장하지 않는 익살극이었다. 아버지는 집으로(이제는 에드윈도 알고 있듯이 아버지의 아내에게로) 돌아갔다. 성난 관객들은 아버지가 떠난 후에도 몇 시간이나 더 그곳을 떠나지 않았다.

　　그다음 주에도 비록 각각의 공연을 시도할 때마다 아버지 지지자의 수가 늘긴 했으나, 아버지를 폄하하는 사람들은 계속해서 아버지의 말소리가 들리지 않도록 소리를 질러댔다. 지지자들이 던지는 장미꽃과 늘대들이 던지는 오렌지 껍질이 무대 위로 비 오듯 쏟아졌다. 모든 연극이 소요의 계기가 되었고, 꽤 오랜 시간이 흐른 후에는 마침내 소요가 관련된 모든 사람들에게 지루한 일이 되었다.

　　아버지가 잔을 비운다. 또 다른 사람이 아버지의 팔꿈치 쪽으로 다가온다. 그가 말한다. 아버지가 마침내 공연을 할 수 있게 되었을 때 아버지의 리처드 3세 해석이 호평을 받았다고.

　　겸손한 아버지! 분명 아버지의 리처드 연기는 승리였다. 사실 런던에서의 아버지는 끊임없이 비판적으로 킨과 비교되었다. 아마 로절리는 이 사실을 알았을 것이다. 그러나 에드윈은 이것을 알지 못했고, 설령 알았다 해도 믿지 않았을 것이다. 살해하고 살해되는 왕의 역할만큼 완벽하게 아버지와 어울리는 역할은 없다. 아버지는 오랜 연기 생활 동안 리처드를 579회나 연기하게 될 것이다.

　　이 이야기는 초기의 해석에서 바뀌어왔는데, 아버지의 예술적 재능의 측면에서라기보다는 주로 맥락적 측면에서 바뀌어왔다. 오렌지 껍질이 무대로 쏟아지는 최악의 미사일이었던 시절에는 아버지가 이 이야기를 꽤 재미있게 만들 수 있었다. 그러나 이 이야기는 이제 뉴욕 애스터 플레이스 폭동을 배경으로 하여 다루어진다. 애스터 플레이스 폭동은 누가 더 나은 셰익스피어 배우인가(상류층을 대표하는 영국의 윌리엄 찰스 매크리디인가, 아니면 노동자가 선택한 미국의 에드윈 - 에드윈의 이름은 이 배우의 이름을 따서 지은 것이다 - 포러스트인가) 에 대한 의견 차이로 인해 벌어진 사건으로 위장한 계급 전쟁이었다. 그 난투극으로 스무 명에서 서른 명 정도가 죽었다. 사망자 수를 확실 히 아는 사람은 없다. 수십 명 이상이 다쳤다. 군중을 향해 무작위로 발사한 군인들의 총에 맞은 사람 가운데 많은 이들이 구경꾼이었고, 그중 일부는 어린아이들이었다. 매크리디는 변장한 채 탈출할 수밖에 없었다. 그러는 동안 포러스트의 추종자들은 부유한 연극 애호가들이 하층민과 어울릴 필요가 없게 할 목적으로 지어진 혐오스러운 애스터 플레이스 오페라하우스를 불태우려 했고, 그 시도는 실패했다.

예전에는 우스웠던 부분들이 이제는 더 이상 우습지 않아 보인 다. 아무도 그 폭동에 대해 언급하지 않지만 긴 침묵이 이어지고, 각 자 자신의 술잔에 주의를 기울인다. 개릿이 다시 말한다. 화제를 바꾼 것 같다. "아이라 올드리지의 연기를 본 적이 있나요?" 그가 묻는다.

"그 흑인? 아니요." 아버지가 말한다.

"나는 그가 코번트 가든에서 오셀로를 연기하는 것을 보았습니 다. 무척 훌륭했어요. 설사 비평가들이 몰랐다 해도 관객들은 그걸 알 았습니다."

에드윈은 갑자기 대화를 따라가는 데 애를 먹는다.

흑인? 오셀로를 연기해? 그가 잘못 들은 게 틀림없다.

"킨은 올드리지의 열렬한 추종자였습니다" 개릿이 말한다. 그는 화제를 바꾸지 않은 것이었다. 아버지의 이야기에도 불구하고 개릿은 변함없이 킨의 열렬한 추종자이고, 아버지가 이 사실을 알기를 바란다. "당신은 시인 콜리지가 킨에 대해 뭐라고 말했는지 아십니까? 콜리지는 킨의 연기를 보는 것은 번갯불의 섬광 속에서 셰익스피어를 읽는 것과 같다고 말했지요."

"아니, 나는 그 말을 들어본 적이 없습니다." 아버지의 목소리는 온화하다. 아마도 에드윈만이 아버지의 빈정거림을 알아차릴 수 있을 것이다. 왜냐하면 모든 사람이 콜리지의 그 말을 들어본 적이 있고 예외적으로 못 들은 사람이 있다고 해도, 그 예외가 아버지는 아닐 것이기 때문이다. 이틀 전 거리에서 한 남자가 아버지에게 날씨가 아주 좋다고 말했다. 아버지는 무릎을 꿇었다. "선생의 관찰력은 놀랍군요." 아버지가 말했다. "정말 좋은 날씨입니다. 그걸 알아차린 사람이 바로 선생이고요! 저는 선생님을 경배합니다." 그때 아버지의 어조는 지금과 거의 똑같았다.

아버지는 자리에서 일어나기 시작한다. 몹시 힘들어 보인다. "시간이 늦어지고 있습니다." 늦은 시간은 진작에 끝나고 다시 이른 시간이 찾아왔음에도 불구하고 아버지는 그렇게 말한다.

젊은 남자가 아버지의 코트를 가져다준다. "에드먼드 킨의 아들 찰스도 훌륭한 배우죠." 그 남자가 말한다. "부스 씨, 당신의 아들 중에서는 누가 당신의 역할을 물려받을까요?"

꽤 긴 시간이 흐른다. 아버지는 아무 말도 하지 않는다. 그러나 아버지는 코트 소매에 팔을 집어넣은 뒤 에드윈의 어깨에 손을 얹는다. 에드먼드 킨에게 연극을 하는 아들이 있다고 한다면, 맹세코 주니어스 브루터스에게도 그와 같은 아들이 있게 될 것이다.

에드윈과 아버지는 함께 호텔로 돌아간다. 밤 날씨가 쌀쌀해졌다. 거리는 인적이 거의 끊겼고, 가로등은 어둡고, 달은 졌다. 나무의 새들도, 풀밭의 귀뚜라미도 조용하다. 에드윈은 너무 피곤해서 걷는 것도 힘들지만, 아버지의 갑작스러운 인정에 현기증이 날 정도여서 오늘 밤은 잠을 이루지 못할 것만 같다. 그는 몸을 떤다. 추위 때문이기도 하지만 흥분 때문에도 몸이 떨리는 것 같다. 아버지의 손이 다시 한번 그의 어깨에 얹히는데, 이번에는 그저 몸을 똑바로 지탱하기 위해서일 뿐이다. 에드윈은 처음으로 자기가 아버지보다 키가 더 커졌다는 것을 알아차린다.

아버지는 조금 전에 킨에 대해서 비난했던 것을 후회하고 있는 것처럼 보인다. 이제는 에드윈에게 질투심이나 절망감을 표현하는 면에서는 그 어떤 인간도 킨에 필적할 수 없다고 말한다. 그런 다음 아버지가 다음번 리처드 3세를 연기할 때 에드윈이 트레슬 역을 맡게 될 거라고 말한다. 셰익스피어가 쓴 작품에 나오는, 대사 한 줄 없는 단역인 트레슬이 아니다. 그들은 원작이 아닌, 한결 더 짧고 한결 더 피비린내 나기 때문에 모든 미국 사람들이 굉장히 선호하는 콜리 시버의 각색 작품을 공연할 것이다. 시버가 각색한 작품에서는 왕자들이 무대 위에서 살해당한다.

시버가 각색한 작품에서 트레슬은 튜크스베리 전투에서 돌아와 헨리왕에게, 왕의 아들이 어떻게 등이 굽은 리처드와 클래런스와 나머지 사람들의 손에 죽임을 당했는지를 몇 개의 열정적인 긴 대사로 말한다. 에드윈은 다음 날 아침에도 아버지가 이 제안을 잊지 않고 기억하기를 기도할 뿐이다.

나중에 집으로 보낸 편지에서 에드윈은 그 역할을 연기하기로 되어 있던 배우가 대사를 상기시켜주는 일을 맡은 사람이기도 해서, 자신의 이중 역할이 너무 부담스러워 마지막 순간에 에드윈에게 자기 역을 대신해달라는 부탁을 했다고 말할 것이다. 이 이야기에서 아버지는 에드윈이 아버지의 분장실을 방문할 때까지(아버지는 이미 의상 착용과 화장을 마쳤다) 그 문제에 대해 아무것도 모른다. 이것은 방에 먼지가 쌓이듯이 수년에 걸쳐 세세하게 쌓여갈 이야기이다.

실은 아버지는 예전과 달리 관객을 끌어모으지 못하고 있다. 에드윈의 노력에도 불구하고 아버지는 종종 술에 취해 공연을 하는데, 그 때문에 가끔 너무 화가 난 관객들이 자리에서 일어나 나가버린다. 아버지는 보통 연극이 진행됨에 따라 술이 깨어 연기를 더 잘하게 되는데, 그래서 더 유감스럽고 애석하다.

그러므로 에드윈을 캐스팅하는 것은 참신한 일이다. 아들이 유명한 아버지가 서는 무대와 같은 무대에서 데뷔하는 것 말이다. 이 방안이 티켓 판매를 늘릴 것으로 기대한다.

그러나 데뷔는 딱 한 번만 할 수 있는 것이다. "어땠어?" 에드윈이 분장실로 돌아왔을 때 아버지가 묻는다.

"잘한 것 같아요." 에드윈이 대답한다.

그 말에 동의하는 관객은 거의 없다. 그의 연기는 감정과 이해력이 부족하다는 평을 받았다. 또한 거의 들리지 않았다고 한다.

다음 해에 에드윈은 일곱 번밖에 무대에 등장하지 않지만, 점점 더 길이와 중요성이 큰 역할이 그에게 맡겨진다. 그는 〈오셀로〉의 카시오, 〈철제 상자〉의 월퍼드, 〈햄릿〉의 레어티스 같은 잘생긴 젊은이를 연기하기 시작한다. 거리의 여자들은 더 이상 그에게 엄마가 있는 집으로 돌아가라고 말하지 않는다. 이제 그들은 안으로 들어오라고 말한다.

이 시기의 어느 시점에선가 에드윈은 꿈 없는 잠을 좇아 술을 마시기 시작한다.

링컨 : 아버지들과 아들들

먹어요, 메리, 우린 살아야 하니까.

— 에이브러햄 링컨, 1850년 2월

1850년 2월, 에이브러햄과 메리 링컨의 둘째 아들인 어린 에드워드 베이커 링컨이 네 번째 생일을 앞두고 폐결핵으로 사망했다. 에드워드는 몇 달 동안 심하게 앓다가 죽었다. '우린 그 애가 몹시 그립다.' 링컨은 고통이 느껴지는 절제된 표현의 글을 쓴다.

셋째 아들 윌리엄 윌리스가 그해 12월에 태어난다. 그로부터 한 달도 지나지 않은 1851년 1월에 링컨의 아버지가 사망한다. 스물한 살에 집을 떠난 이후 링컨이 아버지로부터 소식을 들었던 경우는 대부분 집에 돈이 필요할 때였다. 링컨이 가족과 관계를 맺어온 주된 방식은 마지못해 돈을 주는 것이었다. 이제 그는 아버지의 죽음이 임박했음을 알리는 세 통의 편지를 며칠 사이에 잇따라 받는다. 그는 자신의 침묵을 질책하는 세 번째 편지에만 답장한다. 이복동생에게 다음과 같이 쓴다. '아버지에게 이렇게 말해줘. 지금 우리가 만난다면 기쁘

기보다는 고통스럽지 않을까 생각된다고.' 링컨은 아버지에게 머잖아
먼저 돌아가신 분들과 즐겁게 재회할 생각을 하시라고 말하며 마음을
다독여준다.

　　그는 장례식에 참석하지 않는다.

14

1851년은 부스 가족에게 바쁜 해이다.

1월에 보스턴에서 아버지는 엉뚱하고 희한한 행동으로 또다시 신문에 난다. 에드윈으로서는 그것을 막을 도리가 없었다. 아버지는 불안한 상태로 잠에서 깼고, 저녁 연극이 시작될 때쯤 에드윈은 이미 진이 다 빠진 상태다. 이번 연극도 〈리처드 3세〉였는데, 아버지는 능숙하게 연기하지만 마지막 막을 공연하는 동안 어느 부분에선가 완전히 분별을 잃는다.

연극이 끝나고 무대를 나갈 때 아버지는 해나 크라우스라는 젊은 여자가 통로를 막고 있는 것을 본다. 크라우스는 극도로 몸집이 큰 소녀다. 구경거리가 될 정도로 몸집이 커서 자신을 드러내 보여주는 것으로 생계를 꾸려가고 있다.[66] 그녀는 주니어스 부스의 천재적인 재능을 보기 위해 극장에 온 것이었다.

계단통에서 그녀와 마주친 아버지는 그녀가 유령이라고 믿는다. 아버지는 이것을 확인하기 위해 리처드의 칼로 그녀를 찌른다. 그녀가 비명을 지르자 아버지는 그녀를 악마라고 부르고 막아보라고 소리치며 공격한다. 두 명의 무대 담당자가 뛰어와 아버지를 저지하는데, 다행히 겁에 질린 소녀에게 실제로 피해를 주기 전이다. 다음 날 에드윈은 사과의 말과 다른 연극 초대장을 가지고 그녀를 찾아가게 된다. 크라우스는 둘 다 받아들이지 않는다.

신문들은 이 이야기의 모든 것을 좋아한다. 이 이야기는 지역 신

---

66   당시 17세였던 해나 크라우스는 주로 언니와 함께 각지를 돌아다니며 비정상적인 자신의 모습을 보여주는 것으로 생계를 위한 돈을 벌고 있었다.

문에 보도되고 전국적인 신문에 채택되어 실린다. 이 와중에 크라우스의 이름이 실수로 해나가 아닌 애나가 된다. 에드윈은 엄마가 무척 창피해할 거라고 생각하지만, 엄마에게는 자신만의 문제가 있다. 볼티모어에서 지역 신문들이 마침내 애들레이드 부스를 주목했다.

2월에 애들레이드는 주니어스가 29년 동안 간통을 해왔다고 고소하면서 이혼 소송을 제기한다. 주니어스는 본처를 두고 도망가는 수치스러운 행위에 더하여 많은 사생아를 두는 모욕적인 행위를 저질렀으며, 그 사생아들을 계속 부양하려 든다고 애들레이드는 소장에 쓴다.

그녀에게 이미 후하게 지불한 돈으로 이 문제가 해결되었다고 생각한 아버지는 그녀가 이 일을 감행했다는 것을 알고 충격을 받는다. 아버지는 그동안 대체로 애들레이드를 무시할 수 있었다. 아버지의 면전에서 이중 결혼을 언급하는 사람은 거의 없으니까. 에드윈도 집에 있는 가족들의 상황이 좋지 않다는 것을 모르는 채 그 우아한 거품 속을 여행하고 있었다.

볼티모어에서 애들레이드의 괴롭힘은 수그러들지 않고 계속되었다. 부스 집안 아이들이 사생아라는 것은 이제 '아버지의 방종 및 어머니의 부끄러운 행실'과 더불어 공개된 사실이다. 엄마는 그 모욕을 꾹 참고 받아들이면서 언제, 그리고 어느 곳에 애들레이드가 나타나든 조용히 계속 나아간다.

그러나 조니는 거리에서, 동네에서, 학교에서 그 모든 것을 주먹으로 방어한다. 조니는 에드윈의 도움을 받을 수도 있을 테지만 에드윈은 집을 떠나 아버지와 함께 까불대며 다니고 있고, 설령 집에 있다 해도 싸움에는 전혀 도움이 되지 않을 것이다.

2월에는 다음과 같은 일도 일어난다. 댄서이자 희극 배우인 준의 아내 클레멘티나 디바는 준과 해리엇 메이스라는 열일곱 살 여배우가 극장 문을 나설 때 그들을 체포하게 한다. 준과 메이스는 '지나치게 친밀한 사이'라는 죄목으로 고소된다. 준은 간통죄로, 해리엇은 상간 죄로 기소된다. 준의 보석금은 400달러다. 해리엇의 보석금은 50달러다. 가족들은 아무도 이 일에 대해 말하지 않는다. 그들은 클레멘티나와 좋은 관계를 유지하고 있다. 그녀는 가까운 곳에 있을 때마다 집에 들른다.

　3월에 조니는 집시 야영지를 찾아간다. 학교 근처 들판에 자리 잡은, 일곱 대의 포장마차와 텐트 하나가 있는 야영지다. 들판은 맨 처음 개화한 질경이떡쑥과 무릎 높이의 인디언 그래스로 가득하다. 잘생긴 붉은 말 세 마리가 고개를 들어 그를 응시한다. 닭들은 이리저리 흩어진다. 돼지들이 꿀꿀거린다. 여러 개의 검은 냄비가 요리용 불 위에 걸려 있다. 치마와 바지들이 덤불 위에 걸쳐져 있다. 머리를 아주 길게 땋아서 그 땋은 머리를 깔고 앉을 수 있는 조그만 여자애가 마차 안에서 그를 바라본다.

　낡은 모자를 쓴 한 남자가 입에 물고 있던 파이프를 빼면서 그에게 끄덕 고갯짓을 한다. 그는 파이프로 텐트를 가리킨 뒤 허공에 길게 담배 연기를 내뿜는다. 손금 보는 사람은 몸집이 작은 노파였다. 노파의 머리카락은 모두 시들시들하고 가늘다. 블라우스의 옷깃과 소매는 때가 묻어 더럽다. 노파의 손은 거칠고, 눈은 충혈되고, 앞니 하나는 빠지고 없다. 목걸이 체인에 열쇠 하나가 매달려 있다. 열쇠가 너무 크고 무거워 보여서 조니는 그것으로 인해 노파의 균형이 흔들리는 게 아닐까 의심한다. 텐트 안에는 그 열쇠를 필요로 하는 물건이 전혀 없어서 조니는 그 점도 의아하게 생각한다.

손금쟁이 노파는 조니의 손을 오랫동안 들여다보고 나서야 입을 열어 말한다. 조니는 노파를 떠난 뒤 곧바로 노파가 했던 말을 한마디도 빠뜨리지 않고 다 적어놓는다. 그는 주니어스 부스의 다른 아들들처럼 연극 대사를 외우는 것이 쉬웠던 적은 한 번도 없지만, 이 노파에게서 들은 말은 잊을 수가 없다.

아, 손금이 안 좋네. 손금들이 다 이리저리 교차하는구나. 손금이 슬픔으로 가득 차 있어. 불행이 아주 많아. 내가 보는 곳마다 불행이 자리 잡고 있어. 넌 사람들의 마음을 아프게 할 거야. 그렇지만 너에게 그건 아무것도 아냐. 넌 젊어서 죽고, 널 애도하는 사람을 많이 남길 거야. 널 사랑하는 사람도 많이 남길 것이고. 그러나 너는 부유하고 넉넉해서 돈을 펑펑 쓰게 될 거야. 넌 불운의 별 밑에서 태어났어. 네 손 안에는 엄청난 수의 적들이 있어. 친구는 한 명도 없고. 넌 나쁜 결말을 맺을 것이고, 그 후에 널 사랑하는 많은 사람을 갖게 될 거야. 사는 동안 방탕한 생활을 하게 돼. 짧지만 근사한 삶을 살 거야. 얘야, 난 이보다 더 나쁜 손금을 본 적이 없구나. 안 봤더라면 좋았을걸. 그러나 손금에 나타난 걸 보면 내가 얘기한 모든 말은 사실이란다.

조니는 이것을 로절리와 에이시아에게 읽어준다. "난 그 할머니에게, 이렇게 손금을 봐준 것에 대해 정말로 내가 돈을 내기를 기대하냐고 물었어. 그렇지만 개의치 않고 돈을 받더라니까."

누나들은 그를 안심시키려고 애쓴다. "얼토당토않은 말이야." 에이시아가 말한다. "되는대로 씨부렁거린 거네." 로절리가 말한다. 그들은 솔직히 이 예언을 믿지 않지만, 그럼에도 불구하고 조니를 가엾게 여긴다. 나는 그런 운명은 겪고 싶지 않아. 그들은 마치 조니의 운명은 전적으로 조니 자신의 것이고 그들과는 아무 상관이 없는 것처럼 각기 속으로 그렇게 생각한다.

"그 할머니는 내가 선교사가 되는 편이 나을 거라고 했어. 그리고 자기가 어린 여자애가 아니어서 다행이라고 말했어. 그렇지 않다면 자기는 잘생긴 내 얼굴을 쫓아 어디든 날 따라다녔을 거래." 조니가 말한다.

조니는 오랫동안 노파의 말을 적은 종이를 몸에 지니고 다닌다. 적어도 근사한 삶일 거야, 그는 속으로 중얼거린다.

아버지는 애들레이드가 고소한 모든 내용이 사실이라고 인정했고, 4월에 이혼이 승인된다.

그 4월에 아버지는 뉴욕에서 공연을 한다. 낮잠에서 깨어난 아버지는 또다시 극장으로 가서 리처드 3세가 되는 것을 거부한다. "네가 해." 아버지가 에드윈에게 말한다. "난 그 짓에 질렸어."

마땅한 대안이 없어서 감독은 아버지의 커다란 굽은 등 의상을 입혀서 에드윈을 무대로 내보낸다. 관객에게 어떤 사전 예고도 하지 않았으므로 관객들의 박수갈채가 어리둥절한 침묵 속으로 가라앉는다. 에드윈은 망설이는 태도로 연기를 시작한다. 아버지의 억양과 몸짓을 흉내 내려고 노력한다. 경악스럽게도 그의 부츠가 나무판자 위에서 끽끽하는 시끄러운 소리를 낸다. 관객들이 웃는다.

그는 첫 장면의 연기를 못 박힌 듯 한자리에 서서 진행하는데, 아버지는 언제나 그 장면을 연기할 때 무대 위를 성큼성큼 걷곤 했다. 에드윈은 끽끽거리는 소리 말고는 아무것도 생각할 수 없다. 꽥꽥거리는 소리인지도 모르겠다. 그의 부츠에서는 오리 울음소리 같은 소리가 난다. 그가 퇴장할 때 무대 담당자가 그를 맞이한다. 무대 담당자는 스타킹만 신고 서서 자신의 부츠를 에드윈에게 내민다. 그 부츠는 시대 배경에 맞지 않고 그의 발에도 맞지 않지만, 적어도 소리는 나지 않는다.

다시 무대에 등장했을 때, 가까이에 있는 배우들이 가능한 모든 지원을 제공한다. 무대 바깥의 배우와 스태프들은 관객의 눈에 띄지 않는 무대 양쪽 끝에 모여 따뜻하게 응원하는 마음으로 가슴 졸이며 지켜보고 있다. 에드윈은 그들의 눈을 볼 수 있고, 그를 위해 기도하듯이 두 손을 꼭 모은 모습도 볼 수 있다. 관객들도 명백히 자신의 능력을 넘어서는 일을 감당하면서 허우적거리는 어린 소년에게 동정심을 느끼기 시작한다. 그런 변화가 일어난 순간 에드윈은 그 사람들이 그의 성공을 바라기 시작했다는 것을 느낄 수 있다. 그는 그 변화에 올라탄다. 그 변화가 그의 사기를 북돋는다.

에드윈은 관객들로 하여금 긴장을 풀지 못한 채 의자 끝에 엉덩이를 걸치고 앉아 저 아이가 다음 대사를 통과할 수 있을까, 다음 장면을, 다음 찌르기 연기를, 다음 피하기 연기를 무사히 통과할 수 있을까 궁금해하게 만든다. 연극은 에드윈이 처음으로 박수갈채를 받는 것으로 끝난다. 그는 단지 끝까지 해냈다는 것만으로 박수갈채를 받았다.

5월, 조니의 열세 번째 생일날에 엄마와 아버지는 결혼을 한다. 이후 에드윈, 에이시아, 조니는 애들레이드가 존재했다는 것을 까맣게 잊은 척한다. 그들은 나머지 다른 나라들도 다 이렇게 한다고 최선을 다해 주장한다.

준은 아버지와 마찬가지로 아내를 버리고 젊은 여자와 달아났다. 7월에 준과 해리엇은 멀리 샌프란시스코까지 달아나서 불굴의 제니 린드 극장과 출연 계약을 맺는다. 화재가 일어나 반복적으로 파괴되었던 제니 린드 극장은 두 사람이 그곳으로 가고 있는 동안에도 다시 지어지고 있다.

같은 달에 준의 아홉 살 먹은 딸 블랜치가 볼티모어의 부스 집안으로 보내져 아버지로부터 버림받은 혼란에서 벗어나 이 집에 머물게 된다. 블랜치는 할머니를 아주 좋아한다. 할아버지는 별난 성질과 폭력성과 천연덕스러운 잔인함으로 그녀를 놀라게 한다. 어느 날 밤 온 가족이 모여 저녁 식사를 할 때 할아버지는, 블랜치가 실제로는 부스 집안의 아이가 아니라고 생각한다는 말을 꺼낸다. 클레멘티나가 준을 속여서 자기와 결혼하게 만들었을 때 이미 그녀는 임신 중이었다는 것이다. 할아버지는 블랜치를 향해 스푼을 흔들면서, 진짜 부스 집안 사람 중에는 어느 누구도 이 애처럼 멍청한 사람은 없었다고 말한다. 심지어 이 말을 블랜치 자신에게 하는 것도 아니다. 할아버지는 블랜치의 맞은편에 앉은 그녀의 엄청 잘생긴 10대 삼촌 조니를 향해 이 말을 한다.

8월에 에드윈과 존 슬리퍼는 벨에어 군청 청사에서 저녁 공연을 연다. 초반 프로그램은 《맥베스》와 《햄릿》에서 뽑아낸 셰익스피어의 여러 독백으로 이루어진 고상한 것이지만, 관객들은 저녁 공연의 끝을 장식한 음유 시인의 노래를 더 좋아한다. 에드윈은 밴조를, 슬리퍼는 본스[67]를 연주하는데, 둘 다 얼굴에 태운 코르크를 칠하고 흑인 노래를 부른다.

반응이 너무 좋아서 그들은 다음 날 밤에 그 공연을 반복한다.

---

67 뼈나 나무로 만든 일종의 캐스터네츠.

토머스 고서치라는 남자애는 조니의 학교 친구 중 한 명이다. 고서치 집안의 농장인 '리트리트 농장'은 학교 근처에 있는데, 조니는 자주 그곳을 방문해 그곳 식탁에서 저녁을 먹고 밤을 보내곤 했다. 조니는 에드워드 고서치('최고의 남자')를 무척 존경한다. 그는 조니의 아버지와는 아주 다르게 매우 냉철하고 부유하다.

2년 전 네 명의 노예가 고서치 농장에서 도망쳤다. 고서치는 자신이 친절한 주인이라고 생각했다. 그는 모든 사람들에게 그들이 스스로 돌아올 것이라고 말했다.

그는 기다리는 데 지친다.

9월에 에드워드 고서치는 백인 남자 일곱 명과 그의 장남을 데리고 펜실베이니아주 크리스티아나로 떠난다. 그의 노예들이 그곳에서 또 한 명의 도망 노예이자 노예제 폐지론자인 윌리엄 파커에 의해 보호받고 있다는 소식을 들은 것이다. 고서치는 파커의 문 앞에서 파커와 대치한다.

파커는 고서치에게 떠나라고 명령한다.

고서치는 지옥에서 아침 식사를 할지언정 자신의 재산을 돌려받지 못하고 떠나는 일은 없을 거라고 대답한다. 백인들은 강제로 파커의 집으로 들어가려고 시도한다. 그들에게는 영장이 있으며, 보안관 한 명이 그들과 함께 있다. 법은 그들 편이라고 그들은 말한다.

파커는 그들의 출입을 막는다. 그는 만약 그들이 한 걸음만 더 내디디면 목을 부러뜨리겠다고 말한다.

그러는 사이에 파커의 아내 일라이자가 2층의 창문을 열었다. 그녀는 거기서 양철 나팔을 몇 차례 크게 분다. 그녀를 향해 첫 사격이 이루어진다.

이웃들은 나팔 소리를 듣는다. 그들은 무장을 하고 달려 나온다.

이어서 일어난 싸움에서 고서치는 죽고, 그의 장남 디킨슨은 심한 상처를 입는다.

아버지가 죽었다는 소식이 토머스의 집에 도착했을 때 조니는 우연히 토머스와 함께 있었다. 조니는 노예 주인이 노예가 있는 곳으로 가서 안전하게 자신의 노예를 데려오지도 못한다는 것을 알고 격분한다.

크리스티아나의 흑인 사회가 잔인한 보복을 겪게 되지만, 그렇다고 해서 조니의 분노가 약해지지는 않는다. 다섯 명의 백인과 서른여덟 명의 흑인 남자가 체포되었으나 여전히 살인죄로 유죄 판결을 받은 사람은 아무도 없다. 윌리엄 파커와 일라이자 파커는 캐나다로 달아났다. 왜 아무도 그들을 뒤쫓지 않는 거지? 조니는 자기 나이가 좀 더 많기만 하다면 자신이 직접 이 일을 처리할 거라고 생각한다.

이 일화는 노예 제도에 대한 조니의 생각을 명료하게 보여주는데, 그것은 아버지의 생각과는 전혀 다른 것으로 밝혀진다. 아버지의 생각에 반하는 것은 언제나 엄마를 불편하게 하기 때문에 엄마에게는 그런 말을 하지 않지만 학교에서는 자신의 견해를 자유롭게 공유하는데, 친구들은 대체로 그의 생각에 동의한다. 노예 제도는 흑인들에게 생긴 일 중에서 가장 다행스러운 일이었다고 조니는 학교 친구들에게 말한다. 그는 리트리트 농장에 대해 자비로운 왕이 죽음을 당하기 전까지는 평화롭고 행복한 왕국이었다고 묘사한다. "난 흑인이 채찍질 당하는 것을 보았어." 그는 훗날 그 사실을 시인할 것이다. "하지만 그 이상의 벌을 받아야 할 만큼 큰 잘못이 있을 경우에만 그랬어." 그는 오랜 세월에 걸쳐 크리스티아나에서 일어난 일을 자주 얘기한다. 남부에서 일어난 일에 대해서도 자주 얘기한다.

다른 어떤 것보다도 파커의 행동이 '도망 노예 법'의 파괴로 이어졌다고 말하게 될 프레더릭 더글러스에 대해서도 자주 얘기한다. 훗

날 다른 사람들은 크리스티아나에서의 싸움을 남북 전쟁의 시작이라
고 부를 것이다.

아버지는 가족을 위해서 농장에 더 큰 집을 짓고 싶어 한다. 그래
서 건축가 제임스 기퍼드를 고용하여 요즘 유행하는 고딕 리바이벌
스타일로 뭔가를 짓는다. 10월에 아버지의 지시에 따라 근처의 아까
시나무들에 피해가 가지 않도록 조심하면서 지하실을 파는 것으로 작
업이 시작된다.

새집은 웅장하게 짓기보다는 예쁘게 짓고자 한다. 다이아몬드 모
양의 유리창, 뾰족한 양철 지붕, 양쪽에 기둥이 있는 넓은 현관이 인
상적인 2층짜리 집이 될 것이다. 에이시아는 이 집의 이름을 튜더홀이
라고 짓는다. 옛 통나무집은 조와 앤에게 제공할 것이다.

11월에 에드윈은 열여덟 살이 된다.

12월에 준은 아버지에게 편지를 보낸다. 준은 아버지가 금이 풍
부하고 고상한 오락거리는 별로 없는 캘리포니아로 와서 공연을 하면
많은 돈을 벌 수 있을 거라고 말한다.

15

1852년, 준은 아버지를 서부로 오도록 설득했다.

이 이야기는 익숙한 방식으로 시작된다. 아버지가 혼자 여행할
수 있으리라고 생각하는 사람은 아무도 없다. 그래서 준과 해리엇(해
티라고 부른다)이 아버지를 데려오려고 샌프란시스코에서 뉴욕까지

긴 여행을 하고, 또 다른 배우 조지 스피어(친구들은 그를 올드 스퍼지라고 부른다)가 뉴욕에서 그들과 합류한다. 올드 스퍼지는 광대의 얼굴(움직이는 입, 눈 밑 처진 살, 가지런히 잘라서 이마를 덮도록 내려뜨린 돔 모양의 앞머리)에 비극 배우의 목소리를 가지고 있다. 그는 이 모든 것을 할 수 있다.

에드윈은 여러 해가 지난 후에 마침내 집에 남게 된다. 그는 학업을 재개하여 에이시아와 조니를 따라잡을 것이다. 그는 드디어 박물관에서 여러 가지 잡다한 일을 하는 직원으로 일해보라는 볼티모어 박물관의 제안을 받아들일 수 있을 것이다. 급여를 받으면서 작은 역할들을 수행하며 기술을 익힐 수 있을 것이다. 아버지와 함께 있지 않을 때의 자신이 누구인지 열심히 생각할 것이다. 이 모든 일에는 시간이 걸릴 것이다.

그리고 좀 쉴 것이다.

준은 뉴욕에서 파나마로 가는 증기선 티켓이 있다. 그러나 마지막 순간에 아버지는 증기선 탑승을 거부한다. 아버지는 너무 불안해서 술을 마셔도 곤두선 신경이 안정되지 않는다. 자기는 가지 못하겠다고 우긴다. 아버지에게는 에드윈이 필요하다. 그리하여 볼티모어에서 에드윈을 데리고 오는 동안 그 배는 그들 없이 항해를 떠난다.

참담한 상황이다. 에드윈은 좋지 않은 기분으로 도착한다. 앞으로도 이 여행의 모든 것이 에드윈으로 하여금 인상을 찌푸리게 할 것이다. 아버지는 에드윈이 절대적으로 필요하다고 우겼으면서도 이제는 소란스러운 일행과 올드 스퍼지의 감상적인 추억담에 정신이 팔려 에드윈을 거의 무시한다. 준도 그에게 별 관심을 보이지 않는다. 에드윈은 지금까지 해티와 함께 시간을 보낸 적이 없다. 그녀는 검은 머리의 아름다운 여자다. 이것은 알아차리지 않을 수 없는 사실이다. 그 때문에 그녀가 그를 어린애처럼 대하면 더욱더 기분이 나쁘다. 해티는 에드윈보다 몇 달 더 어리지만, 그녀는 자기가 준과 같은 나이라고 생각하는 듯하다. 모욕적인 처사다.

에드윈이 아버지를 따라다니던 초기 시절 어느 시점엔가 이상하게도 그의 양막이 엄마의 장롱에서 사라졌다. 양막이 없으니 발가벗겨진 셈이다. 이제 그에게는 무슨 일이든 일어날 수 있다.

파나마 지협을 가로지르는 항로는 일직선으로 약 65킬로미터다. 이 항로가 서부로 가는 가장 빠른 뱃길이지만, 여전히 이곳을 지나는 여행자들은 위험한 며칠을 보내야 한다. 차그레스강에는 뱀과 카이만[68]이 득실거린다. 열병이 흔하고 종종 치명적이다. 무엇보다 위험한 것은 여행객들을 뒤쫓아가서 강도질하고 죽이는 도적 떼 데리에니[69] 무리였다. 에드윈은 준과 해티가 지금까지 두 차례 이곳을 통과했고, 자발적으로 세 번째 통과를 하려 한다는 사실에 의지하여 자신의 마음을 스스로 달랜다. 그래봤자 얼마나 위험하겠어?

준의 나이와 경험을 고려할 때 준이 이 여행과 아버지를 책임지는 것은 일리가 있다. 에드윈은 준이 계속해서 아버지에게 벌어들일 모든 돈을 상기시킴으로써 아버지가 다른 생각을 품지 않게 하려고 애쓰는 것을 지켜본다. 행운을 빌어요! 해티가 밝게 응원하는 모습에는 비아냥거리는 태도가 전혀 없다. 에드윈은 그녀가 왜 이런 일에 신경을 쓰는지 궁금해한다.

그녀는 몇 차례 에드윈과 얘기를 나누려 시도한다. 에이시아가

---

68   중남미에 서식하는 악어.

69   1850년대 초 캘리포니아 골드러시 시기 초반에 파나마 일부 지역에서 활동한 토착 도적 떼.

연기를 하고 싶어 하는지 묻는다. 에드윈이 가장 하고 싶은 역은 무엇인지 묻는다. 그녀는 그에게, 샌프란시스코에서 금이 발견되었을 때 선원들이 모두 자기들의 배를 버리고 금을 찾으러 떠나버렸기 때문에 지금 그 만 주위에는 으스스한 유령 선단이 떠다니고 있다고 말한다. 그녀는 이제 그 여행을 시작했을 때만큼 예쁘지 않다. 그녀의 땋은 머리는 기름이 끼고, 손톱은 찢어지고 더럽다. 그러나 눈은 여전히 생기 넘치며, 기분은 가라앉지 않고 쾌활하다. 에드윈은 별 내용이 없는 단음절로 대답하고, 결국 그녀는 대화의 시도를 멈춘다. 그 여행 동안 내내 에드윈은 누구하고도 거의 말을 나누지 않는다.

어느 면에서는 타이밍이 절묘하다. 1850년에 철도 회사는 데리에니 문제를 해결하기 위해 텍사스주 기마 경관 출신의 랜돌프 러널스를 고용했다. 러널스는 젊은 남자였지만 살인 경험이 있었다. 그는 인디언 전쟁에도 참전했다. 2년 전에 한 오순절 교회 목사가 그에 대해 예언을 했다. 그에게 악마와 괴물의 강이 있는 낯선 땅에서 여기저기 돌아다니며 어둡고 치명적인 역병과 싸워줄 것을 요청하는 연락이 올 거라는 예언이었다. 이 요청이 받아들여진 것은 주님의 뜻이었다. 철도 회사 사람이 그를 데려가기 위해 도착하여 더듬더듬 요청 사항을 얘기했을 때, 러널스는 이렇게 말했다. "왜 이리 오래 걸린 거요?" 러널스의 가방은 이미 꾸려져 있었다.

윌리엄 넬슨은 당시 파나마시티에 주재하는 미국 영사였다. 그는 러널스를 만나 어떤 수단으로든 데리에니를 처리할 수 있는 권한을 비밀리에 그에게 부여했다. 아마 그는 남는 시간에는 노동자들의 동요도 수습할 수 있을 것이다. 러널스는 자경단 단원 모임을 구성하여, 자기들을 '지협 경비대'라고 불렀다. 1852년에 러널스는 넬슨으로부터 메시지를 받는다. 지금이오.

다음 날 아침, 잠에서 깨어난 파나마시티 주민들은 서른일곱 구의 시체가 방파제를 따라 널브러져 있는 것을 발견한다. 이 사람들은 가면을 쓴 지협 경비대원들에 의해 밤중에 사창가에서, 도박장에서, 그리고 그들의 집에서 끌려 나왔다. 10월에는 추가로 마흔한 명의 남자들이 목매달려 죽을 것이다.

현지인들은 러널스와 거리를 둔다. 그들이 필사적으로 피하려고 하는 러널스가 그들에게 말을 걸면, 그들은 고개를 숙이고 땅을 내려다보며 대답한다. 그들은 그를 엘 베르두고라고 부르는데, 스페인어로 사형 집행인이라는 뜻이다. 그들이 그렇게 부르는 이유는, 하느님의 주먹이 그들의 얼굴을 때리는 순간에도 그들은 그것이 하느님의 주먹이라는 것을 모르기 때문이라고 러널스는 생각한다.

부스 가족은 이 두 번의 대규모 린치 사건 사이의 기간에 그 지협을 여행한다. 이 기간은 여행자들에게 상대적으로 안전한 기간이지만, 에드윈에게 이걸 말해준 사람은 아무도 없었다. 주변에서 일어나는 사소한 일들에도 에드윈은 안심이 되지 않았다. 그는 준과 해티가 앞으로도 이런 여행을 반복하려 한다는 것을 알고 더욱더 놀란다.

그들은 뉴욕을 떠난 지 11일 만에 차그레스강 어귀에 도착한다. 금을 찾는 사람들이 해안가로 몰려든다. 집으로 돌아가는 사람들도 있고, 떠나는 사람들도 있다. 집으로 돌아가는 사람들은 병약하고 더러워 보이는 모습으로 분간할 수 있다. 그들 중 일부는 더러워 보이는 엄청난 부자들이다.

해변 위 언덕에 폐허가 된 산로렌소 요새가 있다. 총 쏘는 구멍이 있는 옛 흙벽은 허물어지고, 녹색의 수풀들이 총 쏘는 구멍을 통해 삐져나왔다. 그 아래 모래밭에는 오래된 대포의 조각들이 흩어져 있다. 폐허가 된 요새는 에드윈이 가장 먼저 본 것이자 차그레스강을 떠올릴 때 가장 먼저 생각나는 것이다. 그들은 빠르게 앞으로 나아가고 있다. 차그레스에서는 황열병의 위험도가 아주 높아서, 만약 보균자가 여기서 하룻밤을 보냈다면 많은 보험 회사들은 직원을 실어 보내 보험을 해지하게 했다.

준은 번고라고 부르는, 장대로 강바닥을 밀어서 운행하는 통나무배에 그들을 태우고 고르고나까지 데려다줄 사람들을 고용한다. 비는 그들 머리 위에서 녹색의 터널을 이룬 나뭇잎들을 거의 일정하게 때린다. 빗소리가 달그락거리는 구슬 소리처럼 들린다. 일정한 것은 또 있다. 원숭이, 모기, 말라리아……. 강물은 진흙이 섞여 탁하고, 물살은 천천히 흐른다.

번고에 준, 해티, 아버지가 함께 있고, 에드윈은 올드 스퍼지와 함께 있다. 에드윈은 로절리의 모험 소설 속 한 페이지 안으로 들어와 있는 듯한 기분이 든다. 그는 이처럼 생동감 있고 온갖 생물들이 우글거리는 곳을 상상해본 적이 한 번도 없었다. 풍경이 끊임없이 움직인다. 해가 나타날 때마다 색이 눈부시게 황홀하다. 밝게 빛나는 나무, 덩굴, 새, 나비……. 그는 앵무새의 울음소리와 원숭이들이 재잘거리는 소리와 강물이 쏴쏴 흐르는 소리를 듣는다. 이것들에 비하면 집에서 볼 수 있는 가장 야생적인 풍경조차도 별것 아닌 것처럼 보인다. 에드윈은 자기도 모르게 눈가에 어른거리는 움직이는 것들을 포착하기 위해 끊임없이 고개를 돌리고 있다. 이로 인해 그는 반은 두려움으로, 반은 경외감으로 몹시 동요하고 있다.

그리고 무척이나 불편하다. 로절리가 직접 모험을 하기보다는 모험 소설을 읽는 것을 더 선호하는 데는 타당한 이유가 있다. 통나무배를 장대로 미는 남자들이 더위와 빗속에서 거의 아무것도 입지 않은 것은 충분히 이해할 수 있는 일이지만, 에드윈으로서는 선택할 수 없는 일이다. 그의 옷은 몸에 철썩 달라붙어 있다. 그는 땀을 흘리며 몸을 떨고 있다. 빗물은 계속해서 모자챙으로부터 코로 뚝뚝 떨어진다. 벙고의 바닥에는 늘 3센티미터쯤 물이 차 있다. 그 물이 부츠와 양말 속으로 스며들어 발 색깔을 칙칙한 잿빛으로 만든다. 게다가 몹시 가렵고, 군데군데 살갗이 벗겨지기까지 한다.

밤이 되면 그들은 잠을 청한다. 남자들은 해티를 사이에 두고 해티를 보호하는 형태로 원을 이루어 잠을 잔다. 남자들에게도 위험한 여행이지만, 해티에게는 훨씬 더 많은 어려움이 따른다. 에드윈은 준이 해티로 하여금 기꺼이 그 어려움을 감수하게 한 것에 놀란다. 샌프란시스코가 몹시 위험한 곳이어서 해티를 남겨두고 올 수 없었던 걸까? 에드윈은 아내가 생기면 자기는 아내를 더 잘 보살펴줄 거라고 생각한다. 아내를 이처럼 더럽게 방치하지 않을 것이다.

그 많은 비에도 불구하고 강의 일부는 여전히 얕아서 그들은 자주 배에서 내려 커다란 나무만큼이나 무거운 배를 끌면서 걸어야 한다. 가이드들은 에드윈이 모르는 언어로 소곤소곤 대화한다. 에드윈은 그들을 불신하기 시작한다. 그들의 곁눈질과 그들의 의심스러운, 번역할 수 없는 가벼운 언행의 순간들이 미덥지 못하다. 에드윈은 시와 역사와 과학을 배우면서 집에서 지낼 수도 있었다. 그러는 대신 그는 학교 수업도 받지 못한 채로 잠을 자다가 여기서 목이 베여 죽을 것이다. 그것은 모두 아버지 탓이리라. 에드윈은 아버지가 그에게 저지른 행위를 후회할 만큼 오래 살기만을 바랄 뿐이다.

작은 해변에서 가이드들이 설명도 없이 옆으로 빠져나가 정글 속으로 사라지는데, 이것이 에드윈의 공포를 더욱 증폭시킨다. 그러나 가이드들은 아버지와 올드 스퍼지가 거기서 즉시 구입한 브랜디를 가지고 돌아온다. "우리의 모든 괴로움을 치유해주는 영약!" 아버지가

202

말한다. 아버지는 기분이 훨씬 좋아져서, 마치 그들 모두 곧 죽는다 해도 그것은 더 이상 문제가 되지 않는다는 듯이 행동했다. "나는 무수히 많은 원숭이를 준다 해도 이것과는 바꾸지 않았을 거야!"[70]

30분 후, 아버지와 올드 스퍼지가 노래를 부른다. 저놈들이 우릴 취하게 하려는 거야. 에드윈은 그렇게 생각한다. 모든 것이 놈들의 계획대로 진행되고 있어.

아버지가 그에게 브랜디 병을 건네줄 때마다 한 모금만 홀짝 마실 뿐이다. 술을 마셨다고도 할 수 없을 만큼 적은 양의 한 모금이다. 그런데도 이 브랜디는 혀가 타는 듯하고 목구멍에 불이 붙는 듯한 느낌이다. 그는 한 모금 더 마시고 싶지만, 감히 그러지 못한다.

땋은 머리와 임신한 배가 눈에 띄는 조그마한 여자가 먹을 것을 들고 나타난다. 그들은 그것을 먹기 위해 작은 해변에 앉는다. "이게 뭐야?" 그가 준에게 묻는다. 준은 그 여자에게서 길쭉한 초승달 모양의 노란 과일 한 송이를 건네받았다.

"바나나." 준이 대답한다. "아주 맛있어. 너도 좋아하게 될 거야." 크기가 쥐만 한 거미 한 마리가 줄기 사이에서 기어 나온다. 강물에 떠 있는 통나무가 아가리를 연다. 통나무의 이빨은 날카롭고, 그런 이빨들이 아주 많다.

알 수 없는 고기가 들어간 스튜가 나무 그릇에 담겨 에드윈에게 제공된다. 고기는 아주 쫄깃쫄깃하다. 이구아나인지도 모른다. 그는 묻지 않는다. 에드윈은 바지 단추를 풀기 위해 나무들 뒤로 슬쩍 들어가는데, 그때 그의 취약성이 유난히 생생해진다. 무엇이 그를 가장 먼

---

70 《베니스의 상인》 3막 1장에 나오는 샤일록의 대사로, 샤일록이 무척 소중히 여긴 터키석 반지를 딸이 훔쳐서 원숭이 한 마리와 교환했다는 것을 알고 나서 한 말.

저 덮칠까? 악어? 열병? 가이드들? 여행의 많은 부분을 위경련과 함께한 탓에 그의 대변은 시큼하고 누런 설사다.

아직 죽지 않고 살아 있는 일행은 사흘 후에 고르고나에 도착한다. 고르고나는 독사가 많아 붙여진 이름이다. 급하게 만든 무덤들이 들어찬 바위 지형 위로 그들이 사용할 해먹이 여러 개 걸려 있다. 무덤 중에는 최근에 만들어진 것들도 많다. 일부 십자가들은 빗물에 휩쓸려 강둑으로 떠내려갔다. 그중 몇몇 십자가는 여행을 끝내지 못하고 죽은 여행자들을 위해 강물 위를 떠다니며 여행을 계속한다.

날이 저물어갈수록 높은 음조의 모기 날갯소리가 점점 더 높아진다. 오늘이 가이드들과 함께하는 마지막 날이다. 에드윈은 그들이 마체테를 가는 모습을 지켜본다. "오늘 밤은 자지 말고 깨어 있어." 그가 준에게 말한다. 준은 그러겠다고 대답했지만, 그렇게 하지 않는다. 아버지는 잠이 들어 코를 곤다. 올드 스퍼지는 잠을 자면서 방귀를 뀐다.

"에드윈!" 준이 자기 해먹에서 말한다. "넌 코를 골고 있어!" 말도 안 되는 소리다. 눈을 감고 있지 않았던 사람은 에드윈뿐이다. 에드윈 아래 땅에서는 그가 볼 수 없는 동물들이 묘지 주변을 어떤 목적을 가지고 움직인다.

다음 날 아침, 참으로 다행스럽게도 가이드들이 그들을 떠난다. 이제 그들은 노새를 타고 비좁고 높은 협곡을 나아가는데, 노새의 발목까지 진창에 빠지는 험한 길이다. 노새를 탄 준은 우스꽝스러우리만큼 체구가 커 보이지만, 아버지는 딱 알맞아 보이는 체구다. 에드윈은 안장 대신 줄무늬 담요를 깔고 앉았는데, 노새의 등뼈가 칼날처럼 날카롭다. 노새가 한 걸음 한 걸음 걸을 때마다 고통이 느껴진다. 그는 결코 이 여행을 떠나고 싶지 않았다는 사실을 수천 번 떠올린다.

파나마시티에 도착하니 말할 수 없이 기쁘다! 이 도시에 대한 첫 인상(붉은 타일을 깐 지붕과 진줏빛 성당들의 풍경)은 무척 아름답다는 것이다. 그러나 자세히 보니 거리는 더럽고 벽은 썩었고 항구의 악취는 참을 수 없을 정도다. 게다가 이 도시는 미어터질 듯이 많은 것들이 들어차 있다. 그들은 마흔 명 이상의 다른 여행자들과 함께 방을 써야 한다. 그날 밤 헤티는 남자들로부터 격리되고 다른 여자들로부터도 얼마간 떨어진 자리에 있다. 그렇지만 여전히 에드윈은 남자와 여자를 분리하는 낡아빠진 판자벽 너머로 머리에 빨간 스카프를 두른 그녀를 살짝 볼 수 있다. 공기 중에 질병의 냄새가 짙게 배어 있다. 지금은 콜레라 발병 시기 직전이므로 사람들은 목적지에 빨리 가고 싶어 안달이다.

항구에서 그들을 증기선까지 태워다 줄 카누가 있는 곳으로 가기 위해서는 현지인의 등에 업혀서 가는 수밖에 없다. 현지인들은 한 사람당 50센트를 받고 그들을 등에 업고서 미지근한 물을 건너 카누로 나른다. 에드윈은 자기를 업은 남자보다 자신의 덩치가 더 커서 당황한다. 이윽고 그는 '캘리포니아호'에 탑승한다. 그의 옷은 소금기가 배어서 뻣뻣하다.

그러나 파나마 지협을 벗어난 뒤, 벼룩이 득실거리는 증기선은 떠다니는 풍요로움처럼 느껴진다. 그들은 차가운 연어와 걸쭉한 수프와 껍질이 딱딱한 빵으로 식사를 한다. 아버지는 식당의 채광창 아래 좌석에 자리를 잡고 거의 이동하지 않는다. 거기서 이야기를 하고, 시를 읊조리고, 술을 마신다. 에드윈은 대부분의 시간을 낮잠을 자거나 음식을 먹거나 갑판에서 돌고래를 구경하며 보낸다. 돌고래들은 해안 쪽에서 증기선을 뒤따르면서 멋진 호를 그리며 뛰어오르곤 한다. "네가 샌프란시스코를 보게 된다면 깜짝 놀랄 거야." 헤티가 갑자기 옆에 나타나 말한다. 바다 공기가 그녀의 뺨을 분홍빛으로 물들였고, 눈은

초롱초롱하다. 에드윈은 그녀를 잠시 바라보다가 시선을 돌린다. 그
녀는 준과 함께 있다. 그들은 서로 사랑하고 있다.

　이 항해는 17일이나 더 계속되지만, 어려운 고비는 지났다.

16

그들이 샌프란시스코에서 내렸을 때 한 무리의 사람들이 그들을 맞이
한다. 다는 아니지만 대부분 연극인들로 이루어진 무리이다. 항구에
서는 배 밑바닥에 고인 더러운 물 냄새, 생선 냄새, 튀긴 굴 냄새가 나
고, 만은 전에 해티가 얘기했던 유령선 같은 썩어가는 배들로 가득하
다. 캘리포니아호는 중국에서 온 배 옆에 정박한다. 갑판은 생각했던
수용 인원보다 더 많은 사람들로 가득 차 있다.

　아버지를 맞이하는 태도는 무척 정중하다. 격자무늬 조끼를 입은
한 남자가 과장된 동작으로 실크해트를 들어 보인다. "미국의 가장 위
대한 배우를 환영합니다!" 아버지가 건널 판자를 내려갈 때 그가 소리
친다. 그 남자는 오케스트라를 지휘하듯 무리의 환호성을 유도한다.

　에드윈은 아버지를 뒤따르면서 눈을 들어 언덕을 바라보고, 판
잣집과 저택을 바라보고, 이어 저 멀리 흰 구름이 하늘을 가로질러 떠
다니는 풍경을 바라본다. 그는 고개를 돌려 바위와 관목뿐인 앨커트
래즈섬을 보고, 불가능해 보일 만큼 긴 날개를 가진 펠리컨들이 그 섬
위에서 커다란 원을 그리며 허공을 나는 모습을 본다. 다음에 그가 들
은 소리는 그 자신의 이름이다. "에드윈 부스를 환영합니다! 이 도시
에서 가장 아름다운 남자!"

　이 말에 에드윈이 얼마나 놀랐는지는 아무리 과장해도 과장이 아
니다. 맨 먼저 놀란 것은 그들이 자기를 알아보았다는 사실이다. 두 번

째로 놀란 것은 그들이 자기를 아름다운 남자로 인정해주었다는 점이다. 그는 극단에서 여자들의 관심과 애정을 받았다. 거리에 나가면 여자들로부터 잘생겼다는 말을 듣곤 했다. 하지만 이번에는 느낌이 다르다. 그는 기쁘기도 하고 오싹하기도 하다.

그는 열여덟 살이고 캘리포니아는 곧 그를(그 자신의 기준으로는) 술꾼에다 난봉꾼으로 만들 것이다. 그는 나중에 이 시기에 대해 다음과 같이 쓸 것이다. '죄가 내 안에 있었고, 그것은 내 안에 꾹 갇혀 있는 동안 나를 사로잡아버렸다. 그래서 나는 그것을 풀어주었고, 그러자 그것은 사납게 날뛰면서 그 어느 때보다도 격렬히 타오르는 것 같았다.'

샌프란시스코는 그가 필요로 하는 모든 것을 가지고 있다. 그가 감당할 수 있는 가격에 여자와 술을 살 수 있고, 그가 연기할 극장과 배역들이 있고, 준이 있다. 특히 준이 있다는 것이 너무 좋다. 그는 준에게서는 로절리, 에이시아, 조니에게서 느끼는, 심지어 조에게서도 느끼는 친밀함을 느끼지 못한다. 그러나 준은 파나마 지협을 통과하는 동안 아버지를 책임지고 떠맡았다. 준은 앞으로도 계속 그럴 수 있을 것이다. 그 덕에 에드윈은 도약하고 있다.

"아버지는 나에게는 관심이 없어." 에드윈이 준에게 말한다. "한 번도 없었어." 에드윈은 뱀이 허물을 벗듯 그 오랜 세월 동안 아버지를 주의 깊게 지켜보아야 했던 의무감을 벗어버린다. 그는 자기 자신을 제대로 인식하지 못한다.

이제는 그가 술에 취한 상태로, 준비되지 않은 채로 리허설에 나타나는 사람이다. 이제는 아버지가 마음 졸이며 꾸짖는 사람이다. 에드윈이 무뚝뚝하고 반항적이라는 것을 알게 된 아버지와 에드윈 사이에 눈에 보일 정도로 긴장감이 흐르고, 전 극단 사람들이 그 점을 분명히 느낀다. 그는 리치먼드 역을 연기하기로 되어 있는데(노곤한 태양은 금빛 노을을 만들어내고) 아버지는 그의 무기력한 연기에 짜증이 난다. "저무는 태양을 손가락으로 가리켜봐." 아버지가 말한다. "그저 대사만 내뱉지 말고. 어떻게 좀 해보란 말이야!"

에드윈이 조롱하듯 허공을 향해 손을 뻗는다. "우린 언제 밖으로 나갈 수 있어요?" 그가 묻는다. "이 도시를 구경하고 싶어요." 준은 아버지 편을 든다. 에드윈은 더 진지해져야 한다고 준이 말한다. 준은 아버지와는 달리 천재가 아니다. 그는 재능이 별로 없어서 일할 필요가 없다.

한때는 배우가 되는 것이 에드윈이 세상에서 가장 원했던 것이었다. 이제는 아는 게 그것밖에 없기 때문에 연기를 한다. 만약 그가 인격 형성기를 아버지와 함께 보내지 않았다면 그는 대부분의 청소년들과 마찬가지로 자기한테 가장 알맞은 적성을 찾을 때까지 이런 성격의 일, 저런 성격의 일들을 계속 시도해보았을 것이다. 그는 그동안 에드윈 부스의 역할을 하면서 편안함을 익혔는지도 모른다. 그러나 이제 에드윈은 다른 어떤 사람이 되는 것을 더 원하게 되었다.

아버지와 함께 돌아다니는 것은 에드윈에게 짐스러운 일이었지만, 다른 한편으로는 배우고 익히는 기간이기도 했다. 그는 몇 번의 마법 같은 순간을 위해 나쁜 음식, 나쁜 잠자리, 어려운 시기를 감내한다는 것을 어느 누구보다도 더 잘 배웠다.

여전히 마법 같은 순간들이 있다. 에드윈도 그걸 알고 있다.

돈이 준의 예측대로 벌리지 않는다. 초기의 비평가들은 관대한 편이다. 〈샌프란시스코 데일리 헤럴드〉는 아버지를 '장려한 폐허', '퇴락 속에서도 드러나는 숭고미'로 묘사한다. 그러나 홍수가 나서 극장들이 폐쇄되고, 견디기 힘들 정도로 무더운 새크라멘토까지 갔다가 다시 샌프란시스코로 돌아와서는, 술에 너무 취해 여러 차례 무대에서 넘어지기도 한다. 순회공연이 계속됨에 따라 아버지에 대한 평가는 가혹해진다. 아버지는 이 일을 두 달 동안 계속한다. 돈을 전혀 벌어들이지 못하면서도 준에게 전액을 다 지급해달라고 요구하는데, 그것은 준을 거의 빈털터리로 만들 만큼 과도한 액수다. 아버지는 어느 안개 낀 아침에 주머니는 두둑하고 기분은 여러 면에서 안 좋은 상태로 샌프란시스코를 떠난다.

에드윈은 아버지와 같이 가지 않는다. 전에는 그가 무책임한 젊은이가 되는 것이 허용된 적이 없었지만, 이제 그는 그 맛을 알게 되었다. 준이 캘리포니아에서 지낼 수 있다면, 에드윈이라고 안 될 게 뭔가? 그는 아버지와 함께 옅은 안개를 헤치고 걸어서 건널 판자까지 간다. 그는 겁에 질려 있다. 아버지가 마지막 순간에 그 없이는 승선하지 않겠다고 우길 게 거의 확실하기 때문이다. 아니나 다를까, 짐과 관련해서 약간의 소동이 발생하고, 그것이 그의 심장을 멈추게 한다. 아버지는 갑판원에게 자신의 트렁크를 날라달라고 요구한다. 갑판원은 못 하겠다고 말한다. "난 하인이 아니오." 갑판원이 말한다.

"그럼 뭐요, 선생?" 아버지가 묻는다.

"도둑이오."

아버지는 즉시 자신이 가장 좋아하는 인물인 베르트람[71]이 된다. 같은 이름을 가진 희극에 등장하는 베르트람 말이다. "그럼 내 손을 잡아요, 선생." 아버지가 소리친다. "난 해적이니까."

이 말이 갑판원을 웃게 만든다. 갑판원은 아버지의 팔을 꽉 잡고 안으로 이끈다. 그는 아버지의 트렁크를 공중으로 들어 올려 균형을 이루도록 한쪽 어깨 위에 얹은 다음, 아버지를 갑판 아래로 인도한다.

---

71   독일 극작가 구스타프 레더의 희극 〈로베르트와 베르트람〉에 나오는 인물.

그 배의 이름은 '인디펜던스호'이다.

아버지는 곧 난간에 다시 나타난다. 홍조를 띤 건강한 모습으로 손을 들고 서 있다. 그때 그 증기선이 떠나기 시작하고, 빠르게 안개 속으로 사라진다. 에드윈은 아버지가 사라질 때까지 그 자리에 가만히 있는다. 잠시 후 기억했어야 할 뭔가를 잊어버린 듯한, 그러나 그것이 무엇인지 알지 못하는 이상한 느낌을 가지고 그곳을 떠난다. 이 느낌은 이후 평생 동안 지속될 것이다.

17

에드윈은 이제 자기가 오랫동안 원했던 것을 가지게 되었다고 생각한다. 이제 그에게는 형성되지 않은 미지의 내일이 있고, 그다음에는 또 다른 내일이 있고, 그다음에도 또 다른 날이 있다. 모든 날이 전적으로 그의 선택에 달려 있다. 짜릿하도록 신난다. 두렵기까지 하다. 그것은 열여덟 살 청년만이 믿을 수 있는 것이다.

그는 영국인 신혼부부 두 사람(댄 월러와 에마 월러)이 운영하는 극단에 합류하여 그들과 함께 광석을 캐는 광산으로 출발한다. 아버지의 친구 올드 스퍼지가 그와 함께 여행한다. 월러 극단은 존경할 만한 배우들과 야심 찬 계획을 가지고 있다. 그러나 이 극단은 아버지가 받아들일 수 있는 극단보다 한두 단계 낮고, 에드윈에게 익숙한 극단보다도 한두 단계 낮다. 그들은 그다지 화려한 극단이 아니어서, '베어 플래그 반란'[72]을 재현하는 장면을 살아 있는 곰으로 꾸미지는 않을

---

72   1846년에, 당시에는 멕시코 영토였던 캘리포니아에서 미국계 이주민들이 멕시코 정부를 상대로 베어 플래그라는 깃발을 들고 무장봉기를 일으킨 사건. 곰이 그려진 깃발인 베어 플래그는 훗날 캘리포니아주를 상징하는 주기州旗가 됨.

것이다. 그렇지만 에드윈이 아직 일을 배워야 하는 동안에는 아버지와 비교되지 않는 게 좋다.

아버지가 떠나자 그의 무뚝뚝함도 떠났다. 그는 뭐든 할 준비가 되어 있고, 살아가는 동안 후회하게 될지도 모르는 그런 모험들을 해보고 싶은 마음이 간절했다.

이 극단은 유바시티, 네바다시티, 행타운, 그래스밸리, 러프앤드레디, 레드도그, 셔츠테일벤드 등지에서 공연한다. 극단에는 두 명의 미혼 여성이 있는데, 둘 다 에드윈보다 약간 나이가 많을 뿐이다. 그러나 그들은 에드윈과 어울리기보다는 그들 둘이 함께 어울려 다니는 것을 더 좋아한다는 걸 분명히 밝힌다. 윌러 부부는 신혼부부처럼 행동한다. 에드윈은 그들이 나긋나긋 속삭이는 모습을 보며, 그들은 사랑을 탐닉하기에는 너무 나이가 많고(서른이 훨씬 넘은 나이다) 너무 영국적이라고 느낀다. 에드윈은 대부분의 시간을 올드 스퍼지와 함께 보낸다.

에드윈은 공연을 잘하기 위해 열심히 노력한다. 그에게는 특별한 승리의 순간이 있다. 그래스밸리에서 공연할 때였는데 그의 이아고 연기가 대단히 설득력 있어서 술 취한 광부 한 명이 총을 뽑아 발사하며 에드윈을 향해 소리친다. "넌 비열하고 무가치한 개망나니야. 넌 대가를 치러야 해!" 에드윈은 다른 출연자들과 함께 무대 뒤로 숨고, 연극은 관객 모두가 자발적으로 무장을 해제하고 나서야 계속된다.

아버지는 10월에 떠났다. 11월에 에드윈은 열아홉 살이 되었고, 지금은 12월 하순이다. 극단은 호텔이 열다섯 개 있고 그보다 두 배 많은 술집이 있는 다우니빌에 도착한다. 다우니빌은 다우니강과 유바강의 분기점에 자리 잡고 있고, 산들은 여러 개의 손이 에워싸듯 마을을 둥글게 둘러싸고 있다. 길은 너무 가팔라서 수레나 마차가 올 수 없고, 오직 말들만이 올라갈 수 있다.

봄이라면 흐르는 물소리로 귀가 따가울 것이다. 12월인 지금은 얼음이 강을 좁게 만들고 강물을 잠재웠다. 에드윈은 올드 스퍼지와 함께 강둑까지 걸어감으로써 말 등에 오래 앉아 있느라 쌓인 다리의 피로를 털어낸다. 공기는 차갑고 하늘은 낮다. 에드윈은 손이 시려서 손을 소매 속으로 당겨 넣는다.

올드 스퍼지가 그에게 이야기 하나를 들려준다. 그가 다우니빌에 가게 될 것 같다는 생각을 하기 오래전, 아직 샌프란시스코에 있었을 때 신문에서 읽은 이야기라고 했다. "이곳에서 린치를 당한 여자가 있었어. 캘리포니아주에서 린치를 당한 최초의 여자였지. 그 여자 이야기가 머리를 떠나지 않더군." 올드 스퍼지가 말한다. "끔찍한 이야기야.

이름이 후아니타인지 뭔지 하는 여자였어. 나이는 스물여섯 살. 체구는 작았대. 작고 가냘픈 여자였지. 광부를 칼로 찌른 거야. 유명한 놈이었나 봐. 친구가 많았대. 그래서 그들은 재판소에서 나오는 그녀의 머리채를 잡아끌고 이 강까지 왔어. 놈들은 교수대를 설치했지. 그때 후아니타가 진짜 용기를 보여주었어. 자신의 목에 올가미를 걸고 '신사 여러분, 안녕'이라고 외치며 영원 속으로 뛰어든 거야. 내가 잘 기억하고 있는 건 바로 그 때문이야. 그녀의 용기 때문이지." 모자 밑에서, 그리고 목도리 위에서 겨우 보이는 올드 스퍼지의 눈이 발갛고 촉촉하다. 그는 용기 있는 여자를 사랑한다.

모든 보도에 따르면 조 캐넌은 그녀가 그를 죽이기 전날 밤에 후아니타의 방문을 부수려 했다. 그는 다음 날 다시 후아니타를 찾아간 것인데, 그 이유는 사과하기 위해서였을 수도 있고 그가 시작했던 일을 마무리 짓기 위해서였을 수도 있다. 이 점에 대해서는 보도 내용이 다양하다.

언론은 대부분 여자 편을 들었다. 그들은 그녀에게 자신을 방어할 모든 권리가 있다고 썼다. 그 패거리들의 행동은(더구나 한 여자에 대해서!) 그 주 전체의 오점이었다. 만약 그녀가 백인이었다면 그녀는 지금도 여전히 살아 있을 거라고 그들은 말했다. 그녀에게 그 오페라 같은 결말을 준 것은 신문들이었다. 신문은 또한 그녀의 이름을 바꾸었다. 그녀는 결코 후아니타가 아니었다. 그녀는 호세파였던 것이다.

올드 스퍼지가 에드윈에게 말하려는 것은 그들이 곧 호세파에게 린치를 가했던 패거리들을 위해 〈오셀로〉를 공연하게 될 거라는 점이다. 에드윈은 그에 맞추어 자신의 이아고 연기를 조정하고 싶어 할지도 모른다.

그러나 그 공연은 열리지 않는다. 그로부터 몇 시간 뒤에 엄청난 눈보라가 불어닥친 것이다. 그 도시는 3미터나 되는 눈에 파묻힌다. 호세파가 이것을 보내주었다고 생각하면 멋질 것 같다. 신사 여러분, 안녕.

상황이 무척 심각해진다. 식량이 바닥난다. 광부들은 눈을 헤치고 상점으로 가보지만 선반이 비어 있다는 것을 알게 될 뿐이다. 댄 월러가 자신의 호텔 방에서 회의를 연다. 에드윈과 올드 스퍼지가 함께 쓰는 방보다 더 넓고, 파이프 담배 연기 냄새와 최근에 비운 요강 냄새가 난다.

여자들은 구겨진 침대 위에 함께 모인다. 에드윈은 창가에 서서 마당에 굴곡진 모양으로 쌓인 흰 눈과 소용돌이치는 눈송이로 가득한 공중을 내다본다. 커튼은 붉은색이고 벨벳 천인데, 만져보니 차갑다.

댄이 그들에게 빨리 짐을 싸라고 말한다. 댄은 콧수염을 짙게 기른 커다란 체구의 남자다. 그는 주인공을 연기하지만, 분장하지 않은 모습은 영락없이 술집 주인처럼 보인다. "이곳에는 우리에게 줄 여분의 음식을 가진 사람이 아무도 없습니다." 그가 말한다. "그러니 우린 해가 지기 전에 가능한 한 멀리 가야 합니다." 바람과 눈이 너무 세차서 자신들이 눈먼 사람처럼 여행하게 될 거라고 에드윈은 생각한다. 춥고 배고프고 앞이 안 보이는 여행이 될 것이다.

목적지인 그래스밸리는 65킬로미터쯤 떨어져 있다. 그곳에 마차와 무대 장치를 두고 온 것은 잘한 일이다. 그렇지 않았다면 그들은 그것들을 이곳에 버리고 가야 했을 것이다.

세 명의 여자는 코트와 담요로 몸을 감싼 채 각자 말을 타고 간다. 네 남자가 앞장서서 길을 뚫고 나아간다. 다우니빌을 빠져나가는 길은 가파른 오르막으로 시작한다. 남자들은 바람에 날려 허리 높이까지 쌓인 눈 더미를 헤치면서 부츠 발로 부드러운 눈을 내려디디며 걸어야 한다. 에드윈은 숨이 가쁘고 고통스럽다. 공기가 너무 차가워서 못질하는 것처럼 폐가 덜커덩거린다. 그는 모자챙으로 최대한 바람과 눈을 막으며 눈을 내리깔고 걷는다.

그들의 행진은 고통스러울 정도로 느리다. 에드윈은 지상의 땅에서 자신이 한 걸음을 내딛고 다시 다음 걸음을 내딛는 동안 날이 가고, 머리 위의 태양이 보이지 않게 움직이고, 달이 차고 기울고, 계절이 바뀌는 것을 상상한다. 그는 걷는 중에 얼어버릴지도 모른다고 생각한다. 장갑을 벗고 얼음처럼 차가워진 손가락을 오므려 쥐면 손이 더 따뜻해질지 모른다고도 생각한다. 그래서 그렇게 해보지만 손은 따뜻해지지 않는다. 그는 그의 말 옆에서 걷는 동안 안장깔개 밑에 손을 넣어 조금이나마 손을 따뜻하게 한다. 그들이 더 빨리 걸을 수만 있다면 틀림없이 덜 추울 것이다. 바람이 잦아든다. 그것은 엄청난 자비이다.

그러나 이제 위압적인 산의 윤곽이 저 앞에 보인다.

214

에드윈은 여자들이 어떤 상태인지 궁금해한다. 그녀들이 추위에 시달릴 뿐 아니라 겁을 집어먹고 있는지도 궁금해한다. 그는 댄의 아내 에마를 생각한다. 그녀를 예쁘다고 말하는 사람은 없겠지만, 그녀의 얼굴은 매력적이고 표정이 풍부하다. 그녀는 무대를 지휘한다. 에드윈은 그녀가 어떻게 그런 것을 해내는지 이해할 수 없지만, 아무튼 그렇다는 것은 알 수 있다. 그는 이에 대해 많이 생각한다. 지금 그 생각을 해보기로 마음먹는다. 그는 겉으로 드러난 나뭇가지에 걸려 넘어진다. 어쩌면 댄이 길을 잃었는지도 모른다. 어쩌면 그들 일행은 봄이 되어 눈이 녹을 때까지 발견되지 못할지도 모른다. 그의 목도리는 그 자신의 숨결에 젖어 차갑디차갑고, 때때로 뺨에 달라붙는다. 그는 발가락이 아직 발에 붙어 있는지 확신하지 못한다.

말들이 언짢은 듯이 크게 숨을 내쉰다. 일행이 출발할 때 올드 스퍼지는 힘겹게 나아가는 그들에게 힘을 북돋아주려고 노래(〈올드 댄 터커〉, 〈교황님은 행복하게 지내시네〉, 〈당신은 어디에서 왔는가?〉)를 불러주었다. 지금 극단 사람들은 모두 침묵하고 있다. 발걸음 소리만 들릴 뿐이다. 새 한 마리 울지 않는다. 어떤 물도 흐르지 않는다. 에드윈은 파나마의 무더위를 떠올리려 애쓴다. 그 탁하고 불쾌한 공기로 호흡하는 게 얼마나 고역이었던가. 에드윈은 그것을 떠올리며 생생하게 느껴보려 하지만, 그는 그런 부류의 배우가 아니다.

일행은 터벅터벅 나아간다. 다우니빌로 오는 길에 그들은 광부들이 사용했던 버려진 오두막을 지나쳐 왔었고, 댄은 어두워지기 전에 그 오두막에 당도하기를 바랐다. 그러나 달빛 속에서 꽤 많은 시간을 계속 걸었는데도 그들은 그 오두막이 아직 앞에 있는 것인지, 아니면 놓쳐버린 것인지 알지 못한다. 내리막길에서 그들은 그것 대신 다른 오두막을 발견한다. 한쪽 구석만 무너지지 않고 남아 있는 끔찍한 폐가이다. 그러나 머리 위로 약간의 지붕이 있고, 무너진 벽 밑에 충분히 탈 수 있을 정도로 마른 나무들이 어느 정도 있다. 그들은 불을 피운 다음 불 주위에 모여서 눈을 끓인 물을 저녁 식사로 마신다. 에드윈은 목도리를 불 가까이에 걸어놓는다. 얼음장같이 차가운 목도리에서 김이 피어오른다.

그들은 불의 한계로 인해 어려움을 겪는다. 그들의 등이 따뜻할 수도 있고 앞이 따뜻할 수도 있지만, 등과 앞이 다 따뜻할 수는 없다. 에드윈은 담요의 도움으로 몸을 녹인다. 그러는 동안 그의 몸이 떨리기 시작한다. 걷고 있었을 때보다 더 따뜻해진 지금, 그는 걷잡을 수 없이 몸을 떤다. 이가 딱딱 부딪친다. 그의 몸은 밤새도록 잠을 이룰 수 있을 만큼 따뜻하지가 않다.

아침에 그들은 다시 걷기 시작한다. 지금 그들은 스물여덟 시간 동안이나 걷다 쉬고 걷다 머물기를 계속하고 있는 것이다.

그러다가 기적이 일어난다. 그들은 산에서 내려온다. 땅 위에 내리는 눈은 가늘다. 그리고 햇빛이 비친다. 이제 그들 모두 말을 타고 나머지 길을 갈 수 있다. 에드윈은 말을 담대하게 잘 탄다. 그가 말안장에 올라타는 순간, 그동안의 모든 일들은 굉장한 모험이 되고 편지를 써서 집에 보낼 만한 얘깃거리가 된다.

그 후 어느 날, 그는 그래스밸리에 있는 골든게이트 술집의 의자에 앉아 다리를 쭉 뻗고 있다. 공기는 건조하고 따뜻하다. 식사를 한 뒤라 배가 부르다. 손에는 술잔이 들려 있고, 발 가까이에는 따뜻한 불이 있다. 그는 편안하고 졸리다. 자신이 불사신이 된 듯한 기분이 든다. 에드윈은 19년을 살아오면서 불에도 물에도 전염병에도 살아남았고, 얼음에도 살아남았다. 그는 양막에 싸여 태어났다. 무엇이 그를 해칠 수 있단 말인가? 그는 의자에서 잠을 잘 수도 있었다. 아니면 의자에서 일어나 밖으로 나가서 지난번에 이곳을 지나갈 때 그가 따라 들어갔던 여자애를 찾아볼 수도 있었을 것이다.

에드윈은 그 둘 다 하지 않는다. 대신 오래된 〈새크라멘토 위클리 유니언〉을 집어 든다.

그는 아버지가 11월 30일에 사망했다는 기사를 읽는다.

오늘은 1월 12일이다.

밤이 된다. 에드윈은 눈 내리는 달 밝은 밤에 술에 취한 채 흐느끼며 혼자서 큰길을 거닐고 있는데, 그때 아버지가 자신을 향해 오고 있는 것을 본다. 아버지는 연극 의상을 입은 차림새가 아니다. 얼룩진 코트를 입고 낡은 모자를 쓴, 아버지 자신의 복장을 하고 있다. 에드윈은 걸음을 멈추고 아버지를 기다린다. "생전의 내 죄를 씻지도 못한 채 목숨이 끊겼어."[73] 아버지가 말한다. 까닥거리는 랜턴이 아버지의 몸을 관통하며 빛난다. "솔직히 난 그 짓에 질렸어. 네가 해."

랜턴의 빛이 점점 더 밝아지면서 아버지는 흐릿해지고, 이윽고 완전히 사라진다. 랜턴을 들고 있는 사람은 올드 스퍼지다. "얘야, 널 데리고 가려고 여기 왔다." 그가 말한다.

에드윈은 방금 전에 처음으로 유령을 보았다. 이것이 그가 마지막으로 본 유령은 아닐 것이다.

18

그날 밤 올드 스퍼지는 밤새도록 에드윈과 함께 앉아 흐느껴 우는 에

---

[73] 《햄릿》 1막 5장에 나오는 햄릿 아버지의 혼령이 하는 대사.

드윈의 무릎을 쓰다듬어준다. 다음 날 아침 에드윈은 말없이 윌러 극단을 떠나고, 거실에서 자고 있는 올드 스퍼지를 떠난다. 올드 스퍼지는 얼굴을 숙여 가슴팍에 떨구고 발은 오토만[74] 위에 올려놓은 채 잔다. 그의 성긴 머리카락이 수탉의 볏처럼 위로 솟구쳐 있다.

샌프란시스코로 돌아가는 여행은 거의 다우니빌에서 돌아와야 했던 여행만큼이나 힘들다는 것을 알게 된다. 말들은 모두 윌러 부부의 것이므로 에드윈은 다시 걸어서 간다. 눈이 내린다. 비가 온다. 해가 떠도 그의 상황은 나아지지 않는다. 바람에 날려 쌓인 눈 더미에 반사된 햇빛이 너무 밝아서 눈이 멀어버릴 것만 같다. 몸은 늘 춥다.

모든 생각, 모든 기억이 고통스럽다. 그의 마음은 상처받지 않을 기억을 찾느라 진을 뺀다. 그는 극단을 떠날 때 돈이 한 푼도 없었다. 메리즈빌에 도착했을 때는 이틀 동안 아무것도 먹지 않은 상태였다. 그는 수척하고 허약하고 말이 없다. 그를 처음 만난 사람들은 그가 넋이 나간 것 같아 두려움을 느낀다. 그들은 동정심에서 그를 위해 모금을 하고, 먹을 것을 사주고, 새크라멘토로 가는 마차의 좌석을 구해주고, 거기서 목적지까지 갈 수 있도록 도움을 준다. 에드윈은 이런 일들이 자기 주변에서 일어나고 있는 것을 거의 눈치채지 못한다.

준과 해티는 텔레그래프 언덕의 가파른 경사면에 있는 조그만 집에서 남편과 아내로 살고 있다. 부엌은 포츠머스 광장의 끊임없는 소음과 움직임과 냄새와 색깔을 내려다본다. 에드윈은 1월 중순에 그곳에 도착한다. 그는 볼티모어의 집으로 돌아갈 계획이다. 준도 집에 가고 싶어 할 거라고 생각한다.

그러나 준은 아버지가 돌아가셨다는 사실에 익숙해질 수 있는 시

---

74   쿠션이 두툼한, 발을 올려놓는 대.

간이 더 많았고, 그뿐만 아니라 그 소식을 처음 들었을 때도 에드윈처럼 넋이 나갈 정도는 아니었다. 준은 즉시 어머니에게 편지를 썼다. 거처가 유동적인 에드윈에게도 편지를 보냈으나 그 편지는 도착하지 않았다. 그러고 나서 준은 바로 그날 밤 무대로 돌아갔다.

준은 이제 에드윈의 상태가 그리 좋지 않다는 것을 알 수 있다. 하지만 에드윈을 진정으로 걱정하는 사람은 해티뿐이다. 해티는 열여덟 살이고, 세심하고, 동정심이 많다. 준은 서른한 살이고, 둔감하고, 보수적이다. 준은 에드윈의 등을 툭 치며 아버지가 자기를 이런 식으로 보고 싶어 하지는 않을 거라고 말한다. 그러고 나서 일을 하러 나간다. 해티는 에드윈이 어깨에 걸칠 수 있는 숄을 찾아준 다음 에드윈의 옷을 빨아주고 기워준다. 그리고 에드윈과 함께 앉아 그가 버터를 잔뜩 바른 토스트 세 조각을 남김없이 먹고 진한 커피 한 잔을 마시게 한다. 그녀의 목소리는 명령적(앉아, 이거 마셔)이지만, 동시에 온화하고 부드럽다. 파나마에서는 몹시 못마땅했던 그녀의 모성적인 행동을 에드윈은 지금 갈망하고 있다. 그는 그녀의 넘치는 친절이 자기를 펑펑 울게 만들어서 울음이 그치지 않을지도 모른다는 것을 걱정할 뿐이다.

그날 저녁, 촛불과 난롯불에 물든 방 안에서 준은 아버지의 죽음에 대한 구체적인 내용을 그가 아는 대로 이야기한다. 그림자가 방 안을 이리저리 뛰어다닌다. 밖에서는 요란한 빗소리가 들리고, 때때로 굴뚝을 통해 떨어져 내린 빗방울이 불에 닿으면서 치직 소리를 낸다. 해티가 손을 뻗어 에드윈의 손을 잡는다. 그녀의 손은 그의 손보다 훨씬 더 따뜻하다. 그는 그녀의 온기가 이쪽으로 전달되기를 바라지만, 그 반대의 현상이 일어날까 봐 두렵다. 그가 손을 마주 잡자 해티의 손이 식어버린다.

에드윈이 듣는 모든 것이 그의 고통을 가중시킨다. 아버지는 볼
티모어로 돌아오지 못한 채 J. S. 체노웨스호에서 돌아가셨다. 누군가
가 마지막에 아버지와 함께 있긴 했지만, 아버지를 보살피는 임무를
맡은 사람은 아버지의 아들이 아니었다. 그 사람은 제임스 심프슨이
라는 낯선 젊은이였다. 심프슨은 배를 탄 지 얼마 안 되었을 때 아버
지가 갑판에 있는 것을 알아보았다. 그러고 나서 며칠 뒤 아버지가 안
보인다는 것을 알아차렸다. 심프슨은 아버지의 선실로 갔고, 그곳에
는 질병의 냄새가 진동했다.

심프슨은 사람을 시켜서 선실과 침대 시트 등의 천을 세탁하게
한 뒤 아버지의 침대 옆에 앉아 자기가 그 외에 무엇을 해줄 수 있는
지 물었다. 아버지는 이미 정신이 오락가락했다. "그분이 얘기를 했지
만 나는 아무것도 알아들을 수 없었어요." 심프슨이 말했다. "그분이
엄청난 고통을 겪었으며 많은 위험에 노출되었다는 것만 알 수 있었
습니다." 아버지가 돌아가셨을 때 심프슨이 아버지의 손을 잡고 있었
다. 아버지의 마지막 말은 "기도하라, 기도하라, 기도하라"였다.

나중에 에드윈은 그 마지막 몇 주에 대해 더 알게 될 것이다. 아
버지는 파나마 지협을 다시 건너는 동안 어느 시점에선가(아마도 술
에 취했을 것이다) 준에게 받아낸 돈을 모두 강도에게 털렸다. 돈 한
푼 없는 데다 제정신이 아니게 된 아버지는 낯선 사람들의 자선으로
뉴올리언스까지 갔다. 아버지는 거기서 세인트찰스 극장과 계약을 맺
고, 이 극장에서 여섯 밤 이상 공연을 하여 집으로 돌아가기에 충분하
고도 남는 돈을 벌었다. 아버지에 대한 비평은 훌륭했다. 많은 사람들
이 아버지의 놀라운 활력과 기세에 주목했다.

그러나 체노웨스호를 탄 지 얼마 되지 않아 아버지는 병에 걸렸
다. 아버지는 아무에게도 말하지 않고 선실에 남아 강에서 바로 뽑아

올린 물을 엄청 많이 마셨다. 아버지를 죽인 것은 아마도 그 물이었을 것이다. 그리고 의학적 치료를 신속하게 받지 못한 탓이었을 것이다. 에드윈이 아버지와 함께 있었다면 아버지는 분명 살았을 것이다. 에드윈은 그렇게 확신한다. 그는 자신을 결코 용서할 수 없다.

아버지의 광기와 음주벽과 폭력과 고약한 성미에도 불구하고 부스 집안 아이들은 모두 아버지를 좋아했다. 에드윈은 길을 걷다가 즉시 자신의 이야기를 다시 쓴다. 뉴욕에서 에드윈이 처음으로 리처드 3세를 연기했던 그날 밤, 아버지는 몰래 와서 그 연기를 지켜보았고 당신이 본 것을 자랑스러워했다고 에드윈은 아무 증거도 없이 혼자서 우겨본다. 에드윈은, 아버지는 나에게 한 번도 관심이 없었다고 준에게 말했던 것을 깊이 후회한다. 아버지가 가장 좋아했던 자식이 그가 아니었단 말인가? 그는 언제나 아버지가 필요로 하는 자식이었고, 그 점을 더 중요하게 여겨야 했다.

밤이 되어 잠자리에 들면 에드윈은 아버지와의 마지막 이별을 되풀이하여 떠올린다. 아버지가 웃으면서 자기는 해적이라고 말하던 모습, 배와 아버지의 모습이 안개 속으로 사라지던 광경을 계속 떠올린다. 그는 이 기억을 수정하고 조정한다. 그 이별이 그의 편에서 마지못한 이별이 될 때까지 계속 수정한다. 이것이 실제 사실이었고, 이것이 실제 그의 감정이었다고 믿을 수 있을 때까지 그는 잠들지 못한다.

준은 엄마가 보낸 편지를 가지고 있다. 엄마가 그들 두 사람에게 쓴 편지이다. 준은 이 편지를 에드윈이 도착한 다음 날에 에드윈에게 준다. 에드윈은 편지를 들고 그가 잠을 잤던 조그만 다락방으로 올라간다. 다른 사람이 없는 데서 편지를 읽고 싶은 것이다. 햇빛이 가장 잘 드는 조그만 창문 아래 바닥에 앉는다. 등을 벽에 온전히 기댄 채 무릎을 굽히고 쪼그려 앉는다. 편지의 필체는 엄마의 것이지만, 엄밀히 말하면 엄마의 필체가 아니기도 하다. 에드윈은 엄마가 손을 떨면서 쓴 게 틀림없다고 생각한다. 단어들 자체가 떨고 있는 것 같다. 엄마는 준과 에드윈, 둘 다 집에 오지 말라고 말한다. 장례식은 이미 끝났고, 가족들은 볼티모어의 집을 세주고 농장으로 돌아갈 거라고 한다. 엄마 자신의 사정은 고려할 필요가 없다고 엄마는 말한다. 준과 에드윈은 지금 있는 곳에 남아서 자신들의 기회를 최대한 활용해야 한다고 덧붙인다.

에드윈이 크게 잘못 알고 있는 것 한 가지가 있다. 그는 아버지가 많은 재산을 남기고 돌아가셨다고 믿고 있다. 수년이 지나서야 누군가가 그에게 전혀 그렇지 않다고 말해줄 것이다.

에드윈이 보기에는 엄마가 에드윈에게 아버지와 함께 순회공연을 가달라고 처음으로 말했던 날 밤에 시작된 집에서의 추방이 이제 완성된 것처럼 보인다. 가족은 에드윈 없이 아버지를 땅에 묻을 것이다. 가족은 에드윈 없이 농장에서 살 것이다. 만약 조니가 비슷한 상황에 놓인다면 엄마는 조니에게 곧장 집으로 돌아오라고 말했을 거라고 에드윈은 확신한다.

그러나 아마 조니라면 가족을 그토록 처참하게 실망시키지는 않았을 것이다. 이 편지에서 에드윈이 주로 발견한 것은 자신이 가진 비열한 이기심의 증거들이다. 엄마는 에드윈을 보는 것을 견딜 수 없는 모양이다. 그가 햄릿보다 더 죄가 크다.

아버지가 배를 타고 돌아가기 몇 달 전에 에드윈은 자기가 언젠가는 햄릿 역을 연기하겠다고 아버지에게 약속했다. 아버지는 그 역에 에드윈이 잘 어울린다고 생각했다. 그래서 에드윈이 성실하게 열심히 몇 년 더 경력을 쌓는다면 그는 햄릿 역을 훌륭하게 소화해낼 수 있을 거라고 생각했다. 준은 에드윈이 아직 준비되어 있지 않다고 확신한다.

그러나 이제 그 약속을 지키는 것이 아버지를 위해 에드윈이 할 수 있는 유일한 일이다. 그는 준이 항복하고 받아들일 때까지 잔소리를 하고 간청하고 사정한다. 1853년 4월 25일, 에드윈은 처음으로 자신을 정의하게 될 역을 연기한다. 그는 어두운 의상을 착용한다. 어두운 색깔의 타이츠, 검은색의 짧은 망토 차림이다. 침울한 몸가짐이 쉽게 나타난다. 올드 스퍼지는 이 연극에서 폴로니어스 역을 연기하며 에드윈을 응원한다.

에드윈은 아버지의 말이 기억날 때마다 손짓, 몸짓을 지어 보인다. '그저 대사만 내뱉지 마. 어떻게 좀 해보란 말이야!' 보통은 잊고 연기한다. 준은 그의 연기에 감명받지 않았으며, 다시 공연하는 것을 허락하지 않을 것이다.

그러나 엄청 흥분한 상태로 샌프란시스코 극장을 떠난 퍼디낸드 카트라이트 유어라는 젊은 비평가는 자신의 신문사로 가서 긴 비평문을 작성한다. 그는 이렇게 쓴다. 에드윈 부스는 햄릿을 셰익스피어가 의도한 '쉽고, 곡절이 있고, 유연한 것'으로 만들었다.

취향이 변하고 있었다. 에드윈의 햄릿은 수년에 걸쳐 발전하면서 아버지가 과장되게 연기했던 부분이 섬세해졌고, 아버지가 활달하게 표현했던 부분이 절제되었고, 아버지가 힘차게 읊었던 부분이 자연스러워졌다. 에드윈이 나이를 먹어감에 따라 그의 햄릿은 덜 고뇌하고 더 극기심이 강한(인내할 줄 아는 훌륭한 사람을 구현한) 인물이 될 것이다. 이것은 자신의 이야기가 어떻게 끝날지 알고 있지만, 그럼에도 불구하고 용기와 위엄을 잃지 않고 앞으로 나아가는 햄릿이었다. 준은 이것을 좋아하지 않았을 수도 있지만, 유어는 에드윈의 첫 햄릿에 대한 최초의 비평문에서 '비록 유려하지는 않다고 할지라도 에드윈은 개념적인 면에서 이미 그의 아버지를 능가했다'라고 말한다.

링컨과 클레이

이미 국내 노예 제도에 대해 자주 언급해왔기 때문에, 나로서는 이에 대한 클레이 씨의 견해와 행동을 더 구체적으로 언급하지 않은 채 글을 마무리하고 싶지 않다. 그는 항상 도덕적으로나 감정적으로나 노예 제도에 반대했다. 50년 이상의 시간적 차이를 두고 나타난 그의 정치 인생 초기의 공적인 노력과 가장 최근의 공적인 노력은 둘 다 켄터키주 노예들의 점진적 해방을 위한 것이었다. 그는 인권 문제에서 흑인은 인류에서 제외되어야 한다는 것을 인식하지 못했다. 그렇다 해도 클레이 씨는 노예 소유주였다. 노예 제도가 이미 널리 퍼져 있고 깊게 자리 잡고 있는 삶 속에 던져진 그는 더 큰 악을 낳지 않고, 심지어 인간의 자유라는 대의에도 어긋나지 않도록, 노예 제도가 즉시 근절될 수 있는 방법을 알아내지 못했다. 어떤 현자도 알아내지 못했듯이 말이다.

— 에이브러햄 링컨, 1852년

주니어스 브루터스 부스가 1852년에 사망한 유일한 유명 인사는 아니다. 하원 의장이자 국무부 장관이고, 애런 버의 변호인이자 앤드루 잭슨(토머스 제퍼슨 대통령에서부터 밀러드 필모어 대통령에 이르기까지 영향을 미친 인물이다)의 격렬한 비판자인 위대한 타협가 헨리 클레이도 사망한다. 3년 동안 정치 일선으로부터 물러나 있던 링컨에게 일리노이주 의사당에서 그를 추모하며 칭송하는 영예가 주어진다. 헨리 클레이는 링컨의 이상적인 정치인으로, 타협점을 추구하고 평화를 중재하는 인물이다.

이 목적을 위해 헨리 클레이는 노예 제도를 제한하면서도 유지하는 여러 타협안을 설계했고, 가장 최근에는 1850년 타협을 제시했는데, 이것은 자유주[75]로서 연방에 가입하고 포크 전쟁[76]으로 멕시코로부터 빼앗아 병합한 영토를 다루고자 하는 캘리포니아주의 강렬한 바람에 의해 촉발된 복잡한 법적 작업물이다. 4년 뒤 스티븐 더글러스가 작성한 캔자스네브래스카법안은 링컨을 다시 성황리에 정계에 복귀시킬 것이다. 그때까지 링컨은 순회 재판소를 돌아다니며 유세 연설가로 이름을 날리고, 저녁에는 집에 돌아와 그가 좋아하는 번스, 바이런, 에머슨을 읽는다.

한편 링컨의 집에서는 :

어느 날 아침, 이웃들은 메리가 빗자루를 들고 집에서 나와 옷을 반만 입은 링컨을 뒤쫓고 있는 모습을 구경하는 재미를 누린다. 한번은 메리가 신문을 읽고 있는 링컨의 머리를 나무판자로 때려서 링컨의 눈이 검게 멍들고 코가 부은 적이 있다고 한 하녀가 뒤쪽 담장 너머로 나직이 속삭인다. 하녀는 또, 메리가 하인들을 때리고 임금도 적게 주기 때문에 그들이 데리고 있을 수 있는 하인들은 링컨이 집에 있어달라고 말하며 비밀리에 웃돈을 주는 하인들뿐이라는 말도 속삭인다. 메리는 끊임없이 운다는 말도 들려준다.

그럼에도 불구하고 링컨은 여행할 때면 메리를 그리워한다. 링컨은 아내가 얼마나 불행한지 알 수 있는데, 이 점은 링컨이 삶의 경험이 많고 무한한 동정심을 가지고 있다는 것을 말해준다.

75 남북 전쟁 전에 노예를 사용하지 않은 주.

76 미국의 제11대 대통령 제임스 포크가 영토 확장을 위해 멕시코와 벌인 전쟁. 보통 멕시코 전쟁이라고 부른다.

—— W. 세익스피어 《잠이오》

우리는 그렇게 만들어져 있고,

그렇게 되어 있다.

부스 가족은 주니어스 브루터스 부스에 대한 국가적 애도의 폭과 깊이에 만족한다. 모든 미국 신문이 부스의 죽음을 보도하고, 대부분의 신문은 긴 추도사를 포함한다. 그중에서도 한 신문의 반응이 그 간결함으로 인해 특히 인상적이다. 한결같이 열정적인, 날아오르는 듯한 웅변으로 유명한 널리 알려진 법정 변호사 출신의 휘그당 하원 의원 루퍼스 초이트는 이렇게 간단히 말한다. "더 이상의 배우는 없다."

아버지의 유산이 한때는 술과 광기로 얼룩진 것처럼 보였으나, 이제 더 이상 그렇게 보이지 않는다. 죽음은 다른 모든 것을 태워버리고 오직 천재성만 남겨놓았다. 엄마에게 보내는 전보와 편지가 전국 각지에서 날아든다. 일부는 엄마가 아는 사람들에게서 온 것이지만, 그보다 훨씬 많은 전보와 편지는 엄마가 모르는 사람들로부터 온다. 아버지와의 우연한 만남이나 오래전의 공연에서 감동받은 사람들이 보낸 것이다. 자식들은 이 수많은 편지를 통해 아버지가 훌륭한 사람으로 인정받는 것을 보며 위안을 느낀다. 그보다 더 큰 위안은 엄마가 아버지의 아내로, 그들 자신이 아버지의 자식으로 인정받는 것을 보는 것이다. 그러나 아버지는 유언을 남기지 않고 돌아가셨고, 법원은 이 문제에 대해 그렇게 처리하지 않는다. 이제는 네 자식을 둔 유부남인 리처드 부스는 자신이 아버지의 유일한 법정 상속인이라는 이유로 소송을 제기한다. 아버지의 전 재산은 4천728.99달러이다.

　리처드는 심지어 아버지의 연극 의상도 자기 것이라고 주장하지만, 그것들은 전부 엄마가 직접 만들었기 때문에 법원은 연극 의상은 엄마의 소유라고 판정한다. 몇 년 뒤 엄마는 그 옷들을 조니에게 줄 것이다. 그로부터 몇 년 뒤 에드윈은 그 의상들을 자신의 극장 아래에 있는 난방 장치로 하나씩 하나씩 태워 없앨 것이다. 그것들을 다 태우는 데 세 시간 이상이 걸린다.

　아버지는 뉴올리언스에서의 마지막 계약으로 1천84달러를 벌었지만, 그중 집으로 온 돈은 500달러뿐이다. 물론 아버지의 수입은 끊기고, 영국에 있는 어떤 부동산의 임대료는 이제 리처드에게 돌아간다.

　엄마는 이 상황을 헤치고 나아갈 수 있는 유일한 방법은 노스엑서터의 집을 세놓고 농장으로 돌아가는 것뿐이라고 마음을 정한다. 이 일은 농장에 지은 새집의 상태 때문에 복잡하다. 튜더홀은 최근에야 완공되었는데, 건축가 제임스 기퍼드에게 아직 돈을 다 지불하지 못했다. 그래서 기퍼드는 무거운 양철 지붕을 떼어낸다. 그는 엄마에게 돈을 다 받을 때까지는 튜더홀이 계속 미완의 상태일 거라고 알려준다. 엄마는 돈궤에 남아 있는 돈의 대부분을 그에게 주고, 그제야 집에 지붕이 다시 얹힌다. 그들은 이제 볼티모어 집의 임대료와 농장에서 얻는 수익으로 그들 스스로를 부양해야 한다.

아버지가 돌아가셨을 때 에이시아는 열일곱 살, 조니는 열넷, 그리고 조는 열두 살이었다. 가족은 다시 한번 갈라지고 이동한다. 중력의 중심이었던 아버지가 돌아가시자 준과 에드윈은 멀리 캘리포니아로, 조니와 조는 볼티모어에서 남서쪽으로 11킬로미터쯤 떨어진 케이턴스빌에 있는 기숙 학교로 내던져진다. 기숙 학교인 세인트티머시 학교는 추위와 노력과 배고픔에 대해 적절히 처방하고 강인한 사람이 되도록 기본 프로그램을 제공하는 대가로 최고 수준의 비용을 청구하는, 그런 종류의 학교다. 엄마가 이 학교를 선택했다.

교장인 리버터스 밴 보켈렌 목사는 뉴욕 출신으로, 남들은 모르는 노예 폐지론자이다. 학생들 중에 위쪽 지역 사람은 없다. 모두 자랑스러운 남부 사람들이며, 그중 많은 수가 명망 높은 집안 출신 아이들이다. 조니의 학급 친구 한 명은 로버트 E. 리[77]의 조카이다. 세인트티머시 학교는 엄마가 당신의 가장 활발한 아들과 가장 의기소침한 아들을 위해 바라는 모든 것(좋은 교육, 군사 훈련, 사회적 관계 형성)을 갖추고 있다. 엄마는 이 사회적 관계가 노예들과 관련이 있다는 점에는 신경 쓰지 않는다.

조니는 친구를 빨리 사귄다. 그는 평생 그렇게 할 것이다. 그런데도 조니는 학교를 싫어한다. 여기는 뭔가 잘못된 것 같아요. 조니는 집에 보내는 첫 편지에서 이렇게 쓴다. 수업이 그에게 너무 어렵고, 규칙은 너무 엄하고, 조건은 너무 가혹하다. 그는 단지 사교성만 뛰어나다.

한편:

---

77   미국 남북 전쟁 기간 동안 남군을 이끌었던 장군.

에드윈은 캘리포니아에서 생기와 활력을 되찾아가고 있다.

그는 거처를 옮겨 아버지의 친구인 데이브 앤더슨이라는 배우와 함께 지낸다. 앤더슨은 나이가 많지만 부모 같은 느낌이 나는 사람은 아니다. 그는 올드 스퍼지가 했던 것과 같은 지도하거나 보호하는 역할을 하지 않는다. 음울하고 고립된 청소년기를 보낸 에드윈은 마침내 재미를 느끼고 있다.

에드윈과 앤더슨은 상자와 나뭇가지만을 사용하여 미션로드의 끝 쪽을 향한 모래 언덕에 곧 무너질 것 같은 작은 집을 뚝딱뚝딱 지었다. 에드윈은 이 집을 목장의 오두막이라 부르고 자신을 목장 노동자라 칭한다. 집으로 보내는 그의 편지들은 어머니를 걱정시키지 않을 정도의 재미있는 모험들로(장난과 엉뚱한 실수로) 가득 차 있다.

그는 또한 고통스러운 종류의 경험도 많이 겪고 있다. 한번은 새크라멘토에서 술에 취해 거닐다가 강물에 빠져서 거의 익사할 뻔했다. 지나가던 행인은 그를 보고도 빨래 더미가 물살 속에서 떠도는 것으로 오인하고 하마터면 걸음을 멈추지 않을 뻔했다. 그러던 중에 행인은 소매 끝에 손 하나가 떠 있는 것을 본다. 그는 강물에 뛰어들어 에드윈을 강둑으로 끌고 나온 다음, 근처 술집으로 달려가 도움을 청한다. 에드윈의 사라진 양막이 그를 구하러 온 것이다. 잠시 불안한 시간이 지난 다음, 에드윈은 그를 철썩철썩 때리고 소리를 지르고 브랜디를 먹이는 사람들 속에서 의식을 되찾는다. 그는 구사일생으로 살아난 것을 축하하기 위해 브랜디를 더 구입한다.

그는 지금 준이 만든 새 극단에서 일하고 있다. 엄마는 그들이 서로를 돌보고 있다는 생각에 위안을 느낀다. 그러나 사실 그들은 심각하게 충돌하고 있다. 준은 에드윈이 술을 마시는 것을 참을 수 없다. 항상 술을 조심해온 준은 만약 에드윈이 예전과 같지 않다면 계속해서 에드윈을 구해줄 생각이 없다. 준은 에드윈과 비교되는 것을 피하기 위해 작은 역을 맡거나 아예 역할을 맡지 않음으로써 덜 여문 동생이 빛나게 한다. 이에 대해서 에드윈이 늦게 나타나고 제대로 준비하지 않으며 자신의 대사를 숙지하지 못하고, 게다가 그런 행동을 개의치 않는 태도로 보답하면 준은 에드윈을 다시 단역으로 강등시킨다.

에드윈은 아직 배울 것이 많다고 준은 생각한다. 준이 거만하다고 에드윈은 생각한다. 준과 에드윈은 무척 즐거울 거라고 에이시아, 조니, 조는 생각한다. 저 탈영병 같은 이들. 저들은 얼마나 신나는 삶을 살고 있을까!

에이시아

|

잠깐 사이인 몇 시간 동안(훨씬 더 길게 느껴졌지만) 가족 중에 아버지가 돌아가셨다는 것을 아는 사람은 에이시아뿐이다. 체노웨스호 선장은 엄마에게 전보를 쳐서 아버지가 심하게 아프기 때문에 즉시 신시내티에 정박한 배로 와야 한다고 말한다. 엄마는 즉시 출발했고, 에이시아와 로절리는 집에 남아서 얼마나 걱정해야 하는지 스스로 정해야 하는 처지에 놓인다. 로절리는 에이시아에게 지난 수년 동안에도 이와 비슷한 불안한 소식들이 많이 있었다는 것을 상기시킨다. 그럼에도 불구하고 로절리는 짧은 망설임과 지체의 시간 후에 기숙 학교에 있는 조니와 조가 집으로 돌아와야 한다고 결정한다. 로절리는 그들을 데려오려고 떠났다.

그래서 두 번째 전보가 도착했을 때 집에는 에이시아밖에 없다. 그녀는 전보를 읽는다. 그것을 아버지의 책상 위에 내려놓는다. 그 전보 위에 아버지의 다른 서류들을 올려놓는다. 제정신이 아닌 어느 한 순간, 그것은 그녀가 지킬 수 있는 비밀인 것처럼 생각된다. 나머지 가족들이 전혀 알 필요가 없는 비밀처럼 여겨진다. 아버지는 집에 거의 안 계시니까.

그녀 자신도 이 사실을 모르는 편이 훨씬 더 나을 것이다. 만약 그녀가 엄마랑 함께 갔더라면, 에이시아도 지금 나머지 가족들과 똑같이 아버지의 죽음을 모르는 채 불안한 마음으로 기차 여행을 하고 있을 것이다. 그녀도 걱정을 떨칠 수 없겠지만, 심하게 걱정하지는 않을 것이다. 그녀는 엄마에게 아버지가 불사조라고 말하며 안심시키려 할 것이다. 에이시아는 정말로 아버지는 불사조라고 믿었는데, 심지어 전보를 받고 난 지금도 그렇다.

그녀는 기차에 있는 대신 집에 남겨져서, 아버지가 다시는 이 멋진 세상의 모든 소음과 흥분을 가슴에 안고서 문으로 걸어 들어오지 않을 거라는 사실을 혼자서 감당하고 처리해야 한다. 에이시아에게는, 아버지가 없으면 집은 언제나 별로 중요하지 않게 느껴졌다. 아버지 없는 집은 사소한 걱정과 하찮은 다툼이 있는 곳, 책임지는 사람이 없는 곳, 이런저런 부주의한 말로 인해 끊임없이 누군가의 감정이(보통 그녀의 감정이) 상하는 곳일 뿐이었다.

모든 것이 전과 같지 않을 것이다, 라고 그녀는 생각한다. 그 문장은 사람이 실제로 하는 말이라기보다는 연극의 한 대사처럼 들리지만, 그러나 얼마나 사실에 들어맞는 말인가. 모든 것을 잃었다, 라고 그녀는 이어서 생각한다. 이 말은 덜 사실적이지만, 그러나 사실이 아닌 것은 아니다. 그녀의 마음속에 자신이 슬픔을 느끼기보다는 슬픔을 연기하고 있다는 생각이 든다. 그녀가 진짜 느끼는 감정은 무無다.

　그녀는 오랫동안 거실 창밖을 바라보며 서 있다. 아버지의 죽음에도 창밖의 풍경은 바뀌지 않았다. 회색 뚜껑이 도시를 덮고 있는 것처럼 구름은 전체가 하나로 어우러져 낮게 깔려 있다. 강한 바람이 나무에 남아 있는 얼마 안 되는 이파리들을 떨구어 공중으로 날려 보낸다. 떨어진 이파리들은 울타리에 끼이거나 눈 더미에 갇힌다. 한 남자가 터벅터벅 걷는 적갈색 말을 타고 지나간다. 또 한 명의 남자는 걸어서 지나가는데, 그는 머리에 쓴 모자를 손으로 잡고 있다. 엄마가 그녀를 데리고 가지 않을 이유는 없었다. 아버지는 그녀의 얼굴을 보면 기뻐했을 것이다.

　에이시아는 몸을 돌려 방을 본다. 그녀는 무늬가 도드라지도록 만든 부드러운 소재의 벽지에서 늘 산뜻한 느낌을 받았는데, 이제는 좀 우중충해 보인다. 이 집으로 이사 온 직후에 여배우인 아버지의 친구가 집에 찾아와 했던 말을 그녀는 기억한다. "이곳은 집이 아니라 아늑한 가정이네요." 그 말은 엄마의 뺨이 붉어질 만큼 엄마를 무척 기쁘게 했다. 에이시아는 이제는 집이 더 초라해지고 낡고 헐었다는 것을 깨닫는다.

　불이 꺼져가고 있어서 그녀는 걸음을 옮겨 난로 안에 장작을 더 넣는다. 손바닥에 가시 하나가 박힌다. 그것을 잡아 빼자 손에 핏방울이 아주 작은 구슬처럼 맺힌다. 그녀의 피. 부스 집안의 피.

　그녀는 아버지가 그곳에, 구불구불한 푸른 줄기와 노란 꽃 그림으로 장식된 방석이 놓인 아버지의 특별한 의자에 앉아 있는 것을 본다. 그들은 아버지가 없을 때면 이 의자를 두고 싸운다. 이 거실에서 팔걸이가 있는 유일한 의자이다. 아버지는 그들에게 신문을 읽어준다. 재미있는 대목은 희극적 인물인 존 럼프의 거친 억양으로 읽어주고, 슬픈 대목은 높고 윤택한 목소리로 읽어준다. 아버지는 신문을 내려놓고 에이시아를 똑바로 바라본다. "에이시아, 너는 우리가 깨어 있다고 확신하니?" 아버지가 말한다. "내가 보기엔 우리는 아직 잠들어 있고, 꿈을 꾸고 있는 것 같아."[78] 마침내 에이시아에게 슬픔이 찾아든다. 그래서 로절리가 조니, 조와 함께 돌아왔을 때 에이시아는 서럽게 흐느끼느라 말을 할 수가 없다. 그녀가 할 수 있는 거라곤 전보를 빼내서, 흐릿하게 핏자국이 생긴 그 전보를 그들에게 내던지는 것뿐이다.

열일곱 살의 에이시아는 강하고 격렬한 기질의 소유자다. 그녀에게 가장 중요한 것은 다음과 같은 것들이다. 부스 집안의 이름과 평판, 오빠 에드윈과 동생 조니, 아름다움. 에이시아는 그녀 삶의 모든 것이 (집에 있는 물건들, 그녀의 옷, 그녀의 생각 등이) 아름답기를 바란다. 그녀는 아버지의 시신이 도착할 것을 예상하여 로절리의 도움을 받아 거실 벽지를 흰 천으로 덮는다. 그런 다음 셰익스피어 조각상을 제외한 모든 물건을 거실에서 치운다. 거실은 휑한 무대 세트가 된다. 아버지의 마지막 공연을 위한.

아버지의 시신은 엄마와 함께 도착한다. 에이시아를 비롯한 형제들은 밖으로 나가 마차를 맞이하고, 아버지의 시신이 집 안으로 운구되는 것을 지켜본다. 엄마가 베일을 들어 올린다. 엄마의 둥근 얼굴이 지쳐서 축 처져 있다. 에이시아는 숄을 걸치지 않고 밖으로 나왔다. 그녀의 몸이 떨리고, 내쉬는 숨에서 하얀 입김이 나온다. 그녀는 아버지의 얼굴 위쪽으로 관에 설치된 유리 뚜껑을 통해 안을 들여다본다. 순간, 떨리는 불안감이 엄습한다. 조니에게 고개를 돌렸을 때, 조니의 생각도 그녀의 생각과 같다는 것을 알아차린다. 그녀의 피가 마구 뛰기 시작한다. 이것은 시신의 모습이 아니다. "아버지는 돌아가시지 않았 어요!" 에이시아가 말한다. 그녀의 목소리가 커진다. "아버지를 관에 서 빼줘요! 아버지를 깨워줘요! 아버지는 돌아가시지 않았어요." 비명 을 지르는 사람은 에이시아인데, 엄마는 조니에게로 간다. 조니는 금 방이라도 엄마 품으로 쓰러질 것처럼 얼굴이 납빛이 된 채 몸을 떨고 있다.

에이시아는 마음을 진정시킬 수 없다. 그녀는 위층으로 뛰어가서 문을 쾅 닫고 크리놀린을 홱 벗어 던진다. 너무 거칠게 벗어 던진 탓 에 크리놀린이 뜯어진다. 그녀는 슬픔에 짓눌려, 어쩌면 두려움에 짓 눌려 침대에 쓰러진다. 오랫동안 뒤따라 들어오는 사람은 없다. 마침 내 떨리던 몸이 진정되었을 때, 그녀는 기진맥진해서 다시 움직일 수 가 없다. 숨을 깊이 들이마시려 하지만, 그렇게 할 수 없다는 것을 알 게 된다.

문이 열린다. 그러나 로절리뿐이다. "엄마가 사람을 보내 스미스 의사 선생님을 불러오셨어. 지금 여기 계셔. 의사 선생님 말씀이 아버 지는 돌아가셨대." 로절리가 그녀에게 말한다. 로절리의 어조에는 그 녀의 마음에 들지 않는 뭔가가 있지만, 에이시아는 그게 뭔지 확실히 알 수 없다. 로절리는 순진해 보이는 행동을 하면서 상대를 욕보이는 재능이 있다.

스미스 의사 선생님이 침실로 들어온다. 그는 에이시아의 손을 잡고 손목의 맥을 짚는다. 그의 손가락은 차갑고 축축하다. "아버지는 돌아가셨어." 그가 말한다. "그건 의심할 여지가 없는 사실이야." 그의 안경 렌즈가 너무 더러워서 에이시아는 과연 앞이 보이기나 하는 걸 까 하는 의구심을 갖는다.

그는 갈색의 쓴 액체를 조그만 금속 컵에 붓는다. 맛이 끔찍한데도 에이시아에게 다 마시게 한다. 그런 다음 의사는 떠난다. 로절리는 에이시아가 옷을 벗는 것을 도와준다. 에이시아의 옷이 바닥에 떨어진다. 구겨진 검은 양모 드레스가 크리놀린 위에 작은 동산 모양으로 팽개쳐져 있다.

에이시아가 깨어났을 때는 밤이다. 땀 때문에, 어쩌면 침 때문에 머리카락이 뺨에 엉겨 붙었다. 로절리의 침대는 비어 있고 집은 조용하다. 그녀는 일어나서 숄로 몸을 감싸고 어둠을 헤치며 아래층으로 내려간다. 엄마의 방문은 닫혀 있다. 관은 새하얀 거실로 옮겨졌고, 거실 창문을 통해 달빛이 흘러든다. 유령들을 위한 무대가 마련되어 있지만, 고맙게도 어떤 유령도 나타나지 않는다.

3일 동안 조문객들이 찾아와 참배한다. 에이시아는 아름답게 꾸미려고 무지 애를 쓴 거실을 일부러 피한다. 그녀는 아버지의 얼굴을 다시 보지 않는다.

스트럿호프 자매가 그들의 식료품점에서 케이크와 코디얼[79]을 가져왔으므로 엄마는 이제 조문객에게 대접할 것이 있다. 맞은편에 있는 이웃은 브라운 부부다. 그들 부부는 다정한 이웃이었던 적이 없는 사람들인데도 왔다. 그들은 70대 노부부로, 앤 브라운은 장식 없는 수수한 검은색 옷을 입었고, 남편 엘리샤는 쭈글쭈글한 얼굴에 수염을 길렀다.

브라운 씨가 자신의 팔을 잡고 있는 모습이나 손을 비비는 모습을 볼 때면 에이시아는 언제나 파리를 떠올렸다.

---

79   과일주스에 물과 설탕을 탄 음료.

"가서 네 엄마를 데려와." 그가 에이시아에게 말한다. 브라운 부부는 음식도, 꽃도 가져오지 않았다. 그들은 거실에 들어가지도 않고 식탁에 앉지도 않을 것이다. 노부부는 입구에 서서 에이시아 너머의 복도를 응시하고 있는데, 거기에는 커다란 장식용 덮개를 씌운 조그만 탁자가 있고 나이아가라 폭포 그림이 벽에 걸려 있다. 에이시아는 그들을 두고 엄마에게로 간다.

에이시아가 엄마를 데려온다. 손 비비기가 시작된다. "바로 얘기를 하겠소." 브라운 씨가 수염에 둘러싸인 입술을 열어 높은 목소리로 말한다. "당신이 겪고 있는 이 죽음은 죄에 대한 대가요. 이 집은 죄 많은 집이었소."

그의 아내는 채광창을 통해 들어와 바닥에 드리워진 사각형 모양의 빛을 내려다보고 있는데, 한 번도 눈을 들지 않는다. "우린 기독교인으로서 여기 왔어요." 그녀가 말한다.

에이시아는 그들이 참배하러 온 거라고 생각했었다. 그녀의 분노는 항상 욱하고 빠르게 터졌다가 느리게 소멸되는 사납고 격정적인 것이었다. 에이시아는 분노가 치미는 것을 느낀다. 엄마가 손을 뻗어서 에이시아의 손목을 잡고 단단히 쥐는 것으로 보아 엄마도 분노가 이는 것을 느끼고 있는 게 틀림없다. 엄마는 에이시아에게 조용히 하라고 무언의 말을 하고 있는 것이다.

에이시아는 노력한다. 그녀는 엄마의 손을 뿌리치고 복도로 걸어가서 나이아가라 폭포 그림을 본다. 사람이 없는 대자연의 풍경이다. 투명한 물은 흰 거품이 이는 녹색이다. 나무들은 빨간색, 금색, 갈색의 가을 색으로 화사하게 빛난다. 어린 시절, 에이시아는 화가 나면(그녀는 자주 화가 났고, 지금도 여전히 자주 화가 난다) 자신이 그 그림 속에 있다고, 그 성스러운 자연과 평화의 장소 속에 있다고 상상하곤 했다. 에이시아는 지금 그림 속으로 이동하는 자신의 재능을 되찾으려고 노력한다. 그녀는 이제 자연의 아름다움에 둘러싸여 있다.

"기뻐하시오." 브라운 씨가 말한다. 그는 혀를 입 안팎으로 재빨리 움직이며 입꼬리를 핥는다. 어쩌면 그는 파리가 아니라 뱀인지도 모른다. "하느님은 당신에게 두 번째 기회를 주셨소. 당신이 지은 죄의 길을 버리고 하느님의 용서를 간구하시오." 브라운 부인이 손가방에서 팸플릿을 꺼내 남편에게 건넨다. 남편은 그것을 엄마에게 전달한다. "여기 도움의 손길이 있소. 당신은 이것에 마음을 열기만 하면 돼요. 회개하시오. 하느님은 죄인을 사랑하신다오."

그것은 감리교파의 소책자이다. 엄마는 그것을 돌려준다. "우리는 성공회 신자입니다."

에이시아가 돌아온다. "우린 절대 아저씨의 도움이 필요하지 않을 거예요." 그녀가 날카로운 목소리로 말한다. 브라운 씨가 에이시아를 쳐다본다. 에이시아도 마주 쳐다본다. 그가 그녀의 그런 행동을 당돌하게 여기리라는 것을 알면서도 에이시아는 그렇게 한다. 만약 에이시아가 그녀의 감정에 필적하는 힘을 지닌 사람이었다면 브라운 씨는 불같이 화를 냈을 것이다. 그러나 그는 주변을 살피며 자신의 체면을 우선시하는 사람이다.

사실, 몇 년 동안 수녀원이 운영하는 학교에 다닌 덕분에 에이시아의 종교는 가톨릭으로 기울고 있다. 그녀는 은 촛대와 스테인드글라스를 통해 들어오는 빛과 라틴어 미사의 조용한 웅얼거림 속에서 하느님을 발견한다. 만약 그녀가 로절리라면, 그녀는 수녀가 되어 그리스도와 결혼할 것이다. 그러나 이것은 브라운 부부가 상관할 일이 아니다. 그녀 가족에 관한 일은 그 어떤 것도 브라운 집안의 일이 아니다.

"여기 와서 하려고 했던 말을 다 하셨으니 이제 돌아가셔도 됩니다." 엄마가 그들에게 말한다.

그들은 팸플릿을 두고 간다. 에이시아는 그것을 부엌 난로에서 태운다.

장례식은 12월 11일, 오래된 볼티모어 공동묘지에서 거행된다. 실제 매장은 날씨가 더 따뜻해지고 언 땅이 녹을 때까지 기다려야 할 것이다. 얼음이 언 길을 이동할 때 젊은이와 늙은이, 흑인과 백인 할 것 없이 천 명 이상의 조문객이 가족과 관의 대열에 합류한다. 합류한 군중의 규모가 에이시아에게 안도감을 준다. 아버지는 무척 존경받는 분이었어. 위대한 사람이었어. 엘리샤 브라운의 장례식에는 몇 사람이나 오겠어?

그녀는 무척 춥다. 망토를 입었는데도 불구하고 검은 드레스는 이런 날씨를 견디기에는 너무 얇다. 에이시아는 조니의 손을 향해 자신의 장갑 낀 손을 뻗는다. 그녀는 엄지손가락의 감각을 잃었다. 다시는 따뜻한 온기를 되찾지 못할 것만 같다. 아버지는 그들 모두를 따뜻하게 해주는 불이었다.

묘지로 가는 길은 삽으로 미리 파놓았는데도 눈이 땅을 덮어버렸다. 무덤들 위에도 작은 언덕처럼 눈이 쌓여 있다. 하얀 눈 더미에서 묘비들이 볼록볼록 솟아 있다. 대리석으로 조각된 천사 하나가 얼어붙은 세상에서 날개를 펼치고 있다. 장례식 도중에 눈이 다시 내리기 시작한다. 젖은 별 같은 굵은 눈송이들이 머리와 모자와 장갑과 성경책 위에 내려앉았다가 녹는다. 멀리서 지역 악단이 이 장례식을 위해 작곡한 만가를 연주한다. 그 음악은 부드럽고 아득하다.

아버지의 관은 묘 앞 관대棺臺 위에 놓여 있다. 목사가 설교를 시작한다. "나는 부활이요 생명이다." 에이시아는 조니와 조 사이에 서 있다. 로절리는 엄마를 잡고 서 있다. 모두 흐느껴 운다. 에이시아의 손수건은 흠뻑 젖은 공이 된다.

흑인 추모객은 묘지 담장 밖에서 지켜봐야 하고, 백인들은 담장 안쪽 길을 가득 메우고 있다. 나중에 몇몇 사람들은 멀찍이 떨어져 서 있는 애들레이드 부스를 보았다고 말한다. 그녀는 조각상처럼 말이 없었으며, 짙은 베일을 쓰고 있었다고 한다. 그러나 어떤 사람들은 그녀가 거기에 간 적이 없다고 주장한다.

에드먼드 킨에게 새뮤얼 콜리지가 있었다면, 주니어스 부스에게는 월트 휘트먼이 있었다. 부스가 죽은 지 36년 후에도 휘트먼은 여전히 애도를 표할 것이다. 휘트먼은 이렇게 쓸 것이다.

불, 에너지, 자유분방이라는 단어는 부스로 인해 전례 없는 의미를 획득했다. (……) 그 찬란한 시절에는 훌륭한, 나아가 대단히 빼어난 배우들이 많았지만, 부스가 죽었을 때 의심할 여지가 없었다. (……) 그는 그 모든 배우 중에서 마지막이자 단연코 가장 고결한 로마인이 되었다.

2

아버지 없는 삶은 엄마가 미친 사람처럼 구는 것으로 시작된다. 로절리가 엄마 방으로 옮겼기 때문에 몇 주 동안 에이시아는 혼자 잔다. 로절리는 전에도 슬픔에 빠진 엄마를 겪은 적이 있다. 에이시아는 그런 적이 없고, 그래서 엄마의 그런 모습을 보고 질겁을 한다. 엄마에게는 찜질, 차와 수프, 키스하기, 소리 내지 않기 따위의 것들이 끊임없이 요구된다. 에이시아는 육체적으로 엄마를 돌볼 수 없다. 로절리가 그 역할을 철저히 수행하기 때문이다. 에이시아는 엄마를 정서적으로 돌볼 수도 없다. 오직 조니만이 그걸 할 수 있다. 조니와 조는 벌써 방학을 했다.

에이시아 자신의 상실감은 엄마의 지나친 슬픔 앞에서는 거의 중요하지 않은 듯싶고, (그녀가 아버지를 잃었음에도 불구하고!) 사람들은 그녀에게 어떤 관심도 기울이지 않는다. 사람들이 그녀에게 한마디도 하지 않는 시간이 뭉텅뭉텅 지나간다. 그녀는 벽을 통해 들려오는 엄마의 울음소리를 들으며 혼자서 끼니를 때운다.

조니와 조는 볼티모어에서의 우울한 마지막 크리스마스를 보내려 집에 왔고, 크리스마스가 지난 후에도 겨울이 정점인 시기에 농장으로 이사하는 것을 돕기 위해 집에 남아 있다. 짐마차는 모든 것을 다 싣기에는 공간이 비좁고, 게다가 조니와 조는 함께 나란히 앉아야 한다. 여자들의 치마가 마차를 채우고, 그런 다음 접시와 램프들은 후프[80]와 속치마, 여행 가방과 담요 사이에 쑤셔 넣어진다.

그들이 농장에 도착했을 때는 날이 완전히 어두워져 있다. 바람이 바스락거리며 앙상한 나뭇가지 사이로 분다. 별은 하나도 보이지 않는다. 다만 밝은 구름 한 조각만이 달 위에 드리워진 커튼처럼 하늘에 걸려 있다. 무언가가 집 앞 잔디밭을 가로질러 쏜살같이 달린다. 에이시아는 토끼라고 생각하지만, 그것은 그녀가 보기도 전에 사라져버린다. 에이시아가 짐마차에서 내려설 때 얼어붙은 눈의 표면이 신발 밑에서 빠지직거린다. 그녀가 모르는 한 흑인 아이가 말을 마차에서 풀고 조니와 조에게서 고삐를 건네받은 다음, 말을 끌고 간다. 또각또각 걸어가는 말발굽 소리가 부드럽다. "이로써 우리 불만의 겨울이 시

---

80   치마를 부풀게 하기 위한 버팀대. 여기서는 앞에 나온 크리놀린과 거의 같은 뜻임.

작되는군." 조니가 에이시아의 귀에만 들리게 말한다.

그녀는 머릿속에서 그 인용구를 마저 떠올린다. 요크의 아들 덕에 찬란한 여름이 도래한다.[81] 왜 희망적인 부분은 말하지 않는 거지? 튜더홀의 창문들이 램프 불빛으로 노랗게 빛난다. 언젠가는 이 집이 가정처럼 느껴질 것이고, 그러면 그 불빛이 참으로 따뜻한 풍경이 될 거라고 에이시아는 생각한다.

조 홀과 앤 홀은 가족을 위해 이미 짐을 풀고 집 안을 아늑하게 만들었다. 벽난로에는 불이 타고, 탁자 위에는 촛불이 너울거리고, 창문에는 램프가 켜져 있다. 방에는 가구가, 선반에는 접시가, 옷장에는 옷이 있다. 벽과 바닥은 새것인 데다 깨끗하고, 모든 방에서는 톱질한 지 얼마 되지 않은 나무 냄새가 난다.

앤 홀과 로저스 이모가 저녁을 준비해놓고 기다리고 있다. 에이시아는 너무 피곤하고 너무 슬퍼서 저녁을 먹을 수가 없다. 그녀는 두 여자가 엄마를 껴안고 있는 것을 지켜본다. 두 사람은 이윽고 엄마가 눈물을 흘릴 때까지 오랫동안 엄마를 꼭 잡고 있다. "괜찮을 거예요." 그들이 엄마에게 말한다. "다 괜찮을 거예요." 하지만 그들 또한 그 말을 하면서도 울고 있다. 앤과 로저스 이모는 이어서 아이들을 껴안는다. 한 명씩 한 명씩 빠짐없이 껴안는데, 다만 조는 누가 그에게 손을 대기 전에 몸을 피해서 부리나케 계단을 올라간다.

"정말 예뻐졌구나." 로저스 이모가 마치 지난 2년 동안 에이시아를 볼 때마다 이와 똑같은 말을 하지 않았던 것처럼 새삼스럽게 그녀에게 말한다. 가장 최근에 이 말을 했던 것은 아버지의 장례식에서였다.

---

81 《리처드 3세》1막 1장에 나오는 대사. 원문에는 아들son 대신 태양sun이라고 쓰여 있다. 요크의 태양인 요크의 아들 에드워드에 의해 불만의 겨울(장미 전쟁)이 끝나고 찬란한 시절이 온다는 뜻.

로저스 이모는 에이시아를 더 잘 보기 위해 거리를 두고 떨어져서 바라본 다음 그녀를 가까이 끌어당겨 치마의 앞부분을 매만져주고, 치마가 종 모양으로 부풀도록 뒤쪽을 후프 위로 끌어 올려준다. "넌 부스 집안의 눈을 가졌어. 에드윈처럼." 로저스 이모는 유행하는 향(베르가모트 향)을 몸에 듬뿍 끼얹곤 한다. 앤은 버터와 설탕과 계피 냄새가 나고, 몸을 만져보면 생각보다 따뜻하다.

에이시아는 여느 곳에서와 마찬가지로 여기서도 아버지의 부재를 강렬하게 느낀다. 비록 아버지가 완성된 집에 발을 들여놓지는 못했지만, 이 집에서도 아버지는 만질 수 있는 실수투성이의 빈 존재이다. 그녀는 튜더홀이 지어지기 시작했을 때 흥분하던 아버지의 모습을 기억한다. "내가 도시에서 행복할 수 있는 유일한 방법은 다른 사람과 공유할 필요가 없는 우리의 공간을 갖는 것이야." 언젠가 아버지가 그녀에게 말했다. "집 전체가 우리만의 것이고, 다른 사람은 아무도 우리가 거기 있다는 걸 모르는 그런 환경 말이야."

그날 밤늦은 시간, 밖에서는 바람이 강하게 인다. 에이시아는 집 주위에서 돌풍이 불고, 나뭇가지가 요란하게 흔들리고, 창문이 덜컹거리는 소리를 듣는다. 그러나 그녀는 아버지가 지은 집 안, 새 침실의 이불 속에 따뜻하고 포근하고 안전하게 있다. 로절리는 그들의 공동 침실로 돌아왔다. 최소한 엄마가 밤에 로절리를 필요로 할 때까지는 이 방에 있을 것이다.

에이시아가 각자의 침대 사이에 고인 어둠 너머의 로절리에게 말한다. "우리가 이곳에서 행복할 것 같아?"

로절리는 처음에는 잠든 것처럼 보인다. 대답할 때까지 오랜 시간이 걸렸기 때문이다. 마침내 로절리의 나직한 소리가 들려온다. "안 그럴 것 같아." 로절리가 말한다. "나는 우리가 왜 행복할 것인지, 그

근거를 생각하지 못하겠어." 그래서 로절리와 얘기할 때면 종종 그러 듯이, 에이시아는 물어본 것을 미안하게 생각한다. 가족의 거듭되는 우울함에 대항하려는 그녀의 노력도 이제는 지쳐간다. 튜더홀은 아버지의 마지막 꿈이자 마지막 선물이다. 에이시아는 이 집을 사랑하기로 마음먹는다. 로절리는 자기 좋을 대로 생각하면 된다.

에이시아와 로절리 :

가족의 딸 중에서 죽지 않고 살아 있는 두 딸은 나이 차이가 열두 살 반이나 된다. 아버지가 돌아가셨을 때 로절리는 거의 서른 살이고 에이시아는 겨우 열일곱 살이다. 그 오랜 세월 동안 침실을 함께 썼으므로 친근감이 생겼을 게 틀림없지만, 그들이 가깝다는 것을 암시하는 기미는 없다.

두 자매는 비슷한 점이 거의 없다.

에이시아는 훨씬 좋은 교육을 받았다. 그녀는 수녀원 학교에 다녔고, 여자 고등학교에도 다녔다. 그곳의 기준과 기대는 남학생에 대한 것과 다를 바 없이 엄격했다. 경쟁이 장려되었다. 가정적인 것이 폄하되었다. 이름을 빼고 성만으로 불리는 여자라고 해서 절대 부드럽기만 해서는 안 된다고 교육받았다. 그곳에서 그들은 남자들이 하는 모든 게임(공놀이, 퀴즈,[82] 활쏘기 등)을 했다. 에이시아는 수학과 과학을 잘했다.

로절리는 영국에서 고작 몇 개월 동안만 학교에 다녔다. 그녀는 자신이 그때 학교에 다니는 것을 좋아했다고 생각하지만, 확실히 기억나지는 않는다.

---

82   말발굽 던지기와 비슷한 게임으로, 더 많은 링을 말뚝 가까이에 던지면 이기는 게임.

농장은 로절리의 첫 번째 집이었다. 어렸을 때 그녀는 거기 사는 다른 아이들과 함께 뛰어다녔다. 그녀는 앤과 조가 자기들의 딸들과 아들들을 사기 위해 매일 매 순간 얼마나 열심히 일했는지 잘 알고 있다.

그녀는 할아버지가 들려준 다음과 같은 말을 기억한다.

—자유는 하느님이 주신 것인 반면에 법은 인간이 만든 것이다. 그러므로 어느 한 사람에게 다른 사람의 소유권을 주는 그 어떤 법도 도덕적으로 정상이 아니며 하느님에게 혐오감을 준다.
—사실, 노예 제도를 이야기할 때 소유주라는 말은 절대 쓰지 않아야 한다. 그 누구도 정말로 다른 사람을 소유할 수는 없기 때문이다.
—Quaeque ipse miserrima vidi et quorum pars magna fui.[83]
할아버지는 가끔 이 말을 하곤 했는데, 실은 아이네이아스가 처음 한 말이다. 나는 내 눈으로 가슴 아픈 일들을 보았고, 심지어 내가 그 일들의 일부가 되었다.

로절리는 최근에 출판된 《톰 아저씨의 오두막》을 읽었는데, 그 책을 읽는 동안 자주 눈물을 흘렸다.

에이시아는 할아버지를 거의 기억하지 못한다. 그녀는 볼티모어의 백인 동네에서 자랐고, 따라서 그녀가 주기적으로 본 흑인은 빨래를 하는 여자들과, 그녀를 학교까지 데려다주고 집까지 데려오기 위해 고용한 남자들뿐이었다. 이제 농장에서 살게 된 에이시아는 영주의 저택에 사는 영주 부인처럼 매주 월요일마다 그곳에 있는 오두막

---

83   베르길리우스의 《아이네이스》에 나오는 문장.

집들을 방문한다. '그 사람들은 내 주위로 몰려든단다.' 그녀는 볼티모 어에서 살 때 가장 친한 친구였던 진 앤더슨에게 편지를 쓴다. '나는 정말 가난한 사람과 흑인들에게 사랑을 받고 있는 것 같아.'

로절리는 극도로 수줍음이 많다. '탈무드에 이런 말이 있어. "알 라가 말을 많이 하는 열 가지 방법을 땅에 보냈는데, 그중 아홉 가지 를 여자가 가져갔다." 로즈는 내가 내 몫에다가 자기 몫까지 가져갔다 고 생각해. 사실을 말하자면, 자연이 로절리에게서 혀를 놀릴 권리를 빼앗아 가고, 내 두뇌에서 지혜를 빼앗아 간 거야.' 에이시아는 편지에 그렇게 쓴다.

1, 2년 후에 에이시아는 로절리를 병자라고 언급하기 시작할 것 이다.

그녀는 언니가 어린 시절부터 딱히 정해지지 않은 질병을 앓아왔 다고 말할 것이다. 로절리의 모든 형제들은 일상적으로 로절리를 '가 엾은 로즈'라고 부른다. 그들이 이 말을 너무 자주 하기 때문에 '가엾 은'은 거의 로절리의 세례명처럼 되어버렸다.

정확히 그녀의 무엇이 그리도 가엾은 것인지는 여전히 불분명하 다. 그녀가 바깥출입을 못 하는 것은 아니다. 때때로 볼티모어에도 가 고, 친구들을 찾아가기도 하고, 쇼핑하러 가기도 한다. 그러나 그녀는 은둔적이다. 그녀는 사람보다 책을 더 좋아하고, 하루 중 태반의 시간 을 앉아서 보낸다. 그녀는 걸을 때 약간 삐뚜름하게 걷기 때문에 술을 마신다는 소문이 돌기도 한다.

반면 에이시아는 끊임없이 움직인다. 하이킹을 즐기고, 나무를 타기도 하는 말괄량이다. 불편한 긴 치마를 입은 채 징검돌과 통나무 위에서 균형을 잡으며 춤을 추듯 개울을 건너곤 한다. 그녀와 조니는 종종 함께 말을 타는데(그녀의 안장은 여성용 곁안장[84]이다), 전속력으로 달리기도 하고 장애물을 뛰어넘기도 한다. 그들 두 남매는 말을 타고 가면서 큰 소리로 노래를 부른다.

"잘생기지는 않았지만 그래도 기품이 있어." 한 이웃이 로절리에 대해 말한다. 이 말이 로절리가 여태 받아본 그녀의 외모에 대한 평가 중에서 가장 칭찬에 근접한 것이다. 그것도 그때 한 차례뿐이었다. 반면 에이시아의 경우, 누군가가 그녀에 대해 얘기할 때면 거의 언제나 정말 예쁘다는 언급이 뒤따른다. 그녀는 검은 머리에 얼굴은 갸름하고 눈은 아주 커다랗다.

에이시아는 정복한다. 댄 버크는 그녀의 다게레오타이프[85]를 요구한다. 사진 속에서 머리 가운데 가르마를 탄 에이시아는 앞머리를 부드럽게 내리고 뒷머리는 곱슬머리를 하고 있다. 그 사진을 본 조지 매팅리가 그녀에게 〈미스 에이시아의 사진〉이라는 시를 지어 보낸다. 제시 휘턴은 그녀에게 바치는 자신의 시를 〈하퍼드 가제트〉에 싣는다. 헨리 리는 덩굴로 덮인 작은 집에서 그녀의 손에 은반지를 꼭 쥐여주고 둘이 함께 살아가는 이야기를 지어낸다. 슬리퍼 클라크는 그녀가 여덟 살이었을 때부터 그녀를 사랑해왔다.

로절리는 그녀의 잃어버린 사랑이고 그녀의 금지된 사랑이었던 사자 조련사 제이컵을 생각하며 숱한 밤을 보낸다. 그 관계는 너무 짧고 얘깃거리가 너무 적어서 소설적 상상력을 덧붙이는 일이 필요하다. 그때로부터 수년이 지났고, 이제 그녀는 어떤 기억이 진짜고 어떤

여자가 치마를 입고 말을 타는 데서 비롯된, 두 발을 한쪽으로 모아 앉게 만든 안장.
85   프랑스의 루이 다게르가 개발한 초창기의 사진술. 은판 사진법이라고도 한다.

것이 꿈인지 알지 못한다. 심지어 자기가 여러 이야기를 지어냈다는 것도 깨닫지 못한다. 그녀의 마음속에서는 그 모든 것이 실제 사실이다.

그러나 로절리와 에이시아가 언제나 공통으로 지녀온 믿음이 한 가지 있다. 아버지가 살아 계실 때 엄마와 아버지도 고수했던, 그들 모두가 공유하는 확고한 믿음인데, 그것은 바로 가족 내에서 중요한 사람은 남자들이라는 것이다.

3

그들이 여기서 마지막으로 살았던 이후로 농장의 많은 것들이 바뀌었다. 나무들이 더 커졌고, 부스 집안 아이들의 키도 더 커졌다. 농장의 땅을 걸을 때 에이시아는 자신의 발과 땅이 모두 있어야 할 위치보다 더 멀리 벗어난 듯한, 방향 감각을 상실한 묘한 느낌에 사로잡힌다. 한때는 에이시아의 눈에 넓고 빠르게 흐르는 것처럼 보였던 개울이 지금은 얼어붙은 가장자리 사이로 좁게 흐른다. 어렸을 때 준과 로절리, 헨리와 넬슨이 만든 개울을 가로지르는 통나무 다리들은 썩어서 움푹 패어 있다. 그것들은 에이시아의 체중을 지탱하지 못할 것이다. 황소개구리는 사라지고 없다.

그러나 가장 큰 변화는 에이시아의 눈에 보이지 않는, 홀 가족에 관한 것이다. 몇 년 전에 롤런드 로저스가 죽었다. 그래서 앤 홀을 포함한 그의 노예들은 그의 아들이자 부스 가족이 사랑하는 로저스 이모의 남편인 일라이자 로저스에게 갔다. 그 무렵에 조와 앤은 마침내 앤의 자유를 살 수 있을 만큼의 돈을 모았다. 그 결과 그들은 이제 자유인으로 태어난 에이시아 홀과 수재나 홀이라는 어린 두 딸을 두게 되었다. 그리고 또 그들은 간신히 돈을 마련해서 막내아들 조지프를 110달러에 샀다. 그러나 나이가 많은 네 명의 자식(루신다, 메리 엘런, 핑크니, 낸시)은 여전히 노예 상태이다.

이 점에서 홀 가족은 볼티모어의 경우와 많이 닮았다. 볼티모어에는 미국에서 가장 큰 자유 흑인 공동체가 있지만, 그들 중에는 스물다섯 살, 또는 서른다섯 살, 또는 그 이상의 나이가 될 때까지 노예 상태로 묶여 있을 수밖에 없는 기간제 노예들이 섞여 있다. 또한 평생 노예도 있다. 이것은 노예 제도가 초래한 최악의 형태와는 거리가 멀지만, 그러나 어떤 형제는 자유롭고 어떤 형제는 자유롭지 못한 복잡하고도 난감한 가족 역학은 명백히 끔찍한 악이었다.

조와 앤의 자식들 중 세 명은 일라이자 로저스의 재산으로 남아 있다. 네 번째 아이인 낸시는 더 먼 곳에 위치한 엘리자베스 프레스턴이라는 나이 지긋한 독신녀의 거처에서 산다. 낸시는 다섯 살이다.

앤 홀은 로저스 이모를 잘 알고 있고, 그래서 그녀는 이제 나이 많은 자기 자식들이 팔려 갈 위험 없이 안전하다고 믿고 싶어 한다. 하지만 이 특별한 두려움을 완전히 잠재울 수 있는 방법은 없다. 또한 앤과 로저스 이모가 주고받는 모든 상호 작용에서 앤이 이 점을 의식하지 않을 수 있는 방법은 없다.

튜더홀은 그들 두 여자가 가장 자주 만나는 장소다. 앤은 매일 거기서 일하고 로저스 이모는 빈번히 찾아오는 손님이다. 두 사람 모두와 꽤 많은 시간을 보내는 에이시아는 두 여자가 서로를 좋아한다고 생각한다. 그 반대의 증거는 없다. 그녀가 주의를 기울여 관찰한다 할지라도 그럴 것이다. 그렇게 하지는 않았지만 말이다. 로절리는 그들 두 사람의 관계에 변화가 있다는 것을 알아차렸을 테지만, 에이시아는 알아차리지 못한다.

에이시아가 보는 관점은 두 여자 모두 엄마에게 무척 친절하고 도움이 된다는 것이다. 어쩌면 엄마는 적절한 수준을 넘어 지나치게 많은 시간을 죽은 아이들의 무덤에서 보내는지도 모른다. 어쩌면 엄마의 손수건은 완전히 마를 때가 한 번도 없는지도 모른다. 어쩌면 엄마는 자신의 죽음이 닥칠 때까지 미망인의 검은 상복을 입기로 결심했는지도 모른다. 적어도 엄마의 히스테리는 사라졌다. 엄마는 비록 마음은 괴로울지라도 하루하루를 굳은 결심으로 맞이한다. 그리하여 마침내 에이시아에게도 자신의 슬픔에 잠기고 투정을 부릴 수 있는 여지가 생긴다.

농장에서의 생활을 사랑하겠다는 그녀의 결심은 이미 잊혔다. 튜더홀은 엑서터에 있는 집보다 작다. 그들은 날씨 때문에 집 안에 갇혀 지내야 하는 경우가 너무 잦다. 서로 부딪히고 으르렁거린다. 중재해주거나 분위기를 밝게 해줄 남자 형제들은 집에 없다.

에이시아는 자세를 급히 바꿀 때마다 날카롭게 찌르는 듯한 알 수 없는 복통에 시달리며 겨울을 보낸다. 그래서 그녀는 줄곧 동작을 소심하고 작게 하면서 늙은 노인처럼 집 안을 어기적어기적 돌아다닌다.

많은 양의 요오드를 복용해보지만 아무 효과가 없다. 엄마는 완하제를 처방하고, 에이시아는 그 약의 복용을 거부한다. 그녀가 고려하는 유일한 의사는 볼티모어에 있을 때 가족이 치료받곤 했던 닥터 스미스다. 비록 전에는 그 의사를 좋아한 적이 없었지만. "그 의사의 손은 언제나 너무 차가워." 언젠가 그녀가 로절리에게 말했다. "그리고 그 사람 숨에서는 입 속에 뭔가 죽은 게 있는 것 같은 냄새가 나." 그러나 에이시아가 볼티모어로 돌아가 친구들을 만나는 것을 엄마가 허락해주지 않는다면, 이제 엄마는 에이시아가 고통받는 모습을 지켜보는 수밖에 없다. 우리 주님은 어깨에 십자가를 지셨네, 에이시아는 혼잣말을 한다. 전에 수녀원 학교에 다닐 때 수녀님들이 즐겨 하시던 말씀이다. 그녀는 침대 위에 욥의 그림을 붙이고, 욥의 눈물 무늬[86] 누비이불을 만들기 시작한다. 그러면서 불굴의 용기를 달라고 기도한다.

간단히 말해서 에이시아는 외롭다. 그녀가 볼티모어를 떠날 때 그녀를 위한 일련의 파티(댄스파티, 차 파티)가 있었다. 친구들은 몹시 슬퍼했다. 그러나 에이시아는, 친구들이 변함없이 즐거운 삶을 살아가고 있기에 그녀를 그다지 그리워하지 않을 거라고 점점 더 확신한다. 그녀는 책상에 앉아 슬픈 편지들을 쓴다. '왜 답장 안 했니? 넌 나를 잊은 것 같아.' 에이시아는 자신이 받아야 하는 만큼의 많은 사랑을 그녀에게 줄 사람은 없을 거라는 것을 오랫동안 알고 있었다. 자신은 태어날 때부터 그것을 알고 있었다고 생각한다.

그녀 자신이 품은 사랑의 감정은 가장 순수하고 가장 좋은 감정이라고 에이시아는 진에게 쓴다. 자기는 열일곱 살 때 평생 지속될 그런 사랑을 이미 알았다고 쓴다. 그녀는 그 사랑의 대상을 발설하지 않을 것이며, 이것은 다만 그 사랑으로부터 얻을 수 있는 것은 아무것도 없다는 흥미진진한 주장일 뿐이다. 이것은 자백으로 쓴 글이다. 그들이 학교에서 어린 학생이었던 시절에 진과 에이시아는 절대 사랑에 빠지지 않겠다고 서로 약속했었다. 둘은 반지를 교환함으로써 그 서약을 엄숙한 것으로 만들었다.

그들은 또한 절대 결혼하지 않겠다고 약속했는데, 에이시아는 그 약속에 대해서는 변함이 없다고 주장한다. '노처녀가 되는 것은 그렇게 끔찍한 일은 아니야. 그렇지, 진?' 에이시아는 자기가 많은 제안을 받으리라는 것을 아는 여자만이 쓸 수 있는 편지를 쓴다.

---

86   욥의 눈물을 상징하는, 둥근 원이 가로세로로 반복적으로 이어지는 무늬.

4

달이 지나고 달력이 넘어간다. 봄이 찾아와 마법을 부린다. 벚나무 가지에 부드러운 잎이 돋아난다. 찌르레기와 앵무새가 떼 지어 거기 모여든다. 이파리가 자라고 꽃이 개화하면 이내 나뭇잎들이 새들을 완전히 숨겨서 마치 나무 자체가 노래하는 것처럼 보인다. 제비꽃이 피어나 그 향기가 숲의 지면에 퍼진다. 수선화가 녹색 창 같은 줄기 위에서 피어난다. 봄은 우아하게 녹색과 황금색의 여름으로 변해간다. 아버지의 시신은 마침내 임시 묘에서 옮겨져 볼티모어 공동묘지에 묻힌다.

원기를 북돋우는 꽃과 햇볕 덕에 에이시아는 건강을 회복한다. 그녀는 아름다운 순종 흑마를 얻고, 이름을 패니라고 짓는다. 날씨가 좋아서 매일 말을 탈 수 있다. 패니는 빠르고 부드럽다. 에이시아는 여느 때와 마찬가지로 그날의 말타기를 끝내고 숨을 헐떡이며 붉어진 얼굴로 집에 돌아오는데, 한 무리의 흥분한 아이들로부터 말을 타고 온 어떤 사람이 세인트티머시 학교의 교장 선생님이 보낸 긴급한 편지를 전해주고 갔다는 사실을 알게 된다.

파란색과 노란색으로 꾸며진 아버지의 낡은 의자에 주저앉은 것처럼 앉아 있는 엄마는 말을 못 하는 사람처럼 보인다. 창문에서 들어오는 햇빛이 엄마에게 떨어진다. 평소처럼 위아래 모두 절망적인 검은색 옷을 입고 있어도 엄마는 이 방에서 가장 밝은 사람이다. 엄마 뒤쪽 그늘진 구석에 먼지가 조금 내려앉은 물레가 놓여 있다. 에이시아는 언젠가 아버지가 물레를 돌리는 젊은 여인보다 더 아름다운 것은 없고, 하프를 켜는 여인이 근소한 차이로 두 번째로 아름답다고 말했던 것을 기억한다. 아버지는 농장에서 쓰는 모든 담요는 그들 자신이 키우는 양의 털로 만들어야 한다고 주장하곤 했다. 하지만 오랫동안 아무도 그 물레를 만지지 않았다. 에이시아는 물레를 돌려 실을 뽑아내는 방법을 배운 적이 없고, 배우고 싶지도 않다.

엄마는 에이시아를 향해 편지를 흔든다. 에이시아는 엄마 손에서 그 편지를 빼앗아 소리 없이 읽는다. 밴 보켈렌 교장의 필체는 장식적이고, 교장이 사용한 종이는 내용이 중요하기 때문인지 꽤 무게가 나간다. 그는 이 편지가 가져다줄 충격에 대해 사과하는 것으로 글을 시작한다. 그러나 의무감이 그로 하여금 학교 운동장에서 폭동이 일어났다는 것을 엄마에게 알리지 않을 수 없게 한다고 덧붙인다. 많은 학생들이 학교를 벗어나 근처 숲에 캠프를 차렸다. 교장은 편지에, 이 편지를 쓰는 당일에도 학생들은 잡히지 않은 채 수업에 복귀하는 것을 거부하고 있다고 쓴다. 그들은 무기고에서 훔친 소총을 들고 밤낮으로 캠프 주변을 순찰하고 있다. 또, 만약 자기들을 강제로 몰아내려 한다면 총을 쏘겠다고 위협하고 있다고 한다.

밴 보켈렌 교장은 잠시 본론에서 벗어나 조는 열심히 공부하는 학생이라고 칭찬한 다음, 조가 이 폭동에 가담하지 않았다는 사실을 들으면 엄마가 기뻐할 거라고 말한다.

하지만 조니는 가담했다고 한다. 사실, 밴 보켈렌은 조니가 선동자 중 한 사람일 거라고 의심한다. 폭도들의 아버지 무리가 내일 학교에서 만나 폭도들을 강제로 수업에 복귀시키자는 데 동의했다. 범법자들에 대한 적절한 처벌이 뒤따를 것이다.

리버터스 밴 보켈렌 올림.

엄마가 고개를 숙이자 에이시아는 엄마의 검은 머리 사이로 군데군데 희끗희끗 흰머리가 난 것을 볼 수 있다. 한번은 엄마가 너무 예뻐서 사치스럽고 변덕스러운 기분이 든 아버지가 제퍼슨과 라파예트의 초상화도 그렸던 유명한 토머스 설리에게 엄마의 초상화를 그려달라고 부탁하기까지 했다. 에이시아는 아름다운 여자가 늙어가는 것에 대해 갑자기 시큰한 연민을 느낀다. 그녀는 무릎을 꿇고 엄마의 무릎에 얼굴을 묻는다. 엄마의 손이 그녀의 목에 내려앉는다. 에이시아는 엄마의 손끝에서 굳은살을 느낀다.

엄마는 틀림없이 아버지를 몹시 그리워할 것이다. 사랑은 몇 시간 몇 주 단위로 변하는 것이 아니라 / 운명의 가장자리까지 견뎌내는 것이라네.[87] 에이시아는 로절리가 뭐라 하든 간에 부모님의 완벽한 결혼을 믿는다. 아버지는 배려하는 마음을 가진 부드러운 남편이었고, 두 분의 결혼 생활은 위대한 사랑이었다고. 엄마는 이런 배우자를 다시는 찾지 못할 테지만, 그래도 혼자 지내기에는 아직 젊다. 사람들은 네 명의 아들이 엄마로 하여금 딴생각을 포기하게 하는 보험이 될 거라고 생각하겠지만, 그들은 지금 어디에 있는가? 그 아들들이 가장 필요한 시기에 엄마는 딸들과 함께 지내야 한다.

에이시아는 엄마가 돈 걱정을 하고 있다는 것도 안다. 엄마 옆에 있는 소파에는 파란색과 검은색 격자무늬로 된 로절리의 낡은 드레스가 놓여 있다. 아버지가 돌아가시지 않았다면 그 옷은 지금 넝마 바구니에 들어가 있을 것이다. 엄마는 그 드레스를 넝마 바구니에 넣는 대신 안에 입는 새로운 옷으로 개조한다. 모든 솔기를 다시 박고 단추를 옮겼으며, 이제 옷깃과 소맷동을 교체하는 중이다. 소매를 조였어야 했는데 그러지 못해서 소매가 유행에 맞지 않게 벙벙하다. 이 옷은 슬픈 일이 있을 때 입는 슬픈 옷이고, 그래서 에이시아는 로절리가 이 옷을 입는 것을 결코 보게 되지 않기를 바란다.

이제 엄마는 조니를 엄마의 걱정 목록에 추가해야 한다. "조니가

---

87   셰익스피어 〈소네트 116〉에 나오는 구절.

위험한 곳을 벗어나기만 하면 좋겠구나." 엄마가 말한다. "걔는 심성이 참 착한 아이인데."

"적절한 처벌이 무엇일 거라고 생각해요?" 에이시아가 묻는다.

"교장 선생님은 회초리로 때릴 생각인 것 같아." 엄마가 의자에서 무겁게 몸을 일으킨다. 엄마는 편지를 들고 바닥에 앉아 있는 에이시아를 떠난다. 에이시아는 편지 내용을 풀어서 다시 읽는다. "나는 네 동생을 회초리로 때릴 생각이다. 교장 씀."

저녁 식사 때 지난겨울의 채소를 먹으면서(사탕무, 당근, 감자를 한 냄비에 넣고 버터에 튀겼기 때문에 한 입 한 입 먹을 때마다 입에 분홍 얼룩이 생긴다) 엄마는 내일 케이턴스빌에 가겠다고 에이시아와 로절리에게 말한다. 자기는 참석 요청을 받지는 않았지만 다른 아이들의 아버지들과 함께할 거라고 한다. 엄마는 교장 선생님과 직접 대화하자고 주장할 것이고, 조니하고도 이야기를 나눌 것이다. 조 홀이 엄마를 마차에 태워 데려다줄 것이고, 두 사람은 동트기 전에 떠나서 오후 중반께에 집에 돌아올 것이다.

다음 날 새벽, 에이시아는 어둠 속에서 말이 우는 소리를 듣고 잠에서 깬다. 그녀는 마차가 자갈길을 굴러가는 소리를 듣는다. 조가 부드럽게 말을 모는 소리도 듣는다. 그녀는 잠든 로절리를 두고 방을 나와 어둡고 텅 빈 1층을 향해 계단을 내려간다.

그녀는 한나절 내내 방황한다. 아이들이 수영하는 것을 보러 간다. 패니를 타고 달린다. 그런 다음에는 패니의 갈기를 빗겨주고, 패니의 발굽에 묻은 진흙을 갈고리로 파준다. 패니는 귀를 뒤로 젖히며 에이시아를 곁눈으로 보지만, 여전히 에이시아가 하는 대로 내버려둔다. 에이시아는 블루벨을 한 아름 꺾어서 식당과 거실에 놓을 여러 개의 꽃병에 알맞게 배분한다. 앤 홀이 청소할 때 앤을 위해 쓰레받기를 들어준다. 그리고 진에게 편지를 쓴다. 에이시아는 할 일이 전혀 없을 때 최대한 바쁘게 몸을 놀린다.

오후 중반이 왔다가 지나가는데도 엄마가 올 기미는 보이지 않는다. 에이시아는 케이턴스빌에서 무슨 일이 일어나고 있는지 궁금해한다. 그러나 하릴없는 궁금증이다. 조니가 전에도 자주 말썽을 부렸는지 누가 알겠는가. 조니가 매를 맞는 것이 이번이 처음이 아닐지도 모른다. 교장의 편지를 읽으면 조니가 나빠 보이지만, 그러나 그들은 아직 조니의 입장을 들어보지 못했다. 조니에게는 틀림없이 자신의 입장이 있을 것이다. 에이시아로서는 조니가 자신의 분명한 입장 없이 이런 식으로 반항했으리라고는 생각할 수 없다. 그녀는 조니가 밴 보켈렌을 몹시 싫어한다는 것을 알고 있다. 조니는 멸시하는 태도로 어깨를 으쓱하며 교장을 밴이라고 부른다.

땅거미가 깔리기 시작하는데도 엄마는 여전히 집에 오지 않는다. 에이시아는 불안해진다. 그녀는 마차 사고나 학교에서의 총격 사고, 그리고 엄마가 아직 오지 않는 이유가 될 만한 다른 어떤 재앙들을 상상한다. 어떤 때는 엄마가 다쳤을 것 같다고 생각하고, 어떤 때는 조니가 다쳤을 것 같다고 생각한다. 그녀는 로절리와 함께 현관에 앉아 기다린다. 마차가 오지 않는 순간순간의 스트레스가 점점 더 커진다. 모기가 빙빙 돈다. 로절리가 자기 팔을 철썩 치면서 모기는 에이시아의 피보다 자기 피를 더 좋아한다고 큰 소리로 말한다. "네 피는 모기가 좋아할 만큼 달지 않으니까." 엄마가 심하게 다쳐서 어떤 도랑에 쓰러져 있을지도 모르는데 로절리는 지금이 농담할 때라는 듯이 그렇게 말한다. 송장개구리의 합창이 시작된다. 토끼 세 마리가 잔디밭을 쏜살같이 달려간다. 너도밤나무에 앉아 있는 부엉이 한 마리가 머리를 획획 돌려 토끼들을 지켜보면서 때를 기다린다. 마차가 집으로 이

어지는 길에 모습을 드러낸다.

조 홀이 모자를 벗고 손을 흔든다. 잘못된 것은 없는 것 같아 보인다. 에이시아의 기분이 안도감에서 짜증으로 빠르게 바뀐다. 아무 이유도 없이 그토록 겁을 집어먹어야 했던 것이 짜증스러운 것이다. 그때 놀랍게도 마차에 조니와 조가 엄마와 나란히 앉아 있는 모습이 보인다. 조 홀이 마차 뒤로 돌아가서 그들의 가방을 집어 든다. "아름다운 저녁이에요, 미스 에이시아." 그가 말한다. "그리고 미스 로즈." 조 홀은 가방을 들고 에이시아와 로절리를 지나쳐 집 안으로 들어간다.

에이시아는 놀라지 말았어야 했다. 어찌 됐든 학기가 거의 끝났으니까 말이다. 조니와 조는 겨우 며칠 더 일찍 집에 돌아온 것일 뿐이다. 그러나 이것은 조니가 노력을 기울인 적이 없고 앞으로 그리워하지도 않을 그의 학교 교육의 끝을 의미하게 될 것이다.

조니는 환하게 웃고 있다. 에이시아가 조니를 안아주려고 다가갈 때 조니가 주먹 쥔 두 손을 내밀며 그녀를 멈춰 세운다. "하나 골라봐." 그가 말한다. 오래전에 조니는 왼손 손등에 잉크로 자기 이름의 이니셜을 새겼는데, 아주 힘주어 열심히 새겼기 때문에 그 이니셜이 영구적인 문신이 되었다. 에이시아는 손가락으로 JWB를 콕 찍는다. 조니가 손바닥 쪽이 위로 가도록 손을 돌린 다음 주먹을 펴서 반딧불이 한 마리를 보여준다. 잠시 후 반딧불이가 빛을 내서 조니의 내민 손이 노란빛으로 가득 찬다.

"아주 짜릿했어." 조니가 에이시아에게 말한다. 그녀는 조니의 침대 발치에 앉아 있다. 양말 신은 조니의 발이 에이시아의 치맛자락 위에 놓인 채다. 조가 자고 있기 때문에 그들은 목소리를 낮추어 얘기한다. 그러나 나직이 소곤거리는 말에서도 에이시아는 조니가 기뻐하는 어조를 들을 수 있다. 만약 엄마가 조니를 꾸짖었다면, 그 꾸지람은 조니에게 아무 영향도 끼치지 못한 것처럼 보인다.

에이시아의 머리 위 벽에는 커다란 사슴뿔이 걸려 있다. 그녀가 고개를 든다면 사슴뿔 가지들에 여러 가지 무기들이 매달려 있는 것을 보게 될 것이다. 뭔가 안 좋은 일이 일어날 것 같은 그의 권총과 단검을 포함해서.

"우린 곰팡이 핀 빵이나 물렁뼈투성이 고기 같은 끔찍한 음식을 오랫동안 잔뜩 먹어왔다는 결론을 내렸어. 우리는 불만 사항을 얘기했지만, 아무도 신경 쓰지 않는 거야. 그래서 여러 친구들이 무기고에 몰래 숨어 들어가 소총 몇 자루를 훔쳤어. 우린 밴의 소유로 되어 있는 닭들을 죽여서 요리사에게 우릴 위해 그걸 튀기게 했지. 군인들처럼 숲속에 캠프를 만들어 불을 피우고 별을 바라보았어. 그건 아마 내 인생 최고의 시간이었을 거야."

"네가 집에 돌아와서 기뻐." 에이시아가 말한다. "네가 무척 보고 싶었어." 그녀는 조니가 자기도 그녀가 무척 보고 싶었다고 말하기를 기다린다. 때때로 에드윈이 집을 떠나서 지내기로 결정한 것이 그녀는 무척 마음 아프다. 에이시아는 조니에게서 집에 오니 너무 좋다는 말을 듣고 싶어 한다.

"엄마는 나에게 회초리질을 하는 걸 허락하지 않았어." 조니가 두 손으로 뒤통수를 받치며 눕는다. "다른 친구들은 모두 회초리를 맞으며 혼나고 있는데 말이야. 나도 매를 맞고 싶지는 않지만, 그들과 똑같은 일을 했으면서도 나는 벌을 받지 않고 풀려난 것이 영 편치가 않아. 난 결코 엄마에게 날 구하러 와달라고 요청하지 않았거든."

에이시아는 조니의 발밑에 놓인 치맛자락을 살그머니 빼고 바닥에 내려와 선다. "넌 틀림없이 너를 회초리로 때려줄 현지 주민을 찾을 수 있을 거야." 그녀가 날카롭게 말한다. 조금 전에 침대에서 내려섰지만 그녀는 벌써 조니 인생 최고의 나날이 그녀가 포함되지 않은 나날이었다는 그의 말에 마음이 아려온다.

"내가 누나를 화나게 했어?" 조니가 묻는다. "내가 뭐라고 했는데?"

에이시아는 그를 용서한다. "아무것도 아니야." 그녀는 몸을 숙여 그의 정수리에 입을 맞춘다. 그의 머리카락에서 연기 냄새와 담배 냄새가 난다. "나는 그저 네가 집에 돌아와서 기쁠 뿐이야. 로절리 언니하고만 있으면 모든 것이 너무 조용하고 외롭거든."

조니가 집에 돌아온 일은 이 두 남매 사이에 굉장히 친밀한 시기가 시작되었다는 것을 의미한다. 앞으로 몇 년 동안 에이시아에게 조니보다 더 가까운 사람은 없을 것이다. 조니는 눈을 감고 졸린 목소리로 말한다. "우리는 숲속에서 목표물 쏘기를 했어. 알고 보니 내가 꽤 훌륭한 사격수더라니까." 말 자체는 겸손한 말이 아니지만, 졸린 목소리의 어조는 겸손을 가장한다.

지금 조니의 나이는 열다섯 살이다. 그는 자기를 여전히 조니라는 애칭으로 부르기에는 자기 나이가 너무 많다고 주장한다. 앞으로는 단순하고 품위 있는 이름인 존이라는 본명으로 불러달라고 요구한다. 가족들은 그 말을 일주일쯤 잊지 않고 기억하지만, 그 후에는 다시 예전으로 돌아가서 또 조니라고 부른다. 하지만 조니는 자기 이름을 고치는 일에 싫증을 내거나 포기하지 않았고, 결국 사람들은 그의 이름을 고쳐 부르게 된다.

존과 조, 둘 다 세인트티머시 학교에서 퇴학당했고, 그래서 지금은 건달 신세다. 그러나 그들이 집에 돌아온 지 얼마 되지 않은 어느 날 아침, 가족들이 아침 식탁에 모여 있을 때 엄마가 이제는 집에 있는 아들들이 농장을 운영하기 시작할 때가 되었다고 말한다. 엄마는 오늘부터 두 아들이 조 홀을 따라다니며 도울 수 있는 일은 도와주기를 바라고, 그것도 중요하지만 그보다는 주로 무슨 일을 언제 어떻게 해야 하는지를 배우길 바란다. "오늘은 농장 일을 배우는 걸 시작하기 참 좋은 날씨로구나." 엄마의 어조는 어색하게 쾌활하다. 엄마는 아버지 같은 배우가 아니다. "바깥 활동을 하기에 완벽한 날씨야."

정말 좋은 날씨다. 떠오르는 해가 구름을 분홍빛과 노란빛으로 물들이고 있다. 새들은 시끄럽게 울고, 소들은 싹싹하고, 말들은 기운차다. 존과 조는 거부하지 않는다. 그들은 별말이 없다. 각자 남은 달걀을 부드러운 빵 조각으로 닦아서 먹은 다음 함께 집을 나선다. 둘은 이내 다시 밝고 흥분된 기분으로 돌아온다. 둘이서 가장 먼저 해야 할 일은 남자들이 격한 농장 일로부터 잠시 벗어나 휴식을 취하며 회복할 수 있는 남자 전용 쉼터를 짓는 것이라고 결정했기 때문이다.

이제는 나무를 베는 것을 금하는 아버지가 없기 때문에 그들은 쉼터가 들어설 땅을 깨끗이 정리하기 위해 나무를 몇 그루 벤다. 에이시아는 아침 내내 금지된 도끼 소리를 듣는다.

존과 조는 저녁을 먹기 위해 집으로 돌아간다. 몸은 피곤하지만 마음은 행복하고 계획으로 가득 차 있다. 그들은 현재 그들의 침실 벽을 장식하고 있는 커다란 사슴뿔을 새 쉼터로 옮길 것이다. 의자가 필요할 것이고, 아마 탁자도 필요할 것이다. 존이 그것들을 만들 것이다. 에이시아는 그들에게 퀼트 테이블보를 만들어줄 수 있을 것이다. "우리는 기초 공사를 시작했어." 존이 말한다. "그렇지만 어디에 문을 달아야 할지 모르겠어." 존은 오가는 것들을 지켜볼 수 있도록 큰길을 바라보는 쪽에 문을 달고 싶어 한다. 그는 지나가는 사람들이 자기 소유지의 군주인 그들이 거기 있는 것을 본다는 생각을 마음에 들어 한다. 조는 그 반대쪽에 문을 달고 싶어 한다. 집으로 돌아가 저녁 먹을 때를 알 수 있도록 석양을 향해 문을 달자는 것이다. 엄마는 두 생각 다 장점이 있다고 말한다.

오후 중반께에 존과 조가 다시 돌아온다. 에이시아는 창문을 통해 그들이 절뚝거리며 현관을 향해 잔디밭을 걸어오는 모습을 보고는 헉하고 놀란다. 그녀는 엄마와 로절리를 부른다. 그녀의 목소리가 너무 날카로워서 곧바로 두 사람이 들어온다. 앤 홀도 따라 들어온다. 존이 조의 팔을 잡고 이끌면서 걸어온다. 두 아이의 얼굴이 얼룩덜룩하고 일그러져 보이며 검게 멍들어 있다. 조의 눈은 부어서 단춧구멍 같은 째진 눈이 되었다.

"말벌 둥지가 있었어요." 존이 말한다. 그는 숨을 힘겹게 내쉬며 두 손을 무릎에 댄 채 허리를 숙인다. "성경에 나오는 역병 같은. 말벌들이 우리 눈을 향해 곧장 날아왔지 뭐예요."

"말벌." 조가 힘겹게 반복한다. 그의 얼굴은 여전히 부어 있다.

앤 홀이 흙을 펌프 물에 개어 습포제를 만든다. 그것을 앤이 존의 얼굴에 바르고, 로절리는 조의 얼굴에 바른다. 엄마는 두 아이에게 피마자유를 강제로 먹여서 침대로 보낸다. "말벌이라니." 엄마가 로절리에게 말한다. 에이시아는 두 사람 사이에 어떤 정보가 전달되었다는 것을 알 수 있지만, 그녀 자신은 그 정보가 무엇인지 알지 못한다. 이런 경우가 종종 있다.

이 무렵에 조는 앞으로 되풀이하여 발생하게 될 질환을 처음 겪는 고통을 당한다. 조는 6일 동안 심하게 비참한 기분에 빠져서 먹지도, 말하지도 못한다. 의사의 진단명은 우울 장애다. 그리고 나서 그 병은 지나간다. 에이시아는 그 질환 중 얼마만큼이 지어낸 연기였을까, 의심스러워한다.

쉼터는 끝내 완성되지 못한다. 얼마 지나지 않아 조는 비싼 학비에도 불구하고 엘크턴에 있는 기숙 학교로 보내지고, 거기서 앞으로 4년 동안 지내게 될 것이다.

몇 달이 지나고 나서야 존은 말벌의 진실을 고백할 것이다. 존과 조는 문을 다는 방향에 대해 서로 동의할 수 없어서 격렬한 언쟁을 벌였고, 그런 다음 서로 뒤엉켜 주먹질을 했다. 마침내 지칠 대로 지쳐서 싸움을 멈추고 상처 입은 몸 상태를 보았을 때, 그들은 큰 곤경에 처하게 될 거라는 것을 알았다. 말벌은 그들이 함께 지어낸 이야기였다.

뒤늦은 고백은 듣는 이의 마음을 누그러뜨리는 효과가 있긴 하지만, 아무튼 존은 솔직하다. 에이시아는 에드윈에게 편지를 쓴다. '사악한 녀석들 같으니! 물론 엄마는 알고 계셨어. 걔들을 본 순간부터 알고 계셨던 거야. 난 걔들이 완전히 달아나지 않은 게 기쁠 뿐이야. 엄마가 걔들한테 피마자유를 먹인 것도 기쁘고.'

존은 조에게 꽤 깊은 인상을 받았고, 그래서 사람들에게 되풀이하여 다음과 같이 말한다. 덩치의 차이에도 불구하고, 존이 수년 동안 불리보이스 싸움 패거리에서 활동했음에도 불구하고, 자기 동생은 자기와 싸워 비겼다고.

"결국 아무도 이기지 못했어." 존은 그렇게 말하지만, 그렇게 보기 어려운 점이 있다. 어쨌든 엄마가 내보낸 아이는 조였다. 이 점은 수년 후, 조가 그 누구에게도 한마디 말도 하지 않고 허공으로 사라져 버림으로써 엄마에게 끝없는 걱정과 마음의 고통을 안겨주었을 때 기억할 가치가 있는 일이 된다.

5

날씨가 좋아서 에이시아는 거의 매일, 주로 더워지기 전인 아침 시간에 말을 타고 나간다. 동네를 소요하다가 오두막 사이를 지나 시원한 숲속으로 들어간다. 그녀는 패니를 타고 개울과 통나무를 뛰어넘는 다. 우편배달부가 우편물을 배달해주길 기다리지 않고 벨에어로 가서 직접 우편물을 찾아온다. 그녀는 동네를 알아가고 있고, 동네 사람들 도 알아가고 있다.

그녀는 동네 사람들을 좋아하지 않는다.

어느 날 아침 미스 울지가 그녀를 불러 세운다. 울지 집안은 벨에 어로 가는 길에 대장간 및 수레바퀴 제조장을 소유하고 있고, 부스 집 안의 농장과 인접한 농장도 소유하고 있다. 울지 집안의 농장은 엄청 나게 값비싼 재산이다. 그들이 그렇게 부자이기는 하나 아무도 결혼 하지 않았고 여자 둘에 남자가 셋인 남매끼리 다 함께 산다. 그들의 부모님은 오래전에 돌아가셨다. 형제 중에서 맏이인 윌리엄 울지는 지역 독지가로, 하퍼드 카운티의 좋은 정책을 반영하여 카운티 도로 개선 사업에 많은 자금을 지원했다. 동시에 그는 조금씩 조금씩 자기 소유지의 경계를 옮기고 있다. 그는 이런 식으로 조용히 부스 집안의 땅 일부를 절취해왔다.

부스 집안이 그를 법정으로 데려갈 수도 있겠지만, 그는 모든 판 사를 손아귀에 넣고 있다.

에이시아를 막아 세운 울지 집안의 여자는 로절리보다 약간 나이 가 많다. 오늘 아침 그녀는 회색 실크 드레스를 입고 어깨에는 스노드 롭[88]이 새겨진 숄을 걸치고 있다. 머리는 얼굴 양쪽에 펼쳐진 커다란 날개 모양을 하고 있다. 날씨와 튜더홀의 만족스러운 면, 아버지가 이 집에서 조금도 살아보지 못한 서글픈 사실 따위를 화제로 환담이 오

88　초봄에 피는 조그만 흰 꽃.

간다. "우린 네 아버지를 아주 잘 기억하고 있어!" 미스 울지가 그렇게 말하자 에이시아는 아버지의 이력, 아버지의 명성, 아버지의 천재성에 대한 이야기를 듣게 될 거라고 기대하며 말에서 내린다.

그러나 미스 울지는 아버지의 조랑말 피콕의 죽음에 관한 이야기를 들려준다. 토가처럼 보이는 하얀 시트로 몸을 감싼 엄마는 죽은 조랑말의 다리 사이에 앉아 있어야 했고, 아버지는 원을 그리며 그런 엄마와 조랑말 주위를 빙빙 돌면서 허공에 소총을 쏘아댔다는 이야기다. "가엾은 네 엄마!" 미스 울지가 말한다. "네 엄마는 잔뜩 겁에 질렸지! 그리고 네 아버지가 그 괴상한 회전을 반복할 때 아무도 네 아버지를 막을 수가 없었어." 이 이야기를 하는 동안 분을 바른 그녀의 얼굴에서 내내 미소가 떠나지 않는다. 그 일이 있었을 때는 미스 울지가 너무 어려서 절대 그걸 보았을 리 없다고 에이시아는 생각한다. 그녀는 미스 울지의 이가 입에 비해 너무 크다고 생각한다. 미스 울지의 이는 토끼의 이빨처럼 생겼다.

그럼에도 불구하고 미스 울지는 이 터무니없는 이야기가 에이시아를 즐겁게 할 것이라고 생각하는 게 분명하다. 에이시아는 다시 안장에 올라타서 발목 주위의 치마를 매만진 다음 패니의 고삐를 빠르게 흔든다. 그녀는 더 이상 말하지 않고 천천히 말을 몰고 떠난다. 그것은 무례한 행동이고, 의심할 나위 없이 미스 울지는 모든 사람들에게 그렇게 얘기하겠지만, 만약 에이시아가 입을 열어 말을 했다면 그보다 더 무례한 언사를 내뱉었을 것이다.

에이시아가 안전하다고 생각했던 시간과 장소에서 몰래 에이시아를 기다리고 있던 사람들에 의해 비슷한 대화가 이어진다. 지금은 많은 이웃 사람들이 아버지에 대한 그들의 추억을 나누고 싶어 한다. 에이시아가 생각하기에 아버지는 그들이 만나볼 수 있는 위대한 사람

에 가장 근접한 사람이다. 그렇지만 그 사람들은 아버지를 상징하는
배역과 아버지의 우뚝한 천재성을 거의 인지하지 못한다. 그들 대부
분은 아버지의 연기를 본 적조차 없다.

그들은 단지 에이시아로서는 이제 사람들의 뇌리에서 잊히기를
바라는 오래된 외설적인 이야기를 되풀이하고 싶어 할 뿐이다. 그들
이 이야기하는 것들은 공상적이고 완전한 허구지만, 그럼에도 그들은
물러서지 않고 다들 자기들이 직접 보았다고 맹세한다. 에이시아는
아버지가 죽은 조랑말을 살려내려 했다는 이야기를 다시 들어야 할
뿐만 아니라 죽은 딸에 대해서도 그렇게 하려고 했다는 이야기를 듣
게 된다. 이 두 번째 이야기에서 아버지는 메리 앤의 무덤을 파헤치고,
관을 열고, 메리 앤의 팔을 자르고, 피를 마신다.

에이시아는 부엌에서 로절리를 발견한다. 로절리는 앤 홀과 그녀
의 딸 낸시와 함께 앉아 있다. 프레스턴 할머니는 얼마 전에 낸시를 조
와 앤에게 1달러에 팔았고, 그 후로 앤은 낸시를 거의 자신의 시야에서
벗어나게 하지 않는다. 앤은 천천히, 힘겹게 자식들을 모으고 있다.

낸시는 식탁에 앉아 설탕을 끼얹은 커다란 빵을 먹고 있다. 초록
색 스카프가 아이의 조그만 머리를 감싸고 있다. 두 여자는 토마토 씨
를 빼고 있다. 둘 다 팔꿈치까지 빨갛다. 난로 위, 물이 담긴 커다란 냄
비에서 김이 난다. 에이시아는 어린 낸시 앞에서 피를 먹는 오싹한 얘
기를 하고 싶지 않아서 로절리를 거실로 데려가 자기가 들은 메리 앤
에 대한 이야기를 반복한다. 그리고 로절리에게 직접 목격한 사람으
로서 이 이야기를 반박해줄 것을 호소한다. "피를 마시는 일은 없었
어." 로절리가 말한다. 그러고 나서 특유의 무거운 발걸음으로 다시
부엌으로 돌아간다. 이것은 에이시아가 상상할 수 있는 반박 중에서
가장 슬픈 해명이다. 그 소극적인 태도가 그녀를 화나게 한다. 아버지

의 자식들이 이 이야기에 맹렬히 대응하지 않는다면 누가 하겠는가?

그 일을 존이 맡는다. "나는 왜 위대한 배우들에 대한 우스꽝스러운 이야기를 지어내는 것이 상식 있는 사람들을 기쁘게 하는지 이해할 수가 없어요." 한번은 존이 그렇게 말했다. 또 다른 자리에서는 다음과 같이 말한다. "당신이 알고 있는 일화들이 사실이라고 맹세하는 천벌 받을 짓을 하지 마세요." 세 번째로 존은 적절한 장소에서 터무니없는 거짓말 꾸러미를 믿는 척하며 점잖게 웃도록 그에게 강요하는 노력에 대해 한탄한다.

아버지가 낚시를 하다가 물에 빠져서 물이 뚝뚝 떨어질 정도로 젖은 채 극장을 향해 달려가야 했다는 비교적 온건한 이야기에 존은 폭발한다. "여러분이 아버지를 실제로 알았다면 아버지는 절대 낚시를 하지 않는다는 걸 알았을 겁니다." 그가 말한다. "아버지는 낚시를 살인 행위와 비슷한 것으로 여겼거든요." 에이시아는 그 이야기꾼이 거짓말쟁이라는 것을 존이 성공적으로 보여주었다고 생각한다. 그러나 존 역시 자기도 모르게 그들의 아버지가 일종의 광인이었다는 일반적인 생각을 보태고 말았다.

아버지의 오랜 배우 친구가 에이시아와 존에게 아버지의 전기를 쓸 것을 제안한다. "누군가가 곧 그걸 쓸 게 틀림없어." 그가 말한다. "그러니 너희들이 먼저 써야 해. 안 그러면 이 터무니없는 이야기들이 사실로 기록될 테니까."

에이시아는 즉시 열광한다. 그녀는 글을 잘 쓴다. 글 쓰는 것을 좋아한다. 그녀는 아버지의 친절함, 아버지의 관대함에 관한 100가지 기억을 가지고 있다. 그녀는 다음과 같은 것들을 기억하고 있다. 언젠가 아버지는 에이시아가 하인에게 부주의한 말을 한 것에 대해 그녀로

하여금 그 하인에게 사과하게 했다. 한번은 한 흑인 여자가 병으로 누워 있을 때 아버지는 에이시아로 하여금 그 여자 옆에 앉게 했고, 그 자리를 떠날 때는 그 여자의 손에 키스하게 했다. 언젠가 아버지는 더럽기 짝이 없는 거지를 집으로 데려와 음식을 먹여주었다.

바로 그날 저녁에 에이시아는 처음으로 아버지가 무대에서 연기하는 것을 보았던 일에 관해 기억나는 모든 것을 적는 것으로 작업을 시작한다. 그때 그녀는 열 살 먹은 소녀였다. 어느 날 그녀는 펄이라는 학교 친구네 집을 방문해도 좋다는 허락을 받았다. 펄은 예뻤다. 펄의 엄마는 매일 밤 펄의 빛나는 갈색 머리를 손가락에 감고 헝겊들을 묶어서 소시지 모양의 긴 곱슬머리를 만들었다. 에이시아보다 생일이 몇 달 더 빠르고 키가 몇 센티미터 더 컸던 펄은 나이를 뛰어넘는 자신감과 영악스러움을 지닌, 순회공연 배우의 딸이었다. 에이시아는 펄로부터 인정받기를 간절히 바랐다. 펄의 갈색 머리도 무척 탐을 냈다.

펄은 볼티모어 박물관과 벽을 공유하고 있기 때문에 배우들이 자주 오가는 하숙집에서 부모님과 함께 지내고 있었다. 사람들 각자의 관심사가 어디 있느냐에 따라 누구는 극장 안에 박물관이 있다고 하고, 누구는 박물관 안에 극장이 있다고 했다. 볼티모어 박물관은 그런 박물관이었다. 하숙집과 극장을 쉽게 오갈 수 있다는 것은 배우가 막간을 이용하여 얼른 집에 들어가 차 한 잔을 마시고, 다음 막이 오를 때까지 무대로 돌아올 수 있다는 것을 의미했다. 에이시아는 두 건물을 오가는 것이 그녀가 상상했던 것보다 훨씬 더 쉽다는 것을 곧 알게 될 것이다.

인형 놀이를 하고 차를 마시며 보낸 오후 시간이 끝나가고 있었다. 날이 완전히 어두워졌을 때 엄마가 고용한 밍크라는 남자가 에이시아를 집으로 데려가기 위해 도착했다. "집에 가는 대신 〈리처드 3세〉

에 나오는 네 아버지를 보러 가는 게 어때?" 펄이 속삭이는 목소리로 제안했다.

에이시아는 그날 밤에 아버지의 공연이 있다는 것을 알고 있었지만, 아버지가 바로 옆 건물에 있다는 것은 깨닫지 못했다. 그러나 깨달았든 깨닫지 못했든 아무 차이가 없었다. "허락받지 못했어."

"넌 정말 아직도 어리구나, 부스!" 펄이 그녀의 손을 잡았고, 에이시아는 펄이 자기를 이끌도록 내버려두었다. "에이시아는 오늘 밤 여기서 지낼 거예요." 펄이 아래층에 있는 밍크를 향해 소리쳤다. "아저씨는 가도 돼요." 그런 다음 펄은 엄마가 그들이 뭘 하는지 살펴보려고 그녀의 방에 들어올 경우를 대비해서 일부러 큰 소리로 말했다. "자, 위층으로 올라가서 인형들에게 잘 자라는 키스를 해주자."

그들은 셋방 출입구를 지나 계단을 올라갔다. 에이시아의 짧은 다리로 오르기에는 그 계단들은 높고 힘들었다. 다락방에 도착했을 때 에이시아는 숨을 헐떡였다. "얼마나 더 가야 해?"

"지붕 바로 밑 고미다락까지." 펄은 이미 올라가고 있었다. 에이시아는 펄의 단추 달린 신발의 밑창 위로 그녀의 속치마가 휙휙 움직이는 것을 볼 수 있었다. 마지막 계단의 꼭대기에 네모나고 조그만 문이 있었는데, 문이 너무 작아서 몸을 숙인 채 좌우로 꼼지락꼼지락하며 안으로 들어가야 할 것만 같았다. 펄은 그 문을 옆으로 밀어서 열고 앞으로 나아갔다. 에이시아는 자신이 극장의 위층 자리 어두운 곳에 있다는 것을 알아차렸다. 위층 값싼 좌석 뒤편, 거칠고 투박한 관객들 사이에 서 있는 것이었다.

그들 아래에 있는 무대는 아주 작았다. "그 칼을 다시 잡든가, 아니면 나를 잡아주시오." 에이시아의 아버지는 아름다운 여자 앞에 무릎을 꿇고 있었다. 아버지의 목소리는 음악 같았다.

272

여자가 아버지의 말에 대답했다. "아니야! 난 너를 죽이고 싶으나, 내 손에 피를 묻히진 않겠다."

그녀의 아버지가 일어섰다. "그러면 나에게 자결을 명하시오. 난 그렇게 하리다."

"네 아버지, 멋지지 않니?" 펄이 속삭였다. "네 아버지는 연극이 끝나기 전에 네 머리카락이 쭈뼛 서게 만들 거야." 펄은 손을 뻗어 에이시아의 손을 잡았다.

망토를 입고 있는 에이시아는 끔찍하게 더웠다. 펄의 손이 잡고 있는 그녀의 손에서 땀이 나기 시작했다. 그러나 그녀는 개의치 않았다. 그녀 아래, 우거진 숲 같은 남자들의 머리와 여자들의 모자를 지나, 무대 위에 온통 빛에 싸인 아버지가 보였다. 그녀의 아버지가 아닌 그녀의 아버지가 있었다. 에이시아는 아주 많은 것을 느꼈다. 자부심, 경이로움, 등장인물들에 대한 슬픔, 아버지의 입에서 나오는 언어의 장엄함, 집에 돌아가지 못한 것에 대한 불안, 틀림없이 뒤따르게 될 벌, 등등. 그녀의 몸은 너무 작아서 그 느낌들을 다 담을 수 없었다. 펄은 리처드 3세가 죽음에 이를 때까지 에이시아와 함께 자리에 머물렀다.

그러나 박수가 터져 나오기 시작하는 순간, 펄은 몸을 휙 움직이며 떠나려 했다. "난 내 침대에서 자고 있어야 해." 펄이 말했다. "내가 비상구를 열었다는 걸 이곳 사람들이 알면 난 호되게 당할 거야. 회초리를 맞을 게 틀림없어." 펄은 왔던 곳으로 빠져나가기 위해 몸을 돌렸다. 그러나 그녀는 에이시아가 따라오지 못하게 했다. "안 돼, 안 돼." 그녀가 말했다. "우리 엄마가 널 보면 안 돼! 넌 관객들과 함께 아래층으로 내려가. 네 아버지는 나중에 큰 문을 통해 거리로 나올 거야. 거기서 네 아버지를 기다려. 너무너무 쉬운 일이야." 그러고 나서 펄은 재빨리 나간 다음 그 조그만 문을 뒤에서 닫아버렸다.

에이시아는 그때까지 평생 혼자 외출한 적이 없었다. 대낮에도 그랬다. 그녀는 항상 가족과 함께 있거나, 아니면 그녀를 안전하게 지켜보도록 고용한 남자와 함께 있었다. 에이시아는 너무 작았고 지금 서 있는 위층에서 아래로 내려가려 하다가는 관객들의 발에 밟힐 것만 같았다. 그녀는 여자들의 후프와 치마에 마구 부딪히고 쓸려서 발을 내딛기조차 힘들었다. 그래서 그녀는 관객들이 지나갈 때까지 벽을 껴안고 서 있었다.

그러나 위층이 텅 비게 되자마자 한 일꾼이 나타나, 최대한 빠르게 중간층의 불들을 끄면서 신속히 움직였다. 에이시아는 그 일꾼을 뒤따라 뛰어야 했는데, 그녀는 그다지 빠르지 않았다. 잠시 후 그 사람의 발소리마저 사라지고 극장 안에는 희미한 빛만 남았다.

"아기처럼 굴지 마." 에이시아는 펄이 그렇게 말하는 것을 상상했다. 그러나 펄이 없는 펄의 말은 아무 효과가 없었다. 에이시아는 지금 엄밀하게 말해서 박물관에 있었고, 무대는 여전히 3층 아래에 있었다. 그녀는 계속 내려가기 위해 전시물들을 지나쳐가면서 건물의 한쪽 계단에서 다른 쪽 계단으로 이동해야 했다. 이 박물관은 볼티모어의 모든 학생들이 잘 아는 곳이었다. 에이시아는 학교 친구들과 선생님들과 함께 이 수집품들을 여러 차례 보았다. 그녀는 북미 마스토돈의 턱뼈 화석을 경이로운 눈으로 응시하며 서 있곤 했다. 그러나 혼자서 온 적은 없었다. 밤에 온 적은 더더구나 없었다.

도망치듯 통로를 달려 내려가자 곧장 박제된 표범, 흑표범, 사자들이 나왔다. 모두 입을 벌리고 날카로운 이빨을 드러낸 채 빛을 받으며 멋진 자세를 취하고 있었다.

그녀는 숨도 제대로 쉬지 못하며 다른 통로로 갔는데, 그곳에서는 등의자에 앉은 남자 해골이 그녀를 보며 히죽 웃고 있었다. 그런 것들은 심지어 낮에도, 학급 친구들과 함께 있을 때도 그녀를 오싹하게 만들었던 전시물이었다. 어둠 속에서는 공포 그 자체였다. 그녀는 미로 같은 통로와 출입구와 계단에서 길을 잃고 계속 달렸다.

에이시아가 밖으로 나가는 문을 발견했을 때 관객들은 다 떠나고 없었고, 어두운 거리는 배우 한 사람을 제외하고는 텅 비었다. 겨울 외투와 모자와 머플러로 몸을 감싼 그녀의 아버지가 이제 막 안에서 나온 것이었다.

"아버지!" 그녀가 큰 소리로 불렀다. 감정이 잔뜩 담긴 목소리였다. 그런 다음 다시 더 크게 "아버지!" 하고 불렀고, 그제야 아버지가 돌아보았다.

"넌 누구니, 얘야?" 아버지가 물었다.

"에이시아. 난 에이시아예요." 그러자 아버지가 두 손을 뻗어서 그녀를 들어 올려 안았다.

물론 뒤따르는 문제가 있었다. 에이시아가 없어져서 엄마는 제정신이 아니었다. 아버지의 공연에 가는 것은 명확히 금지되어 있었다. 만약 그녀가 2분만 늦었다면, 아버지를 완전히 놓쳤다면 어떻게 되었을까? 그러면 그녀에게 무슨 일이 일어났을까?

펄과 저녁 시간을 함께 보내는 일은 더 이상 없을 터였다. 물론 그 후 얼마 되지 않아서 펄의 가족이 이사를 갔기 때문에 어쨌든 그 일은 그만두게 되었겠지만 말이다. 매를 맞는 일이 닥쳐오고 있었다. 그런데 매를 때리는 사람은 누구일까? 기분이 좋아 보이는 아버지일까? 그래

왕이 되기 전의 리처드 3세를 일컬음. 에이시아가 본 연극 장면에서 아버지는 레이디 앤의 남편을 죽이고 앤에게 청혼하는 글로스터 공작(리처드 3세) 역을 연기했다.

서 쉽게 넘어가지 않을까? 아니면 그 살인마 글로스터 공작[89]일까?

존과 조는 모두 잠자리에 들었고 집은 조용했다. 에이시아가 저녁을 먹지 못했기 때문에 엄마는 버터 바른 토스트 한 조각을 챙겨주었다. 그걸 먹으며 매를 맞을 때를 기다려야 했다. 그녀는 한 입도 제대로 먹을 수 없었다.

아버지는 공연 후에 오트밀 죽과 절인 사탕무만 간단히 먹었다. "오늘 밤 내 연기가 괜찮았어." 아버지가 엄마에게 말했다.

그럼 그게 연기였을 뿐이었어? 에이시아는 그것을 믿을 수 없었다. 이후 며칠 동안 에이시아는 아버지의 얼굴에서 리처드 3세를 보게 될 것이다. 아버지의 푸른 눈이 검은 눈으로 변할 것이다. 아버지의 다정한 얼굴이 리처드의 고약한 야망을 가리는 가면일 뿐인 것처럼 보일 것이다.

하루 뒤, 에이시아는 손바닥으로 얻어맞은 볼기짝이 여전히 얼얼한 것을 느끼며 의자 위에 올라서서 아버지의 책장에서 시버의 책[90]을 꺼냈다. 그녀는 책을 죽 훑어보다가 이윽고 그 대사의 첫 줄을 찾아냈다. 그 칼을 다시 잡든가, 아니면 나를 잡아주시오. 에이시아는 그 장면을 읽었다. 읽고 나서 다시 읽었다.

학교에서 다음번 공연을 해야 했을 때 에이시아가 선택한 것이 바로 이것이었다. 리처드가 레이디 앤에게 필사적으로 구애하는 장면을 선택한 것은 열 살 소녀에게는 이상한 선택이었다. 하지만 에이시아가 학교의 모든 공연이 열리는 계단 맨 위에 서고 학급 친구들은 계단 아래쪽에 몰려 있었을 때, 그녀가 친구들 위에 서서 그 대사들을 큰 소리로 외치는 동안 에이시아는 선생님이 박수를 치는 소리를 들

---

90   여기서는 셰익스피어 원작을 각색한 콜리 시버의 《리처드 3세》를 말한다.

었다. "잘했어, 어린 부스, 잘했어." 선생님이 말했다. "다만 그 마지막 부분을 조금 더 간절한 느낌으로 다시 해봐."

아버지의 적지 않은 서류, 연극 광고 전단, 비평 기사, 다양한 종류의 기념품, 그리고 무엇보다도 편지들이 엑서터 거리의 집 다락방에 있는 트렁크 속에 남아 있다. 아버지가 쓴 편지들은 세상 각지에 흩어져 있지만, 사람들이 아버지에게 쓴 편지들은 날짜별로 여러 다발로 묶여서 말끔히 정리된 상태다. 그 트렁크들은 어떤 역사를 담고 있을까! 에이시아와 존은 엄마에게 자기들이 책을 쓰고 있다고 말한다. 엄마는 찬성하는 것 같다. 그들은 엄마에게 다음에 시내에 나갈 때 그 트렁크들을 농장으로 가져오라고 요청하고, 엄마는 그렇게 하겠다고 약속한다.

마침내 엄마가 그 일을 하게 되는 날, 존과 에이시아는 말을 타고 서스쿼해나강의 지류인 디어크리크에 있는 암반 지대로 갔다. 갑옷을 입고 말을 타고서 벌이는 창 시합 토너먼트가 오랫동안 이곳에서 열렸다. 준과 로절리는 어렸을 때 이 시합을 보러 왔다. 존은 지금 그렇게 한다.

에이시아는 안장 없이 말을 타고 있지만, 양쪽으로 두 다리를 벌리고 타지 않고 두 발을 한쪽으로 모아 앉은 자세로 타고 있다. 이것은 집중력과 균형감이(특히 속보로 탈 때는 더욱더) 필요하지만, 에이시아는 이런 자질이 충분하다. 그녀는 패니의 목 쪽으로 몸을 기울인다. 패니에게서 나는 냄새는 에이시아가 세상에서 가장 좋아하는 것이라 할 만하다.

존의 말도 검은 말인데, 로마 독재자의 이름을 따서 콜라 디 리엔초라고 이름 지은, 더 정확히 말하면 에드워드 불워리턴과 리하르트

바그너에 의해 실제보다 더 낭만적으로 묘사된 콜라의 이름을 따서 지은 빠른 망아지이다.

예기치 않게 이들 부스 남매는 마음에 드는 자기들만의 장소를 가지게 되었다. 에이시아는 스타킹을 벗고 치마를 들어 올리며 물속을 걷는다. 그녀가 돌을 밟으며 나아갈 때 몇몇 돌들은 기우뚱 흔들리거나 움직인다. 그녀가 물에 빠질지도 모르는 짜릿한 가능성은 언제나 있다. 오늘은 더위와 습도가 너무 높아서 에이시아는 차라리 물에 빠지고 싶다는 생각마저 든다. 그녀는 치맛단이 3센티미터쯤, 얼마 후에는 5센티미터쯤, 물에 잠기게 한 채 걷는다.

존은 허리를 잔뜩 굽혀서 얼굴 전부를 물에 담근다. 다시 일어선 그는 개처럼 얼굴을 흔든다. 그들은 그늘진 바위에 함께 앉는다. 존의 머리에서 셔츠로 떨어지는 물은 빠르게 증발한다.

그들은 자기들의 미래에 대해 이야기한다. 존은, 자기는 뭔가 중요한 일을 하고 싶다고 말한다. 무게감이 있고 큰 영향을 미치는 어떤 일, 족적을 남길 수 있는 어떤 일을 하고 싶다고. 에이시아는 그 같은 희망을 가질 수는 없지만, 누군가가 아버지에 관한 책을 읽을 수도 있을 거라는 생각에 흥분한다. 그녀는 자신만의 소박한 방식으로 부스라는 이름에 존경심을 보태고 싶어 한다. 존은 그 점에는 그다지 관심이 없다. "난 아냐." 그가 말한다. "단순히 아버지의 아들이라는 것으로 알려지기보다는 그 이상의 어떤 것으로 알려지고 싶어."

바닥까지 투명한 그 시냇물은 물에 잠긴 돌들의 크기를 키웠다 줄였다 하는 흔들리는 렌즈다. 햇빛과 근처의 폭포 소리가 에이시아의 마음을 느긋하게 만들어서 졸음을 불러일으킨다. "사람은 언젠가는 자기 운명의 주인이 되어야 해." 존이 말한다. 아마 또다시 그 집시의 저주를 생각하는 듯싶다. 그리고 나서 말을 잇는다. "우리가 셰익스피어 연극에 흠뻑 빠져 자란 것이 우리에게 특유의 특징을 남겼다고 생각해본 적 있어? 어쩌면 그 때문에 우리의 꿈이 다른 사람들의 꿈보다 더 큰 게 아닐까? 나는 내가 단순한 농부가 될 수는 없다는 걸 잘 알아. 나의 인생 전부를 아무 일도 일어나지 않는 이곳에 묻을 수는 없어."

자신의 꿈 대신 존의 꿈에 대해 생각하는 것이 에이시아로서는 너무 자연스러운 일이어서 그녀는 자기가 그러고 있다는 것조차 의식하지 못한다. 아버지에 관한 책은 그녀에게 커다란 꿈으로 다가오지는 않는다. 그러나 존은, 당연히 존은 비범한 인물이 될 것이다.

그들은 태양과 물과 말과 꿈과 더불어 만족스러운 기분으로 느릿느릿 집으로 돌아간다. 놀랍게도 굴뚝에서 연기가 피어오르는 것이 에이시아의 눈에 띈다. 그녀가 그 연기를 손가락으로 가리켜 존에게 알려준다. 오늘은 무지 더운 날씨다. 이해가 되지 않는다.

그들은 말들을 마구간으로 보내고 집 안으로 들어간다. 찌는 듯이 더운 거실에서 벌게진 얼굴로 땀을 뻘뻘 흘리고 있는 엄마를 발견한다. 엄마는 의자를 옮겨서 벽난로 옆에 앉아 있다. 아버지의 트렁크들이 열려 있고, 엄마의 검은 치마 위에는 여러 개의 편지 다발이 쌓여 있다. 엄마는 편지를 하나하나 다 읽고 있다. 그리고 편지를 다 읽고 나면 예외 없이 그 편지를 불 속에 집어넣고 있다.

6

에이시아나 존이 하는 어떤 말도 엄마의 그 편지 학살을 막지 못한다. 에이시아는 간청하고, 소리 지른다. 분노와 실망감에 휩싸여 흐느낀다. 지금의 에이시아보다 좀 더 나은 어떤 사람이 될 수 있는 기회가 말 그대로 연기가 되어 사라진다. "우리에게 뭘 좀 남겨줘요." 에이시아가 사정하자 엄마는 편지를 불태우기 전에 편지에 쓰인 서명(톰 플린, 로버트 엘리스턴, 그리고 유명한 흑인 연기자인 대디 라이스의 서명)을 찢어내서 에이시아에게 건네기 시작한다. 이런 서명들이 유일하게 알려주는 것은 매혹적이고 풍부한 정보가 이제는 재가 되었다는 확실함뿐이다. "난 절대 엄마를 용서하지 않을 거야." 에이시아가 엄마에게 말한다. 그녀는 오직 에이시아만이 할 수 있는 식으로 그걸 보여주겠다고 마음먹는다. 언젠가 존은 에이시아에게 그녀가 용서하지 않는 마음, 샤일록의 마음으로 가득하다고 말했다. 에이시아는 그게 사실이 아니기를 바라지만, 그게 사실이라는 것을 알고 있다. 그녀는 봐줄 수도 있고 그냥 넘길 수도 있겠지만, 절대 용서하지는 않을 것이다.

며칠 동안 에이시아는 오직 존하고만 이야기한다. 엄마가 방에 들어오면 에이시아는 즉시 방을 나가버린다. 존은 충격을 덜 받았지만(그에게는 자신을 지탱해줄 다른 꿈이 있다) 그 역시 화가 난다. 그는 "그건 일종의 살인이었어"라고 말하는데, 에이시아도 정확히 그렇게 생각한다. "살인마."

"오, 제발 그러지 마." 결국 엄마가 말한다. "네가 그딴 책을 쓰기 위해 알아야 할 것은 내가 뭐든 다 말해줄 수 있어." 그러나 에이시아는 이미 다른 계획을 세웠다. 에이시아는 자기가 잘 아는 아버지의 친구들에게 편지를 써서 그분들이 가지고 있을 수도 있는 연극 광고 전단, 비평 기사와 함께 그분들이 아버지에 대해 기억하고 있는 것은 뭐든 자기한테 보내달라고 부탁한다. 에이시아의 머릿속에 문득 아버지의 여동생이 아버지에게서 받은 편지와 기념품을 가지고 있을지도 모른다는 생각이 떠오른다. 제인 고모는 최근에 죽었지만, 미첼 고모부는 여전히 볼티모어에 산다. 고모부는 자식들에게 버림받은 채 지저분한 다락방에서 모질고 끈덕지게 살아가고 있다. 에이시아는 엄마에게 얘기하기보다는 차라리 술꾼에다 구두쇠이고 비열하기까지 한 고모부에게 얘기하기로 작정한다.

지금은 1854년이다. 준은 샌프란시스코에서 날로 번창하고 있다. 그와 해티는 딸을 낳았다. 딸의 이름은 매리언 로절리 에드위나 부스이다.

에드윈은 영국 여배우이자 매니저인 로라 킨이 준비한 오스트레일리아 및 하와이 가을 순회공연을 앞두고 있다. 그의 편지는 흥분과 계획으로 가득 차 있다. "나는 돈을 많이 벌 거야." 그가 잘라 말한다. "그러고 나서 돌아오기 전에 그걸 다 써버릴 거야."

링컨과 캔자스네브래스카법안

우리는 벼락을 맞고 망연자실했다.
우리는 정신을 못 차리고 완전히 혼란에 빠졌다.
— 캔자스네브래스카법안에 대한 에이브러햄 링컨의 최초 반응, 1854년

캔자스주와 네브래스카주가 연방에 가입하기 전, 연방 정책은 노예주와 자유주의 균형을 대략적으로나마 유지하는 것이었다. 30년이 넘도록 북위 36.3도를 기준으로 그 북쪽으로는 노예주가 금지되었다. 캔자스네브래스카법안은 이 금지 사항을 무효로 만들어버림으로써 미주리 협정을 뒤집고 어렵게나마 연방이 유지될 수 있게 했던 협정들을 위협했다.

스티븐 더글러스는 노예 제도에 대한 결정이 주별로 투표에 의해 이루어져야 한다고 제안했다. 의회는 이 문제를 몇 달 동안 논의했다. 종종 엄청난 협박과 욕설과 비난이 쏟아졌다. 그 법안은 결국 3월에 상원을 통과했고, 5월에 하원을 통과했다. 피어스 대통령은 5월 30일에 법안에 서명했다.

전체적인 정치 지형이 바뀌었다. 남부가 오랫동안 국가 정치에

너무 많은 힘을 휘둘러왔고, 이제 새 영토로 노예 제도를 확장하고 있으며 어쩌면 북부 자체에도 눈독을 들이고 있을지 모른다는 북부의 생각은 휘그당의 종말과 공화당의 창당이라는 결과를 낳았다.

노예 폐지론자들은 갑절의 노력을 기울였다. 캔자스주는 피와 공포의 장소가 되었다. 사우스캐롤라이나주 출신의 하원 의원 프레스턴 브룩스는 매사추세츠주 출신의 상원 의원 찰스 섬너를 상원 의회에서 죽기 직전까지 지팡이로 때렸다. 섬너가 지팡이에 맞은 그 부상과 후유증에서 회복하기까지는 3년이나 걸렸는데, 그동안 브룩스는 남부 전역의 영웅이 되어 가는 곳마다 지팡이를 선물로 받았다. 캔자스네브래스카법안은 연방을 구하는 대신 전쟁을 재촉했다.

더글러스는 자신을 방어하기 위해 일리노이주로 돌아왔다. 그는 사람들이 그의 인형을 만들어서 불태우는 불빛에 의지하여 밤새 여행할 수도 있을 거라고 친구들에게 말했다. 그가 일리노이주를 돌면서 자신의 법안을 옹호하는 연설을 시작했을 때, 링컨은 그를 뒤따라다니며 그의 연설을 반박하기 시작했다.

> ……우리는 모든 사람은 평등하게 창조되었다고 선언하는
> 것으로 시작했다. 그러나 우리는 지금 그 시작점에서 출발하여
> 다른 선언으로 나아갔다. 그것은 어떤 사람이 다른 사람을
> 노예로 삼는 것은 '신성한 자치권'이라는 선언이다. 이 두 가지
> 원칙은 서로 양립할 수 없다.
> 이 둘은 하느님과 재물의 신처럼 정반대의 것이다. 누구든지
> 이 중 하나를 고수하는 사람은 다른 하나를 경멸해야 한다.
> —에이브러햄 링컨의 피오리아 연설, 1854년 10월 16일

7

존은 농부가 된다. 에이시아는 에드윈이 한때 목수가 되어야 한다는
자신의 미래를 마주했을 때 느꼈던 것과 같은 절망감을 존이 느끼고
있다는 것을 알 수 있다. 존은 아침에 에이시아가 일어나기 전에 집
을 나가서 종종 저녁 식사 시간이 한참 지난 후에야 집에 돌아오는데,
그럴 때면 그는 앤 홀이 그를 위해 따로 차려놓은 음식을 먹지도 못
할 만큼 너무 지쳐 있다. 그는 일련의 행동 방침을 정하고 (그것이 아
무리 불쾌한 것이라 할지라도) 그 행동 방침에 전력을 기울일 수 있는
재능이 있다. 에이시아가 그에게 물어보면, 그는 항상 너무 바쁘고 피
곤해서 아버지의 전기를 집필할 여력이 없다고 말한다. 에이시아는
홀로 외롭게 분투한다.

　그녀는 존과 함께 있는 것에 익숙하다. 불 앞에서 함께 몇 시간을
보내면서 시를 읽으며 존의 장대한 미래와 명예로운 위업을 상상하
는 것에 익숙해져 있다. 그 세대의 많은 남자애들처럼 존은 월터 스콧
이나 불워리턴이 쓴 모험 이야기를 읽고 또 읽는다. 그는 군인이 되고
싶고, 자신의 능력을 검증받고 싶고, 자신이 전투라는 거대한 가마 속
의 찰흙처럼 뜨거운 불길에 달구어지기를 원한다. 그러나 그는 그렇
게 되는 대신, 겨우 열여섯 살 나이에 이곳 농장의 척박한 땅에서 곡
식을 거칠게 고문하고 있을 뿐이다.

　에이시아와 마찬가지로 남동생 존 역시 감정의 진폭이 아주 크
다. 그는 성깔이 있다. 자신이 손해를 보면 눈물을 흘린다. 예기치 않
게 몹시 기쁜 일이 생기면 땅에 몸을 던지고는 이 황홀한 세상의 냄새
를 맡고 맛보고 들이마신다. 농부 존은 비참한 책임의 좁은 틀 안에서
살고 있다. 에이시아는 존을 거의 보지 못하고, 존을 볼 때도 그를 거

의 알아보지 못한다.

수확을 돕기 위해 새로운 일꾼들이 고용된다. 그들은 가장 값싼 인력으로, 아일랜드 이민자들이다. 이 백인들은 조 홀의 지시를 받으려 하지 않을 것이다. 그래서 존이 그들을 관리해야 한다. 존이 할 수 있는 일이 아니다.

백인 일꾼들은 고용주를 비롯한 고용주의 가족과 점심 식사를 함께 하는 것이 관례이다. 집안의 여자들도 그들과 함께 식사를 하는 것이 관례이다. 그러나 존은 이 남자들에게서 몹시 싫은 감정을 느낀다. 그들의 경망스러운 태도가 몹시 싫다. 그들은 존이 영국 혈통이기 때문에 존을 싫어한다. 그들은 흑인을 다루는 존의 태도가 너무 자유롭고 익숙하기 때문에 그를 싫어한다. 그들은 존이 서자 출신이라는 말을 들었다. 자신을 자기들보다 더 우월하다고 여기는 이놈은 어떤 녀석인가? 그들 대부분은 존보다 나이 많은 연장자이고, 일부는 몇십 년이나 위이다.

존은 엄마, 로절리, 에이시아를 이 남자들 근처에 있게 하려 하지 않는다. 에이시아가 꼼꼼히 관찰한 바에 따르면, 그들은 보통 정오께가 되면 거추장스러운 옷을 벗고 있고, 더럽고, 냄새나고, 땀을 흘리고, 꾀죄죄하다. 그들의 억양은 걸쭉하고 대화는 교양이 없다. 그런 사람들과 함께 식사를 하는 것은 부스 집안 여자들에게 모욕이 될 것이라는 게 존의 판단이다. 존은 점심 식사를 하는 동안 가족들을 위층에 있게 한다.

에이시아는 이런 행동에서 아름답고 고결한 기사도 정신을 본다. 존은 그녀 자신의 아이반호[91]다. 로절리는 더 걱정한다. 그녀는 누구 못지않게 존을 사랑하고 존경한다. 만약 그 일꾼들이 존에게 희생

---

91 월터 스콧의 소설 《아이반호》에 나오는 기사.

정신을 발휘하여 자기들을 도와달라고 요구하면 존이 그 책임을 떠맡아야 하고 그의 판단을 믿어야 한다는 것을 로절리는 알고 있다. 낯선 남자들이 가득한 식탁에서 그들과 함께 식사를 하는 것은 그녀에게 큰 고역일 것이다. 그럼에도 그녀는 혹시 존이 실수하는 것이 아닐까 하는 불안감에 억지로 아래층에서 식사하는 것을 선택할 것이다. 그녀가 선택을 해야 한다면 말이다.

　남자들이 무더운 집 안 부엌 식탁에 모여 있다. 여자들은 훨씬 더 무더운 위층 침실에 옹기종기 모여서 접시를 무릎 위에 올려놓고 음식을 먹는다. 그릇에 담긴 버터가 땀을 흘리고, 여자들도 드레스 차림으로 땀을 흘린다. 달걀 프라이는 거의 먹기도 전에 가장자리가 말라붙는다. "아버지였다면 이 사람들과 친구가 되었을 거야." 로절리가 낮은 목소리로 말한다. "아버지는 함께 술을 마시면서 얘기를 나누었을 거야. 해적 연기를 해가면서. 그러면 그들은 아버지를 위해 열심히 일하겠지." 그녀가 존을 비난하는 것은 아니다. 단지 존이 그 자신을 위해서라도 이 일을 성공적으로 처리하기를 간절히 바랄 뿐이다. 로절리는 최근 존을 위한 깜짝 선물로 시내에서 새 안장을 구입하여 집에 돌아왔다. "내가 언제쯤 시간이 나서 말을 탈 수 있을 것 같아?" 존이 무기력한 표정으로 그녀에게 물었다.

　버터가 이제 완전히 녹았다. 엄마는 버터를 스푼으로 떠서 빵에 바른다. 에이시아는 로절리가 머리 다발을 들어 올려 축축해진 목을 닦고 나서 다시 원위치하는 모습을 지켜본다. 땀 한 방울이 에이시아의 등줄기를 타고 또르르 굴러내리다가 허리띠 부근에서 멈춘다.

　"네 아버지는 북부 정신을 가지고 있었어." 검은 상복 차림의 엄마가 발개진 얼굴로 말한다. "민주주의 정신이지. 북부 사람은 아무도 자기 집에서 자기를 주인님이라고 부르라고 요구하지 않을 거야."

본인이 아무리 그걸 좋아한다 해도 그렇단 말이지, 에이시아는 속으로 생각한다.

"존은 더 연약한 감성을 가졌어." 엄마가 말한다.

에이시아 자신은 북부 사람이고, 이는 존 역시도 북부 사람임이 틀림없다는 걸 의미한다. 하지만 북부인의 태도에는 거래적 성격, 즉 상업주의가 있는데, 에이시아는 이것을 싫어하고 존은 혐오한다. 돈 벌이가 되는 것에만 가치를 두는 것이 바로 양키 방식이지, 그녀는 생각한다.

존의 태도와 견해는 세인트티머시 학교의 학급 친구들에 의해 형성되었다. 존이 그 학교에서 지낸 시간은 짧았지만, 그럼에도 그 시절은 그에게 영원히 남부인의 특질을 심어주었다. 존은 자신이 어떤 우월한 사람을 보면 알아볼 수 있다고 생각하며, 그걸 모르는 척하는 것은 위선이라고 생각한다.

에이시아는 아래층에서 한 남자가 노래하는 소리를 듣는다. 그 사람의 목소리는 아주 아름다운 테너 목소리다. 그녀는 다른 모든 것을 잊고 앉아서 스푼을 허공에 든 채로 귀를 기울인다.

골짜기에 있는 오래된 교회 마당 한구석에
벤 볼트, 외따로 혼자 서 있네
사람들이 진회색 화강암 판을 설치했고
사랑스러운 앨리스, 그 돌 아래 누워 있네

만약 그 목소리에 어울리는 얼굴이 있다면 여자가 사랑에 빠질 것 같다고 에이시아는 생각한다. 물론 그녀는 아니고 다른 어떤 여자가 말이다. 에이시아는 그것을 완벽하게 상상할 수 있다.

"너 이거 알아차렸니?" 로절리가 묻는다. "흑인은 언제나 다가올 영광을 노래하고, 아일랜드인은 언제나 잃어버린 영광을 노래한다는 거?"

로절리의 이 관찰에 에이시아는 깜짝 놀란다. 그날 밤늦게 존이 돌아왔을 때 에이시아는 존에게 그 말을 되풀이한다. 그는 거실 의자에 앉아서 그들 둘이서만 즐기는 사과주를 한 잔 마신다. 에이시아는 그의 맨발을 무릎 위에 올려놓고 발뒤꿈치에 생긴 심한 물집을 수바늘로 찔러 터뜨린 다음 그것을 헝겊으로 짜낸다.

존은 그 말에서 그녀가 미처 생각지 못한 교훈을 얻는다. "맞아. 아일랜드 사람들은 흑인에 대해 아무것도 이해하지 못해." 그가 말한다. 아일랜드인들이 이 나라에 와서 검은 얼굴의 사람을 만나보기도 전에 흑인을 해방시키겠다고 맹세하는 것이 그를 분노케 한다. "패트릭은 전혀 알지도 못하면서 간섭해. 자유보다 더 빨리 미국 흑인들을 파괴하는 것은 없을 거야." 집에 들어왔을 때 그는 지쳐 있었다. 지금 그는 흥분해 있다.

그는 잔을 비우고 불을 응시한다. 에이시아는 그 옛날에 엄마가 화염 속에서 보았던 예언을 존이 그녀만큼 자주 생각하는지 궁금해한다.

"네 말이 맞아." 그녀가 말한다. "아일랜드인들은 자유가 뭘 의미하는지 제대로 이해하지 못해. 그들은 민주적인 방식으로 자라지 않으니까." 그녀가 정말로 그렇게 믿고 말한 것일 수도 있지만, 단지 존을 달래기 위해 한 말인지도 모른다. 어느 게 사실인지 그녀도 확신하지 못한다.

"그 노래는 내 아이디어였어." 그가 말한다. "그 사람들이 이 집 숙녀들은 너무 거만하고 오만해서 자기들과 함께 식탁에 앉지 않는 거라고 마구 화를 내면서, 식탁보에 잼과 버터를 바르는 것으로 자기

들의 의견을 표현하겠다고 협박했거든. 정말이지, 이 사람들을 없애
버렸으면 좋겠어.

아, 에이시아," 그녀가 그의 발을 닦고 감싸줄 때 그가 말한다. "난
절실하게 느끼고 있어. 나는 분명코 이 이상의 재능을 가지고 있단 말
이야."

고용된 일꾼들은 너무 느릿느릿 일한다. 어느 날 존과 에이시아
는 함께 들판으로 나갔다가 새들의 무리가(터키콘도르, 까마귀, 까치
등이) 수확하지 않은 곡식을 신나게 쪼아 먹고 있는 것을 발견한다.
소총을 가지고 있는 존이 그중 가장 큰 새 한 마리를 쏘아서 쓰러뜨
린다. 나머지 새들은 총소리에 놀라 공중으로 흩어진다. 당황스럽게
도 존이 죽인 새는 터키콘도르가 아니라 다 자라서 잡아먹을 수 있는
칠면조다. 이 칠면조는 한 번도 이웃 사람의 정을 나눠보지 않은 울지
집안의 집에서 나온 칠면조이다. 울지 씨는 분명 엄마를 법정으로 데
려갈 것이다. 에이시아와 존은 피 흘리는 칠면조 사체를 발밑에 두고
겁에 질린 얼굴로 서로를 바라본다. 에이시아는 호박을 따서 가지고
갈 계획이었다. 그래서 가방을 가져왔다. 에이시아가 가방을 열자 존
이 죽은 칠면조를 들어서 가방 안에 넣는다. 가방은 그녀가 들기에는
너무 무겁다. 차라리 돌멩이를 들고 가는 게 나을 것만 같다. 그들은
집을 향해 함께 출발한다. 걱정이 태산 같다.

"아무 일도 아냐." 이윽고 존이 말한다. "이걸 엄마한테 가져간 다
음, 엄마가 허락하면 내가 이 빌어먹을 것을 울지 집안의 집으로 가지
고 가겠어."

"안 돼." 에이시아가 말한다. "우린 이걸 숲으로 가져가서 거기에
버릴 거야."

에이시아는 그가 동의하는 말을 해줄 때까지 기다리지 않는다. 그녀는 즉시 오솔길을 벗어나 조그만 골짜기로 미끄러지듯 들어간다. 자갈이 달그락거리는 소리가 난다. 그녀는 골짜기 밑바닥을 걸으며 돌과 통나무와 튀어나온 식물 뿌리를 지나고 이리저리 휜 가시나무를 지나간다. 얕은 웅덩이에 발을 들여놓은 탓에 그녀의 오른쪽 신발 바닥에 진흙이 달라붙는다.

에이시아가 골짜기에서 기어오르기 위해서는 두 손이 필요하다. 그녀는 가방을 내려놓는다. 치마가 한 나무뿌리에 걸리고, 다른 나무뿌리는 그녀의 소매를 찢고 팔에 붉은 생채기를 남긴다. 존이 가방을 들어서 그녀에게 건네주고 좀 더 기품 있게 뒤따른다. 일반적으로 다니는 오솔길에서 멀리 떨어진 숲속 깊은 곳에 이르렀을 때 그들은 칠면조 사체를 어떤 덤불 속에 숨긴다. 그러고 나서 빈 가방을 들고 빙 돌아가는 은밀한 길을 걸어 집으로 돌아간다.

에이시아는 다시 생각해보고 있다. 존의 첫 번째 충동은 정직하고 솔직한 것이었다. 그녀는 존이 그렇게 하지 못하도록 막은 것에 대해 부끄러워한다. 토머스 후드의 시 〈유진 아람의 꿈〉을 다시 읽었던 그녀는 존에게, 이제 우리는 아람처럼 한 생명을 죽이고 그 시체를 숨겼다고 말한다. "난 그 일이 우리를 교수대로 끌고 가지 않기를 바랄 뿐이야." 그녀는 가벼운 어투로 얘기하려 노력하지만, 죄책감이 그녀를 짓누르고 있다. 존은 말이 없다.

집에 도착하자마자 그녀는 방으로 들어가 피 묻은 가방을 침대 밑에 밀어 넣는다. 씻는 일은 나중에 할 생각이다. 이어 신발에 묻은 진흙을 긁어내고, 머리에 붙은 이파리들을 떼어내고, 찢어진 소매를 숄로 가린다. 숄을 덮기에는 너무 더운 날씨임에도 그렇게 한다. 그녀는 얼굴을 씻는다. 아래층으로 내려갔을 때 이상한 낌새를 눈치챈 사람은 아무도 없는 것 같다.

울지 씨는 다음 날 아침에 집에 찾아온다. 존은 이미 밭일을 하러 떠났다. 울지 씨가 현관 계단에 서서 모자를 다리에 톡톡 부딪쳐 모자의 먼지를 떨고 있는 동안 엄마가 문을 연다. 중년의 울지 씨는 활기차고 부유한 사람이다. "내 칠면조 값을 물어내시오." 그가 집에 들어오지도 않고 다짜고짜 말한다. 그가 가격을 말한다. 그 칠면조 값의 두 배나 되는 가격이다.

"무슨 칠면조요?" 엄마가 묻는다. 에이시아는 계단 중간에 있는 눈에 띄지 않는 장소에서 귀를 기울인다. 거기서도 울지 씨의 말을 듣는 데 아무 문제가 없다. 그가 화를 내며 큰 소리로 말하고 있기 때문이다. 로절리가 나무 계단을 내려간다. 그녀가 걸음을 옮길 때마다 나무에서 삐거덕삐거덕 소리가 난다. 로절리는 잠시 멈춰 서서 에이시아를 향해 어리둥절한 표정을 지어 보인 다음 다시 거실을 향해 내려간다.

"당신 아들한테 무슨 칠면조냐고 물어보시죠." 울지 씨가 말한다. "온 이웃 사람들이 악령에 사로잡혔다고 생각하는 당신 아들에게 말이오. 그리고 무례하고 버릇없는 딸에게도 물어보시고. 걔들이 내 칠면조를 밀렵했소. 두 마리나. 내가 당신네 집 쓰레기 더미를 살펴보면 뼈를 찾을 수 있을 거요."

에이시아는 그녀가 되고자 하는 이상적인 자기 자신과 실제 자기 자신의 간극이 점점 더 벌어지는 것을 느낀다. 어떻게 자신이 가엾은 헨리 리에게서 반지를 받고, 그로 하여금 담쟁이덩굴로 뒤덮인 작은 집에서 그녀와 함께 사는 삶에 대한 열망을 키우게 할 만큼 잔인할 수 있었을까? 그녀는 그런 집에서 그와 함께 살 생각이 전혀 없었는데도 말이다. 헨리 리는 이제 그녀를 증오한다. 당연한 반응이다. 그녀는 케이트 올라플렌이 자신에 관한 이야기를 퍼뜨린 것에 대한 보복

으로 케이트에 관한 좋지 않은 소문을 퍼뜨렸다. 비록 최근에 엄마에
대한 그녀의 외적인 행동은 개선되었지만, 그 분노는 체리 씨처럼 여
전히 응어리져 가슴에 맺혀 있다. 그리고 이제 그녀는 도둑에다 거짓
말쟁이다.

"무슨 말을 하는지 모르겠어요." 엄마가 그에게 말한다.

"난 당신의 질 나쁜 아이들에 대해 말하고 있는 거요. 그 아이들
의 도둑질에 대해 말이오."

"에이시아," 엄마가 부른다. "이리로 좀 오겠니?"

에이시아는 문으로 걸어가다가 발을 잘못 디뎌 하마터면 넘어질
뻔했다. 감춰진 팔의 생채기가 화끈거리고 쓰리다. 자신의 얼굴이 하
얘진 것만 같다. 그녀는 표정이 이상해지거나 갑자기 몸이 떨려서 들
키게 되지 않을까 걱정한다.

"안녕하세요, 울지 아저씨." 에이시아가 말한다. 그녀의 귀에도
자기 목소리가 거짓스럽게 들린다. 모자를 벗은 울지 씨의 숱이 많고
부스스한 머리털이 이마 위로 뻗쳐 있다. 그의 눈은 가늘다. 그가 에이
시아를 뚫어져라 쳐다볼 때, 그녀는 자신이 핀에 박힌 곤충 표본처럼
느껴진다. 에이시아는 어딘가 멀리 떨어진 곳에서 앤 홀의 어린 아이
들이 맹인 지팡이 놀이를 하는 소리를 듣는다.

"난 네 엄마가 정직한 여성이라고 생각한다." 울지가 말한다. "엄
마의 자식들은 범죄자지만 말이다. 네 엄마한테 우리 집 칠면조에게
무슨 일이 생겼는지 말해주겠니? 네 엄마는 정직한 대답을 듣고 싶어
할 게다."

"무슨 말을 하고 계신지 모르겠어요." 에이시아가 말한다. 그녀는
자신이 질 나쁘다고 느낀다. 범죄자라고 느낀다. 관자놀이에서 죄책
감이 맥동하는 것을 느낀다. 이 일은 지금껏 내가 한 일 중에서 최악

의 일이라는 생각이 든다.

> 하지만 죄책감은 나의 음산한 시종이었다.
> 그것이 불을 밝혀 나를 침대로 안내했다.
> 그리고 내 자정의 커튼을 빙 둘러쳤다.
> 손가락이 붉은 피로 물든 채로![92]

에이시아는 존이 집에 들어오기 전에 반드시 그를 붙잡고 얘기하려고 한다. 존은 애당초부터 비밀을 지키지 못하고 쉽게 자백하는 사람이다. 그의 입을 막아야 한다.

그녀는 길에서 그를 만난다. 그는 처진 어깨를 한 채 터벅터벅 걷는다. 그러나 그녀가 무슨 일이 있었는지 얘기해주었을 때, 그의 반응은 그녀의 예상과 다르다. "인생은 너무 짧아." 그가 말한다. "슬퍼할 거 없어. 너무너무 아름다운 세상이잖아."

엄마는 존과 에이시아, 둘 모두를 날카롭게 쏘아보면서 울지가 제시한 가격을 받아들인다.

그다음으로 존이 쏜 것은 울지의 돼지이다. 존은 태양이 머리 위로 높이 떠 있을 때 침실 창에 걸터앉아 다리를 달랑거리면서 총을 쏜다. 그걸 은폐할 생각은 전혀 없다. "아저씨네 돼지가 무단 침입했어요." 그가 울지 씨에게 말한다. "아저씨네는 하나같이 다 어느 땅이 아저씨네 땅이고 어느 땅이 우리 땅인지 아는 데 많은 어려움을 겪고 있

---

92 토머스 후드의 시 〈유진 아람의 꿈〉에 나오는 구절.

는 것 같네요."

일주일 뒤, 존은 같은 창에 걸터앉아 스티븐 후퍼의 개를 쏜다. 스티븐 후퍼는 자유 흑인으로, 반만 흑인인 혼혈 자식들이 몇 명 있는데 자식들은 모두 엄마와 함께 살고 있다. 후퍼의 오두막은 농장에서 1킬로미터쯤 떨어져 있다. 존이 후퍼에 대해 특별히 어떤 불만이 있는 것은 아니다. 그는 단지 총 쏘는 것을 좋아할 뿐이다.

농장이 하느님이 창조하신 모든 피조물의 성소였던 시절은 오래전에 지났다. 이제 이곳은 다람쥐도, 토끼도 안전하지 않은 장소다. "무단 침입." 후퍼가 그의 개에 대해 물으러 왔을 때, 존은 이번에도 그렇게 말한다.

그럼에도 불구하고 존은 총으로 쏠 수 없는 것들, 예컨대 꽃, 곤충, 나비 같은 것들에 대해서는 대단히 다정다감한 면모를 보여준다. 그는 에이시아가 핀으로 꽂아서 표본으로 만들 계획이었던 여치 한 마리를 구해준다. "누나는 너무 잔인해." 그가 말한다. "난 그걸 줘도 안 가질 거야. 여치는 자유롭게 풀려나서 오늘 밤 플라타너스에서 노래해야 해."

8

작황이 좋지 않다. 이에 대한 예방책으로 엄마는 밭의 일부를 이웃인 헤이건 씨에게 임대했지만, 이 역시 좋지 않은 결과로 끝난다. 야심이 있고 부지런한 헤이건은 비료에 막대한 돈을 쓰고 엄마에게 청구서를 보낸다. 그는 일꾼과 말을 지칠 때까지 부린다. 그렇게 몇 주가 지나자 엄마는 더 이상 참지 못한다. 엄마는 밭에서 그를 만나 해가 뜨기 전에 일을 시작하지 말고, 해가 진 후에는 일을 하지 말아야 한다고 역설한다. 그가 모든 사람을 대단히 무자비하게 몰아대고 있다고 엄마는 말한다.

"웬 참견이오?" 헤이건 씨가 엄마에게 날카롭게 말한다. "이 쓸모없는 땅에서 이익을 얻는다면, 그건 고된 노동과 기적을 통해서 이루어진 결과일 거요." 말을 하는 동안 그의 분노가 점점 더 커진다. 그는 엄마를 몇 가지 외설적인 말로 부른다. 엄마가 오랫동안 아버지와 결혼하지 않은 채 살았다는 것을 상기시키려는 단어로 엄마를 부르고, 애들레이드가 엄마 뒤를 따라다니던 행동을 그만둔 이후로는 들어본 적이 없는 단어로 엄마를 지칭한다.

엄마는 충격을 받고 집으로 돌아온다. 그녀는 로절리와 에이시아에게 이 일을 얘기해주려 하지만, 흐느끼느라 이야기가 자주 중단된다. 존이 식사를 하러 집에 돌아왔을 때 엄마와 로절리는 엄마의 방으로 물러난다. 에이시아가 그에게 이 가증스러운 이야기를 전부 다 들려준다.

존은 헤이건을 만나기 위해 곧장 밖으로 나갔는데, 에이시아가 예상했던 것보다 더 빨리 돌아온다. "그 사람이 누나는 거짓말쟁이라고 말하지 뭐야." 존이 그녀에게 말한다. "그 사람, 울지의 친구라는 거 누나도 알잖아." 에이시아는 얼굴이 화끈거리는 것을 느낀다. 물론 칠면조에 대해서 거짓말을 한 것은 사실이다. 그렇다고 그녀가 거짓말쟁이가 되는 걸까? 에이시아는 그렇게 생각하지 않는다.

존은 저녁 식사 시간에도 나타나지 않고, 이후 깜깜하게 어두워졌을 때도 나타나지 않는다. 나무 꼭대기 위로 붉은 달이 떠오른다. 집 안은 조용하다. 밤의 정적 속에서 장작불만이 탁탁거리는 소리를 낸다. 엄마는 안정을 되찾은 것 같다. 그녀는 앉아서 바느질을 하고 있고, 로절리는 노란 등불 밑에서 책을 읽고 있다. 두 사람은 얼핏 차분해 보이지만, 그들도 에이시아와 마찬가지로 신경을 곤두세운 채 존이 집에 오는 소리가 들리기를 기다리고 있다. "저녁을 먹으러 벨에어에 갔나 봐." 이윽고 엄마가 말한다. 그러나 콜라가 마구간에 있는 것으로 보아 그랬을 리는 없다.

여자들 모두 불을 끄고 잠자리에 든다. 나는 잠이 오지 않을 거야, 라고 에이시아는 생각하지만 얼마 가지 않아 잠들어버린다. 그녀는 꿈을 꾼다. 꿈속에서 그녀는 강을 건널 수 있다고 생각하며 말을 타고 강으로 뛰어들지만, 패니가 발을 헛디딘 것을 느낀다. 그녀가 강물에 휩쓸려 떠내려가는데, 예상 밖의 수많은 것들(책, 고양이, 모자, 의자, 소, 밴조 등등)도 물에 둥둥 떠서 함께 떠내려간다.

다음 날 아침 에이시아는 존이 아침을 먹었다는 증거를 발견하지만, 존은 이번에도 그녀가 일어나기 전에 밖에 나가고 없다. 해가 높이 뜨고 이슬이 다 사라졌을 즈음에 헤이건이 울지 씨와 보안관과 함께 마차를 타고 집에 도착한다. 헤이건의 머리에는 붕대가 두껍게 감겨 있다. 한쪽 눈은 혈관이 터져 빨갛고, 그 주변의 피부는 검게 멍들어 있다. 다른 쪽 눈은 붕대로 가려져 있다. 그가 마차에서 내리는 것을 울지가 돕는다. 보안관은 존을 구타 및 폭행죄로 기소하는 영장을 가지고 있다.

"걔는 나를 거의 죽일 뻔했소." 헤이건 씨가 말한다. "저지하지 않았다면 틀림없이 날 죽였을 거요."

부스 집안의 집 거실에서 재판이 열린다. 엄마는 옷깃에 바이런 브로치를 우아하게 달고 창가에 앉아 있다. 로절리는 엄마 옆 의자에 앉는다. 앤 홀의 아이들은 거실과 부엌 사이의 출입구에 모여서 쉿, 쉿 하며 서로를 조용히 하게 한다.

에이시아는 존이 근사하게 반항적으로 보인다고 생각한다. 그의 검은 눈이 초롱초롱 빛난다. 존은 부스 집안의 여성들이 당한 모욕에 대해 열정적으로 이야기한다. 그는 이 여성들을 지킬 사람은 자기밖에 없다는 점을 강조한다. 엄마는 과부이고, 누나들은 자기 아니면 지켜줄 사람이 없다고 말한다.

이에 맞서 헤이건은 자신이 얻어맞은 몽둥이를 꺼내 보여준다. 몽둥이는 상당히 무거워 보인다. 판결이 내려지자 에이시아는 놀라고 분개한다. 존은 유죄이며, 50달러의 벌금을 물어야 하고, 또다시 치안을 어지럽히면 처벌을 받게 될 테니 절대 그러지 말라는 경고를 받는다. 울지가 판사를 매수한 것 같다. 요즘은 존경할 만한 여성을 창녀라고 부르는 것은 사소한 문제일 뿐인 것 같다.

그 후 몇 주 동안 홀의 아이들이 주변 여기저기서 자기들이 직접 지은 노래를 부르는 것을 들을 수 있다. 후렴구는 이렇다. "오, 우리는 또다시 치안을 어지럽히면 처벌을 받게 되네, 영광, 영광, 우리는 또다시 치안을 어지럽히면 처벌을 받게 되네."

승리감에 젖어 너그러워진 헤이건은 좀 더 짧게, 좀 더 인정을 베풀며 일하겠다고 약속하는 편지를 엄마에게 보낸다. 그의 맞춤법은 엉망이다. 하지만 존의 맞춤법도 마찬가지다. 에이시아는 헤이건이 거의 상처를 입지 않았다고 주장하지만, 존은 친구 윌리엄에게 보내는 편지에서 '피를 철철 흘릴 때까지' 헤이건을 때렸다고 자랑한다.

9

구애자와 방문자 :

날씨가 선선해지고 나뭇잎이 물들기 시작한다. 녹색 이파리들 사이에서 금빛 나뭇잎들이 얼굴을 내민다. 에이시아는 숲속을 거닐면서 가을 기분에 젖는다. 그녀는 옆 나뭇잎은 이제 녹색이 아닌데 왜 이 나뭇잎은 아직도 녹색인지, 부질없이 궁금해한다. 하느님은 왜 한 나뭇잎에는 당신의 손가락을 대고, 다른 나뭇잎에는 손가락을 대지 않는 걸까? 왜 종종 선한 사람을 쓰러뜨리고 악한 사람을 관대히 봐주는 걸까?

뉴펀들랜드 혈통의 개들은 이제 집에 없지만, 홀 가족에게는 한배에서 태어난, 발이 큰 점박이 강아지들이 있다. 키가 크고 아버지 조 홀만큼이나 피부가 검으며 에이시아와 같은 나이 또래의 핑크 홀은 종종 그 강아지들을 튜더홀로 데리고 온다. 그러면 에이시아는 강아지들이 노는 것을 볼 수 있고, 때때로 그녀의 무릎 위에서 강아지가 코를 골고 잘 수 있게 한다. 홀 집안 사람들은 그녀에게 위로와 격려가 필요하다고 생각하는 것 같은데, 사실 그녀는 그런 것이 필요치 않다. 그녀의 삶은 나쁘지 않다. 주어진 상황 속에서 최대한 만족하고 있다. 수확이 끝났다는 것은 존이 다시 그녀와 함께할 시간을 갖게 되었다는 뜻이다. 조 홀은 별다른 도움 없이도 사과즙 짜는 기계와 낙농장을 잘 관리한다. 존과 에이시아는 다시 아버지의 전기를 쓰는 일로 돌아간다.

에이시아는 여전히 볼티모어에서 어울렸던 옛 친구들을 좋아하지만 새로운 친구들도 사귀었다. 차를 마시는 모임과 계절의 마지막 피크닉이 있고, 이따금 열리는 무도회도 있다. 에이시아와 존은 이런 모임에 함께 참석하는데, 그들이(이처럼 잘생기고 활기찬 커플이) 실내에 들어서면 모두가 고개를 돌려 바라본다. 존의 친구들은 에이시아와 사랑에 빠진다. 에이시아의 친구들은 존과 사랑에 빠진다. 벨에어 사교계는 볼티모어 사교계만큼 활기차거나 우아하지 않지만, 그래도 에이시아는 만족한다.

존은 윌리엄 올라플렌에게 세 명의 소녀를 눈여겨보고 있다고 말한다. 에이시아는 둘은 누구인지 알지만, 세 번째 여자가 누구인지에 대해서는 전혀 알지 못한다. 몇 년 후 한 동료 배우는 이렇게 말할 것이다. "존 윌크스는 대부분의 남자들을 매혹시킨다. (……) 그리고 확신컨대, 그는 예외 없이 모든 여자들을 매혹시킨다." 그러나 그는 아직 완전한 능력을 갖추지 못했다. 그는 윌리엄에게 자기는 단지 충분한 능력을 갖게 되기를 바랄 뿐이라고 말한다.

에이시아는 진에게 편지를 보내면서 그 안에 또 다른 편지를 동봉한다. 동봉된 편지는 월터 스콧이라는 남자애에게 보내는 편지다. 에이시아는 진에게 이 편지를 부치게 하는데, 그렇게 하는 이유는 월터가 우편물에 찍힌 소인을 보고 에이시아가 그에게 말하지 않고 볼티모어에 방문했다고 생각하게 하려는 것이다. 일종의 장난이다. 월터는 하트와 에이시아의 이름을 새긴 반지를 에이시아에게 선물한다. 에이시아는 홀딱 반한다.

며칠 후, 에이시아는 월터의 형인 댄을 벨에어에서 우연히 만난다. 댄은 친구인 짐 크로커와 함께 말을 타러 나왔다. 에이시아는 두 사람을 놀려대서 그녀의 집까지 말을 타고 달리는 경주에 응하게 한다. 그녀는 분명 더 빠른 말이 될 패니의 기쁨을 느낄 수 있다. 패니의 보폭이 넓어진다. 에이시아 발밑의 땅이 흐른다.

에이시아는 농장 길로 들어서서 현관 앞에 말을 세우고는 말에서 내린다. 그녀는 발걸음이 가볍고, 마음도 가볍고, 현기증이 날 만큼 기분이 들떠 있다. 절로 웃음이 나온다. 패니는 가쁘게 숨을 쉬고 있지만 의기양양하다. 에이시아는 패니의 부드러운 주둥이를 두 손으로 잡고 키스한다. 댄이 커다란 적갈색 말을 타고 달려온다. 화가 난 그의 얼굴은 붉으락푸르락했어, 라고 에이시아는 진에게 편지를 쓴다.

"너는 이기려고 작정을 했구나." 댄이 차갑게 말한다. 그는 그녀의 행동이 유치하다고 생각한다. 댄은 에이시아에게, 나중에 로절리에게 들꽃을 따러 함께 들판으로 가자고 요청하겠다고 말한다. 하지만 로절리는 자신의 처지를 잘 알고 있을 것이다.

에이시아는 전혀 신경 쓰지 않는다. "제발 로절리 언니랑 함께 가
줘. 난 대환영이야." 그녀는 명랑하게 대답한다. 에이시아는 패니의 고
삐를 핑크 홀에게 넘기고, 댄과 짐에게 사과주를 좀 가져올 테니 현관
계단에 앉아 있으라고 말한다. 댄은 마르고 창백한 얼굴에 가지런한
이와 부스스한 곱슬머리를 가진 아주 괜찮은 젊은이다. 에이시아는
집 안으로 들어가면서 댄을 지나칠 때 심장 박동이 기분 좋게 빨라지
는 것을 느낀다. 그녀는 마음만 먹으면 언제든 그의 호의를 되찾을 수
있을 거라고 생각한다.

한동안 그녀의 애정이 두 형제 사이에서 흔들리지만, 두 애정 다
오래가지 못한다. 월터가 관계를 지속하기 바랐다면 월터와의 우정은
계속 유지되었을 것이다. 댄에 관해 말하자면, 그녀는 진에게 다시는
그의 이름을 언급하지 말아달라고 부탁한다. "지금 내 눈에는 그이가
뱀의 꼬리처럼 보여." 에이시아가 말한다. "더없이 행복했던 내 꿈이
종말을 맞이했어." 에이시아의 로맨스는 일반적으로 이런 식으로 끝
나는 것 같다.

존이 세인트티머시 학교에 다니던 시절에 교류하던 친구들이 찾
아온다. 가끔 새뮤얼 아널드가 찾아오기도 하지만, 그보다 훨씬 더 자
주 제시 휘턴이 찾아온다. 에이시아는 그들이 존을 빌리라고 부르는
것을 듣고 놀란다. 그녀는 학교에서의 존의 별명이 빌리 볼레그즈[93]였
다는 것을 알게 된다. 존의 다리가 아버지의 다리처럼 약간 휘었기 때
문에 붙여진 별명으로, 세미놀 부족의 추장 빌리 볼렉에게서 영감을

---

93   휜 다리라는 뜻.

받았다고 한다. 이 별명은 볼렉보다 존에게 더 애정 어린 의미를 담아서 붙인 게 분명한데, 존은 애초의 의도대로 별명을 받아들인다. 그러나 존이 이것에 대해 말한 적이 한 번도 없었기 때문에, 에이시아는 존이 이 별명을 그리 좋아하지 않았을 거라고 짐작한다.

제시 휘턴은 환한 미소와 솔직 담백한 얼굴이 인상적인 잘생긴 남자애다. 그와 존과 에이시아가 함께 숲속을 걷는다. 나뭇잎은 이제 붉다기보다는 갈색에 더 가깝다. 그러나 해가 쨍쨍하게 떠서 날은 샘으로 이어지는 계단에 앉을 수 있을 만큼 포근하다. 아주 오래전에 에이시아가 떼를 써서 에드윈이 하는 수 없이 조약돌을 다 그녀에게 주어야 했던 그 장소이다.

존과 제시는 파이프 담배를 피운다. 담배 냄새가 주위에 퍼진다. 에이시아는 두 손을 오므려 차가운 물을 퍼 올렸다가 다시 샘에 떨구면서 그 떨어지는 물소리에 귀를 기울인다. 동시에 제시가 하는 말에도 귀를 기울이고 있다. 제시는 에이시아가 들어본 적이 없는 이야기를 한다. 존이 어느 날 물살이 빠른 강에서 놀다가 강한 물살에 휩쓸려 하마터면 익사할 뻔했던 이야기이다. 그 이야기를 듣자 에이시아의 머릿속에 갑자기 그녀가 꾸었던 꿈이 생각난다. 그녀는 책과 의자들 사이에 존의 얼굴도 둥둥 떠서 떠내려가는 모습을 언뜻 떠올린다. 잠시 그녀는 숨을 쉴 수가 없다.

"우린 존을 영원히 잃어버린 줄 알았어." 제시가 말한다. "존이 다시 그 큰 눈을 떠서 우리를 보는 일은 없을 거라고 생각했다니까." 그가 존의 어깨에 팔을 걸치고, 존은 제시의 손에 잠시 뺨을 갖다 댄다. 존의 파이프에서 가느다란 담배 연기가 마법에 걸린 코브라처럼 피어오른다.

"아니야, 난 익사하지 않아." 존이 말한다. "불태워지거나 교살되지도 않아. 이 누나는 내가 순교자적인 죽음을 향해 나아가고 있다고 오랫동안 믿어왔지만 말이야."

에이시아가 그걸 믿어? 그녀는 믿고 싶지 않다.

수년 후, 에이시아는 그날은 황금빛 오후였다고 쓸 것이다. 그녀는 자신이 느낀 깊은 만족감에 관해 쓸 것이다. 햇빛을 받으며 서로 몸을 기댄 두 남자의 모습이 그녀의 눈에 얼마나 재능 있고, 얼마나 아름답고, 얼마나 훌륭해 보였는지 쓸 것이고, 그들의 미래가 참으로 궁금했다고 쓸 것이다. 분명 둘 다 세상에 빛나는 자취를 남길 것이다.

8년 후인 1862년 4월, 제시 휘턴은 워싱턴 디시의 캐피털 감옥에서 죽게 된다. 체포된 남부 연합군이었던 그는 근무 중이던 보초의 총에 맞아 죽을 것이다. 어쩌면 철창 밖으로 고개를 내민 그가 뒤로 물러나라는 말을 거부하고 보초에게 지독한 욕설을 퍼부으며 너는 너무 겁이 많아서 총을 쏘지 못할 거라고 조롱했을지도 모른다. 어쩌면 조용히 자기 일에 신경 쓰다가 총에 맞았을지도 모르고, 또 어쩌면 그의 어머니가 좋아하는 성경 구절을 읽다가 그냥 고개를 들었을 때 갑자기, 이유 없이, 살해당했을지도 모른다. 이 모든 것은 누구에게 물어보느냐에 따라 다르다.

에이시아가 그의 빛나는 자취에 대한 글을 썼을 때 그녀는 이 모든 것을 다 알고 있었다. 그러나 오늘의 아름답고 고즈넉한 오후에는 그 같은 일을 알 수가 없었고 신경도 쓰지 않았다. 수년간 계속되었던 전쟁은 훗날 이 아름다운 미스 부스에게 몇 편의 시를 남겼다.

에이시아가 거실에 앉아 찢어진 옷단을 수선하고 있을 때, 길에서 말과 마차가 오는 소리가 들린다. 딱히 집에 올 만한 사람이 없기에 그녀는 누가 오는지 보려고 바느질감을 내려놓고 밖으로 나간다.

맨 먼저 로절리가 눈에 들어온다. 갑자기 로절리가 엄마를 부른다. 로절리의 목소리는 평소와 달리 크고 들뜬 상태다.

에이시아는 서둘러 현관으로 나간다. 바로 그때 준 오빠가 해티의 품에서 매리언을 건네받고 해티가 마차에서 내리도록 도와주는 것을 본다. 준은 고개를 돌려 이 집의 여인들이 그로서는 처음 보는 집에서 한 명씩 잇따라 자기를 향해 달려오는 모습을 본다.

에이시아는 아주 오랜만에 준을 본다. 그사이에 준은 아버지를 빼닮을 정도로 성장했고 에이시아는 목구멍에서 숨이 막힐 만큼 울컥한다. 준은 무척 기뻐하면서도 동시에 약간 겸연쩍어하는 것처럼 보인다. "놀랐지?" 그가 묻는다.

10

파나마를 가로지르는 철도가 거의 완공되어 그 위험했던 여행이 이제는 네 시간짜리 편안한 기차 여행으로 바뀌었다. 준은 샌프란시스코에서 예기치 않게 불쑥 집에 찾아오는 것이 곧 평범한 일이 될 것처럼 말한다. 마치 집안 식구들이 언제든 그가 집에 올 수 있을 거라고 기대하고 있는 것처럼. 낸시 홀은 존을 찾아서 집으로 데려오기 위해 달려간다.

준은 엄마의 꾸지람을 피하지 못한다. 앤 홀은 자신이 요리한 저녁 식사가 이제는 너무 단순해서 예전에 준이 좋아했던 음식들이 하나도 없는 것에 무안해한다. 엄마는 몹시 지친 가엾은 해티가 곧바로 누울 수 있는 방이 준비되지 않은 것에 대해 기겁한다. 로절리는 준의 팔을 꽉 쥐고 있는데, 놓아줄 기미를 보이지 않는다. 에이시아는 아기를 데려간다.

에이시아는 아기를 사랑한다. 에이시아를 본 매리언의 얼굴이 구겨지더니 엄마를 찾으며 운다. 그러나 에이시아는 낙담하지 않는다. 그녀는 손으로 눈을 가린 채 손가락 사이로 매리언을 보고, 노래를 불러주고, 매리언과 함께 왈츠를 추며 방 안을 돌아다닌다. 에이시아는 아기가 그녀를 가장 좋아하게 만들겠다고 마음먹는다. 매리언을 어서 빨리 목욕시켜주고 싶어 한다. 지금 매리언에게는 오줌 냄새와 상한 음식 냄새가 난다. 매리언의 옷은 때가 많이 탔고, 기저귀를 갈아주기 위해서는 깨끗한 천을 찾아야 할 것이다. 매리언이 입고 있는 옷을 포함하여 해티가 가져온 옷들은 다 빨래를 하지 않으면 입을 수가 없다. 그런데도 머리털이 수북하고 갈색 눈이 큼지막한 매리언은 사랑스럽다.

매리언 같은 머리털과 눈을 가진 해티에 대한 에이시아의 감정은 좀 더 복잡하다. 에이시아는 한편으로는 해티를 거의 알지 못한다. 다른 한편으로는, 자기보다 겨우 몇 살 더 많을 뿐이지만 이미 아주 많은 곳을 여행하고 아주 많은 것들을 보아온 이 여자에게 경외감을 느낀다.

저녁 식사 시간은 샌프란시스코 이야기로 가득하다. 이 도시는 사창가와 살인으로도 유명한데, 그러나 그런 이야기보다는 극장과 문화에 초점을 맞춘 샌프란시스코 이야기를 한다. 악명 높은 캐서린 싱클레어가 거기서 공연을 하는데, 에드윈이 종종 그녀의 로맨틱한 남자 주인공으로 등장한다고 한다. 그녀는 에드윈보다 열여섯 살이나 더 많은데도 말이다. 캐서린 싱클레어는 아름다운 여자지만, 그녀의 성공은 주로 훨씬 더 유명한 에드윈 포러스트와의 이혼 때문이다. 사방에서 불륜 의혹이 제기되었고, 신문들은 연일 그 스캔들로 도배되다시피 했다. 그런 여자여야 사람들이 돈을 내고 본다.

"로라 킨에 대해서는 뭔가 알고 있는 게 있어?" 엄마가 묻는다. 에드윈은 최근에 킨과 함께 오스트레일리아 여행을 떠났다.

준은 엄마가 묻는 말의 뜻을 이해하지 못한다. "유망한 배우지만 아직은 미숙해요." 그가 말한다.

해티가 엄마의 코드를 해독하는 데 더 뛰어나다. "철저한 프로 배우예요. 그녀와 함께 있으면 에드윈은 안전해요."

이것이 에이시아가 원한 대답이지만, 그녀는 이 대답을 할 수 있는 사람이 해티라는 사실에 화가 난다. 해티가 준 오빠를 가지는 것은 괜찮다. 에이시아는 자신이 집안에 큰오빠가 있다는 것을 알 만큼 나이를 먹기도 전에 집을 떠난 이 준 오빠에 대해서는 크게 신경을 쓰지 않는다. 하지만 에드윈은 그녀의 것이다. 에이시아는 에드윈과 해티가 친하다는 말을 듣고 싶지 않다.

그날 밤 에이시아는 자기 침대와 로절리의 침대 사이에 놓인 어둠을 바라보며, 준과 해티가 아무런 예고도 없이 나타난 것이 좀 이상하지 않으냐고 로절리에게 묻는다.

"클레멘티나가 준과 이혼 절차를 진행하고 있어." 로절리가 말한다. 엄마는 이 사실을 로절리에게는 얘기하고 에이시아에게는 말하지 않은 게 틀림없다. 엄마와 로절리 사이에는 아무런 비밀도 없다. 아직도 어린아이인 것처럼 국외자로 남아 있는 사람은 에이시아뿐이다. "준은 이 일을 조용히 처리해야 해. 준이 이미 해티와 결혼했다는 거, 알고 있니?"

반대되는 증거가 넘쳐나는데도 불구하고 에이시아는 남자 배우들에 대해서는 좋게 생각한다. 그러나 여자 배우들에 대해서 가지고 있는 감정은 경멸감뿐이다. 그들은 돈을 위해 남자들과 공개적인 사랑을 하는 여자들이라는 게 에이시아의 생각이다. 에이시아는 절대 무대에 서지 않을 것이다. 무대에 설 생각을 해본 적도 없다. 해티는 준이 그녀와 결혼할 것처럼 대했을 때 배우 생활을 은퇴했고, 그래서 웬일인지 에이시아는 캐서린 싱클레어의 행동에 엄청 충격을 받은 상태임에도 이중 결혼을 한 올케를 용서할 수 있는 좁은 통로를 발견한다.

"여행하고 싶었던 적 있어?" 그녀가 로절리에게 묻는다. "그냥 집을 떠나서 세상을 보고 싶었던 적 있냐고?"

"없었어." 로절리는 생각해볼 필요도 없다는 듯이 곧장 대답한다.

준의 방문은 짧은 일정의 방문이다. 3주 후, 그는 이혼 절차가 진행 중인 채로 가족과 함께 샌프란시스코로 돌아간다. 작별 인사를 하는 것은 역시나 어렵다. 특히 엄마의 경우에는 더욱더 그렇다. "몇 년이 지나야 우리가 다시 함께하게 될까?" 엄마가 묻는다. 엄마의 눈은 붉고 촉촉하다. 엄마는 꼼지락거리는 매리언을 가슴에 꼭 껴안는다. "다음번에 널 볼 땐 얼마나 커 있을까! 넌 나를 기억도 하지 못할 거야."

존은 벨에어까지 말을 타고 마차를 따라가 거기서 형과 작별할 예정이다. 형이 곁에 있어준 것은 존에게는 즐겁고 멋진 휴식이었다. 두 남자는 곧바로 편안하고 친밀한 관계를 형성했다. 준은 이 어린 동생을 에드윈보다 더 마음에 들어 했다.

에드윈의 음주 습관은 그 어느 때보다도 안 좋다. 준은 절대 그것에 대해 말하지 않지만 말이다. 캐서린 싱클레어도 로라 킨도 샌프란시스코에서 성공적인 공연을 하지 못했고, 두 경우 모두 상당 부분 그들의 상대역인 남자 주인공을 탓하는 비평들이 실리곤 했다. 에드윈은 적어도 자신의 대사를 외우려고는 노력했을 것이다, 라고 비평가들은 은근히 돌려 말했다.

준은 노예제와 남부에 대한 존의 생각에 관심을 보이며 귀를 기울였고, 이에 고무된 존은 다소 길게 그 이야기를 늘어놓았다. 갑자기 정치 이야기가 저녁 식탁을 지배했다. 여자들은 조용히 있고 두 남자는 광범한 영역에서 자신들의 생각이 일치하는 것을 발견하고 짜릿한 기분을 느꼈다. 그들 둘 다 남부를 지지하지만, 또한 북부 연합도 지지한다. 그들 둘 다 캔자스네브래스카법안을 지지한다. 비록 계획대로 되지는 않았지만, 여전히 그들 둘 다 그것이 올바른 방향으로 나아가는 단계였다고 믿는다. 준이 이것을 믿는 이유는 그가 기질적으로 모든 것에 대해 온건한 사람이기 때문이다. 존이 이것을 믿는 이유는 그가 노예 폐지론자들을 가장 큰 문제로 보기 때문이다. 그는 노예 폐지론자들의 정의감, 그들의 편협성, 그들의 비타협적 태도가 큰 문제라고 여긴다. 그들은 이 나라의 모든 노예들이 자유로워질 때까지 만족하지 않을 거야! 이런 이야기는 벨에어 주변에서 흔히 들을 수 있고, 그런 정서가 폭넓게 퍼져 있다. 그러나 에이시아는 이런 이야기를 전에 존에게서 들어본 적이 없다. 적어도 이렇게 구체적으로는. 에이시아는 아버지라면 받아들이지 않았을 이 같은 내용에 엄마가 신경을 쓰고 있는지 궁금하다. 그녀는 엄마의 얼굴을 바라본다. 엄마의 얼굴에는 오직 두 아들이 당신이 볼 수 있고 들을 수 있고 만질 수 있는 식탁에 함께 있는 데서 오는 기쁨만이 배어 있을 뿐이다.

준은 이곳에서 농사를 짓던 자신의 비참한 시절을 떠올리며 존의 절망감을 깊이 동정한다. "이건 아주 고약한 토지야." 그가 말한다. "항상 그랬어. 아버지는 이 땅을 임대하기라도 하면 무지 화를 내셨지." 준은 이곳에 있는 모든 사람들에게 명백한 것, 즉 그들이 하는 일들이 썩 잘되고 있지 않다는 것을 보려고 한다. 하지만 그는 거의 도움을 주지 않고 샌프란시스코로 돌아간다.

11

핼러윈 시즌이 되었다. 장난과 예언의 시즌이다. 집에는 친구들이 가득하다. 미리엄 대처, 조지 매팅리, 샬럿 매팅리, 에드윈의 옛 친구인 슬리퍼 클라크, 그리고 윌리엄 올라플렌, 마이클 올라플렌이 있는데, 에이시아를 한 번도 좋아한 적이 없는 이들의 누나 케이트 올라플렌은 여기 없다. 케이트는 함께 길거리에서 놀던 어린 소녀 시절에도 에이시아를 좋아하지 않았는데, 그걸 보여주려고 여기 오지 않고 볼티모어에 남아 있다.

달이 떠오르며 고요한 세상에 노란빛을 뿌린다. 여자들은 남자들을 내보낸다. 그들은 머리핀을 푼다. 머리가 잔물결을 이루며 허리께까지 떨어진다. 그들은 집을 나와 유령만큼이나 조용히 움직인다(하지만 누군가가 묻는다면, 로절리는 그들에게 유령은 조용한 것과는 거리가 멀다고 말해줄 수 있다). 들리는 소리라곤 신발 밑에서 바스락거리는 낙엽 소리뿐이다. 에이시아는 앞장서서 속이 빈 나무 그루터기로 인도한다. 최근에 내린 비 때문에 그루터기의 움푹 팬 곳마다 아주 작은 물웅덩이가 생겼다. 여자들은 그 물로 손가락 끝을 적셔서 이마에 십자가를 그린다. 그런 다음 그들은 원을 그리며 말없이 서서 언젠가 결혼하게 될 남자의 환영이 나타나기를 기다린다.

이것은 다 즐거운 재미를 위한 것이지만, 그럼에도 고요하고 서늘한 숲속, 나뭇가지 아래 달빛이 쏟아지는 장소에는 얼마간 마법적인 분위기가 있다. 에이시아에게 뭔가가 막 잉태될 것 같은 충만한 순간이 찾아든다는 점에서도 그렇다. 에이시아는 몸을 떨기 시작한다. 그녀는 몸을 진정시키기 위해 두 손을 꽉 마주 잡는다. 에이시아 오른쪽에 있는 샬럿은 갑자기 숨을 헐떡이다가 다시 침묵에 빠진다. 등을 따라 늘어진 에이시아의 긴 머리가 무겁다. 그녀는 깨끗한 소나무 향을 맡고, 먼지 냄새 같은 롬바르디 포플러 냄새를 맡는다. 길에서 나는 말 울음소리가 들린다. 매가 쏜살같이 내려오는 소리, 매의 먹이가 짧게 울부짖다가 뚝 끊기는 소리도 들린다. 그녀는 결혼하지 않는 삶을 살 생각이지만, 그럼에도 불구하고 아무런 환영도 나타나지 않으면 실망한다.

집으로 돌아와서 확인해보니 샬럿만이 뭔가를 보았다고 주장한다. 키가 큰 어떤 흐릿한 사람이 그녀를 향해 몸을 숙이고 있었다고 한다. 에이시아는 샬럿이 그 모든 이야기를 지어냈다고 생각한다. "넌 못 봤어?" 슬리퍼가 에이시아에게 묻는다. 그의 시선이 너무 강렬해서 그녀는 그의 눈을 마주 볼 수가 없다.

"못 봤어." 그녀가 쾌활하게 말한다. "난 노처녀로 살다 죽을 거야."

"내가 그걸 막을 수 없다면 그렇게 해." 그는 에이시아에게 그렇게 말하고는 고개를 돌린다. 그의 뺨이 빨갛다. 마치 에이시아가 그의 뺨을 때리기라도 한 것처럼.

그녀는 다시 머리를 올려 핀을 꽂는다. 이제 그들은 약탈에 필요한 도구를 모은다. 달은 사라지고(그들에게 달이 필요할 때면 달은 나타나고 필요하지 않을 때면 달은 사라진다) 크고 밝은 별들이 나왔다.

매일매일 키가 더 커지는 것처럼 보이는 핑크 홀을 포함하여 오두막집에서 사는 몇몇 아이들이 그들 일행에 합류한다. 핑크는 여동생인 낸시와 수재나의 손을 잡고 있다.

그들은 이제 꽤 큰 집단이다. 에이시아는 자기가 핼러윈 도적이 되어 함께 즐길 수 있는 때도 거의 끝나가고 있으며, 자신을 더 이상 어린아이로 생각할 수 없는 때가 금세 닥치리라는 것을 깨닫는다. 그녀는 이런 우울한 생각이 드는 것을 느끼며 이 마지막 놀이를 매 순간 신나게 즐기겠다고 마음먹는다. 이 밤은 한 편의 찬송가나 한 편의 시처럼 엄청 아름답다. 햇빛이 전혀 닿지 않는 그늘진 배수로에 쌓인 낙엽으로 은빛 서리가 덮인다.

에이시아는 가장 따뜻한 망토를 입고 있다. 코가 시리고 콧물이 나기 시작한다. 그녀는 손수건을 머프[94]에 넣어두고서 자주 꺼내 사용한다. 내일이면 내 코가 딸기처럼 빨개질 거야, 그녀는 생각한다. 그녀는 슬리퍼가 자기를 그런 눈으로 보지 않았으면 좋겠다는 뜬금없는 생각을 한다.

때때로 그들은 다른 무리들을 지나치는데, 다들 이 장난스러운 일에 열중하고 있다. 모두들 다른 사람들은 못 본 체한다. 그들은 이웃 농장으로 가서 문을 떼어내고, 뱀 퇴치용 울타리를 허물고, 마차 바퀴를 빼버리고, 양배추를 뽑아서 대포알처럼 피라미드 모양으로 쌓아 올린다. 그들은 우연히 그들 일행의 말 가운데 한 마리가 양배추 하나를 목에 매단 채 풀려나 있는 것을 발견한다.

에이시아는 존과 슬리퍼 사이에서 걸으며 스티븐 후퍼의 오두막으로 접근한다. 존은 별들이 무척 많다는 얘기를 막 꺼내는가 싶더니 갑자기 에이시아를 땅으로 밀치고 그녀 위로 자기 몸을 던진다. 에이시아는 날카로운 총소리를 듣고 나서 스티븐 후퍼가 그들에게 산탄총을 쏘았다는 것을 서서히 깨닫는다.

존의 모자가 머리에서 벗겨져 날아갔다.

총소리가 계속 난다. 그 소리는 바위와 흙을 때린 뒤 고요한 밤하늘로 울려 퍼진다. 어린 수재나 홀이 울기 시작한다. "나, 총에 맞았어? 나, 총에 맞았어?" 아이가 핑크 오빠에게 묻는다. 핑크는 무릎을 꿇고 두 팔로 아이를 감싼 채 부드럽게 흔들며 총에 맞지 않았다고 말한다. 총에 맞은 사람은 없다.

총소리가 그치자 존은 천천히 일어나 모자를 찾아서 쓴다. "난 이

---

94   모피 뒷면에 헝겊을 대어 토시 모양으로 만들어서 양쪽으로 손을 넣게 된 방한 용구.

일을 잊지 않을 거야, 후퍼." 그가 소리친다. "명심해."

에이시아가 일어나는 것을 슬리퍼가 도와주면서 넘어질 때 다친 곳은 없는지 걱정스레 묻는다. 그녀는 너무 화가 나 있어서 확실히 알지 못한다. 흑인인 후퍼는 총을 소지하는 것이 허용되지 않는다. "저 사람이 이토록 격분할 이유가 없잖아." 에이시아가 말한다. 후퍼의 죽은 개에 대해서 잊어버린 그녀는, 외딴 오두막에 홀로 살고 있는 흑인이 어둠 속에서 한 무리의 사람들이 자기를 향해 조용히 다가오고 있는 것을 보았을 때 어떤 느낌이 들었을지 이해하지 못한다.

후퍼가 잡혀가는 것을 보는 것은 아주 쉬울 것이다. 에이시아는 존이 그 일을 신고할 것이라고 생각한다. 그러나 아무 일 없이 여러 날이 지나간다. 그녀가 이에 대해 존에게 묻는다. "나도 모르겠어." 마치 자신의 행동력이 부족한 것에 그녀만큼이나 자기도 놀란 것처럼 그가 말한다. "난 이미 그 사람을 용서한 것 같아."

어떻게 사람이 이럴 수 있을까? 마치 그 일이 아무런 흔적도 남기지 않은 것처럼 어떻게 마음의 상처를 이리 쉽게 지울 수 있단 말인가? 에이시아는 그 속을 헤아릴 수가 없다. 존은 어떤 일에 대해서는 무척 단호하고 너무 외곬으로 치닫지만, 또 어떤 일에 대해서는 묘하게 변덕스럽다.

존의 자제력이 후퍼를 불안하게 하는 것처럼 보인다. 에이시아는 사람들에게, 그 후로 그는 증오를 감춘 미소로 자기들을 대한다고 말한다. 1년 후, 후퍼의 아들 중에서 어떤 이가 농장 일꾼으로 고용되었을 때 에이시아는 그걸 반대하며 말한다. "핼러윈 때를 생각해봐."

존이 그녀의 팔에 손을 얹으며 말한다. "그건 오래전 일이야."

아니야, 그녀는 생각한다. 사람은 웃고 또 웃으면서 악당일 수 있다고.[95]

에이시아가 농장에서 핑크니 홀을 보게 된 것은 그것이 마지막
이다. 그로부터 며칠 후 그와 그의 누나 메리 엘런이 도망친다. 로저스
이모는 이것을 개인적인 모욕으로 받아들인다. 이 일은 그들이 그들
의 노예를 돌보지 않는다는 것을 뜻하고, 그들의 노예들은 실은 가족
이 아니라는 것을 뜻한다고 여긴다. 굳이 말하자면 남편인 일라이자
가 너무 관대했다. 남편은 일반적으로 노예가 바라는 것보다 더 자주
핑크가 부모를 만날 수 있도록 허락하지 않았던가? 다른 노예 주인이
라면 게으르고 불손하다고 생각할 것을 남편은 항상 인내와 관용을
가지고 대하지 않았던가?

로저스 이모는 앤과 조를 의심의 눈초리로 바라본다. 누군가가
핑크니와 메리 엘런에게 탈출에 필요한 돈을 주었다. 돈 없이는 절대
도망칠 수 없을 테니까 말이다.

앤은 로저스 이모의 불평을 진지하게 들어준다. 이 일은 앤 자신
에게도 엄청 놀라운 일이라고 말한다. 자기는 전혀 몰랐다고 한다. 앤
은 자기 아이들에게 무슨 광기가 찾아들었는지 도무지 모르겠다고 말
한다. 그녀는 아이들이 도망칠 이유가 전혀 없었다는 데 동의하고, 로
저스 이모는 근본적으로 선량한 성품을 지닌 분이라고 잘라 말한다.
앤은 아무것도 인정하지 않는다. 부스 가족은(그리고 남부의 다른 노
예들도) 앤으로부터 연기 교육을 받으면 좋을 것이다.

불과 일주일쯤 전에 우연히 앤과 로절리가 뭔가 음모를 꾸미고
있는 것처럼 함께 속닥거리는 것을(두 사람은 에이시아가 실내에 들
어서자마자 즉시 대화를 멈추었다) 에이시아가 보지 않았다면, 에이
시아는 전적으로 앤의 말을 믿었을 것이다.

---

95   《햄릿》 1막 5장에 나오는 햄릿의 대사.

로저스 이모는 모욕당했다는 감정의 앙금이 남아 있다. 그녀가 부스 집안을 방문하는 횟수는 전보다 줄어든다. 이 집에서는 앤과 마주칠 가능성이 아주 높기 때문이다. 에이시아는 이 두 여자 중에서 한 사람을 선택하고 싶지가 않다. 그녀는 두 사람 다 사랑한다. 그녀는 두 사람 모두에게 비난받을 요소가 있다고 생각한다. 로저스 이모는 남편을 열심히 설득해서 앤의 아이들을 해방하게 했어야 했다. 그렇지만 앤도 이 불법적인 도주 모의에 참여하지 않았어야 했다. 정말로 참여했다면 말이다.

존은 이 일에 대해 거의 얘기하지 않는다. 다만 부스 집안의 말을 돌보는 일을 핑크에게 의존했기 때문에 이제 어떻게 해야 하나, 하는 언급만 했을 뿐이다. 그것은 분노라기보다는 불편을 표출한 것이다. 그는 홀 가족에 대해서는 자신의 평소 정치적 견해로부터 면제권을 준다.

그래서 앤과 조의 자식들 중 두 명이 더 자유롭게 된다. 그러나 그들은 남북 전쟁이 끝날 때까지 그들의 어머니를 다시 보지 못할 것이다. 그리고 그들의 아버지를 본 것은 그것으로 마지막이 되었다.

12

지금까지 에이시아의 삶에서 부스 집안이 아닌 다른 넓은 세상 일은 거의 생각의 자리를 차지하지 않았다. 노예들 사이에서 살며 홀 가족과 이처럼 얽혀 지내다 보니, 그녀는 이상하게도 국가의 커다란 문제를 의식하지 못한 채 살아가는 것 같다. 국가의 문제가 그녀와 그녀의 형제들과 무슨 상관이 있나? 게다가 아버지는 늘 배우들은 정치색을 띨 여유가 없다고 말했다. 아버지가 잭슨에게 죽이겠다고 위협하는 편지를 썼을 때도 그것은 정치적인 문제가 아니라 개인적인 문제였다.

이런 성향이 변한다.

국가의 정치는 점점 더 폭력적으로 변해가고, 볼티모어의 정치는 불안정하게 흘러간다. 볼티모어의 현재 이슈는 노예 제도가 아니라 이민 문제이다.

존은 에이시아를, 그리고 가끔 로절리를 논쟁에 끌어들이려 한다. 존은 상대를 가르치려 들고 계속 쥐어짜는 스타일이다. 그는 이기기 전에는 논쟁을 그만두려 하지 않기 때문에 상대가 설득되었다고 여겨지거나 상대가 지쳐버린 시점을 한참 지나서까지 계속 주장을 늘어놓는다. 에이시아는 기세등등하게 이런 논쟁을 시작하지만, 결국 모든 확신이 빠져나간 채로 논쟁을 끝낸다. 존의 신념은 그녀의 신념보다 훨씬 더 확고하다.

존은 무지당[96]에 가입하는데, 집안 가족들이 이에 반대하는 생각에 너무 길들어 있다는 것을 알고는 더 활발한 토론을 즐기기 위해 벨에어 술집을 자주 드나들기 시작한다. 그는 반이민 정서에 깊이 빠져 있다. 게다가 거기에는 열여섯 살 젊은이의 마음을 끄는 다른 것들도 있다. 무지당은 비밀회의와 비밀 서약과 악수로 이루어진 단체이다. 그들은 자신들을 스파이처럼 생각하고 활동한다.

11월에 존은 무지당의 헨리 윈터 데이비스 하원 의원 후보를 지지하는 대규모 군중집회의 벨에어 대표로 선출된다. 그날의 날씨는 맑게 시작하지만, 밤새 내린 비로 길은 커다란 진흙 웅덩이로 변해 있다. 에이시아는 마차를 타는 대신 패니를 타고 가기로 마음먹고, 그날 아침 그녀의 승마복인 짧은 재킷과 오버스커트를 챙겨 입는다. 그녀는 아래층에서 존을 만난다. 존은 옅은 빛깔의 조끼 위에 에이시아가

---

96   Know-Nothing Party. 1850년대에 이민자 배척을 내걸고 활동한 미국의 정치 단체.

한 번도 본 적이 없는 벨벳 옷깃이 달린 빨간 코트를 입었고, 연회색 바지의 밑단은 부츠 속에 집어넣었다. 존은 얼마 전부터 콧수염을 기르기 시작했지만, 아직은 윗입술에 희미한 그림자를 드리울 정도로만 자랐다. 그는 무척 의젓하고 멋져 보인다. 로절리와 엄마가 거실로 나와서 그를 보고 탄성을 지른다.

"우리랑 같이 가." 에이시아가 로절리는 같이 가지 않을 것을 알면서도 그녀에게 그렇게 말한다. 로절리는 자기는 사람들이 많이 모인 곳에 가면 두통이 생긴다고 대꾸한다.

길에 말과 마차들이 너무 많아서, 진창길을 싫어할 뿐만 아니라 다른 말들과 얼마간 거리를 두고 싶어 하는 패니가 불안해한다. 패니는 춤을 추듯 걸으며 웅덩이를 지나가곤 한다. 그럴 때면 에이시아의 머릿속에 패니가 때때로 몸을 흔들어서 그녀를 떨어뜨리고 집으로 돌아가고 싶어 하는 것은 아닐까 하는 생각이 든다. 패니는 망아지를 낳았는데, 그래서 지금은 새끼 곁을 떠나는 것을 꺼린다.

존은 무대를 장식하는 데 필요한 벨에어 깃발을 집에 두고 왔다는 것을 깨닫고는 집으로 돌아가서 그걸 가져오겠다고 말한다. 그와 콜라는 한 방향으로 가고 있는 말과 마차의 반대 방향으로 헤치고 나아가는 대신 길가를 따라서 거슬러 가려고 적당한 속도로 그 자리를 벗어난다. 에이시아는 사람들이 헉하고 놀라는 소리를 듣는다. 콜라가 무릎을 꿇었다. 콜라의 발굽 아래 땅이 약간 허물어진 것이다. 그러나 존은 재빨리 뛰어내려 콜라를 일으켜 세운 다음 등자에 발을 얹지도 않은 채 아무런 도움 없이 휙 뛰어올라 다시 콜라의 등에 올라탄다. 그는 재빨리 주위 사람들에게 가볍게 거수경례를 한 뒤 다시 콜라를 재촉하여 앞으로 나아간다.

에이시아는 그녀 주변의 사람들이 손수건을 흔들며 애정의 표시

를 보내는 것을 알아차린다. "정말 잘생겼네요." 가까이 있는 한 여자
가 말한다. "저 사람, 누구예요?"

  에이시아는 안정이 된 패니에게 간다. 서쪽에 짙은 먹구름이 끼
고 있다. 그들 모두 비가 시작되지 않기를 바랄 수밖에 없다. 무대에만
천막이 설치되어 있기 때문이다.

  연단으로 향하는 퍼레이드가 시작된다. 사람들이 행진하는 무지
당 당원들에게 길을 터주기 위해 길 양옆으로 몰려든다. 에이시아는
존이 제시간에 돌아오지 못할까 봐 걱정했지만, 무지당 깃발을 들고
오는 존의 모습이 눈에 들어온다. 그 깃발은 빨간색과 흰색으로 이루
어진 줄무늬 모양에다 네모난 파란색 구석에 독수리 한 마리가 활짝
날개를 펴고 투표함 위로 날아오르는 그림이 그려진 깃발인데, 줄무
늬 위에는 '미국인이여, 외국 세력을 조심하라'라는 문구가 추가로 쓰
여 있다.

  에이시아가 승마복 대신 후프 치마를 입고 왔더라면 자신의 공간
을 확보할 수 있었을 것이다. 보닛은 점점 작아지고 있는 데 반해 후
프는 점점 더 커지고 있다. 지금 그녀는 장미 냄새가 나는 한 여자와
한쪽 뺨에 큰 점이 있는 술 냄새 나는 한 남자 사이에 비좁게 끼어 있
다. "죄송해요, 아가씨." 그 남자가 그녀에게 말한다. "난 이리저리 떠
밀리고 있어서 도무지 제대로 서 있을 수가 없네요." 그러나 에이시아
는 그의 몸이 이리저리 쏠리는 것은 군중 때문이 아니라는 것을 너무
잘 알고 있다.

  그녀는 로마 가톨릭교의 위험성에 초점을 맞춘 데이비스의 연설
에 깊은 인상을 받는다. 데이비스는 단순하고 설득력 있게, 그리고 마
음에서 우러나오는 연설을 한다. 적어도 에이시아에게는 그렇게 보인
다. 그녀는 그를 순수하고 우아한 사람이라고 판단한다. 그는 풍성한

곱슬머리에다 멋들어진 콧수염을 하고 있다. 그렇지만 에이시아 주변의 군중들이 무지당을 대표한다고 한다면, 그녀로서는 그들이 다소 실망스럽다.

에이시아가 거의 집에 다 왔을 때 갑자기 폭우가 쏟아져서 패니의 옆구리와 갈기, 그녀의 보닛과 오버스커트가 비에 흠뻑 젖는다. 그녀는 물에 빠진 생쥐처럼 현관에 도착한다. 머리카락과 소매가 피부에 찰싹 달라붙어 있다. 로절리가 그녀에게 차와 수건을 가져다주고 나서 몸에서 물이 뚝뚝 떨어지는, 떨고 있는 그녀를 안으로 끌고 들어가 불 앞에 세운 다음 젖은 스타킹을 벗겨준다. 천둥소리에 창문이 덜컹거린다. 에이시아는 여러 연설을 듣는 동안 적잖이 애국심이 고취되고 적잖이 마음이 끌리는 것을 느꼈다. 그런 그녀의 들뜬 감정을 비가 식혀주었다. "별난 사람들이 그토록 많이 모인 것은 처음 봤어." 에이시아는 얼굴과 머리의 빗물을 수건으로 닦으면서 로절리에게 그렇게 말하는데, 그 사람들의 무엇이 그리도 별났는지에 대해서는 딱 집어 말하지 못한다.

존은 몇 시간 뒤, 비가 그치고 해가 진 뒤에 에이시아가 느낀 것과 같은 께름칙하고 묘한 느낌 없이 집에 도착한다. 그는 다른 무지당 당원들과 함께 술집에서 뒤풀이를 하며 그날의 순수한 승리를 다시 만끽했다. 에이시아는 존의 빛나는 얼굴을 슬쩍 한 번 바라본 뒤, 그에게 정치와 연극 중에서 하나를 선택해야만 할 때가 올 거라고 말한다. "그 둘 다를 할 순 없어." 그녀가 말한다. "아버지는 항상 그렇게 말씀하셨어."

엄마도 동의한다.

헨리 윈터 데이비스는 선거에서 승리할 것이다. 존은 자기가 지지하는 사람이 앞으로 메릴랜드주를 연방에 잔류시키는 데 헌신할 사람이라는 것을 모르고, 남부에 관대한 정책을 펴는 링컨을 가장 통렬한 언어로 비난하게 될 사람이라는 것을 모른다. 데이비스는 링컨이 무슨 계획을 선포하든 틀림없이 명목상으로는 노예제가 아니지만 실질적으로는 노예제인, 그런 제도로 돌아가게 될 거라고 말할 것이다.

링컨과 잃어버린 연설

바람이 불어오면 숲이 찢기고,
파도가 밀려오면 배가 좌초되네.

— '잃어버린 연설'을 목격한 사람들이 기억하는,
링컨이 인용한 월터 스콧 경의 시구詩句

1856년 링컨은 일리노이주 블루밍턴에서 열린 공화당 창당 대회에서 즉석연설을 한다. 훗날 참석자 가운데 일부는, 이 연설은 엄청나게 강렬하고 신성한 불로 타올랐으므로 연설을 들은 사람 중에서 변하지 않은 사람은 없었다고 말한다. '짧은 순간에 그 집회에 참석한 모든 사람이 한 사람처럼 느끼고, 한 사람처럼 생각하고, 한 사람처럼 목표를 세우고 결심하게 되었다. 한 연설이 이토록 놀라운 효과를 낸 적은 일찍이 거의 없었다. 그 연설을 들은 많은 사람의 평가에 따르면 그것은 거의 그의 인생 연설이었다.' 존 M. 스콧 판사는 그렇게 썼다. 시빗거리가 될 수 있는 연설 원본이 어디에도 없었으므로 그가 그렇게 말한 것은 지극히 안전했다. 기록할 사명이 있는 기자들은 연설에 너무 심취한 나머지 받아 적는 것을 잊어버렸다고 주장한다.

그게 아니라면, 연설 기록이 사라진 것은 계산된 것일 수 있었다.

링컨은 비공개를 전제로 연설하면서 평소보다 더 급진적인 형태의 노예제 반대 주장을 펼친 것 같다. 그것은 분노의 연설이었던 듯싶다. 링컨은 노예 제도의 타협은 가능하지 않으며, 국가는 노예 소유를 모두 허용하거나 노예를 모두 풀어주어야 한다고 주장한 것으로 보인다.

나중에 친구들은 링컨에게 그가 너무 나갔다고 말하고, 링컨이 자신들의 말에 설득되었다고 믿는다. 그러나 2년이 못 되어 링컨은 그 주장을 되풀이할 것이고, 그것도 이번에는 수년에 걸쳐 반복할 것이다. "한 집안이 둘로 나뉘어 있는 것은 견딜 수 없는 일이다." 링컨은 그렇게 말할 것이다.

그 연설은 그를 공화당의 지도자로 우뚝 서게 했고, 그 결과 그는 곧 너무 많은 장소에서 너무 자주 연설을 해달라는 요청을 받게 되었으므로 연설을 하는 게 귀찮은 일이 될 지경이었다. 링컨은 그가 대통령에 출마하기를 바라는 사람들로부터 이런저런 이야기를 듣기 시작한다.

13

엄마의 방해에도 불구하고 에이시아는 아버지의 전기를 쓰기 위한 자료를 꽤 많이 모을 수 있었다. 그녀와 존은 그 자료들을 다 정리하기 위해 함께 씨름하며 일한다. 원고는 항상 개방되어 있고, 에이시아의 생각 속에 늘 자리 잡고 있다.

스키너 거리, 1817년 2월 27일.

부스 귀하.

저는 리처드와 이아고를 연기한 당신의 공연을 보았습니다. 당신은 아마 문학과 미적인 것에 관해서 오랜 경험을 지닌 사람으로부터 몇 가지 느낌과 논평을 듣는 것을 불쾌해하지 않을 것입니다.
당신이 연기한 리처드에 대해서 말하자면, 저는 완전히 만족스럽지는 않았습니다. 당신은 상당히 부산스럽고 활발하고 기운 넘치게 공연을 마쳤고, 거의 전례가 없을 정도의 박수로 보답받았습니다. 하지만 저에게는 그것이 제가 연기자에게 바라는 온전한 이해와 관조의 표현이라기보다는 얼마간 가능성의 표현으로 보였습니다. 당신의 이아고는 아주 다르다는 생각이 들었습니다. 제 말은 그 연극의 3막에서 그렇다는 것이고, 나머지 부분은 훌륭하지 않았습니다. 저는 개릭을 비롯하여 지난 시대의 뛰어난 공연자들의 연기를 대부분 보았습니다. 하지만 저는 그날 저녁 뭔가 새로운 것을 보았다고 사람들에게 고백했습니다. (······) 당신의 암시적인 어조는, 특히 오셀로에게 질투의 독약을 주입하는 부분을 연기했을 때의 그 어조는 맹세코 너무도 사실적이어서 (······) 나는 즉시 그 설득에 깊이 감명받았습니다. 이런 배우 부스는 진정한 배우가 될 것입니다. 내가 이 글을 쓰는 이유는 당신이 아주 젊은 사람이기 때문에 이런 글이 아마도 당신에게 유익할 것이기 때문입니다. (······)

당신의 순종적인 하인,
윌리엄 고드윈 올림

존은 원고 정리 작업을 도우면서 다른 한편으로 연기자로서의 삶을 준비하기 시작했다. 그는 셰익스피어의 희곡과 시버의 각색본을 암기하는 과제를 자기 자신에게 부과한다. 느리게 공부하는 존은 연극 대사를 너무 자주 반복했고, 그래서 앤 홀의 아이들이 각자 자기 일을 하려고 지나가다가 걸음을 멈추고 존이 놓친 단어나 얼른 떠올리지 못하는 대사를 알려주곤 한다. 농장의 아이들이 모두 약강5보격[97]으로 말한다.

말은 하지 않지만 에이시아는 존이 근본적으로 텍스트에 대한 이해가 부족한 것을 걱정한다. 에드윈에게는(심지어 어렸을 때조차도) 아주 자연스러웠던 어떤 것이 존에게는 결핍되어 있다. 존의 목소리는 아름답지만, 그의 강세와 억양이 옳은지 그른지는 존도 에이시아도 알지 못한다. 존은 아버지가 에드윈의 선생이었을 거라고 생각하며, 자기도 그런 선생이 필요하다고 느낀다.

97 셰익스피어가 자신의 희곡에서 주로 사용한 운율.

존의 신체적 재능도 그를 걱정스럽게 한다. 그는 변화가 심한 로미오를 연기하기에는 어깨가 떡 벌어진 데다 몸이 너무 딴딴하고, 우아한 햄릿을 연기하기에는 너무 투박하고 뻣뻣하다며 걱정한다. 어느 날 그는 에이시아의 방으로 간다. 창문으로 햇빛이 들어오고 있긴 하지만 빛은 창백하고 희미하다. 에이시아는 작은 책상에 앉아 편지를 쓰고 있다. 추위 때문에 그녀의 손가락은 뻣뻣하다. 존은 에이시아의 속치마를 입고 숄을 걸치며 즐거워한다. 그는 거울 앞에 선다. 그가 말한다. "파이프의 영주한테 아내가 한 명 있었어. 그녀는 지금 어디 있지?"[98]

에이시아가 앉은 채로 몸을 돌린다. 존이 그녀에게 애원하듯 두 손을 내민다. "정말 이 손은 결코 깨끗해질 수 없는 걸까? 여기서 피 냄새가 나, 아직도……."

존이 말을 멈추자 에이시아가 대사를 상기시켜준다. "아라비아의 온갖 향수도……."

"아라비아의 온갖 향수도 이 작은 손 하나를 향기롭게 하지 못해." 그가 말한다. "이 정도면 레이디 맥베스 연기로 훌륭하지 않아?"

존은 더 나가기로 작정한다. 그는 에이시아의 낡은 파란색 깅엄과 최신 보닛을 챙겨 들고 사라진다. 다시 돌아왔을 때, 그는 완전히 분장한 모습이다. 그는 에이시아가 어쩔 수 없이 웃음을 터뜨릴 때까지 그녀 앞에서 후프를 좌우로 흔들며 앞뒤로 걷는다. 존은 거울 속의 자신의 모습을 다시 들여다본다. "농장 일꾼들 중에 나를 알아보는 사람이 아무도 없으면 누나는 나한테 뭘 줄 거야?"

"오, 제발 그러지 마!" 그녀가 말한다. "우린 이미 이웃들에게 충분한 이야깃거리를 주었어." 그러나 이미 너무 늦었다. 그녀는 책상에

98 《맥베스》5막 1장에 나오는 레이디 맥베스의 대사. 다음에 이어지는 대사들도 동일함.

앉아 존이 로절리의 망토를 걸친 모습으로 그녀의 방을 나가고, 이어 헛간을 향해 서리 낀 길을 걸어가는 모습을 지켜본다.

그는 15분쯤 뒤에 돌아온다. 에이시아는 부엌에서 앤 홀, 낸시 홀과 함께 있는 그의 목소리를 듣는다. 꺅꺅거리는 소리와 웃음소리가 들리고, 이어서 대담한 어린 낸시가 존에게 옷을 벗으라고 명령하는 소리가 들린다. "지금 당장 옷을 벗으세요, 존 주인님." 낸시가 말한다. "그 옷을 벗고 주인님 자신의 옷을 입으세요!"

그가 에이시아의 방으로 돌아왔을 때, 그는 자기 자신에 대해서 매우 흡족해한다. "내가 사람들을 지나칠 때," 그가 말한다. "모두 나를 향해 모자를 치켜들었어. 다들 그처럼 우아한 숙녀에게 합당한 존경심을 가지고 나를 맞아준 거야." 이 성공적인 실험으로 그의 자신감이 크게 높아진다. 아마도 그는 팔짝팔짝 뛰면서 걸어가는 것과 같은 가벼운 역할은 맡을 수 있을 것이다.

1855년 8월, 존은 1박 2일로 볼티모어를 방문하고 한낮에 집에 돌아온다. 에이시아는 앤 홀이 잼을 만들 수 있도록 바구니를 들고 밖에 나와 반들반들 윤이 나는 검은 듀베리[99]를 따 모은다. 낸시 홀은 커다란 막대기로 가시가 있는 나뭇가지를 옆으로 밀쳐줌으로써 에이시아가 듀베리를 따는 동안 가시에 찔리지 않도록 도와준다. 반면 엘리자베스 홀은 자기는 너무 나이가 많아서 도와줄 수가 없다고 뾰로통해 있다. 그들은 점박이 개들과 농장의 고양이들과 오두막집에서 사는 다른 여러 아이들에게 둘러싸여 있다.

점박이 개들이 콜라를 타고 오는 존을 가장 먼저 본다. 존이 오는

---

99 블랙베리와 비슷하게 생긴 나무딸기의 일종.

324

것에 흥분한 개들이 짖기 시작한다. 아이들이 존을 태운 말의 발굽 주위로 몰려든다. 존이 사탕 봉지를 들어서 속에 든 것들을 던진다. "개들이 먹기 전에 얼른 주워." 그가 아이들에게 말한다. 한바탕 소란이 인다.

존이 말에서 내려 에이시아에게 간다. 그가 에이시아의 바구니를 들어주며 손을 뻗어 그녀의 얼굴로 흘러내린 흐트러진 머리카락을 단정하게 올려준다. "내가 거기 가서 뭘 했게?" 그가 말한다. 에이시아는 그의 기분이 무척 좋다는 것을 알 수 있다.

"아주 멋진 걸 했구나." 그녀가 말한다. "하지만 그게 뭔지는 모르겠어."

"어젯밤에 찰스스트리트 극장에서 내가 리치먼드 역을 연기했어."

엄마는 이 얘기를 듣고 그다지 기뻐하지 않는다. 에드윈은 작은 역할에서 시작하여 주인공 역까지 올라갔다. 그럴 만한 자격을 스스로 확보한 것이다. 반면에 존은 풋내기인데도 불구하고 그의 이름만으로도 극단에서는 그를 고용하고 싶어 한다는 것을 알았다. 그것은 극단으로서는 현명한 비즈니스 전략이다. 부스 집안의 자식이 무대에 선다면 사람들은 그걸 보기 위해 돈을 지불할 것이기 때문이다. 만약 그가 실수를 하거나 재능이 없다는 게 드러난다 해도 사람들은 역시 돈을 내고 그걸 보려 할 것이다. 엄마는 존은 미숙하고 아직 준비되지 않았다고 최대한 부드럽게 말한다.

존이 공연을 한 날 밤은 그 극장의 객석이 꽉 찬 유일한 밤이었다. 객석을 가득 메운 관객은 존의 연기에 야유를 보내곤 했다. 에이시아가 느낀 승리의 분위기는 존이 이제껏 해온 연기 중에서 최고의 연기였다. 엄마가 옳았다. 존은 이름 때문에 이용당했고, 이 일을 진행한 사람은 에드윈의 친한 친구 슬리퍼 클라크였다.

이 모든 일은 존으로 하여금 오래전, 그가 겨우 여덟 살이었을 때 슬리퍼와 에드윈이 존에게서 리처드 역을 빼앗아 가고 대신 리치먼드 역을 제안했던 일을 생각나게 했다. 존은 그들의 오만함과 열세 살 시절 그들의 갑질을 떠올렸다.

어제만 해도 존은 그에게 기회를 준 슬리퍼에게 고마워했다. 존이 기억하는 한 슬리퍼는 가족이나 다름없었다. 그는 슬리퍼가 좋은 의도로 이 일을 추진했다는 것을 믿고 싶다. 잘못은 존 자신에게 있다. 그 자신의 꿈, 그 자신의 허영에 있고, 분수를 모르는 행동에 있다. 그는 에이시아에게 아무 말도 하지 않는다. 다음번에 슬리퍼가 공연 요청을 했을 때 존은 하지 않겠다고 한다.

14

에이시아는 스무 살이 된다. 영혼을 박박 문질러 씻기에 좋은 시기다. 지난해에 그녀가 한 일 가운데 하늘이 좋아할 만한 일로는 무엇이 있는가? 자신이 가장 우려하는 성질(꼬치꼬치 따지고, 고상한 체하고, 비판적이고, 쌀쌀맞은 성질)을 피해왔던가? 대신 자신이 가장 바라는 성질(친절한 할머니처럼 관대하고 자비로운 성질)을 실천해왔던가? 더 잘하려면 어떻게 해야 하나? 앞으로는 어떻게 될까?

'나는 내 앞에 펼쳐진 페이지가 두려워.' 그녀가 진에게 편지를 쓴다. '항상 나를 사랑하겠다고 약속해줘.'

15

에드윈에게서 아찔한 모험담이 담긴 편지가 도착한다. 사모아 근처에서 해적들이 에드윈이 타고 있는 배에 올라탄 뒤 타륜을 빼앗아 잡고 산호초에 배를 좌초시키려 했지만 실패했다고 한다. 한번은 선상 반란이 일어나서 여행 중이던 연기자들이 자신들의 모조 검과 나무로 만든 총으로 선장을 지켜야 했다고 한다.

시드니에서 성공적인 공연을 마친 후 그들 일행은 멜버른으로 이동했고, 에드윈은 그곳에서 자신의 스물한 번째 생일을 축하했다. 어떤 식으로 축하했는지에 대해서는 편지에 언급되지 않았다. 사실은, 너무너무 술에 취한 에드윈이 고래고래 소리 지르며 대영 제국을 비난하면서 그의 호텔에 미국 국기를 달려고 했었다. 이 일이 오스트레일리아인들의 애국심을 크게 자극하여 그곳 사람들이 에드윈의 연기를 보러 가는 것을 거부했다. 한 번의 술주정으로 에드윈이 오스트레일리아 순회공연 전체를 망친 것이었다.

술주정뱅이 남편에게서 도망칠 정도로 그런 행동에 너무 익숙한 로라 킨은 에드윈을 결코 용서하지 않는다. 에드윈의 편지는 원인에 대해서는 말하지 않은 채 그들 사이에 균열이 있다는 것을 인정한다. 그 결과 그는 '날카로운 고통을 겪고 있다'고 쓴다. 그는 로라 킨과 헤어져 배를 타고 하와이로 가서, 그곳에서 카메하메하왕을 위해 〈리처드 3세〉를 공연한다. 그 왕은 예전에 같은 역을 연기한 에드윈의 아버지를 한 번 본 적이 있는 왕이었다.

존은 이 편지를 계속 읽어나가는 게 힘겨울 정도로 몹시 부러워한다. 그는 선상 반란으로부터 자신의 선장을 지키고 싶어 안달이 난다. 존은 칼싸움을 에드윈보다 열 배 백 배 더 잘한다. 한편, 농장의 상황은 절망적이다. 헤이건에게 밭을 임대했던 일이 큰 실패로 끝난 이후 아무에게도 밭을 임대하지 않았다. 아무도 밭에서 풍성한 수확을 얻지 못했다. 1855년 겨울, 부스 가족은 서서히 굶주리기 시작한다.

에이시아는 늘 피곤하고 늘 춥다. 그녀는 몸이 무르고 허약하다고 느낀다. 머리카락은 윤기를 잃었다. 그리고 변비로 고생한다. 그녀는 영양가 있는 음식을 먹으면 이 모든 것이 치료될 거라는 것을 알고 있지만, 식품 저장실에는 그런 음식이 거의 없다. 젖소들이 말라간다. 딱 한 마리에서만 계속 젖이 나오는데, 그 젖이 분홍색이다. 그 모습은 에이시아로 하여금 말발굽 같은 발굽이 있고 사슴뿔 같은 뿔이 있는 사냥꾼 허른[100]이 그의 쇠사슬을 흔들며 와서 젖소에서 피가 나오게[101] 한다는 구절을 떠올리게 한다. "셰익스피어가 예상하지 않은 것은 아무것도 없어." 존이 말한다.

눈이 숲과 들판을 덮고 점점 더 높게 쌓여간다. 세상은 고요하다. 물은 흐르지 않고 새는 노래하지 않는다. 오직 녹았다가 다시 어는 소리만 존재한다. 나뭇가지와 처마와 창문에서 고드름 떨어지는 소리만 들린다. 바람 소리만 들린다.

펌프가 얼어붙은 탓에 샘에서 양동이에 물을 채우려면 도끼를 사용해야 한다.

말들 중에서 일부를 팔아야 한다. 패니의 망아지도 여기 포함된다. 그들은 이제 더 이상 앤 홀에게 돈을 지불할 여유가 없다. 어쨌든 눈도 너무 깊이 쌓였기 때문에 앤 홀이 튜더홀까지 가야 했다면 무지 고생했을 것이다. 용감하게 길을 나서는 사람은 아무도 없다. 한 달 이상이나 집을 찾아오는 사람이 한 사람도 없다. 그럼에도 로절리는 조를 집에 데려오고 싶어 한다. 엄마는 안 된다고 말한다. 학비가 밀리긴 했지만 조는 지금 있는 곳에서 음식을 잘 먹고 있기 때문이다. 자라는

---

100 아일랜드 민담에 나오는 존재.

101 셰익스피어의 희극 《윈저의 즐거운 아낙네들》 4막 4장에 나오는 표현.

아이에게는 음식이 필요하다.

에이시아에게는 애완용으로 기르는 자고새의 새장이 있다. 그 자고새들에게 다 이름을 지어주었기 때문에 그 새들을 먹을 수는 없다. 그렇지만 그들에게 줄 모이도 없다. 에이시아는 그 새들을 풀어주고, 하얀 눈밭에서 뭔가를 쪼다가 흩어지는 새들의 모습을 지켜본다. "저 새들은 너무 예뻐서 먹을 수가 없어." 로절리가 말한다. 이어서 엄마가 말한다. "우리 땅을 돌아다니는 모든 동물에게 이름을 지어주면 다 이렇게 되는 거야."

에이시아는 전날 존이 설치한 덫들을 확인하러 존과 함께 숲에 가기로 마음먹는다. 그 덫들은 이름을 지어주지 않은 동물을 잡기 위한 것이다. 밤새 눈이 더 내려서 그녀가 현관문을 열자 눈이 멀 것 같은 하얀 세상이 펼쳐진다. 현관 계단은 사라져버렸다.

존은 막대기를 챙겨 들고 걸을 때 발밑에 단단한 땅이 있는지 확인하기 위해 막대기로 눈밭을 찔러보아야 한다. 이렇게 해서 그는 농장 토지 주변에 설치한 뱀 퇴치용 울타리를 찾고 그 울타리를 뛰어넘는다. "자, 해봐." 그가 에이시아에게 말한다. "한 번만 뛰어넘으면 돼."

에이시아는 배가 잔뜩 부른 다른 어떤 날이었다면 틀림없이 뛰어넘을 수 있었을 것이다. 그러나 그녀는 뛰어넘기 전에 주저앉아 눈이 목까지 차도록 눈 속에 묻힌다. 그녀는 팔을 움직일 수도 없고 발에 힘을 주고 일어설 수도 없다. 존이 간신히 그녀를 눈 더미에서 끌어올렸을 때, 아드레날린이 그녀의 심장을 쿵쾅쿵쾅 뛰게 만든다. 눈이 치마에 도깨비바늘 씨앗처럼 달라붙어 있어서 그녀는 그것을 다 털어내지 못한다. "눈에 빠져 죽는 줄 알았어." 그녀가 말한다. "거의 죽을 뻔했어." 존이 다시 그 큰 눈을 떠서 우리를 보는 일은 없을 거라고 생각했다니까. 제시 휘턴이 했던 말이 그녀의 귀에 들린다.

"눈에 빠져 죽어가는 사람이 누나처럼 꽥꽥거리며 얘기할 수 있겠어?" 존이 겁에 질린 그녀를 바라보며 크게 웃는다. 그러고 나서 부드럽게 덧붙인다. "난 누나를 잃은 적이 없잖아. 누나를 안전하게 지켜 줬단 말야." 그녀가 걷잡을 수 없이 떨고 있어서 존은 그녀에게 집으로 돌아가라고 권한다. 그 혼자서도 덫을 찾을 수 있으니까. 그러나 그녀는 너무 겁이 나서 혼자 돌아갈 수 없다. 이제 집으로 돌아가는 길이 그녀에게는 황천길로 계속 이어지는 것처럼 보인다.

나무들이 자라는 숲에 이르자 쌓인 눈의 두께가 얇아져서 그들은 좀 더 쉽게 앞으로 나아갈 수 있다. 그들의 덫에 짐승 두 마리가 걸렸다. 한 마리는 주머니쥐, 한 마리는 다람쥐이다. 덫에 처음 걸렸을 때 이 짐승들이 느꼈을 공포는 사라지고 보이지 않는다. 둘 다 절뚝거리며 체념한 표정으로 에이시아를 바라본다. 둘 다 부스 가족보다 더 굶주린 모습이다.

존은 그 짐승들을 풀어준다. "어차피 한 입 거리도 안 됐을 거야." 그가 말한다. "불쌍하고 딱한 놈들." 그러고 나서 마음을 바꾸는데, 그때는 이미 너무 늦었다. "그렇지만 그놈들은 죽을 준비가 되어 있었는데. 내가 너무 어리석었어!"

집에 돌아왔을 때 에이시아는 몸에 아무런 감각이 없다. 이윽고 팔과 다리에 감각이 돌아오자 화끈거리고 욱신욱신 아프다. 그녀는 이가 부러질 것처럼 아주 심하게 몸을 떤다.

마침내 그녀의 몸이 다시 따뜻해진다. 하지만 여전히 배가 고프다.

존은 가축을 팔다가 먼 이웃인 파커 씨를 만나게 되었는데, 그가 젖이 잘 나오는 젖소 한 마리를 존에게 판다. 존은 그 젖소를 데려오려고 걸어서 출발한다. 그가 집을 나설 때 눈이 비스듬히 내리고 차가운 바람이 분다. 에이시아는 존의 모습이 흐릿해지다가 사라지는 것을 지켜보는 동안 끔찍한 예감에 사로잡힌다. 그녀는 그를 뒤쫓아 달려가지만 가족 묘지가 있는 곳까지밖에 가지 못한다. 그곳의 십자가들은 눈에 덮여 거의 보이지 않는다. 죽은 가족들은 그 어느 때보다도 더 깊이, 더 차갑게 누워 있다.

그들은 존이 그날 오후에 돌아올 것으로 예상했지만, 밤이 되어도 그는 돌아오지 않는다. 바람은 멈추었으나 눈은 그치지 않는다. 이제 눈은 검은 하늘에서 하얗게, 똑바로 내린다. 에이시아는 존이 집으로 오는 길을 찾을 수 있도록 등불을 켜서 차가운 창문들에 각각 하나씩 놓아둔다. 유리창에 서리꽃이 핀다.

소파로 물러난 그녀는 등불 아래서 읽고 있던 이야기를 이어서 읽으려고 노력한다.

길은 점점 더 거칠어지고 황량해지고 흐릿해지다가
마침내 사라져버렸고 그는 어두운 황야의 한가운데에
홀로 남겨졌다. 그럼에도 그는 도덕적인 사람을
악으로 이끄는 본능의 힘으로 계속 앞으로 내달렸다.[102]

그러나 책에 쓰인 단어들의 의미가 머리에 들어오지 않는다. 엄마는 바느질감을 내려놓고 두 팔로 자신의 몸을 꼭 감싼 채 의자에 앉아 몸을 흔들고 있다. "내 아들, 내 아들, 내 아들." 엄마가 말한다. "내 사랑스러운 아들."

견딜 수 없는 긴 밤이다. 여자들은 조용해진다. 아무도 잠자리에

---

102   너새니얼 호손의 단편 〈젊은 굿맨 브라운〉에 나오는 문장.

들지 않는다. 에이시아는 이불로 몸을 감싼 채 눈 더미에 묻혔던 일과 팔을 전혀 움직일 수 없었던 상황을 다시 생각한다. 존이 그녀를 눈 더미에서 끌어 올리지 않았다면 그녀는 죽었을지도 모른다. 아마 죽었을 것이다. 이처럼 위험한 추위 속에서는 현관문에서 몇 걸음만 나가도 죽을 수 있다. 그녀는 존을 밖으로 나가게 만든 젖소가 밉다. 그 소를 사라고 제안한 파커 씨 부부가 밉다. 만약 존에게 무슨 일이 생긴다면 그녀는 절대 그것을 극복하지 못할 거라고 생각한다.

"문득 기억이 나네요." 로절리가 갑자기 말한다. "헨리가 죽었을 때가 기억나요."

"그 얘기 하지 마." 엄마가 로절리에게 말한다.

"또렷이 기억나요."

"더 이상 한마디도 하지 마. 분명히 경고했어."

에이시아가 있는 데서 누가 헨리의 이름을 언급한 것은 수년 만에 처음이다. 그녀는 이들 죽은 형제자매들에 대해서 알고 있지만, 그녀에게 그들이 살았던 세계는 상상의 세계이고 그녀 이전의 세계이다. 에이시아에게는 그들이 죽었다고 느껴지지 않는다. 그들은 책에 나오는, 또는 꿈에 나오는 어떤 것처럼 느껴진다.

"엄마는 걔를 가질 수 없어요." 로절리가 말한다.

"뭐?" 에이시아가 묻는다. 그러나 로절리는 에이시아와 얘기하지 않는다.

"네 얘기 듣지 않겠다." 엄마가 떨리는 목소리로, 그러나 날카롭게 말한다. 엄마는 의자에서 일어나 로절리를 쏘아본다. 그런 다음 방을 나간다. 마치 엄마가 발을 들지도 못하는 것처럼, 혹은 걷는 법을 잊어버린 것처럼 엄마의 신발이 목재 바닥을 긁는 소리가 들린다.

"엄마는 걔를 가질 수 없어요." 로절리가 허공에 대고 그 말을 반복한다. 엄마가 두 손을 꽉 쥐고 돌아온다. 엄마는 문간에 들어서기 무섭게 다시 나간다. 그리고 다시 돌아온다. 에이시아는 존이 집에 돌아오지 않는다면 그들 세 사람 모두 미쳐버릴 거라는 것을 알 수 있다. 그들은 여기서, 아버지가 지은 이 집에서, 완전히 미쳐서 굶어 죽을 것이다.

아침이 되니 눈은 더 이상 내리지 않는다. 해가 떠오르자 마당에 펼쳐진 순백의 페이지에 해의 분홍빛과 노란빛이 반사된다. 창틀에 고드름이 이빨처럼 매달려 있다. 에이시아는 지쳐서 몸이 천근만근이다. 그녀는 거실의 난롯불에 눈 한 그릇을 녹여서 위층으로 가져가 얼굴에 묻은 밤의 흔적을 씻어낸다. 머리를 빗을 때, 엉킨 머리카락 몇 올이 머리빗에 남아 있다. 그녀는 그들의 덫에 걸린 주머니쥐처럼 절뚝거리는 무기력한 기분을, 희망을 상실하고 체념에 빠진 기분을 느낀다. 그녀는 존에게 마지막으로 했던 말을 생각해내려 애쓰지만, 너무 평범한 말이었던 탓에 기억나지 않는다. 존이 그녀에게 마지막으로 했던 말도 생각해낼 수 없다. 지금 기억나는 인상적인 말은 언젠가 그가 "이 누나는 내가 순교자적인 죽음을 맞이할 거라고 생각한다"고 말했던 것뿐이다. 그 말은 가족을 먹이려다가 얼어 죽는다는 의미를 담고 있었던 걸까?

그녀는 존의 방으로 들어가 존의 침대에 눕는다. 그녀가 만들어준 퀼트 이불에서 연기 냄새 같은 탁한 냄새를 맡을 수 있다. 그녀 위에 걸린, 여전히 여러 무기들을 매달고 있는 사슴뿔이 벽에 앙상한 손가락 같은 그림자들을 드리우고 있다. 에이시아는 일어나야 한다. 승마복을 입고, 패니의 등에 안장을 얹고, 패니를 타고 오두막집들로 가서 남자들에게 밖으로 나가 존을 찾아보게 해야 한다. 그러나 그녀는 그들이 무엇을 발견하게 될지 너무 두렵다.

에이시아는 힘겹게 존의 방 창문으로 다가간다. 바깥 길에서는 잘 보이지 않는, 이 집에서 가장 전망이 좋은 곳이다. 그때 쌓인 눈을 밟으며 터벅터벅 걸어오는 존의 모습이 그녀의 눈에 들어온다. 존이 소를 끌고 천천히 집을 향해 오고 있다. 그녀는 그가 진짜 존이라는 것을 확신할 수 있을 만큼만 기다렸다가 곧장 흐느끼면서 달려 나가 엄마와 로절리를 부르며 아래층으로 내려간다. 이어 그를 맞이하기 위해 신발도 신지 않은 채 눈밭으로 뛰쳐나간다.

이 집 여자들의 두려움이 과장된 것이 아니었다는 게 밝혀진다. 존은 가까스로 죽음을 모면한 것이었다. 그는 몇 시간 동안이나 걸었다. 바람이 얼굴로 불어오고, 눈이 소매에 들러붙었다. 장갑과 부츠뿐 아니라 얼굴을 감싼 스카프와 모자에도 눈이 쌓이고 쌓여서 얼마 후 그는 틀림없이 눈사람이 걸어가는 것처럼 보였을 것이다. 쌓인 눈 더미는 높았다. 종종 길을 잃지 않았다는 확신을 갖지 못한 채 눈 더미를 헤치며 무작정 앞으로 나아가야 했다. 갑자기 뼛속 깊이 한기를 느끼며 자고 싶다는 욕구에 사로잡혔다. 그렇게 하는 것이(따가운 눈을 감고 잠시 쉬는 것이) 합리적인 일처럼 생각되었고 그는 그 생각을 물리치기 위해 한순간이라도 자리에 앉으면 그것은 곧 죽음이라는 말을 속으로 중얼거리며 자신을 엄하게 훈계해야 했다. 머릿속에서 일어나는 그 같은 논쟁은 짙은 눈발 사이로 한 줄기 빛을 보았다는 생각이 들었을 때에야 그쳤다.

요정 나라일 거라는 생각이 들었다. 그만큼 정신이 나가 있었기 때문이다. 그러나 그 불빛은 진짜인 것으로 드러났다. 마침내 파커 농장에 다다른 것이었다. 파커 씨가 그를 안으로 데리고 들어갔다. 심하게 얼어붙은 존은 처음에는 말을 할 수도, 생각을 할 수도 없었다. 파커 씨가 브랜디를 존의 목구멍에 부어주었고, 그런 다음 정신이 정상으로 돌아올 때까지 손바닥으로 존의 가슴과 어깨 부위를 철썩철썩 쳤다.

소를 데리고 즉시 집으로 돌아가려던 그의 계획을 파커 씨가 강제로 막았다. 부스 집안의 여자들이 두려움으로 미쳐가고 있던 동안에 존은 안전하게 따뜻한 침대에 들어가 곤히 잠을 잤다.

이 젖소는 에이시아가 본 젖소 중에서 가장 아름다운 젖소이다. 그들은 이 젖소에게 레이디 파커라는 이름을 지어주고, 헛간에 들어가 젖소 주변에 모여서 거품이 이는 따뜻한 우유를 여러 잔 마신다. 그런 다음 로절리, 에이시아, 존이 번갈아가며 통에 담긴 우유를 휘젓는다. 버터를 먹어본 지 얼마나 되었나? 치즈를 먹어본 지는? 젖소. 젖소. 젖소를 위한 나의 왕국. 그런 생각들이 그녀의 머릿속에 떠오른다. 에이시아는 오랜만에 배가 부르고 만족스러운 기쁨을 누리고 있지만, 그녀는 그녀의 왕국이 이 젖소를 얻기 위해서 지불할 뻔했던 것이 존의 목숨이었다는 사실을 잊을 수가 없다. 존이 없는 세상이라니! 그것은 그녀로서는 생각도 할 수 없는 일이다.

그들은 겨울을 견뎌낸다. 봄은 풍요로운 계절처럼 느껴진다. 여름도 그렇다. 존은 암울한 농장 일을 계속하지만, 수확은 그 어느 때보다도 좋지 않다. 수확은 해마다 큰 폭으로 줄어든다.

나뭇잎의 색깔이 변한다. 또 한 번의 끔찍한 겨울이 다가오고 있다.

16

그러나 에드윈이 겨울보다 먼저 도착한다.

에드윈 부스가 황금의 땅에서 돌아온다는 소문이 퍼졌다. 부유한 사람이 마을에 왔다. 그의 마차가 도착했을 때 이웃 사람들은 이미 잔디밭에 모여 그를 기다리고 있었다. 젊은이들이 길을 달려 내려가 마차를 맞이했다. 그들 중에는 에드윈이 이곳을 떠났을 때 아기에 지나지 않았던 이들도 몇 명 있다. 그는 마차에서 땅으로 가볍게 폴짝 뛰어내려 환호하는 사람들 속으로 들어간다. 소년들은 그의 무거운 트렁크를 거실로 옮기는 특권을 차지하기 위해 서로 다툰다.

에이시아가 에드윈을 본 지 4년이 지났다. 에드윈은 여전히 소년 같은 인상을 지니고 있긴 하지만, 다른 한편으로는 완전히 변한 모습이다. 그는 벨벳 망토를 입고 있는데, 망토 맨 위에는 다이아몬드와 금으로 장식된 브로치를 달고 있다. 그가 나중에 가족들한테 말한 바에 따르면 그 브로치는 샌프란시스코 여자들이 이별 선물로 준 것이라고 한다. 부츠는 붉은색으로, 등가죽과 갑피에 소용돌이무늬가 스티치되어 있다. 가무잡잡한 피부에 검은 곱슬머리, 그리고 이국적인 복장을 한 그는 《아라비안나이트》에 나오는 왕자 같다. 에드윈 옆에 있으니 에이시아의 눈에 가엾은 존은 퍽 초라하고 꾀죄죄해 보인다. 그녀는 자신도 그렇게 보인다는 것을 알고 있다. 그가 그녀를 안아주려고 다가올 때, 갑자기 부끄러움을 느낀 그녀는 그의 화려하고 멋진 모습에 너무 경외심이 들어서 그의 품으로 와락 뛰어들지 못한다.

에이시아는 그가 로절리와 인사를 나눌 때 얼굴을 맞추려 노력하는 것을 본다. 로절리가 그렇게나 변했나? 엄마가 로절리에게 똑바로 서라는 말을 언제 그만두었는지 기억할 수는 없지만 아무튼 그것은 아주 오래전이었다. 로절리의 한쪽 어깨는 이제 다른 쪽 어깨보다 항상 높다.

마당에 모인 사람들은 떠날 기미를 보이지 않는다. 그들 중 반은 흑인이고, 반은 백인이다. 에드윈은 그들 사이에서 움직이면서 아는 사람은 등을 툭 치고, 모르는 사람과는 악수를 한다. 그는 자기 다리 주위에서 춤을 추고 자신의 붉은 부츠 앞에 서 있는 홀 집안의 어린 여자애들에게 특별한 애정을 보인다. 웃음과 왁자한 소리가 이어지는 동안 에드윈은 기쁘면서도 겸연쩍은 표정을 지으며 가끔 손으로 머리를 쓸어 올린다. 그는 웃을 때 고개를 뒤로 젖히는데, 그것은 전에는 에이시아가 보지 못한 버릇이다.

앤 홀이 즉석 파티를 위해 재빨리 만든 버터밀크 케이크를 가지고 나타난다. 그녀가 에이시아에게 박하 차를 돌리라고 말하고, 에이시아는 웃는 얼굴로 그렇게 한다. 그러는 동안에도 에이시아는 사람들을 모두 보내버리고 에드윈이 가족하고만 남아 있게 할 수 있었으면, 하고 바란다. 다행히도 그날 보관된 사과주의 양이 충분치 않다. 만약 사과주가 충분히 많았다면 남자들은 절대 집으로 돌아가지 않았을 것이다.

파티는 해 질 무렵에야 끝난다. 그제야 에드윈은 마지막 몇 걸음을 걸어서 현관을 올라가고 거실에 들어선다. 그가 튜더홀 안으로 들어간 것은 이번이 처음이다. 엄마가 에드윈을 데리고 다니며 집 안을 안내하고, 에드윈은 방의 크기와 창문 수에 감탄한다. 이 집은 바깥 풀밭에서 반딧불이가 깜박깜박 빛을 내고 거실의 램프에 불을 켤 시간이 된 바로 이때가 가장 두드러지게 좋아 보인다.

에드윈이 씻으려고 사라졌는데, 너무 오랫동안 돌아오지 않는다. 에이시아는 갑자기 그가 돌아오지 않을까 봐 걱정하고, 그녀가 꿈에서 본 그 모든 것들을 떠올리며 걱정한다. 그러나 그때 그가 돌아온다. 그의 머리와 얼굴이 아직 촉촉하다. 그녀는 흥분과 기대감으로 가슴이 터질 것만 같아서 숨을 쉬기도 힘들 지경이다. 에드윈은 언제나 그녀가 가장 좋아하는 사람이었다! 그녀가 어떻게 그걸 잊고 지냈을까?

마침내 그가 트렁크를 연다. 그는 먼저 양피지에 인쇄된 결의안을 보여준다. 캘리포니아 주의회를 통과한 것으로, 에드윈을 캘리포니아주의 위대한 보물 중 하나로 선언한 결의안이다. 그 결의안에는 캘리포니아주는 이제 그를 나머지 다른 주와 아낌없이 공유하려 한다는 내용이 쓰여 있다.

에드윈은 존과 조에게 줄 선물로 하와이에서 구입한 설탕과 나선형의 커다란 고둥 껍데기, 샌프란시스코 차이나타운에서 구입한 퍼즐 상자, 그리고 멕시코산 가죽 바지를 가지고 왔다. 로절리에게 줄 선물은 초승달 모양의 녹색 보석이 달린 목걸이다. 에이시아의 선물은 은 팔찌다. 에이시아는 즉시 은팔찌를 손에 차고 팔을 흔들어서 램프 불빛에 팔찌가 반짝이는 것을 본다. 여자 가족 모두와 앤 홀에게 줄 자수 스카프도 가지고 왔다.

엄마에게는 그의 첫 〈리어왕〉 공연(테이트가 각색한 작품으로, 여기서는 코딜리아가 죽지 않고 살아남아 승리한다)을 포함하여 샌프란시스코에서의 모든 자선 공연과 고별 공연의 수익금을 건넨다. 에드윈은 2만 달러라는, 믿을 수 없을 정도로 많은 돈을 벌었는데, 그중 태반은 금으로 받았다. 그는 엄마에게 자기 지갑을 준다. 그 지갑이 너무 무거워서 엄마의 손에서 떨어진다. 엄마는 흐느껴 울기 시작한다.

엄마는 고단한 삶을 살아왔다. 심신이 지칠 대로 지친 고달프고 고단한 삶을 살면서 그가 가족들을 구해주기를 기다려왔다. 에이시아는 엄마의 긴, 흑흑거리는 듯한 거친 숨소리를 듣는다. 엄마는 마치 아버지가 돌아가신 이후로 줄곧 숨을 참고 있다가 이제야 다시 숨을 쉴 수 있게 된 것처럼 숨을 쉰다.

엄마가 울자 로절리도 따라서 운다. 에이시아는 해가 하늘에서 내려와 부스 집안의 집 거실로 들어왔다고 느낀다. 에드윈이 너무 밝게 빛나고 있어서 그를 쳐다볼 때마다 에이시아의 눈에 눈물이 맺힌다. 에이시아는 잠시 후에야 자기도 울고 있다는 것을 깨닫는다.

스물두 살의(거의 스물세 살이다) 에드윈이 이제 집안을 책임진다. 그는 가족을 다시 볼티모어로 옮기고, 지체 없이 그곳 프런트스트리트 극장에서 공연을 시작한다. 에드윈은 아버지를 가장 잘 알았던 관객 앞에 나서고 아버지가 전에 맡았던 역할 중에서 많은 배역을 떠맡는다. 아마도 그는 아직 아버지의 천재성에 이르지 못했을 것이다. 그러나 아무도 개의치 않는다. 관객들은 그를 너무 사랑한다. 그는 관객들이 꽉 들어찬 극장에서 공연한다.

1857년 7월, 다음과 같은 광고가 〈벨에어 서던이지스〉 신문에 나올 것이다.

임대—고故 J. B. 부스의 멋지고 유명한 거주지로, 벨에어에서 약 5킬로미터 떨어진 하퍼드 카운티의 처치빌로 가는 길에 위치합니다. 신청하는 즉시 좋은 세입자에게 임대될 것입니다. 이곳에는 22만 평의 땅이 있는데, 그중 10만 평의 땅이 경작지입니다. 메릴랜드주 볼티모어, 존 부스.

이후, 부스 가족 중 누구도 아버지의 농장에서 다시 살지 않을 것이다.

앞에서 나온 노예 폐지론자로, 상원 의회에서 캐롤라이나주 출신
하원 의원에게 지팡이로 심하게 얻어맞은 그 상원 의원이다.

물론 그는 정부情婦를 두었고,
그 정부에게 사랑의 서약도 했습니다.

사우스캐롤라이나주 출신 상원 의원은
기사도에 관한 책을 많이 읽었으며,
자신이 명예와 용기를 지닌
예의 바른 기사라고 믿습니다.

그 정부는 다른 사람들 눈에는 추해 보이지만
그에게는 언제나 사랑스럽고,
세상이 보기에는 타락했지만
그가 보기에는 순결하답니다.

제가 말하는 정부는
노예 제도라는 매춘부입니다.

부스 가족이 마지막으로 볼티모어에서 살았던 때로부터 4년이 지났다. 많은 면에서 이 도시는 예전과 똑같다. 올라플렌네 가족은 여전히 길 건너편에 살고 있고, 옆집은 여전히 그 조그만 스트럿호프 식료품점이다. 한때 아버지의 시신이 누워 있었던 거실은 아직도 부드러운 소재의 노란 벽지로 도배되어 있고, 창문에는 레이스 커튼이 있으며, 창문 밖에는 녹색 덧문이 있다. 여전히 돼지들이 자유로이 돌아다니고, 그것은 논쟁적인 정치 이슈다. 돼지들은 공공의 위협인가? 아니면 특유의 잡식성을 발휘하여 거리의 쓰레기를 치워주는 공복인가? 영국에서 온 방문객들은 돼지가 돌아다니는 것이 종종 모브타운[104]이라

---

104   Mobtown. '폭도의 도시'라는 뜻으로, 은행의 파산에 분노한 군중이 1835년에 폭동을 일으킨 사건에서 비롯된 볼티모어의 별칭.

불리는 이 도시에서 구세계의 정취를 느끼게 하는, 동화 속 마을 같은 매력적인 모습이라고 여긴다.

그러나 다른 여러 가지 면에서 볼티모어는 변했다. 콕로빈스, 검볼스, 네버스웨츠 같은 갱들은 성장하여 캘리섬피언스, 립랩스, 플러그어글리스, 블러드터브스, 로즈버드스 등등의 수많은 불량배 집단이 되었다. 도시 전역에 가로등이 설치되어서 이제 밤이 되면 그 부드러운 빛이 창문을 물들이고, 하늘의 별빛을 흐릿하게 하고, 길바닥에 빛 웅덩이를 만든다. 이 가로등은 어두워진 후 집 밖에 있을 때 일어나는 위험을 줄이려는 의도로 설치된 것이다. 마흔두 명의 점등원이 고용되었는데, 그들이 돌아다니며 가로등을 켜는 일을 하게 되면서 사람들이 구타당하거나 강도를 당하는 일은 거의 일어나지 않는다.

1854년 시의원 선거 이후로 이민을 반대하는 미국당이, 즉 비밀조직인 무지당이 이 도시를 책임지고 있다. 그들의 정책 노선에는 경찰 개혁, 물 공급 개선, 권력 유지가 포함되어 있다. 이 노선들은 모두 완력을 필요로 하지만, 특히 마지막 사항인 권력 유지가 더욱 그러하다. 갱단이 통제하는 투표소에서는 오직 이 당의 당원들에게만 투표를 허락한다. 당원이 아닌 다른 사람이 투표를 하려면 죽음의 고통을 각오해야 할 것이다.

1856년의 대통령 선거는 부스 가족이 볼티모어로 돌아온 지 불과 며칠 후에 치러진다. 캔자스주는 여전히 피비린내가 난다. 섬너 상원의원은 상원 의회에서 구타를 당해 거의 죽을 뻔했고, 여전히 볼티모어의 폭력 수준은 전국에 큰 충격을 주고 있다. 몇 시간 동안의 폭동과 혼란으로 30여 명이 죽고 300여 명이 부상을 당했다. 부스 가족이 다시 돌아온 것을 환영하기 위해 건포도 케이크를 가지고 방문한 올라플렌 형제는 그들에게 선거일에는 집 안에 있으라고 경고한다.

그것이 그들의 일이다. 어쨌든 투표할 자격이 있는 사람은 에드 윈뿐이고, 그는 무지당 당원이 아니다.

선거가 끝났을 때 새로 창당된 공화당의 첫 번째 대통령 후보인 존 C. 프리몬트는 북부의 거의 모든 주에서 이겼음에도 불구하고 패배했다. 민주당의 제임스 뷰캐넌은 남부를 모두 석권하고 프리몬트 자신의 주인 캘리포니아주에서 이겼다. 미국당 후보인 전 휘그당원이자 전 대통령이었던 밀러드 필모어는 단 한 주만 차지했다. 그 주는 메릴랜드주이다.

링컨 가족 중 한 명은 필모어 지지자이다. 링컨 자신은 아니다. 링컨은 당연히 프리몬트를 지지했다. 그러나 메리 토드 링컨은 자신의 이복 여동생에게 다음과 같은 편지를 쓴다. "여자로서의 연약한 내 마음은 정서가 너무 남부적이어서 필모어를 제외한 어떤 사람에게도 공감할 수가 없구나. 나는 언제나 그이의 열렬한 숭배자였어. 그이는 아주 훌륭한 대통령이었고 매우 공정한 남자였지. 게다가 그이는 외국인들을 일정한 범위 안에서 관리해야 할 필요성을 느끼는 분이야. 너희 켄터키 사람들 중 몇몇이 '거친 아일랜드인'을 상대해야 하는 상황에 처하게 된다면(실은 그런 아일랜드인을 상대해야 하는 일이 종종 우리 주부들에게 맡겨지기도 한다), 남부 사람들은 다음 선거에서 분명히 필모어 씨를 대통령으로 뽑을 거야……."

그녀는 링컨이 노예제 폐지론자로 오해받지 않기를 간절히 바란다. 링컨이 노예제 폐지론자라는 것만큼이나 사실과 거리가 먼 것은 없어, 그녀가 말한다.

1년 후, 볼티모어는 또 다른 시의원 선거를 대비한다. 이번에는 폭동이 대부분 제8선거구(리머릭으로 알려진 아일랜드와 독일 지역)

에서 발생했지만 일부는 제5선거구로 흘러 나가고, 적지 않은 수의 플러그어글리스와 립랩스가 유권자들을 협박하기 위해 컬럼비아 특별구로 이동한다.

수많은 볼티모어 사람들이 투표하기를 포기한다. "나는 투표보다 내 목숨이 더 중요하다고 생각했소." 민주당 후보 데이비드 C. 피켓이 말한다. 그는 거리에서 갱들이 자신을 뒤쫓으며 총을 쏘는 테러 행위를 겪었다. 선거일의 사망자 수는 줄었지만 경찰관 한 명이 살해되었다. 스물네 명의 갱단원이 체포되어 기소된다. 그들 모두 재판을 받는다. 그러나 유죄 판결을 받은 사람은 없다.

볼티모어는 무지당 권력의 마지막 보루 중 한 곳이다. 공화당은 노예제 문제로 와해되었다. 존과 에이시아가 처치빌에서 들었던 연설의 주인공인 헨리 윈터 데이비스는 지금은 하원 의원이 되었으며, 그는 노예제가 극심한 분열을 초래하기 때문에 노예제를 다루는 최선의 방법은 그것을 언급하지 않는 것이라고 주장한다.

시 정부는 종종 그 조언을 받아들이는 듯싶다. 그러나 현재 7만 5천 명 이상으로 추정되는 이 지역의 자유 흑인들은 메릴랜드주의 다른 지역 노예들을 걱정하고 있다. 노예제에 반대하는 데이비스조차 흑인과 백인은 함께 살 수 없다고 생각한다. 데이비스 자신은 여러 명의 노예를 물려받아 그들을 전부 다 해방시켰는데, 그들이 라이베리아로 이주한다는 조건 하에 해방한 것이었다. 이 무렵에는 에이브러햄 링컨도 라이베리아를 노예 문제에 대한 해답으로 여긴다.

그러나 그것은 메릴랜드 노예 소유자들이 원하는 해결책이 아니다. 그들은 자유 흑인들을 다시 노예로 삼기를 원한다.

1860년에 하원 의원 커티스 제이컵 대령이 제안한 법안은 자유 흑인을 다시 노예로 만들 수 있게 하는 여러 가지 방법을 개괄적으로 설명한다. 그는 이 주제에 대해서 장황한 연설을 한다. 이 연설에서 그는 북부 노예제 폐지론자를 '광분한 뱀파이어들', '남부의 피를 빨아먹고 싶어 안달하는 (……) 말 그대로 미친놈들'이라고 비난한다. 그는 다음과 같이 묻는다. 자기 노예들을 되찾기 위해 크리스티아나로 갔다가 거기서 죽은 에드워드 고서치 사건에 대해 누군가가 처벌받기를 언제까지 기다릴 작정인가?

그는 계속해서 흑인 해방을 '종기, 해충'이라고 비난한 다음, 분명히 말해서 '곰팡이 같은 것'이라고 매도한다. 그는 실제로는 자유 흑인에게 시민권이 없다고 말하면서 다음과 같은 점을 지적한다. 그들은 투표도 총기 소지도 법정 증언도 할 수 없고, 개도 소유할 수 없고, 흑인 성직자가 있는 교회에 참석할 수도 없고, 술을 사거나 옥수수를 팔 수도 없고, 공개적으로든 사적으로든 모일 수도 없다는 것이다. 그들의 조건은 단지 명목상의 자유일 뿐이다. 그럼에도 불구하고 그들은 존재 자체만으로도 속박되어 있는 흑인들의 만족감을 파괴한다는 것이다.

제이컵은 과거에는 행복한 노예였으나 지금은 자유에 대한 열망에 물든 그들을 애석해한다. 보편적 재노예화가 흑인의 만족으로 돌아가는 유일한 길이라는 것이다. 그의 법안은 지난 30년 동안 해방된 모든 흑인들을 소송 비용이나 다른 어떤 성가신 지연 사항 없이 합법적인 소유주에게 돌려줄 것을 제안한다.

제이컵의 법안은 고맙게도 부결된다. 그러나 공연 매니저인 존 T. 포드를 포함한 도시의 이런저런 많은 인사들이 자신들의 돈을 써가면서 제이컵의 연설을 출판하고 퍼뜨린다. 그들은 이 부결을 받아들이지 않을 것이다. 그들은 자신들의 메시지를 전파하려고 다시 시도할 것이다.

부스 가족은 이 사건들을 모르지 않지만, 이 사건들에 개인적으로 영향을 받지는 않는다. 에드윈은 집에 온 지 얼마 안 되어 다시 순회공연을 떠난다. 존은 진지하게 연기 생활을 시작하고 있다. 준은 여전히 가족과 함께 샌프란시스코에 있다. 조는 계속 기숙 학교에서 생활한다. 부스 가족의 메릴랜드주 시절이 끝나가고 있다.

로절리

|

1856년, 에드윈이 캘리포니아주에서 돌아왔을 때 로절리는 서른세 살이다. 엑서터의 집에 다시 들어가 사는 것에는 여러 집안일들이 적잖이 뒤따른다. 11월은 이런 일들을 하기에 적합한 달은 아니지만, 그들은 침구를 바람과 햇볕에 말리고, 커튼을 세탁하고, 햇살이 처음으로 쨍쨍한 날에 양탄자를 끌고 밖으로 나가 막대기로 사정없이 두들겨 팬다. 엄마, 에이시아, 로절리는 자신들의 기준에 맞추어 집을 다시 닦고 광내기 위해 함께 일한다. 엄마는 요리사와 세탁부로 일할 사람을 뽑기 위해 면담을 하고 있다. 멀지 않은 장래에 로절리는 한가로이 여가를 즐기는 여자가 될 것이다. 어쨌든 적어도 현재 즐기는 여가보다는 한결 더 많은 여가를 갖게 될 것이다. 아직 그때가 오지 않았으므

로 그녀는 일을 한다.

로절리는 미묘한 문제에 대해 에드윈과 이야기를 나눌 필요성을 점점 더 크게 느낀다. 그녀는 청소를 하고 먼지를 털면서, 식탁보와 커튼을 빤 뒤 압착 롤러에 넣어 물을 짜면서, 그것들을 다시 식탁에 깔고 창문에 달면서, 채소를 썰고 양념을 갈고 생선에 밀가루를 뿌리면서 어떻게 에드윈과 이 이야기를 나눌지 계획을 세워본다. 에드윈과 단둘이 있어야 할 것이다. 엄마도 에이시아도 에드윈을 시야에서 떼어놓지 않으려 하기 때문에 단둘이 있는 것 자체도 쉬운 일이 아니다. 그녀는 또한 단둘이 있게 되었을 때 자신이 하고 싶은 말을 적절하게 할 수 있는 방법을 찾아야 한다. 집에 돌아온 에드윈은 집을 떠나던 시절의 에드윈보다 더 크고 더 화려하고 더 다채롭다. 그러나 로절리는 속지 않는다. 그녀는 사실상 오랫동안 그의 엄마 역할을 하지 않았던가? 만약 그녀가 에드윈의 새 옷과 새 버릇 뒤에 숨겨진 그의 본모습을 꿰뚫어 보지 못했다면 그녀는 이 새 에드윈을 퉁명스럽게 대했을지도 모른다. 그의 본모습은 여전히 크고 슬픈 눈을 가진 어린 소년이다. 답을 알고 있지 않으면 절대 질문하지 않던 그 소년이다. 로절리는 그 어린 소년의 마음에 상처를 준 적이 없었고, 지금도 그럴 것이다.

에드윈이 갑자기 집에 돌아와 그들 모두를 구한 것은 참으로 대단한 일이 아닐 수 없다. 그는 스스로를 자랑스러워할 만한 자격이 충분하고도 남는다. 하지만 그는 언제나 그랬듯 상황이 얼마나 안 좋은지 더 일찍 알지 못한 것에 대해 자책하는 모습을 보일 뿐이다. 그가 묻는다. 왜 아무도 나에게 그 얘기를 해주지 않았어? 엄마는 원래 자신의 어려움을 내색하지 않으려는 성격이지만, 에이시아나 존이나 로절리는 얼마든지 그한테 편지를 쓸 수 있었지 않았냐고 묻는다. 그는 아무런 이유도 없이 이미 죄책감을 느끼고 있다. 로절리는 자신이 정말 하고 싶은 말에서 에드윈이 새로운 죄책감을 느낄까 봐 걱정한다.

하고 싶은 말은 이것이다. 로절리는 존이 걱정된다. 에드윈은 존을 거의 알지 못한다. 에드윈이 모르는 것은 존이 자신의 결점에 관해서는 비정상적으로 예민하다는 거다. 존이 농장 일에 그토록 처참하게 실패하지 않았다면 에드윈의 기적적인 구조도 필요치 않았을 것이다. 그렇다고 해서 존이 다른 가족만큼 안도하고 고마워하지 않는다는 뜻은 아니다. 존은 농장을 싫어했다. 농장을 없앤 것은 잘한 일이다. 다들 존이 할 만큼 했다는 걸 알고 있다. 시련과 고통의 한 해에 대해서 그를 탓하는 사람은 없다. 존 자신을 빼고는.

그래서 로절리는 에드윈에게 존과 자신이 동등한 처지라고 여기고 존과 상의해주기를 부탁하려 한다. 존의 실패와 너무 생생한 대조를 보이지 않도록 유념해주기를 바란다. 최소한 에드윈은 가엾은 엄마가 아버지의 유산에서 남은 쥐꼬리만 한 몇백 달러로 아이들을 교육시키고 입히고 먹여 살리는 등 그들 모두를 부양해왔다는 식의 말은 하지 않을 수 있을 것이다. 그런 말을 하면 존이 그저 또 한 명의 식충이일 뿐이고 엄마의 또 다른 짐일 뿐이라는 인상을 줄 수 있으니까. 자신이 누나들처럼 또 한 명의 걱정거리에 불과하다고 생각할 수도 있으니까.

로절리와 에이시아는 거실에서 함께 일하고 있다. 밖은 쌀쌀한 겨울 아침이다. 실내는 레이스 커튼 사이로 밝은 햇빛이 쏟아져 들어와 방바닥이 빛과 그림자로 얼룩덜룩하다.

밖에서는 뽕나무에 낀 반짝이는 살얼음이 떨어져 내리고 있다. 실내는 아침 난롯불을 꺼도 될 만큼 따뜻해졌다. 까맣게 탄 통나무 하나가 아직 불길이 살아 있는 잿더미 위에 놓여 있다. 얼마 가지 않아 해가 이동하고 다시 한기가 느껴지면 로절리는 그 통나무에 불을 붙일 것이다. 지금은 햇볕만으로도 충분하다.

작업복과 깅엄 치마를 입고 삼베 앞치마를 걸친 에이시아가 의자 위에 서 있다. 그녀는 높은 서가에서 책을 꺼내 로절리에게 건네고, 로절리는 책의 먼지를 턴다. 에이시아는 그렇게 하면서 책과 대화를 나눈다. "안녕, 호메로스, 이 늙은 맹인 바보야. 안녕, 바이런, 이 미친 악당아. 이리 오렴! 우리가 너희들의 더러운 얼굴을 닦아줄게."

많은 공간을 차지하는 〈고디스 레이디스 북〉이라는 엄마의 잡지들은 한 번에 한두 권씩밖에 건넬 수 없다. 그 잡지는 현대 여성을 위한 조언, 패션, 요리 등의 내용이 가득 차 있어서 매우 무겁기 때문이다. "안녕, 올리버." 에이시아는 그렇게 말하며 로절리에게 자신이 아끼는 《올리버 트위스트》를 건넨다.

로절리는 책 표지에 앉은 먼지를 불어서 날린다. 먼지가 햇빛 속에서 춤을 추며 로절리의 코 위로 날아간다. 그녀는 재채기를 세 번 한다. "신의 가호가 있기를."[105] 에이시아가 말한다. "신의 가호가 있기를. 그리고 또 신의 가호가 있기를."

에이시아가 거기서 일을 하지 않는다면 로절리는 지금 쉬고 있을 것이다. 그녀의 굽은 등이 아프다. 그녀는 소파에 털썩 주저앉은 다음, 소녀처럼 발을 들어 올리고 앉아 《올리버 트위스트》를 펴서 처음부터 다시 읽는다.

그러다가 로절리는 마음을 바꿔 다음과 같이 한다. 그녀는 눈을 감고 에드윈과 나눌 이야기에 관해서 저자인 찰스 디킨스에게 조언을

105 Bless you. 재채기를 한 사람에게 으레 해주는 말.

구한다. 그녀는 임의의 페이지를 펼쳐서 손가락을 갖다 댄다. 손가락에 닿은 문장은 다음과 같다.

내가 아는 남자애들은 두 종류뿐이에요. 얼굴이 창백한 아이와 뺨이 발그레한 살찐 아이.

사실, 로절리는 이 문장을 현재 그녀가 처한 곤경과 연관시킬 수 있다. 그녀가 할 수 없는 것은 이것을 도움이 되게 만드는 것이다.

엄마가 에이시아를 부엌으로 부른다. 에이시아는 사슴처럼 우아하게 뛰어내려서 사라진다. 불이 마지막으로 속삭이는 소리를 낸다. 한때 그림이 걸려 있었던 자리의 벽지에 밝은 사각형 자국이 남아 있다. 로절리는 어떤 그림이 걸려 있었는지 기억하려 애쓴다. 세 들어 살던 사람은 왜 그 그림을 떼어낸 걸까? 로절리는 부스 가족의 취향에 대한 세입자의 암묵적인 비판에 약간 모멸감을 느낀다. 이제 로절리의 머릿속에 그 그림이 기억난다. 닭에게 모이를 주는 어린 소녀와 소녀 뒤편 목초지에서 그 모습을 흥미롭게 지켜보는 말들을 그린 그림이었다. 아마 그 그림은 사람을 끌어당기는 풍경이 아니었을 것이다. 아마 그 그림에는 에이시아가 너무 좋아해서 농장으로 가져가야 한다고 우겼고, 이사 올 때 다시 이 집으로 가져와야 한다고 우겼던 나이아가라 폭포 그림의 색감과 낭만이 없었을 것이다. 그렇다 해도 소녀와 닭 그림은 전혀 거슬리지 않는 괜찮은 그림이다. 로절리는 그 그림이 어디에 있든 그걸 찾아서 다시 원래의 자리에 걸겠다고 마음먹는다. 그것은 그 자리에 걸려서 그녀의 마음속에 자신이 도시 사람이 아니라는 것을 상기시켜줄 것이다.

354

로절리는 이런 생각을 하는 동안 내내 의자에 올라가 서 있었던 에이시아를 떠올렸다. 로절리 역시 어렸을 때는 치마를 걷어 올리고 높은 곳으로 기어오르곤 했다. 집 안의 가구에 올라간 것은 아니다. 그 것은 결코 허락되지 않았다. 그녀는 가구가 아니라 농장 곳곳의 나무 를 오르고, 과수원의 사과나무를 오르고, 특히나 통나무집 한쪽 구석 에 자리 잡은 벚나무를 오르곤 했다. 그녀는 거기서 손으로 나뭇가지 하나를 붙잡고 두 발은 다른 나뭇가지에 올려놓은 채 빨래를 널고 있 는 엄마와 앤 홀, 그리고 이 두 어른의 다리 주위를 뱅뱅 돌면서 서로 를 잡으려고 뒤쫓는 메리 앤과 엘리자베스를 내려다보곤 했다. 헨리 와 넬슨은 샘가로 내려가 나뭇가지로 개밋둑을 쿡쿡 찔러댔다. 준은 저 멀리서 젖소들을 이끌고 착유실로 향하곤 했다. 그녀는 그들 모두 를 볼 수 있었고, 무엇보다 좋았던 것은 그들 중 누구도 그녀를 보지 못했다는 점이다. 그들 중 누구도 고개를 들어 나뭇잎 같고 새 같은 그녀의 비밀스러운 세계를 들여다볼 생각을 하지 않았던 것이다.

이유가 무엇인지는 잘 모르지만 아무튼 아버지가 돌아가신 후로 그녀의 광장 공포증은 완전히 사라졌다. 농장에서 지냈던 요 몇 년 동 안의 삶이 그녀로 하여금 동생들이 죽기 전의 시절을 그리워하게 했 다. 그 소녀 시절의 그녀는 벌과 개구리와 개울물에게 노래하는 숲의 요정이나 다름없었다는 감정이 요즘 새록새록 든다. 오두막에서 피어 오르는 연기, 소나무와 비와 사향 냄새. 찌르레기가 목청껏 지저귀는 소리, 비둘기와 부엉이의 무던한 울음소리. 봄철의 숲. 새하얀 눈이 쌓 인 숲. 별빛에 물든 목초지. 목초지에 뜬 수많은 별…….

그들이 농장으로 돌아갔을 때 그 모든 즐거움은 여전히 거기 있 었지만, 다 자란 여자에게 떨어지는 끝없는 집안일과 그녀 자신의 신 체적 한계로 인해 그녀는 그 즐거움으로부터 배척당했다. 그녀는 마

땅히 환영했어야 할 그곳의 여러 소리들을 두려워하며 통나무집의 어
둑한 방에 갇힌 채 소녀 시절의 마지막 시기를 탕진했다.

유령들은 이제 사라지고, 침묵에 빠졌다. 그녀가 아무리 문을 두
드려도 두 세계 사이의 문은 빠르게 닫혔다. 로절리는 자신이 사랑하
는 죽은 형제자매들과 그들의 끈끈한 사랑의 그물망을 그리워하게 되
리라는 것을 알았어야 했다. 그들이 없으니 그녀는 외롭다. 그들이 없
으니 그녀는 평범하다. 그들은 상태가 가장 좋았을 때의 로절리를 알
았다. 에드윈, 에이시아, 존, 조는 그렇다고 말할 수가 없다. 이들은 또
언제나 자기들끼리만 관심을 주고받으며 지내고 그녀에 대해서는 거
의 알지 못한다고 로절리는 종종 느낀다.

때때로 에이시아와 존이 서로 끼어들며 이야기를 나누고, 그녀는
이해하지도 못하는 농담에 깔깔 웃는 모습을 볼 때면 로절리는 헨리
에 대한 그리움이 귓전을 울리고 목구멍에서 비통함이 치밀어 오르는
것을 느낀다. 그녀는 잠시 헨리를 다시 볼 수 있다. 그가 그녀에게 녹
색 빛을 지나서 백합이 흐드러지게 핀 꽃밭으로 오라고 손짓한다. 빨
리 내게로 오세요, 그녀는 헨리의 유령에 대한 간절한 사랑을 느끼며
그렇게 생각한다. 그 유령은 결코 말을 하지 않았지만, 그러나 어쩌면,
지금 이 순간에도, 바다를 건너 이 땅으로 오는 길을 찾고자 애쓰고
있는지도 모른다. 그는 농장에서 그녀를 찾을 것이다. 여기로 와야 한
다는 것을 모를 것이다.

로절리는 의자 위로 올라간다. 그녀는 사실 조금 취했다. 아침에
진을 조금 마시는 것이 등의 통증 완화에 도움이 된다는 것을 알았다.
그리고 딱 한 잔만 마시고 그만둔다면 그것은 여전히 뭘 모르는 생각
이라는 것도 깨달았다. 오랜 세월 동안 단련된 관찰력을 가진 엄마조
차도 뭘 모른다.

엄마는 이미 에드윈이 술을 마시는 것에 대해 잔소리를 한다. "걔를 탓할 수가 없어." 엄마는 에이시아에게 말하고, 술병에 담긴 진의 높이가 낮아진 것을 보고 로절리에게도 말한다. "에드윈의 핏속에 그게 있어. 그건 집안의 저주야."

엄마는 로절리도 같은 가족이라는 사실을 떠올리지 못했다.

그녀는 지금 발밑의 의자가 삐걱거려도 겁이 나기보다는 짜릿함을 느낄 정도로 취했다. 의자에서 떨어진다면 시냇물의 나뭇잎처럼 떠내려갈 것 같은 기분이 들 정도이다.

해리엇 스트럿호프의 꽃무늬 모자가 지나가는 모습이 창문을 통해 눈에 들어온다. 그 모자는 몇 년 전에 세상을 떠난 젊은 여자 해리엇 스트럿호프가 쓰고 다니던 모자다. 독신녀를 우스꽝스러워 보이게 하는 아주 많은 방식들이 있다. 로절리는 그런 시선들에 굴하지 않는 스트럿호프 양이 존경스럽다. 이제 모자를 사줄 수 있는 에드윈이 여기 있으니 자기도 큼지막하고 예쁜 모자를 사서 쓸 수 있기를 바란다. 에드윈은 며칠 전에 마호가니와 황동으로 된 편지 상자 안에 편지지로 쓸 수 있는 리넨 종이를 담은 선물로 그녀를 깜짝 놀라게 했다. 무척 우아하고, 사려 깊고, 독신녀에게 주는 선물로는 흠잡을 데 없이 적절한 것이라서 로절리는 그 선물을 받고 너무너무 좋아했다.

어쨌든 로절리는 그런 모자를 쓰고 나가서 만날 사람이 없다. 몇 주 전에 어머니는 뜬금없이 이렇게 말했다. "내가 결혼을 대수롭지 않게 생각한다는 거, 너도 알잖아. 나 자신은 결혼을 좋아하지 않았어." 이 말은 로절리의 귀에만 들어가게 한 말이었다. 에이시아는 아버지의 죽음으로 엄마의 마음이 영원히 상심에서 헤어나지 못하게 되었다고 믿고 싶은 것 같다. *당신이 있는 곳에는 세상 자체가 있고 (……) 당신이 없는 곳에는 황량함밖에 없어요.*[106] 반면 로절리는 엄마가 허물어지는 것은 주로 경제적 불안에서 비롯된 문제라고 늘 생각해왔다. 이제 에드윈이 생활비를 대고 있으니, 엄마는 에드윈과 더불어 사랑하는 존이 있는 한 생활이 만족스럽다.

로절리가 이런 생각을 하고 있을 때 엄마가 거실로 들어온다. 엄마는 희끗희끗한 머리를 목덜미 쪽에서 하나로 묶고 한가운데에서 곧게 내려뜨렸다. 머리에 비듬이 몇 개 보이고, 검은 드레스의 어깨 부위에도 하얀 비듬이 살짝 뿌려져 있다. 엄마가 격하게 숨을 들이마신다. "다치기 전에 거기서 내려와." 엄마가 로절리에게 말한다. "무슨 일인데 그래?" 엄마는 마치 로절리가 가구 위에 서 있는 것을 자주 보는 듯한 어조로 말한다.

엄마가 손을 내밀어 의자에서 내려오는 로절리를 돕는다. 로절리는 비틀거리고 기우뚱하고 휘뚝거리더니 쿵 내려선다. 물론 엄마 말이 맞다. 로절리는 바닥에 있어야 한다. 그곳이 그녀가 있어야 할 곳이다. '가엾은 로즈, 허약한 딸'은 그녀가 열여섯 살이나 열여덟 살이나 스물세 살이었을 때는 받아들이지 않았을 정체성이다. 그러나 서른세 살인 지금 로절리는 그 정체성을 받아들인다. 그녀는 필요하면 그것의 장점을 이용해서 연기를 할 수도 있다. 그것은 정체성이 전혀 없는 것보다는 낫다.

2

엄마, 에이시아, 로절리 모두 식탁에 앉아 아침을 먹으려 하지 않는 에드윈을 지켜보고 있다. 로절리는 에드윈에게 커피를 한 잔 따라준

---

106   셰익스피어 《헨리 6세 제2부》 3막 2장에 나오는 구절.

다. 경험상 그렇게 하는 것이 상황을 바로잡는 데 도움이 된다는 것을 알고 있기 때문이다. 그녀 자신의 커피도 한 잔 따른다. 커피 냄새는 진 냄새보다 더 짙다.

에드윈은 워싱턴 디시와 리치먼드에서 2주간의 순회공연을 마치고 돌아왔다. 피곤하지만 기분이 한껏 들떠 있었던 그는 어두워진 후에야 비틀거리며 돌아왔는데, 얼굴은 벌겋게 달아오르고 내쉬는 숨에는 성냥을 대면 불이 붙을 만큼 알코올 냄새가 짙게 배어 있었다. 에드윈은 다음 날 아침 느지막이 일어난다. 즐거움은 사라지고 눈은 검은 구멍처럼 퀭하다. "머리가 지끈거려." 그가 아침 식사를 앞에 두고 음울하게 말한다. 그는 무력해 보이는 한 손으로 머리를 쓸어 올리며 접시에 담긴 옥수수빵과 도넛을 멍하니 내려다본다. 다른 사람들은 모두 몇 시간 전에 식사를 마쳤고, 존은 이미 밖에 나갔다. 존은 에드윈이 주변에 있으면 조용히 자리를 피하기 시작했다.

그들은 에드윈에게서 짤막한 한두 마디 외에는 아무 얘기도 끌어내지 못했지만, 로절리는 에드윈의 공연이 좋았다는 인상을 받는다. 예상보다 더 좋았을 것이다. 그는 돈을 벌었고, 번 돈의 대부분을 엄마에게 준다.

사나흘 동안 흐린 하늘이 낮게 걸려 있었는데, 오늘 아침은 햇살이 눈부시다. "에드윈이 다시 해를 불러들였어." 에드윈이 없는 동안에도 이처럼 화창한 날이 며칠 있었지만, 로절리는 그런 날이 없었던 것처럼 가장하며 식탁을 바라보고 말한다. 겨울이 장악력을 상실해서 날이 겨울답지 않게 자꾸 오락가락한다.

20분 후 로절리가 아직 설거지를 하고 있을 때 에드윈이 다시 부엌으로 돌아온다. 이번에는 한결 더 봐줄 만하다. 세수를 하고 곱슬머리를 빗었으며 숙취가 많이 해소된 얼굴이다. "로즈." 그가 말한다. "아버지 무덤을 좀 보여주겠어?"

"그럴게." 로절리가 애정 어린 목소리로 반갑게 말한다.

에이시아는 초대받지 않았으면서도 같이 가겠다고 우긴다.

그러나 이번에는 뜻밖의 상황이 발생한다. 에드윈이 마차를 가지고 와서 말(모르건 종의 밤색 말로, 이름은 로먼이다)을 연결시킨 다음, 덜컹거리는 소리를 내며 그것을 집 앞으로 끌고 가는 동안 에이시아의 친구인 진 앤더슨이 예기치 않게 에이시아를 만나러 집에 온다. 진은 에이시아와 공유해야 할 어떤 소문과 비밀을 가지고 온 게 분명하다. 그래서 에이시아는 따라가지 않겠다고 한다. 갑자기 로절리는 아무런 노력도 들이지 않고 자신이 원했던 대로 에드윈과 단둘이 이야기할 수 있는 기회를 얻게 된다.

햇볕이 비치는데도 바람은 로절리의 뺨을 쿡쿡 찌를 정도로 차갑다. 그녀의 보닛은 너무 작아서 얼굴을 많이 보호해주지 못한다. 그녀는 여자들이 말처럼 곁눈 가리개를 착용하고 외출했던 때를 떠올린다. 에드윈은 로절리가 발판을 밟고 마차에 오르는 것을 도와주고 그녀의 무릎에 거친 담요를 덮어준 다음 말고삐를 잡는다. 두 사람은 아무 말도 하지 않은 채 마차를 몰며 몇 블록을 지나간다. 길 양쪽에 플라타너스가 늘어선 거리를 나아갈 때 나뭇가지들이 부르르 떨고 이파리들이 스산하게 나부낀다. 이윽고 에드윈이 로절리에게 묻는다. "내 애완용 양, 기억나? 시에 나오는 것처럼 내 주변을 따라다니곤 했던 녀석?"

"그래, 기억나." 로절리가 말한다. "그런데 그 양이 어떻게 되었는지는 기억이 안 나."

"다시 농장으로 돌아갔어. 어느 날 내가 책을 읽으려고 하는데 녀석은 나랑 놀고 싶어 했어. 녀석이 계속 책을 밀어내더라니까. 그래서 내가 책으로 녀석의 코를 세게 한 방 먹였지. 그때 녀석이 나를 쳐다

보던 모습을 난 잊을 수가 없어. 그 후로 녀석은 다시는 내 근처에 오
지 않았지."

"왜 그 양 생각을 하게 됐어?" 로절리가 묻는다.

"모르겠어. 후회가 돼서 그런가 봐." 에드윈은 아직도 두통이 심
한 모양이다. 머리를 세게 흔들고 나서 마치 뇌에서 돌맹이를 제거하
려는 것처럼 손으로 관자놀이를 툭툭 친다. 마차는 길 위에 놓인 어떤
작은 것, 누군가가 떨어뜨린 사과나 감자 같은 것을 깔아뭉개며 지나
간다. 로절리는 그걸 볼 수 있을 만큼 허리를 많이 숙이지 못한다. 에
드윈은 그걸 알아차리지 못한 것 같다. 그는 아버지가 예전에 했던 역
을 연기한다는 것이 어떤 일인지, 아버지가 자신의 모든 움직임에 어
떻게 붙어 다니는지 로절리에게 얘기해주고 있다. 에드윈은 자신이
어떤 손동작을 해도 아버지의 손이 허공을 가르며 움직이는 것을 볼
수 있고, 때문에 자신은 손을 억지로 다른 방향으로 움직여야 한다고
말한다. "반항적인 꼭두각시처럼." 그가 덧붙인다.

로절리는 그에게 아버지의 배역으로 유명했던 역할은 맡지 말라
고 건의할 생각이다. 아무튼 에드윈의 젊음과 아름다움은 낭만적인
주인공에 더 적합하고 인상을 찌푸리며 노려보는 악당들에는 덜 적합
하니까 말이다. 그러나 그녀는 에드윈이 의도적으로 자신을 아버지의
아들로 소개하고 있다는 것을 알 수 있다.

이틀 전 저녁 식사 시간에 존이 아버지의 명성을 이용하지 않고
윌크스라는 이름으로 연기를 하겠다는 결심을 선언했을 때(이번이
처음이 아니었다) 로절리는 그것이 에드윈에 대한 비난이라는 것을
알아차렸다. 그녀는 어떤 식으로든 아버지와 비교하면 존이 에드윈
보다 상처 입을 가능성이 더 크다고 냉정하게 생각했다. 물론 이 말을
하지는 않았다.

만약 에드윈이 존을 비난했다 해도 비난받을 사람을 보호하려는 그녀의 보호 본능은 똑같았을 것이다. 그녀는 그들을 둘 다 사랑한다. 또 그들이 서로 사랑하기를 바란다.

그들은 공동묘지의 문에 도착한다. 구부리고 휘어서 만든 철제 검정 나뭇잎과 덩굴 문양이 정교하게 배치된 문이다. 실제 나뭇잎과 덩굴들이 철제문의 빈틈을 이용하여 구불구불 기어오르고 있다. 에드윈은 로절리를 도와 마차에서 내리게 한 다음, 말을 묶는다. 그는 로절리에게 팔을 내어준다. 길은 젖은 나뭇잎과 진흙으로 아주 부드럽고, 길 양쪽에는 키가 크고 몸통은 가는 노르망디 포플러가 죽 심어져 있다. 꽃을 가지고 왔어야 했는데, 로절리는 생각한다. 그러다가 아버지는 꽃을 꺾는 괴로움을 겪고 싶어 하지 않았다는 것을 떠올리며 그 생각을 몰아낸다. "이쪽으로." 그녀가 말한다. 그녀는 에드윈이 그녀와 걸음을 맞추는 데 어려움을 겪고 있는 모습을 본다. 그들은 계속 걸음이 어긋난다.

에드윈은 바람이 불어오자 몸을 웅크린다. 그는 마치 아침 식사 후에 5년의 세월을 거슬러 올라간 것처럼 갑자기 아주 젊어 보인다. 그의 손은 장갑을 끼지 않은 맨손이다. 그가 로절리에게 아버지의 장례식에 대해 얘기해달라고 부탁한다.

"지금처럼 추운 날씨였어." 그녀가 말한다. "춥고 흐린 날이었지. 그날 내내 상복을 입고 있었어."

"이건 추운 게 아니야." 에드윈이 말한다. "나는 예전에 눈이 목까지 차오르는 눈보라 속을 걷고 또 걷고, 엄청 오랫동안 계속 걸어야 했어." 로절리는 그가 말을 더 하고 싶은지 보려고 잠시 기다린다. 그러나 그는 더 이상 말하지 않는다.

"음, 장례식을 치르는 동안 눈이 계속 내렸어." 이윽고 로절리가 말한다. "그러나 심한 눈은 아니었어. 눈보라도 아니었고. 사람들이 계속 왔어. 너무 많은 사람이 와서 안으로 다 들어가지도 못했다니까. 그것은 한 위대한 사람의 장례식이었지. 우린 아버지의 가족이라는 사실이 너무도 자랑스러웠어." 아주 잠깐 동안 애들레이드 부스의 그림자가 대화에 끼어든다. 그러나 그 여자의 그림자는 이내 사라진다.

그들은 아버지의 무덤에 도착하고, 로절리는 잡고 있던 에드윈의 팔을 놓아준다. 죽어서 까매진 잔디가 진흙에 납작하게 들러붙어 있다. 묘비석은 하얀 대리석으로, 감상적이지 않고 단순하다. 에드윈이 손수건을 꺼내어 묘비석을 닦는다. "이건 충분치 않아." 에드윈이 말한다. "아버지 같은 위상을 가진 사람에게 이 묘비석은 충분치 않아."

"아버지는 화려한 것을 싫어하셨어." 로절리가 말한다.

"그렇지만 단조롭고 따분한 분도 아니셨잖아. 돈이 생기면 내가 더 좋은 걸로 세워드릴 거야." 그는 울고 있다. 언제부터 울었지?

"오, 에드윈." 로절리가 말한다.

"내가 아버지를 죽였어." 에드윈이 말한다. "나에겐 아버지를 보호해야 한다는 단 한 가지 임무가 있었는데, 나는 그 일에 싫증이 나서 아버지를 혼자 떠나게 했고, 아버지는 나 때문에 그 배에서 홀로 돌아가셨어." 에드윈의 어깨가 흔들린다. 그는 두 손으로 얼굴을 감싸고 있다. 근처 나무에서 까마귀 한 마리가 까악까악 울면서 날아오른다. 로절리는 그 까마귀가 물수제비를 뜰 때 물을 튀기며 날아가는 돌멩이처럼 푸른 하늘을 미끄러지듯 날아가는 모습을 지켜본다. *까마귀는 까악까악 울부짖으며 복수를 외친다.*[107] 셰익스피어의 아이들에게는 온 세상이 은유이다.

---

107   《햄릿》 3막 2장에 나오는 구절.

하지만 그녀는 말문이 막힌다. 그의 잘못이 아니라고 말해주어야 할까? 무슨 증거로? 가족들 모두 에드윈에게 잘못이 있다는 생각을 떨칠 수 없었다. 그렇게 생각하지 않으려고 아무리 노력해도 그 생각은 항상 가족들의 마음 한구석에 남아 있었다. 에드윈에 대한 한없는 고마움과 감탄과 사랑의 감정 이면에서 창문의 파리처럼 윙윙거리며 늘 거기 남아 있는 것이었다. 로절리는 팔을 뻗어 그를 안아주려 하지만, 그녀의 손길이 닿자 에드윈은 몸을 빼고 물러선다. 그는 얼굴을 감싼 두 손을 떼려 하지 않는다. 너무 심하게 흐느껴서 온몸이 떨린다. 그는 아버지의 묘비를 닦은 손수건으로 얼굴을 닦고, 그 때문에 그의 뺨에 한 줄기 땟물이 묻는다. 로절리는 장갑을 벗어 손가락으로 그 땟물을 지운다. 힘을 주어 문질러야 한다.

그녀는 에드윈의 잘못을 용서할 만한 어떤 말도 찾을 수 없다. "넌 우리를 구해주었어." 그녀는 대신 이렇게 말한다. 가족들은 존에 대해서는 이 말을 하지 않을 것이다. 지금은 그렇다. 그리고 어쩌면 영원히 그럴지도 모른다.

에드윈

3

수년 전 에드윈은 자신이 희극 배우에 어울린다고 생각했고, 반면 그의 친구 슬리퍼 클라크는 비극 배우가 될 계획을 세우고 있었다. 이제 그 역할이 서로 바뀌었다. 슬리퍼는 전혀 비극에 어울리는 얼굴이 아니었고(너무 유쾌하다), 머리털도 비극에 적합하지 않았다(마구 헝클어진 곱슬머리다). 슬리퍼는 잘생겼다고 확실히 말할 수는 없지만 잘생긴 편에 아주 가깝다. 반면에 에드윈은……. 다른 배우가 조만간 언급하겠지만, 그 눈에 맞설 수 있는 사람은 아무도 없다.

슬리퍼는 현재 필라델피아에 있는 아치스트리트 극단 익살극의 주연 배우이다. 그는 저녁 공연을 마무리 짓는 익살극에서 주연으로 출연하여 관객들이 웃으며 집으로 돌아갈 수 있게 한다. 그가 이 역할을 잘하는지 그렇지 않은지에 관해서는 논쟁의 여지가 있다. 하지만 그는 인기가 많다.

에드윈의 권유로 슬리퍼는 그 극단 안에 존의 자리를 마련해준다. 1857년 봄, 필라델피아에 있게 된 존은 슬리퍼와 슬리퍼의 어머니가 살고 있는 집의 방을 얻는다. 그는 J. B. 윌크스라는 이름으로 단역을 맡아 공연한다. 연극계의 모든 사람이 그의 아버지가 누구인지 알고 있지만, 관객들 중에는 그 사실을 모르는 사람이 많기를 바란다. 그의 공연은 성공과 실패를 반복한다. 존은 부스라는 이름에 흠을 내는 일은 하지 않으려고 애를 쓴다.

볼티모어로 돌아온 에드윈은 에이시아에게 말한다. "슬리퍼는 언제나 우리에게 정말 좋은 친구였어!"

에이시아는 혀를 날름 내민다.

그들은 아들들의 방에 있다. 에이시아는 에드윈의 베개를 머리에 받친 채 존의 빈 침대에 누워서 에드윈이 짐을 꾸리는 것을 지켜보고 있다. 에드윈은 최근에 보스턴에 머물며 공연을 했고(그곳에서 루이자 메이 올컷[108]은 에드윈의 공연을 보고 아버지의 공연보다 그의 공연이 더 좋다고 했다), 이제 뉴욕을 향해 출발하려 한다.

캘리포니아에서 수년 동안 흥청거리며 지냈던 에드윈은 이제 한결 더 진지해졌다. 그에게는 벤저민 베이커라는(벤 아저씨라고 불러주는 것을 더 좋아하는) 매니저가 있다. 벤 아저씨는 멋진 계획을 가지고 있다(나중에 알고 보니 의욕에 비해 감각은 좀 떨어졌다). 그러나 에드윈이 지금 알고 있는 것은 버턴스 극장에서 2주간 공연을 예약했다는 것뿐이다.

108   《작은 아씨들》로 유명한 미국의 소설가.

밖에서는 깜깜한 어둠 속으로 비가 세차게 내리고 있다. 봄비이다. 천둥소리가 가까운 곳에서 크게 울리고, 번갯불에 침대 시트가 번쩍번쩍 드러난다. 《리어왕》에 나오는 날씨이다.

방 안에 램프가 두 개 켜져 있지만 그 불빛은 구석까지 이르지는 못한다. 주기적으로 창문이 번쩍거리고, 이어서 요란한 천둥소리와 방 안을 밝혔던 자줏빛 사각형 잔상이 뒤따른다. 에드윈은 번갯불의 섬광 속에서 셰익스피어를 읽는 것에 관해 언급했던 콜리지의 말을 떠올린다.

에이시아는 알고 지내는 사람인 그린 대령이 스스로 결혼했다고 주장하지만 자신이 보기에는 아닌 것 같다고 말한다. 그녀는 자신의 증거를 내놓는다. 우선 그 사람의 옷깃 상태가 그렇다는 것이다.

에드윈은 그린 대령을 만난 적이 없고, 그래서 에이시아의 말에도 귀를 기울이지 않는다. 그는 한 소녀를 생각하고 있다. 몇 달 전 리치먼드에서 공연하는 동안, 에드윈이 연기하는 로미오의 상대역으로 메리 데블린이라는 이름의 열여섯 살 소녀가 줄리엣을 연기했고, 에드윈이 페트루치오[109]를 연기할 때 그녀는 캐서린[110]을 연기했다. 어린 나이에도 그녀는 이미 직업 배우였다. '존 포드의 마셜 극단'의 단원으로, 갈색 머리와 갈색 눈을 가진 그녀는 아름답지는 않지만 예뻤으며 목소리가 부드러웠다. 그녀는 최근에 위대한 배우 에드윈 포러스트와 함께 연기했지만, 그럼에도 불구하고 에드윈 부스와 영원히 함께 연기할 수 있을 거라고 말했다. 그들은 서로의 마음을 읽었다. 그것은 춤이었다.

에드윈이라는 그의 이름은 에드윈 포러스트의 이름을 따서 지은

109 셰익스피어 《말괄량이 길들이기》의 남자 주인공.
110 같은 작품의 여자 주인공.

것인데, 데블린이 자신에 대해 그런 훌륭한 사람을 능가한 것처럼 얘기해줘서 그는 기쁘고 뿌듯했다. 그는 자신이 이끄는 대로 그녀가 따라오는 방식이 마음에 들었다. 평소 그의 상대 여주인공은 그보다 훨씬 나이가 많고 훨씬 더 경험이 많은 배우였다. 이들 뛰어난 여배우들은 목표를 이룬 성공한 사람들이었다. 에드윈이 할 일은 그들이 이끄는 대로 따라가는 것이었다.

메리 데블린은 때 묻지 않은 매력적인 배우였다. 그녀와의 관계를 슬그머니 진전시키려던 에드윈의 시도는 순조롭게 진행되었지만, 결국 깨끗이 퇴짜 맞았다. 그녀에게는 진실한 구혼자들이 있었고, 에드윈은 진지한 의도가 없었기 때문이다. 오히려 그 반대였다. 그는 절대 여배우와 결혼하지 않을 생각이다!

그는 아마 결혼 자체를 하지 않을 것이다. 난 노처녀로 살다 죽을 거야. 에드윈은 그 말이 어떤 느낌인지 보려고 실험적으로 속으로 중얼거려보았다. 로절리가 노처녀로 살다 죽을 수 있다면, 에드윈은 왜 안 되겠는가? 그들은 함께 노망이 날 수 있을 것이다.

에이시아는 말을 하지 않고 있다. 아마 자신의 주장이 정당하다는 것을 입증한 것 같다. 에드윈은 방문 쪽으로 간다. "엄마?" 그가 엄마를 부른다. "엄마?" 엄마가 자기를 소리쳐 부르는 것을 싫어한다는 걸 알면서도 그는 더 크게 부른다. 엄마가 듣지 못했거나 아니면 듣지 못한 척하기 때문에 여전히 아무 대답이 없자 그는 램프를 들고 아래층으로 내려간다. 부엌에서 효모 냄새와 빵이 익어가는 냄새가 난다.

엄마와 로절리는 식탁에 앉아 다음 주 식사 계획을 세우고 있다. 오븐의 문은 열려 있다. 오븐 안에서 빛나는 붉은 잉걸불 몇 개가 이곳을 밝히는 유일한 빛이다. 폭풍 소리가 흔들리는 배 안의 아늑한 침상처럼 따뜻한 느낌을 고조시킨다. 에드윈은 어린 시절에 아버지와 함께 배를 타고 떠날 때마다 느끼곤 했던 것과 같은 향수가 밀려드는 것을 느낀다.

"엄마." 에드윈이 말한다. "아버지의 이아고 의상이 필요해요. 리 슐리외 의상도요."

엄마는 그를 향해 눈길을 돌리지만 그의 얼굴을 바라보지는 않는 다. "난 아버지의 의상들을 존을 위해 보관해두고 있는데." 엄마가 말 한다. 엄마는 다시 시장에 가서 사야 할 먹거리를 생각하는 일로 돌아 간다. 그녀는 이것이 설명이나 사과가 필요한 일이라고 생각하지 않 는 게 분명하다.

에드윈은 엄마가 지난 몇 주 동안 바지와 튜닉과 가운을 고치는 것 을 봐왔다. 아버지는 키는 작지만 덩치는 큰 남자였다. 에드윈은 호리호 리하다. 그는 엄마가 그의 몸에 맞게 옷을 고치는 줄 알았다. 매니저에 게도 그렇게 말했다. 벤 아저씨는 에드윈이 리허설을 하는 동안 그를 위 해 이런저런 옷 조각들을 구해 와서 아주 빠른 속도로 깁고 꿰매어 대 충 꿰맞춰서 입혀주곤 했다. 이런 임시변통의 의상들은 보석이 박히고 끝부분을 모피로 장식한 아버지의 정교한 의상들에 비하면 아무것도 아니다. 존이 언제 이아고를 연기하게 될지 누가 아는가? 설령 그럴 때 가 가까워졌다 해도 말이다. 그렇지만 에드윈은 바로 다음 주에 이아고 를 연기해야 한다. 다다음 주에도 그래야 하고. 에드윈은 아버지가 당신 의 유산을 이어받을 자식으로 선택한 사람이다. 그는 아버지의 손이 어 깨에 내려앉아 네가 나의 후계자다, 라고 말하는 것을 느낀다.

"알겠어요." 에드윈이 말한다. 뜨거운 열기가 그의 얼굴과 목으로 치밀어 오른다.

그는 그 모습을 보여주지 않으려고 램프를 멀찍이 떨어뜨려서 든다.

"비평가들 중에는 아버지의 의상을 알아보는 사람도 있을 거야."

로절리가 말한다. "그러니 그 의상을 안 입는 게 더 좋을지도 몰라."

"맞아." 에드윈이 말한다. 그는 시무룩하게 들리지 않게 하려고 노력한다. 그는 부엌을 나와 다시 그늘진 계단을 올라간다. 벽에 걸린 램프가 그림자 하나를 드리우고, 그의 손에 들린 램프가 또 하나의 그림자를 드리운다. 그 결과 네 개의 팔과 네 개의 다리를 가진, 거미 같은 기형적인 존재가 만들어진다. 천둥소리에 2층 창문들이 덜컹거린다.

리슐리외의 가운 위에서 바늘을 넣었다 뺐다 하는 엄마의 손이 그의 눈에 보인다. 붉은 벨벳 위에 있는 엄마의 손은 하얗다. 당연히 존이 그 의상들을 물려받아야 할 것이다. 존은 아버지를 죽이지 않았으니까.

내 심장은 시든 사과야, 라고 그는 생각한다.

그가 방에 들어서자 에이시아가 졸린 눈으로 쳐다본다. "괜찮아?" 그녀가 묻는다. "조금 이상해 보여."

"내가 좀 변했다는 걸 알아주니 기분이 좋은걸." 에드윈이 말한다.

4

에드윈과 매니저는 뉴욕에 도착한다. 벤 아저씨의 홍보용 연극 광고 전단은 아들에게서 다시 태어난 아버지의 천재성을 잔뜩 강조한다. 그는 아버지의 가장 상징적인 역할인 리처드 3세로 연극의 문을 열도록 에드윈을 몰아붙인다. 에드윈은 본능적으로 첫날 저녁의 연극은 〈오래된 빚을 갚는 새 방법〉으로 하는 것이 좋겠다고 생각했으나 결국 벤 아저씨의 설득에 굴복한다.

이것은 실수다. 아버지의 공연을 본 적이 없는 비평가들조차도 에드윈이 피상적으로 모방했다고 비난한다. 그의 목소리에는 비음이 너무 많이 섞여 있고, 몸짓은 자주 멈칫거린다고 비난한다. 월트 휘트먼은 다음과 같이 말한다. 그는 그의 아버지가 가졌던 모든 것을 가지고 있다, 근성만 빼고.

에드윈이 연기한 리어왕, 자일스 오버리치, 샤일록, 리슐리외는 더 좋은 반응을 얻었고, 그의 공연은 일주일 연장된다. 그럼에도 그는 사기가 많이 떨어져 있다. 벤 아저씨가 방을 같이 쓰면서 밤새 불규칙적으로 크게 코를 골기 때문에 그는 거의 잠을 자지 못한다. 에드윈은 결국 자포자기할 지경에 이르러 술을 한 잔 마시게 되고, 술은 한 잔으로 끝나지 않는다. 봄 날씨가 나빠진다. 비가 오고 바람이 불고 계절에 맞지 않게 날씨가 쌀쌀하다. 극장에 관객이 절반밖에 차지 않고 관객들이 무기력해 보이는 이유가 바로 이 때문일 것이다. 그러나 아버지였다면 봄을 시샘하는 국지적인 비와 돌풍의 도전 따위는 확실히 극복했을 것이다.

둘째 주 중반에 두 통의 편지가 에드윈에게 배달된다. 그는 얼마 전에 잠에서 깼는데, 여전히 침대를 나가고 싶지 않다. 그의 토스트가 탔다. 입 안이 시큼하고 텁텁하다. 무지근한 두통으로 머리가 지끈지끈 아프다. 그는 차를 한 모금 마시는데, 이미 차갑게 식어 있다.

두 통의 편지 중 하나는 엄마가 보낸 것이다. 그는 다른 편지를 먼저 개봉한다. 그것은 비평가 애덤 바도에게서 온 편지다. 에드윈은 바도의 명성이 높은 것을 안다. 바도는 배거본드Vagabond라는 필명으로 예술에 대한 박식한 평론들을 출판하고 있다. 그는 대단히 지적인 사람이다.

바도가 그의 최근 비평문을 에드윈에게 보냈다. 그 글은 이렇게 시작한다.

나는 최근에 버턴스 극장에서 연기하고 있는 젊은 천재를 보려고 그곳에 여러 번 갔다…….

　그 비평문은 에드윈에게 결점이 없다고 얘기하지 않는다. 그의 연기는 아직 미숙하고 부자연스럽고 혼란스럽다고 설명한다. 그는 때때로 대사를 불분명하게 발음해서 그의 목소리가 가진 음악성을 망친다. 그러나 이런 것은 그토록 젊은 연기자에게서는 충분히 예상할 수 있는 점이다. 예상하지 못한 것은 완전한 초월의 순간들, 바로 이것이다. 이것이 바도 같은 비평가가 살아가는 이유가 되는, 그런 순간들인 것이다. 잘못된 점은 모두 쉽게 고칠 수 있다. 그러나 올바른 것은 가르침의 영역 바깥에 있다. 에드윈이 열심히 일하고 연구해서 건너지 못할 루비콘강은 없다. 이 비평문에는 에드윈의 눈과 눈빛에 대한 통상적인 찬양도 들어 있다.
　이 비평문과 함께 한 장의 메모가 들어 있다. 바도는 에드윈이 뉴욕에 있는 동안 그를 만나고 싶어 한다. 에드윈은 시간만 말하면 된다.
　에드윈은 그 편지를 한쪽에 치우고 엄마의 편지를 연다. 준이 엄마에게 자신의 돈이 다 떨어졌다고 전하는 편지를 썼고, 엄마는 에드윈이 같은 정보를 가지고 있는지 확인하기 위해 에드윈에게 편지를 쓴 것이다. 해티가 다시 돌아오려 하는지도 모른다. 준의 편지는 이 점에 대해 명확하지 않다.
　엄마는 에드윈이 이제 다른 모든 가족과 더불어 준과 준의 가족도 부양해야 한다고 말하는 것이 아니다. 엄마는 단지 준이 살아갈 돈이 어디서 나오게 될지 궁금할 뿐이다.
　존에 대해서 말하자면, 아치스트리트 극단이 주는 급여로는 그의 담뱃값조차 감당할 수 없을 것이다. 엄마는 존이 다른 직업을 갖고 싶어 하는 것 같다고 생각한다. 필라델피아에서 보낸 존의 시간은 승리의 시간이 아니었던 것 같다.

에드윈은 이미 이 점을 알고 있었다. 슬리퍼는 에드윈에게 보낸 편지에서 존의 게으름에 대해 불평한다. 모든 사람이 주니어스 브루터스 부스의 아들에게 더 많은 것을 기대했다고 슬리퍼는 말한다. 그는 존에게 지금은 일에 전념할 때라고 말했고, 존은 슬리퍼의 집에서 나와 다른 데로 이사하는 것으로 반응했다.

날씨가 좋아져서 에드윈이 외출한다. 그는 볼티모어의 거리보다 훨씬 더 넓은 거리를 빠른 걸음으로 걸으며 볼티모어의 건물보다 훨씬 더 높은 건물들을 지나간다. 뉴욕은 중요한 도시이고 뉴욕도 그걸 알고 있다. 돼지가 훨씬 눈에 덜 띈다.

워싱턴스퀘어 공원으로 걸음을 옮긴 그는 분수대 옆에 자리한 사람들 사이에 자리를 잡는다. 태양은 빛나고 튤립나무들은 녹색과 노란색 꽃을 막 피워냈다. 아이들은 잔디밭에서 서로 쫓고 쫓기며 뛰논다. 한 아버지가 연을 띄우려다가 실패한다. 무릎이 까진 한 엄마는 손수건으로 무릎을 감고 있다. 조그만 남자아이가 오줌을 누기 위해 나무 뒤로 걸어간다.

준이 다시 생활을 꾸려갈 수 있으려면 돈이 얼마나 필요할까? 에드윈은 그 돈을 어디서 마련할 수 있을까? 에드윈은 그 숫자가 날카롭게 솟구쳐서 머리가 아프기 시작할 때까지 머릿속에서 계산을 한다.

애덤 바도가 보낸 비평문은 에드윈의 공연뿐 아니라 일반적인 미국 예술에 관한 주제에 대해서도 언급한다. 바도는 프레더릭 에드윈 처치가 그린 나이아가라 폭포 그림을 참고 자료로 삼는다. 이 그림은 유럽의 여러 전시장에 전시될 계획이어서 곧 배에 실려 유럽으로 운

송되겠지만, 현재는 이 도시에서 전시 중이다. 바도에 따르면, 이 그림과 에드윈 둘 다 이 세상의 어떤 새로운 것을 나타낸다고 한다. 미국의 예술은 더 이상 맥 빠진 구세계의 피로한 형식과 정서를 모방할 필요가 없다. 이 그림은 폭포의 웅장함에 대한 증거일 뿐만 아니라 그 물이 처음으로 지나간 황야와 깊은 숲과 길들지 않은 미국의 넓은 평원에 대한 증거이기도 하다. 남다른 사람들이 미국을 길들일 것이라고 바도는 말한다.

에드윈은 직접 가서 보기로 마음먹는다. 관람객이 줄 서 있는 탓에 에드윈은 후미에 자리 잡고 천천히 움직이면서 크기가 다소 작은 작품들(과일 더미 위에 놓인 축 처진 모습의 죽은 꿩들, 어두운 구석에서 책을 읽고 있는 여자들, 핏빛 수평선을 배경으로 높이 솟은 배의 돛대 등등의 작품들)을 지나간다. 마침내 그가 그 폭포 그림 앞에 섰을 때, 그는 자신의 감정에 맞는 말을 찾기 위해 애를 쓴다. 너무 경외감이 들고 감탄스러워서 정신이 번쩍 든다.

에드윈 뒤에 있는 남자가 세 명의 젊은 여자에게 그 그림에 대해 설명하고 있다. 여자들은 자매인 것처럼 보인다. 셋 다 코가 똑같이 날카롭고, 셋 다 짙은 갈색 머리를 등 쪽으로 땋아 내렸다. "저 에너지와 움직임을 보세요." 남자가 말한다. "햇살이 수면에서 부서지고 있잖아요. 무지개가 뜨고 있고요. 여러분은 저 물의 힘을 보면서, 동시에 저 물이 거쳐온 어슴푸레하고 아득한 황야를 느낄 수 있을 거예요. 길들지 않은 미국, 길들여지기를 기다리는 대륙을 느낄 수 있을 거예요. 남다른 사람들이 미국을 길들일 것입니다." 그 남자는 바도의 비평문도 읽은 게 틀림없다. 그렇다면 에드윈에 관한 내용도 읽었겠지만, 그는 자기 옆에 서 있는 사람이 버턴스 극장에서 공연한 그 천재라는 사실을 전혀 알지 못한다.

 남자의 설명은 계속되고 있지만 에드윈은 이제 그의 말에 귀를 기울이지 않는다. 집 복도에 걸려 있는 나이아가라 폭포 그림을 생각한다. 그 그림은 아주 예쁘지만 약간 감상적이라는 생각이 든다. 그러자 여태 그 그림을 무척 좋아했다는 사실이 부끄러워진다. 이제 그는 그 그림은 근본적으로 어슴푸레한 황야와 숨겨진 황야가 부족하다는 것을 깨닫는다.

 동시에 그는 신물이 나도록 항상 자신의 능력이 부족하다는 것을 깨닫곤 했다고 느낀다. 이 물과 빛과 움직임과 색의 웅장함 앞에 선 그는 자기 자신한테(아마도 생애 처음으로) 자신의 모든 꿈을 가져도 좋다고 허락한다. 이 도시 어딘가에 에드윈이 이 비범한 걸작과 공통점이 있다고 생각하는 한 비평가가 있다.

 에드윈이 열심히 일하고 연구해서 건너지 못할 루비콘강은 없다. 지금 그는 돈에 대해서는 전혀 생각하지 않는다. 그의 야망이 마침내 도착했다. 게다가 그것은 홍수처럼 밀려든다.

에이시아

5

에이시아는 그녀를 나이아가라 폭포 여행에 데리고 가겠다는 에드윈에 대한 사랑으로 반쯤 미쳐 있다. 그녀는 지금껏 그런 여행을 해본 적이 없다. 훗날 그녀는 이 황금 같은 막간의 여행을 자신의 소녀 시절 마지막이자 거의 최고의 경험으로 기억할 것이다.

여름이다. 극장은 무더위 때문에 문을 닫았다. 뜻밖에도 필라델피아에서 갑자기 집으로 돌아온 존이 그들과 함께 갈 것이다. 가엾은 로절리는 분명 이 여행에 함께할 수 없을 터이므로 에드윈은 에이시아에게 가장 친한 친구 진을 초대하는 게 어떻겠느냐고 제안했다. 이보다 더 완벽할 수는 없는데, 이 모든 게 에드윈의 생각이다. 에드윈은 말하기를, 자기는 갑자기 거침없이 콸콸콸 쏟아지는 엄청난 양의 물이 필요하다고 한다.

에이시아는 비밀의 가슴 속에 있는 비밀 벽장의 비밀 서랍 속에서 자신의 남자 형제 중 한 명이(에드윈이든 존이든 어느 쪽이나 괜찮다) 진과 결혼하게 되기를 오랫동안 바랐다. 에이시아와 진은 이미 다른 어떤 자매들 못지않게 가깝고, 에이시아와 로절리 사이보다 훨씬 더 가깝다.

진은 자그마하고 가슴이 큰 젊은 여자다. 에이시아처럼 빼어나게 예쁘지는 않다. 그래서 두 번쯤 보아야 하지만, 그렇게 두 번만 보면 그녀의 얼굴이 함께 시간을 보낼 가치가 있는 얼굴이라는 것을 알게 된다. 그리고 인형 같은 눈에 곱슬곱슬한 머리, 갈라진 턱이 인상적이다. 물론 에이시아는 진에 대해서 치우친 감정을 가지고 있지만, 그렇다고 해서 에이시아의 생각이 틀린 것은 아니다.

지금 현재 로맨스가 불가능한 이유는 이것이다. 존이 갑작스럽게 집에 돌아온 것은 필라델피아에서 그가 한 여자애를 임신시켰다는 소문과 관련이 있다. 존 자신은 아마도 자기 책임이 아닐 거라고 생각하지만, 자신의 생각을 받아들이도록 그 여자애를 설득하기 위해서 그는 상당히 많은 돈을 써야 했다.

에드윈은 임질로 고생하고 있다.

물론 에이시아는 이 두 가지 사실을 다 모르고 있다. 이 두 사람은 그녀에게는 가장 훌륭한 남자 형제들이다!

그들은 기차를 타고 가다가 다시 다른 기차로 갈아탄 다음 이윽고 작고 말끔한 증기선 '호수의 성모호'에 탑승한다. 에이시아와 진은 짐을 객실에 들여보내고 나서 난간에 있는 에드윈과 존에게로 간다. 작은 갈매기 한 마리가 그들 가까이에 잠깐 내려앉아 그들을 빨간 한

쪽 눈으로 보더니, 좀 더 잘 보기 위해서인지 고개를 돌려 두 눈으로
본다. 갑판에는 승객들이 여러 명 있지만 에이시아는 오직 그들 네 명
만 있는 것처럼 행동하기로 결심하는데, 그녀의 소망은 거의 뜻대로
이루어진다. 그녀는 냉기가 흐르는 정중한 태도로 그들 일행 주위에
바리케이드를 치고 다른 승객들의 접근을 막는다. 에이시아는 냉기
흐르는 정중함을 지어내는 데 재능이 있다.

배는 온타리오호湖의 잔잔한 물 위를 꿈처럼 나아가고, 하늘에서
는 해가 지고 별이 뜬다. 에이시아는 제자리에 매달려 있는 듯한 느낌
이 든다. 물 위에 떠 있는 동시에 공중에 떠 있는 듯한 기분이다. 마치
자기는 회전하는 세계에 존재하는 하나의 정지된 물체인 것만 같다.
이보다 더 행복한 때가 있었는지, 기억이 나지 않는다.

그녀는 에드윈에게 더 가까이 다가가 한 손을 그의 팔 밑에 집어
넣는다. 그녀의 손은 따뜻하다. 공기는 시원하다. 하늘에서는 별빛이
반짝이고 그 빛이 호수에서도 반짝이는데, 검은 물에 반사된 그 빛들
은 혜성처럼 긴 꼬리를 달고 있다. 에이시아는 모자를 객실에 두고 나
왔고, 진에게도 그렇게 하게 했다. 모자를 쓰지 않은 그녀의 머리는
그녀에게 소녀 같은 기분을 느끼게 하고, 진의 갈색 머리는 매듭지은
머리가 풀려서 근사한 곱슬머리를 활짝 드러내고 있다.

"하늘 좀 봐." 진이 말한다. "별들이 벌 떼처럼 많아."

존이 하늘을 쳐다본다. "별들이여, 빛을 감추어라. 나의 깊고 어두운
욕망을 보지 못하도록."[III] 그가 말한다. 작업을 거는 것일까? 에이시아는
확신할 수 없다. 아마도 그녀의 희망이 그녀의 분별력을 방해하고 있는
모양이다. 존도 작업을 거는 데《맥베스》를 이용하지는 않을 것이다.

III   《맥베스》 I막 4장에 나오는 구절인데, 형용사 두 개의 순서를 바꾸어서 잘못 인용했다.

378

"어둡고 깊은." 에드윈이 정정해준다. "나의 어둡고 깊은 욕망." 존은 아무 말도 하지 않는다. 에드윈이 목청을 가다듬는다. "그것은 별이지. 우리 위에 있는 별들이 우리 인간의 상태를 지배하는 거야."[112] 이것은 에드윈과 존이 셰익스피어와 결투를 벌이는 게임이다.

"친애하는 브루터스, 우리가 지배받는 것은 우리의 별자리 때문이 아니야. 우리 스스로의 잘못 때문 이라네."[113] 존이 말한다. 그리고 에드윈이 응수하기 전에 읊는다. "나는 너를 부인한다, 별들아."[114]

에이시아는 눈을 감는다. 누런색 페이지에 쓰인 검은 글자들이 다시 보인다. 에이시아가 아주 어렸을 적, 그녀가 벚나무 가지에 서 있고 에드윈이 그녀 아래 땅에 서 있었을 때 그녀는 이런 대사를 읊었다. "그이를 데려가서 그이를 잘게 썰어 작은 별들로 만들어라. 그러면 그이로 인해 하늘의 얼굴이 아주 아름다워져서, 온 세상 사람들이 밤을 사랑하게 되리라."[115]

"잘했어." 에드윈이 말한다. "우승컵은 에이시아에게 줘야겠어."

에이시아는 에드윈의 팔을 놓아준 다음 한쪽 다리를 뒤로 살짝 빼고 무릎을 구부려 절을 한다. 그 때문에 치마의 후프가 종처럼 흔들린다. 그녀는 진의 부드러운 손을 잡는다. "별 하나가 춤을 추었고, 그 아래서 네가 태어났어."[116] 그녀가 진에게 말한다. 그녀는 존을 쳐다보

---

112 《리어왕》 4막 3장에 나오는 구절.

113 《줄리어스 시저》 1막 2장에 나오는 구절.

114 《로미오와 줄리엣》에서 줄리엣이 죽었다고 생각한 로미오가 외치는 대사인데, 이 대목에서도 존은 '나는 너를 거부한다defy'라고 해야 할 것을 '부인한다deny'라고 잘못 말하고 있다.

115 《로미오와 줄리엣》 3막 2장에 나오는 구절.

116 셰익스피어 《헛소동》 2막 1장에 나오는 구절. 원문은 '내가 태어났어'이나, 여기서는 진에게 해주는 말이기 때문에 '네가 태어났어'로 일부러 바꿔 말한다.

고, 이어 에드윈을 쳐다본다. 그러나 둘 다 주의를 기울이지 않고 호
수 저편의 어두운 해안을 향해 시선을 던지고 있다. "그렇게 생각 안
해?" 에이시아가 존과 에드윈에게 고집스럽게 묻는다. "그 대사가 우
리 진에게 딱 어울리는 말 아니야?"

6

에드윈은 캐터랙트하우스라는 커다랗고 우아한 5층짜리 호텔에 방을
예약해두었다. 그들은 모르고 있었지만, 이 호텔은 지하 철도 조직[117]의
마지막 접선 장소 가운데 하나이다. 이런 낌새는 전혀 보이지 않는다.

그들은 높은 천장과 커다란 창문이 있는 식당에서 아침을 먹는
다. 에이시아의 의자에서는 녹색과 흰색의 급류가 흘러 지나가는 풍
경이 보인다. 음식을 기다리는 동안 존은 필라델피아 극단의 한 아둔
한 배우에 대한 이야기를 들려준다.

"그 연극은 〈루크레치아 보르지아〉였어." 존이 말한다. "문제의 장
면은 네 명의 군인이 길거리에서 그녀를 발견하고 복수를 실행하려
는 장면이었지. 그래서 그 배우는 이런 대사를 해야 했어. '부인, 나는
아스카니오 페트루치입니다. 시에나의 영주 판돌포 페트루치의 사촌,
당신의 명령에 의해 암살당한……' 그러나 이 멍청이는 도저히 그다
음 대사를 생각해낼 수가 없었지. 그는 더듬거리며 헤매다가 마침내
고개를 들고 이렇게 말했어. '젠장, 내가 또 누구지?' 거기에는 무릎을
꿇고 살려달라고 애원하는 늙은 루크레치아가 있었는데, 그 모든 것

---

117   Underground Railroad. 남북 전쟁 이전 시기에 활동했던 노예 탈출을 도운 비밀 조직으로, 노
       예들에게 자유주나 캐나다까지 갈 수 있는 탈출 경로와 안전 가옥을 제공했다. 철도라는 이름
       이 붙은 이유는 노예를 화물로, 접선하는 장소를 역으로 부르는 암호를 사용했기 때문이다.

이 멈춰버린 거야. 관객들은 배꼽을 잡고 웃었지."

물론 존이 들려준 이야기 속의 아둔한 배우는 존 자신이다. 존이 정말로 그들 모두 이 사실을 모르고 있다고 생각하는 걸까, 에이시아는 의아해한다. 그것은 〈루크레치아 보르지아〉라는 비극을 익살극으로 바꾸어버린, 주니어스 부스의 아들이 저지른 실수였다는 것을 온 세상이 다 알고 있다. 루크레치아 역을 맡은 여배우는 그녀의 대단히 중요한 무대 장면을 망쳐버린 그를 절대 용서하지 않을 것이다.

그들의 안내원이 그들을 데리러 온다. 패트릭 버크라는 아일랜드 사람이다. 50대 초반으로 보이는 버크 씨는 피부가 뱃사람처럼 거칠다. 그는 그들을 데리고 아메리칸 폭포의 꼭대기로 간 다음 비의 계단을 내려가 기슭으로 간다. 커다란 구름들이 물 위에 모여 있다. 에이시아는 무지개들을 아홉 개까지 센다. 어떤 무지개는 밝고 완전한 원호를 그리고 있으며, 어떤 무지개는 희미하고 조각나 있다. 그녀의 얼굴은 물안개에 젖었다.

버크 씨가 일행이 다 들을 수 있도록 크게 소리치며 얘기한다. 몇 년 전, 그가 계단에 서 있는 동안 절벽에서 거대한 바윗덩이가 협곡으로 떨어져 내렸는데, 계단을 가까스로 피해서 떨어졌다고 한다. 몇십 센티미터만 더 가깝게 떨어졌다면 그 자신도, 계단도 오늘 이곳에 있지 않았을 거라고 말한다. "난 하느님의 부주의한 손가락이 가려운 데를 긁는 걸 느꼈지." 버크 씨가 말한다.

부서지는 물결에 내려앉은 햇빛의 휘황찬란함에 압도된 에이시아는 거의 까무러칠 지경이고, 그녀의 모든 감각은 충만하게 출렁거린다. 부주의한 하느님? 아니야! 창조주 하느님이고, 빛과 물의 붓을 휘두르는 예술가 하느님이지.

신성한 것에서 꾀죄죄한 것까지. 그들은 마차를 타고 싸구려 골동품 가게, 요지경 들여다보는 곳, 술집 등이 늘어선 거리를 지나 캐나다 쪽을 향해 나아간다. 마차는 여행할 곳을 선전하거나 다과, 그림, 팸플릿, 응결된 안개 덩어리 등을 팔기 위해 집요하게 호객하는 사람들을 지나간다. 버크 씨는 응결된 안개 덩어리에 대해서, 그것들은 실은 하얀 돌멩이일 뿐이니 사지 말라고 말한다. 어떻게 그리도 많은 사람들이 하느님의 얼굴을 바라볼 수 있는데도 비둘기를 잡아서 털을 뽑을 것처럼 보이는 궁상스러운 곳만을 볼 수 있는 걸까? 에이시아는 한 인부가 쓰레기로 가득 찬 손수레의 끝을 기울여서 그 쓰레기들을 맑은 녹색 물에 버리는 것을 지켜본다.

그들은 존의 주장에 따라 런디스레인 전투[118]가 벌어졌던 들판에서 잠시 머물기로 한다. 이곳에서 윈필드 스콧이 미군을, 고던 드러먼드가 영국군을 지휘했다. 전투는 근접전이어서 소총보다 총검이 더 많이 사용되었다. 모든 전투가 끝났을 때 전사자 수는 약 900명이었다. 이것은 1812년 전쟁[119]에서 가장 피비린내 나는 전투였다고 버크 씨가 말한다. 한 발 한 발 옮길 때마다 그들은 어떤 병사의 무덤을 밟고 있는 셈이다.

존은 버크 씨에게 군대의 움직임에 대해 신나게 얘기해준다. 세인트티머시 학교에서 그 전투에 대해 배웠다고 존이 말한다. 그는 과시한다. "군인들은 밤까지 계속 싸웠어요. 그들이 달빛 아래서 싸우는 모습을 상상해보세요."

"혀, 너는 빛을 잃어라! 달, 너는 도망가라! 이제 죽는다, 죽는다,

---

118   미영 전쟁 중 나이아가라 폭포 인근에서 미군과 영국군이 벌인 전투.

119   1812년~1814년에 일어난 미영 전쟁을 말한다.

죽는다, 죽는다, 죽는다."[120] 에드윈이 말한다.

에이시아는 달빛 아래서든 별빛 아래서든 햇빛 아래서든 군인들이 돼지를 도살하듯 서로를 살육하는 모습을 상상하고 싶지 않다. 그녀는 요란한 총소리가 아니라 우렁찬 폭포 소리를 듣고 싶다. 에이시아는 여기를 벗어나 계속 나아가고 싶어 안달이 날 지경이다. 하지만 존은, 드러먼드의 관료주의적 완고함은 스콧의 전문성과 용감함에 상대가 되지 않는다는 점에 대해서 버크 씨의 동의를 구하기 위해 전력을 기울인다.

"그 전투는 일반적으로 비겼다고 여겨지고 있어." 버크 씨가 가볍게 말한다. "드러먼드가 명백히 이겼다고 생각하는 사람들을 제외하고는 말이야."

존은 반대를 좋아한다. "단지 미국인 사상자가 너무 많았기 때문일 뿐이죠! 드러먼드가 유리한 입장에서 전투를 시작했기 때문일 뿐이라고요!" 모든 문장이 공격적이다. "드러먼드는 훨씬 더 뛰어난 전술가였던 스콧을 전술적으로 능가하지 못했어요. 그는 그저 부하들을 앞으로 내보내고, 내보내고, 또 내보냈을 뿐이에요."

에이시아는 버크 씨에게 논쟁을 그만두라고 말하고 싶다. 끈질기게 인내할 뿐인 전술을 경멸하고 있음에도 불구하고 존의 토론 전략은 드러먼드의 그 전술을 무척 닮았다. 그는 적이 지칠 때까지 계속해서 자기 부하들을 앞으로 내보내고, 내보내고, 또 내보낼 것이다.

"유령이 있을까요?" 진이 묻는다.

"어떻게 없을 수가 있겠어?" 버크 씨가 말한다.

---

120 셰익스피어 《한여름 밤의 꿈》 5막 1장에 나오는 대사.

아메리칸 폭포는 호스슈 폭포의 서곡에 불과하다. 버크 씨는 일행에게 보호 장비(목에서 발목까지 감싸는 유포 자루, 로프가 달린 벨트, 얼굴만 드러나게 하는 꽉 조이는 후드)를 제공한다. 방수 부츠는 에이시아의 발에 맞을 만큼 작은 것이 없다. 그녀는 발에 상자를 끼고 걷는 것처럼 발을 끌며 걸어야 한다. "우린 위험한 사람들처럼 보이는데." 존이 말한다. "산적 떼 같은."

"우린 걸어 다니는 작은 언덕처럼 보여." 에드윈이 말한다.

폭포 아래쪽 길은 에이시아가 신은 부츠가 걱정될 정도로 좁다. 그녀는 앞서가는 에드윈의 벨트와 촘촘한 거리를 유지한 채 왼쪽 암벽에 드러난 손으로 잡을 수 있는 것들을 한 손 한 손 잡아가면서 나아간다. 순간, 그녀는 물 폭탄 세례를 받는다. 물이 위와 아래에서 뿜어져 나와 코와 목구멍을 채우고 눈을 멀게 한다. 그녀는 본능적으로 뒤로 돌아가려 하는데, 그때 에드윈이 그녀를 앞으로 잡아끌어서 물 폭탄을 지나 다시 대기 속으로 나오게 한다. 에이시아는 흠뻑 젖은 소매로 얼굴을 닦으면서 자기는 지금 하느님이 만든 교회에 있다는 것을 알게 된다. 높이 솟은 거대한 돌 아치에서 물의 벽이 쏟아져 내리는 모습이 눈앞에 펼쳐진다.

7

이틀 후, 뉴욕에서 하룻밤을 보낸 뒤 그들은 볼티모어로 돌아가는 기차에 오른다. 바깥은 어둡고, 서로 마주 보는 좌석에 앉은 진과 존은 잠이 들었다. 잠든 두 사람의 모습이 검은 창문에 흐릿하게 비친다. 기차가 덜컹거리며 흔들린다. 에이시아는 더없이 만족스럽다. 뉴욕 호텔 로비에서 존은 장난스럽게 몸을 숙여 진의 뺨에 키스했다. 존의 사과(존은 그녀가 너무 예뻐 보여서 그로서는 어쩔 수 없었다고 말했다)와 진이 얼굴을 붉히며 두 손으로 얼굴을 가리는 모습이 자꾸만 머리에 떠오를 만큼 귀엽고 아름다웠다.

드디어!

에드윈은 에이시아에게 이야기를 하나 들려준다. 그는 잠든 두 사람이 깨지 않도록 나직이 얘기한다. "한번은 하이드 선생님이 학교가 파한 후에 나를 교실에 남게 했어. 그날 내가 뭘 잘못했는지는 기억나지 않아. 틀림없이 뭔가 큰 잘못을 했을 거야. 하이드 선생님은 나에게 어떤 글을 주고 그걸 옮겨 적게 하셨지. 난 틀림없이 적어도 두 시간은 거기 있었을 거야. 그런데 내가 밖에 나와서 보니, 슬리퍼가 나를 기다리고 있었어. 집에 돌아가지 않고 그 모든 걸 창문을 통해 지켜보고 있었던 거야. 그의 손에는 큼지막한 돌멩이가 들려 있었는데, 그가 이렇게 말하는 거야. '만약 하이드 선생님이 매를 잡는 것을 보게 되면 곧장 유리창을 향해 이 돌멩이를 던질 생각이었어'라고.

슬리퍼는 그처럼 좋은 사람이야." 에드윈이 말한다. "신의가 있고 늘 변함이 없는 친구지. 그리고 그는 언제나 너를 사랑했어. 네가 슬리퍼와 결혼하는 걸 보게 된다면 난 정말 안심이 될 거야. 무슨 일이 있어도 슬리퍼는 너를 잘 보살펴줄 거라는 걸 알 수 있으니까."

그것은 사실이다. 슬리퍼는 오랫동안 그녀에게 구애를 해왔고, 에드윈은 마찬가지로 오랫동안 두 사람의 결합이 이루어지도록 노력해왔다. 그런데 왜 그녀는 자기 뜻대로 구애를 받아들이지 않고, 슬리퍼의 구애는 성공하지 못하는가?

그녀는 절대 로절리처럼 되고 싶지 않다.

그런데 왜 슬리퍼는 아닌가? 그녀는 슬리퍼와 함께하는 삶을 그려볼 수 있다. 그것은 행복한 삶이고 편안한 삶이다. 슬리퍼는 돈을 잘

번다. 그가 좋은 남편이 될 거라고 그녀는 믿는다. 에이시아는 이제 예전에 몇 차례 그를 사랑했던 것만큼 깊이 사랑하지 않는다. 예전의 그 깊고 열렬한 감정들은 결국 깊은 마음의 상처로 이어졌다. 때로는 그녀의 상처로, 때로는 그의 상처로 말이다. 꺼림칙한 감정들이 사방에 널려 있다.

그런데 12년 동안의 지칠 줄 모르는 헌신은 보상받아야 하지 않을까? 덤으로 에드윈도 행복해져야 하지 않을까?

에이시아는 이 모든 것을 생각한다. 기차의 엔진 소리와 철로를 달리는 바퀴 소리는 그녀의 가정을 노래하는 일종의 자장가이다. 에이시아는 졸리고 행복하다. 그녀는 전적으로 에드윈을 신뢰한다. 진심으로 에드윈을 신뢰한다.

때가 됐어, 그녀는 생각한다. 철들 때가 됐어.

"좋아." 그녀가 말한다. "하지만 그래도 청혼은 받고 싶다고 그에게 말해줘."

그 약혼에 놀라는 사람은 없는 것 같다. 엄마와 로절리는 기뻐한다. 오직 존만이 시큰둥해한다. "슬리퍼는 부스 집안의 명성과 관련을 맺고 싶어 해." 그가 에이시아에게 말한다. "누나는 그가 품은 야망의 깊이를 몰라. 난 알아."

야망을 갖는 게 뭐가 문제람, 에이시아는 생각한다.

"그는 누나를 사랑하지 않아." 존이 말한다. 그러나 에이시아의 마음속에서 그녀는 지금 아주 먼 곳에, 거대한 돌 아치와 우레와 같은 소리를 내며 쏟아져 내리는 물의 벽 앞에 서 있었고 아무 말도 들리지 않는다.

로절리

8

로절리는 에드윈이 메리 데블린에게 좋은 감정을 가지고 있는지 궁금해하기 시작한다. 아직은 가족 중 누구도 그녀를 만난 적이 없고, 에드윈이 한 말 중에 정말 의심스러운 대목은 없다. 그러나 그녀의 이름은 로절리가 생각했던 것보다 더 자주 튀어나온다. 로절리는 에드윈과 데블린이 서로 편지를 주고받고 있을지도 모른다고 생각한다.

로절리만 궁금해하는 게 아니다. 어느 날 저녁 식사 시간에 그들은 존만 빼고 모두 식탁에 모여 앉았다. 심지어 조도 학교 교육이 끝났기 때문에 집에 와 있다. 그때 에드윈이, 데블린 양이 〈로미오와 줄리엣〉을 두고 오늘날과 같은 분열의 시대에 북부 출신의 젊은 여자와 남부 출신의 젊은 남자 사이의 로맨스가 어떤 모습일지 생각하게 만든다고 하더라는 얘기를 꺼낸다. 그 연극은 특별히 적절해 보인다. 그러나 언제나 파벌 싸움은 있게 마련이다. 그러니 그것은 아마도 언제나 적절할 것이다.

에이시아는 정치적인 이야기를 건너뛰고 곧장 묻는다. "예뻐? 오빠의 그 데블린 양?"

"예쁘다기보다는 고운 사람이야." 에드윈이 말한다. "그리고 내 취향은 아니야."

"그렇지만 그 여자 좋아하지?"

"네 오빠 놀리지 마라." 엄마가 말한다.

"놀리는 거 아니에요."

공장에서 나는 휘슬 소리가 들린다. 말과 수레가 달그락거리며 지나간다. 옷을 잘 차려입은 새로 온 요리사 머피 부인이 주걱 같은 손으로 난롯불 위에 땔감을 더 쌓아 올리면서 그들이 하는 얘기에 귀를 기울이지 않는 척한다.

"그녀는 착한 여자야." 에드윈이 말한다. "그리고 재능이 뛰어나. 그렇지만 나는 여배우하고는 절대 결혼하지 않을 거야. 너도 알잖아. 그녀는 나에겐 남매 같은 여자야."

"오빠는 남매가 하나 있잖아." 에이시아가 말한다.

"둘." 조가 에이시아의 말을 바로잡는다.

에이시아는 설득당했는지 모른다. 로절리는 그렇지 않다. 그런데 에드윈은 왜 사랑에 빠지면 안 되는 거지? 로절리는 다만 에드윈이 행복한 것을 보고 싶을 뿐이다. 그는 행복을 누리는 재능이 없기 때문에 행복은 그가 좀처럼 달성하지 못하는 조건이다. 그런데 에이시아도 그렇지 않았던가? 에이시아는 요즘 확실히 그 일을 잘 해내고 있다. 그녀는 행복을 위해 달려가며, 헤어진 연인들의 노래에 탄식한다.

부엌에서 치킨과 햄 냄새가 난다. 아버지가 돌아가신 이후로 고기는 저녁 식사 때 흔히 먹을 수 있는 음식이 되었다. 머피 부인은 모든 요리에 햄을 넣는 것을 좋아하고, 한 고기 위에 다른 고기를 쌓아서 함께 튀기는 경향이 있다. 로절리는 고기에 익숙해지는 데 다른 가족보다 더 많은 어려움을 겪었다. 그녀는 자기 접시에 놓인 닭 다리 요리를 내려다보면서, 그것이 여전히 사람의 다리와 매우 비슷해 보인다는 생각을 한다. 그녀는 차를 한 모금 마신다. 몰래 진을 조금 넣은 차다. 머피 부인은 부스 가족의 세 번째 요리사다. 지난번 요리사는 일하는 중에 술을 마셨기 때문에 해고되었다.

에드윈이 화제를 바꾼다. "그래, 조, 학교를 마쳤으니 이제 네 계획은 뭐니?"

"모르겠어." 조가 말한다. 그가 커다란 고깃덩이를 자를 때 나이프가 접시에 부딪히며 쨍그랑쨍그랑 소리를 낸다. 그는 그 고기를 입으로 가져가다 말고 덧붙인다. "생각해본 적 없어."

조는 다른 형제들보다는 잘생기지 못했다. 아직도 코와 귀가 자라고 있고, 뺨은 여전히 토실토실하고 복성스럽다. 그는 게으르고 공상적인 아이인데, 훗날 한 친구는 조가 바보스럽거나 아니면 바보스러운 체하는 데 놀라운 재주를 가진 아이였다고 말할 것이다. 그는 지금 홀리데이스트리트 극장에서 검표원으로 일하고 있다.

그와 로절리는 여전히 친하게 지낸다. 그녀는 조가 어떻게 그녀의 무릎에 기어오르곤 했는지를 기억하고, 그녀의 다리에 기댄 그의 체중과 따뜻함을 기억한다. 그녀는 어렸을 때 조의 머리에서 풍기던 퀴퀴한 먼지 냄새를 기억하고, 조의 지저분한 작은 손이 그녀의 목을 감싸 안던 것을 기억한다. 로절리와 조가 공유하는 생각은 그들이 가족 내에서 일종의 아웃사이더더라는 견해이다. 준이 집에 없기 때문에 로절리는 가장 나이가 많고 조는 가장 어리다. 그들이 공유하는 것은 두 사람이 에드윈도, 에이시아도, 존도 아니라는 사실이다.

조가 그의 미래에 대해서 더 할 말이 없는 것 같아서 에드윈은 다시 화제를 바꾼다. 많은 우울증 환자가 그러듯이 에드윈은 재미있는 이야기를 들려줄 수 있다. 그는 최근에 공연한 〈베니스의 상인〉에 대해 애기한다. 그가 공연한 곳은 어느 벽지였다. 너무 작은 마을이라 에드윈은 마을 이름도 기억하지 못했다. 그곳의 극장은 마흔 명 정도를 수용할 수 있었는데, 모든 좌석의 표가 팔렸지만 참석한 사람은 그리 많지 않았다.

에드윈은 앤토니오를 연기했다. 연극의 끝이 다가오고 재판 장면이 절반쯤 진행되었을 무렵, 그들은 증기선의 고동 소리를 들었다. 만약 그 배를 놓친다면 그들은 다음 공연 약속을 지키지 못할 터였다. 에드윈은 벤 아저씨가 무대 옆에서 앤토니오와 샤일록에게 가능한 한 빨리 연극을 마치라고 다급하게 손짓하는 모습을 보았다.

"그래서 나는 샤일록에게 이렇게 말했지. '10더컷[121]과 우람한 돼지 한 마리를 받으시겠소?' 그러자 샤일록이 말했어. '그것은 내가 충분히 받아들일 수 있는 아주 좋은 제안 같구려.' 그러자 이어서 포셔가 말했지. '그럼 우리 모두 릴[122]을 추는 게 어때요?' 그리고 우린 막을 내렸어. 관객들은 이미 뱃고동 소리를 들었고, 그래서 그들 모두 이해했지. 우리는 그들을 웃게 만들며 그곳을 떠나 부두로 달려갔다. 그렇게 해서 시간에 맞춰 배에 탑승했던 거야."

"포셔를 연기한 사람은 누구였어?" 에이시아가 묻는다.

---

121   과거 유럽 여러 나라에서 사용된 금화.

122   스코틀랜드 고지에 사는 사람들이 추는 경쾌한 춤.

390

9

에드윈은 죄책감에서 비롯된 계획에 사로잡혀 있다. 아버지의 무덤에 근사한 새 묘비석을 세우려는 계획이 그것이다. 그 비용은 그가 기진맥진해질 정도로 열심히 일해야만 마련할 수 있다. 벤 아저씨는 에드윈이 온갖 곳에서 다 공연을 하게끔 예약해두었다. 때는 1858년이다.

에드윈은 보스턴의 조각가 조지프 커루를 선택했다. 조지프 커루는 형과 함께 목사인 찰스 T. 토리의 아름다운 기념비를 설계한 조각가이다. 그 기념비는 한쪽 면에는 토리의 얼굴을 얕은 돋을새김으로 새기고, 바닥 쪽에는 슬픔에 잠긴 한 여자를 새긴 오벨리스크다. 만약 그 조각들에서 무엇을 보아야 할지 모른다면 여자의 발에 채워진 족쇄를 못 보고 지나칠 수도 있다. 토리는 도망친 노예들을 도운 죄로 볼티모어 감옥에 수감되어 그 감옥에서 순교한 목사이다.

에드윈은 커루 형제 중 비용이 더 적게 드는 쪽을 고용한 게 거의 틀림없다.

그것이 그의 경제력으로 할 수 있는 유일한 방법이다. 아버지의 묘비 역시 대리석 오벨리스크로 만들 작정인데, 다만 높이가 거의 6미터에 달할 만큼 더 크고, 부스라는 이름도 유난히 크게 새길 것이며, 반대쪽 면에는 《줄리어스 시저》에 나오는 문구를 묘비명으로 새길 것이다.

그의 삶이 고결하고 성품은 지극히 조화로워서
조물주도 일어서서 온 세상에 외칠 것이다.
이 사람이야말로 진정한 인간이었노라고.

에드윈은 묘비를 세울 준비를 하면서 이 모든 계획을 세운다. 엄마가 행복해지기를 에드윈이 얼마나 간절히 바라는지 로절리는 알 수 있다. "넌 정말 좋은 아들이야." 엄마가 손을 뻗어 아들의 손을 토닥이며 진심을 담아 말한다. 로절리는 속으로 은근히 비용에 대해 걱정한다.

로절리는 자신만의 계획이 있다. 어느 조용한 시간에 그녀는 에드윈에게 프레더릭, 메리 앤, 엘리자베스의 시신을 농장에서 볼티모어 공동묘지로 이장할 수 있는지 묻는다. "아버지는 그 애들을 무척 사랑하셨어." 그녀가 에드윈에게 말한다. "아버지는 틀림없이 그 애들이 당신 주변에 모여 있기를 바랄 거야."

에드윈은 즉시 동의한다. 심지어 열광적인 반응을 보이기까지 한다. 하지만 이를 실현하기 위한 어떤 조처도 취하지 않는다. 그는 아버지의 생일날에 공개할 계획인 아버지의 묘비석에 대해서만 계속 얘기할 뿐, 죽은 형제자매에 관해서는 전혀 언급이 없다. 로절리가 생각하기에 에드윈은 그걸 약속한 순간에 곧바로 잊어버린 것만 같다. 증인으로 엄마를 약속 현장에 있게 하지 않은 것이 실수였다. 로절리는 잔소리를 하지는 않지만, 분노의 작은 벌레 한 마리가 그녀의 속을 갉아 먹는다. 에드윈이 한 명이나 두 명의 유령을 만난 뒤에 그들을 얼마나 빨리 잊어버리는지 보라.

로절리는 어느 날 공동묘지에서 아버지와 이에 관해 얘기하다가 마르고 창백한 남자를 보게 된다. 틀림없이 이복형제인 리처드 부스일 거라고 로절리는 생각한다. 그는 그녀가 있는 방향으로 걸어오다가 그녀를 보자마자 방향을 확 틀어서 다른 쪽으로 걸음을 옮긴다. 그도 종종 아버지의 무덤을 찾아오고 있는지 로절리는 궁금해한다.

지금까지 이곳 묘지에서 그를 본 적이 한 번도 없고, 사실 그에게는 아버지에게 화가 날 만한 충분한 이유가 있기 때문에 그가 아버지의 무덤에 찾아왔다는 생각이 들자 로절리는 깜짝 놀란다. 아버지가 한동안 그를 순회공연에 데리고 다니면서 아버지로서의 관심과 애정을 보여주었는데, 애들레이드가 미국 땅에 도착한 순간 이 모든 것을 도로 거두어들였으니까 말이다. 그것은 분명 그에게 큰 상처를 주었을 것이다. 게다가 그들 모두 볼티모어에서 살았던 시절, 아버지는 그가 어떻게 사는지 보기 위해 그를 만나러 가지도 않았다. 로절리는 그가 아버지의 재산을 그들에게서 빼앗아 가려고 그리도 열심히 싸운 이유를 이해할 수 있을 것만 같다.

그러나 그날 저녁, 자러 가기 직전에 엄마가 로절리에게 애들레이드는 죽었다고 말해준다. 그러므로 리처드가 공동묘지에 온 이유는 아버지 때문이 아니라 그의 어머니 때문이었던 게 틀림없을 것이다. 이 소식을 전하는 엄마의 목소리는 건조하고 단조롭다. 엄마가 등을 돌린 채 부지깽이로 불을 쿡쿡 찌르고 있으므로 엄마의 얼굴은 감추어져 있다. 엄마의 자세는 이 문제에 대해서는 더 이상 얘기하지 않겠다는 것을 명확히 보여준다.

로절리에게는 거리에서 자기들을 따라다니며 침을 뱉고 고래고래 소리 지르던 성질머리 사나운 여자에 대한 기억이 생생하지만, 그 여자가 죽었다는 소식이 로절리의 마음을 부드럽게 녹인다. 아버지가 첫 번째 아내를 끔찍하게 대했다는 사실은 부인할 수 없다. 애들레이드는 참으로 서러운 인생을 살았다. 로절리는 엄마가 이 점에 대해 죄책감을 느끼는지 궁금하다. 로절리 자신은 죄책감을 느낄 이유가 없지만, 그녀는 어떤 비난도 받아들일 준비가 되어 있다.

이 관대한 마음은 로절리가 애들레이드의 묘비를 처음 본 순간 사라진다. 묘비에는 이렇게 쓰여 있다.

예수님 마리아 요셉이여

비극 배우 주니어스 브루터스 부스의

아내

마리 크리스틴 애들레이드 들라노이의

영혼을 위해 기도해주소서.

그녀는 1858년 3월 9일

66세의 나이로

볼티모어에서 사망했습니다.

망자를 위해 기도하는 것은

거룩하고 건전한 생각입니다.

부디 편히 잠드소서.

주니어스 브루터스 부스의 아내라니! 이 묘비가 아버지의 묘비와 같은 묘지 안에, 같은 미루나무 아래에, 아버지 자신의 무덤에서 조금만 걸어가면 나오는 곳에 세워져 있다는 사실이 모욕감을 더한다. 애들레이드는 이곳에 누운 채 무덤 너머에서 다가와 그들에게 마지막으로 침을 뱉고 있는 것이다. 아버지에 대한 그녀의 소유권 주장은 영원불멸한 것 같다.

그러므로 로절리의 적개심도 변함이 없을 것이다. 그녀는 이 특별한 영혼을 위해서는 기도하지 않기로 결심한다.

올드 스퍼지가 그들이 즐거워할 거라는 대단히 잘못된 가정 아래 〈뉴올리언스〉에 실린 그녀의 사망 기사를 그들에게 보낸다.

화요일에 볼티모어에서 적어도 세 사람이 심장병으로 사망했다. 유명한 비극 배우 부스의 이혼한 아내인 65세의 메리 부스 부인, 마운

트클레어역의 사역으로 일한 나이가 지긋한 조지프 로키 씨, 그리고 길을 가다가 넘어져 사망한 50세 정도로 보이는 무명의 남자가 그들이다.

사망 기사에는 아버지와 '메리'의 유일한 생존 자식은 에드윈이라고 쓰여 있다.

화창한 오후, 로절리는 엑서터 거리에 있는 집의 부엌에 조 홀과 함께 앉아 있다. 두 사람 다 커피를 마시고 있다. 조 홀은 설탕을 두 스푼 가득 넣은 커피를 마시고, 로절리는 진을 조금 넣은 커피를 마신다. 조 홀이 엄마를 위해서 몇 가지 봄철 농산물(가느다란 당근, 옅은 빛깔의 무, 파)을 가지고 들렀지만, 엄마와 에이시아는 결혼식 예복을 주문하기 위해 외출하고 집에 없다. 로절리는 조 홀에게 엄마와 에이시아가 돌아올 때까지 집에 있다가 가라고 설득하지만, 그는 그럴 수 없다고 한다. 앤이 조바심치며 자기를 기다릴 거라고 말한다. 커피 한 잔 마실 시간밖에 없다고 한다.

"에이시아가 슬리퍼 클라크와 결혼한다는 소식 들었을 거예요." 로절리가 말한다.

"좋은 소식이에요." 조 홀이 말한다. "아주 좋은 소식이에요. 슬리퍼는 훌륭한 사람이죠. 에이시아는 결혼하면 필라델피아에서 살겠네요."

"그러겠죠."

"에이시아가 우리 핑크니와 메리 엘런을 찾아볼 거라고 생각해요? 내 생각에 그 애들은 지금 필라델피아에 있을 것 같아요. 앤과 나는 그 애들이 어떻게 사는지 알고 싶은 마음이 굴뚝같답니다. 나는 그 애들 주소가 없어요." 조가 말한다.

"에이시아가 당연히 찾아보겠죠." 이 말은 거짓말이다. 이 두 명의 홀 아이들이 숨어 지낸다면 에이시아가 어떻게 그들을 찾을지 로절리로서는 상상할 수 없기 때문이다. 그러나 어쩌면 그들은 숨어 지내지 않는지도 모른다. 어쩌면 로저스 이모와 이모의 남편이 자기들을 추적하지 않으리라고 믿고 있는지도 모른다.

갑자기 밖에서 개들과 돼지들이 싸운다. 개들이 짖고 돼지들이 꿀꿀거리는 소리와 함께 몇몇 남자들이 요란스레 외치며 싸움을 뜯어말리는 소리도 들린다. 그 소음이 거리를 따라 달려 내려간다.

로절리의 맞은편에서 조 홀이 눈을 감고 있다. 탁자에 똑바로 앉은 채 잠이 든 것처럼 그의 몸이 가볍게 흔들리는데, 두 손은 컵을 감싸 쥐고 있다. 그가 눈을 감고 있으므로 로절리는 그를 자세히 살펴보고 싶은 마음이 생긴다. 그의 몸에 햇볕이 강하게 내리쬐면서 얼굴의 모든 주름살을 깊이 드러내고 있다. 조의 얼굴은 주름 덩어리처럼 주름살이 많은데, 그것은 오랜 세월에 걸친 걱정의 지도이다. 그의 앞니 하나는 누렇게 변했다. 그는 여전히 키가 크지만, 가슴은 휑뎅그렁하고 어깨는 굽었다. 로절리는 가끔 그에게 나이가 몇 살이냐고 묻곤 했었다. 난 내 나이가 몇인지 알았던 적이 한 번도 없어요. 그는 그렇게 대답하곤 했다.

로절리는 평생 그를 알고 지냈다. 그의 얼굴은 로절리가 이 세상에 태어나서 본 최초의 얼굴들 가운데 하나였고, 그가 만들어준 고리버들 요람에 누워 있는 그녀를 내려다보던 얼굴이었다. 그녀의 기억 이전의 시간에도 그의 얼굴은 이미 거기 있었던 것이다.

문득 로절리의 마음속에 어느 날엔가 그녀는 그를 마지막으로 보게 될 것이고, 오늘이 바로 그날이 될 수도 있다는 생각이 떠오른다. 그의 묘비석은 어떤 모양으로 만들어질까? 거기에는 그의 생년월일도 쓰여 있지 않을 것이다.

로절리의 이 모든 생각이 선견지명이었다는 사실이 드러날 것이다. 조는 2년 후에 죽을 것이며, 그의 묘비에는 태어난 날도 죽은 날도 적히지 않을 것이다. 그는 다시는 달아난 그의 아들과 딸을 보지 못할 것이다.

"전쟁이 일어날 것 같나요, 로즈 양?" 그가 다시 눈을 떴고, 그의 손가락은 이제 흠집이 있는 식탁 표면을 토닥토닥 두드렸다. 어떤 노래를 장단 맞춰 두드리고 있는 것이다. 그녀는 어렸을 때 그가 가르쳐준 그 노래를 기억한다.

그들은 존을 섬에 보내버렸네
할렐루야
그들은 존을 섬에 두고 굶겼네
할렐루야
천사들이 와서 먹을 것을 주었네
할렐루야
천사들은 하늘의 빵을 먹였네
할렐루야

"아니요. 전쟁이 일어나진 않을 것 같아요." 로절리가 대답한다. 그렇게 생각하는 이유를 설명하지는 않는다. 그러나 사실 로절리는 자신들의 노예를 계속 소유하기 위해 죽음을 마다하지 않고 싸울 백인들을 쉽게 상상할 수 있다. 그녀는 이런 사람들을 알고 있다. 조 홀도 이런 사람들을 알고 있다. 그들은 벨에어의 농장 주변 곳곳에 살고 있다. 그들은 존과 함께 학교에 다녔다. 존도 그들 중 한 명이다.

그에 반해 로절리는 자기가 아는 백인 중에서 노예 해방을 위해 죽음을 마다하지 않고 싸울 백인은 단 한 사람도 생각할 수 없다. 노예제를 신봉하는 사람들은 노예제를 신봉하지 않는 사람들보다 훨씬 더 강한 확신을 가지고 있다.

"우린 정말 우리 딸, 우리 아들이 몹시 그리워요. 걔들은 집에 올 수 없고, 우린 거기 갈 수 없잖아요. 변화는 감당하기 어려워요." 조가 말한다. "하지만 변하는 게 삶이죠."

죽음도 그래요, 로절리는 속으로 중얼거린다. 죽음 역시 엄청나게 큰 변화니까요.

10

로절리는 충격을 받았다. 그녀는 자기 방으로 들어와 얼마간 자기만의 시간이 주어지기를 바라며 방문을 닫았다. 그리고 헝클어진 젖은 머리를 평소보다 더 거칠게, 덜 조심스럽게 빗질하고 있다. 마치 빗질이 그녀를 아프게 하기를 바라는 것 같다.

조금 전, 그녀와 엄마와 에이시아는 함께 부엌에서 머리를 감았다. 그들은 빗물을 사용해서 머리를 감는다. 대야에 빗물을 받은 다음 몇 주 동안 한데 모아서 틈틈이 몸을 씻거나 빨래를 하는 데 사용한다. 몸을 씻는 것은 중요한 일이어서, 여자들이 속옷 차림으로 그 일을 마칠 수 있도록 남자들이 집에 있다면 그동안 그들은 집 밖으로 쫓겨난다. 오늘은 따뜻한 날이고 위층 방은 덥게 느껴질 정도다. 로절리는 치마를 다시 입기 위해 서두르지 않는다. 그녀는 머리가 마르기 전에 얽히고 헝클어진 머리를 가지런히 정리하고 싶어 한다.

에이시아는 여느 때와 마찬가지로 얘기를 하고 있었다. 엄마가 그녀의 머리에 한 주전자의 물을 부을 때도 말을 멈추지 않았다. 로절리는 자기 머리의 끝부분을 수건으로 닦고 있었는데, 그때 다음과 같이 시작하는 에이시아의 말을 들었다. "우리 모두 필라델피아에 있게 되면……."

모두, 라고 에이시아는 말했다. 우리 모두. 우리들 전부. 로절리는 너무 놀라서 이어지는 뒷말을 놓쳤다.

"우리 모두 필라델피아로 가는 거야?" 그녀가 물었다.

엄마가 에이시아의 머리를 비비며 빗물을 닦았다. "우리 둘만 이 큰 집에서 계속 살 수는 없을 거야. 이제는 네 남동생들도 거의 이곳에 있지 않은데, 에이시아마저 가버리면……."

엄마가 그 말을 하는 순간 로절리는 이사가 불가피하다는 것을 알게 된다. 그런데도 그녀는 그때까지 그 생각을 못 했었다. 눈에 갑자기 눈물이 차올라서 그녀는 가능한 한 티 나지 않게 부엌을 나와 위층으로 올라가서 혼자 운다. 그런데 계단 어디쯤 올라갔을 때 눈물은 바닥에 떨어지지 않았는데도 사라졌고, 그녀의 눈은 도리어 몹시 건조해져서 따끔거린다.

그녀는 볼티모어를 사랑한 적이 없지만, 그래도 이곳이 그녀의 생활 터전이다. 이곳에 친구들(콜 자매, 넬리 모건, 케이트 그린)이 있고, 그녀는 2주에 한 번씩 그들과 함께 모여서 수다를 떨며 자선을 위한 셔츠와 앞치마를 만든다. 그녀는 넬리를 별로 좋아하지 않지만 콜 자매는 좋아한다.

로절리는 줄곧 에이시아와 함께 살았다. 그들은 에이시아가 어렸을 때부터 지금까지 내내 방을 함께 썼지만, 언제나 엄마의 지붕 아래서 그런 것이다. 그렇지만 필라델피아에 가게 되면 로절리는 에이시아의 집에서 영원한 손님이자 젊은 부부의 삶에 침입한 침입자가 될 것이다. 자신이 환영받을 수 있도록 노력하게 될 것이고, 에이시아는 로절리의 그런 노력이 보이는지 확인하려 할 것이다. 로절리는 방해가 되지 않는 동시에 도움이 되는 사람이 되어야 한다는 압박감을 끊임없이 느끼게 될 것이다. 그녀는 그 집이 자기 집이라는 것을 결코 느끼지 못할 것이다.

로절리는 그 집에서 자기 방이 주어질 거라고 생각할 만큼 어리석지는 않다. 이제 그녀는 엄마와 함께 방을 쓰게 될 것이다. 과부와 노처녀가 함께. 로절리는 그런 생활이 어떻게 굴러갈지 눈에 보이는 듯싶다.

하지만 로절리는 그것 말고는 다른 어떤 것도 사리에 맞지 않다는 것을 잘 알고 있다. 불행히도 그녀는 그럼에도 불구하고 볼티모어에 남아 있을 경우의 장점에 대해서는 한 가지도 생각해낼 수가 없다.

소심하게 문을 두드리는 소리가 나고, 이어서 엄마가 방에 들어온다. 머리의 물이 슈미즈 앞부분으로 떨어져서 엄마의 무거운 가슴을 덮은 불룩한 천으로 스며든다. 엄마의 희끗희끗한 머리는 큼지막한 낡은 흰 천으로 둘러싸여 있다. "우리가 널 놀라게 한 것 같구나." 엄마가 말한다. "그럴 생각이 아니었는데. 난 이사 가는 게 당연하다고 생각했거든."

"엄마 말이 맞아요." 로절리가 말한다. "나도 내가 왜 놀랐는지 모르겠어요."

"필라델피아는 멋진 도시야. 슬리퍼 말로는 여기보다는 그곳에서 사는 게 훨씬 낫대. 즐길 거리도 아주 많고!"

"나도 분명히 그곳 생활에 익숙해질 거예요." 로절리는 에이시아가 그녀의 작은 왕국을 통치하는 모습을 날마다 보아야 한다는 것에 자신이 얼마나 두려움을 가졌는지 누구에게도 소리 내어 말하지 못한다. 더더군다나 엄마에게는 절대 말하지 못한다. 이 상황은 로절리의 마음속에 결혼한 여동생이 결혼하지 않은 언니의 지위를 뛰어넘는 소설들을 떠올리게 한다.

슬리퍼의 잦은 방문은 충분히 힘든 상황이다. 방에 들어가면 매번 두 사람이 휙 떨어지는 모습을 보게 된다. 에이시아의 얼굴은 발갛게 상기되어 있고 머리는 흐트러져 있다. 그렇지만 에이시아가 결혼하고 나면 그런 일은 생기지 않을 것이다. 엄마와 아버지는 시계처럼 2년마다 아기를 낳았지만, 거기에는 로절리가 신경을 써야 하는 애무나 입맞춤 같은 것은 없었다.

엄마가 로절리의 손에서 빗을 빼앗아 로절리 뒤에 선다. 매끄럽지 못한 거울 속에서 엄마의 창백한 얼굴이 로절리의 얼굴 위로 떠오른다. 로절리의 머리는 숱이 많아서 빗질을 하는 데 인내심이 필요하다. 엄마는 로절리보다 한결 더 부드럽게 빗질을 한다. 먼저 끝부분의 엉킨 곳을 풀고 빗살에 걸릴 만한 데가 남아 있지 않게 된 후에야 위에서부터 머리를 길게 빗어 내린다. "있잖아, 난 어디를 가든 항상 너를 데리고 다닐 거야." 엄마가 말한다. "내가 살아 있는 한 네가 보살핌을 받지 못하고 혼자 남겨지는 일은 절대 없을 거야."

메리 앤과 엘리자베스가 죽은 이후로 로절리는 자기가 할 일은 엄마를 보살피는 일이라고 믿어왔다. 어쩌면 자기는 바로 이 말을 듣기 위해, 엄마가 그녀를 보살피고 있다는 말을 듣기 위해 그 오랜 세월을 기다려왔는지도 모른다. 지금 눈물이 나오는데, 이 눈물은 이사를 가야 하는 상황이 불행해서가 아니라 엄마가 이 방에서 사랑이 가득한 얼굴로 마치 로절리가 어린 소녀인 것처럼 머리를 빗겨주고 있기 때문이다.

| |

에드윈이 처음 제안을 한 지 11년 뒤에 존은 마침내 에드윈이 리처드

3세 역을 맡은 연극에서 리치먼드 백작인 헨리 역을 연기하기로 동의했다. 그들은 최근에 존 T. 포드가 구입한 볼티모어의 홀리데이스트리트 극장에서 딱 하루 저녁 공연에만 함께 출연한다. 엄마, 로절리, 에이시아 모두 연극을 보러 간다. 조는 그들의 표를 보여달라고 요구하는 과시적인 태도를 지어 보인다.

리본을 두른 흔들의자가 세 개 놓인 칸막이 특별석이 그들의 자리로 예약되어 있다. 무대가 잘 보이는 무대 아래쪽 자리이다. 그들은 가장 좋은 옷을 입고 왔다. 에이시아는 보라색 실크 드레스 차림이고, 로절리는 비둘기 빛깔 회색 드레스를 입었다. 엄마는 검은 상복을 고수했지만, 손목과 목에 향수를 발랐다. 에드윈이 선물한 헬리오트로프 블랑의 향이 자리를 찾아가 앉는 관객들의 웅웅거림과 더불어 공중을 떠돈다.

세 사람 모두 에드윈과 존의 연기를 완전히 동등하게 좋아해주기로 마음먹고 있다. 그러나 그것이 그리 단순한 일은 아니다. 왜냐하면 에드윈은 아버지가 예전에 했던 역을 연기하면서 무시로 무대에 나오지만, 존이 무대에 나오기까지는 상당히 오래 기다려야 하기 때문이다. 에드윈이 아버지의 연기에서 벗어나면 벗어날수록 엄마는 에드윈이 잘못하고 있다는 느낌을 갖지 않을 수 없다고 더 자주 소곤거린다. 엄마는 아버지가 연기했던 방식을 아주 잘 알고 있다. 엄마 스스로도 할 수 있을 정도다. 이 대목에서 잠시 멈춰. 손을 홱 저었어야지.

에드윈이 무릎을 꿇는다. "그 칼을 다시 잡든가, 아니면 나를 잡아주시오."

로절리는 에이시아가 레이디 앤의 대답을 나직이 따라 하는 소리를 듣는다. "아니야! 난 너를 죽이고 싶으나, 내 손에 피를 묻히진 않겠다. 난 저 장면을 학교에서 한번 한 적이 있어요." 에이시아가 말한다. "아버지의 공연을 처음으로 본 후에. 그때 볼기를 맞았잖아요. 집에서. 학교에서가 아니라."

"기억난다." 엄마가 말한다.

로절리는 엄마와 에이시아가 말을 멈추기를 바란다. 에드윈의 목소리는 아주 강렬하다. "그러면 나에게 자결을 명하시오. 난 그렇게 하리다." 로맨틱한 장면이다. 만약 엄마와 에이시아가 잡담을 멈추고, 리처드 3세가 그리 사악한 사람이 아니고, 에드윈이 그녀의 동생이 아니라면 한결 더 로맨틱할 거라고 생각한다.

드디어, 드디어 존이 등장한다. "정당한 싸움을 하는 자는 삼중으로 무장되어 있으나, 양심이 불량하여 썩은 자는 비록 몸에 철갑을 둘렀다 해도 벌거벗은 것과 다를 바 없다. 글로스터의 죄책감의 무게가 그를 찌그러뜨릴 거야……."[123]

로절리의 귀에 엄마가 숨을 가다듬는 소리가 들린다. 로절리는 그 이유를 알 것 같다. "존이 아버지를 정말 많이 닮았네요." 로절리가 소리 죽여 말한다. 그녀는 아버지와 존이 놀라울 정도로 무척 비슷하다고 생각한다.

그러나 엄마는 아니라고, 존은 에드윈을 닮았다고 말한다. 에드윈과 아주 흡사하다고 말한다.

이 말은 사실이 아니다. 존은 키가 더 크다. 존은 더 잘생겼다. 어떤 사람들은 존을 가리켜 미국에서 가장 잘생긴 남자라고 말한다. 한 여자 관객은 존을, 아직 꽃잎에 아침 이슬이 맺혀 있는 갓 피어난 장미에 비유한다.

---

123 콜리 시버가 각색한 《리처드 3세》 5막 1장에 나오는 대사.

그것은 훗날에는 보기 드문 비평이 될 것이다. 훗날에는 그처럼 에드윈을 아버지에게, 존을 아버지와 에드윈에게 비교하는 일은 하지 않는다. 아들들이 아버지의 전설을 뛰어넘었다고 주장하는 사람은 거의 없다. 하지만 형제들 사이에서는 한결 대등한 다툼이(에드윈의 발성이 더 낫다, 존이 더 격정적이다, 에드윈이 한결 더 시적이다, 존이 더 많은 열정을 가졌다, 등등의 다툼이) 벌어진다.

물론 에드윈은 자주 술에 취한 채 공연을 하는 불리한 조건 아래서 연기를 하고 있다.

이 특별한 저녁 공연에 대해서 버킹엄을 연기한 배우인 J. H. 스토더트는 두 사람의 연기 모두 매우 훌륭하다고 말한다. "나는 마지막 막에 나오는 리처드와 리치먼드의 싸움 장면을 절대 잊지 못할 거예요. 그 끔찍한 맞닥뜨림을 맹렬한 사실주의로 표현한 그 연기를 말입니다." 그가 말한다.

그 싸움은 아주 오랫동안 격렬하게 진행되었기 때문에 어떤 관객들은 실제로 심각한 부상을 목격하게 되지 않을까 두려워했다. 어떤 로절리 같은 관객들은 말이다.

爱   에드윈   爱

12

에드윈의 이력은 타이밍 면에서 운이 좋은 이점이 있다. 1853년, 아버지가 돌아가시고 나서 겨우 1년 후에 전설적인 비극 배우 에드윈 포러스트가 연극계를 은퇴했다. 포러스트는 유명한 인디언 역을 통해서, 특히 마지막 왐파노아그족 인디언 역을 통해서 일찍 주목을 받았지만, 윌리엄 맥레디가 맥베스를 연기할 때 무례하게 맥레디를 야유함으로써 악명을 떨치게 되었다. 그 불화는 나중에 많은 사상자를 낸 애스터 오페라하우스 폭동에서 절정을 이루었다. 포러스트는 아내가 자신의 불륜을 폭로한 것에 대한 대응으로 그도 똑같이 자기 아내를 고소했다(그녀는 그가 골상학 시험을 성행위로 오해했다고 주장했다). 그는 또 그의 결혼 생활이 파탄 난 데에 책임이 있는 한 남자를 잔인하게 폭행했는데, 그 남자는 건강이 매우 안 좋아서 자신을 전혀 방어할 수 없었다. 이후 아내를 상대로 이혼 소송을 제기했고, 대중들은 지대한 관심을 가지고 6주에 걸친 재판 과정을 지켜보았으나 결국 그가 패소했다. 그리고 그 후에는 그에게 폭행당한 남자에게 고소당했는데, 그는 그 소송에서도 졌다. 그는 지쳐버렸다.

그의 부재는 에드윈이 그것을 이용할 수 있는 틈(오랫동안 군림해온 위대한 인물들이 죽었거나 사라져서 생긴 구멍)을 남겼고, 오직 에드윈만이 그 문 앞에 있었다. 이 틈이 생긴 것은 단순한 행운이었을지 모르지만, 에드윈이 그 틈을 이용한 것은 노력과 신중한 계획의 산물이었다. 그 모든 것을 에드윈 자신이 해낸 것은 아니다. 다른 두 사람(애덤 바도와 메리 데블린)이 에드윈의 출세에 헌신했다.

애덤 바도 :

에드윈의 첫 번째 뉴욕 공연 때 바도가 고무적인 비평을 해준 이래로 에드윈과 애덤 바도는 가까워졌다. 애덤은 스스로 두 사람을 로미오와 방랑자라 부르고, 에드윈은 네드와 애드라고 부른다. 애덤은 에드윈보다 고작 두 살 더 많을 뿐이지만 교육을 더 잘 받았고, 더 지적이고, 인맥이 더 넓고, 더 똑똑하다. 애덤은 에드윈과 마찬가지로 키가 작은 사람이지만, 에드윈이 마르고 창백한 반면에 그는 건강하고 혈색이 좋다. 그는 안경을 쓰고 있다. 그의 옷은 오직 돈만이 가능하게 해주는 일종의 차분한 취향을 보여준다. 멘토 역할을 해주겠다는 그의 제안을 에드윈은 적극적으로 받아들인다. 에드윈은 곧 발성 능력을 키우기 위해 프랑스어와 라틴어를 공부하고, 해석 능력을 기르기 위해 역사와 철학을 공부한다.

"그가 자네를 아주 좋아한다는 걸 알고 있네." 벤 아저씨가 에드윈에게 그렇게 말하고, 에드윈도 그것을 알고 있다. 애덤은 종종 에드

406

원이 감정적 거리를 유지하는 것에 대해, 에드윈이 냉담한 것에 대해 불평한다. 마치 그에게 다른 것을 요구할 권리가 있는 것처럼 말이다. 때때로 이것이 에드윈을 불편하게 한다. 그러나 때때로 에드윈은 곧바로 다시 애덤을 좋아하는 태도를 보인다.

두 사람은 극장 상태에 대해 여러 시간 토론한다. 오늘날 바워리[124] 스타일이라고 불리는 고함을 지르는 오래된 연기 스타일은 저렴한 좌석에서는 여전히 인기가 있지만, 상류층은 섬세함을 원한다. "단 하나의 계층만을 즐겁게 하는 연기는 그 어떤 연기도 위대하지 않아." 애덤이 에드윈에게 말한다. "맨 위층 관람석의 관객들도 특별석의 고상한 관객만큼이나 훌륭한 비평가들이라네." 그럼에도 불구하고 바도를 포함한 전문가들은 대중의 취향을 변화시키기 위해 노력하고 있다. 때로는 사람들도 자기들이 무엇을 원해야 마땅한지 배워야 한다.

전쟁 묘사는 감정이 표출되었을 때보다 억눌렸을 때, 특히 그 억눌림이 명백한(비록 미묘한 연기로 나타낼지라도) 투쟁을 수반할 때 선호도가 더욱 증가할 것이다.

바도는 혁신을 존중한다. 그는 새로운 것을 보고 싶어 한다. 이 욕망은 그 자체로 혁신적이다. 오랫동안 배우들은 모방함으로써 박수를 받아왔다. 모든 역할은, 지금은 아무리 오래되었다 할지라도, 애초에는 지침을 제시하는 작가가 있어서 그 작가와 더불어 데뷔했던 것이다. 수 세대에 걸쳐 공연되는 동안 변화가 적을수록 그 공연은 진짜배기인 원천에 더 가깝다. 셰익스피어가 감독한 셰익스피어 극에 가까운 것이다.

시버가 다시 썼던 것처럼 애덤과 에드윈은 그의 연극에 셰익스피

124 싸구려 술집으로 유명한 뉴욕의 한 구역.

어 자신의 대사를 더 많이 넣기 시작한다. 이것 역시 혁신적이다.

애덤은 에드윈을 도서관과 박물관으로 데리고 가서 의상을 연구한다. 그들은 함께 희곡을 읽으며, 도중에 읽기를 멈추고 각각의 순간에 등장하는 인물은 누구인지, 연극이 진행되는 동안 그가 어떻게 발전하는지, 그리고 이를 전달하기 위해 조용한 대사가 어떻게 읽힐 수 있는지 분석한다.

예전 스타일에서는 배우들은 관객들이 이미 알고서 기다리고 있던 중요한 대사를 전달하는 것에 대해 평가받았다. 이것을 '요지 강조하기'라 불렀다. 나중에 에드윈의 햄릿을 비평한 한 비평가는 이렇게 쓸 것이다. '처음부터 끝까지 에드윈은 일반적으로 요지가 강조되는 대목에서 요지를 강조하지 않을 뿐만 아니라, 아예 요지 강조하기를 전혀 하지 않는다.'

1858년 여름, 네드와 애드는, 그러니까 로미오와 방랑자는 튜더홀로 여행을 떠난다. 그 집은 부스 가족이 볼티모어로 돌아온 이후 비어 있었다. 이 여행은 애덤의 생각이다. 에드윈은 자신이 자란 농장을 그에게 보여줄 것이다. 에드윈은 자신의 어린 시절 이야기와 유명한 아버지 이야기를 애덤에게 들려줄 것이다. 애덤은 그 모든 이야기를 〈노아스 선데이 타임스〉에 실릴 에세이로 바꿀 것이다. 그 에세이는 배우들의 무대 뒤 이야기를 듣고 싶어 하는 대중의 욕구를 충족시킬 것이다. 그 글은 독자들에게 에드윈의 아버지가 누구인지 상기시켜줄 것이다. 그것은 떠오르는 스타로서 에드윈의 입지를 확고히 해줄 것이다.

애덤에게 아침 식사를 대접하겠다고 엄마가 고집을 부리고 식사 후에도 식탁에 앉아 그에게 계속 이야기를 시킨 탓에 그들의 출발은 지연된다. 애덤이 계속 이야기하게 하는 일처럼 쉬운 것은 없다. "우린 갈 길이 멀어요." 마치 벨에어까지 가는 데 얼마나 걸리는지 가족들이 잘 모르기라도 하는 것처럼 에드윈이 마침내 그렇게 말한다. 에드윈의 그 같은 재촉조차도 잡담을 끝내지 못한다. 에드윈은 커피를 세 잔째 마시며 짜증을 삼킨다.

정오가 되어서야 그들은 길을 나선다. 게다가 이 여행을 지체시키는 일련의 일들이 생긴다. 마구가 부러져서 에드윈은 하는 수 없이 신발 끈을 풀어서 부러진 곳을 잇대어 묶는다. 마차 바퀴가 웅덩이에 빠지자 에드윈은 두 사람 중에 더 좋은 옷을 입은 애덤에게 고삐를 맡긴 다음, 자신은 뛰어내려 웅덩이에서 빠져나오려는 말들의 노력에 어깨 힘을 보탠다. 이제 그의 부츠는 끈이 없을 뿐만 아니라 진흙이 잔뜩 묻어 있다. 에드윈은 이 모든 여행이 실수였다는 생각이 들기 시작한다. 마치 자신이 지구가 도는 것보다 더 빨리 나아갈 수가 없어서 결국 처음 출발했을 때보다 목적지에서 더 멀어지는 것으로 끝날 것 같은 기분이다.

그러던 중 말 한 마리가 편자 하나를 잃어버렸고, 그러자 이 모든 모험이 코미디로 기울어진다. 그들이 웃는 것 말고 무엇을 할 수 있겠는가? "편자공,[125] 편자공, 편자공은 어디에." 에드윈이 말한다. 높이 뜬 해는 뜨겁고, 말들의 등에서는 짙은 땀 줄기가 보인다. 에드윈의 셔츠는 축축하고 지저분하다.

마침내 집에 이르는 긴 길에 들어서서 나무들 사이를 나아갈 때 기온은 뚝 떨어져 있다. 그 시원한 공기 속에서 에드윈은 자신을 환영해주는 느낌을 받는다. "네 발은 이제 네 고향 황야를 밟고 있다." 그

125 말편자를 만들거나 박는 사람.

는 아버지가 그렇게 말하는 소리를 듣는다. 그에게는 이 숲, 이 개울들이 고향이다.

한 남자가 와서 말들을 건네받는다. "에드윈 주인님," 그가 말한다. "뵙게 돼서 정말 반갑습니다." 에드윈은 아무리 노력해도 그 남자의 이름이 기억나지 않는다는 사실을 숨길 수 있기를 바라며 의례적이고 사교적인 인사말로 화답한다. 그는 신발 끈을 회수한다.

낡은 통나무집은 지금 홀 가족이 살고 있지만, 본채는 부스 가족이 떠난 이후 아무도 살고 있지 않다. 창문들은 어둡고 을씨년스럽다. 잔디밭은 완전히 사라지고 잡초와 가시나무 관목들이 그 자리를 차지했다. 로절리가 좋아한 박하는 원래 있던 자리를 벗어나 오솔길로 퍼져나가서 그들의 발걸음을 향기 나는 쪽으로 돌리게 한다. 에드윈은 민들레 하나를 딴 다음 눈을 감는다. 다시 눈을 뜨고 홀씨를 훅 분다. 그 홀씨들이 허공을 떠돈다. "무슨 소원을 빌었어?" 애덤이 묻는다.

"유령이 나타나지 않기를 빌었네." 에드윈이 말한다. "내가 양막에 싸여 태어났다는 얘기, 자네한테 해줬지?"

"난 양막에 싸여 태어나지 않았어." 애덤이 말한다. 그는 안경을 벗어 닦는다. 그의 맨눈은 강렬해서 에드윈으로 하여금 둘이 함께 밤을 보내고 있다는 사실을 강렬하게 느끼게 한다. "자넨 내가 익사하려 할 때 날 구해줄 거야. 나는 자네를 유령들로부터 보호해줄게." 그는 다시 안경을 귀에 건다.

"전에는 여기에 잔디밭이 있었다네." 에드윈이 말한다. 그러나 애덤이 손가락 하나를 들어서 쉿, 하면서 말을 멈추게 한다. 그는 비둘기 노랫소리에 귀를 기울이고 있는 것 같다. 비둘기는 세 음짜리 노래를 계속해서 부르고 있다. "강약약격이야." 애덤이 말한다. 그러고 나서 에드윈에게, 모든 게 완벽하다고, 모든 게 아름답다고, 자기는 가장 아름답게 설계되고 유지되는 정원보다 잡초가 자라는 야생 들판을 더 좋아한다고 말한다. 자연보다 더 나은 조경사는 없다고 한다.

해가 지고 있다. 개구리들이 나온다. 에드윈은 문의 자물쇠를 연다.

그들은 거미줄을 헤치며 걷는다. 공기는 퀴퀴하고 실내는 적막하다. 애덤은 자신의 에세이를 위해 향수 어린 추억을 원하지만, 에드윈은 이 집에서 고작 몇 주밖에 살지 않았다. 그는 향수를 자극하는 기억을 제공하기 위해 열심히 노력한다. 이 집은 가족들이 그 없이 살았던 곳이다. 그가 캘리포니아주에 있는 동안 일어난 일이다. 에드윈은 자신의 피부에 거미줄이 달라붙은 느낌을 지울 수가 없다. 이곳은 꿈이 다 빠져나간 아버지의 꿈의 집이다.

그러나 그것은 사실이 아닌 것으로 밝혀진다. 모든 벽장과 찬장에 보물들이 남겨져 있다. 여러 언어로 쓰인 책들이 있다. 어떤 책들은 모서리가 말려 올라가고, 이런저런 구절에 동그라미 표시가 되어 있다. 가장자리를 자르지 않고 고르지 못한 상태 그대로 둔 책들도 있다. 익숙한 희곡 책과 모르는 희곡 책들이 있다. 로페 데베가,[126] 장 라신,[127] 셰익스피어, 쿠란, 성경이 있다.

그들은 양초는 챙겨 왔지만, 촛대는 가져오지 않았다.

날이 어두워지자 에드윈은 양초 하나를 놓아둘 수 있는 대야와 또 하나의 양초를 놓아둘 수 있는 낡은 신발을 찾아낸다. 애덤이 시가 두 개를 꺼냈고, 그들은 그 신발을 건네며 시가에 불을 붙인다. 두 사람은 눅눅한 담배 냄새를 맡으며 시가를 뺀다.

흔들리는 불빛 속에서 그들의 보물 발굴은 계속된다. 에이시아는

126　1562년~1635년. 에스파냐의 극작가.

127　1639년~1699년. 프랑스의 극작가.

그녀가 조사한 것의 많은 부분을 이곳에 남겨둔 것 같다. 에드윈은 아버지의 연극 광고 전단뿐 아니라 몇몇 편지와 일기장까지 들어 있는 서랍을 발견한다. 이 광고 전단 중에서 하나를 집어 든 그는 그것이 아버지와 에드먼드 킨이 함께 등장하는 첫 무대에 대해 광고하고 있다는 것을 깨닫는다. 수십 년 전, 아주 멀리 떨어진 곳에서 있었던 일이다. 그는 커튼콜을, 우레와 같은 박수를 치는 관객들을 명확하게 상상할 수 있다. 그리고 그들 모두를, 지금은 세상을 떠난 모든 좌석의 모든 사람을 상상할 수 있다. 에드윈은 마음속에서 그들이 한 명 한 명 떠나가는 것을 지켜본다. 찡긋 윙크하며 사멸해가는 것을 지켜본다. 왼쪽의 마지막 사람은 깃털 달린 모자를 쓰고 뺨에 루주를 엷게 바른 창백한 여자로, 그의 눈앞에서 열심히 박수를 치며 늙어가고 있다.

애덤과 에드윈은 바닥에 함께 앉아 양초를 놓아둔 대야에 시가의 재를 털면서 그들이 발견한 것들을 손에서 손으로 건네며 발견물 하나하나에 탄성을 지른다. 그들은 오는 도중에 길에서 샌드위치를 샀지만, 그걸 먹는 것을 잊어버렸다. 에드윈은 갑자기 피로가 몰려들어 음식을 먹을 수가 없다. 그동안의 흥분감이 한순간에 극심한 피로감으로 변한다. 그는 호주머니에서 시계를 꺼내 시간을 본다. 그런 다음 재빨리 손으로 시계를 가리며 말한다. "지금 몇 시인지 한번 맞혀봐."

"10시." 애덤이 말한다. 그의 둥근 얼굴이 촛불 속에서 일렁인다. 그러나 지금 시간은 2시 30분이다.

잘 시간이다. 촛불을 들고 계단을 올라간 그들은 존의 방에서 낡은 매트리스를 발견한다. 사슴뿔은 여전히 벽에 걸려 있지만, 거기에 매달려 있던 무기들은 이제 없다. 에드윈은 창문을 연다. 바람이 시원하고 삼나무 냄새와 재 냄새가 난다. 옷장에서 곰팡이가 핀 의상 쪼가리 몇 개를 발견한다. 그는 애덤에게 맥베스의 망토를 주고, 리어의 망토는 자기가 챙긴다. 그들은 촛불을 끄고 함께 눕는다. 에드윈은 마음이 불안정하고 신경이 예민해져 있어서 계속 말을 한다.

"한번은 보스턴에서 이런 일이 있었지." 에드윈이 애덤에게 말한다. "내가 방에서 쉬고 있을 때 아버지가 방으로 뛰어 들어오더니, 곧장 바닥에 엎드려서 침대 밑으로 굴러 들어가는 것이었어. '나, 외출했다!' 아버지가 내게 말했지. 잠시 후에 문에서 노크 소리가 들렸네. 문을 열고 보았더니 조각가 톰 굴드가 서 있더군. 굴드는 한때 아버지의 흉상을 만들었고 아버지를 무척 좋아했지만, 아버지는 굴드가 따분한 사람이라고 생각했어. '아버지는 외출했어요.' 내가 말했지. 그런데도 그 사람은 나를 지나 방으로 걸어 들어와서는, 아버지가 돌아오기를 기다리겠다면서 내 침대에 앉았어. 나는 아버지 위쪽 자리에 앉았지. 이제 난 그 사람과 대화를 계속해야 했는데, 나는 그런 것을 잘해본 적이 한 번도 없었어. 내 이야기는 얼마 못 가서 동이 났지. 그래서 오랫동안 침묵이 계속되었는데, 아버지가 그걸 오해하신 거야. 침대 밑에서 아버지가 노래하듯 말하는 소리가 귀에 들려왔어. '그 따분한 영감탱이는 갔냐?'고 아버지가 물었다네."

"굉장한 이야기군." 애덤이 조용한 목소리로 말한다. 그가 하품을 한다. 입을 쩍 벌리고 크게 하품을 했기 때문에 에드윈도 덩달아 하품을 하게 된다. 애덤은 에드윈을 등지고 모로 눕는다. 에드윈은 달빛이 비친 가지 많은 사슴뿔을 통해 천장을 쳐다보고 있다.

"내가 하와이 여행에 대해서 얘기한 적이 있던가?" 에드윈이 묻는다. "우리는 오스트레일리아에서 집으로 돌아가는 길에 하와이에서 공연을 했지. 우린 그때 남자뿐이었어. 내가 술에 취해 바보 같은 짓을 저질렀고, 그래서 여자들이 모두 우릴 두고 캘리포니아로 돌아가버린 거야. 우린 선장의 아내를 설득해서 배역을 맡게 했다네. 그런데 그 여자는 무대에 서서 내내 히스테릭하게 웃기만 할 뿐이었어. 흐느낀 것이었는지도 몰라. 그걸 구별하기도 어려울 지경이었어. 그래서 우린 그 여자 대신 라스 로이를 여주인공으로 만들었어. 그는 수염을 기른 체구가 작은 남자였는데, 절대 면도를 하지 않으려 했기 때문에 하렘의 여자들처럼 얼굴에 스카프를 둘러야 했다네. 그이는 그렇게 공연을 했어! 로이는 그 섬의 여자 세 명과 결혼을 했고, 우린 그이를 두고 떠나왔지. 가끔 그 사람 생각이 난다네. 그에게 낙원이 어떤 모습으로 펼쳐지고 있는지 궁금하거든.

아무튼 라스 로이는 여태껏 보았던 줄리엣 가운데 가장 못생긴 줄리엣이었네."

애덤은 아무 말도 하지 않는다. 아마 잠든 모양이다. 에드윈은 목소리를 낮춘다. "나는 그들이 아침 식사로 먹는 것을 풀로 오해하고, 그걸 연극 광고 전단을 붙이는 데 사용했어. 잘 붙더군." 에드윈이 말한다. 반응은 없다.

에드윈은 진정할 수가 없다. 그는 마음이 들썩거리고 들떠 있는 상태다. 애덤에게서는 시가 냄새와 땀 냄새가 난다. 망토의 곰팡내도 난다. 부엉이가 운다. 개가 짖는다. 에드윈은 어린 시절의 커다란 검은 개들을 기억한다. 그 개들은 그의 첫 망아지들이었다. 로절리는 그를 그 개들의 등에 태우고 떨어지지 않도록 팔을 잡아주었다. 그는 황소개구리를 떠올리며, 오늘 밤에는 그 녀석들의 울음소리가 들리지 않았다는 것을 깨닫는다. 아마 녀석들의 공포 통치가 끝난 모양이다. 그는 자기가 지금 이 집 대신 그 통나무집에 있다면 좋을 텐데, 하고 생각한다. 개울물 소리가 최고의 자장가였던 진짜 그의 침실에 누워 있고 싶은 마음이 간절하다. 여기 존의 방에서는 개울물 소리가 들리지 않는다. 그 소리 없이 그가 어떻게 잠들 수 있단 말인가?

에드윈은 아버지의 연극 광고 전단과 시간의 흐름에 대해 생각하고, 사람들이 간직하고 있는 것들이 어떻게 잃어버린 모든 것을 상기시키는 데 도움이 되는지 생각한다. 그는 영속성을 띠는 나무와 별들과는 달리 자신의 삶이 쏜살같이 흐른다는 것을 느낀다. 그는 메리 데블린을 생각한다. 그녀의 갈색 눈과 부드러운 머리를 생각한다. 애덤은 에드윈의 음주 습관을 받아들인다. 애덤은 에드윈과 우정을 나누는 대가가 에드윈이 술에 잔뜩 취했을 때 한 말과 행동에 대해서는 용서하고 잊어버리는 것이라는 것을 이해한다. 메리는 그런 식으로 체념하지 않는다. 앞으로는 착하게 행동할 거라고 나에게 약속해요, 그녀는 말한다. 나에게 약속해요. 나에게 약속해요.

맥베스의 망토에 감싸인 사람은 에드윈일 것이다. 잠을 죽여버린 사람은 에드윈이다.

애덤의 에세이에서 :

장담컨대, 훌륭한 그의 숭배자들 중 일부는 그가 말을
하고 있는 한 잠을 자지 않았을 것이다.
그리고 틀림없이 그의 팔을 베고 잠이 든 나를 부러워할 것이다.
하지만 사방이 캄캄해서 나는 그의 눈을 볼 수 없었다.
게다가 나는 그 눈을 하루 종일 보았었다.

메리 데블린 :

에드윈과 메리가 처음 만났을 때 둘 사이에 불꽃이 튀었다. 그는 그녀의 발코니를 올려다보며 말했고, 그녀의 사랑스러운 목소리는 그에게로 살포시 내려왔다. 그는 에이시아에게는 다르게 얘기했지만 메리 데블린은 엄청 예쁘다. 보통 에드윈은 연기할 때 자신의 일부가 자기 옆에 서서 자신의 공연을 비판적으로 지켜본다. 그런데 갑자기 그는 그녀의 연기에 너무 몰입한 나머지 자기 자신에 대해서는 생각할 수가 없었다. 그의 심장은 가슴 속에서 어지럽게 뛰었고, 자신이 준 사랑을 돌려받지 못했을 때 로미오의 모든 고통을 느꼈다.

"당신, 아주 잘했어요." 막이 내리자 메리가 그에게 그렇게 말했고, 그는 더듬거리며 그녀에게 칭찬을 돌려준다.

그녀는 얼마간 준의 아내 해티를 연상시킨다. 똑같이 풍성한 갈색 머리, 똑같이 윤이 나는 분홍빛 얼굴, 똑같이 동정심이 있는 태도……. 다음 날 아침 에드윈은 값비싼 터키석 팔찌를 샀다. 그리고 마지막 공연이 끝난 후에 그녀에게 그걸 주었다. "나를 기억해주길 바랄게요." 그가 말했다. 그녀는 옷을 다 챙겨 입고 분장실에서 나왔는데, 머리에는 핀을 다 꽂지 않았다. 그는 그 머리에 자신의 손을 넣을 수 있다면 무엇이든 다 주었을 것이다. 하지만 팔찌는 그 비용이 되지 못할 것이다. 그는 엄마에게 편지를 쓴다. "나는 절대로 여배우와는 결혼하지 않겠다는 나의 맹세를 거의 잊게 만드는 젊은 여자를 만났어요."

메리의 부모는 양육을 감당할 수 있는 정도보다 더 많은 아이를 낳았다. 그래서 에드윈이 처음 메리를 만났을 때 그녀는 배우인 조 제퍼슨과 그의 아내 마거릿의 피보호자였다. 제퍼슨은 에드윈을 알고 있고 에드윈을 좋아한다. 그는 또한 에드윈이 '순진한 여배우(애덤 바도의 표현이다)'와 잠자리를 같이한다는 평판도 알고 있고, 그 점을 좋아하지 않는다. 그는 메리에게 그 팔찌를 돌려주게 한다.

에드윈은 그녀의 손에서 팔찌를 건네받는다. 그들의 손가락이 맞닿는다. "이것은 여전히 당신 거예요." 그가 말한다. 그녀의 눈은 커다란 갈색 눈이다. "난 당신을 위해 이걸 보관만 하고 있을 거예요." 그러고 나서 얼마 지나지 않아 그녀는 다시 그것을 소포로 돌려받는데, 그 소포에는 두 개의 팔찌가 들어 있다. 하나는 그녀의 것이고, 똑같이 생긴 다른 하나는 마거릿의 것이다. "저의 진정한 존경과 우정의 표현이라고 생각하며 보내는 이것을 두 분 모두 받아주시기를 희망합니다." 에드윈은 그렇게 써 보낸다.

그때는 에드윈이 떠나 있어서 덜 위험하다. 메리는 그 선물을 받아들이는 게 허락된다.

그러고 난 후 불꽃이 저절로 약해져서 깜박거린다. 두 사람은 접촉이 현저히 줄어들고, 에드윈은 그 상황을 바꾸려는 어떤 노력도 기울이지 않는다. 그는 가족의 경제 문제와 자신의 이력에 정신이 팔려 있다. 그는 끊임없이 메리를 생각하다가, 시간이 흐르면서 덜 생각하게 되고, 이윽고 거의 생각하지 않는다.

메리는 열두 살에 연기를 시작했다. 그녀는 열일곱 살에 버지니아 주 리치먼드에 있는 마셜 극단(존이 막 합류한 그 극단이다)의 여주인공이 되었다. 데블린의 가족 대부분은 필라델피아에 산다. 그녀의 아버지는 이 도시에서 재단사로 일하면서 아치스트리트 극단(존이 막 떠난 그 극단이다)의 의상을 만들고 있다. 그녀의 부모는 둘 다 아일랜드 이민자이다.

그녀의 가족과 친구들은 그녀가 부유한 변호사인 R. S. 스포퍼드와 약혼하기를 기대하고 부추긴다. 에드윈은 몇몇 사람들에게 그녀가 이미 임자가 있는 몸이라고 말한다. 또 어떤 사람들에게는 이 결혼을 믿지 말라고 말한다. 그런 일은 절대 일어나지 않을 거라는 것이다. 그는 모든 사람에게 그녀는 나에게 오누이 같은 존재라고 말한다.

메리는 애덤 바도가 지닌 교양도, 그의 번뜩이는 재기도 가지고 있지 않다. 메리에 관한 모든 것은 제대로 드러나지 않고 묻혀 있다. 백조가 아니고 참새다. 그럼에도 불구하고 그녀는 특유의 조용한 방식으로 애덤만큼이나 똑똑하다. 메리는 새로운 자연주의에 관한 자신만의 느낌을 가지고 있다. 그녀 역시 구태의연한 과장된 연기, 고함지르기, 야단치기 따위를 싫어한다.

그러나 그녀는 또한 자연주의가 너무 멀리 나갈 수도 있다고 생각한다. 아무도 저녁 식탁 장면 같은 일상생활의 공연을 위해 돈을 내고 싶어 하지 않는다. 그녀가 생각하는 이상적인 연극은 고상한 자연주의다. 운율이 있는 대사, 그 대사의 전달이 위압적이지 않고 대사 자체의 본질적인 힘으로 울림을 주는 그런 자연주의를 지향한다. 무게감이 있고 도덕적 의미가 있는 장면이나 상황을 추구한다.

멋들어진 비극, 영감을 주는 예술, 예술처럼 느껴지는 예술을 원한다.

여배우에 대한 편견은 여전히 강하다. 여배우는 음탕하고, 앞으로(실제로 매춘부가 아니라 할지라도) 매춘부를 떠올리게 할 거라고 생각한다. 에이시아는 그녀 자신이 통속적인 희극 배우와 결혼하려고 하면서도 에드윈과 메리가 어떤 형태로 교제를 하든 그것이 집안의 명성을 손상시킬 거라고 확신한다. 그들의 교제는 모든 사람들에게 엄마가 창녀로 불렸던 시절을 떠올리게 할 거라고 생각한다.

에이시아는 그런 일이 일어나지 않을 거라는 지속적인 확신이 필요하고, 에드윈은 기꺼이 그런 일은 없을 거라고 안심시킨다. 하지만 오랜 시간이 흐른 후에 에드윈은 다시 메리와 함께 나타난다. 그리고 그 후에 또다시 함께 나타난다. 이제 그들은 편지를 주고받는다. 그럼에도 불구하고 에드윈은 에이시아에게 전혀 걱정할 필요가 없다고 약속한다.

메리에게는 음탕한 면이 전혀 없다. 그녀의 태도는 유쾌하고, 그녀의 순수함은 손으로 만질 수 있을 정도이다. 그녀는 기질적으로 에드윈과 정반대이다. 햇빛의 화신이다. 에드윈은 그녀를 볼 때마다 그 햇빛의 달콤함을 느낀다. 그런데도 그녀와 결혼하지 않겠다는 그의 결심은 흔들리지 않는다. 그 자신을 위해서인지는 잘 모르겠지만, 적어도 그녀를 위해서 그래야겠다고 마음먹는다. 그녀의 밝은 영혼이 그의 폭력적인 우울증을 견디고 살아남을 수 있을까? 그는 그럴 수 없을 거라고 생각한다. 그와 결혼하는 것은 그녀의 행복을 파괴할 뿐일 것이다.

그런 이타적인 거부는 저항하기 힘든 매력이다. 메리에게 에드윈의 우울증은 그의 가장 매력적인 특성 가운데 하나이다. 젊은 여자와 상처 입은 영웅이라는 오랜 전통 속에서 그녀는 자신의 변함없는 사랑으로 그를 치유하고 싶어 안달이 날 지경이다. 가엾은 바이런적 어린양이다.

에드윈도 어느 정도는 이 점을 알고 있을 것이다. 그는 바보가 아니다.

링컨의 출마

내가 생각하기에, 그에게는 노예 제도가 정말 작은 문제로 보이는 것 같습니다.
그는 선천적으로 고루한 사람이어서 자기 등에 채찍을 맞으면 아픔을 느끼지만,
다른 사람이 등에 채찍을 맞으면 아픔을 느끼지 못합니다.

— 스티븐 더글러스를 묘사한 에이브러햄 링컨의 글

링컨·더글러스 논쟁은 1858년 내내 계속된다. 더글러스는 여전히 노예 제도에 관해서는 인민 주권을 옹호한다. 그는 생각을 바꾸지도 않고 침묵하지도 않는다. 그는 이것이 건국의 아버지들이 의도한 것이라고 주장하지만, 링컨은 독립 선언서에 서명한 사람들에 대해서 한 번에 한 명씩 통렬하게 논박한다.

그들은 또한 해방된 노예들에게 영구히 시민권을 부여하는 것을 거부한 드레드 스콧 사건에 대해서도 반복적으로 충돌한다. "링컨은 자기가 대법관 토니보다 법을 더 많이 안다고 생각해요." 더글러스가 그런 식으로 말한다. 박수와 웃음이 이어진다. "링컨은 대법원에 전쟁을 선포했습니다."

그는 링컨이 흑인을 자신과 동등한 존재이며 자신의 형제라고 믿는다고 비난한다.

링컨은 자신에게 죄가 없다고 주장한다.

(……) 흑인과의 완벽한 사회적, 정치적 평등에 대한 그의
생각에 동의하도록 나를 설득하는 것은 마로니에horse chestnut를
밤색 털의 말chestnut horse이라고 주장하는 것과 같은, 허울만
그럴듯하고 기상천외한 단어 배열에 불과할 뿐입니다. (……)
흑인과 백인 사이에는 신체적 차이가 있으며, 따라서 내
판단으로는 이 둘이 완전한 평등의 토대 위에서 함께 사는 것은
아마도 영원히 금지될 것입니다. 그리고 차이를 둘 수밖에 없는
입장이라면, 더글러스 판사뿐 아니라 나도 내가 속한 인종이
우월한 지위를 갖는 것에 찬성합니다.[128]

하지만 링컨은 다음과 같이 믿는다고 공개적으로 고백한다.

(……) 흑인이 독립 선언서에 열거된 모든 자연권, 즉 생명권,
자유권, 행복 추구권을 갖지 못할 이유는 없다.
(……) 자기 손으로 일해서 벌어들인 빵을 다른 사람 허락
없이 먹을 수 있는 권리 면에서 그는 나와 동등하고 더글러스
판사와도 동등하고 살아 있는 모든 사람과 동등하다.

논쟁은 계속된다. 더글러스는 키는 작지만 힘이 있는 사람이기
때문에 오랫동안 작은 거인으로 알려져왔다. 이제 링컨은 거인 킬러
로 불린다.

---

128 링컨·더글러스 논쟁이 처음 열린 일리노이주 오타와에서 행한 링컨의 연설.

점점 더 많은 사람들이 그에게 출마를 선언하라고 촉구한다.

1859년에 공화당 대선 후보로 가장 가능성이 컸던 인물은 전 뉴욕주의 주지사이자 상원 의원이었던 윌리엄 헨리 수어드이다. 수어드는 대통령직을 간절히 원했던 것으로 보인다. "그는 대통령직을 얻지 못하면 죽을 것이다." 친구들이 그렇게 말한다. 그러나 그는 노예제 문제에서 극단주의자로 간주되는데, 그런 두려움을 완화하려는 그의 모든 시도는 노예제 폐지론자들을 멀어지게 만든다. 그것은 풀기 어려운 과제이다.

두 번째 주요 경쟁자는 미주리주 출신 변호사이자 정치인인 에드워드 베이츠이다. 노예제 문제에서 베이츠는 보수적이다. 그는 한때 무지당 당원이었는데, 그 점이 그에게 불리하게 작용한다. 베이츠는 아무도 좋아하지 않는 고루하고 엄격한 사람 같은 분위기를 풍긴다. 그의 지지 기반은 견고하지만 강렬하지는 않다.

"대통령이라는 벌레의 유충이 자신을 갉아 먹기 시작하면 그것이 얼마나 깊숙이 속으로 파고들 것인지는 겪어보기 전에는 아무도 모른다." 링컨이 말한다.

드레드 스콧 판결은 오늘날 일반적으로 미국 역사상 최악의 대법원 판결로 받아들여진다. 비록 이것과 최악을 두고 경쟁하는 다른 판결들도 적지 않지만 말이다.

13

1859년이 시작되었을 때 에드윈은 순회공연을 떠난다. 로절리와 에이시아는 여전히 볼티모어에 있다. 에이시아의 결혼 날짜가 다가오고 있고, 조는 의과 대학 입학을 준비하고 있다. 존은 버지니아주 리치먼드로 이사했다. 그는 에드윈에게 편지를 보낸다. 편지에는 늘 그렇듯이 편지를 자주 보내지 못하고 글을 잘 쓰지 못해 미안하다는 내용이 가득하다. 그는 맞춤법이 특히 어렵다고 한다.

존은 편지에 일은 잘 풀리고 있다고 쓴다. 꽤 괜찮은 배역들을 맡고 있다고도 쓴다. 리치먼드 사회는 그의 취향에 아주 잘 들어맞는다고 한다. 그러나 그곳 기후에 자기와 잘 안 맞는 어떤 면이 있다고 쓴다. 그곳에 도착한 이후 계속 아팠고, 복용하는 약 때문에 대사를 익히는 데 머리가 잘 돌아가지 않는다고 한다.

게다가 그의 바람과는 달리 그의 정체가 이제 더 이상 비밀이 아니다. '나는 가끔 맨 위층 관람석에서 부스라는 이름을 크게 외치는 소리를 듣곤 해.' 그가 쓴다.

당시 미국 연극계는 주로 스타 시스템으로 운영된다. 에드윈은 스타다. 그는 이 도시 저 도시를 옮겨 다니면서 한 극단과 함께 공연하고, 그런 다음 다른 극단에 들어가 공연하곤 한다. 그는 아버지처럼 계약에 따라 한 도시에 도착하여 2주에 걸쳐 일곱 편의 다른 연극을 공연하고, 그러고 나서 다른 곳으로 이동한다.

극단은 순회공연을 떠나지 않는다. 그들은 세트와 무대 연출, 그리고 나머지 출연자들을 제공한다. 존이 있는 곳이 이곳이다. 그는 단역이라 불린다. 필요한 배역은 어떤 배역이든 맡을 수 있는 단역 배우라는 말이다. 이 연극들은 모든 사람에게 익숙하다. 스타가 도착하면 연출과 연기 연습을 위해 하루 동안 리허설을 하는데, 대개의 경우 필요한 것은 그것뿐이다. 세트는 봐줄 만한 정도에 불과하다. 오늘 밤의 시골 오두막은 내일 밤에는 선박의 실내가 된다.

주요 작품으로는 〈마블 하트〉, 〈오래된 빚을 갚는 새 방법〉, 〈모히칸족의 최후〉, 〈리슐리외〉 등이 있다. 이 공연들은 공연 전과 후에 여자들의 다리를 보여주는 댄스, 타블로,[129] 짧은 익살극으로 보강된다. 비예술처럼 보이는 비예술이다.

한편 뉴욕에서는 로라 킨(예전에 에드윈을 오스트레일리아로 데려갔던 그 로라 킨)이 판을 흔들고 있다. 이제 그녀는 자신의 극단을 운영하고 있는데, 여성으로서는 흔치 않은 일이다. 메리 데블린의 보호자인 조지프 제퍼슨의 제안으로 그녀는 〈얼음 바다〉라는 연극을 제작한다. 〈얼음 바다〉는 화려한 오락물이다. 이 연극은 세 시간 30분 동안 계속되는데, 얼마간 어려운 무대 연출을 요한다. 한 가족이 반란자들에 의해 내몰려서 바다를 떠다니는 얼음덩이 위에 놓이게 되는데, 관객들은 눈앞에서 그 얼음덩이가 부서져서 떨어져 나가는 것을 보아야 한다. 킨의 극단은 〈얼음 바다〉를 11월 초부터 크리스마스까지 매일 밤 관객이 꽉 들어찬 상태로 공연한다.

로라 킨이 다시 한번 제퍼슨의 강력한 권유에 따라 열심히 만든 다음 작품은 훨씬 더 인기가 있다. 1858년에 그녀는 《우리 미국인 사촌》을 작가인 톰 테일러로부터 구입한다. 그녀는 이 작품을 상당히 많이

---

129 역사적인 장면이나 이야기의 장면 등을 정지된 행동으로 재현해 보여주는 것.

130 physical comedy. 익살스러운 효과를 내기 위해 슬랩스틱 코미디처럼 신체적 개그에 초점을 맞춘 코미디.

고친다. 심지어 공연 중에도 여전히 계속 고쳐나간다. 신체 코미디[130] 부분이 밤마다 추가되며, 대사는 바뀌고 애드리브로 진행된다. 상대적으로 작은 역할이었던 던드리어리 경의 역할이 광적으로 늘어난다. 갑자기 모든 사람이 던드리어리가 착용한 스카프와 셔츠와 목걸이를 구입하고, 던드리어리 식으로 말한다(예컨대 '가는 말이 고와야 오는 날이 장날이다'처럼 두 개의 속담이나 경구를 황당하게 한데 섞어 말한다). 로라 킨의 연극이 최종적인 형태로 정착할 무렵, 그것은 하나의 현상이 된다. 〈우리 미국인 사촌〉은 거의 전례가 없는 150일 밤 연속 공연을 이어간다.

이것은 극장에 이롭다. 킨은 엄청나게 많은 돈을 벌고 있으며, 그 돈의 상당 부분을 무대 세트와 의상을 개선하는 데 쓴다. 그녀가 제작한 작품은 멋지고 화려해진다.

그러나 극단 배우들에게는 불길한 일이다. 이 긴 연속 공연이 있기 전에는 배우들은 밤 공연에 자신들의 역할이 없어도 신경 쓰지 않았다. 내일 밤에는 분명 자신들의 역할이 있을 테니까 말이다. 그러나 이제는 극단 배우들의 절반이 무대에 전혀 오르지 못한 채 수개월이 지나갈 수도 있다. 그런 배우들을 유지하고 돈을 지불하는 것은 의미 없는 일이다.

그 150일 동안 제퍼슨은 주인공인 에이사 트렌처드를 연기한다. 마침내 〈우리 미국인 사촌〉이 막을 내리고 〈한여름 밤의 꿈〉이 그 뒤를 잇게 되었을 때 제퍼슨은 보텀 역을 연기한다. 이 보텀 역은 그에게 어울리지 않는다. 그리고 킨은 제퍼슨과 함께 일하는 것이 어렵다고 생각하기 시작한다.

그래서 제퍼슨은 그녀의 극단을 떠나 필라델피아에 있는 아치 스트리트 극장으로 간다. 그는 로라 킨 몰래 그녀가 다듬고 고친 〈우

리 미국인 사촌)을 가지고 간다. 아치스트리트 극단이 킨의 연극을 대
사도 그대로, 동작도 그대로 베껴서 공연하고 있다는 것을 그녀가 알
았을 때, 그녀는 저작권 침해로 고소한다. 소송의 주요 내용은 다음과
같다. 연극의 공연이 그 발표를 구성하는가? 사람이 그 언어를 소유할
수 있는가? 사람이 그 말해진 방식을 소유할 수 있는가? 이 문제들은
다음 9년 동안 법정에서 다투어질 것이다.

　이 문제가 전혀 해결되지 않은 채로 슬리퍼 클라크는 이 연극을
필라델피아에서 리치먼드로 가져와, 그는 에이사 트렌처드 역을 맡고
존은 익살스러운 던드리어리 역을 맡아 연기한다. 슬리퍼는 극단에 자
기가 존의 가장 새로운 형제라고 소개했다고 에이시아에게 말하고, 에
이시아는 에드윈에게 이 얘기를 해준다. 이 같은 가족애의 표현은 비
록 한 달 빨리 말한 것이긴 하지만 에드윈을 기쁘게 한다. 그러나 그것
은 존을 기쁘게 하지는 않는다. 우리가 다리에 도착하면 우린 그 다리
를 불태울 거야. 존은 던드리어리 경의 대사를 읊조린다.

　1859년 4월 28일에 에이시아와 슬리퍼는 메릴랜드주 볼티모어의
멋들어진 세인트폴 성공회 성당에서 결혼식을 올린다. 그 성당은 화재
로 애초의 건물이 손상된 후, 높이 솟구치는 모양의 이탈리아풍으로 최
근에 다시 지어졌다. 에이시아의 가족은 준만 빼고 모두 참석하여 두 사
람의 결합을 지켜본다. 에이시아는 새 드레스를 입었다. 옅은 장밋빛 실
크 드레스인데, 상체 부분은 브뤼셀 레이스로 덮여 있다. 에드윈은 에이
시아가 무척 아름다워 보인다고 생각한다. 에이시아의 뺨은 상기되어
붉게 물들었고, 검은 머리는 관자놀이께에서 곱게 컬이 져 있다.

　그녀는 엄마의 바이런 브로치를 빌렸는데, 그 브로치는 결혼식에
착용하기에 적합한 상징물은 아닐 것이다. 에드윈은 로절리가 바이런
에 대해서 에이시아에게는 예전에 자기한테 얘기한 식으로 이야기해

準 적이 없는 모양이라고 짐작한다. 그는 에이시아가 얼마나 긴장하고 있는지 느낄 수 있다. 그녀는 너무 긴장해서 브로치를 자꾸 만지작거린다. 그럴 필요 없다. 슬리퍼는 바이런이 아니다. 에이시아는 더없이 안전할 것이다.

존은 결혼식에 참석하기 위해 밤새 말을 타고 와야 했다. "난 결혼 지참금도 그렇고, 결혼 생활을 위해 가지고 온 게 너무 적어." 에이시아가 말한다. 두 남자 형제 사이에 있는 그녀는 한 손은 에드윈의 팔을 잡고 다른 한 손은 존의 팔을 잡은 채 떨면서 기다리고 있다. 그들 양쪽에는 현관 지붕을 받치고 있는 사암 기둥이 서 있다. 그들 위쪽에 있는 부활하신 그리스도의 스테인드글라스 창문에서 갑자기 빛이 반짝인다.

"슬리퍼는 이 세상에서 가장 행복한 남자야." 에드윈이 그녀에게 말한다.

"누나는 부스라는 이름을 가지고 가잖아." 존이 말한다. "그거면 지참금으로 충분해. 그리고 슬리퍼가 누나에게서 원하는 건 그것뿐이야. 누나는 그의 경력 관리에 필요한 디딤돌일 뿐이라고."

존은 피곤해 보인다. 밤새 말을 타고 온 탓일 수도 있고, 건강이 계속 안 좋은 탓일 수도 있다. 그는 안색이 창백하고, 눈은 때꾼하다. 그러나 그렇다 해도 에드윈으로서는 그가 에이시아의 결혼식 날을 망치도록 보고만 있을 수는 없다. "넌 슬리퍼를 좋아한 적이 한 번도 없어. 나는 도무지 그 이유를 모르겠다."

"형은 내가 아는 것만큼 그를 잘 알지 못해."

"난 오랫동안 그를 알고 지냈어."

"제발 그만." 엄마가 말한다. "우리가 다투면서 에이시아를 보낼 순 없잖니."

14

두 달 후, 엄마는 슬리퍼와 에이시아와 함께 살기 위해 필라델피아로 이사한다. 로절리와 조가 곧 뒤따라간다. 에드윈과 존은 여름 무더위 때문에 극장들이 문을 닫았을 때 그곳에 온다. 그래서 그들은 8월에 다 함께 그곳에 모이는데, 그때 준의 아내 해리엇 부스가 출산 중에 아기와 함께 사망했다는 것을 알게 된다. 에이시아는 이미 임신 초기 단계의 증세(피로감과 메스꺼움의 나날)를 겪고 있는 터라 그 소식은 특별한 공포심을 심어준다.

엄마와 로절리의 슬픔은 아내를 잃은 불쌍한 준과 어린 매리언에게 고정되는 것 같다. "준과 매리언은 이곳으로 와야 할 거야." 엄마가 말한다. 만약 슬리퍼가 점점 더 늘어나는 부스 가족을 어떻게 이 집에 수용할 것인지 잠시 고민했다고 한다 해도 누가 그를 비난할 수 있겠는가?

에드윈은 해티를 진정으로 알았던 유일한 사람이고, 그래서 그 상실감이 그를 우울하게 한다. 그는 파나마 지협을 건너던 해티의 용기와 아버지가 돌아가신 후 해티가 그에게 보여준 친절을 기억한다. 그는 온화하고 고분고분한 성격의 해티를 이상적인 아내로 생각했다. 준이 부럽지 않게 된 지금에야 에드윈은 준을 부러워했었다는 것을 인정할 수 있다. 가족들이 마치 해티를 아내와 엄마로서만 그리워하는 것처럼 말하는 태도가 그를 더욱 슬프게 한다. 에드윈은 집을 나와 자신의 기억과 더불어 걸으면서 침묵에 빠진 채 슬퍼한다. 그는 단풍나무가 그늘을 드리운 공원 벤치에 앉는다. 머리 위에서는 산들바람이 나뭇가지 사이로 집중력을 잃지 않고 섬세하게 움직이면서 초록 잎사귀 하나를 펄럭이고, 그런 다음에야 다른 잎사귀 하나를 펄럭인다. 다람쥐들이 풀밭을 뛰어다니고, 나무줄기를 타고 반쯤 올라갔다

다시 내려온다. 다람쥐들은 빠르게 움직이는 것만이 유일한 목표인 게임에 몰두하고 있다. 에드윈은 휴대용 술병을 열면서 모래 언덕과 술집을 오갔던 캘리포니아 시절의 거친 나날을 떠올린다. 그는 해티 가 자기한테 실망하지 않았을까 궁금해한다. 해티는 그런 말을 한 적 이 없지만, 어떻게 자기한테 실망하지 않을 수 있었겠는가? 만약 메 리 데블린이 그가 했던 일의 절반만이라도 안다면 그녀는 어떻게 생 각할까?

그는 앞으로 몸을 숙이고 팔꿈치를 무릎에 댄 채 두 손으로 얼굴 을 감싼다. 눈을 감는다. 새소리, 대화를 나누는 웅얼거리는 소리, 아이 들이 깔깔 웃으면서 뛰어다니는 소리가 들린다. 평화로운 장면이다. 재 수 없게 평화롭다. 그는 암울한 세상을 싸고 있는 이 얄팍한 행복의 껍 질을 거부한다. 이 세상에 작별 인사를 해요, 해티. 그리고 곧장 하느님 에게로 가세요. 내가 갈 차례가 오면, 난 그곳에서 당신이 필요할 거예 요. 내게 커피와 토스트를 만들어주세요.

에드윈이 휴대용 술병을 들어 올릴 때 그의 두 손이 나뭇잎처럼 떨린다.

상실에 이어 다시 상실이 찾아든다. 믿을 만하다고 생각되는 소 문을 통해 메리가 결국 스포퍼드와 결혼할 거라는 얘기를 들었을 때, 그 소식은 그를 무너뜨린다. 그는 뉴욕에서 리슐리외를 공연하는 중 에 너무 취해서 전에 아버지가 그랬던 것처럼 무대 위에 쓰러진다. 상 실감에 굴욕감이 더해진 지금, 자신의 문제는 충분히 취하지 않았다 는 사실이라고 그는 결론짓는다. 에드윈은 술집으로 가서 취하기 위 해 본격적으로 마신다. 결국 벤 아저씨가 그를 호텔로 데리고 가서 침 대에 눕혀야 했는데, 거기서도 몸을 일으킬 수 있을 만큼의 여력이 남아 있었던 그는 몇 잔을 더 마신다.

밤이 지나고 태양은 오후의 손가락을 그의 방 안으로 길게 뻗고 있다. 메리 데블린이 그의 이마에 차가운 천을 얹어주고, 동시에 그의 관자놀이를 부드럽게 눌러주곤 한다. 그는 그녀의 손목을 잡는다. "몰리,[131] 만약 당신이 나 아닌 다른 사람과 결혼한다면 난 죽을 거예요." 그가 말한다. 어차피 그는 죽을지도 모른다. 기분이 더럽다. 이가 아프다.

술을 한 잔 달라는 부탁을 그녀가 거부할 때 그녀를 좋아하는 마음이 살짝 줄어든다. 맑은 정신으로 돌아가는 끔찍한 과정이 시작된다.

나중에 그는 자신이 프러포즈를 했다는 것을 기억하지만 그 기억은 흐릿하다. 에드윈은 그녀가 그 프러포즈를 받아들였다고 생각한다. 그러나 그가 경솔했는지 모른다. 어쩌면 그녀가 경솔했는지도 모른다. 그는 자신의 소망을 냉정하게, 신중하게 바라본다. 자신의 소망이 바뀌지 않았다는 것을 깨닫는다.

그가 다시 결혼 얘기를 꺼낼 때(둘 다 첫 번째 프러포즈는 중요한 게 아니었다고 생각한다) 그의 제안에 조건이 붙는다. 그는 배우라는 그녀의 배경이 사실 그에게 유리하다고 판단했다. 메리는 다른 여자들과는 달리 그의 삶을 이해할 것이다. 그러나 여배우와 결혼하는 것에 대한 그의 생각은 바뀌지 않았다. 메리가 자신의 아내가 되고 싶다면 그녀는 지금의 직업을 포기해야 한다.

그의 두 번째 조건은 그녀가 9개월 동안 틀어박혀 지내야 한다는 것이다. 그 9개월 동안 그녀는 공부와 독서로 자신을 개발하고 향상할 것이다. 그녀는 음악적 재능을 향상할 것이고, 프랑스어를 배울 것이다. 에드윈은 바도의 지도 아래 이제 더 고상한 응접실에 출입할 수

[131] **메리의 애칭.**

있는 새 얼굴이 되었다. 메리도 이와 똑같이 힘써 배우고 닦아야 할 것이다. 그것은 메리가 받아들이기에는 모욕적인 제안이다.

그러나 그녀는 모욕적이라고 여기지 않는다. 그녀는 열일곱 살이고, 사랑에 깊이 빠져 있다. 그녀는 스포퍼드에게 편지를 쓴다.

그녀는 에드윈에게 편지를 쓴다.

나는 당신의 마음을 끌고 관심을 끄는 모든 것을 공부할 거예요. 비록 내 운명에 훌륭한 교육을 받을 기회가 있었던 적은 없지만, 나는 선과 아름다움을 제대로 인식할 수 있을 만큼의 지식은 충분히 갖추고 있답니다. 나머지는 앞으로 오게 되리라는 것을 나는 믿어 의심치 않습니다. 나는 내가 늘 숭배해왔던 그 무대를 잊을 거예요. 그게 가능하다면 말이에요. 그리고 내가 예술에 대해 가졌던 모든 사랑을 당신에게 넘겨주겠어요.

공교롭게도 그녀가 틀어박혀 지내야 하는 기간은 에드윈이 성병 치료 과정을 마치는 데 필요한 기간과 일치한다.

모든 사람이 다 그 약혼을 기뻐하는 것은 아니다. 애덤 바도는 몹시 비참한 기분이다. "나는 꽤 오랫동안 그녀의 중요성이 커지는 것과 더불어 나란 존재가 점점 퇴색되어가는 증거를 보았네. 나는 하느님께 애초에 자네를 만나지 않게 해주셨어야 한다고 원망의 기도를 드렸다네. 자신의 자아를 벗어나 사는 것은 무서운 일이지. 다른 사람에게서 산 채로 매장되는 것도 무서운 일이야."

에이시아의 편지에는 이런 글이 있다. '난 이 펜으로 그녀의 얼굴에 편지를 쓰고 싶어……'

에이시아

15

아무도 에이시아가 바라는 방향으로 일을 해나가지 않는다. 진의 가장 최근 편지는 야성적인 오스트레일리아 남자에게 깊이 빠져 있다는 것을 암시한다. 에이시아는 곧장 답장을 쓴다. '안 돼! 존이 널 점찍어두고 있어. 난 그걸 알고 있단 말이야.' 에이시아는 그렇게 쓰면서도 그것이 사실이 아니라는 것을 알고 있다. 존은 리치먼드에서 생활하는 작은 요정 같은 여배우를 점찍어두고 있다. 존이 진에게 키스한 적이 한 번 있었다는 것을 기억하는 사람은 에이시아뿐인 것만 같다.

그녀와 슬리퍼는 광장 근처 프랭클린 거리에 멋지고 깨끗한 집이 있다. 집에는 로절리와 엄마가 쓰는 커다란 방도 있는데, 로절리는 집이 마치 일종의 감옥인 것처럼 행동한다. 항상 살금살금 돌아다니며 출구를 찾는다.

그중 최악은 에드윈이다. 그는 1년 안에 메리 데블린과 결혼할 예정이다. 에이시아는 그의 음주벽은 용서할 수 있다. 그것은 유전적인 영향이 크고 그의 유일한 결점이기 때문이다.

그러나 이 잘못된 로맨스는 용서할 수 없다. 메리는 이미 돈을 빌려달라고 요청했다. 그 여자한테는 돈이 전부야. 에이시아는 로절리에게, 엄마에게, 귀를 기울여줄 만한 모든 사람에게 그렇게 말한다. 메리는 에드윈이 유난히 마음이 심란하고 약해져 있을 때 교활하게도 뉴욕으로 달려가 그를 간호해주었다. 에드윈은 어떻게 그 여자의 책략을 그렇게나 깨닫지 못하는 걸까? 에이시아는 에드윈의 아내를 자매처럼 사랑하고 싶었지만, 이제 그럴 수 없다. 절대 그러지 않을 것이다. 이 음흉하고 교활한 여배우, 이 비천한 아일랜드 이민자의 딸은 멸시의 대상일 뿐이다.

에이시아 자신의 결혼은 완벽하다. 남편은 충성스럽고 진실하다. 그녀는 그를 보내주신 하느님께 날마다 감사드린다. 그럼에도 불구하고 모든 사람들이(슬리퍼 자신을 포함하여) 그녀가 단지 에드윈을 기쁘게 하기 위해 그와 결혼했다는 것을 안다. 만약 에드윈이 마음을 바꿔서 아주 조금이라도 이의를 제기했다면 그녀는 즉시 그 결혼을 취소했을 것이다. 그녀는 에드윈이 자기한테 똑같이 그렇게 해주지 않을 것이라는 사실에 대해 놀라고 있다.

아버지가 그들에게 남겨준 위대한 이름을 보호하고 빛내기 위해 그녀로서는 오점을 남기지 않으려고 모든 노력을 다 기울였음에도 불구하고 아버지가 이중 결혼을 했다는 걸 알았을 때처럼 어두운 시기가 다시 오고 있다고 에이시아는 느낀다. 그것은 마치 숲에서 야수를 만난 그녀가 도망치고 도망치고 도망쳐서 마침내 집에 도착했더니 거기서 그 야수가 기다리고 있는 것을 보게 되는 격이다. 에이시아가 평소에 가지고 있던 격정적인 기질이 임신 호르몬에 의해 놀라우리만큼 증폭된다. 그녀는 폭우처럼 눈물을 쏟으며 베개를 흠뻑 적신다.

그녀는 에드윈에게 편지를 써서 그가 미스 데블린을 필라델피아의 가족에게 데려올 때, 슬리퍼 클라크와 에이시아 클라크의 집에서는 환영받지 못할 거라는 점을 분명히 한다.

그녀는 진에게 편지를 쓴다.

(……) 오, 진, 너는 내가 어떤 어려움을 겪고 있는지 모를
거야. 짜증이 좀 나. 비록 내가 미스 데블린을 좋아할 수 없다는
사실에서 비롯된 것이긴 하지만 말이야. 그녀를 숙녀처럼
조용히 받아들이는 것은 에드윈이 말한 것처럼 흥을 깨는
행동일 거야. 에드윈은 날이 선 몇몇 편지에서 내가 숙녀가
아니라는 걸 암시하는 식으로 썼더라. 아무튼 난 바보가 아니야.

한편, 가족 간의 이 모든 소동이 벌어지고 있을 때, 버지니아주에서는 존 브라운과 그의 지시를 받는 스물한 명의 남자(백인 열여섯 명, 흑인 다섯 명)가 하퍼스페리 무기고를 습격하여 장악한다.

조심하시오, 선생! 나는 그 조심이라는 말을 듣는 것에
정말 지쳤다.
그것은 겁쟁이라는 말일 뿐이다!
—존 브라운

1859년 10월 16일.

434

브라운과 함께 간 다섯 명의 흑인은 오즈번 앤더슨, 존 코플랜드, 실즈 그린, 루이스 리리, 데인저필드 뉴비이다. 브라운의 계획은 버지니아주 전역의 노예들에게 총을 나누어준 다음 노예 반란을 이끄는 것이다. 하느님이 이 일을 명령하셨다.

그러나 브라운의 방식은 이해하기 힘들다. 브라운은 얼마 가지 않아 로버트 E. 리 대령의 해병대가 무기고를 탈환하기 전까지의 짧은 기간 동안만 무기고를 점령하고 있었을 뿐이다. 브라운의 아들을 포함한 대부분의 반란군은 죽었다. 브라운 자신은 부상을 입고 붙잡혔다.

이 굉장한 사건이 부스 가족들에게 충격을 주어 일시적으로 그들의 사적인 걱정에서 벗어나게 한다. 그들은 각자 차이점이 있음에도 불구하고, 또 일반적으로 정치를 혐오함에도 불구하고, 연방이 보존되기를 바라는 마음만큼은 모두 강렬하다.

존이 있는 리치먼드에서는 사람들이 다른 이야기는 하지 않고 이 이야기만 한다. 존은 리치먼드의 무도회장, 사격장, 사창가, 술집, 살롱에 자주 드나들 뿐 아니라 인기도 있는 손님이 되었다. 존은 연극계와의 관련성과 메릴랜드주에서 성장한 배경에도 불구하고 어디서나 진정한 남부 신사로서 호의적인 평가를 받는다.

몇 주가 지나자 나머지 가족들은 한 명 한 명 다시 개인적인 문제와 불만으로 돌아간다. 로절리는 에이시아의 집으로 이사 온 것이 어느 모로 보나 그녀가 두려워했던 대로 불편하고 안 좋다는 것을 깨닫는다. 슬리퍼는 에이시아의 신발에, 장갑에, 숄에 키스한다. 그는 에이시아의 몸에 닿은 모든 것에 입술을 갖다 댄다. 그걸 보는 것은 끔찍한 일이다.

에드윈은 취하지 않고 맑은 정신으로 생활하기 위해 노력한다.

연기 생활과 목표를 세우고 달성하는 것과 건강에 집중한다. 그는 정치적이었던 적이 한 번도 없다.

에이시아는 몹시 힘겨운 임신 생활과 메리 데블린을 향해 퍼부을 새로운 욕설을 찾는 일로 돌아간다.

오직 존만이 여전히 존 브라운 사건에 집착하고 있다. 늘 그렇듯이 존이 속마음을 털어놓는 사람은 에이시아다. 존은 다시 한번 크리스티아나와 고서치 가족과 리트리트 농장에서 보낸 행복한 밤들을 떠올린다. 그는 특히 그 사건에 대해 아무도 책임을 지지 않았던 상황에 대해 생각한다. 그러나 감사하게도 버지니아주는 펜실베이니아주와는 다르다. 이번에는 다를 거야, 존이 에이시아에게 말한다. 이번에는 피로써 피에 대한 대가를 치르게 될 거야.

아니나 다를까, 존 브라운은 교수형을 선고받는다. 어떤 백인도 노예제를 끝장내기 위해 죽지는 않을 거라고 생각한 로절리는 아주 잘못 생각한 것이었다.

11월 19일 오후 6시 무렵 버지니아주의 주지사 헨리 와이즈는 브라운을 호송하는 임무를 맡은 대령으로부터 긴급 전보를 받는다. 노예 폐지론자들의 무장 병력이 브라운을 구하기 위해 행군하고 있으므로 500명의 군인을 즉시 찰스타운으로 보내야 한다는 전보다. 북부는 브라운을 존경하는 것 같다. 몇몇 북부 주들은 그에게 자비를 베풀라고 탄원했다.

와이즈는 그와 그의 주 민병대가 무기고를 탈환한 당사자가 아니라는 사실에 몇 주 동안이나 속상해했다. 그는 그 공격 정보를 그에게 즉시 알려주지 않은 것에 대해 뷰캐넌 대통령을 비난한다. 와이즈는 차기 민주당 대통령 후보가 될 계획을 세우고 있다. 그 전투는 이 계획을 이루어나가기에 딱 적합한 일이었을 것이다.

그러나 이제 그에게는 이 두 번째 기회가 있다. 한 시간이 채 안 되어 국회 의사당 광장의 종들이 소집을 알리는 종소리를 울리고, 민병대원들이 집결하고 있다. 이 도시의 나머지 지역도 마찬가지다. 많은 사람들이 거리를 메우고 전신국과 기차역에 모여든다. 소문으로 들은 저들의 병력에 300명의 노예 폐지론자들이 더 추가된다고 한다. 행진하는 무리와 손수건을 흔드는 사람들을 비롯한 수많은 사람이 뒤엉켜 혼란과 혼돈이 극심하다. 한 가지는 확실하다. 오늘 저녁 극장들은 대부분 자리가 텅텅 빌 것이다. 리치먼드의 모든 사람들이 민병대를 배웅하러 밖에 나와 있다. 그리고 이때가 존이 이야기에 들어가는 시점이다.

존은 다음번 방문 때 에이시아에게 그 모든 것을 말한다. 존이 뭔가에 대해서 그토록 흥분하고 그토록 진지한 것을 보는 것은 에이시아로서는 참으로 오랜만이다. 대부분의 경우 존은 그녀의 동생일 뿐이지만, 때때로 에이시아는 진실된 그를 바라본다. 진은 어떻게 억제할 수 있을까? 빛나는 눈, 생기 넘치는 얼굴. 존은 정말 잘생겼다. "아주 중요한 것의 한복판에 있다는 것은 정말 멋진 일이잖아." 그가 말한다. "내가 역사를 만졌고 역사가 나를 만졌다는 그 느낌 말이야." 에이시아 자신은 그런 것을 느껴본 적이 없지만, 존이 무엇을 느끼고 있는지는 알 수 있다. 그녀는 역사를 만져본 적이 있었던가?

밖은 어둡고 바람 소리가 요란하다. 슬리퍼는 극장에 있고 로절리와 엄마는 잠자리에 들었다. 에이시아도 자러 들어갔지만, 배 속에서 가해지는 발길질과 주먹질 때문에 다시 일어난 뒤로는 잠을 잘 수가 없다. 그녀는 아래층 거실에서 깍지 낀 두 손을 뒤통수에 댄 채 램프 불빛 아래 앉아 있는 존을 발견한다. 그의 얼굴은 어릿광대의 마스크처럼 반은 밝고 반은 어둡다.

그녀와 존은 단둘이 시간을 가진 적이 없었고 그래서 그녀는 잠을 이루지 못한 것을 아쉬워하지 않는다. 그녀는 소파에 누워 배 속 아기에게 더 많은 공간을 주기 위해 몸을 쭉 편다. 에이시아가 엄마가 되었다고 생각하자 존은 웃음이 나온다. 그녀는 왜 존이 웃는지 그 이유를 정확히 알지 못하고, 존이 웃으며 즐거워하는 것을 자기가 왜 좋아하는지 그 이유도 알 수 없다. 아마도 언제나 그녀를 똑같은 사람으로 보려고 하는 존의 우직한 생각을 그녀가 좋아하는 것 같다.

존은 숄을 발견하고 그것을 그녀에게 덮어준다. 그는 소파 끝에 앉아 그녀의 발을 획 들어서 자신의 무릎에 올린다. "가엾은 에이시아." 그가 말한다. "아기에게 침범당한 거잖아." 그러고 나서 그녀가 눈을 감을 때 자기가 무엇을 했는지 그녀에게 얘기해준다.

11월 19일 저녁, 그는 극단의 다른 동료들과 함께 바깥 거리를 걷고 있었다. 그들은 〈모히칸족의 최후〉 공연을 앞두고 있었다. 막이 오르기까지는 한 시간밖에 남지 않았다. 그러나 거리의 흥분감은 한껏 마음을 들뜨게 했다. 그는 얼굴에 분장을 하고 대사를 외치러 극장으로 가고 있었다. 그러나 다음 순간, 걸음을 돌려 반대 방향으로 걸었다. 동료들이 그를 불렀지만 그는 손을 저어 거부의 뜻을 밝혔다. "나는 가네, 친구들." 그가 동료들에게 말했다.

그는 걸음을 서둘러 역으로 갔다. 그곳에는 민간인 군인들을 위한 특별 부대 열차가 징집되어 멈춰 있었고, 이제 막 출발하려던 참이었다. 그들은 주지사를 기다려야 했다. 그러지 않았다면 존은 너무 늦어버렸을 것이다. 몇 분밖에 남지 않은 시간에 그는 열차를 타게 해달라고 힘들게 설득했다. 몇몇 다른 남자들도 그와 똑같이 열심히 설득했다. 그곳을 통과하고 열차에 오른 사람은 그가 유일했다.

"난 사람들을 알고 있어." 존은 에이시아에게 모호하게 말한 다음, 등을 대고 누워 있는 에이시아에게 주지사의 아들인 O. 제닝스 와이즈의 서명이 적힌 명함을 보여준다. 존은 에이시아에게서 명함을 건네받아 다시 가슴 주머니에 넣는다. 그는 이후 18일을 리치먼드 그레이스 부대에서 군인으로 지냈다고 말한다.

튜더홀의 침대에 앉아 존이 들려주는 세인트티머시 학교에서 일어난 폭동 이야기에 귀를 기울였던 기억이 에이시아의 뇌리를 스치고 지나간다. 흥분한 존의 모습은 그때만큼이나 소년처럼 천진스럽다. "내 인생 최고의 시간이었어"가 에이시아가 기억하는 그때의 존의 말이다. 그런데 지금 그는 그때보다 더 좋은 시간을 보내고 있다.

그레이스 부대는 먼저 워싱턴으로 간다. 열차와 열차 사이에 시간이 충분해서 그들은 기세등등한 모습으로 도시를 행진한다. 군복과 소총을 빌려서 착용한 존은 주지사 바로 뒤에서 행진한다. 존 옆에 있는 남자는 그레이스 부대의 깃발을 들고 행진하는데, 깃발에는 다음과 같은 버지니아주의 모토가 구불구불한 글자체로 적혀 있다. 'Sic semper tyrannis'[132] 그들은 뷰캐넌 대통령이 그들에게 경례를 하러 나올 거라고 매번 기대하며 백악관을 세 바퀴 돈다. 그러나 대통령은 나오지 않는다. 대통령은 잠을 자는 것 같다.

와이즈는 연설을 한다. 자신이 대통령이 되면 침략군이 쳐들어오는 동안은 절대 잠을 자지 않겠다고 한다. 군대가 국회 의사당에 내려

132 '폭군은 언제나 그렇게 되리라'라는 뜻의 라틴어 문구. 율리우스 카이사르를 암살한 사람 중 한 명인 마르쿠스 유니우스 브루투스가 한 말임.

올 때 대통령이 반드시 깨어 있어야 한다는 것은 우리가 대통령에게 요구할 수 있는 최소한의 것이라고 말한다.

그들은 아무런 언급도 없이 워싱턴을 떠난다. 총 스물한 시간이 걸리는 여정이다. 그들은 세 대의 열차와 한 척의 증기선을 타고 메릴랜드주를 가로지르며 농작물이 심어진 들판과 농장들을 지나고 거친 협곡과 떨어져 내린 바위들을 통과한다. 하퍼스페리는 포토맥강과 셰넌도어강이 만나는 지점에 자리 잡고 있다. "나이아가라 폭포 기억나지?" 존이 에이시아에게 묻는다. "거의 그 정도로 아름다웠어. 피곤하고 배고픈 것도 다 잊어버릴 정도였다니까. 거의."

마침내 그들은 찰스타운에 도착한다. 비가 억수같이 쏟아지고 땅은 진흙밭이 된다. 와이즈 주지사가 비를 피할 수 있는 근처 현관에서 다시 연설을 하는 동안 그들은 이 폭우 속에서 차렷 자세로 서 있어야 한다. 그들의 모자챙에서 빗물이 주르륵주르륵 흘러내린다. 찰스타운의 지도자들은 여러 채의 집과 학교를 그들이 사용할 막사로 만든다.

노예제 폐지론자들은 전혀 오지 않는다. 이제 보니 여기로 오는 군대는 애초부터 없었던 것 같다. 전투태세는 사교적인 분위기로 바뀐다. 찰스타운의 젊은 여자들은 군인들을 만날 수 있도록 무도회를 열자고 주장한다. 꽃처럼 아름다운 한 빨간 머리 여자는 펀치 한 잔을 마시면서 존에게, 마치 자신이 제인 오스틴 소설 속에 들어와 있는 것 같다고 말한다.

존은 급료를 받는 병참 부사관의 지위를 부여받는다. 그는 오전에 훈련을 하고 오후에는 보급품 관리를 도우면서 군기를 유지한다. 저녁에는 명령에 따라 이야기를 들려주고 독백 연기를 해 보인다. 만약 실제 전투가 있었더라면 존으로서는 이보다 더 즐거울 수가 없었을 것이다.

존 브라운은 자기를 찾아와서 멍하니 바라보는, 부단히 이어지는 방문객들을 만나지 않게 해달라고 부탁한다. 자신은 원숭이 쇼 같은 구경거리가 되고 싶지 않다고 말한다. 그럼에도 불구하고 12월 1일, 존은 용케 존 브라운의 감방에 들어가게 된다. 존은 그들이 서로에게 무슨 말을 했는지 에이시아에게 얘기하지 않고, 에이시아도 묻지 않는다. 하지만 에이시아는 그 경험이 존에게 깊은 감명을 주었다는 것을 알 수 있다. "그 사람은 용감한 노인이었어." 그가 말한다. "난 노인이 교수대 앞에 서 있을 때 자기를 구하러 오는 사람이 있는지 보려고 지평선 쪽을 살펴보는 것을 볼 수 있었어. 노인은 자기가 버림받았다고 느꼈을 때 마음이 찢어지게 아팠을 거야."

존은 에이시아에게 줄 기념품을 가지고 있다. 그것은 존 브라운의 창이다. 창의 손잡이에 잉크로 '워싱턴 소령이 J 윌크스 부스에게'라는 글이 쓰여 있다. 존은 에이시아의 다리를 옆으로 치우고 그 창을 가져오기 위해 위층으로 뛰어간다. 에이시아는 그를 기다리며 가만히 누워 있다. 밖에서 몇몇 남자들이 술에 취하는 것의 기쁨에 관한 어떤 노래를 술에 취한 목소리로 부르며 지나간다. 그들의 목소리로 보아 아일랜드 사람들이다. 놀랄 게 없다. 아마도 메리 데블린의 친척들일 것이다.

존의 발소리가 들리자 에이시아는 일어나 앉는다. 잠시 현기증이 일고 눈앞이 깜깜해진다. 그러나 존이 그 창을 손에 쥐여주자 에이시아는 그 무게와 그것의 현실감을 느낀다. 존 브라운의 창이라니! 그는 이 창을 사용했을까? 나무가 약간 갈라져 있다. 가시 같은 조그만 지저깨비가 그녀의 손바닥에 박힌다. 피가 날 만큼 깊이 박힌 것은 아니고 살짝 박혀 있다. 존이 손가락으로 쉽게 뽑아낸다.

그는 소파 옆에 무릎을 꿇고 앉아 있다. 램프 불빛이 그의 검은 머리를 비추고 있다. "이 창을 누나의 아들한테 줘." 그가 말한다. "아들이 이것의 가치를 알 만큼 자랐을 때." 존은 존 브라운이 감행한 습격과 그 습격으로 목숨을 잃은 사람들, 그리고 총을 든 노예라는 끔찍한 생각에 여전히 오싹해한다. 그는 브라운이 교수대에 간 것을 기쁘게 여긴다. 그러나 그 노인의 금욕주의는 주목하지 않을 수 없다. 존은 행동하는 사람, 변명이나 타협 없이 원칙을 고수하며 사는 사람을 존경한다. 브라운은 악의 도구이긴 하지만, 셰익스피어적인 영웅이기도 하다.

12월 2일, 존은 브라운이 교수형 당하는 것을 보기 위해 모여든 군중 속에 있었다.

그는 리치먼드로 돌아가지만, 근무 이탈로 극단에서 해고되었다는 것을 알게 된다. 그러나 함께 무기를 든 형제들인 리치먼드 그레이스 부대원들이 그가 다시 고용될 때까지 마셜 극단을 포위한다. 그는 다시 이 극단에서 일하고 있긴 하지만, 지금은 연기에 흥미가 덜하다고 에이시아에게 말한다. 어쩌면 군인이 되는 것이 그의 진정한 천직일지도 모른다. "존은 무척이나 군인이 되고 싶어 해요." 다음 날 아침 그녀가 엄마와 로절리에게 말한다.

엄마는 불안한 표정으로 반응한다. 날이 갈수록 전쟁 가능성이 커 보인다. 엄마는 오래전 그 밤에 아기인 존을 가슴에 안고 있었을 때, 난롯불에서 성스러워 보이는 팔의 모양이 솟아올랐다는 이야기를 누구에게도, 한마디도 하지 말았어야 했다. 존을 잃는 것은 정말로 견딜 수 없는 일이다. 그것은 생각만 해도 그녀를 미칠 것처럼 흥분하게 만든다.

그녀는 존에게 만약 그가 입대한다면 자신을 죽이는 일이 될 거라고 말한다. "나는 국가보다 우리 아이들을 더 사랑해." 엄마가 말한다. "나는 무엇보다도 우리 아이들을 사랑해." 엄마가 손에 얼굴을 묻고 흐느낀다. 엄마는 앞을 가리는 눈물 뒤에서 프레더릭, 메리 앤, 엘리자베스, 헨리의 이름을, 잃어버린 자식들의 슬픈 이름을 속삭인다. 그녀가 그 속삭임을 마칠 즈음 존은 절대 전쟁에 나가지 않겠다고 약속한다.

링컨, 캔자스주로 가다

> 존 브라운은 엄청난 용기와 보기 드물게 사심 없는 태도를 보여주었다. (……) 그러나 북부 사람이든 남부 사람이든, 그 어떤 사람도 폭력이나 범죄를 용납해서는 안 된다.
> — 에이브러햄 링컨, 1859년 12월

브라운이 교수형을 당할 때 링컨은 험한 날씨와 좋지 않은 도로 사정을 무릅쓰고 캔자스주로 여행을 떠난다. 이 지역은 청중이 적고 노력을 기울일 만한 가치가 거의 없기 때문에 오히려 그런 사정이 더 감사하다. 12월에 캔자스주에 오는 정치인은 거의 없다. 링컨만큼 전국적인 인지도를 가진 정치인은 극히 드물다. 그래서 공화당원들은 만족하지만, 수어드 지지자들은 변함없이 확고하다. 노예제에 대한 수어드 지지자들의 감정은 그들이 살아온 지역의 들끓는 테러와 살인으로 인해 급진화되어 있다. 그들은 링컨을 좋아하긴 하지만 수어드 대신 링컨으로 바꿀 이유가 없다고 생각한다. 그럼에도 불구하고 링컨이 대통령 후보로 지명될 가능성은 현저히 커졌는데, 그들의 편이었던 존 브라운이 이 상황에 책임이 있다.

반란의 충격 속에서 수어드가 갑자기 극단적인 태도를 취한다.

하퍼스페리 무기고 습격 사건으로부터 공화당을 분리하기 위해 모든 노력을 기울여야 한다. 사람들은 말하기를, 존 브라운이 수어드가 대통령이 될 가능성을 죽여버렸다고 한다.

수어드가 보수적인 사람들에게 너무 급진적인 인물로 보인다면, 베이츠는 급진주의자들에게 너무 보수적인 인물로 여겨진다. 이 시기에 필요한 것은 온건한 것이다. 이 시기에 필요한 인물은 링컨이다.

링컨의 비공식 견해는 브라운의 신념은 옳았지만, 행동은 틀렸다는 것이다.

링컨의 비공식 견해는 브라운은 정신이 이상한 사람이고, 부름을 받았을 때 그의 곁으로 오지 않은 노예들은 정상적인 사람이라는 것이다.

16

다음 겨울은 혹독하다. 밤 동안에 눈이 현관문에 기대어 쌓이기 때문에 아침이면 슬리퍼는 틈 사이로 얼어붙은 얼음을 깨기 위해 문을 어깨로 밀어야 한다. 어느 날 아침, 슬리퍼는 어깨로도 문을 열 수가 없어서 이미 난로가 공기를 따뜻하게 덥혀놓은 부엌을 통해 밖으로 나가야 한다. 식료품을 사러 나간 로절리는 심하게 넘어져서 두 남자의 도움을 받으며 집으로 돌아오는데, 그 두 사람 모두 오전 10시인데도 몹시 취해서 누가 누구를 부축한 것인지 확실치 않다. 로절리는 볼티모어에서는 식료품 가게가 바로 옆집이어서 날씨가 어떻든 간에 달걀과 빵을 사 오는 데 1분이면 충분했다는 사실을 여러 차례 언급한다. 이것이 에이시아를 짜증나게 할 의도가 있는 말이었다면, 효과가 있다. 이 집에는 식료품을 사러 갈 하인이 있다. 로절리가 뭔가를 사려고 집 밖으로 나갈 필요는 없다.

에이시아는 몇 주 동안 밖에 나가지 않았다. 바깥 공기는 북극의 공기처럼 폐에 훅 밀려든다. 땅은 얼어서 너무 미끄럽다. 그녀가 넘어진다면 다시는 일어나지 못할 것이다. 등딱지를 땅바닥에 대고 누워 있는 거북이처럼 그 자리에 누워 있게 될 것이다. 그럼에도 불구하고 에이시아는 집 안에서 밤에 땀을 흘린다. 배 속의 아기가 심하게 태동을 한다. 그녀는 옷을 벗고 침실 거울 앞에 선다. 늘어진 피부에 대고 발길질을 하는 아기의 발 모양을 알아볼 수 있다. 배꼽 위로 짙은 선이 뻗어 있다. 엉덩이에는 광택이 도는 줄무늬 튼살이 생겼다. 메스꺼움은 완전히 사라지지 않았고, 그녀가 얼마간 반갑게 먹을 수 있는 거라곤 향을 첨가한 얼음덩이뿐이다.

필라델피아에 있는 이 집은 엑서터 거리에 있는 집보다 더 크지만, 다른 한편으로는 더 낡고 더 어둡다. 슬리퍼는 아기가 태어난 뒤 더 좋은 집으로 이사 가겠다고 에이시아에게 약속했다. 아이가 뛰어놀 수 있는 시골의 어떤 집을 구하겠다고 했다. 그동안 에이시아는 아침이면 햇빛이 가득 들어오는 아래층의 유일한 방에서 많은 시간을 보낸다. 그녀는 소파에 앉는다. 자신의 배가 터지지 않은 채로 그토록 많이 부풀어 오를 수 있다는 게 불가능해 보일 정도다.

에이시아는 읽지도 않는 책을 손에 들고 벽난로에서 들리는 불이 불을 잡아먹는 소리에 귀 기울이며 앉아 있다가 문득, 뚜렷한 이유 없이, 해티를 생각하며 두려움에 사로잡힌다. 그녀는 몸을 일으켜 계단을 올라가서 아기방으로 걸음을 옮긴다. 담요, 장난감, 조그만 아기 옷가지 등을 준비하는 일은 에이시아가 기대했던 일이지만, 그녀는 그런 일을 대부분 엄마에게 맡겼다. 사실 그녀는 이 방에 들어간 적이 거의 없다. 그녀는 문간에서 걸음을 멈춘다. 로절리가 이미 그곳에 있기 때문이다. 로절리는 햇빛이 가장 잘 드는 창가에 앉아 따분하긴 하지만 꼭 해야 하는, 아주 많은 기저귀를 만드는 데 필요한 바느질을 하고 있다.

로절리가 에이시아를 쳐다본다. "아기가 태어나면 모든 준비가 잘되어 있을 거야." 로절리가 말한다. 그러고 나서 다시 에이시아를 바라본다. "몸은 괜찮아?"

에이시아는 자기가 임신했다는 것을 처음 알게 된 후로 시시때때로 기쁨과 기대의 순간들을 맞이하곤 했다. 그녀는 언제나 아기들을 좋아했다. 그녀 자신의 아기를 갖는 것은 경이로운 일이 아닐까? 그녀는 아기의 토실한 무릎에 키스하고, 자장가를 불러주고, 그녀의 어깨에 기대어 쌔근쌔근 숨을 쉬는 아기와 함께 의자에서 잠을 자는 자신의 모습을 그려본다. 그러나 그녀의 꿈은 이상하게(물속의 새들과 공중을 나는 물고기들) 변했고, 그녀는 밤에 숨을 헐떡이며 여러 번 놀

라 깨곤 한다. 때때로 이 같은 공포의 발작은 낮까지 이어지고, 다시
밤까지 계속된다. 마치 그림자가 종내에는 그 그림자를 드리운 실체
를 먹어치우는 것처럼.

에이시아는 지금 로절리를 바라보고 있다. 로절리의 굽은 등은
로절리가 절대 아이를 갖지 못할 거라는 의미일 것이다. 어쨌거나 로
절리는 너무 나이가 많고, 하여간 누가 아버지가 되려 하겠는가? 에
이시아는 자기가 로절리였으면, 하고 바란다. 그녀는 굽은 등, 슬픈 미
래, 기타 등등의 조건을 안고 살아가는 로절리가 되고 싶은 마음이 간
절하다. 에이시아는 언제나 수녀원에 들어가 수녀가 되겠다는 소명
의식이 있었다. 그녀를 결혼으로 이끈 에드윈이 원망스러워진다.

에이시아는 흔들의자에 털썩 주저앉아 몸을 흔들기 시작한다. 목
재 바닥이 삐걱거린다. 바깥 하늘은 창백하고 음울한 회색이다. "괜찮
아?" 로절리가 다시 묻자 에이시아는 발을 바닥에 세게 내려놓아 흔
들림을 멈춘다.

"죽을까 봐 무서워." 그녀가 말한다. 그러고 나서 자신의 목소리
가 너무 작아서 로절리가 들었을 리 없다는 것을 깨닫고 더 크게 말한
다. "난 죽을까 봐 무서워. 엄마한테는 말하지 마."

두 달 전, 그녀는 아버지의 공동묘지에서 묘비들을 자세히 살펴
보았다. 한 번에 한 구역씩 체계적으로 조사했다. 물론 20대나 30대에
사망한 모든 여자들이 출산 중에 죽는 것은 아니다. 그러나 그녀의 마
음은 얼어붙은 날개를 가진 천사들로 가득하다.

"난 죽고 싶지 않아." 그녀가 말한다. 그녀는 지금 눈물을 흘리고
있는데, 이것은 예상치 못한 일이다. 그래서 화가 난다. 그것을 큰 소
리로 말해서는 안 된다고 생각한 것은 옳았다. 이제 그것이 의자에,
그녀 바로 옆에 앉고, 이제 그것이 다시 의자를 흔들기 시작하고, 이

제 그것이 그녀의 목을 움켜쥔다.

에이시아는 분명 로절리에게 그 말을 할 계획이 없었다. 하지만 그녀는 여기서 그 말을 로절리에게 했고, 사실 로절리 말고 누구에게 그 말을 할 수 있었겠는가? 남자들에게는 말할 수 없다. 뭘 잘 모르는 남자들에게 그런 말을 하는 것은 잔인할 일일 것이다. 진에게도 말할 수 없다. 왜냐하면 에이시아는 여전히 진이 자신의 결혼 생활을 부러워해서 자신을 따라 유부녀 대열에 합류하기를 원하기 때문이다. 그녀는 같이 있어줄 사람이 필요하다.

엄마에게도 말할 수 없다. 여느 어머니들과 마찬가지로 엄마도 분명히 이와 똑같은 두려움을 겪고 있을 것이기 때문이다. 엄마는 존을 잃는 것을 견딜 수 없기 때문에 존이 전쟁에 나가지 않겠다고 약속하게 했다. 엄마는 왜 에이시아에게는 결혼하지 않겠다고 약속하게 하지 않았을까? 평범한 여자들의 비범한 용기가 왜 박수를 받지 못하는 걸까? 에이시아는 곧 전쟁에 나갈 것이다. 훈장을 달고 집에 돌아올 것이다.

로절리는 바느질하던 것을 내려놓는다. "넌 존이 태어났을 땐 너무 어려서 그걸 기억할 수 없을 거야. 조의 경우도 그럴 것이고. 그러나 나는 다 기억이 나. 엄마는 아이를 열 명이나 낳았는데, 아무 문제도 없었어. 너도 마찬가지일 거야." 로절리가 말한다. 그녀는 실을 이로 물어뜯은 다음 매듭을 짓는다. 로절리의 손은 로절리의 몸에서 가장 우아한 부분이다. "네가 패니를 타고 날 듯이 길을 달리곤 했던 모습이 막 떠올랐어. 여성용 곁안장에 앉아 말을 타면서도 모든 남자애들보다 더 빨랐잖아. 난 그러다가 네 목이 부러지지 않을까 걱정하곤 했지. 하지만 그 어떤 것도 널 두렵게 만들지 못했어."

두 여자는 서로를 바라본다. 그때 로절리가 일어나서 방을 걸어간다. 그녀는 두 손을 내밀어 에이시아를 안아준다. 그들은 평소 몸을 접촉하는 일이 별로 없으며, 이 포옹은 제대로 이루어지지 않는다. 배가 불룩한 에이시아, 리처드 3세의 척추를 가진 로절리……. 그들 아래에서 의자가 발작적으로 흔들린다. 그것은 날카로운 팔꿈치와 기우뚱한 자세로 이루어진 껴안음이다. 그렇지만 오히려 어색하고 생소한 자세로 이루어진 포옹이기에 더 멋지다. 에이시아는 로절리가 자기를 사랑한다는 것을 느낄 수 있는데, 그것은 그녀가 자주 느끼는 감정은 아니다. 그녀는 모처럼 언니가 있다는 것에 위안을 느낀다.

로절리의 뺨이 에이시아의 머리 위에 놓여 있다. 로절리에게서 술 냄새 비슷한 냄새가 난다. "넌 에이시아 시드니 부스 클라크야." 로절리가 말한다. "그 어떤 것도 널 두렵게 만들지 못해."

진통이 시작될 즈음 에이시아는 그동안의 성가신 작은 통증과 심한 피로감을 주고 크나큰 고통을 맞이할 준비가 충분히 되어 있다. 가짜 진통으로 간호사가 와서 이틀 동안 머물다가 다시 돌아간다. 의사가 매일 들르기 시작한다. 그러다가 3월 말의 어느 날 아침, 그녀는 한쪽 어깨 뒤편에서 찌르는 듯한 통증을 느끼며 잠에서 깬다. 그 고통이 등 아랫부분으로 내려가는데, 그 부위가 뾰족한 못 같은 것이 박힌 커다란 공처럼 느껴지고, 그것이 척추를 떨어져 나가게 할 것만 같다. 너무나도 아파서 그녀는 양수가 터지는 것도 알아차리지 못한다.

조가 의사를 부르러 간다. 엄마와 로절리는 에이시아가 양수에 젖은 잠옷을 벗고 부드럽고 오래된 잠옷으로 갈아입도록 도운 다음, 이불이 뽀송뽀송한 엄마의 침대로 에이시아를 옮긴다. 앉아 있는 것은 불가능하다. 누워 있어도 아프다. 에이시아는 한쪽 옆구리를 대고 모로 누웠다가 잠시 후 다른 쪽 옆구리를 대고 모로 눕는다. 베개를 껴안고 몸을 웅크리며 고통스러워한다.

그녀는 진통이 고통스럽기는 하지만 산발적으로 일어날 거라고 들었다. 진통의 파도 사이에 휴지기가 있을 거라는 것이었다. 그녀는 이 말이 거짓말이라는 것을 알고 경악한다. 허리 통증은 결코 멈추지 않는다. 그것은 그녀의 척추를 행주처럼 비틀고 짜기 시작한다.

간호사가 먼저 오고, 곧이어 의사가 온다. 그들은 모든 것이 아주 잘되고 있다고 말한다. 모든 게 다 정상적으로 진행되고 있다고도 한다. 간호사는 에이시아를 억지로 일으켜 세워서 방을 걸어 다니게 한다. 에이시아는 분노가 끓어오른다.

그녀는 다시 눕는다. 의사는 에이시아가 등을 대고 눕게 한다. 태아가 움직여서 배가 불룩해진다. 그녀는 순간적으로 깜짝 놀라며 비명을 지른다. 나는 지금까지 정말로 고통을 겪은 적이 없었어, 하고 그녀는 생각한다. 그런 다음 모든 생각들이 그녀의 마음을 떠난다.

간호사가 에이시아에게 아편 팅크를 준다. 그것을 복용하자 신기한 효과가 나타난다. 에이시아가 둘로 나누어진다. 두 에이시아 중 하나가 몸에서 빠져나와서 천장으로 올라가 이 절박한 사태를 다 내려다보는데, 그녀의 몸은 검시 중인 시신처럼 몸을 뻗은 채로 타인의 손길에 내맡겨져 있다. 다른 에이시아는 전과 마찬가지로 그 자리에 남아서 모든 것을 다 느끼고 있다.

지옥 같은 고통 속에서 수 시간이 흘러간다. 의사가 나간다. 방을 나가는 걸까, 집을 나가는 걸까, 도시를 떠나는 걸까? 에이시아는 알지 못한다. 몸에서 빠져나간 에이시아가 의사와 함께 나가지만, 자리에 누워 있는 에이시아에게 아무런 메시지도 보내주지 않는다. 밤이 되었지만 아기는 열두 시간 전보다 출산의 조짐에 조금도 더 가까워지지 않았다. 의사가 돌아온 게 틀림없다. 왜냐하면 그가 에이시아에게 몸을 기울여 상황을 설명하고 있기 때문이다. 그의 수염에 빵 부스러기가 묻어 있다.

아기가 에이시아의 골반에 머리를 대고 머물러 있다. "이젠 아기가 턱을 밀어 넣기만 하면 됩니다." 의사가 말한다.

아기는 그런 것은 전혀 하고 있지 않다. 에이시아는 아편을 더 많이 투여받는다. 그녀는 고통과 극도의 피로감으로 몸이 뻣뻣하고, 배도 고프다. 목은 쓰리고 칼칼하다.

마침내 의사는 기다림에 지친다. 그는 커다랗고 끔찍한 한 손을 그녀의 몸 안에 넣고 이리저리 뒤진다. 그러는 동안 다른 한 손은 그녀의 배를 지그시 누른다. 엄마는 침대 옆에서 조용히 흐느낀다. 에이시아는 아기가 안으로 다시 밀려 들어가는 것을 느끼며, 결국 그들이 아기를 출산하지 않기로 결정했다고 생각한다. 이것은 좋은 결정이고 아마도 그녀가 이 상황에서 살아남을 수 있는 유일한 방법일 듯싶다.

그러나 그때, 마침내 아기가 미끄러져 내려오고, 엄청난 노력과 고통이 이어지면서 피와 똥이 범벅된 채 에이시아 도러시 클라크(그들은 이 아기를 돌리라고 부를 것이다)가 세상에 태어난다. 모두가(엄마, 로절리, 에이시아, 그리고 아기까지) 울고 있다. 간호사가 어린 돌리를 씻긴 다음, 수건에 싸인 채 눈을 가늘게 뜨고 울부짖는 아기를 에이시아에게 넘긴다. 아기는 주름이 많고 붉고 못생겼다. 에이시아의 머리에 떠오른 첫 생각은 아기를 슬리퍼에게 보여주기가 곤혹스럽다는 것이다. 그토록 힘들게 고생해서 낳았는데! 그녀의 머리에 떠오른 두 번째 생각은 죽으면 죽었지, 절대 이 작은 아이가 다치게 하지는 않겠다는 것이다. 돌리가 에이시아의 눈을 빤히 쳐다본다. 사랑이란 게 바로 이런 느낌이구나, 에이시아는 생각한다. 이것이 에이시아의 머리에 세 번째로 떠오른 생각이다. 돌리가 엄마의 가슴에 코를 비빈다. 그러나 아기가 젖을 물기 전에 에이시아는 이미 잠들어 있다.

17

돌리는 활동적인 아기로, 콧물을 많이 흘리고 밤에 자지 않는 경향이 있다. 에이시아는 아기를 안고 흔들의자에 앉아 많은 시간을 보낸다. 그곳이 바깥 거리의 햇빛이 새어 들어오는 유일한 자리이다. 그녀는 변화무쌍한 돌리의 표정(두려움, 걱정, 기쁨 등)에 매료된다. 그 표정은 실제 감정에 실리게 될 날을 위한 종합 리허설이다. 미덥지 못했던 데뷔 이후, 돌리는 아주 예뻐졌다. 에이시아는 이보다 더 예쁜 아이는 없었던 것 같다고 생각한다.

아기는 에이시아의 무릎에 완벽하게 맞는다. 아기의 머리는 에이시아의 무릎 위에 놓이고, 발가락은 에이시아의 늘어진 배를 파고든다. 에이시아는 열병에 걸려 몇 주 동안 자리에 누워 있어야 했을 때 흔들의자에서 흐릿한 햇빛을 받으며 보낸 그 시간을 그리워한다. 아이 돌보미인 베키가 밤에 돌리를 맡아서 젖병에 든 젖을 먹이는데, 에이시아가 회복될 무렵 젖이 말라서 안 나온다.

에이시아는 결혼기념일을 축하한다. 1년 사이에 아주 많은 변화가 있었다. 에이시아는 이제 아내이자 엄마가 되었고, 여자 형제로서의 역할은 덜 중요한 일로 밀려났다. 그녀와 에드윈이 아주 냉랭한 사이가 되지 않았다면, 존이 항상 그렇게 멀리 떨어져 있지 않았다면 이런 일은 일어나지 않았을지도 모른다.

요즘 부스 가족들은 다들 돌아다니고 있다. 에드윈은 평소와 마찬가지로 순회공연 중이고, 조는 에드윈과 함께 다니며 에드윈이 한때 아버지를 위해 수행했던 역할을 수행하고 있다. 의과 대학에 등록

한 조가 곧 그 대학이 있는 사우스캐롤라이나주 샬럿으로 떠날 예정이기 때문에 이 일은 임시적인 일일 뿐이다.

에드윈은 아직 결혼도 하지 않았지만 자신과 메리를 위해 필라델피아에 집을 한 채 빌린다. 엄마와 로절리는 곧장 그 집으로 옮겨 가는데, 그 때문에 에이시아는 로절리가 에드윈에게 집을 구해달라고 부탁한 것은 아닐까, 의심한다. 에이시아는 로절리와 에드윈이 그녀의 등 뒤에서 그녀에 대해 속닥거리는 것을 상상할 수 있다.

로절리와 에이시아는 몇 주 동안 일상적이고 사소한 문젯거리로 서로를 저격하고 있었다. 엄마의 전설적인 인내심도 시험당할 정도였다. 엄마와 로절리가 떠날 때 에이시아는 기뻐한다. 동시에 상처를 받는다. 에이시아는 자기 자신에 대해서는 그다지 신경 쓰지 않는다. '익숙해지면 무시한다'는 표현보다 더 진실한 표현은 없으니까. 그렇지만 엄마와 로절리가 아무렇지도 않게 돌리를 떠날 수 있다는 사실에 그녀는 적잖이 놀란다.

에이시아가 단 하루도 놓칠 수 없는 돌리 쇼를 엄마와 로절리는 기꺼이 포기할 수 있다는 사실에 상처받는다.

엄마가 가증스러운 메리 데블린과 그 집에서 함께 살 계획이라는 증거는 또 다른 타격이다. 집안의 명성에 신경 쓰는 사람은 에이시아밖에 없는 게 분명하다. 그녀 혼자서는 부스 집안의 위대한 명성을 지킬 수 없다.

하지만 그녀도 곧 이사할 예정이다. 슬리퍼는 시골에 집을 구했고, 현재 집을 넓히는 중이다. 에이시아는 다시 개구리, 벌, 토끼와 함께 살아갈 날을 고대한다. 그때쯤에는 그녀가 말을 탈 수 있게 되기를 바라고 있다. 그것은 농장으로 다시 돌아가는 것과 같을 것이다. 다만 끔찍스러운 농장 일이 없다는 게 다를 뿐이다.

한편 존은 마셜 극단에 지쳐가고 있다. 존은 에이시아에게 그 도시의 사람들은 자신의 공연에 너무 쉽게 만족한다고 말한다. 자기는 그들이 보여주는 열광적인 반응이 역시나 아버지에 대한 추억 때문이지, 자신의 연기가 훌륭해서 그런 것은 아니라고 믿게 되었다고 한다. 존이 에이시아와 공유하지 않은 또 다른 문제가 있다. 그는 두 명 이상의 젊은 여자(여배우와 매춘부)와 얽혀 있다. 지키지 않을 청혼을 했고, 지키지 않을 약속을 했다. 그리고 빚도 있다. 그는 수입으로 생활하는 것이 탐탁지 않고, 자존심이 너무 세서 에드윈에게 용돈을 좀 달라고 부탁할 수도 없다.

에드윈은 다른 방식으로 도와준다. 필라델피아 출신 매니저인 매슈 캐닝을 설득하여 존을 고용하게 한다. 캐닝은 존이 부스라는 이름을 내걸고 공연해야만 한다는 조건을 달았고, 존은 그 조건에 동의했으나 그렇게 하지 않는다. 존은 이제 전속 배우에서 스타로 발돋움한다. 그는 순회공연을 시작한다. 그러나 리치먼드에 대한 그의 정서적 애착은 여전히 강력하다. 리치먼드는 볼티모어 이상으로 그의 마음의 도시이다.

"내 머릿속은 메리와 결혼하는 것에 대한 생각으로 가득 차 있어." 에드윈은 에이시아만 빼고 모든 사람에게 그렇게 말한다. 에이시아는 애덤 바도의 감정에 대해 뜬금없이 크게 걱정하는 척하고 있다. 가엾은 애덤, 혼자 방황하며 외로움에 시달리고 있어. 버림받은 채 말이야. 에드윈의 잔인함에 희생당한 거야.

애덤은 자기도 보복 결혼을 하겠다고 위협하고 있다. 그는 프랑스식 교육을 받은 여자를 선택했는데, 그것은 마음이 없는 여자를 선택했다는 의미라고 그가 메리에게 설명한다. 메리는 이런 결혼을 하겠다는 애덤의 생각에 괴로워한다. 그걸 보고 애덤이 기이한 대안을 제시한다. 만약 에드윈이 런던에서 공연하는 것에 동의하기만 한다면 자신의 결혼을 포기하겠다는 것이다.

에드윈은 이미 그럴 계획이 있으므로 그것은 쉽게 할 수 있는 약속이다. 마음이 없는 그 여자는 구원받는다.

7월 7일, 에드윈과 메리는 뉴욕에서 결혼식을 올린다. 금빛, 은빛으로 물든 여름 아침의 짧은 예식이다. 메리는 흰 꽃으로 만든 화관을 썼고, 머리는 느슨하게 묶어 목 아래로 늘어뜨렸다. 기쁨의 눈물이 그녀의 얼굴을 적신다.

예식에 참석한 사람은 거의 없다. 엄마도 로절리도 조도 참석하지 않았고, 에이시아도 당연히 참석하지 않았다. 존과 애덤만이 그곳에 있다. 애덤은 존이 부끄러워하는 기색 없이 활달하게 에드윈의 행복을 빌면서 형을 껴안고 키스하는 모습을 보고 감동한다. 에이시아는 이 얘기를 듣고 자신이 그 모습을 보지 않은 게 정말 기쁘고 기쁘고 기쁘다고 생각한다. 그녀의 가족은 하나같이 바보라는 생각이 든다.

신혼여행을 위해 그들 부부는 나이아가라 폭포의 캐나다 쪽에 위치한 집을 빌린다. 한때 에이시아가 그토록 행복해했던 나이아가라 폭포는 에이시아를 떠나고, 대신 메리에게 주어진다. 에드윈은 엄마와 조를 그 집에 초대한다.

에이시아는 돌리의 유모차를 밀면서 날씨가 온화한 여름 저녁의 광장으로 나간다. 낮의 밝은 햇살이 장밋빛 황혼으로 변해가자 참새와 비둘기들이 종종거리며 주변을 돌아다닌다. 돌리가 손을 빤다. 때때로 손을 빠는 소리가 너무 커서 에이시아는 유모차의 바퀴 소리에도 불구하고 그 소리를 들을 수 있다.

그녀는 나이아가라 폭포에 갔던 그 행복한 여행을 생각하고 있다. 그리 오래된 일이 아니지만 기억 속의 그녀는 앳된 소녀인 것 같다. 그녀는 폭포를 내려다보며 느꼈던 신성한 감정을 떠올리고, 그 원근감과 힘을 떠올린다. 그녀는 물 위에 떠 있던 10여 개를 훌쩍 넘는 무지개를 떠올린다. 우승컵은 에이시아에게 줘야겠어, 하고 에드윈은 말했다. 그렇지만 그 말은 에드윈의 진심이 아니었을 것이다. 에드윈은 그녀가 그를 사랑했던 것만큼 그녀를 사랑한 적이 없었을 것이다.

　나이아가라 폭포의 세 번째 손님은 애덤이다. 그는 에드윈과 메리 모두 애덤에 대한 그들의 애정이 변하지 않았다는 것을 증명하기 위해 애쓰고 있다고 말한다. 그렇지만 이것은 대중을 대상으로 적당히 쓴 이야기이다. 실제로는 긴장감이 형성되고 있다. 메리는 에드윈에 대한 자신의 권한을 훨씬 더 확신하게 되었기 때문에 그에게 대놓고 애덤은 약간 지루한 사람이라고 말할 수 있을 만큼 대담해졌다. 애덤은 대화의 방향을 바꿀 수 있는 사람하고는 끊임없이 대화를 이어나간다. 그는 자신의 의견을 얘기하고 듣는 것에 너무 관심이 많다. 그가 '다른 남자들 같지' 않다는 게 너무 안타까워요, 하고 메리가 에드윈에게 말한다. '다른 남자들 같다면 당신의 우정이 확고할 수 있을 텐데요.' 이 말은 애덤이 다른 남자들 같지 않으므로 우정이 확고하지 못하다는 것을 암시한다.

　만약 에이시아가 이걸 알았더라면 그녀는 재빨리 애덤의 편을 들었을 것이다. 에이시아가 진에게 보낸 편지에는 메리가 폭포 밑으로 가라앉거나 소용돌이치는 물속에서 헤엄치는 환상이 담겨 있다. 모든 햄릿은 자신의 오필리어가 필요하다. 그때 그녀의 풀꽃 화환뿐 아니라 그녀 자신도 흐느껴 우는 개울물 속으로 떨어졌다오.[133]

18

에이시아는 집에서 하는 이런저런 작은 집안일에 만족한다고 스스로에게 말한다. 돌리는 끝없이 그녀의 마음을 사로잡는다. 아기는 이가 두 개 났으며, 혼자서 일어설 수 있다! 그리고 슬리퍼는 그 어느 때보다도 자상하게 배려한다. 그들은 해변으로 떠난다. 에이시아는 볼티모어로 여행을 가서 옛 친구들을 만나 한껏 즐기며 논다. 그녀는 새 친구를 사귀는 데 어려움을 겪는다. 내 마음의 토양은 친구를 사귀는 데 있어서는 기름지지 못하고 메말라서 사랑하는 옛 얼굴들만 그리워하게 돼, 그녀가 말한다. 그녀는 돌리를 유모차에 태우고 돌리의 이모와 할머니를 만나러 간다. 아무도 엄마가 나이아가라 폭포에서 보낸 시간에 대해 언급하지 않는다. 엄마와 로절리 둘 다 메리 데블린에 대해 한마디도 하지 않는다. 메리 데블린 부스에 대해서 말이다.

에이시아는 에드윈과 메리를 필라델피아에서 몰아내는 데 성공했다. 에드윈은 메리를 에이시아의 격렬한 적대감에 시달리게 할 수는 없으며, 자기들은 세를 내고 빌린 그 집에 다시 들어가 살지 않겠다고 결정한다. 그래서 그 집을 엄마와 로절리에게 맡긴다. 에이시아는 아주 잘된 일이라고 스스로에게 말하며 크게 안도한다. 그렇지만 단순히 싸움터를 떠났을 뿐인 적에게 그녀가 진정한 승리를 거둔 것은 아니다.

에드윈과 메리는 그 집을 떠나 뉴욕의 새롭고 호화로운 피프스애비뉴 호텔로 이사한다. 그곳으로 가서 그들을 만난 조는, 조답게, 자기도 모르게 에이시아에게 고통을 주게 될 이야기를 가지고 돌아온다.

---

133   《햄릿》 4막 7장에 나오는 대사.

그 호텔은 부유하고 인맥이 넓은 사람들이 거주하는 곳이다. 그곳에는 커다란 식당과 로비와 휴게실 등이 있는데, 모든 곳이 진녹색과 빨간 색으로 된 커튼, 자단나무 카운터, 흰색 대리석 기둥, 다량의 금박으로 꾸며져 있다. 손님들은 위층으로 올라가기 위해서 놀랍도록 현대적인 나사 회전식 수직 선로를 탄다. 즉 그것은 차량을 올리고 내리기 위해 거대한 나사를 회전시키는 증기 기관에 의해 작동되는 승강기이다.

메리는 자신만의 복장 스타일을 개발했다. 그에 대해서 조는 에이시아가 만족할 만큼 설명하지 못하는데, 아무튼 조는 메리의 가운이 모두 짙은 파란색과 와인색이며 그녀는 그런 옷을 많이 가지고 있다고 말한다. 호텔 직원은 에드윈을 왕자로, 메리를(아일랜드 이민자의 딸을!) 공주라고 부르는데, 실제 웨일스의 왕자도 그 호텔에 머물렀으나 에드윈이 차지한 왕관을 가져갈 만큼 중요한 왕족은 아닌 것으로 밝혀졌기 때문에 특히 더 승리감이 컸다고 한다. 조는 눈부신 친구들과 성대한 파티에 대해서 이야기한다.

에이시아가 보기에 메리는 부유하게 살고 있는 것이 분명하다. 에이시아는 메리가 이 돈을 위해 얼마나 열심히 일하는지 전혀 알지 못한다. 메리는 에드윈의 이력을 예술적으로 발전시키는 것을 천직으로 받아들였다. 그녀는 모든 공연에 대해 기록한다. 둘은 저녁을 먹으면서 이에 대해 토론한다. 그녀는 나의 가장 엄격한 비평가랍니다, 에드윈이 말한다. 그러므로 나의 가장 친절한 비평가인 셈이죠.

그러나 그의 정신을 계속 온전하게 유지하는 것은 힘든 일이다. 계속 술에 취하지 않고 생활하는 것은 더 힘든 일이다. 메리는 모르겠지만, 그녀의 삶은 소년이었을 때 에드윈의 삶과 약간 닮았다. 달빛 아래서 아버지를 따라다니며 술집에 가지 못하게 하려고 애를 쓰던 그 에드윈을 닮았다. 그러나 분한 마음보다는 감사하는 마음이 훨씬 더 크다. 메리는 자기는 운이 좋다는 것을 안다. 그럼에도 불구하고 그녀는 때때로 그 슬픈 소년이 느꼈던 것과 같은 외로움을 느낀다.

에드윈의 큰 성공은 한 가지 예기치 못한 결과를 낳는다. 은퇴한 에드윈 포러스트가 다시 복귀한 것이다. 포러스트는 자기가 이 젊은 에드윈과 경쟁하고 있다는 것을 절대 인정하지 않을 것이다. 경쟁할 만한 것이 전혀 없다고 여기기 때문이다. "그에게는 그저 좋은 목소리, 잘생긴 눈, 아버지의 명성뿐이잖아요." 포러스트가 말한다.

그들은 같은 날 밤에 뉴욕에서(포러스트는 니블로 극장에서, 에드윈은 윈터가든 극장에서) 공연한다. 그들 둘 다 햄릿을 연기한다. 둘 다 리슐리외를 연기한다. 에드윈이 〈맥베스〉를 공연할 때 포러스트는 그를 보러 간다. 만약 포러스트에게 웬일로 왔냐고 물으면, 그는 지금 레이디 맥베스를 연기하는 위대한 샬럿 쿠시먼을 보러 왔다고 말하겠지만 말이다. 이것은 에이브러햄 링컨이 언젠가 쿠시먼에게, 자기는 그녀의 연극을 무척이나 보고 싶다고 말했던 그 역할이다. 그러나 쿠시먼과 에드윈은 우스꽝스러워 보일 정도의 한 쌍이다. 그녀는 에드윈보다 훨씬 더 나이가 많고 체구도 크다. 그들은 관객들이 이 시각적인 부조화를 의식하지 않고 지나가도록 하기 위해 모든 기량과 기술을 쏟아붓지만, 에드윈 스스로도 때때로 그걸 잊지 못한다. 에드윈은 애덤에게, 쿠시먼이 자기한테 살인을 재촉하는 장면을 연기할 때면 자기는 '당신이 해. 당신이 나보다 훨씬 더 크고 훨씬 더 힘이 세잖아'라고 말하고 싶은 충동을 느낀다고 얘기한다. 에드윈은 쿠시먼을 대령Colonel이라고 부른다.

포러스트는 이 코미디에 완전히 신이 났다. 그는 쿠시먼이 다음과 같이 말할 때 웃는다. "아라비아의 온갖 향수도 이 작은 손 하나를 향기롭게 하지 못해." 쿠시먼의 손은 엄청 크다. 그리고 에드윈에 대해서 말하자면, 그는 왜 자기가 떨어뜨린 동전을 찾는 사람처럼 그렇게 발을 질질 끌면서 다니는가?

비평가들은 서로 판단이 나뉜다. 에드윈을 선호하는 사람은 포러스트가 "이두박근의 미학, 비극적 송아지, 소 드라마, 고함, 함성, 장황함"을 대표한다고 말한다. 나중에 에드윈의 햄릿은 약간 여성스럽다고 말할 때, 그 말을 들은 에드윈은 기뻐할 것이다. 그것이 바로 그가 추구했던 것이다.

한편, 조지아주 콜럼버스에서는 존이 무대에 올라 햄릿을 연기하기 직전에 그의 새 매니저인 매슈 캐닝이 그를 총으로 쏘았다.

19

상대적으로 짧은 존의 배우 경력은 사고와 질병으로 가득 차 있다. 그의 정력적인 칼싸움 연기는 주기적으로 적이나 그 자신에게 상처를 입히는 결과를 초래할 것이다. 어느 한 연극을 진행하는 과정에서 그는 동료 연기자를 찌른 뒤 자신의 칼 위에 넘어지며 많은 피를 흘리지만, 그가 등장하는 장면은 계속된다.

그는 목소리를 위협하는 기관지염, 목숨을 위협하는 연쇄 구균 감염, 목에 생긴 커다란 종양 따위를 겪을 것이다. 극도로 활동적인 애정 생활은 성병을 야기할 것이고, 존이 자기 여동생과 눈이 맞은 탓에 존에게서 버림받은 한 연인은 그의 얼굴을 칼로 베어버릴 것이다. 그리고 그는 항상 캐닝이 쏜 총알을 몸에 지니고 다닐 것이다.

에이시아는 신문에서 그 사건에 대한 기사를 읽고 처음으로 그 일을 알게 된다. 부스 가족의 특징 중 하나는 신문 기사와 비평을 통해 의사소통을 하는 경우가 많다는 것이다. 그 기사는 단어 선택에 어떤 미묘함이 있는, 약간 모호한 구석이 있는 글이다. 에이시아는 존이 엉덩이에 총을 맞았다고 생각한다. 실은 총알은 그의 허벅지에 박혀 있다.

에이시아가 그 소식을 가지고 엄마에게 달려갔을 때 에드윈은 이미 엄마에게 전보를 쳤다. 존은 살 것으로 예상됩니다. 에드윈은 위로하듯 말한다. 그러나 그 전보는 에이시아의 마음을 진정시키는 것이 아니라 오히려 더 놀라게 한다. 신문 기사에는 그 부상이 심각한 것이라는 것을 암시하는 내용이 전혀 없었다. 그녀는 이제 존의 부상이 그녀가 생각했던 것보다 훨씬 더 안 좋다는 것을 깨닫는다.

정확히 어떻게 그 일이 일어났는지는 여전히 불분명하다. 존이나 캐닝, 두 사람 중 한 명이 캐닝의 총을 부주의하게 다루었을 것이다. 존이 캐닝의 주머니에서 총을 꺼냈고 캐닝이 그 총을 되찾으려는 와중에 총이 발사되었거나, 아니면 캐닝이 총을 들고 웃으면서 전 단원들에게 공연을 잘하라거나 다른 어떤 말을 하면서 위협하다가 실수로 방아쇠를 당겼을 수 있다. 그게 아니라면 전적으로 다른 어떤 일이 있었을 수도 있다. 가능한 원인은 다양하다. 아주 다양하다.

다행히도 총알은 넓적다리 동맥을 빗나갔다. 그는 훌륭한 의사를 만났다. 의사는 총알을 제거하지 않기로 결정했다. 총알이 너무 깊이 박혀서 제거하는 게 무리라고 판단한 것이다. 의사는 상처를 씻고 붕대를 감았으며, 존을 그의 집 침대로 이송하고 계속 거기 머물러 있으라는 지침을 주었다. 연극은 계속되었다. 존의 대역 배우가 햄릿을 연기했다. 존이 회복하기까지는 여러 주가 걸렸다.

몇 달 후, 존은 완전히 회복되지 않은 상태로 필라델피아의 엄마 집으로 간다. 그는 에이시아를 방문한다. 에이시아는 존이 움직이고 행동하는 태도가 조심스러운 것을 보는데, 그것은 그가 여전히 몸이 아프다는 것을 말해준다. 그는 체중이 줄었고, 평소보다 기운이 없다.

하지만 돌리를 보며 흐뭇해하고 기뻐한다. 돌리는 이제 기어다닌다. 돌리가 입은 옷의 무릎은 언제나 때가 타서 더럽다. 그것은 에이시아가 가정부를 따로 두고 있지 않다는 사실을 드러낸다.

돌리는 토실토실 둥근 뺨에 네 개의 이와 호박 초롱[134] 같은 미소를 지닌, 매혹적인 나이의 아이이다. 아이는 존이 손으로 얼굴을 가리고 있다가 불쑥 얼굴을 내밀자 깔깔깔 마구 웃고, 베키가 아이를 데려가려고 오자 흐느껴 운다. 존은 그날 저녁 에이시아, 슬리퍼와 함께 저녁 식사를 한다. 그런 다음 슬리퍼는 공연을 하러 집을 나선다. 슬리퍼에 대한 존의 감정은 변하지 않았다. 그는 예의를 차리지 않는다.

그는 엄마 집으로 돌아갈 예정이다. 그러나 그 대신 두 사람은 십수 개월 전의 그 겨울 저녁처럼 소파에 자리를 잡는다. 이번에는 존이 소파에 몸을 뻗고 눕는다. 에이시아가 그의 다리를 자신의 무릎 위에 올려준다. 그의 양말 냄새가 콧구멍 속으로 희미하게 흘러든다. 그녀가 헤치고 저어놓은 불이 활활 타면서 탁탁, 따다닥, 휴, 하는 소리를 낸다. 그녀는 물속에 있는 것처럼 감각이 둔하고 흐리멍덩하다. 밖에서는 바람이 나뭇가지를 흔들어댄다. 나뭇가지의 그림자가 벽에 해초처럼 너울거린다.

그는 에이시아에게 순회공연의 끝에 대해 조금 말해준다. 그가 여전히 병상에 누워 있는 동안 극단은 앨라배마주 몽고메리로 옮겨갔다. 그곳에 노예들이 캐닝과 그의 배우들을 위해 새 극장을 짓고 있다. 존은 2주 후에 제 발로 일어났지만, 상태가 썩 좋은 것은 아니었다.

존이 앨라배마주에 도착한 시점은 우연히도 현재 대통령 선거에 출마한 네 사람 중 한 명인 스티븐 더글러스의 집회와 일치했다. 앨

---

134 속을 판 호박에 눈, 코, 입 모양을 뚫고 안에 촛불을 켜놓은 것.

라배마주의 민주당을 지배하고 있는 윌리엄 라운즈 앤시는 더글러스의 출마를 강력히 반대한다. 지역 주민들은 앤시를 '불 먹는 사람들 Fire-Eaters'[135]의 왕자라고 부른다. "우리는 흑인들의 가격이 싸기를 원하고, 흑인들이 충분히 많기를 원한다." 앤시는 그렇게 말한다.

몽고메리의 정치는 팔팔 끓고 있다. 책을 태우고, 모닥불을 피우고, 정치인 인형을 만들어 태우고, 민병대가 무장하고 훈련하고 있다. 앤시는 전쟁을 요구한다. 더글러스가 이 도시에 오는 데는 상당한 용기가 필요했다. 그가 집회 장소로 갈 때 사람들이 그에게 쓰레기를 던졌다. 더 나쁜 것을 던지지 않은 것이 그로서는 다행이었다.

이즈음 존은 여전히 연방에 충성한다. 그는 노예제 폐지론자와 분리론자, 둘 모두에게 분노한다. 똑같은 정도로 분노하는 것은 아니지만 말이다. 존은 어느 쪽도 국가를 위협할 권리가 없다고 믿는다. 어느 날 밤, 어느 유명한 술집에서 그는 그렇게 말한다. 그 술집은 붐비고 홉[136]과 맥주 냄새, 담배와 땀 냄새가 난다. 존은 사람들 귀에 들리도록 크게 말해야 한다. 그의 큰 목소리에 잠깐 동안 실내에 정적이 흐르고, 그런 다음 10여 개의 왁자한 대화가 재개된다.

그는 실내 분위기를 잘못 읽었다. 가장 어두운 구석에 있는 한 테이블에서 그를 죽이려는 계획이 즉시 태동한다. 그 계획이 그 너머의 한 테이블에 있는 사람의 귀에 우연히 들린다. 그 소식이 캐닝에게 전해지고, 캐닝은 극단의 조연 배우인 새뮤얼 냅 체스터의 도움을 받아 존을 그 도시에서 몰래 탈출시킬 계획을 세운다. "난 새뮤얼에게 목숨

---

135   당시 남부의 노예제를 지지하고 남부의 주들을 새로운 국가로 분리해야 한다고 주장했던 민주당원 그룹.

136   맥주의 원료로 쓰이는, 향과 쌉싸름한 맛을 더해주는 키 큰 덩굴풀.

을 빚졌어." 존이 에이시아에게 말한다. 에이시아는 누가 새뮤얼인지 생각해내려고 애쓴다. 그녀는 대머리에다 덩치가 크고 콧수염 끝부분이 뾰족한 남자라고 생각한다. 그녀가 틀렸을 수도 있다.

존은 이것을 꽤 흥미로운 이야기로 만들었다. 대단히 정치적이고 극악무도한 첩보물 같은 이야기로 만든 것이다. 그러나 이 이야기를 할 때의 그의 태도에는 어떤 부산스러운 것이, 그녀가 알아볼 수 없는 어떤 격한 감정이 배어 있다. 그는 열에 들떠 있는 것처럼 보인다. 에이시아는 존이 총에 맞은 이후로 이렇게 된 것인지, 아니면 그의 사랑하는 남부 사람들 중 일부가 그를 죽이고 싶어 했다는 것을 알게 된 이후로 이렇게 된 것인지 궁금하다. 그녀는 뭔가 일이 일어났다고 생각하고, 그게 무엇인지 존이 자기한테 말해주지 않았다고 생각한다. 그녀는 그가 믿고 비밀을 털어놓을 수 있는 그의 절친한 사람이 되고 싶다. 그가 그녀에게 말하지 않는 세계가 존재한다는 것을 에이시아가 눈치챈 것은 이번이 처음이다.

존이 술을 마시기 시작했다는 것을 그녀가 안다면 그녀는 훨씬 더 걱정할 것이다. 아버지와 에드윈의 선례가 있기 때문에 존은 술에 대해서는 오랫동안 조심해왔다. 그러나 그런 태도는 바뀌었다. 지금은 술집에서 가장 취하게 마시는 사람이 존이다. 그가 그 술집에서 분리 독립에 격분했을 때, 그는 엄청 취해 있었다.

그는 오늘 저녁에는 취하지 않았지만, 그러나 취하지 않았을 때도 그토록 오랫동안 지켜온 조심스러운 태도를 버리게 만든 정신 상태의 변화는 사라지지 않고 그대로 남아 있다. 그런 모습이 에이시아를 불안하게 한 탓에 그녀는 그녀 자신의 끔찍한 소식을 존과 공유하지 않은 채 존을 엄마 집에 가게 한다. 그녀가 다시 임신했다는 소식을 공유하지 않은 채 말이다.

"나는 정말 공포스럽고 두려워." 에이시아가 진에게 편지를 쓴다. 돌리를 출산할 때의 공포감이 채 잊히지 않았고 완전히 회복되지도 않았기 때문에 이번의 임신은 더욱 나쁠 수밖에 없다. 에이시아는 열병에 걸려 있는 동안 모유 수유를 금지하도록 그녀를 압박한 간호사를 원망한다. 물론 그때 모유 수유를 한다는 것은 고통스러운 일이었겠지만 말이다. 일단 젖이 말라서 안 나오면 다시 임신 가능한 몸이 된다는 것을 아무도 그녀에게 설명해주지 않았다. 그것은 엄마와 아이 모두에게 잔인한 일이었고, 그녀는 그것을 쉽게 용서하지 못할 것이다.

익숙한 메스꺼움, 피로감과 더불어 우울증이 피할 수 없는 거미줄처럼 에이시아를 꽁꽁 얽어맸다. 에이시아는 슬리퍼와 베키에게, 심지어 돌리에게도 쏘아붙인다. 그녀는 울다가 잠이 든다. 존의 방문이 자신의 기운을 북돋게 할 거라고 믿었지만, 그 어떤 것도 그녀의 기운을 북돋울 수 없을 것 같다.

닭의 머리도 자르지 못하는 내가,
피를 보기만 해도
속이 메스꺼워지는 내가,

주위가 온통 피범벅인
커다란 전쟁의 한복판에
내던져져야 한다는 것이
이상하게 생각되지 않나요?

에이브러햄 링컨의 선거

> 그러나 여러분은 공화당 대통령이 선출되는 것을 용납하지 않을 것입니다! 만약 공화당 대통령이 선출될 경우, 여러분은 연방을 파괴할 거라고 말합니다. 그러고 나서 연방을 파괴한 큰 죄가 우리에게 있을 거라고 말합니다! 멋지네요. 한 노상강도가 내 귀에 권총을 들이대고는 이를 악물고 말합니다. "꼼짝 말고 가진 것을 다 내놔. 안 그러면 내가 너를 죽일 것이고, 그러면 너는 살인자가 될 거야!"
>
> — 에이브러햄 링컨, 쿠퍼 유니언 연설, 1860년

1860년 선거에 앞서 최남동부 지역Deep South[137] 정치인들은 만약 에이브러햄 링컨이 대통령 선거에서 승리한다면 자기들은 그것을 선전 포고로 받아들일 것이라고 경고한다. 남부의 모든 주에서 링컨의 이름이 투표용지에 오르지만, 버지니아주에서는 그의 이름이 제외된다. 그럼에도 불구하고 민주당이 분열되고 기능이 제대로 작동하지 않았기 때문에 11월 6일, 링컨이 대통령으로 선출된다.

일곱 개 주(사우스캐롤라이나주, 미시시피주, 플로리다주, 앨라배마주, 조지아주, 루이지애나주, 텍사스주)가 즉각 탈퇴하고, 제퍼슨 데이비스가 남부 연합의 대통령으로 지명된다. 데이비스의 취임식이 링

---

137   미국 남부의 여러 주를 통틀어 이르는 말. 특히 조지아주, 앨라배마주, 미시시피주, 루이지애나주, 사우스캐롤라이나주를 말한다.

컨의 취임식보다 2주 빠를 정도로 이 모든 일은 아주 빠르게 진행된다.

수도로 가는 링컨의 경로는 스프링필드에서 시작하여 볼티모어를 거친다. 그곳에서 그는 기차를 갈아타기 위해 기다리는 동안 몇 가지 발언을 할 것으로 예상된다. 그러나 링컨의 경호를 담당한 앨런 핑커턴은 그곳에서 링컨을 암살하려는 음모가 있다는 정보를 듣게 된다. 핑커턴이 입수한 정보의 태반은 '남자들은 가능하지 않은 방법'을 통해 정보를 수집할 목적으로 특별히 결성한 여자 형사 부대의 부대원인 케이트 원에게서 나온다.

이 위협을 처리하는 방법에 대해 많은 의견 차이가 있다. 마침내 핑커턴은 링컨을 설득하여 더 이른 열차를 타고 몰래 볼티모어를 통과하게 하고, 그러기 위해서 변장을 하게 한다. 그것은 링컨이 곧 후회하게 될 결정이다. 캐리커처와 신문 칼럼들은 그의 변장한 의상과 겁 많은 태도를 조롱한다. 그의 적들은 그가 어떻게 워싱턴에 몰래 들어왔는지를 절대 잊지 않는다. 암살 음모의 증거가 갑자기 희박해 보인다. 이 모든 것은 나중에 링컨이 자신의 암살 가능성에 대해 종종 부주의했던 이유를 부분적으로 설명해준다.

1861년 4월 12일, 사우스캐롤라이나주 민병대가 섬터 요새를 점령함으로써 전쟁이 시작된다. 첫 전투는 본질적으로 무혈전이다. 링컨이 지원병을 요청하자 버지니아주, 아칸소주, 노스캐롤라이나주, 테네시주도 연방을 탈퇴한다.

살상은 볼티모어에서 시작된다. 메릴랜드주는 연방에서 탈퇴하지 않지만, 분리 독립에 찬성하는 정서가 강하다. 연방을 지지하는 정서도 마찬가지로 강하다. 그 도시는 화약고이다.

4월 19일, 링컨의 호소에 답하기 위해 매사추세츠주에서 온 군인들이 워싱턴으로 가고 있다. 전에 링컨이 그랬던 것처럼 그들은 볼티

모어까지 기차를 타고 왔다가 이곳에서 기차를 갈아타야 한다. 그들
은 플러그어글리스나 블러드터브스 같은 폭력배들이 아닌, 부유한 폭
도들과 마주친다. 이들은 재산이 많고 지체가 높은 사람들이다. 네 명
의 군인이 죽는다. 두 명은 총에 맞아 죽고, 한 명은 몽둥이에 맞아 죽
고, 한 명은 그를 향해 쏟아지는 돌멩이에 맞아 죽는다. 폭도들도 열
두 명이 죽는다.

주지사는 평화를 유지하는 가장 좋은 방법이 링컨이 메릴랜드주
를 통해 더 많은 병력을 보내는 것을 막는 것이라고 결정한다. 그는
북쪽과 북동쪽에 있는 철교를 불태우라고 명령한다. 이것은 수도인
워싱턴을 차단하는 공격적인 조치이다.

필라델피아에서 온 군대가 배를 타고 아나폴리스로 들어가 장악
한다. 링컨은 인신 보호 영장을 정지시키고, 메릴랜드주는 본질적으
로 점령지가 된다. 남부에 동정심을 가진 관리들이 체포되고, 시 경찰
은 해산된다. 워싱턴에서 메릴랜드주를 대표하는 헨리 메이는 이 점
령을 비난한다. "우리 주민들이 사슬에 묶여 있습니다. 아무것도 모르
는 우리 주의 백인들이 말입니다"라고 그가 말한다. 헨리 메이 자신이
반역 혐의로 체포되고, 몇 달 후에야 기소되지 않고 풀려난다.

메릴랜드주의 주가州歌 1절 첫 소절은 링컨을 언급하고 있다.

폭군[138]의 발뒤꿈치가 당신의 해안에 있네,

메릴랜드!

그의 횃불이 당신의 신전 문 앞에 있네,

---

138 링컨 대통령을 가리킴. 남군을 추모하는 내용이 담긴 이 노래가 주가州歌로서 적절치 못하다며
     오랫동안 폐기를 추진했으나 뜻을 이루지 못하다가, 마침내 2021년에 이 노래의 폐기 법안이
     주 상하원을 통과하고 래리 호건 주지사가 서명함으로써 공식적으로 폐기되었다.

메릴랜드!
볼티모어 거리에 얼룩진
애국자의 선혈에 대해 복수하라
그리고 그 옛날 전투의 여왕이 되라,
메릴랜드! 나의 메릴랜드!

그리고 그 노래는 다음과 같이 끝난다.

메릴랜드!
그녀는 죽지 않았고 귀머거리도, 벙어리도 아니라네—
야호! 그녀가 북부의 인간쓰레기들을 쫓아내네!
그녀가 숨을 쉬네! 타오르네! 그녀는 올 거야! 올 거야!
메릴랜드! 나의 메릴랜드!

이 노래는 죽은 폭도의 한 친구에 의해 1861년에 만들어졌다. 공식적인 주가로서의 이 노래를 다시 쓰거나 대체하려는 시도들이 1974년, 1980년, 1984년, 2001년, 2002년, 2009년, 2016년, 2018년, 2019년, 그리고 2020년에 있었다. 지금까지 모두 실패했다.[139]

---

139   앞 주석에서 설명했듯이, 2021년에 주가로서의 이 노래를 폐기하는 데 성공했다.

1861년, 준은 여전히 캘리포니아주에 있다. 지금은 어린아이를 둔 홀 아비인 그의 재정은 점점 더 불안정해지고 있다. 그는 남부에 동정적이지만, 연방에 충성스럽다. 전쟁은 아직 멀었다.

엄마, 로절리, 에이시아는 필라델피아에 남아 있다. 에이시아는 아들을 낳았고, 슬리퍼의 주장에 따라 에드윈과 화해하는 의미를 담아 아들 이름을 에드윈으로 지었다. 에이시아는 이제 두 살 미만의 아이가 둘이나 있다. 그녀는 아이들을 '아장아장 아가들'이라고 부른다. 아기와 놀아주고 먹을 것을 주고 기저귀를 갈고 잠깐이라도 틈이 날 때마다 잠을 자야 하는 그녀에게는 전쟁을 치를 시간이 없다.

필라델피아의 아들들이 대거 전쟁터로 떠나고 있다. 부스 집안 남자들은 남부든 북부든 어느 쪽에도 입대하는 사람이 없다. 필라델피아의 여자들은 기부 운동을 조직하고 새틀리 병원이나 모어 병원에서 부상자들을 간호하고 있다. 부스 집안 여자들은 아무도 참여하지 않는다. 로절리와 엄마는(그들은 시간이 있다) 참여할 수 있지만, 존에게 그걸 어떻게 설명해야 할지 모른다.

존은 분리주의자로 변하고 있다. 그는 북부의 청중을 위한 연설문을 쓰느라(글을 쓰는 일은 그에게는 너무 어렵다) 며칠, 몇 주를 보낸다. 그에게는 이 연설을 할 장소도 없고 그럴 기회도 없다. 그는 결코 연설문을 마무리 짓지 못하고 발표도 하지 못할 것이지만, 그럼에도 그는 이 연설문에서 북부 사람들이 남부 사람들에게 저지른 잘못에 대한 자신의 생각을 열심히 펼친다. 그는 셰익스피어를 인용한다. 북부는 남부의 좋은 평판을 빼앗고 있다. 무엇을 위해서? 그는 상상 속의 청중들에게 묻는다.

"왜 오로지 노예제만이 문제인가요!"

노예제는 죄가 아닙니다, 그는 주장한다. 그리고 설령 그것이 죄라 할지라도 여러분의 죄가 아닌데 왜 여러분이 신경을 쓰나요?

"여러분은 그게 죄가 아니라는 걸 알잖아요. 그리고 그게 죄라 해도, 헌법은 그걸 간섭하는 것을 금하고 있습니다." 그 툭툭 끊기는 이상한 논리. 그건 죄가 아니에요, 그러나 그게 죄라면, 그건 죄가 아닙니다, 그러나 만약 그게…….

그는 클라이맥스를 향해 나아가고 있다. 다시 한번 고서치 이야기를 하려는 것이다. 어린 시절 가장 소중한 친구였던 토머스 고서치(연설문에 이 이름이 토머스 고러지로 나오는 것으로 보아 존은 그 이름을 잊어버린 것 같다)의 아버지가 도망간 노예를 찾으러 크리스티아나로 갔다가 살해당한 이야기이다.

그는 이렇게 쓴다. "나는 내 북부 형제들이 미워지기 시작합니다. 만약 노예제 폐지론자들이 채찍을 잡는다면 노예들은 두 배로 얻어맞을 것입니다."

이런 생각으로 인해 그는 나머지 가족들과 화목하게 지내지 못한다. 하지만 전쟁에 나가지 않겠다고 엄마에게 약속했기 때문에 크게 동요하는 사람은 없다. 존은 그냥 하고 싶은 말 다 하도록 내버려둬. 그렇다고 해로울 건 없잖아? 언젠가 로저스 이모에게, 이 집에서는 하느님이 만드신 모든 사람의 천부적 존엄성을 존중한다고 화를 내며 말했던 엄마는 자기가 가장 좋아하는 아들이 로저스 이모와 비슷한 정서를 드러낼 때는 그때처럼 반대하는 의사 표시를 하지 않는다.

게다가 존은 가족에게 전쟁은 곧 끝날 거라고 말한다. 링컨이 워싱턴으로 슬그머니 숨어 들어갔던 것을 생각해보세요. 링컨은 전쟁을 장기적으로 끌고 갈 배짱도 없다고요.

에드윈도 전쟁이 짧게 끝날 것이라고 믿는다. 에드윈은 위대한 장군 윈필드 스콧을 믿는다. 그는 틀림없이 단 한 번의 전투로 분리주의자들을 싹 쓸어버릴 것이다. 그러나 실은 스콧은 이미 은퇴했고, 지금은 조지 B. 매클렐런이 그 자리를 대신하고 있다. 매클렐런은 전쟁을 너무 형편없이 지휘할 것이기 때문에 일부 사람들은 그가 비밀리에 남부를 위해 일하고 있는 게 아닐까 의심할 것이다.

에드윈과 메리는 여전히 뉴욕에 있다. 하지만 에드윈이 런던 헤이마켓 극장의 가을 시즌 공연에 초대되어 공연할 예정이기 때문에 그들은 배를 타고 영국으로 떠날 계획을 세우고 있다. 한편 그의 친구들은 한 명 한 명 전쟁에 참전한다. 에드윈과 특히 친한 리처드 캐리는 곧바로 입대해서 이미 수도 외곽에 진을 치고 있다.

또 다른 친한 친구는 줄리아 워드 하우인데, 그녀의 남편은 비록 기소를 면하긴 했지만 존 브라운에게 총과 돈을 제공한 것으로 널리 알려져 있다. 줄리아의 결혼 생활은 불행하고, 그녀는 얼마간 에드윈과 사랑에 빠져 있다. 몇 년 전 그녀는 에드윈의 아름다움과 천재성을 기리며 그의 햄릿에 부치는 송시를 발표했다.

당신, 이 모방 장면의 젊은 영웅,
당신의 고결한 가슴에
당신의 생명보다 더 위대한 천재성이
기묘하게 압축되었네!

지금 그녀는 기존에 있던 〈존 브라운의 시체〉라는 노래의 가사를 새롭게 고쳐 쓰고 있는데, 이것은 〈공화국 찬가〉[140]의 가사가 될 것이다. 그녀는 노예 해방을 선언하도록 링컨을 설득하고자 남편 및 다른 노예제 폐지론자들과 함께 보스턴에서 워싱턴으로 여행한다.

애덤 바도는 루이지애나주에서 토머스 셔먼 준장과 함께 복무하고 있다. 에드윈은 애덤에게 편지를 쓴다. 편지에서 그는 약간 방어적으로 '차가운 강철과 나의 따뜻한 피는 잘 어울리지 않아'라고 말한다. 그는 자기가 너무 겁이 많아서 군인이 될 수 없다고 농담을 한다. 사실 그의 마음속에 자리 잡고 있는 것은 오직 성공적인 런던 공연이 어떻게 스타로서의 자기 입지를 강화할 것인가 하는 생각뿐이다.

조는 사우스캐롤라이나주의 의과 대학에 있는데, 그때 섬터 요새에서 첫 번째 총성이 울린다. 그는 용케 거기서 일하는 남부 연합 의료진 가운데 한 사람에게 들러붙어서 전장에 따라갈 수 있게 되고, 그래서 몹시 흥분한다. 전투가 끝나자 그는 그곳을 떠나 볼티모어로 간다.

그는 바넘 호텔에 방을 잡는다. 거리에서 배우인 윌리엄 하월을 만난 조는 그를 호텔 방으로 초대해서 잠겨 있는 커다란 트렁크를 보여준다. 조는 은밀한 태도로 트렁크를 연다. 트렁크 안에는 의과 대학과 섬터 요새에서 가져온 오싹한 기념품들이 아주 많다. 탄피, 쪼개진 개머리판, 두개골 조각과 뼛조각……

하월은 곧 그가 조보다 훨씬 더 좋아하는 조의 형, 존과 볼티모어의 방을 함께 쓰게 될 것이다.

존은 볼티모어의 폭도들 중에도 친구들이 있다. 그는 연방 정부의 대응에 분노한다. 그와 하월은 남부 연합 군대에 입대하여 공을 세우는 것에 대해 상상해보지만, 둘 다 그런 일을 행동에 옮기지는 않는다.

존은 하월에게, 단순히 더 많은 수의 병력과 더 많은 물자를 동원하여 얻은 승리는 전혀 승리라고 할 수 없는 허울뿐인 승리라고 말한다. 그는 그런 결과는 정정당당하지 않고 지지할 수 없으며, 따라서 견딜 수 없이 싫은 것으로 여기는 듯싶다.

만약 우리가 죽을 운명이라면, 우리의 죽음은
국가의 큰 손실이 되기에 충분하다. 우리가 살 운명이라면,
수가 적을수록 나누어 가질 명예의 몫이 더 많아진다.
신의 뜻이다, 나는 네가 한 사람도 더 원치 않기를 바란다.[4]

이것이 존의 생각과 거의 흡사하다.

---

[4]   셰익스피어 《헨리 5세》 4막 3장에 나오는 구절.

에드윈

에드윈과 메리가 영국으로 떠날 무렵 메리는 임신을 하고 있다. 바다 여행은 시련이다. 에드윈은 메리의 장밋빛 얼굴이 수척해지고 식욕이 없어진 것을 보는 것이 가슴 아프다. 에드윈은 계속해서 이 음식 저 음식으로 그녀를 유혹하려 노력한다. 그녀는 누가 자기한테 수선을 피우며 관심을 가지는 것을 좋아하지만, 그가 지금 당장 이 수작을 멈추지 않으면 배 속의 내용물이 곧 갑판으로 쏟아질 거라고 말한다. 그럼에도 불구하고 그녀는 도착하자마자 친구들에게 편지를 써서 10일 동안의 여행이 즐거웠다고 안심시킨다.

　에드윈은 런던의 멋진 블룸즈버리 광장에서 방을 구한다. 이곳은 저명한 정치인 벤저민 디즈레일리가 어렸을 때 살았던 거리로, 나무와 풀이 우거진 구역이다. 그렇지만 여전히 공기는 연기와 안개가 답답하고 불쾌하게 엉겨 있는 상태다. 에드윈은 목구멍에서 그걸 느낀다. 그 때문에 그는 자신의 목소리를 걱정한다. 한 손풍금 연주자가 길모퉁이에서 매일같이 연주하며 여러 아름다운 곡들을 망쳐놓는다. 마차들이 덜커덕거리며 거리를 오간다. 조용한 때가 없다.

에드윈은 조금도 변하지 않은 거리에서 아버지가 이곳의 많은 건물들을 지나며 보냈을 젊은 시절을 상상한 후 헤이마켓 극장으로 걸어간다. 현관 지붕을 떠받치는 두 기둥 사이로 들어간 그는 계단을 올라 어두운 무대로 다가간다. 주름진 녹색 커튼이 에드윈 앞에 내려져 있다. 그가 보는 모든 것이 역사의 무게로 무겁게 느껴진다.

에드윈은 극단의 나머지 배우들에게 이번 시즌의 스타로 소개된다. 그는 그들이 우호적이지 않을 거라는 것은 상상도 하지 않는다. 에드윈은 가발을 쓰지 않고 햄릿을 연기하기 위해 머리를 길게 기르고 있다. "미국에서는 남자들이 머리를 그렇게 기르고 다니나요?" 폴스태프 역을 연기할 남자가 묻는다. 에드윈은 그것은 질문이 아니라 조롱이라는 것을 안다. 누군가가 셰익스피어를 인용하여 "지혜보다 머리숱이 더 많은 사람이 많지요"[142]라고 말한다. 에드윈은 그 출처를 얼른 알아내지 못한다. 이 말은 만약 배역을 정하는 일이 에드윈에게 맡겨진다면 유령 역할 말고는 달리 맡길 만한 배역이 없는 남자의 입에서 나온 말이라고 에드윈은 생각한다.

에드윈은 소년 시절 이후로 괴롭힘을 당한 적이 없지만, 그러나 오, 그 감정은 참으로 빨리 돌아오는 것이 아닌가. "이들은 지혜가 많

---

142   셰익스피어 《실수 연발》 2막 2장에 나오는 대사.

480

이 부족해."[143] 에드윈은 그렇게 말하지만, 그것은 혼자서 중얼거리는 말일 뿐이다.

"괜찮았어." 그날 밤 에드윈이 메리에게 말한다. 그는 그녀의 무릎에 머리를 얹고 있고, 그녀는 그의 관자놀이를 문지르고 있다. 그는 다시 환해진 그녀를 보고 안도한다. 그의 뺨은 약간 굴곡이 있는 그녀의 배 옆에 놓여 있다. 그 굴곡이 그들의 아기다. 그는 메리의 머리가 그녀의 가슴 위에 둥근 고리 모양으로 놓여 있는 모습을 본다. "그런데 그 사람들이 나를 시골뜨기 취급해. 영국에서는 무대에 침을 뱉는 사람은 없다고 나에게 말하더라니까. 마치 나를 그렇게 할 사람으로 여기는 것처럼 말이야."

에드윈은 런던을 놀라게 하는 것에 가치를 둔다. 개막일이 다가올수록 그의 신경은 날카로워지고 팽팽해진다. 술을 마시지 않으면 잠을 이룰 수 없는데, 술은 한두 시간밖에 효과가 없고 다시 잠에서 깨면 메리를 깨우지 않기 위해 움직이지 않고 뻣뻣하게 누워 있다. 에드윈은 어둠이 이렇게 일찍 와서 이렇게 늦게까지 머무는 것을 본 적이 없다. 그는 메리가 자기를 걱정하고 있다는 것을 알 수 있다.

충분히 그럴 만하다.

공연이 잘되어가지 않는다. 관객들은 즐겁게 감상한다. 에드윈은 매일 저녁 공연이 끝나면 앞으로 나가 계속 이어지는 박수갈채를 받는다. 그는 만족스러운 마음으로 메리에게 돌아간다. 그러고 나서 아침이 되면 그에 대한 비평을 접한다. 비평가들은 '좋지만 뛰어나지는 않다'는 식으로 강도를 낮추어 칭찬한다. 그러나 '끓는 냄비 속의 만두처럼 이리저리 요란스레 깐닥거린다'고 평하는 사나운 비평가들도 있

143　《햄릿》 2막 2장에 나오는 대사.

다. 그는 오직 관객만이 중요하다고 메리에게 말하며 그것을 믿으려 하지만, 무대에서 길을 잃어버린 느낌이다. 그는 메리가 필요하다. 메리의 언급이 필요하다. 그가 무대에서 어떻게 했는지를 그에게 말해 줄 외부의 누군가가 필요하다. 메리는 임신이 너무 많이 진행되어서 이 일을 하기에는 무리다. 에드윈은 아기가 어떻게 그를 향한 그녀의 관심을 빼앗아 갈지 처음으로 이해한다.

다른 환경들도 그에게 불리하게 작용한다.

유명한 찰스 펙터가 그의 공연장 맞은편에 있는 프린세스 극장에서 공연을 개막한다. 에드윈은 펙터의 열기가 가라앉기를 바라며 일주일을 쉬지만, 열기는 가라앉지 않는다. 그는 펙터의 오셀로를 보러 공연장에 가지만, 그 공연이 마음에 들지 않는다. 펙터는 무수히 많은 물리적 순간들에서 자신의 캐릭터를 시각적으로 구축한다. 그의 오셀로는 지나치게 친절한 개처럼 무대에 오른 모든 사람과 악수를 한다. 그는 한 장면 내내 책상에 앉아 깃펜을 흔들며 편지를 쓴다. 그에 비해 에드윈은 동기와 감정을 통해 자신의 캐릭터를 구축한다. 끊임없이 분주한 무대가 에드윈을 짜증 나게 한다. '끓는 냄비 속의 만두처럼 이리저리 요란스레 깐닥거린다'는 것이 에드윈의 생각이지만, 그러나 비평가들은 열광한다. 찰스 디킨스는 모든 공연에 참석하는 것 같다. 런던의 모든 사람이 펙터의 '새로운 햄릿'과 '새로운 오셀로'에 들떠 있다.

11월 초, 미국에서의 전쟁이 영국에까지 미친다. 미국 함선 샌저신토호가 영국 우편선 트렌트호를 멈춰 세우고 배에 올라, 허락 없이 두 명의 남부 연합 사절을 체포하여 데려가는 사건이 발생한다. 이 공격적인 행동은 영국 국민을 격분시킨다. 그 일이 링컨의 두 번째 전쟁으로 이어지지 않은 것은 부분적으로 앨버트 왕자의 참을성 있는 노력과 외교력 덕분이다. 고조된 반미 감정은 에드윈을 비판하는 사람들의 혀를 더욱 날카롭게 만든다. 에드윈은 어느 날 가볍게 산책하러 거리에 나갔는데, 윤기 있는 실크해트를 쓴 젊은 남자가 지나가면서 투덜거린다. "당신은 책임질 일이 많아." 그 남자가 몇 집을 지나 저만치 가고 있을 때에야 에드윈은 자기가 책임질 일이 트렌트호 사건이라는 것을 알아차린다. 에드윈을 무대에서 본 적이 없는 사람들조차도 그의 옷차림새나 걸음새 등으로 그가 미국인이라는 것을 즉시 알아본다.

달력은 추위와 어둠이 짙게 밴 12월로 바뀐다. 어느 날 아침, 잠이 깬 에드윈은 창문 바깥뿐 아니라 안에도 서리가 끼어 있는 것을 본다. "다리가 아파." 메리가 그에게 말한다. 그는 다리에 피가 잘 돌도록 그녀의 두 다리를 차례로 마사지한다.

그들은 풀럼에 있는 작지만 매력적인 빌라로 이사했다. 이곳의 공기가 더 좋고, 거리는 더 조용하다. 메리는 이 집이 마음에 든다. 그녀는 집 안을 돌아다니며 특유의 아름다운 알토 목소리로 노래한다. 이 집은 그들의 아기가 태어난 집이다. 아기는 앨버트 왕자가 죽은 지 일주일 후에 태어난다.

트렌트호 사건에 대해 협상하고 있었을 때 앨버트는 이미 심각한 병을 앓고 있었다. 거리에 짙은 우울과 슬픔이 드리운다. 극장의 객석이 꽉 차는 일은 한 번도 없고, 객석의 절반이 차는 경우도 거의 없다. 아기는 작지만 건강하다. 그 빌라는 거대한 슬픔의 도시 속 조그만 기쁨의 장소다.

에드윈은 런던의 사랑을 얻는 데 실패할수록 미국을 더 사랑하게 된다. 메리가 출산할 때 그는 메리의 침대 위 벽에 미국 국기를 꽂는다. 그의 아기는 비록 영국에서 태어나지만, 그 깃발 아래의 세계로 들어갈 것이다.

메리는 분만하는 동안 내내 비명을 지르고, 에드윈의 공포는 의사를 즐겁게 만드는 것처럼 보인다. "모든 게 완벽하게 정상입니다." 의사가 에드윈에게 말한다. "난 이걸 100번은 봤어요." 그러나 에드윈에게는 거리에서 보는 그 모든 사람들(우유 배달부든 거지든 귀족이든 숙녀든 간에)이 벌였던 최초의 행동이 그들을 가장 사랑하게 될 존재인 엄마에게 타는 듯한 고통을 주는 것이라는 게 말도 안 되는 일처럼 여겨진다.

아기가 태어나고, 에드윈은 피 냄새가 나는 방으로 조심스럽게 들어가 아이와 산모 모두에게 가볍게 키스하도록 허락받는다. 그런 다음 모두가 몸을 씻고 닦을 수 있도록 그는 밖으로 쫓겨난다. 차가운 정원으로 나간다. 공포는 눈 녹듯 사라졌다. 그는 이제 아버지다. 아버지다!

이제 그는 아버지의 눈을 가졌기 때문에 무엇이 변했는지 보려고 주위를 둘러본다. 하나같이 연기를 뿜고 있는 굴뚝들의 지평선, 가늘고 앙상한 나뭇가지, 그루터기가 보기 흉하게 잘린 장미 세 그루, 날개를 퍼덕거리는 커다란 까마귀 두 마리, 흙 묻은 메리의 부츠, 오래된 눈 더미가 길 가장자리에서 녹고 있는 하얀 돌이 깔린 작은 길, 잿빛 구름……. 세상은 방치된 곳도 없고 빈 공간으로 남아 있는 곳도 없는, 꽉 찬 곳으로 보인다. 하느님이 당신의 창조에 들인 공력과 그 세부적인 것들이 놀랍기 그지없다. 에드윈은 파이프 담배를 피울 생각으로 밖으로 나왔다. 그러나 그는 담배를 피우는 대신 차가운 파이프를 손으로 감싼 채 피로감과 안도감과 감사의 마음과 경외감으로 흐느껴 운다.

그는 가스등 옆에서 편지를 쓰며 어둑한 오후 시간을 보낸다. 아기의 울음소리가 두 번이나 편지 쓰기를 멈추게 하는데, 이 소리는 이 세상에서 전에는 들어본 적이 없는 소리다. 그는 엄마에게 메리는 별문제

없지만 몸이 쇠약해졌다고 편지를 쓴다. 화가인 친구 톰 힉스에게는 아들인지 딸인지 말하지 않겠지만 이 아기를 붉은색만을 사용해서 남자애가 아닌 것처럼만 그리면 비슷한 모습이 될 거라고 말한다. 나는 기뻐서 미칠 것 같은 기분이에요, 그는 모든 사람에게 그렇게 쓴다.

메리는 자기가 아들을 원했던 것이 얼마나 큰 실수였는지 알아차린다. 그녀는 간신히 살아난 것이다! 그들은 아기 이름을 에드위나라고 짓는다(이런 이름을 들어본 적이 있어? 에이시아는 동일한 모성애를 느끼고 있으면서도 냉정하게 말한다).

에드윈은 미국을 떠나기 전에는 전쟁에 별로 신경 쓰지 않았다. 그러나 해외에서 안전히 지내게 되자 그와 메리는 전쟁 소식을 접할 수 있기를 간절히 원한다. 에드윈에게는 전투에 참여한 친구들이 있다. 그의 가슴속에는 둘로 쪼개진 가엾은 조국이 있다.

그러나 영국 언론에는 명료함, 정확성, 공평성을 기대할 수 없다. 나중에 사실이 아닌 것으로 밝혀진 기사 때문에 몇 시간 동안 속상해하기도 한다. 이제는 전쟁이 짧게 끝나지 않을 것이며 그로 인한 고통이 엄청날 것이라는 게 분명하다. 캠프 앨러게니 전투. 라울릿역 전투. 드레인스빌 전투. 끔찍하고 끔찍한 '얼음 위의 긴 핏자국.'[144] 승리의 소식 한 가지를 듣자마자 쓰라린 패배의 소식이 도착한다. 무엇을 믿어야 할지 도무지 알 수가 없다. 누가 이기고 있는지도 알 수 없다. 에드윈의 뇌리에 연방이 이기고 있는 게 아니라는 끔찍한 느낌이 든다.

메리는 에드위나에게 젖을 먹이기 위해 애를 쓰지만 실패한다.

---

144 1861년 12월 친연방 원주민들이 남부 연합의 통제 아래 있는 자신들의 영토에서 캔자스주의로 요새Fort Row까지, 북쪽으로 진격할 때 붙인 작전명.

의사가 유방 농양이라고 진단한다. 그녀는 아침 식사로 달걀과 소시지를 앞에 두고 눈물을 흘린다. "알아." 그녀가 에드윈에게 말한다. "이 커다란 세계에서 이것은 아주 작은 문제라는 걸 알아. 3분만 더 울게. 그리고 더 이상 울지 않을 거야." 그녀는 자신의 말대로 한다. 에드위나는 젖병 신세를 진다.

에드윈은 공연을 위해 맨체스터로 가고, 이어 리버풀로 간다. 런던 밖에서의 그에 대한 비평은 대단히 좋다. 이틀 밤 연달아 공연한 한 번의 샤일록과 한 번의 햄릿을 제외하고는 말이다. 이 두 공연은 정말 고통스러운 연극으로 묘사된다. 비평가는 한탄스러운 동시에 비난받을 만하기 때문에 그렇다고 완곡하게 말한다. 에드윈은 다시 술에 취한 채 무대에 오른다. 그러나 도중에 술이 깨어 큰 실수 없이 잘 헤쳐나간 덕분에 용서받는다.

그는 가는 곳마다 영국인들이 남부를 한층 더 좋아하는 것을 보게 된다. 이것은 그로서는 예상치 못한 현상이다. 대부분의 영국인은 노예제를 반대한다. 그럼에도 불구하고 그들의 간절한 바람은 남부가 승리해서 연방이 해체되는 것을 보는 것인 듯싶다. 그의 동료 배우들은 북부가 노예제를 파괴하거나 제한하는 데 관심이 있는 것이 아니라 단지 노예제의 이익을 얻는 데 계속 참여하는 것에만 관심이 있다고 그에게 말한다.

난 여기서는 정의를 구하지 못할 거야, 에드윈은 생각한다. 내 조국에서도 그럴 것이고.

486

 링컨과 윌리

그 아이는 이 땅에서 너무 착하게 살았습니다.
(……)
그러나 우리는 그 아이를 무척 사랑했습니다.
아이가 죽으니 너무너무 힘들군요!

—에이브러햄 링컨, 1862년, 아들[145]의 죽음에 부쳐

에드윈은 아이를 얻고, 링컨은 아이를 잃는다.

1862년 2월 16일, 율리시스 S. 그랜트가 연방의 첫 번째 중대한 승리를 거두었다. 테네시주의 도널슨 요새를 점령한 것인데, 이로써 그랜트는 '무조건 항복 그랜트'라는 별명을 얻었다. 워싱턴 디시는 종을 울리고 대포를 쏘며 축하했다. 링컨은 즉시 그랜트를 소장으로 진급시켰다. 더 많은 축하 행사가 계획되었지만 나흘 후에 링컨의 아들이 사망하면서 취소되었다. 윌리는 겨우 열한 살의 나이에 죽었다. 또 다른 사랑스러운 아이였던 헨리 바이런 부스가 죽었을 때의 나이와 같은 나이에 죽은 것이다.

윌리는 1월부터 아팠고, 상태가 좋아지고 나빠지기를 변덕스럽

---

145 링컨의 셋째 아들 윌리엄 월리스 링컨을 말한다.

게 반복하면서 간절한 심정의 부모로 하여금 희망을 계속 품게 했다. 마침내 윌리의 죽음이 닥쳤을 때 어머니는 도저히 견딜 수 없을 지경이 된다. 메리 토드는 결코 그 슬픔을 이겨내지 못한다. 그녀는 윌리를 생각나게 하는 백악관 내의 모든 것을 다 치운다. 아이가 죽었던 방에 다시는 들어가지 않는다. 아이의 친구들에게도 찾아오지 말라고 부탁하는데, 그 친구들은 어린 태드[146]의 친구이기도 해서, 태드의 외로움과 상실감은 극에 달한다. 태드는 아버지에게 매달리기 시작한다. 링컨은 태드를 무릎에 앉힌 채 전쟁을 지휘한다. 밤이 되면 아버지의 책상 밑에서 아버지의 신발에 머리를 얹고 고양이처럼 웅크린 자세로 잠이 든 태드를 보게 된다.

146 링컨의 넷째 아들인 토머스 링컨을 말한다.

2

4월에 에드윈은 엄마로부터 편지를 받았는데, 급하게 쓰느라 글씨가 기울어져 있고 군데군데 잉크 방울이 떨어져 생긴 얼룩이 있다. 조가 사라진 것 같다.

조는 북군에 입대했지만, 즉시 장교로 임명될 수 없다는 것을 알고 군대를 떠났다. 1년도 안 되는 기간에 남군과 북군에서 모두 탈영한 것은 많은 사람이 경험할 수 없는 특별한 기록이다.

그러고 나서 조는 엄마가 있는 집으로 와 마음이 심란하고 괴롭다고 말했다. 엄마의 보살핌이 조를 짜증 나게 하기 시작하자 존은 조를 뉴욕으로 데리고 가서 그의 개인 비서 겸 시종으로 일하게 했다. 조는 존에게 고용되면서 하기로 한 일을 사실상 하지 않았고, 그럼에도 불구하고 자신의 임금이 너무 적다고 끊임없이 불평했다. 그는 존이 돈을 긁어모으는 사람이라고 말했다. 결국 끔찍한 언쟁이 벌어졌고, 조는 뛰쳐나갔다.

그 이후 지금까지 조를 본 사람이 없다.

존은 병원을 뒤졌고, 경찰에도 얘기했다. 그러나 조의 머리카락 한 올도 발견되지 않았다. 물론 엄마는 제정신이 아니다. 엄마도 조에게 돈을 주었고, 준도 조에게 50달러를 보냈고, 조는 조대로 존에게서 받아야 한다고 생각한 보수를 받아서 챙겼으므로 그가 돈이 없는 것은 아니다. 엄마의 편지가 에드윈에게 도착했을 때는 조가 3주 이상 실종된 상태였다. 존은 처음에는 그가 자살한 게 아닐까 두려웠다고 편지에 쓴다. 지금은 그가 해외로 가려고 배를 탄 게 아닐까 생각한다고 덧붙인다.

어느 날 아침 에드윈은 J. M. W. 터너의 마지막 작품들을 보기로 마음먹는다. 그는 각각의 작품 앞에 오랫동안 서서 감상한다. 그러는 동안 사람들이 오가고, 소리 죽여 나직한 목소리로 얘기하고, 그들의 발소리가 대리석 바닥을 울린다. 비평가들은 한결같이 터너의 고래 작품들을 싫어했고 에드윈은 한결같이 비평가들을 싫어했으므로 그 것들로부터 천재성을 보게 되기를 바랐다. 그렇지만 그도 그 작품들에 대한 느낌이 다른 사람과 별로 다르지 않다. 그럴듯한 눈속임 같은 시시한 그림이다.

봄이 와서 햇볕이 따뜻하다. 그는 공원으로 들어가 푸르러가는 플라타너스 아치 아래를 지나서 집으로 가는 먼 길을 택한다. 마차들이 줄지어 지나가고, 한 여자가 손수건으로 코를 닦는다. 한 남자는 에드윈이 자기 옆으로 지나가야 한다는 사실도 의식하지 못한 채 신문을 읽으며 걷고 있다. 이 도시 어딘가에 토지 대장[147]에 언급된 오크 한 그루가 있다. 그게 어디 있는지 알아내 가서 봐야 한다. 또 그는 로절리에게 편지를 써서 헨리가 어디에 묻혔는지 물어봐야 한다. 에드윈은 할 일이 아주 많다. 그러나 이제는 런던을 사랑하기엔 너무 늦었다. 런던을 사랑하고 싶은 마음이 없다. 그는 열린 마음으로 런던에 왔지만 런던은 그를 잔인하게 대했다. 그러므로 그가 해야 할 가장 큰 일은 이곳을 떠나는 것이다.

그와 메리는 파리에서 두 달 동안 휴가를 보낸 뒤 뉴욕으로 돌아갈 것이다.

풀럼의 집에 들어서자 메리가 안에 있다는 것 말고는 다른 이유가 없는데도 친숙한 안식처의 느낌이 든다. 부엌에서 부산스러운 소리와 뭐라고 웅얼거리는 목소리가 들려오는 것으로 보아 손님이 온

---

147 윌리엄 1세가 1086년에 만들게 한 중세 영국의 토지 대장을 말한다.

모양이다. 그는 외투와 모자를 걸고 누가 왔는지 보러 간다. 부엌 식탁
에서 메리가 차를 대접하고 있는 사람은 그의 동생 조이다. "형, 안녕."
조가 말한다. "아기가 너무 귀여워."

조는 돈을 벌어서 소 목장을 살 결심을 하고 오스트레일리아로
가는 길이다. 그는 목장 운영에 대해서 아는 게 없지만 쉽게 배울 수
있을 것으로 생각한다고 말한다.

에드윈은 엄마에게 급히 짧은 편지를 보낸다. '방황하는 젊은이
가 손님방에서 건강하게 곤히 자고 있어요.'

엄마는 기쁨에 넘친 답장을 보낸다. 엄마는 그와 메리가 파리에
갈 때 조도 함께 데려가기를 바란다. 조를 그의 시야에서 놓치지 않기
를 부탁한다. 엄마는 먼 곳으로 떠나려는 조의 결심을 충동적이고 일
시적인 일탈 행동으로 바꾸려 한다. '너희들 모두 돈이 있어서 함께 여
행을 다닐 수 있으면 좋겠구나.' 엄마가 말한다. 그러면서도 엄마는 조
가 직접 편지를 써 보내지 않은 데 대해 불만을 토로한다.

엄마는 화제를 바꿔 간단히 전쟁 이야기를 한다. 엄마는 리치먼
드 근처에서 전투가 벌어지고 있다는 것을 조가 알고 싶어 할 거라고
생각하는데, 그 도시는 아직 함락되지 않았다고 한다. 5천739명의 북
군이 죽었다. 엄마는 충성심에 의심의 여지를 남기지 않고 '우리 군인'
이 죽었다고 말한다. 그리고 필라델피아는 부상자가 넘쳐난다고 한
다. 그러고 나서 이렇게 마무리한다. '조는 내가 자기를 아직도 아기인
것처럼 대한다고 말하지. 그 애는 내가 자기를 아기 때와 똑같이 사랑
한다고 생각하지는 못하는 것 같아.'

조는 런던 시차에 적응하지 못하고 에드윈은 잠을 이루지 못한
다. 메리는 두 사람에게 키스를 한 뒤 잠자러 가고, 에드윈과 조는 술
을 마시며 밤을 새우기 위해 자리를 잡는다. 지금은 비가 후드득후드

득 꾸준히 내리고 있어 날이 따뜻하고 좋았음에도 불구하고 그들은 런던의 쌀쌀하고 습한 기운을 느낀다. 에드윈이 불을 피우고, 그들은 의자 두 개를 불 가까이 끌어당긴다. 조의 야윈 얼굴에 붉은빛이 일렁인다. 한때는 무척 토실토실했던 그의 볼은 움푹 꺼졌다. 그는 다리를 쭉 뻗고 의자에 나직이, 구부정하게 앉는다. 장작 타는 소리, 이따금 굴뚝을 통해 석탄 위로 떨어지는 물방울이 지지직거리는 소리, 그리고 벽난로 선반에 놓인 시계가 째깍거리는 소리를 제외하고는 모든 것이 조용하다. 에드윈이 브랜디를 꺼내고 두 사람은 가족 이야기를 나눈다. 가벼운 마음으로 이야기를 시작하지만 금세 분위기가 바뀐다. 조는 곧 부스 형제 중에서 가장 피해를 많이 보고 가장 학대를 많이 받은 자신을 위해 신중하게 고른 논쟁을 조금씩 조금씩 진행해나간다.

"내가 엄마 집에 있을 때 에이시아의 친구인 리지 마크슨을 만났어." 조가 말한다. "그 누나가 나한테 뭐라고 말했는지 알아? 존보다 어린 동생이 있는 줄 전혀 몰랐다는 거야. 이런 일이 그때가 처음이었던 것도 아니야. 형의 친구들도 절반은 내가 있다는 것조차 모를걸. 그 외의 것은 다 알면서 말이지."

에드윈은 준비된 변명이 없었지만, 조가 말을 멈추지 않기 때문에 문제 되지 않는다. "다른 형제들이 다 함께 있을 때마다 난 혼자 학교에 있었어." 그가 말한다. "존 형과 내가 함께 학교에 다닐 때도 존은 저녁에 집으로 돌아갔고, 나는 학교 기숙사에 남아 있어야 했단 말이야."

"네가 더 나은 생활을 했다는 생각은 안 해봤니?" 에드윈이 묻는다. "나는 네 학교생활이 항상 부러웠어. 공부하고 친구들과 어울려 지내는 것 말고는 달리 해야 할 일이 없었잖아."

"난 친구가 없었어." 조가 말한다. "친구도 없고 가족도 없었어.

나는 세상에서 가장 외로운 아이였어.”

에드윈은 부스 가족 중에서 가장 혹사당한 사람으로서 자신의 지위를 순순히 포기하지 않는다. 조가 에드윈은 부에 이르는 황금의 길을 걸어왔으며 에드윈의 삶은 언제나 햇살이 비치는 평탄한 생활이었다고 말하는 것을 듣고 에드윈은 깜짝 놀란다. 그는 조에게 아버지와 함께 떠돌아다니던 시절의 외로움과 여전히 아버지의 죽음을 괴로워하는 상황에 대해 얘기한 후, 브랜디를 손에 든 채 현재의 자기 삶은 술과의 긴 투쟁이라고 말하며 조의 생각을 바로잡으려 노력한다.

조는 열일곱 살 때 이를 너무 많이 뽑은 탓에 턱 모양이 변형되지 않고 유지되도록 편자 모양의 나무 교정기를 1년 이상 입에 끼우고 지내야 했던 일을 에드윈에게 상기시킨다.

이것에 대해서는 에드윈이 대답할 말이 없다. 나중에 이날 저녁의 이야기를 전해 들은 에이시아는 준에게 그들이 다투었다고 말해준다. 지금의 에이시아로서는 사람들이 에드윈과 다투고 있다고 생각하는 것이 기분 좋기 때문이다. 실은 이때의 분위기는 나름대로 화기애애했다. 에드윈과 조는 서로가 겪은 고통의 정도에 대해서 동의하지 않았을 뿐이다.

에드윈은 조가 오스트레일리아에 가지 않도록 설득하는 쪽으로 방향을 돌린다. “샌프란시스코의 준 형에게 가는 게 어때?” 에드윈이 묻는다. “넌 가족을 원하지? 그런 가족이 있어. 샌프란시스코는 오스트레일리아만큼이나 광활한 야생의 땅이야.”

이것은 조가 결국 받아들이게 될 조언이지만, 그러나 오스트레일리아가 마법처럼 그의 꿈을 펼쳐주는 데 실패했을 경우에만 받아들일 것이다.

준은 에드윈에게 편지를 보낸다.

엄마에게는 이런 말 하지 않을 생각이지만, 조의 정신 상태가 건 강하지 않은 것 같아. (……) 긍정적인 광기를 말하는 게 아니라 어떤 정신적인 결함을 말하는 거야. (……) 나는 그것이 나를 포함하여 우 리 가족 남자들의 기질 속에 얼마간 흐르고 있는 것 같아서 두려워. (……) 조를 대신하여 조의 행동을 변명하면서, 그것을 예민함과 타 고난 겸손함으로 여겨야 한다고 변호하는 에이시아의 편지를 읽었어. 하지만 안타깝게도 내 추측이 진실에 더 가까운 것 같다…….

너와 에이시아가 더 사이좋은 관계가 아닌 것이 유감이구나. 그 렇지만 나는 에이시아에게도 우리 가족의 결점이 조금 있다고 생각 한다…….

이 편지의 실질적인 주제는 준이 에드윈에게 1천900달러를 빚지 고 있다는 사실이다. 그 돈의 일부는 광석 채굴 투기로 잃었고 일부는 집을 사는 데 썼는데, 준은 그 돈을 전혀 갚을 수가 없다. 준은 에드윈 의 돈을 낭비하고 함부로 썼다는 것을 설명하고 있다. 집안에 흐르는 유전적 광기 탓이므로 그것은 무죄일 터이다.

3

9월에 에드윈과 메리는 거의 1년 만에 뉴욕으로 돌아온다. 에드윈은 전쟁이 존재하는(상실과 슬픔의 손길이 닿지 않은 것이 거의 없다) 동 시에 묘하게도 부재하는 것 같다고 생각한다. 그 도시는 어느 때보다 도 활기가 넘친다. 극장과 식당들이 번창하고, 술집은 떠들썩하고, 거 리는 붐빈다. 우리는 죽음의 한가운데서 삶을 꾸려가고 있어, 에드윈 은 생각한다. 비록 한때 그는 이 같은 단절감을 즐겼지만, 지금은 일상사가 전과 다름없이 굴러갈 수 있다는 게 불가사의해 보인다.

　왕자와 공주가 피프스애비뉴 호텔의 숙소로 돌아온다. 이제 공주는 파리식 가운 차림이고, 아이는 파리 출신 보모가 돌본다. 피프스애비뉴 호텔의 멋들어진 것 중 하나는 화장실이다. 갈고리 모양을 한 발이 달린 욕조와 수세식 변기가 있다! 에드윈은 즉시 화장실로 가서 대야에 찬물을 채운 다음 면도를 하기 위해 뺨에 비누칠을 한다. 그가 면도를 반밖에 하지 않았을 때 메리의 비명이 들린다. 메리가 손에 편지를 든 채 화장실 문 앞에 서 있다. 그녀의 예쁜 얼굴이 하얗게 질려 있고, 휘둥그레진 눈은 유리처럼 빛난다. "오, 네드." 그녀가 말한다. "오, 여보! 당신 친구 딕[148]이 죽었어."

　에드윈의 친구 중에서 맨 처음 입대한 리처드 캐리는 8월 초에 죽었고, 에드윈에게 그의 죽음을 알리는 이 편지는 몇 주 동안 여기서 기다리고 있었다. 리처드는 시더산 전투에서 다리에 총상을 입었다. 총상은 그 당시에는 치명적이지 않았지만, 그의 부하들은 많은 피를 쏟기 전에 그를 야전 병원으로 이송할 수 없었다. 편지는 그의 여동생이 보낸 것이다. 여동생의 편지에는 오빠의 호주머니에서 에드윈에게 보내는 마무리 짓지 못한 편지가 발견되었다는 내용도 쓰여 있다. 리처드 캐리는 에드윈보다 두 살 어린 스물여섯 살이었다.

　에드윈은 자기 주위에서 회오리바람이 일고 귀청을 찢는 소리와 함께 자기 피가 콸콸 쏟아지는 것을 느낀다. "몰리." 그가 면도칼을 떨어뜨리고 더듬더듬 그녀를 향해 걸음을 옮기며 말한다. 그녀가 그를 껴안고 흔들고 쓰다듬는다. 그는 참지 않고 실컷 운다. 이윽고 울음을 그치고 몸을 곧추세운 그는 그녀의 드레스 상체 부분이 비눗물과 눈물로 축축이 젖어 있는 것을 보고 약간 당황해한다.

에드윈은 손실을 겪을 때마다 늘 죄의식을 느낄 것이다. 그는 리처드에게 썼던 편지들을 기억하는데, 지금 생각하니 그것들은 자기중심적인 편지들이었던 것 같다. 마치 한 전투가 끝나면 또 다른 전투를 맞닥뜨려야 하는 리처드가 에드윈의 직업적인 성공과 출세에 관심이 있을 거라는 듯이 썼으니 말이다. 그는 리처드의 아내에게 애도의 편지를 써서 보낸 다음 곧바로 편지를 또 쓴다. 하지만 사실 무슨 말을 할 수 있겠는가?

에드윈에게 온 두 번째 편지도 우편물 더미 속에 있다. 애덤 바도가 보낸 것인데, 앤티텀 전투의 참상에 대한 얘기로 가득하다. 처음에는 이것이 이상해 보인다. 애덤은 여전히 루이지애나주에 있다. 메릴랜드주 근처가 아니다. 하지만 알고 보니 제임스 해리슨 윌슨이 그곳에 있었다. 애덤은 사랑에 빠졌다. '사랑하는 네드, 자네 말고는 누구한테도 얘기할 수 없다네.' 애덤은 그렇게 썼다. 다행히 신의 은총으로 윌슨은 2만3천 명의 전사자 중 한 사람이 아니다.

애덤이 처한 위험에 새삼 민감해진 에드윈은, 자기가 전쟁의 신에게 우리 애덤을 보호해주기를 기도드리고 있다고 답장에 쓴다. 그는 전쟁을 지원하기 위해 자신이 무엇을 할 수 있는지에 대해서 줄리아 워드하우에게 자문을 구한다. 그녀는 자선 공연을 해서 그 수익금으로 의약품을 구입하여 기부하는 데 쓰거나 북군의 궁핍한 전쟁 과부와 고아들에게 기부할 것을 제안한다. 에드윈은 이 중 몇 가지를 실천한다.

에드윈은 밤에 잠을 이루지 못하고 아침에 잠에서 깨지 못하는 것 같다. 메리는 종종 갓 목욕한 에드위나를 데리고 와서 놀게 한다. 그래서 에드윈의 하루는 아이의 작은 손에 몸이 눌리는 것으로 시작되는 날이 많다. 아이는 열심히 꼼지락대며 구겨진 이불 위로 올라오고, 이어서 그의 몸 위로 올라온다. 그가 눈을 뜨면 아이는 가까운 곳에서 그의 눈을 뚫어지게 바라보고 있다. 아이의 성긴 머리카락이 후광처럼 얼굴을 둘러싼다. 아이는 아빠가 자기를 보고 있는 것을 보면 아빠의 코를 잡는다. 아이의 몸에서는 우유 냄새와 베이비파우더 냄새가 난다. 그가 아이를 잡는다. 아이가 그의 머리 위에서 발을 차며 까르르 웃는다. 아이를 행복하게 만드는 것은 아주 쉽다. 그가 바라는 것은 아이를 행복하게 해주는 것뿐이다.

링컨과 노예 해방 선언

> 이 정부는 모든 것을 걸고, 적들은 아무것도 걸지 않는 게임을 더 이상 할 수 없습니다.
> 그 적들은 이 정부를 파괴하고자 노력하되 만약 실패한다 하더라도 여전히 다치지 않고
> 연방으로 복귀할 수 있는 실험을 10년 동안 계속할 수는 없다는 것을 깨달아야 합니다.
>
> — 에이브러햄 링컨, 1862년

에이브러햄 링컨은 반란 주들의 노예를 해방하겠다고 위협하는 짧은 성명을 작성한다. 그는 이 성명을 각료들에게 읽어준다. 방 안에 있는 일부 장관들은 이 말을 수년 동안 기다려왔다. 그럼에도 그들은 실제로 이 말을 듣고 깜짝 놀란다. 이것은 모든 것을 바꿀 것이다. 전쟁은 이제 더 이상 옛 연방을 회복하기 위해서 치르는 것이 아니라 새 연방을 세우기 위해서 치르는 것이 될 것이다. 노예 제도의 종식은 이제부터 연방군의 주요 목적이 될 것이다.

한때 공화당 대통령 후보 지명을 위해 링컨과 경쟁했던 라이벌이자 현직 국무장관인 윌리엄 수어드는 링컨에게 조언한다. 이토록 중대한 조치는 패배한 군대가 마지막으로 주사위를 던지는 것 같은 자포자기적 행동으로 보여서는 절대 안 된다고. 링컨은 반드시 북군이 어떤 중요한 승리를 거둔 다음에 이 성명을 발표해야 한다는 것이다.

링컨은 동의한다. 그는 때를 기다린다.

앤티텀 전투는 참혹하다. 19세기에 일어난 미국의 다른 모든 전투에서 사망한 전사자 수를 합친 것보다 더 많은 수의 병사들이 이날 하루 만에 죽는다. 죽은 병사들이 풀처럼 땅을 덮는다. 흙이 붉게 물든다.

그럼에도 불구하고 그것은 승리한 전투다. 리[149]는 메릴랜드주에서 쫓겨났다. 5일 후에 링컨은 최후통첩을 발표한다. 링컨은 남부 연합에 1월까지 연방으로 복귀하라고 말미를 준다. 만약 그들이 거부한다면 그는 반란 주의 모든 노예들을 해방할 것이다. 링컨은 만약 하느님이 위대한 승리를 가져다주신다면 그렇게 하겠노라고 하느님께 약속했다며 내각의 각료들에게 말한다. "하느님은 이 문제를 노예들을 위하는 쪽으로 결정하셨습니다." 링컨이 말한다.

---

149 남군 총사령관 로버트 E. 리.

링컨과 다코타 전쟁

여러분은 나의 조언을 구했습니다. 나는 우리 모두의 위대한 아버지이신 위대한 영의 섭리를 받들어 여러분이 여러분 종족의 습관과 관습을 유지하는 것이 최선인지, 아니면 새로운 삶의 방식을 채택하는 것이 최선인지에 대해서 정말로 여러분에게 조언할 수가 없습니다. 다만 내가 말할 수 있는 것은, 여러분 종족이 어떻게 해야 백인만큼 수가 많아지고 번창할 수 있는가 하는 것에 대해서 나로서는 백인처럼 사는 것을 제외한 다른 방법은 알지 못한다는 것뿐입니다…….

—1863년 3월 워싱턴 디시에서 열네 명의 추장들에게 행한 에이브러햄 링컨의 연설

1862년 9월 남부에 최후통첩을 보낸 바로 그 시점에 링컨은 미네소타의 다코타 수족[150]과도 전쟁을 치르고 있다. 수족의 지도자 타오야테두타가 미네소타 북부의 토지를 매각하는 데 동의했을 때, 그는 자신이 맺은 거래로 인해 자신의 종족이 다시는 가난에 시달리지 않을 거라고 믿었다. 그러나 약속한 돈은 오지 않았고, 수족은 굶주리기 시작했다. 타오야테두타는 다음과 같은 간청을 했다.

우리는 오랫동안 기다렸습니다. 그 돈은 우리 것이지만, 우리는 그 돈을 가지지 못합니다. 우리는 먹을 것이 없는데, 이곳에는 음식으로 가득 찬 가게들이 있습니다. 우리는 대표자인 당신에게 우리가 가

---

150 아메리카 원주민의 한 종족.

게에서 음식을 구할 수 있도록 조치를 취해주실 것을 요청합니다. 그렇지 않으면 우리는 굶주리지 않기 위한 자구책을 세울 수도 있습니다. 사람들은 배가 고프면 스스로 대처하기 마련입니다.

그에 대한 응답은 수족들은 풀이나 뜯어 먹고 자기가 싼 똥이나 먹으라는 식이었다. 한 추산에 따르면 수족들은 정직하지 못한 대리인과 관리들에 의해 거의 10만 달러를 사기당했다. 그리하여 굶주림에 직면한 전사들은 미네소타강의 계곡 전역에 있는 수많은 정착지를 공격했다. 살아남은 정착민들은 상상할 수 없는 고문과 잔혹 행위에 대해 이야기했다. 다른 전쟁에 정신이 팔린 링컨은 9월 초까지 연방군을 보내지 않았다.

다코타 수족은 우드레이크 전투에서 패한 후 9월 말에 항복했다. 그 봉기는 법의 심판을 받았다. 군사 재판소는 적법한 절차나 법정 대리인 같은 세세한 고려 사항 없이 서둘러 재판을 진행했다. 303명이 사형 선고를 받았다.

링컨은 이 사건을 하나하나 검토하면서 민간인으로 학살에 참여한 사람들을 군인으로 싸운 사람들로부터 분리한다. 이렇게 하여 링컨은 사형 선고를 받은 265명의 형을 감형했다. 나머지 38명은 12월 26일에 다 함께 교수형에 처해진다. 그들은 노래를 부르며 교수대로 걸어간다.

이것은 미국 역사상 가장 큰 규모의 사면 조치로 남아 있다. 동시에 가장 큰 규모의 사형 집행이기도 하다.

4

메리와 에드윈은 런던에서 만난 한 친구를 통해 엘리자베스 스토더드
와 리처드 스토더드를 알게 된다. 리처드는 시인이자 비평가이다. 엘
리자베스는 최근에 성공적인 소설 《모게슨 집안》을 발표했다. 스토더
드 부부는 뉴욕에서 문학 살롱을 운영하고 있는데, 처음으로 부스 부
부를 만나기 위해 그들이 지내는 호텔의 서재로 온다. 호텔 서재는 우
아하다. 빛이 쏟아져 들어오는 높은 창문, 높은 서가와 거기 꽂힌 책
에 손이 닿을 수 있도록 비치해놓은 사다리, 반짝이는 은 접시와 촛
대, 길고 가느다란 황금색 양초, 벽난로 선반 위의 커다란 거울…….
커다란 거울에서는 어떤 특정 각도에서 햇빛이 반사된다.

　　에드윈은 즉시 엘리자베스에게서 전기가 통하는 것 같은 느낌을
받는다. 에드윈보다 열 살쯤 연상인 그녀는 다소 칙칙한 색깔의 드레
스를 입었다. 조그만 갈색 보닛이 그녀의 얼굴을 감싸고 있다. 코와 입
술 사이의 인중이, 마치 하느님이 손가락으로 내려그은 것처럼 유난
히 깊다. "엘리자베스." 그가 그녀의 두 손을 잡으며 말한다. 그녀의 손
은 따뜻하고 부드럽다.

　　"에드윈." 그녀가 대답한다. 서재에 있는 모든 사람이 고개를 돌
려 쳐다본다. 마치 각광이 이 두 남녀를 비추고 나머지 사람들은 어둠
속에 내버려둔 것처럼, 갑자기 서재에 있는 모든 사람이 보이지 않는
듯한 느낌이 든다. 에드윈은 그녀의 손을 놓고 천천히 보닛의 끈을 푼
다. 이어 보닛을 그녀의 탐스러운 검은 머리 위로 들어 올린다. 그는
그녀를 의자로 안내한다. 그러는 동안 그녀에게서 눈을 떼지 않는다.
이것들은 은밀한 행동이지만, 그녀의 어떤 것이 그로 하여금 거리낌
없이 그런 행동을 하게 만들었다. 물론 그녀는 약간 그와 사랑에 빠진

다. 어떻게 그러지 않을 수 있겠는가?

다행히 그녀는 메리와도 약간 사랑에 빠진다. 사람은 끼리끼리 모이게 마련이죠, 메리가 말한다. 에드윈과 엘리자베스는 성격이 매우 비슷하다. 변덕스럽고 열정적이다. 메리와 리처드가 배의 바닥짐처럼 그들의 중심을 잡아준다. 스토더드 부부는 이내 그들의 가장 친한 친구가 된다.

애덤 바도는 에드윈에게 뉴욕의 지식인들과 어울릴 수 있는 첫 번째 길을 터주었지만, 스토더드 부부가 그에게 제공할 수 있는 것은 그보다 한 단계 더 높은 것이다. 에드윈은 그들의 살롱에 포함된 유일한 배우인데, 그 점이 그를 무엇보다도 예술가로 부각시킨다. 비평가들은 에드윈을 보러 오는 관객의 지성과 세련미에 주목하기 시작한다. 에드윈은 이제 무대에 서면 특별석에 메리와 함께 앉아 있는 스토더드 부부를 끊임없이 의식한다. 그는 박수갈채가 끝나면 어떤 모임에 가게 될 것이고, 그 모임에서 찬사가 계속될 것이고, 그들은 존경하는 태도로 그의 공연에 대해 자세히 논의하리라는 것을 알고 있다. 영국 여행은 실망스러운 것이었지만 무가치한 것은 아니었다. 뉴욕의 비평가들은 그의 공연에서 새로운 성숙함을 발견하는데, 그들은 그것을 에드윈이 해외에서 보낸 시간 덕분이라고 여긴다. 나라가 피로 물들어가고 있는데 자신은 이런 흡족한 성공을 즐기고 있다는 것은 이상한 일이다. 그는 이것을 어떻게 생각해야 할지 잘 모른다. 그의 기분은 시시각각 변한다.

그리고 메리의 문제가 있다. 에드윈이 보기에 메리는 에드위나가 태어난 이후로 줄곧 몸이 좀 안 좋았고, 지금은 조금 더 아픈 것 같다. 메리는 여전히 모든 공연에 참석하고 그 이후 늦은 밤까지 견뎌내지만, 에드윈은 메리가 무척 지쳐 있다는 것을 알 수 있다. 그녀는 자신의 증상에 대해 에드윈보다 엘리자베스에게 더 많이 얘기한다. 에드윈이 아는 거라곤 그녀가 여자들이 겪는 부인병을 앓고 있으며, 복부에 비정상적인 열이 있는데 의사가 진단을 내리지 못한다는 사실뿐이다.

메리가 애써 몸을 추슬러 어디든 에드윈과 함께 가려고 하는 이유는 그가 술을 마시지 못하도록 감시하기 위해서라는 것을 에드윈은 잘 알고 있다. 그는 결혼할 때 그녀에게 음주를 삼가겠다고 약속했다. 그러나 그는 술을 마시지 않은, 최선의 상태가 아닌 상태에서는 공연을 하지 못한다. 땀을 흘리고 몸을 떤다. 생각이 혼란스럽다. 간절한 심정으로 그런 자신에게서 벗어날 방법을 찾고자 한다. 그는 자신의 대사를 기억하지 못한다. 그런데 이 모든 것이 딱 한 잔의 술로, 어쩌면 두 잔의 술로 즉시 해결된다. 그에게 필요한 것은 공연을 마칠 수 있을 만큼의 술뿐이다.

그리고 공연이 끝난 후 한두 잔 술을 마시면 그의 달아오른 감정을 진정시킬 수 있을 것이다. 에드윈은 그의 팔을 붙잡는 그녀의 손에서 느껴지는 압력이 싫어지기 시작한다. 그녀가 그를 술병과 술잔으로부터 멀어지게 하기 때문이다. 그녀는 그를 취하지 않게 하는 데 곧잘 성공하지만, 실패할 때도 그만큼 많다.

에이시아는 에드윈에 대한 메리의 영향력이 줄어든 것 같다고 평한다. 나머지 가족들은 사랑이 술보다 더 강하다고 믿기로 작정했을지도 모른다. 에이시아 자신은 이런 결과를 결코 의심치 않았다.

에드윈, 메리, 엘리자베스 스토더드는 에드윈이 일주일 동안 공연하는 보스턴으로 여행을 간다. 거기 있는 동안 그들은 여성 질환을 앓고 있는 여성을 치료하는 뛰어난 의사인 이래즈머스 D. 밀러 박사에 대해 듣는다. 밀러의 진료실은 도체스터에 있으므로 메리가 그 의사의 환자가 되려면 도체스터에 살아야 한다.

에드윈은 워싱턴 거리에 있는 집을 구입한다. 뒤쪽에 난 창을 통해 도체스터만으로 내려가는 비탈길이 내려다보이는 아늑한 집이다. 에드윈은 이 집을 메리가 좋아하는 것보다 더 좋아한다. 그는 파이프 담배를 피우면서 물 위에서 빛이 노니는 것을 감상하며 몇 시간 동안이나 앉아 있을 수 있다. 달빛이 환한 빛살을 펼치면 물은 은색이 되거나 녹색이 되거나 검은색이 된다. 마당에 있는 두 그루 나무는 촛불처럼 타오르는 생생한 노란색으로 변한다.

그는 메리를 끌어당겨 무릎에 앉힌다. 메리가 그의 가슴에 머리를 기댄다. 메리의 올림머리가 풀려서 흘러내린다. 그는 손가락으로 머리를 빗겨준다. "눈이 오면," 그가 말한다. "우린 어둠 속에서 썰매를 탈 거야. 난 꼭 이런 식으로 당신을 붙잡고 탈 거야. 당신 머리에 별빛이 내려앉겠지." 그는 빨간 스카프를 목에 두른, 추위로 발개진 그녀의 모습을 상상한다.

에드윈은 그들이 여러 해에 걸쳐 이곳에서 겨울을 보낼 거라고 생각한다. 이 집이 앞으로 오랫동안 그들이 돌아오게 될 집이라고도 생각한다. 에드위나와 에드위나의 남동생, 여동생들이 자라기에 좋은 곳이다. 뉴욕보다 더 좋다.

메리에게 이 집은 외로운 곳일 뿐이다. 에드윈은 일을 하러 자주 이곳을 떠난다.

밀러 박사는 메리를 진단하기 위해 그녀가 피하고 싶었던 그 검사를 수행해야 한다. 그는 그녀의 내부를 자세히, 오래, 고통스럽게 들여다본다. 그러고 나서 응접실 벽난로 옆에 서서 파이프 담배를 피우고 있는 에드윈에게 간다. 밀러 박사는 고무적인 말을 한다. 메리의 상태는 심각하지만 위험하지는 않다고 에드윈에게 말한다. 에드윈은 그 동안 메리는 당연히 회복될 거라고 자기 자신에게 말해왔지만, 그러나 그것을 확인해주는 말을 들으니 참으로 기쁘다. 그는 자신의 안도감에 대한 신체적 반응에 놀란다. 다리에 힘이 풀려 앉아야만 한다. 어쩌면 다리가 필요 없을지도 모른다. 그는 기쁨으로 너무 가벼워져서 붕 떠오르는 것만 같다.

"6개월 후에 건강해진 상태로 부인을 돌려드리겠습니다." 밀러 박사가 약속한다. "부인이 내가 시키는 대로만 한다면 말이에요."

에드윈은 또 다른 공연을 위해 뉴욕으로 떠나려 한다. 메리는 이곳에서 휴식을 취하면서 밀러 박사의 보살핌을 받으며 회복할 것이다. 에드윈은 방해받지 않고 술을 마실 수 있다. 모두에게 좋은 일이다.

밀러 박사의 처방은 절대적인 안정을 취하라는 것이다. 외출도 금지하고 방문객을 맞는 것도 금지한다. 심지어 메리가 에드위나와 함께 있는 시간도 엄격히 제한한다. 지루함이 치료제다. 산스크리트어를 배우기 좋은 시간이겠다, 그녀의 한 친구가 농담으로 말한다.

밀러 박사의 치료에는 매번 방문한 후에 메리를 눈물짓게 만들고 다음번 방문을 두려워하게 만드는 다른 면들이 있다. 그녀는 자기가 어떻게 치료받고 있는지 절대 에드윈에게 말하지 않고, 에드윈도 절대 물어보지 않는다.

에드윈은 이 집에 올 때마다 그녀의 삶이 얼마나 단조롭고 지루한지 알 수 있다. 불평하는 것은 메리답지 않지만, 그녀는 좋아지기보다는 시들어가고 있는 것처럼 보인다. 존이 이 마을에 왔을 때, 에드윈은 의사의 지시를 어기고 그녀를 데리고 극장에 간다. 밀러 박사는 그 사실을 모르기 때문에 그를 탓할 수 없을 것이다.

존은 〈배교자〉[151]에서 악랄한 페스카라 공작을 연기한다.

오, 행운이여,
당신의 미소는 여전히 나를 따라오고, 각 사건마다
운명이 더욱 맹렬히 달려오니, 나는 내가 싫어하는 사람을
그 운명의 급한 물살에 빠뜨리고 말겠어.

어둠 속에서 메리와 함께 앉아 있는 것, 주변의 관객들이 부스럭 거리는 소리, 특별석에서 나는 한두 번의 기침 소리, 연극에 깊이 빠져든 관객들의 침묵⋯⋯. 이 모든 것이 지극히 정상적으로 보인다. 에드윈은 메리의 손을 잡고 공연을 지켜보면서 메리의 예리한 마음은 존의 연기에서 무엇을 보게 될 것인지 궁금해한다.

에드윈 자신은 감명을 받는다. 약간 거친 구석이 있긴 하지만 존은 성공할 거라고 에드윈은 생각한다. 존은 매끄럽지만 열정이 없는 배우 열 명만큼의 가치가 있다. 그는 진정한 투지로 가득 차 있다.

메리는 에드윈의 생각에 동의하지 않는 것은 아니지만 존은 아직 배울 것이 많고, 버리고 고쳐 배울 것은 더욱더 많다고 덧붙인다. 이것은 에드윈이라면 어떻게 연기했을지를 염두에 두고 비교한 결과일 뿐이다. 존은 잘했지만 에드윈만큼 잘하지는 못했기 때문이다.

존의 연기 생활은 아주 잘되어가고 있다. 그는 현재 생략하지 않은 완전한 성명을 사용하고 있으며, 그의 연극 광고 전단에는 이렇게 쓰여 있다. '나는 형이 없다. 나는 형이 아니다. 나는 나 자신일 뿐이다.'

존의 관객은 에드윈의 관객보다 거칠고, 존에 대한 평가는 대체

---

151   아일랜드 작가 리처드 랄러 셰일이 1817년에 발표한 비극.

로 좋지만 나쁜 평가도 섞여 있다. 그가 정말로 뛰어난 것은 칼싸움이다. 그는 오른손으로도 싸울 수 있고 왼손으로도 싸울 수 있다. 너무 실감 나게 칼싸움을 하기 때문에 동료 배우들이 깜짝깜짝 놀라곤 한다. 단지 존이 칼싸움하는 것을 보려고 표를 사는 사람들도 있다. 그의 잘생긴 얼굴을 보려고 오는 사람들도 있다. 존이 등장하기 전에 매니저들이 무대에 나타나 거기 온 여성들에게 숙녀처럼 행동해달라고 간청하기 시작했다. 극장을 떠날 때 존은 손에서 장갑이 벗겨지고, 코트에서 단추가 뜯겨 나가고, 머리에서 머리카락이 뽑혀 나갔다. 숙녀답지 않은 제안이 담긴 메모가 날마다 그의 분장실에 도착한다.

그는 돈을 엄청 많이 벌고 있다. 그 돈이 다 어디로 가는지는 명확하지 않다.

에드윈은 뉴욕에 혼자 있을 때마다 술을 마신다. 친구들의 걱정이 점점 더 늘어간다. 2월에 스토더드 부부의 집요한 권유에 따라 에드윈은 스토더드 부부의 집으로 이사한다. 리처드는 에드윈을 감시할 팀을 만들어 절대 에드윈 혼자 두지 않도록 일정을 짠다. 하루가 지나기 전에 에드윈은 그들의 꿍꿍이속을 알아차린다. 그들은 그들이 상대하고 있는 사람이 누구인지 모르는 모양이다!

에드윈은 사람들을 따돌리는 훈련을 받았다. 아버지에게서 말이다.

리처드는 설득하고 항의하고 간청하고 협박한다. 리처드는 에드윈을 붙잡고 있지만, '시인' 하면 우리들의 머리에 떠오르는 이미지가 바로 리처드 스토더드일 것이다. 그는 연약하고 은은한 사람이다. 에드윈은 강압적으로 힘을 쓰는 사람은 아니지만, 리처드 스토더드 정도는 이길 수 있다.

에드윈은 리처드를 뿌리치고 가서 폭음을 한다. 몇 시간 후 리처드가 그를 다시 발견할 즈음이면 그는 거의 서 있지도 못하는 상태여서 그를 마차에 태우기 위해서는 두 명의 남자가 필요하다. 에드윈은 많은 사람들이 자기를 보고 있다는 것을 어렴풋이 알아차린다. 그는 리처드를 떨쳐버리려고 노력하지만, 술이 기울어진 운동장을 평평하게 만들었다. 에드윈은 화가 난다. 이렇게 해달라고 부탁한 적이 없기 때문이다. 누가 리처드에게 간섭해달라고 부탁했단 말인가?

그의 공연을 위해서 그를 깨우려고 시도한다. 커피를 마시게 하고 찬물로 세수를 하게 한다. 그는 비틀거리며 〈햄릿〉을 공연한다. 한 비평가는 다음과 같이 말한다. "지금과 같은 허약하고 신경이 과민한 상태에서 그가 연기를 해야 한다는 것은 유감스러운 일이다." 그의 실망스러운 연기를 건강이 안 좋은 탓으로 점잖게 비난한다.

2월 19일 : 가족의 친구이자 보스턴 박물관 극장 매니저인 올랜도 톰킨스로부터 전보가 온다. 메리가 꾸준히 나아지고 있다고 쓰여 있다.

그날 밤늦게 다음과 같은 또 다른 전보가 온다. 메리는 계속 편안한 상태다. M 박사님은 자네가 올 필요가 없다고 하신다.

에드윈은 스토더드의 집에 있는 자신의 침대에서 곤드레만드레 취해서 잔다. 그는 이상한 감각을 느끼며 어둠 속에서 잠이 깬다. 조금 전에 누군가가 그의 오른쪽 뺨에 입김을 훅 불었고, 이어서 왼쪽 뺨에도 입김을 훅 불었다. 유령의 키스, 그는 생각한다. 그는 한쪽 팔꿈치를 바닥에 대고 몸을 일으켜보지만 아직 술이 깨지 않았다. 방이 빙빙 돌고 가구들이 기우뚱 기울어진 채 회전목마처럼 빙글빙글 돌면서 빠르게 지나간다. 그는 한 여자의 목소리를 듣는다. 부드럽지만 또렷하고 절박한 목소리다. "나에게 와줘, 여보." 그녀가 말한다. "난 두려워서 얼어붙을 지경이야."

아침이 되었을 때 그는 이것을 흐릿하게 기억할 뿐이다. 이상한 꿈이었어, 그는 생각한다. 그는 그것을 잘 떠올리지 못한다. 그것은 기억의 가장자리에서 맴돌 뿐이지만, 나중에 그의 뇌리에 온전히 돌아올 것이다.

2월 20일 : 메리는 더 악화되지는 않았다. M 박사님은 자네가 내일 와야 한다고 하신다. 오후에 도착해서 일요일까지 계속 있으라고 하신다.

에드윈은 토요일 공연을 취소할 준비를 한다. 그러나 그렇게 하지 않는데, 왜냐하면 두 번째 전보가 왔기 때문이다. 메리는 좋아지고 있다. 걱정할 필요 없다.

그는 주말에 술 없이 지내야 할 것을 예상하고 이미 흑맥주를 네 병째 마시고 있다. 그럴 필요가 없었던 것 같지만, 이제 와서 이러쿵저러쿵하는 것은 소용없는 일이다. 그는 곧 메리를 만날 것이고, 그때는 술을 끊을 작정이다. 그는 메리에게 한 약속을 잊지 않았다. 마지막으로 딱 이번 한 번만 마실 생각이다.

에드윈이 술에 취한 채 무대에서 리처드 3세를 연기하는 동안 많은 전보가 도착한다.

전보의 절반은 다급한 내용이다. 부스 씨가 즉시 와야 한다는 것이다.

나머지 절반은 메리는 좋아지고 있으니 불안해할 필요가 없다면서 에드윈을 안심시키는 내용이다.

이 전보들은 연극이 끝날 때까지 에드윈에게 전달되지 않는다. 에드윈이 전보를 받은 때는 이미 그날 저녁의 마지막 기차를 탈 수 없는 시간이다. 그와 리처드는 다음 날 아침 8시에 출발한다. 기차는 속도가 느리고 많은 정거장에서 멈춘다. 에드윈은 밖을 내다볼 때마다 눈 덮인 마을과 들판 위에 떠 있는 수의를 입은 메리의 유령을 본다. 아침 8시가 거의 정확히 메리가 죽은 시간이다.

에드윈에게 쓴 마지막 편지에서 메리는 함께 보러 간 존의 연극에서 자기는 존의 연기가 전보다 더 과장되고 감상적이라는 것을 알아차렸다고 쓴다. 존은 변신하지 못한다는 점이 가장 큰 결점이라고 메리는 말한다. 그녀가 에드윈에게 쓴 마지막 말은 다음과 같다.

오늘 눈이 아름답게 내리고 있어. 당신은 썰매 탈 기회를 놓치게 되겠네. 아기는 아빠에 대해 얘기하고, 아빠 사진에 뽀뽀를 해. 그런 다음 반쯤 토라진 예쁜 모습으로 우는 거야……

(……) 당신이 하는 모든 일들을, 당신이 들은 모든 것들을, 그리고 무엇보다도 나를 정말 사랑한다는 것을 내게 써서 보내줘…….

에드윈은 이루 말할 수 없이 슬프다. 슬픔이 그를 삼킨다. 그는 침실에 홀로 들어가 문을 잠근 채 메리가 얼마나 차가워졌는지, 얼마나 무거워졌는지 느끼며 메리의 시신 옆에 누워 첫날 밤을 보낸다. 그는 울면서 자기도 죽게 해달라고 기도한다. 울면서 그 이상한 꿈을 떠올린다. 그는 그녀에게 한 번만 더 그 유령의 키스를 해달라고 애원한다.

에드윈은 이후 오랜 세월을 더 살 것이다. 그는 결코 이 비극과 슬픔에서 벗어나지 못한다.

그러나 그는 두 가지 것을 끝내게 된다. 그중 하나는 스토더드 부부와의 관계다. 이 일은 빠르게 일어나지는 않는다. 메리의 죽음의 여파로 에드윈은 전적으로 그들 부부에게 의지한다. 리처드가 장례식을 준비하고 챙긴다. 에드윈은 엘리자베스에게 날마다 슬픔에 젖은 편지를 쓰는데, 편지에서 그는 열여덟 살에 주정뱅이가 되고 스무 살에 방탕아가 된 자신의 나쁜 천성을 자책한다.

하지만 그러던 중에 에드윈은 메리의 유품 중에서 편지 한 통을 발견한다. 엘리자베스가 메리에게 보낸 것으로, 메리가 몸이 아프든 안 아프든 즉시 뉴욕으로 와야 한다고 쓴 편지이다.

부스 씨는 모든 통제력과 자제력을 잃어버렸어요. 어젯밤에는 공연이 절반을 넘어가기도 전에 막을 내려야 하는 커다란 문제가 있었답니다. 시간을 지체하지 말고 빨리 오세요.

에드윈은 자신의 음주에 대한 걱정이 메리의 죽음을 재촉했다고 믿는다. 그에 대한 메리의 실망감이 너무나도 커서 건강에 치명적인 영향을 끼쳤다고 여긴다.

술을 마신 남자와 이것을 일러바친 여자, 이 두 사람이 그녀의 죽음에 책임이 있다. 에드윈은 엘리자베스에게 분노의 편지를 보낸다. 엘리자베스는 동일한 정도의 노여움이 담긴 답장을 쓴다. 우정은 파국을 맞이한다.

그가 끝낸 또 하나는 술이다. 1863년 2월 21일 이후로는 그 누구도 다시는 에드윈이 술에 취한 것을 보지 못할 것이다. "술을 마시는 것은 내가 메리를 다시 죽이는 것과 같은 짓일 겁니다." 그가 말한다.

로절리

5

전쟁을 치르고 있는 근년에는 매 겨울이 전에 없이 매서운 것 같다. 에드윈은 도체스터에 머물고 있다. 작은 집 주위에 눈이 깊게 쌓이고, 그의 마음과 정신은 춥고 을씨년스럽다. 엄마, 슬리퍼, 존이 장례식에 참석한다. 스물두 살이 채 안 된 메리는 오필리어처럼 꽃에 둘러싸여 누워 있다. 그녀는 에드윈의 얼굴이 그려진 미니어처를 가슴에 달고 있다.

모두가 에드윈을 걱정한다. 그래서 엄마가 이곳에 머물기로 결정한다. 그것은 그들이 필라델피아의 셋집을 포기한다는 것을 의미하고, 로절리가 다시 에이시아의 집으로 돌아가야 한다는 것을 의미한다.

에이시아는 남자 형제와 남편과 함께 메리의 장례식에 참석하고

싶었을 테지만, 고인에 대한 평소의 무자비한 적대감을 고려할 때 그
것은 생각할 수 없는 일이었다. 로절리의 눈에는 에이시아가 침울해
보인다. 에이시아는 로절리에게, 물론 끔찍이 슬픈 일이지만 모든 것
을 고려할 때 메리가 그렇게 죽은 것은 다행이라고 말한다. 에드윈이
예전의 거친 모습으로 돌아갔기 때문에 그녀 앞에 남은 것은 고통과
불행뿐이라는 것이다. 메리는 그런 고통에서 벗어나게 되었으니 더
잘된 거라고 한다.

"에드윈에게는 그런 말 하지 마." 로절리가 말한다. 로절리는 최근
에 읽은 다음과 같은 기억할 만한 글귀를 떠올리고 있다. 전혀 사랑하지
않는 것보다 사랑을 하고 잃는 것이 더 낫다.[152] 그녀는 이 말을 믿는다.

"난 바보가 아니야." 에이시아가 말한다.

5월이 되었을 무렵 에드윈은 도체스터가 너무 조용해서 자책과
슬픔으로 가득 찬 생각을 떨쳐버릴 수 없다는 판단을 내렸다. 그와 엄
마는 뉴욕에 정착할 계획을 세운다. 에드윈이 넓은 집을 살 것이다. 엄
마, 로절리, 존, 그리고 다시 보게 된다면 조까지 포함하여 온 가족을
수용할 수 있는, 진짜 가정을 꾸릴 수 있는 집을 구할 것이다. "걔는 이
상하고 무모해. 정착을 못 하고 끊임없이 돌아다녀." 에드윈이 막냇동
생에 대해 말한다. "걔는 다소간 우리 모두를 불안하게 한다니까."

에드윈이 적당한 집을 찾는 동안 출판업자인 조지 퍼트넘이 가구
가 완비된 자신의 집을 임대하겠다고 제안한다. 이 아름다운 집은 상
류층이 거주하는 풍요로운 그래머시 공원 인근 17번가에 있다.

로절리는 다시 한번 바람에 떠밀려가고 있다. 내일모레면 마흔
살인데도 그녀에게는 여전히 자기가 어디에서 살 것인지, 또는 어떻

---

152 영국의 시인 앨프리드 테니슨의 시 〈인 메모리엄〉에 나오는 구절.

514

게 살 것인지 결정할 권한이 없다.

만약 로절리가 수선을 떨고 불평을 해댔다면 그녀는 에이시아의 집에 남아 있을 수 있었을 것이다. 그녀는 에이시아의 아이들(돌리와 어린 에디)을 아주 좋아하게 되었다. 그러나 로절리는 엄마가 그립다. 그리고 에드윈은 아무 말 없이 그녀가 하고 싶은 대로 하도록 내버려 둘 것이다. 그 점이 매력적이다. 그리고 그 집에는 술이 많이 있을 거라고 생각하는데, 이 점은 그녀의 착각이다. 그녀는 자신의 짐을 꾸린다.

그녀가 퍼트넘의 집 문을 열고 들어갈 때 모든 원망이 사라진다. 로절리는 이렇게 멋진 집에서 살아본 적이 없다. 그녀는 2층에 있는 방 하나를 사용한다. 독서를 위한 창가 자리, 부드러운 양탄자, 높은 침대, 도자기 손잡이에 물망초가 그려진 옷장 등이 있는 파란색 방이다. 그녀는 한때 워싱턴 어빙이 〈립 밴 윙클〉을 썼던 바로 그 책상에서 편지를 쓴다.

에드위나는 귀엽고 사랑스러우며, 주변의 모든 비극에 희미하게나마 밝은 빛을 비춰주는 밝고 명랑한 아이다. 그리고 집 안에 아이가 한 명 있는 것이 두 명 있는 것보다 훨씬 더 돌보기 쉽다.

에드위나의 파리 출신 보모인 마리는 머리 손질에 솜씨가 있는 것으로 밝혀진다. 어느 날 마리가 로절리의 머리를 매만져주겠다고 제안하는데, 그 결과가 너무 마음에 들어서 로절리는 그녀에게 매일 아침 그렇게 해달라고 부탁한다. 에드윈은 로절리에게 메리의 단골 양장점 이름을 알려준다. 얼마 안 되어 로절리는 메리가 좋아했던 것과 똑같은 짙은 파란색과 붉은색의 새 드레스 세 벌을 장만한다. "정말 우아해 보이는구나!" 엄마가 로절리에게 말한다.

며칠 후 편지 한 통이 도착한다. 에이시아가 또 임신했다는 내용이다. 로절리는 용케 잘 탈출했다.

에드윈의 친구들은 에드윈이 분주하게 뭔가를 하기를 간절히 바란다. 그들이 집에 자주 오기 때문에 이 집은 흥미로운 성공한 사람, 유명한 사람, 중요한 사람들로 가득하다. 로절리는 부끄러움이 많아서 말을 잘하지 못하지만, 지금은 외모가 괜찮아졌다고 생각하므로 자리에 앉아 그들이 나누는 한담과 정치 이야기에 귀 기울이는 것을 좋아한다. 그녀는 결코 이야기의 중심에 끼는 것을 좋아하지 않는다. 자신에 관한 이야기조차도 그렇다. 그렇지만 중심 근처에 자리 잡고 있는 것은 매우 좋아한다. 그녀가 가만히 자리에 앉아 있으면 아무도 그녀의 어색한 걸음걸이를 보지 못한다. 그녀의 삶이 갑자기 재미있어진다. 게다가 브랜디도 나온다. 에드윈 자신은 술을 마시지 않지만 친구들이 마시는 것은 싫어하지 않을 것이다.

어느 날 저녁, 자주 오는 방문객인 줄리아 워드 하우가 보스턴 출신 친구인 유니테리언파 목사 제임스 프리먼 클라크를 데려온다. 클라크는 로절리 옆자리에 앉아 자신을 소개한다. 로절리는 그가 누구인지 안다. 〈애틀랜틱 먼슬리〉 잡지에서 여러 차례 그의 설교를 읽었다.

클라크 목사는 워드 여사와 마찬가지로 저명한 노예제 폐지론자다. 로절리는 클라크 목사를 보며 편안하고 호감이 가는 얼굴이라고 생각한다. 희끗희끗한 회색 수염은 단정하게 다듬어져 있고, 백발의 긴 머리는 손가락으로만 빗질한 것처럼 헝클어져 있다. "당신 아버님을 만난 적이 한 번 있습니다." 그가 곧장 로절리에게 말한다. 그는 단지 이 말을 할 목적으로 그녀 옆에 앉은 것 같다. 로절리는 약간 경직된다. "내가 젊은 시절 켄터키주에 살 때였지요. 막 임명을 받아 목사직을 처음 수행할 때였어요. 아버님이 나에게 비둘기들의 장례식을 집행해달라고 부탁했답니다."

로절리는 할아버지의 목소리를 듣는다. 네 기행에는 끝이 없는 거니? 부스 집안의 자식들은 끝없이 그런 기행을 상기해야 하는 거예요? "아버지는 체포된 것으로 알고 있습니다." 로절리는 그렇게 말한다. 그렇게 말해줄 수 있는 사람이 자신밖에 없으므로.

그러나 클라크 목사는 안심시키듯 그녀의 손을 토닥인다. "정말 훌륭하고 다정한 분이셨어요. 아버님은 나에게 《노수부의 노래》[153]를 읽어주셨습니다. 그 목소리의 힘. 경이로웠답니다. 나중에 아버님은 내게 부탁을 거절한 것을 용서하는 편지를 보내주셨어요. 그것은 내가 소중히 여기는 기억이라는 것을 알아주셨으면 해서 말씀드렸습니다."

그를 둘러싼 그룹이 점점 커졌고, 얼마 후 워드 여사의 요청으로 그는 1861년 링컨 대통령 취임 직후 링컨을 찾아간 대표단에 관해서 이야기하기 시작한다. 그와 워드 여사와 몇몇 다른 노예제 폐지론자들은 완전한 노예 해방을 촉구하기 위해 대통령을 만났다. 그들은 실망하고 돌아왔다. 링컨은 두서없는 이야기로 그들의 요청을 회피했다. 고음의 목소리, 촌스러운 억양. 그들은 링컨을 자신이 처한 현 상황을 제대로 파악하기에는 그릇이 너무 작은, 정교하지 못한 시골뜨기라고 생각했다. "우린 사람을 그토록 잘못 판단한 적이 없었습니다." 워드 여사가 말한다.

클라크 목사는 저녁 식사 모임이 있어서 자리를 뜬다. 그 대화에서 로절리가 들을 수 있는 것은 전쟁 이야기뿐이다. 에드윈은 그녀에게 달콤한 차를 가져다준다. 그는 그녀가 차 말고 더 강한 것을 얼마나 간절히 원하는지 모른다. 그들 둘 다 몸에 술이 들어가지 않아서 고통을 겪고 있다. 로절리는 눈에 띄지 않게, 에드윈은 계속 담배를 피우는 것으로 고통스럽게 음주 욕구를 견디고 있다. 에드윈의 목소리는 거칠

153   새뮤얼 테일러 콜리지의 장시.

어졌지만, 다시 무대로 돌아가고 싶은 마음이 없으므로 문제가 되지 않는다. "셰익스피어의 대사를 읊으면 목이 멜 것 같아." 그가 말한다.

로절리가 이곳에 온 지 얼마 되지 않은 어느 날 아침, 로절리와 에드윈은 그래머시 공원까지 몇 블록을 함께 걷는다. 그녀는 그의 팔에 의지하여 걷고, 그는 그녀의 뒤뚱거리는 걸음걸이에 맞추어 걷는다. 그들은 검은 문을 지나 녹색 이파리와 꽃들이 향연을 펼치는 봄의 세계로 들어간다. 햇빛이 부드러운 나뭇잎을 연한 금빛으로 바꾸고 포장된 도로에 얼룩얼룩한 그늘을 드리운다. 비둘기들이 우스꽝스럽게 머리를 내밀고서 특유의 즐거운 걸음걸이로 걷고 있고, 도시의 다람쥐들은 열심히 움직이고 있다. 그녀는 숨을 깊이 들이마신다. 그녀의 코에 스며드는 모든 냄새는 젊고 푸르르다.

"나는 나에 대한 몰리의 깊은 사랑이 몰리의 무덤 속에 묻혔다는 것을 단 한 순간도 믿을 수 없어." 에드윈이 로절리에게 말한다.

"나도 그걸 믿지 않아." 로절리가 말한다.

에드윈은 로절리의 손을 잡고 지그시 힘을 준다. "나는 불과 몇 주 전만 해도 내 옆에 앉아 있었던 그녀가 지금도 여전히 살아 있고 내 근처에 있다고 믿어. 그런데 왜 그렇게 생각하고 있는데도 행복하지 않을까?"

에드윈은 자신과 엄마가 도체스터에 있었을 때 두 사람이 종종 유령에 대해 이야기했다고 로절리에게 말한다. 엄마는 아버지가 돌아가실 무렵 아버지의 유령을 두 번 보았는데 아버지에게 말을 건네지는 않았고, 에드윈은 캘리포니아에 있을 때 아버지를 한 번 보았다고 한다. 로절리는 유령 이야기를 하는 자리에 자기가 있었더라면 자기는 무슨 말을 했을까 생각해본다. 그녀는 아버지를 본 적이 없다. 아버지의 유령을 보고 싶지는 않지만, 그러나 아버지를 보지 못했다는 사실에서 그녀는 다소간 마음의 상처를 입는다.

에드윈은 로라 에드먼즈라는 뉴욕의 영매를 방문하기 시작한다. 저명한 강신술사인 존 워스 에드먼즈의 딸인 로라는 가수면 상태에서 혼령을 불러낸다. 에드윈은 로절리에게 함께 가자고 권유하지만, 유령을 불러내는 것의 이점이 로절리에게는 에드윈만큼 분명치 않다.

에드윈은 의식을 치르고 와서 결과를 보고한다. 메리가, 때때로 아버지가, 심지어 한 번은 리처드 캐리가 로라 에드먼즈의 몸에 빙의하여 그녀를 통해 에드윈에게 말한다. 메리는 에드윈에게 자기는 여전히 그의 것이고 언제나 그럴 것이라고 분명히 말한다. 로라는 에드윈에게, 그녀가 자신의 몸을 되찾으면 틀림없이 당신을 붙잡고 온몸에 온통 키스를 퍼부을 거라고 말한다.

아버지는 그의 연출 기법을 자랑스러워한다. 리처드는 평화롭다. 죽음은 모두를 싹싹하고 상냥하게 만들어주는 것 같다. 로절리는 이런 시시한 말들은 자신과 이야기를 나눈 그 어떤 유령의 화법도 아니라고 생각한다. 그러나 그것이 에드윈의 마음을 위로해주기 때문에 그녀는 아무 말도 하지 않는다. "나는 거의 확신해." 에드윈이 로절리에게 말한다. "난 모든 의심을 떨쳐버리고 싶어."

많은 전사자들로 인해 영매들은 호황을 누리고 있다. 존이 집에 찾아오자 두 형제는 여러 날 저녁을 이런저런 신비주의자들과 함께 보낸다. 그들은 자신들이 경험한 이상하고 놀라운 일들을 가득 안고서 집으로 돌아온다. 에드윈의 신앙이 커지고 있는 것 같다. "이런 일들이 나를 기독교인으로 만들고 있어요." 그가 엄마와 로절리에게 말한다. "전에는 그렇지 않았거든요. 하지만 이제 나는 정말 기독교인이에요."

각각의 의식이 끝나고 나면 에드윈은 얼마 동안 기분이 좋아 보인다. 그는 유명한 폭스 자매를 방문하는데, 그곳에서 유령들은 테이블 아래로 그의 다리를 만지고, 그가 거의 떨어질 만큼 의자 밑을 흔든다.

에드윈은 퍼트넘의 집 기다란 식당의 크리스털 샹들리에 아래서 영매 없이 혼령을 부르는 자신만의 의식을 진행한다. 로절리는 만약 주변에 유령이 있다면 그것은 퍼트넘의 유령들일 거라고 생각하며 자신을 안심시킨다. 그 유령들이 그녀와 이야기하고 싶어 할 거라고 생각할 이유가 없고, 실제로 그런 것으로 밝혀진다.

어느 날 저녁, 로절리는 자신의 어두운 구석 자리에서 임시 휴가를 받아 방문한 에드윈의 친구 애덤 바도의 말을 엿듣는다. "네드의 손가락을 만졌을 때," 그가 말한다. "나는 전에는 느껴본 적이 없는, 신경이 곤두서는 듯한 강한 영향을 받았습니다. 내 오른손과 오른팔이 그 어떤 사람도 가능하지 않을 정도로 빠르게 떨리기 시작했습니다. 너무 빨라서 내 손이 안 보일 정도였죠. 그러고 난 후 내 손이 계속 반복해서 테이블을 내려치는 것이었습니다. 손이 다칠 때까지 말이에요. 나중에 내 손은 글씨를 쓰는 자세를 취했습니다. 그 손에 펜을 넣어주자 종이에 뭔가를 끄적거리는 것이었는데, 하지만 아무런 의미도 없는 끄적거림이었어요. 이런 현상이 한 시간 이상 계속되었습니다."

다음 날 밤에도 그 실험을 반복했는데, 결과는 똑같았다. "아주 이상했습니다." 애덤이 말한다. "그것은 단지 내가 너무 긴장했던 탓이 아닐까 생각합니다."

아니야. 그것은 다 에드윈 때문이었어, 로절리는 생각한다. 사람들로 하여금 믿게 만드는 것이 바로 에드윈의 재능이다.

존은 전쟁 소식을 열심히 탐하고 있다. 챈슬러스빌 전투에서 승리한 후 의기양양해진 리 장군은 펜실베이니아주에서 북부에 대한 두 번째 침공을 시도한다. 그는 7만1천 명의 병력을 이끌고 포토맥강을 건너 메릴랜드주와 펜실베이니아주 남부로 진입한다. 7월 1일, 그들은 게티즈버그 마을에서 북군을 만난다. 3일 후, 북군의 사상자 수는 2만3천 명, 남군의 사상자 수는 2만8천 명이다. 리는 그의 군대 3분의 1 이상을 잃었다. 천둥이 치고 폭우가 내리는 날을 이용하여 리는 퇴각한다. 존은 암울하고 침울하다.

에드윈은 전쟁을 거의 의식하지 못한 채 돌아와서 자신의 불행에 집착하고 베일 너머의 세계에 대한 탐구에 몰두했다. 자신의 슬픔을 제외한 모든 것이 다시 멀어져 보이고, 솔직히 말해서 중요하지 않아 보인다. 어느 날 아침 창문을 통해 햇살이 기분 좋게 쏟아져 들어오는 거실에서 로절리가 그에게 다가갔을 때, 에드윈은 "내가 메리를 얼마나 사랑했는지 난 정말 모르고 있었어"라고 말하고는 더 이상의 말 없이 도망치듯 위층으로 올라간다.

로절리가 에드윈에게 게티즈버그 전투에 대해 언급하자 그는 전쟁은 단지 몸의 문제일 뿐이라고 말한다. 자신의 관심은 영혼에 있다는 것이다.

지금은 존이 집에 있으니 아마 존도 마찬가지일 거라고 로절리는 생각한다. 그와 존은 정치에서 멀찍이 떨어져 있는 게 언제나 최선일 터이다.

6

폭풍이 게티즈버그에서 뉴욕으로 이동한다. 그 여파로 여름의 무더위가 견디기 힘들 정도이다. 로절리는 그 넓은 집을 돌아다니며 밤에는 모든 창문을 열고, 아침이 되면 창문을 닫고 커튼을 친다. 그녀가 커튼을 친 어둑한 거실에 앉아 책을 얼굴 가까이에 댄 채 읽고 있을 때, 할 얘기가 있는 에드윈이 그녀에게 걸어온다. 그녀는 읽고 있던 페이지에 손가락을 넣은 채 책을 덮는다. 그 책은 로절리가 퍼트넘 씨의 서가에서 꺼낸 《넓고 넓은 세상》이라는 소설이다. 로절리는 전에 이 소설을 읽었지만 이처럼 멋진 장정의 책으로 읽은 것은 아니었다. 이 작품의 주요 메시지는 기독교 신앙으로 삶의 문제를 맞닥뜨리자는 것이다. 이 소설에는 로맨스도 있는데, 로절리가 다시 읽고 있는 부분은 바로 그 대목이다.

"애덤에게 회복할 동안 여기 와서 지내라고 요청했어." 에드윈이 말한다. "애덤이 내 방을 쓸 수도 있을 것 같아."

애덤 바도는 포트허드슨 전투에서 발에 상처를 입었다. 에드윈이 그 소식을 처음 들었을 때 로절리는 그가 이상하게도 그 일을 무시하는 것을 보았다. 로절리는 그렇게 말해주었고, 그러자 그는 그 뭔가에 사로잡힌 듯한 눈을 로절리에게 돌렸다. "나의 상처와 그의 상처 중에서 어떤 게 더 깊을까?" 그가 물었다.

"애덤에게는 그렇게 말하지 마." 그녀가 말했지만 너무 늦었다. 이미 말해버린 것이었다.

나중에 편지가 오고 나서야 에드윈은 애덤의 부상이 심각하다는 것을 알게 된다. 그의 발은 산산이 부서져서 수술로 복원해야 했다. 그는 다시 걷게 되겠지만, 몇 달 동안은 그러지 못할 것이다. "애덤은 자기를 사랑해주는 사람들과 함께 있어야 해." 에드윈이 말한다. 이 집은 에드윈의 집이므로 로절리는 안 된다고 말하지 못한다. 게다가 누구도 우정과 자비의 행동을 방해해서는 안 된다. 에드윈은 우정을 얻겠지만 자비의 행동은 여자인 그녀에게 떨어지지 않을까. 그녀가 간호사 역할을 해주기를 기대하는 게 아닐까, 로절리는 걱정한다.

그녀는 애덤을 좋아하지 않는다. 애덤은 에드윈에게만큼은 너무 알랑거린다. 또한 통통하고 작은 남자치고는 자만심이 너무 강하다. 그리고 존이 집에서 요양하며 회복기를 보내는 북군 군인을 점잖게 대할까? 에드윈이 물어보아야 할 사람은 존이다.

"애덤에겐 세상이 여전히 아름다워." 에드윈이 감탄스럽다는 듯이 말한다.

애덤이 탄 마차가 도착한다. 그의 발은 붕대와 부목에 감싸인 거대한 덩어리고, 그는 로절리가 기억하는 것보다 더 늙어 보인다. 그의 둥글고 붉은 얼굴에는 긁힌 생채기가 많이 남아 있다. 그는 길에서 집 안으로 옮겨진 후 그를 옮기는 사람들이 쉴 수 있도록 거실에 내려진다. 그런 다음 일행은 쉬지 않고 한꺼번에 계단을 올라 그를 방으로 옮긴다. 존과 에드윈이 함께 그를 옮기는데, 그들은 서로 손을 꽉 쥐고 팔 위에 애덤을 태운 채 올라간다. 로절리가 애덤의 가방 중에서 하나를 들고 따라간다.

그는 베개를 받치고 편히 눕는다. 그의 안경은 조그만 침실용 탁자 위에 놓여 있다. 안경을 쓰지 않은 그의 민얼굴은 이상해 보인다. 로절리는 얼음을 넣은 물 한 주전자를 들고 오고, 두 형제는 침대 옆에 함께 앉을 수 있도록 의자 두 개를 옮긴다. 방 안은 한낮의 열기로 무덥고, 공기는 흐르지 않고 고여 있다. 로절리는 애덤의 붕대에서 유칼립투스 같은 톡 쏘는 듯한 어떤 약품 냄새를 맡을 수 있다. 애덤을 옮기는 일을 한 존과 에드윈의 얼굴은 땀으로 빛난다. 존과 애덤은 에드윈의 결혼식에서 만났던 일을 회상한다. 정말 기쁜 날이었지, 그들 모두 애통한 마음으로 동의한다. 아무도 지금과 같은 불행한 미래를 예측하지 못했을 것이다. "우리의 의지와 운명은 정반대로 간다오."[154]
에드윈이 말한다.

"오, 하느님, 운명의 책을 읽고 시대의 변혁을 볼 수 있게 하소
서."[155] 존이 말한다.

남자들이 자리를 잡는다. 로절리는 메리를 잘 아는 사람과 다시
메리에 관해 이야기하는 것이 에드윈에게 얼마나 위안이 되는 일인지
알 수 있다. 그녀는 애덤이 인내심을 가지고 들어주는 것을 보며 그를
더 좋아하게 된다. 애덤은 몸이 약해진 상태에서 긴 여행을 했다. 그는
틀림없이 무척 지쳐 있을 것이다. 에드윈은 전에도 애덤에게 지금과
똑같은 이야기를 했지만, 애덤은 에드윈에게 계속 이야기하도록 부
추긴다. 애덤 자신도 메리에 관한 좋은 이야기들을 해준다. 두 사람의
논쟁적이고 경쟁적인 관계는 뇌리에서 잊힌다. 이제 메리가 죽었으니
메리와 애덤은 가장 친한 친구 사이였던 것이 된다.

애덤의 상처는 아직 치료가 더 필요하다. 하루에 두 번 소독을 하
고 드레싱을 다시 하는데, 그는 이 일을 위해 하인을 한 명 데려왔다.
랜들은 눈이 크고 한쪽 뺨에 상처가 있는(아무도 그 상처에 대해 묻
지 않는다) 젊은 흑인 남자다. 그는 방 안을 돌아다니며 대야를 준비
하고, 애덤의 옷과 붕대를 벗기고, 로절리의 질문에 특유의 리드미컬
한 억양으로 대답한다. 랜들은 뉴올리언스 출신이다. 거의 한 달 동안
바도 대위와 함께 있었다. 집에 네 명의 여동생이 있는데, 에드위나가
그를 잘 따르는 것에는 그런 영향이 있는 것으로 보인다. 로절리는 이
병실에서 에드위나를 물리적으로 내보내야 한다. 그녀는 이야기를 나

---

154   《햄릿》 3막 2장에 나오는 대사.

155   《헨리 4세 2부》 3막 1장에 나오는 구절.

누는 남자들을 방에 두고 에드위나를 몰고 나가 계단을 내려가서 부엌으로 데려간다. 로절리는 아이에게 랜들의 관심을 상실한 것에 대한 대가로 버터 바른 빵 한 조각을 준다.

나는 뉴욕주 제6지구에서 해당 지구에 할당된
인원 및 추가 50퍼센트 인원을 징병할 것을 명령한다.
그 증명으로 나는 이 문서에 서명하고
미합중국의 인장을 날인한다.
—에이브러햄 링컨

애덤이 이 집에 들어온 날은 7월 11일 토요일이다. 다음 주 월요일인 13일, 사과와 치즈로 혼자 아침을 먹고 있던 로절리는 밖에서 이상한 소리가 나는 것을 듣는다. 많은 청중들이 손뼉을 치고 환호하는 것 같은 소리다. 하지만 정확하지는 않다. 울부짖는 바람 소리 같기도 하지만, 바람은 불지 않는다. 존이 셔츠 차림으로 나타난다. 아침 면도를 한 직후라서 물방울이 아직 콧수염에 달라붙어 있다. 소음이 계속된다. 이제 사람의 소리라는 것이 분명해진다.

"도대체 무슨 소리지?" 로절리가 말한다.

"내가 가서 알아볼게." 존이 말한다. 그녀는 문이 있는 곳까지 존을 따라가고, 거기서 존은 모자를 챙겨 들고 사라진다. 그녀는 존에게 조심하라고 말할 생각도 못 한다. 조심할 필요가 있는지를 전혀 알지 못하기 때문이다.

에드윈과 엄마가 아래층으로 내려온다. "존이 알아보러 갔어요." 로절리가 말한다. 그녀는 에드위나를 살펴보러 간다. "아이가 애덤의 방에 들어가지 못하게 해." 로절리가 마리에게 말하자 에드위나가 입

술을 삐죽 내민다. 에드위나는 이제 겨우 말을 하기 시작했지만, 아이가 이해하는 양은 놀라울 정도로 많다. 아이는 작은 발을 구른다. 귀엽고 사랑스럽다.

거의 세 시간이 지났다. 존이 돌아올 때쯤에는 소음이 줄어들었다. 멀리서 화재 발생을 알리는 종소리가 들리더니 갑자기 뚝 끊긴다. 연기 냄새가 공기 중에 스며 있다. "폭동이에요." 존이 그들에게 말한다. "노동자들의 폭동이에요."

뉴욕시는 새로운 징병제를 막 시작했다. 새로운 징병제가 발표된 이후 사람들의 불평과 투덜거림이 계속 있어왔다. 그들의 분노는 대부분 300달러면 병역을 피할 수 있다는 사실[156]에 집중되었다. 오직 가난한 사람들만 전쟁을 치르도록 계획된 것이다.

존에 따르면, 독일과 아일랜드 이민자들의 무리가 센트럴파크에서 제9지구 청사까지 행진했는데, 행진이 진행될수록 사람들의 수가 늘어나고 분노가 증폭되었다고 한다. 그들은 파도처럼, 불처럼 나아가면서 그들 앞에 있는 모든 것을 파괴하고, 울부짖으며 분노를 표출했다. 존은 몇몇 남자들이 가게에 침입하여 도끼를 훔쳐서 무장하는 것을 보았다. 여자들이 쇠 지렛대를 이용하여 4번가의 철로를 들어 올리는 것도 보았다. 한 경찰관이 습격을 당해서 머리가 멜론처럼 부어오를 때까지 얻어맞는 것을 보았다. 블랙조크 소방대가 제9지구 청사에 불을 지르고, 자기들이 처음 질렀던 불을 끄는 것을 거부하는 것도 보았다. 소방대원들에게는 관습적으로 면제되었던 병역 의무가 새 징병제에서는 부과될 것이라고 생각한 것이었다. 그들은 그렇지 않다는

---

156 새 징병법은 병역을 원치 않으면 300달러의 면제비를 내거나 대리 복무자를 입대시키는 것을 허용했다.

것을 알게 되었지만 말이다.

존은 이런 사실들을 가족에게 알려주기 위해 집에 왔을 뿐이다. 그는 다시 그곳으로 가고 싶어 안달이 나 있다. 에드윈도 갈 생각을 하는데, 존은 안 된다고 말한다. 에드윈이 어디를 지지하는지는 잘 알려져 있다. "거리에는 링컨을 증오하는 사람들로 가득해. 지금은 제퍼슨 데이비스의 나라야." 존이 말한다.

로절리는 처음에는 놀라지 않는다. 불과 군중이 집에서 멀어지는 것 같다. 그녀는 여전히 전쟁을 미리 계획된 전쟁터에서 벌어지는 꽤나 깔끔한 것으로 생각하고, 전쟁에 나가지 않는 여자들의 유일한 역할은 부상자들을 간호하고 죽은 이들을 애도하는 것이라고 생각한다.

그녀는 존에 대해 조금 궁금해한다. 존은 신이 난 것처럼 보인다. 그는 정말 구경만 하는 것일까? 존은 항상 이야기 속에 들어가고 싶은 욕구를 지니고 있었다. 그리고 그녀는 남부 연합의 앞잡이들이 폭도들을 쑤석거리고, 분노를 부추기고, 누군가의 귀에 속닥거리고, 누군가의 손에 도끼를 건네고 있다는 것을 믿어 의심치 않는다. 로절리는 디킨스가 울부짖는 세계에 관한 이야기인 《두 도시 이야기》에서 폭도를 어떻게 묘사했는지 기억하려고 노력한다. 존이 그들에게 공감하고 있음에도 불구하고 절대 그들 무리에 가담하지 않을 거라고 믿어도 되는 걸까?

에드윈은 위층으로 올라가 애덤과 함께 앉는다. 로절리는 에이시아에게 편지를 쓰기 시작한다. '우리는 모두 이곳에 잘 있다.' 편지는 그렇게 시작한다. '더위 때문에 꽤 고생을 하고 있긴 하지만 말이야.'

오전 11시 30분 무렵, 징병 업무는 중단되었다. 그러나 이것은 폭도들에게 영향을 미치지 못한다. 존이 정기적으로 알려주는 사태는 점점 더 걱정스럽다. 그들은 제8지구 청사에 불을 질렀다. 부유한 공화당원들이 거주하는 렉싱턴 거리의 주택을 파괴한다. 창문을 부수고, 소파와 그림들을 갈기갈기 찢고, 식료품 저장실의 물건들을 가져간다. 상점을 약탈하고 전신선을 파괴한다. 한 경찰관은 옷이 벗겨진 채 거리에 깔린 돌에 맞아 살해되었다.

지금 5천 명의 광분한 폭도들이 권총과 손도끼로 무장한 채 1번가로 몰려들고 있다. 그들은 더 많은 경찰들을 찾고 있다. 부자를 찾고 있다. 노예 폐지론자들을 찾고 있다. 흑인들을 찾고 있다. 그들은 맨 처음 발견한 두 명의 흑인(수레에서 과일을 파는 남자와 아홉 살짜리 어린 소년)을 공격한다. 5번가의 흑인 보육원은 저녁 식사 시간 무렵까지 남아나지 못한다. 침대, 아이들의 옷, 양탄자, 책상 등은 약탈당하고 건물은 이제 잿더미와 잉걸불로만 남아 있다. 경찰은 200명이 넘는 아이들이 안전한 곳으로 대피하기에 충분한 시간 동안 버텼다.

연기가 짙어졌다. "우린 여길 떠나야 해." 로절리가 말한다. 그녀는 지난 몇 시간 동안 계속 이 생각을 하면서 다른 사람이 이 말을 해주기를 기다렸다. 로절리는 집에 불이 나는 것을 우려하고 있고, 그런 일이 일어날 경우 애덤을 급히 옮기는 것이 어려울 거라고 걱정하고 있다. 너무 늦게 떠나는 것보다는 너무 일찍 떠나는 게 더 낫다. 에드윈에게는 틀림없이 시골에 그들을 반겨줄 친구들이 있을 것이다.

존이 철도도 연락선 선착장도 다 파괴되었다고 말한다. 일하는 사람이 아무도 없다고 한다. "우리를 데려다줄 사람이 아무도 없어." 그가 말한다. "게다가 밖에 나가는 건 너무 위험해."

"오늘 밤은 집에 있어." 엄마가 존에게 말하고, 존은 엄마의 말을 따른다. 그 결정은 어렵지 않은 결정이다. 또 다른 폭풍우가 몰려왔기 때문이다.

비는 불을 끄고 더위를 누그러뜨린다. 로절리는 열린 창문을 통해 공기는 물론이고 어쩌면 거리도 깨끗이 씻어줄, 조용하고 아늑하게 토닥토닥 떨어지는 빗소리를 듣는다. 분명 최악의 상황은 끝난 듯싶다. 그녀는 비 냄새가 좋다. 잠을 이루는 데 아무 어려움도 없다.

그러나 로절리는 생생하고 무서운 꿈을 꾼다. 로절리는 기차를 타고 있다. 폭풍 소리는 바퀴 소리와 엔진 소리가 되었다. 그녀는 낯선 풍경을 지나치며 집으로 가고 있는 중이다. 철로 가까이에 나무가 무성하게 우거져 있는데, 어느 순간 갑자기 히죽 웃는 한 남자의 얼굴이 그녀 바로 옆에 있다. 그들 사이에는 차창 유리밖에 없다. 겁에 질린 그녀는 다른 승객들에게로 시선을 돌리는데, 놀랍게도 그들 모두 죽었다는 것을 깨닫는다. 그녀는 시체로 가득한 기차를 타고 가는 중이다.

로절리는 이 교교한 어둠 속에서 깨어난다. 심장이 빠르게 뛴다. 비는 그쳐 있고 거리는 조용하다. 그녀는 다시 잠이 든다. 다음 날 아침, 전날의 일들과 그 꿈이 그녀 마음속의 똑같은 공간에 자리 잡고 있다. 둘 다 실감이 나지 않는다.

존이 얼음을 찾으러 갔다가 이내 돌아온다. 그의 평가에 따르면, 정신이 말짱한 독일 이민자들은 거리를 떠났고 지금은 과격한 아일랜드 갱단인 '데드래비츠'만 거리에 남아 있다고 한다. 바로 얼마 전에 존은 얘기하고 싶지 않은 잔인한 행동을 하는 한 무리의 소년들(소년들!)을 보았다. "우린 랜들을 숨겨야 해." 그가 말한다. "걔들은 지금 집마다 돌아다니며 강제로 집 안으로 들어가서 군인이나 흑인들을 찾고 있어. 그런데 이 집에는 군인도 있고 흑인도 있잖아."

랜들은 지하실로 내려가고, 애덤이 북군 병사라는 것을 알아차리게 하는 모든 것들도 랜들과 함께 지하실로 내려보낸다. 그렇지만 탄로 나기 쉬운 애덤의 억양과 상처는 어떻게 할 도리가 없다. 존과 에드원이 그의 치료를 떠맡을 것이다. 랜들은 꼼짝 말고 지하실에 있어야 한다.

어제는 로절리의 두려움이 잘 관리되었다. 그렇지만 오늘은 거리에서 소음이 들릴 때마다 그녀의 가슴이 철렁 내려앉는다. 그녀는 위층 창문에서 내려다본다. 거리에는 아무도 없다. 폭도도 없고, 마차도 없고, 배달꾼도 없고, 보행자도 없다. 검은 개 한 마리가 집을 지나간다. 아침 내내 본 거라곤 그것뿐이다. 그녀는 두려움 속에서 존이 집에 돌아와 새로운 소식을 알려주기를 기다린다. 그러다가 존이 집에 있을 때는 밖에서 무슨 일이 일어나고 있는지 더욱 궁금해하며 두려움에 빠진다. 그녀의 휴대용 술병은 비어 있다. 손이 떨린다.

그녀는 에드위나를 돌보는 마리를 도우려 하고, 책을 읽고, 블록 쌓기 놀이를 하면서 모든 것이 다 괜찮은 척한다. 공포와 지루함이 이상하게 뒤섞인 가운데 하루가 천천히 지나간다.

랜들과 애덤은 최악의 상태다. 랜들은 지하실을 떠날 수 없고, 애덤은 침대를 떠날 수 없다. 애덤은 자기가 이 가정에 위험을 초래했으며, 또한 자기는 이 가정을 지키는 데 도움을 줄 수 있는 상태가 아니라는 것을 뼈저리게 느끼고 있다. 그와 비슷한 처지의 군인인 오브라이언이라는 남자는 한 무리의 여자들에게 살해당했다. 그 여자들이 그를 살해하는 데 여섯 시간이 걸렸다. 그 일에 대해 항의하던 한 소녀는 심하게 얻어맞았고, 그녀의 하숙집은 파괴되었다. 죽어가는 그 군인에게 물 한 잔을 준 약사도 얻어맞았으며, 그의 가게도 파괴되었다.

존은 엄마가 그러지 말라고 간곡히 말했는데도 밖으로 나가 돌아다니며 활동한다. "난 조심하고 있어요." 그가 말한다. 존은 엄마에게 거리에서 충성심 검사가 시행되고 있다고 말한다. 그가 할 일이라고는 자기는 남부 편이라고 말하는 것뿐이고, 그러면 방해받지 않고 걸어 다닐 수 있다고 알려준다. 존에게 자기는 대통령을 싫어한다고 말하는 것보다 더 쉬운 일은 없다.

존은 식량과 정보를 찾아 헤매고 다닌다. 구한 식량은 엄마와 로절리에게 주지만, 정보에 대해서는 얼마 전부터 잘 주지 않고 인색하게 군다. 그는 이제 집에 돌아올 때마다 애덤, 에드윈과 함께 방 안에 틀어박혀 있다. 로절리가 아는 것은 경찰이 압도적으로 몰리고 있다는 것뿐이다. 이 도시의 민병대는 먼 곳의 전투에 투입되었기 때문에 도시 안에는 민병대가 없다. 따라서 폭도들이 살인과 방화를 저지르기로 마음먹으면(실제로 그렇게 하고 있다) 그들을 막을 수 있는 인력은 없다. 로절리는 그 이상의 일들이 벌어지고 있다는 것도 알고 있다. 존이 이미 얘기해준 것보다 더 나쁜 일들, 너무 끔찍해서 여자들은 들을 수 없는 일들이 벌어지고 있는 것이다. 아마도 그것이 이 모든 사태 중에서 가장 무서운 부분일 것이다. 그녀는 랜들에게 식사를 가져다준다. 그녀의 정보가 빈약하고 모호한 것에 그들 모두 낙담하고, 랜들을 숨기기에 더 좋은 장소가 없다는 것에 둘 다 두려움을 느낀다.

수요일이 되었을 때는 불량배 무리들이 부두 쪽으로 이동하여 술값을 빼앗으려고 사창가를 공격하고 술집과 식료품점을 약탈했다. 오후에 그들은 다시 돌아오는데, 그들의 목소리가 다시 들릴 만큼 가까이 근접한다. 그들과의 거리가 두 블록밖에 되지 않는다고 존이 말한다. 하지만 그들은 북쪽으로 방향을 돌리고, 그들이 외치는 소리는 서서히 사라진다. 목요일에도 그들은 여전히 그래머시 공원 지역의 여러 가정집에 강제로 침입하지만, 존이 말하기를 마침내 군대가 도착했다고 한다. 존은 게티즈버그에서 막 돌아온 곡사포와 포병대가 이제 그 공원을 점령했다고 말한다. 드디어 흐름이 바뀌고 있다.

폭동은 금요일에 끝난다. 새디어스 모트 대령이 폭도들을 어퍼이
스트사이드에서 몰아내고 퇴각하는 그들을 공동 주택까지 뒤쫓아 간
다. 모트 대령의 병사들이 총검을 휘두르며 강제로 공동 주택에 진입
한다. 옥상으로 내몰린 한 무리의 폭도들은 거기서 뛰어내려 죽는 것
을 선택한다. 하루가 끝날 무렵, 바리케이드가 철거되고 시체들이 수
습되어 거리는 안전해진다. 얼마나 많은 사람이 죽었는지에 대한 신
뢰할 만한 추정치는 없다.

애덤과 랜들은 로드아일랜드주에 있는 친구의 집에서 안전하게
지내기 위해 군의 호위를 받으며 떠난다. "여러분이 내 곁을 지켜준
것에 대해 항상 감사할 겁니다. 절대 잊지 않을게요." 애덤이 부스 가
족에게 말한다.

에드윈의 살롱 출입이 재개된다. 숨어 지내다가 나타난 그의 친
구들은 충격을 받고 트라우마를 겪는다. 끝났어, 로절리는 자기 자신
에게 말한다. 그러나 사람들에게서 듣는 이야기는 그러한 것이 정말
끝날 수 있는 일인지 의문스럽게 한다. 수많은 건물이 불타고 약탈당
했고, 수많은 여자들이 자신들의 집에서 성폭력을 당했다. 그리고 수
많은 사람들이 잔인하고 변덕스럽게 살해되었다. 특히 흑인들이 그러
했는데, 그들은 짐승처럼 사냥당하고 사살당하고 교살당하고 산 채로
불태워지고 고문당하고 팔다리를 절단당했다. 아무도 감히 그들을 도
우려고 나서지 못했다. 흑인 가족들은 최대한 서둘러 이 도시를 떠나
고 있다.

로절리는 필라델피아의 스쿨킬레인저스뿐 아니라 볼티모어의 오
래되고 익숙한 폭력배 집단인 플러그어글리스와 블러드터브스가 약

탈품의 일부를 차지하기 위해 달려왔다는 것을 알고도 놀라지 않는다. 그 폭동은 범죄 사업이고, 분리주의자의 공격이고, 인종 학살이었던 걸까? 아니면 다른 어떤 것, 더 형체가 불분명하고 더 오래된 어떤 것이었을까? 통제와 가치 판단에서 풀려난 사람들의 본모습이었던 것일까? 허먼 멜빌은 '도시는 쥐들에 의해 점령당한다'[157]라고 쓸 것이다.

노예 폐지론자들은 남부에 동조하는 주지사가 의도적으로 징병에 앞서 모든 군인들을 전투에 참전시켜 이 도시에서 병력을 비워버렸다고 믿는다. 게티즈버그 전투에 참전한 약 4천 명의 군인을 포함하여 전투 중이던 모든 군인들은 다시 돌아와야 했다. 그렇지 않았다면 게티즈버그 참전 군인들은 리 장군의 퇴각하는 군대를 추격할 수 있었을 것이다. 남부의 완전한 승리라는 게 에드윈의 친구 대부분이 내린 결론이다.

지옥은 텅 비었고, 악마들이 모두 여기 있구나.[158]

폭동은 에드윈을 긴장증적인 슬픔에서 깨어나게 했다. 그는 19번가에 있는 적갈색 사암으로 지은 주택을 구입한다. 엄마에게 좋아하는 가구를 사서 사용하라고 말한다. 그는 편안함과 취향을 누릴 수 있을 만큼의 돈이 있다. 퍼트넘의 집이 갖는 웅장함과 역사에 비견할 수는 없겠지만, 폭동으로 인해 그 집에서 사는 로절리의 즐거움이 얼마간 시들해졌다. 그 집은 지나치게 부유한 것 같은 생각이 든다. 로절리는 그 집에서는 다시는 절대 안전하다는 느낌을 받지 못할 것이다.

로절리는 작으면서도 좀 더 폭넓은 방식으로 바뀐다. 에드윈이

157 미국의 작가이자 시인인 허먼 멜빌의 시 〈지붕〉에 나오는 구절.
158 셰익스피어의 희비극 《템페스트》 I막 2장에 나오는 구절.

자신의 믿음을 찾아가는 것과 동시에 로절리는 믿지 않는 것이 더 편할 거라고 마음을 정하고 있다. 그녀와 하느님과의 관계는 언제나 거래적인 성격을 띠었다. 이제 그녀는 이처럼 썩어빠진 우리를 사랑하는 하느님은 바보일 거라고 생각한다. 그녀는 자존심이 너무 세서 바보 같은 하느님은 믿지 못한다.

에이시아

7

수년 후 에이시아가 절실한 심정으로 누군가가 존에 대해서 좋은 말을 하는 것을 듣고 싶어 할 때, 그녀는 애덤 바도가 부스 집안 사람들과 함께 지낸 이 시기에 대해, 특히 존에 대해서 질문을 받고 대답했던 신문 기사를 발견하게 될 것이다. 존은 내 목숨을 구해주었습니다. 애덤은 그렇게 말할 것이다. 존은 나를 매우 다정하게 대했습니다. 그에게서는 남부를 열렬히 지지하는 그 어떤 기미도 보이지 않았습니다.

이 글을 읽으면서 에이시아는 언젠가 존이 이와 동일한 사건에 대해 그녀에게 했던 다음과 같은 말을 잊을 수 있을 것이다. "내 몸엔 남부의 피가 흐르고 있는데, 내가 그 북군을 구하라는 강요를 받았다고 상상해봐!" 그리고 에이시아와 존, 둘 다 애덤을 그의 동성애 성향

때문에 '기만적인 인간'으로 폄하했던 것도 잊을 수 있을 것이다. 에이
시아는 친절이라는 게 어떤 느낌인지 거의 잊어버리고 있는 시점에
이 기사를 읽고 애덤은 정말 친절하다고 느낀다. 이 기사는 오후 내내
에이시아를 울릴 것이다.

존은 남부를 지지하는 입장을 숨기려는 경향이 점점 더 줄어들고
있는 것 같다. 슬리퍼와 존은 같은 기차를 타고 필라델피아에 도착한
다. 그들이 집에 들어섰을 때 에이시아는 뭔가……, 이상한 분위기를
느낄 수 있다. 슬리퍼는 무뚝뚝하다. 에이시아에게 황급히 키스를 한
다음 부엌으로 들어가 먹을 것을 좀 달라고 부탁한다. 존은 요즘 들어
새로워진 열정적이고 설득력 없는 태도를 보이며 쾌활하게 군다. 에
이시아는 슬리퍼와 존 사이에 뚜렷이 존재하는 긴장을 눈치채지 못한
척한다.

그날 밤 그녀가 슬리퍼와 나란히 누워 있을 때, 슬리퍼는 그녀에
게 기차를 타고 오는 동안 제퍼슨 데이비스에 관한 농담을 했다고 얘
기한다. 그러자 존이 그의 목을 잡고 양말을 입에 문 개처럼 좌우로
마구 흔들어댔다고 말한다. 그가 그녀에게 멍 자국을 보여준다. 그런
다음 자신의 어깨를 문질러달라고 부탁한다. 그녀의 손에 닿은 그의
근육이 돌처럼 딱딱하게 움직인다.

에이시아는 존과 단둘이 있을 때 그 일에 관해 존에게 묻는다.
"난 단지 누나를 보러 여기 왔을 뿐이야." 존이 말한다. 그러고 나서
근사하게 절제된 표현으로 덧붙인다. "클라크 매형과 나는 서로 대척
점에 서 있어."

클라크 부부는 시골에서 다시 필라델피아 13번가 캘로힐에 있는
집으로 이사했다. 에이시아가 자기는 시골을 싫어한다는 판단을 내린

것이다. 슬리퍼는 이제 엄청 유명한 배우이다. 그가 가장 좋아하는 역할은 티머시 투들이고, 에이시아와 존이 이 이야기를 나누고 있을 때도 슬리퍼는 그 연극을 공연하러 떠나고 집에 없다. 아이들이 책과 신발과 장난감들을 거실 여기저기에 어질러놓았다. 에이시아가 그것들을 치우는 동안 존이 불을 피우기 시작한다. 장작이 덜 말라서 방 안에 연기가 자욱이 낀다. 밤은 어둡고 너무 건조해서 쌓인 눈이 바람에 날리며 스산한 소리를 낸다.

에이시아와 존은 난롯가에 앉는다. 에이시아의 손은 차갑다. 그녀가 손을 내밀어 불을 쬔다. "그런 마음이 그토록 강하다면 남부를 위해 싸우러 가지 그러니?" 에이시아가 그에게 말한다. "이름깨나 날리는 모든 메릴랜드 사람들은 그렇게 하고 있는데." 그녀는 그 말을 뱉고 나서 곧바로 후회한다. 존이 군인이 되는 것을 보고 싶은 마음은 전혀 없다.

그가 한동안 대답하지 못하고 침묵을 지키는 것을 보고 에이시아는 자기가 존을 부끄럽게 만들었다고 생각한다. 존은 불을 응시하고 있다. 불은 이제 한결 더 깨끗이 타고 있지만 연기 냄새는 아직 남아 있다. 그의 야윈 얼굴에 그늘이 드리워져 있다.

"내가 기여할 수 있는 것이 군인이 되는 것뿐이라면 그렇게 하겠어. 하지만 내 머리는 스무 명의 가치가 있고, 내 돈은 100명의 가치가 있어." 그가 말한다. "나는 나로서는 최선의 방식으로 남부에 기여하고 있어. 에드윈 형과 요직에 있는 형의 친구들 덕분에 내겐 그랜트 장군의 통행증이 있지. 어디든 갈 수 있는 증서야. 그랜트는 자기가 남부에 얼마나 좋은 일을 했는지 거의 모르고 있어."

존이 한 말의 의미가 지금 막 에이시아에게 분명해지고 있다. 존은 스파이이고 밀반입자이고 몰래 남부를 오가는 사람이다. 이 중 어느 하나만으로도 사형에 처해진다. 에이시아는 이런 사실을 몰랐다. 알고 싶지 않다. 그녀는 그런 짓은 그만두라고 간청하지만, 존은 앉은 자리에서 그녀를 향해 빙그레 웃으며 고개를 젓는다. 에이시아는 그들이 앉은 두 의자 사이의 거리 너머로 손을 뻗어 존의 손을 잡는다. 그녀는 존의 손에서 느껴지는 열기와 딱딱한 굳은살에 놀란다. 그녀는 엄지손가락으로 굳은살을 따라 움직이며 어루만진다. "여러 날 밤 노를 저어서 그래." 그가 묻지도 않은 질문에 답한다. 그는 자신의 허벅지 높이의 부츠 속에 권총집이 숨겨져 있다고 에이시아에게 말해준다. 한때는 상당한 멋쟁이로 여겨졌던 그가 주의를 끌지 않기 위해 일부러 추레한 코트를 골라 입었다. 그의 모자에는 얼굴을 가리는 챙이 있다. 그는 엄마에게 한 약속을 어기고 '골든서클 기사단'이라는 조직에 가입했다. 이 조직은 군대를 모집하고, 멕시코를 정복하고, 정복한 멕시코를 노예주 연합의 일부로 만드는 데 헌신하는 광신적인 조직이다.

위층에서 아기가 운다. 에이시아는 엄마로서 실망감을 느낀다. 아기는 적어도 한 시간은 더 잤어야 한다. 에이시아는 아기에게로 걸어가는 베키의 발소리를 듣는다. 젖이 찌릿찌릿 에이시아의 가슴으로 나온다. 위층으로 올라가지 않으면 그녀의 옷은 곧 젖에 젖어 축축해질 것이다. 그녀는 일어선다. "제발 남부로 돌아가지 마." 그녀가 말한다.

그는 놀란 것 같다. "그럼 내가 거기 말고 어디로 가야 해?" 그가 부드럽게 노래 부르기 시작한다. "1865년, 링컨이 왕이 될 때 말이야."[159]

"그런 일은 절대 일어나지 않을 거야." 에이시아가 말한다.

"그런 일은 절대 일어나지 않을 거야." 그가 동의한다.

---

159 링컨은 1861년에 16대 대통령에 취임했고, 1865년은 차기 대통령이 취임하는 해이다. 실제로 링컨은 재선에 성공하여 1865년 3월에 다시 대통령에 취임한다.

이제 아기의 울음소리는 크고 애절하다. 베키는 아기를 달랠 수 없고, 에이시아는 아기 울음소리 때문에 남들이 깰까 봐 걱정한다. 그녀는 서둘러 계단을 올라간다.

에이시아는 이 대화 내용을 남편에게 절대 발설하지 않을 것이다. 만약 그녀가 두 사람 가운데 한 명을 선택해야 한다면, 그 선택은 어렵지 않다. 부스 가족은 무엇보다도 부스 가족이 우선이다. 그녀는 다른 남자 형제들에게도 이 대화 내용을 언급하지 않겠다고 마음먹는데, 이 결정은 그녀의 남은 인생 내내 그녀를 괴롭힐 것이다.

링컨과 셰익스피어

셰익스피어의 희곡들 중에는 내가 한 번도 읽지 않은 작품들이 많지만, 어떤 작품들은 전문 독자들 빼고는 어떤 일반 독자들 못지않게 자주 읽었을 것입니다. 그런 작품들로는 《리어왕》, 《리처드 3세》, 《헨리 8세》, 《햄릿》, 그리고 특히 《맥베스》가 있습니다. 나는 《맥베스》에 비길 수 있는 작품은 없다고 생각해요. 《맥베스》는 훌륭한 작품입니다.

—에이브러햄 링컨이 배우인 제임스 H. 해킷에게 쓴 편지, 1863년

존 T. 포드는 튜더홀을 지었던 바로 그 건축가 제임스 기퍼드를 고용하여 워싱턴 디시에 있는 자신의 극장을 개조했다. 1863년 11월, 존 윌크스 부스는 자신의 좋은 친구 포드의 특별 초청으로 그곳에서 2주 동안 공연을 한다. 에이브러햄 링컨은 그 극장으로 공연을 보러 가서 〈마블 하트〉[160]에서 유럽의 가장 위대한 조각가 라파엘 뒤샬레를 연기하는 존을 보게 된다. 그날 밤 특별석에 자리 잡은 관객들 중에는 러시아 주재 미국 대사의 딸인 메리 클레이가 있다. 그녀는 부스가 뒤샬레의 몇몇 협박과 맹세를 대통령을 향해 직접 말하고 있다고 느끼기 시작한다. 그녀는 이런 느낌을 링컨에게 얘기한다. "저 배우가 나를 무

---

160 프랑스인으로 환생한 뛰어난 그리스 조각가의 대리석 조각들이 마침내 그 조각가의 눈앞에서 살아나는 이야기를 그린 영국 극작가 찰스 셀비의 작품.

척 날카롭게 보고 있지?" 링컨이 대답한다.

부스는 링컨이 연극을 사랑한다는 한 가지 사실만큼은 인정한다. 사실 링컨은 끊임없이 끼어드는 탄원과 방해의 일상에서 탈출하기 위한 한 가지 방편으로 연극 관람을 자주 이용한다. 링컨의 아내는 링컨이 연극을 전혀 집중해서 보지 않는다고 불평한다.

이 연극을 감상하고 나서 링컨은 진심으로 박수를 보낸다. 그는 부스에게 백악관에 방문해달라는 초청장을 보내는데, 이 초청은 묵살된다. 링컨은 그 사실을 거의 눈치채지 못한다. 다른 중요한 일이 링컨의 마음속에 자리 잡고 있다. 10일 후 그는 게티즈버그 연설을 할 예정이다.

8

"나는 그의 박수보다는 차라리 흑인의 박수를 받는 게 더 좋아." 그날 밤 늦게 존이 말한다. 그는 링컨의 워싱턴 한복판에서 그런 말을 하는 것이 기쁘고 자랑스럽다. 그는 술집에 있고, 술에 취했다. 주변 사람들 모두가 취했다. 담배 연기가 안개처럼 자욱하다.

그 자리에 최소한 한 명의 링컨 지지자가 참석해 있다. "당신은 절대 당신 아버지 같은 배우가 되지 못할 거요." 텁수룩한 붉은 수염을 무성하게 기른 남자가 말한다.

존이 테이블 위에 잔을 내려놓는다. "나는 미국에서 가장 유명한 사람이 될 거야." 그가 그들 모두에게 말한다.

한편…….

에드윈의 인기는 계속 높아진다. 조각가 론트 톰프슨은 에드윈을 햄릿으로 표현한 청동 조각을 만들었다. 에드윈은 결과물이 미켈란젤로에 버금갈 정도라고 애덤에게 말한다. 그의 긴 머리가 어깨까지 늘어진, 영혼이 담긴 듯한 감성적인 사진들이 뉴욕의 상점들에서 팔린다. 구매자들은 주로 여성이지만 꼭 그런 것만은 아니다.

에드윈도 워싱턴 디시에서 공연을 하는데, 포드 극장이 아닌 그로버 극장이다. 링컨은 존을 한 번 본다. 에드윈을 보러 간 것은 여섯 번이다. 국무장관 윌리엄 수어드가 에드윈을 위해 만찬을 베푼다. 대화가 매우 활기차고 화기애애해서 수어드는 에드윈을 문까지 바래다주며 이런 기회가 자주 있었으면 좋겠다고 말한다. 그는 우정이 오래 지속되기를 바란다. 그의 열아홉 살 딸 패니는 에드윈의 눈에 반응하여 심장이 두근거리는 것을 어쩌지 못한다. 그녀는 자기 방으로 물러나 일기장에 그 눈에 대해서 상세히 쓴다.

에드윈과 슬리퍼는 함께 사업을 시작했다. 그들은 필라델피아에 있는 월넛스트리트 극장을 매입했고, 그다음에는 세 번째 파트너인 윌리엄 스튜어트 매니저를 추가하여 뉴욕의 윈터가든을 임차했다. 그 결과 에이시아는 매우 부유해지고 있다.

에이시아는 또한 에드윈을 더 자주 보고 있고, 에드윈의 모험적인 활동과 승리에 관한 이야기를 계속 듣고 있다. 그녀는 에드윈이 그녀가 가장 좋아한 남자 형제였던 때의 그 친밀한 사이로 돌아가고 싶은 마음이 간절하다. 메리가 죽은 지도 수개월이 되었다. 불화가 계속되어야 할 이유가 없다.

하지만 슬리퍼는 항상 에드윈이 자기를 보러 집에 온 것처럼 행동한다. 그리고 슬리퍼가 집을 나서면 대개 에드윈도 따라 나간다. 그들은 보스턴에서 세 번째 극장을 구입할 계획을 세우고 있다. 그들에게는 계획이 가득하다. "에드위나에게 엄마를 돌려주지는 못하지만, 난 얘를 상속인으로 만들 순 있어." 에드윈이 말한다.

에드윈이 돈에 대해 말을 하지 않는 것은 아니지만, 에이시아는 윈터가든 극장이 애정으로 유지되는 노동이라는 것을 알 수 있다. 뉴욕 관객들은 셰익스피어라는 푸짐하고 건강한 영양식이 필요할 때 너무 오랫동안 로라 킨의 멜로드라마라는 빈약한 죽을 먹어야 했다. 에드윈은 〈햄릿〉을 공연할 계획이고, 오랫동안 많은 돈을 들여 극장을 개조하고 있다. 실제 예술가들이 의뢰한 무대 배경과 의상, 이동하는 풋라이트 조명, 벨벳 좌석 등 하나에서 열까지, 배우 휴게실에서부터 맨 위층 관람석까지, 완벽한 공연 장소가 될 때까지 고치고 바꾸고 있다. 슬리퍼는 주로 월넛스트리트 극장에 집중한다. 윈터가든은 에드윈을 위한 극장이다. 둘 다 이 수익성 있는 사업에 존을 포함시키는 것을 제의하지 않는다.

에드윈이 뜨자 존은 가라앉는다. 존은 술을 많이 마시며, 술집에서, 사창가에서, 무대에서 사람들과 싸운다. 그는 변덕스럽고 폭력적이라는 평판을 얻고 있어서 출연 요청을 받는 것이 더 어려워졌다. 몇몇 배우들이(에드윈 포러스트도 그중 한 명이다) 그와 함께 공연하기를 거부한다.

존은 한겨울에 캔자스주 레번워스로 여행을 떠났다가 동부로 돌아가는 길에 눈보라에 갇힌다. 말이 끄는 썰매를 타고서 얼어붙은 날씨를 뚫고 나흘 동안 나아가야 했던 존은 심하게 앓게 된다. 그는 켄터키주 루이빌에서 공연을 하다가 도중에 쓰러진다.

그는 회복되지만, 전반적인 건강 상태는 약해졌다. 구체적으로는 만성 기관지염을 앓게 되었는데, 일부 사람들은 그로 인해 그의 연기 생활이 끝나게 될 거라고 수군거린다. 그는 여전히 단일한 공연을 할 수는 있겠지만, 그의 목소리는 계속 이어지는 밤 공연에서 다시는 부활할 수 없을 가능성이 있다. 이렇든 저렇든 난 괜찮을 거야, 존이 에이시아에게 말한다. 그에게 연극은, 에드윈과는 달리, 아주 소중한 일이었던 적이 없었다. 게다가 그는 다른 데서 더 많은 돈을 벌 수 있다. 그는 '드라마틱 정유 회사'라는 자신의 사업을 시작했고, 유정을 사들이고 있다.

에이시아는 부스 집안의 이름을 다시 떨칠 사람이 에드윈일 거라는 것을 알았어야 했다. 워싱턴에서 가장 영향력 있는 사람들이 초대하고 싶어 하는 손님인 그를 보라. 대통령 자신이 감탄하는 사람 아닌가.

그의 사업 파트너이자 가장 친한 친구와 결혼한 그녀를 보라. 그녀는 뉴욕에 있는 집을 자주 방문하기 시작하며, 가족 내에서 자신의 중심적인 위치를 다시 회복하기 위해 열심히 노력한다. 그녀는 뼛속 깊이 부스 집안 사람이고, 아무도 그 점을 잊어서는 안 된다. 로절

544

리가 가족 문제에 대해 자기보다 더 많이 알고 있다는 것은 참을 수 없다.

9

준은 집을 팔고 극장을 그만두고 영원히 캘리포니아를 떠났다. 그는 경제적인 문제로 다시 길을 떠날 수밖에 없었다. 5월 이래로 순회공연을 계속하고 있다. 그도 뉴욕 집을 자주 방문하는데, 그러므로 많은 세월이 지난 후에 다시 가족이 한곳에 모이게 된다. 그들이 몰리라고 부르는 준의 딸은 활기찬 아이이며 다루기 힘든 말괄량이이다. 아이는 에이시아에게 에이시아 자신을 연상시킨다.

엄마의 자식들(조를 제외한 나머지 모든 자식들)과 손주들이 한 지붕 아래서 지낼 수 있는 이런 방문은 긴 세월 동안 힘든 삶을 보낸 엄마에게는 가장 행복한 시간일 것이다. 엄마는 방에 들어가서 가족들이 함께 모여 외출 계획을 세우거나 아이가 한 말에 대해 웃는 모습을 보는 것을 좋아한다. 1864년 8월 어느 날, 에드윈의 집은 그들 모두를 편안하게 품고 있고, 그들은 아직 오지 않은 존을 기다리며 거기 모여 있다.

마침내 존이 도착했을 때, 그의 상태는 충격적이다. 그는 비틀거리며 문으로 들어오다가 입구에서 까무러친다. 쓰러지면서 번들거리는 목재 바닥에 머리를 쿵 부딪친다. 준이 그를 너무 쉽게 들어 올린다. 에이시아가 보기에 존은 그 어느 때보다도 더 말랐다.

에드윈은 의사를 부르러 달려가고, 나머지 가족들은 존의 침대 주위로 모인다. 에이시아는 존이 아름다운 대리석 조각처럼 보인다고, 묘비에 새긴 천사 같다고 생각한다. 남동생의 죽은 듯한 창백한 얼굴, 이 이미지가 그녀를 강하게 사로잡는다. 그녀는 결코 존의 죽은 모습을 보지 못할 것이므로, 이 이미지는 그녀가 훗날 가슴에 품고 다닐 사진이다. 나중에 이 이미지를 떠올리게 되면, 그녀는 존이 살아 있을 때 그의 유령을 본 것처럼 느낄 것이다.

정신이 돌아왔을 때 존은 극심한 아픔을 느낀다. 그는 무대 위에서 격렬한 칼싸움을 벌인 결과 오른쪽 팔꿈치가 감염되어 생긴 병(단독丹毒)으로 고통받고 있다. "제발 이 칼을 받고 죽어라!" 그의 기진맥진한 적 리치먼드가 리처드인 그에게 말했다. "네가 죽든 내가 죽든 한 명은 죽겠지!" 존의 팔은 심한 염증으로 선홍색이고, 피부는 부어올랐다. 그는 고열과 오한이 나고 몸이 떨린다. 의사가 와서 팔을 절개하여 고름을 뺀다. 의사는 말을 하지 않지만, 팔을 절단해야 할지도 모른다는 생각이 모두의 마음속에 자리 잡고 있다.

하지만 엄마의 보살핌 아래 존은 빠르게 좋아진다. 얼마 안 가서 존의 팔이 낫고 존이 살아남을 것이라는 게 확실해진다. 그럼에도 그는 몸이 허약해서 3주 더 침대 신세를 진다. 에이시아는 존의 병실에 들어가서 존이 예전의 어린 소년으로 돌아간 모습을 지켜보는 것을 즐긴다. 그녀는 존에게 희곡과 시를 읽어주고, 레모네이드와 차를 타주고, 상처를 청결하고 건조하게 유지해준다.

지금 그는 가족의 태양이다. 온 가족이 그를 중심으로 돌아간다. 가족들 모두 하마터면 이번에도 그를 잃을 뻔했다는 것을 아주 잘 알고 있다. 그는 피곤해 보이지만, 동시에 만족스러워 보인다. 피곤과 만족은 평소에는 그가 거의 느끼지 못하는 두 가지 감각이다. 그는 준 형에게는 항상 편하고 편안한 감정을 가지고 있다. 에드윈 형은 그를 위해 할 수 있는 모든 것을 다 하고자 무척 애쓴다. 두 누나는 그를 귀여워하고, 조카들은 허락되는 한 오랫동안 그의 방에 모여 있고자 한다. 엄마를 위해서 흔들의자가 그의 침실로 옮겨지고, 그래서 엄마는 어둠 속에 앉아 그가 자는 모습을 지켜볼 수 있다. 그가 정확히 어디에 있는지 안다는 것은 흔치 않은 선물이다.

그가 아침을 먹으러 아래층으로 내려가는 날은 가족들이 계속 더 먹으라고 법석을 떨며 그를 반가이 맞는다. 그는 예전에는 매우 건강했다.

존은 건강이 되돌아온 첫날에 그의 소식을 듣지 못했을 여러 젊은 여자들에게 편지를 쓰며 시간을 보낸다. 그는 운을 맞추어 편지를 쓰고 싶어 하므로 이들 편지를 완성하는 데 모든 낮과 적지 않은 밤을 보낸다. 준은 존이 고통스럽게 편지를 쓰는 것을 보며 즐거워한다. 그렇지만 그 즐거움은 존이 철자와 단어 선택이 옳은지 확인해달라고 그를 깨우기 전까지만 유지된다. 하지만 밝은 아침에 보면 준이 도와준 것조차 우스워 보인다. 3일 내내 모든 것이 순조롭게 흘러간다. 그러고 나서 존과 에드윈 사이에 끔찍한 싸움이 벌어진다.

싸움은 아침 식사 시간에 시작되고, 거기 있는 모든 사람이 그것을 목격한다. 엄마가 창백한 존의 뺨에 다시 화색이 돌기를 바라므로 존의 의자는 햇빛이 비치는 조그만 공간으로 옮겨진다. 그가 잠이 덜 깬 듯 눈을 깜박인다. 몰리가 요리사에게 건포도가 들어간 브레드푸딩을 달라고 요청했고, 그래서 부엌은 익숙한 끓인 우유 냄새로 가득하다. 모두 열심히 먹고 있을 때 에드윈이 자기는 링컨의 재선을 위해 투표할 계획이라고 말한다. 에드윈은 이전에 선거에서 투표를 한 적이 없었다. 그는 시민으로서의 책임 의식을 보여주는 이 놀라운 행위를 자랑스러워한다.

존이 즉각 반응한다. "형은 링컨이 왕위에 오르는 것을 보게 될 테고, 그러고 나선 오로지 형 자신을 탓하게 되겠지."

에드윈이 싸움을 시작한다. 존이 싸움을 증폭시킨다.

"그 개코원숭이는 대통령이 될 자격이 없어." 존은 이미 소리 지르고 있다. 그는 그런 격한 감정을 감당할 수 있을 만한 몸 상태가 아니다. 에이시아가 존의 어깨에 손을 얹자 그가 그 손을 뿌리친다. "그의 집안 혈통, 조잡하고 저속한 농담, 천박한 비유……."

에드윈이 대답하려 하자 존이 손을 들어 제지한다. 그의 말이 아직 끝나지 않았다. 그는 방해받지 않고 할 말을 할 것이다. "그리고 그자는 북부의 꼭두각시일 뿐이야. 심한 허영심에 휩싸여 행동하는 그자보다 더 똑똑한 사람들의 꼭두각시에 불과하단 말이야. 강도, 약탈, 학살, 군대 매수 등 온갖 수단을 동원하여 노예제를 분쇄하고자 하는 사람들에게는 그런 짓이 전혀 문제가 되지 않지. 신의도 없고 선량함도 없는 사람들이라고." 이것은 연설이다. 존은 이 말을 전에도 해본 적이 있는 게 분명하다.

로절리는 일어나서 몰리와 에드위나를 데리고 방을 나가려 한다. 아이들은 순순히 나가지 않는다. "싫어." 몰리가 단호히 말한다. "보고 싶어." 그러나 몰리의 옷소매를 꽉 쥐고 있는 로절리는 걸음을 멈추지 않는다. "싫어!" 몰리가 말한다.

에드위나가 몰리를 따라 한다. "싫어! 싫어!"

"너희들은 엄마를 힘들게 하고 있어." 준이 동생들에게 말한다. 그는 장남이지만 너무 오래 집을 떠나 있었다. 이 집은 에드윈의 집이고 그가 맏이 역할을 해왔다. 분명 로절리는 계산에 넣지 않을 것이다. 존은 이곳에서 자신이 가진 신념의 힘 이상의 입지가 없는 유일한 아들이다.

"난 너희들이 모두 찾아와주어서 정말 기쁘다." 엄마가 말한다. 엄마의 목소리는 떨리고 눈은 충혈되어 있다. 엄마는 오늘 아침에는 반백의 머리를 아직 다듬지 않았다. 외모가 추레해서 나이 많은 떠돌이처럼 보인다. "우린 정말 행복한 시간을 보냈어."

그 정도면 그들이 싸움을 멈춰야 했지만 에드윈과 존은 신경도 쓰지 않는 것처럼 보인다. 그들은 의자에서 일어나 서로를 노려보며 서 있다. 존은 여전히 포크를 손에 쥐고 있다. 그가 포크로 에드윈을 가리킨다. 손에 들린 포크의 날이 위협적으로 원을 그린다. "광인이 맹인을 이끄는 것이 이 시대의 재앙이야."[161] 그가 말한다.

"어리석은 자는 자신이 현명하다고 생각하지."[162] 에드윈이 대답한다.

에드윈은 싸움꾼이었던 적이 없다. 하지만 존은 지금 오른팔만 겨우 쓸 수 있다. 에이시아는 이것이 어떻게 끝날지 짐작할 수 없다. 어떻게 끝나든 결과가 좋지는 않을 것이다. 그녀는 세 아이의 엄마다. 싸움을 끝내게 하는 것이 실질적으로 그녀가 할 일이다.

에이시아는 두 형제 사이의 공간으로 끼어들어 강제로 그들을 떼어놓는다. 순간적으로 타블로 같은 장면이 생긴다. 그녀는 에드윈의 턱에 난 까칠한 수염과 존의 눈 밑에 생긴 다크서클을 본다. 존의 숨에서는 아직도 퀴퀴한 질병 냄새가 난다. 그때 존이 포크를 테이블에 떨어뜨린다. 포크는 그의 접시에 부딪혀 쨍그랑하는 커다란 소리를 내며 튕겨 나가 바닥에 떨어진다. 그는 방을 나간다.

에이시아는 방금 무슨 일이 일어난 것인지 생각해본다. 물론 존은 절대 에드윈을 찌르지 않았을 것이다. 갑자기 그녀의 개입이 불필요한 일인 것처럼 보이고, 그래서 그녀는 끼어들지 말 것을, 하고 후

161 《리어왕》 4막 1장에 나오는 대사.
162 셰익스피어의 《뜻대로 하세요》 5막 1장에 나오는 대사.

회한다. 끼어든 것이 마치 그녀가 자신의 오빠와 남동생을 믿지 못해서 그런 것처럼 보일 것만 같다. 모두들 다시 자리에 앉아 계속 음식을 먹는 척한다. 아무도 말을 하지 않는다.

별일 없었던 것처럼 가장해서 얻은 것이 무엇이든 간에, 아무튼 그 가장된 평화는 일시적인 것으로 판명된다. 그날 아침 늦게 싸움이 다시 시작된다. 에이시아는 무슨 말인지는 모르겠지만 거실에서 큰소리가 나는 것을 듣는다. 그녀가 아래층으로 내려갔을 즈음, 에드윈이 존에게 집에서 나가라고 말했다. 순식간에 존은 가방을 싼다. 순식간에 그는 문밖으로 나간다.

준이 존의 뒤를 쫓는다. 에이시아는 창문으로 지켜본다. 그들은 지금 세 집 너머에 있고, 함께 이야기하고 있다. 준의 팔이 끊임없이 움직이고, 존은 고집스럽게 웅크리며 거부하는 몸짓을 한다.

날씨가 변하고 있다. 하지만 공기가 건조해서 탁탁거리며 정전기가 발생하곤 한다. 에이시아는 팔과 목의 털들이 곤두서는 것을 느낀다. 멀리서 번개가 치며 크고 하얀 시트를 길게 펼친다. 그녀는 폭풍이 몰려오는 냄새를 맡을 수 있다. 창문 바로 아래서 울음소리가 난다. 열에 들뜬 고양이의 이상하고 섬뜩한 울음소리이다. 그것은 에이시아에게 불길한 전조처럼 느껴지지만, 어떤 전조인지 그녀로서는 알 수가 없다.

존은 멀어져간다. 준은 집으로 돌아온다.

에이시아는 문 앞에서 준을 만난다. "존은 엄마만 아니라면 다시는 에드윈의 집에 발을 들여놓지 않을 거래." 준이 말한다. "존은 북부를 완전히 떠나서 버지니아주에서 살 거라고 했어. 우리 중 누구도 자기 생각에 동의하지 않는다는 걸 알고 있지만, 우리 가족 안에서 자신의 가장 소중한 원칙이 반역적인 것으로 비난받는 것은 정말 견딜 수 없다는 거야. 존은 이 집에서의 하루하루가 자신의 심장에 새롭게 비수가 꽂히는 나날이었다고 하더군.

그리고 에드윈의 편을 드는 사람과는 그게 누구든 관계를 끝낼 거라고 했어."

에이시아는 에드윈의 편을 들지 않을 것이다. 하지만 에드윈의 반대편이 되지도 않을 것이다. 그들 둘 모두를 사랑할 수 있는 방법이 있을 것이다.

존은 버지니아주로 가서 살지 않는다. 몇 주가 흐른다. 그와 에드윈은 그들의 상처에 얇은 패치를 붙인다. 그는 계속 엄마를 찾아간다. 에드윈에게는 가능한 한 말을 적게 하려고 한다. 에드윈은 연기에 대한 이야기로 그에게 접근하려 하는데, 이것은 에드윈이 존의 용기를 북돋울 수 있고 감탄을 자아낼 수도 있는 이야깃거리다. "너는 굉장한 걸 해낼 수 있을 거야." 에드윈이 존에게 말한다. "넌 진정한 용기가 있으니까."

존은 관심이 없다. "나하곤 거리가 멀어." 그가 말한다.

10

에드윈은 공연을 하러 필라델피아에 오고, 그와 에이시아는 드디어 에이시아가 간절히 바랐던 사적이고 친밀한 대화를 나누게 된다. 에드윈은 이곳에서 한 여자를 만났다. 메리가 그녀를 보냈다고밖에 생각할 수 없는 곱고 다정한 여자라고 에드윈이 말한다.

에드윈은 죄책감을 느끼고 있는 듯싶다. 메리가 죽은 지 1년 반밖에 되지 않았다. 에이시아는 결코 메리를 옹호하는 여자가 아니지만, 그래도 이건 참! 그들의 사랑은 이 세상에서 가장 큰 사랑이 아니었던가?

에드윈의 새로운 여자는 블랜치 하널이다. 그녀의 아버지는 부유한 해운업자이자 예술 후원자다. 그녀는 여자치고는 키가 크고(에드윈과 비슷한 키다) 금발이어서 에드윈에게는 새롭다. 에드윈은 에이시아에게 그녀를 방문해달라고 부탁하고, 에이시아는 그렇게 한다. 블랜치는 메리에게 있었던 결격 사유가 없다. 그녀는 또한 메리의 명석한 두뇌도 없다.

그녀는 더 부유한 것으로 덜 똑똑한 것을 메꾼다.

하널이 바람둥이일 거라는 생각이 에이시아의 머릿속에 떠오르지만, 아무튼 심성이 착하고 확실히 홀딱 반할 만한 여자다. 에이시아는 에드윈의 또 다른 선택을 반대하는 위험을 감수하지 않을 것이다. 그녀가 에드윈을 행복하게 해준다면 에이시아로서는 아무런 이의가 없다. 에드위나에게는 엄마가 있어야 한다. 아마 아주 잘 되어갈 것 같다.

에드윈의 옛 친구이자 새로운 적인 엘리자베스 스토더드는 그리 관대하지 않다. 메리의 죽음과 에드윈의 슬픔에 관한 열정적인 송시를 쓰고 에드윈을 고귀한 영혼과 예민한 감수성을 지닌 천재라고 불렀던 그녀는 자신이 바보가 되었다고 느낀다. 이제 그녀는 에드윈이 다음에 결혼할 여자에 대해서(그 여자가 누구든 간에) 연민을 느낀다는 글을 쓴다. 왜냐하면 에드윈이 신의와 진실한 감정을 기대할 수 없는 사람이기 때문이라는 것이다. 에드윈은 술에 취했을 때만 간신히 반쯤 남자인 사람이 되곤 했을 뿐이라고 그녀는 말한다.

이 시기에 에드윈은 특이한 경험을 한다. 그는 저지시티의 기차역에서 필라델피아로 가는 기차를 기다리고 있는 중에 한 젊은이가 주의를 소홀히 한 탓에 플랫폼에 서 있다가 움직이는 두 객차 사이의 공간으로 떠밀려 들어가는 것을 보게 된다. 에드윈은 그 젊은이의 코트 깃을 붙잡고 부상을 입기 전에 그를 다시 안전한 곳으로 끌어 올릴 수 있었다.

젊은이는 에드윈을 알아본다. "고, 고맙습니다, 부스 씨. 하마터면 큰일 날 뻔했습니다." 그가 얼마간 놀라고 황송해하는 태도로 더듬거리며 말한다.

"별말씀을요." 에드윈이 그에게 말한다. 이윽고 에드윈이 기다리던 기차가 도착하고 그는 기차에 오른다. 에드윈은 사실 큰일 날 뻔하지는 않았다고 생각한다. 그때 그 기차는 아주 느리게 움직이고 있었기 때문이다. 에드윈은 이 일을 더 이상 생각하지 않는다.

| |

11월 말에 부스 가족이 다 뉴욕에 다시 모인다. 세 형제가 에드윈의 윈터가든 극장에서 〈줄리어스 시저〉에 함께 출연할 예정이다. 이것은 오래전부터 예정되어 있었지만, 에이시아는 에드윈과 존이 크게 싸운 이후 존이 발을 빼지 않을까 걱정했다.

그 공연은 단 하루 저녁 동안만 열리는 자선 공연이다. 모든 수익금은 센트럴파크에 셰익스피어 동상을 세우기 위한 기금으로 쓰일 것이다. 그들 세 형제가 다 함께 무대에 오른 적은 한 번도 없었다. 앞으로도 두 번 다시 없을 것이다.

에이시아는 적갈색 사암 집으로 오면서 세 아이, 돌리, 에디, 에이드리엔을 데리고 온다. 준의 딸 몰리도 긴 여행을 마치고 이 집에 돌아와 있다. 몰리의 어린 사촌 동생들은 몰리에게 흠뻑 빠져 있다. 걸을 수 있는 아이들은 어디든 몰리를 따라다니며 부엌을 습격하고, 집

BOOTH

안을 마구 휘젓고 돌아다닌다. 그들이 더 이상 퍼트넘의 집에 있지 않다는 것이 다행이다. 아이들이 워싱턴 어빙이 사용하던 책상을 손상할 수도 있다는 것은 생각만 해도 오싹하다.

그 후 존이 곧 도착한다. 그와 에드윈은 공개적으로 싸우는 일을 피하기 위해 최선을 다한다. 존의 입장에서 보면 싸울 거리가 많다. 최근에 링컨은 1832년에 앤드루 잭슨이 재선된 이후 처음으로 재선에 성공한 대통령이 되었다. 여태까지 존이 살아오는 동안 8년의 임기가 고스란히 주어진 대통령은 링컨이 처음이다. 그것은 부자연스럽다. 군주제처럼 보인다.

이제는 완전히 회복된 애덤 바도는 그랜트 장군의 참모로 승진해서 그랜트의 피터즈버그 포위전 지휘를 돕고 있다. 그곳은 존이 사랑하는 도시 리치먼드와 아주 가까우며, 존이 애덤을 친절하게 대해준 것에 대한 배은망덕한 일이다.

그리고 에드윈은 자기가 가장 좋은 배역을 차지했다.

에드윈이 브루터스 역을 맡을 것이다. 준은 캐시어스, 존은 마크 안토니를 연기할 것이다. 로라 킨의 〈우리 미국인 사촌〉 최초의 출연진에 속했던 에드윈 베리가 시저를 연기할 것이다.

이 연극은 이번 시즌의 큰 행사이다. 연극은 순식간에 매진되고, 일부 좌석은 전례 없이 비싼 가격인 5달러에 팔렸는데, 그 암표 값은 20달러까지 치솟기도 한다. 극장 문이 열리기 전에 몇몇 경찰관이 인파를 관리하기 위해 근무를 서고 있다. 이 모든 것이 로절리에게는 너무 가슴 벅찬 일이다. 그녀는 이 광경을 한 번 둘러본 후에 몸이 안 좋다고 말하고는 곧장 마차를 타고 집으로 돌아간다.

에이시아는 오케스트라석에 자리를 잡는다. 극장은 숨이 막힐 만큼 답답하다. 특히 11월의 화창한 뉴욕 날씨를 만끽하다가 실내로 들어와서 더욱 그렇다. 사람들은 가능한 모든 공간에 꽉 들어차 있다. 일부는 자리에 앉고, 대부분은 서 있다. 에이시아는 사람들을 헤치며 그녀의 자리로 나아가야 한다. 그녀의 뺨이 달아오른다.

에이시아는 비좁을 틈을 헤치고 걸음을 옮기려 발버둥 친다. 양쪽에서 몸이 짓눌린 그녀는 몸을 펴려고 팔을 흔들다가 옆에 있는 할머니의 모자를 쳐서 벗기는 실수를 한다. 에이시아는 사과를 하면서 자신은 부스 집안의 여성이라고 밝힌다. 그것은 바라던 효과를 낸다. "오, 그렇군요. 우린 오늘 저녁 연극이 너무 기대되고 흥분돼요." 그 할머니가 말한다. 할머니는 라일락 향수를 너무 짙게 뿌렸다.

엄마는 위쪽 특별석에 앉아 있다. 엄마 얼굴이 보이지는 않지만, 난간 위에 엄마의 장갑이 놓여 있다. 극장이 어두워지고 연극이 시작된다. 옆에 있는 여자가 낮은 목소리로 소곤거려서 에이시아가 조용히 해달라고 막 말을 하려는 참에 여자가 말을 멈춘다. 두 번째 장면에서 남자 형제들이 무대에 나와 함께 걷는다. 관객들이 함성을 지르며 박수를 치는 통에 연극이 잠시 중단된다. 아버지가 여기 계셨더라면! 아버지는 시저 역을 할 수 있었을 텐데.

존은 공연을 위해 콧수염을 깎았다. "저이는 젊은 신처럼 보여." 에이시아는 그녀 뒤에서 남부 억양이 강한 누군가가 말하는 소리를 엿듣는다. 에드윈이 존과 비교되는 도전 의식을 느끼고 있는지 에이시아는 궁금하다. 1막이 끝날 때 세 형제가 막 뒤에서 걸어 나온다. 그들은 관객들에게 절을 한다. 이어서 엄마에게 절을 한다. 브라보, 하고 외치는 관객의 함성이 귀를 먹먹하게 한다.

2막이 시작된다. 2장으로 넘어간다. 시저의 집이다. 베리가 관객들을 향해 겁쟁이는 죽기 전에 여러 번 죽는다는 대사를 막 했을 때 밖에서 소방차 소리가 들린다. 비록 폭동이 일어난 지 1년도 더 되었

지만 그 폭동은 사람들의 뇌리에서 결코 잊히지 않는다. 에이시아 주
변 사람들이 불안하게 꼼지락거리기 시작한다. 사람이 너무 많아서
아무도 빨리 이곳을 떠날 수 없다. 에이시아는 일어서서 문 쪽을 바라
보다가, 그래보았자 아무 소용이 없어서 의자 위에 올라선다. 뒤쪽에
서 사람들이 나가려고 몰려 있는 모습이 눈에 들어온다. 그 모습이 마
치 매우 좁은 수로를 억지로 빠져나가려고 하는 물고기 떼 같다. 연기
냄새가 라일락 향수 냄새에 스며든다.

　옆에 있던 여자가 일어나 에이시아의 의자 앞에 서서 막고 있으
므로 에이시아는 의자에서 내려설 수가 없다. 무대에서는 베리가 앞
쪽으로 걸어 나와 소리친다. "여러분 진정하세요. 아무 일도 아닙니
다." 그런데 그가 어떻게 그걸 알 수 있지? "제발! 자리에 앉아주세요."
에이시아의 줄에 있는 많은 사람들이 그녀를 지나 붐비는 통로로 밀
고 들어가고 있다.

　"저 좀 내려가게 해주세요." 에이시아가 지금 그녀의 의자 앞에 서
있는 실크해트를 쓴 남자의 모자 꼭대기에 대고 사정한다. "엄마를 도
우러 가야 해요." 에이시아는 문 쪽으로 가는 대신 무대로 올라가서 남
자 형제들을 찾은 다음, 그들과 함께 빠져나가려는 막연한 계획을 가
지고 있다. 그런데 엄마가 있는 방향이 이 계획에 잘 들어맞지 않는다.

　에이시아는 아버지가 오래전에 리치먼드의 한 극장에서 일어난
화재에 대해 얘기해준 것을 기억한다. 거의 100명이 죽었는데, 그들
대부분은 특별석과 위쪽 좌석에 있던 사람들이었다. 값이 싼 좌석이
문에 더 가까이 있기 때문이었다.

　사람들이 몰려 있는 뒤쪽에서 큰 혼란이 일어난다. 에이시아는
높은 위치에 서 있기 때문에 그들이 밀치고 소리 지르는 모습을 또렷
이 볼 수 있다. 한 연극 비평가가 바닥에 넘어진다. 그는 나중에 자기

위로 지나가는 많은 다리들과, 바닥에 떨어져 짓밟힌 여러 모피 제품과 모자들에 대한 글을 쓴다. 에드윈도 무대로 나와 베리와 합류한다. "불이 나지 않았어요." 그가 소리친다. "불이 나지 않았어요." 에드윈의 목소리는 조용한 극장에서는 충분히 크게 들린다. 그러나 지금과 같은 상황에서는 별로 크게 들리지 않는다. 에이시아는 에드윈의 말을 듣고 있는 사람이 자기 혼자뿐인 것 같다고 생각한다.

한 남자가 무대 소품(로마 시대 기둥)으로 쓰이는 납작하고 커다란 것을 들고 무대 위로 달려 나온다. 그는 그 소품 뒷면에 에드윈이 소리친 말을 커다란 붉은 글씨로 그대로(불이 나지 않았어요) 적어놓았다. 남자는 그것을 머리 위로 치켜들고 외친다. "여기를 보세요! 여길 봐요!"

한 무리의 경찰관이 달아나는 군중을 상대로 간신히 자리를 지키며 질서를 유지하려 애쓰고 있다. 한 경찰관이 소리친다. "위험하지 않아요. 불은 이미 꺼졌습니다. 술 취한 사람의 소행이었어요! 술 취한 사람의 소행이었을 뿐이에요." 그 경찰관의 말은 물에 던진 조약돌과 같다.

처음에는 그 주위의 조그만 원 안에서 공황 상태가 가라앉고, 그런 다음 동심원의 파문이 퍼져나가듯 그 효과가 퍼진다. 그 말이 이윽고 에이시아에게 도달한다. "술 취한 사람의 소행. 술 취한 사람의 소행이었을 뿐."

질서를 완전히 회복하는 데 30분 정도가 걸린다. 에이시아는 지금 너무 더워서 드레스 안에서 땀을 흘리고 있다. 실크해트를 쓴 남자가 에이시아가 내려설 수 있도록 도와주었다. 통로로 나갔던 사람들이 이제 자리로 돌아오면서 그녀의 발을 밟는다. 연극이 재개된다.

〈줄리어스 시저〉는 자주 공연되는 연극이 아니다. 이 작품은 연극으로 보는 것보다 희곡으로 읽는 것이 더 낫다고 널리 알려져 있다. 또한 이 작품은 여성의 역할이 부족하다. 그래서 존이 마크 안토니의 매우 유명한 연설을 하면서 대본에 없는 한 구절을 덧붙일 때, 그것을 알아차린 사람은 거의 없다. 식 셈퍼 티라니스Sic semper tyrannis, 안토니가 말한다. 버지니아주의 모토다. 문맥상으로 어색하지 않고 의미가 통한다. 에이시아는 셰익스피어가 정말 그렇게 썼는지 궁금하지조차 않다.

연극이 끝났을 때 우레와 같은 박수가 쏟아져 나온다. 에이시아는 손바닥이 아플 때까지 손뼉을 친다. 부스 형제들은 다시 나왔다가 들어가고, 또다시 나온다. 그들은 한 사람 한 사람씩 앞으로 걸어 나온다. 존에 대한 박수 소리가 에드윈이나 준에 대한 박수 소리보다 더 크다. 그런 다음 부스 세 형제가 함께 앞으로 나와 선다. 그들은 특별석에 있는 엄마를 향해 손을 들고, 엄마도 관객의 박수를 받는다. 다음 날의 비평은 아들들이 자신의 자랑스러운 보석이었던 로마 시대의 어머니 코닐리아에 엄마를 비유할 것이다. 신문들은 그와 같은 보석들을 아들로 둔 그녀는 얼마나 자랑스러울까, 하는 기사를 내보낼 것이다. 코닐리아의 아들들에게 얼마나 안 좋은 일들이 있었는지에 대해서는 아무도 주목하지 않을 것이다. 엄마에게는 딸들도 있다는 사실에 주목하는 이도 없을 것이다.

에이시아는 다음 날에야 듣게 되지만, 두 가지 사건이 그날 저녁의 끝을 손상시킨다. 무대 매니저인 윌리엄 스튜어트가 두 가지 사건 모두에 책임이 있다. 스튜어트는 친밀감의 화신 같은 사람이다. 또한 표리부동의 화신 같은 사람이기도 하다. 첫째, 그는 존이나 준을 뒤풀이에 초대하지 않는다. 에드윈이 그것을 깨달았을 때, 준은 이미 에이시아와 엄마를 데리고 집을 향해 떠났다. 에드윈은 존에게 뒤풀이에 참석하라고 간청한다. 깜빡한 거야, 에드윈이 말한다. 참석해줘.

그러나 존은 떠나버린다. 윌리엄 스튜어트는 존을 좋아한 적이 없고, 그 감정은 상호적이다. 존은 에드윈이 이 모욕적인 행위의 배후가 아니라는 것을 믿는 척한다.

다음 날 저녁, 에드윈은 햄릿 역할을 맡아 공연을 시작할 예정이다. 스튜어트는 연극 광고 전단을 로비 곳곳에 부착했다. 전단에는 '부스'라고 되어 있다. 에드윈은 스튜어트를 찾아가 반대한다. "부스 집안 3형제라고 해야지."

"당신의 햄릿 공연 이후엔 오직 한 명의 부스만 있게 될 거요." 스튜어트가 그에게 말한다. 어쨌든 너무 늦었다. 존과 준은 이미 그 광고 전단을 보았다.

1867년, 보험을 들지 않은 윈터가든 극장은 화재로 파괴될 것이다. 신중하게 의뢰한 무대 배경과 의상 등도 다 소실된다. 에드윈의 옷장 하나만 해도 6만 달러의 가치가 있는데, 다 재가 되고 만다. "이 일은 스튜어트와의 계약에서 나를 벗어나게 해준다." 에드윈은 이렇게 말할 것이다. "나는 한탄하지 않겠다."

그날 밤 그들은 신문 배달원으로부터 극장 옆 건물인 라파지 호텔에서 난 불을 지른 것이 남부 연합 요원이었다는 것을 알게 된다. 다음 날 아침에는 신문을 보고 그 불이 그날 저녁에 발생한 열아홉 건의 화재 가운데 하나일 뿐이었다는 것을 알게 된다. 남부 연합 요원들이 소방서를 정신 못 차리게 만들어서 뉴욕시를 완전히 불태워버리려는 음모를 꾸민 것이었다. 그 음모는 실제보다는 이론이 더 좋았다. 열아홉 건의 화재 모두 쉽게 진화되었다.

다음 날 아침, 에드윈이 전날 밤늦게 잠자리에 든 탓에 아직 자고 있는 동안 에이시아, 준, 존은 아이들을 데리고 집 앞으로 나와 눈밭에서 논다. 준과 존은 눈을 뭉쳐서 서로에게 던진다. 아이들은 눈사람을 만들어달라고 한다.

아이들의 요구에 응하여 눈사람을 만들면서 준과 존은 어젯밤 공연에 대해 이야기한다. 아무도 속마음을 말하지는 않지만 에이시아는 세 형제가 다 함께 무대에 섰는데도, 심지어 존이 가장 많은 박수를 받았는데도, 그리고 에드윈이 뉴욕 무대의 붙박이 배우인 데 반해 준은 이 무대의 새로운 배우인데도 불구하고, 에드윈이 주인공으로 여겨지는 데 대한 노여움이 두 사람의 가슴 밑바닥에 흐르는 것을 느낀다.

그들은 불이 났을 때의 공황 상태에 대한 이야기로 옮겨 간다. 준이 말한다. "만약 캘리포니아였다면 방화범들은 재판 없이 교수형에 처해졌을 거야."

"그들은 북부가 남부의 도시들에 저지른 행위의 일부를 북부 도시들에 보여주고자 하는 것일 뿐이야." 존이 말한다. "지금 현재 셰넌도어 계곡에서 벌어지고 있는 일들에 대해서도 거의 되갚아주지 못하고 있잖아."

존에 대한 가족들의 걱정은 점점 더 커져간다. 그는 편집광적인 사람이 되었다. 북부의 승리에 관한 어떤 소식도 인정하려 들지 않는다. "나는 그걸 듣지 못했는데." 존은 증거에 맞닥뜨렸을 때 마치 자기가 듣지 못했기 때문에 그것이 사실일 리 없다는 듯이 준에게 말할 것이다.

"이건 가족 싸움이야." 준이 말한다. "북과 남. 우리는 모두 여전히 가족이란 말이야. 우린 싸우고, 그런 다음 화해하는 거야. 이 일에 지나치게 광적으로 관여하지 마."

그런데 존의 문제는 이거다. 존에게 얘기할 수는 있다. 그러나 존이 귀담아듣게 할 수는 없다.

아무튼 이 말을 한 사람이 에드윈이 아니라 준이기 때문에 이 문제로 하루를 망칠 이유는 없다. 에이시아는 눈사람에 씌울 모자를 찾으러 집 안으로 들어간다. 그녀가 다시 밖으로 나왔을 때 몰리는 눈을 한 움큼 들고 존을 쫓고 있고, 다른 아이들은 원숭이들처럼 소리 지르고 웃고 춤을 추고 있다.

12

다음 날 저녁, 윈터가든 극장에서의 〈햄릿〉 공연이 에드윈을 주인공으로 하여 처음 열린다. 이 연극은 2주 동안 공연될 예정이었다가 3주로 늘어나고, 다시 8주로 늘어난다. 에드윈은 매일 저녁 같은 역을 연기하느라 몹시 피로감을 느낀다. 그는 다른 작품으로 바꾸자고 간청하지만 스튜어트는 아니라고 말한다. 이 연극은 여전히 매진이다. 결국 100일 동안 계속될 이 공연은 에드윈의 명성을 최종적으로 확고히 다지는 공연이 된다. 이후 그는 영원히 미국의 햄릿이 될 것이다. 에드윈은 이것을 '나의 끔찍한 성공'이라고 말한다.

비평가들은 셰익스피어가 에드윈을 볼 수 없다는 것이 안타깝다고 쓰고, 에드윈이야말로 햄릿이 되어야 할 바로 그 사람이라고 말한다. 외면은 침착하고 온화하지만 내면적으로는 격렬한 열정으로 가득 찬 부스의 햄릿은 일종의 숭배심을 불러일으켰다. 그것은 찬사 이상이었다. 거의 열광적이었다. 어느 날 아침 어린 에드위나에게 오믈렛이 제공된다. "저분이 내 아빠예요." 에드위나가 말한다.

클로디어스 역은 새뮤얼 냅 체스터가 맡아 연기한다. 그는 몽고메리에서 존의 탈출을 도와주어 존이 자신의 목숨을 구해주었다고 고마워한 바로 그 사람이다. 체스터는 매일 밤 에드윈과 함께 무대에 서

는데, 자신의 대사 말고는 아무 말도 하지 않는다. "당신은 하느님께
서 주신 얼굴을 영 딴판으로 만들어버린단 말이야."¹⁶³ 햄릿이 오필리
어에게 말하고, 그것이 얼마나 사실에 부합하는지 체스터보다 더 잘
아는 사람은 없다.

존은 자신이 꾸미고 있는, 대통령을 해하려는 음모에 아무도 모
르게 체스터를 끌어들이고자 반복적으로 시도해왔다. 그 음모는 납치
하는 것이다. 링컨은 몸이 묶인 채 버지니아주 리치먼드로 끌려가서,
남군 포로들과 교환될 수 있을 때까지 그곳에 억류될 것이다.

존은 겁에 질린, 그러나 순순히 말을 따르지 않는 체스터에게 멋
대로 온갖 압력을 가했다. 체스터는 마차와 함께 나타나기만 하면 된
다. 그는 링컨을 볼 필요도 없다. 존의 요구는 아주 작은 것이다.

"난 가족이 있어." 체스터가 말한다. 그러나 그 점은 존도 마찬가지
다. 이 변명은 논리가 서지 않는다. 존은 주장하고 회유하고 협박한다.

체스터의 굽히지 않는 비타협적 태도에 직면한 존은 자신의 계획
을 누설한 것을 후회한다. 그는 체스터의 턱 밑에 총을 들이댄다. "만
약 이걸 누구한테든 한마디라도 언급한다면 남군 요원들을 보내 당신
을 뒤쫓게 하겠어." 존이 말한다. "그들은 당신을 끝까지 추적하여 잡
아낼 거야. 당신이 어디에 숨든 그 사람들은 당신을 찾아낼 수 있어.
그리고 당신 가족도." 체스터는 총구가 자기 목을 누르는 것을 느끼며
존의 말이 과장이 아니라고 생각한다. 그는 존의 목숨을 구해준 것을
후회하지만, 이것조차 누구에게도 말할 수 없다.

에드윈은 애덤 바도에게서 편지를 받는다. 애덤은 바야흐로 두

번째 커다란 슬픔을 겪고 있다. 그의 친밀한 친구인 제임스 윌슨이 그와 함께 하룻밤을 보낸 것을 후회하는 듯한 암시를 보이며 연락을 끊은 것이다. 애덤은 이에 대해 시기심 많은 운명을 탓한다. '남자들이 그토록 순수하게 행복해야 한다는 것을, 그리고 그토록 행복하게 순수해야 한다는 것을 참지 못하는 시기심 많은 운명…… 나는 하룻밤과 그 결과를 소멸시키기 위해 내 인생의 10년을 바치겠네.' 애덤은 윌슨에게 이렇게 써 보낸다.

에드윈에게 보낸 그의 편지에는 이런 고통이 전혀 드러나 있지 않다. 애덤은 에드윈에게, 몇 주 전에 에드윈이 기차 철로에서 구해준 젊은이가 대통령의 아들인 로버트 링컨이었다고 말한다. 로버트 역시 그랜트 장군의 참모여서 그들에게 그 이야기를 다 해주었다고 한다. 그랜트는 에드윈에게 뭔가 감사의 뜻을 표할 일을 하고 싶어 한다. 에드윈이 구해주지 않았다면 로버트는 심각한 부상을 입었을지도 모른다는 것이다.

에드윈은 바로 떠올리지 못하고 잠시 후에야 그 사건을 기억해낸다. 그럼에도 그는 기분이 흐뭇하다. 에드윈은 애덤에게, 자기가 원하는 것은 그랜트 장군이 남부의 정수리에 곧장 대못을 박아버리는 것뿐이라고 말한다.

에드윈은 에이시아와 로절리에게 기차 철로에서 대통령 아들을 구해준 이야기를 해준다.

그는 에이시아와 로절리가 이 이야기를 존에게 하는 일은 없을 거라고 생각하는데, 그들은 실제로 얘기하지 않는다.

1865년 1월, 미국에서 노예 제도를 영원히 폐지하는 수정 헌법 제13조가 통과된다.

2월에, 에드윈이 심한 피로감을 느끼며 힘겹게 자신의 역사적인 공연을 이어가고 있는 동안, 준은 워싱턴 디시에서 존과 하루를 보낼 계획을 세운다. 로절리와 에드윈과 준은 존에 대한 이야기를 나누었다.

에이시아는 필라델피아의 집에 있다. 그녀는 존의 활동에 대해 그들보다 훨씬 더 잘 알고 있다. 만약 그녀가 그들이 이야기를 나누는 자리에 있었다면, 만약 그들이 그녀에게 자문을 구했더라면 아마 상황은 달리 진행되었을 것이다. 그렇지 않았을 수도 있겠지만 말이다. 에이시아는 가족 중에서 존과 가장 친밀하게 지내는 사이다. 그녀는 본능적으로 존을 존중하고 지지한다.

다른 세 사람은 존의 열정과 맹렬한 확신이 예전의 그가 지니고 있던 다른 모든 모습을 지워버리고 있는 상황에 대해 걱정하고 있다. 그들은 존이 무슨 짓을 저지를 수 있을지에 대해 생각하기보다는 그가 어떤 사람이 되어가고 있는지에 대해 생각하고 있다. 존이 아버지의 광기를 용서하게 해주는 아버지의 천재성 없이 그저 아버지의 광기만 닮아가고 있다고 그들은 생각한다. 그런데 사랑하는 그의 도시 리치먼드가 함락되면(리치먼드는 틀림없이, 그리고 곧 함락될 것이다) 존은 어떻게 반응할까?

준은 자진해서 존에게로 가 존과 얘기함으로써 맏형 역할을 한다. 이 일은 명백히 에드윈에게 떠넘길 수 없는 일이다. 존은 현재 수도에 있기 때문에 준은 그 도시로 가서 수랏 하숙집에서 존을 만난다. 두 사람은 값싸고 번지르르한 물건들과 꽃병, 촛대와 작은 조각상들이 가득한, 지나치게 번잡스러운 거실에 함께 앉는다. 준은 수랏 부인과 그녀의 딸에 의해 염탐당하는 듯한 이상한 느낌을 받고, 여러 개의 시계가 똑딱거리는 소리에 이상한 불안감을 느낀다. 그는 밖으로 나가자고 제안한다.

황혼이 막 깔리고 있다. 준과 존은 어두워지는 거리를 함께 걷는다. 그들은 안개 낀 저녁의 램프 불꽃과 안개에 번져나가는 노란 불빛을 보면서 한 블록 정도 가로등 점등원의 뒤를 따라 걷는다. 준이 어디서부터 이야기를 시작해야 할지 고민하고 있는데, 갑자기 존이 말을 꺼낸다. "버지니아! 나의 버지니아!" 그가 비장하게 외친다. 그는 남쪽을 향해 돌아선다. 그의 얼굴이 눈물로 젖어 있다.

이것은 분명 냉철함이 부족한 행동이다. "존," 준이 말한다. 준은 존의 어깨를 잡고 존의 눈을 바라본다. "북부가 승리할 것이고, 그에 대해 할 수 있는 건 아무것도 없어. 넌 네 직업에 집중하는 것이 가장 좋아."

그는 존의 얼굴에서 비난의 표정을 볼 수 있다. "난 형 같은 냉혈한이 아니야." 존이 말한다.

준의 두 번째 시도는 좀 더 수월하게 진행된다. 그들은 술집을 찾아 들어가 위스키를 마신다. 준은 몰랐던 두 가지 사실을 알게 된다. 그중 하나는 이것이다. 존은 몇 달 동안 그의 유정에서 큰돈을 벌었다고 자랑해왔다. 그러나 사실은 거의 모든 돈을 잃었다고 한다. 준은 다른 얘기를 하는 척하면서 다정한 말투로 은근히 존을 나무란다. 존이 다시 무대에 서야 할 때이다.

두 번째는 이것이다. 에드윈과 마찬가지로 존도 사랑에 빠졌다. 그는 상원 의원의 딸인 아름다운 루시 헤일에게 비밀리에 사랑의 서약을 했다. 헤일 상원 의원은 열렬한 노예제 폐지론자로, 최근에 스페인 대사로 임명되었다. 그는 스페인에 부임할 때 루시를 데리고 갈 것이다. 앞으로 거친 파도가 몰아치겠지만(영락없이 로미오와 줄리엣이다) 그래도 준은 안심이 된다. 준은 루시의 많은 장점에 관해 얘기하도록 존을 부추긴다. 다시 확연히 예전의 존으로 돌아온 모습을 볼 수 있을 때까지 계속 얘기하도록 부추긴다.

그는 반가운 소식을 가지고 뉴욕으로 돌아온다. 존은 미래에 대한 계획을 세우고 있다. 그는 루시를 맞아들일 자격이 있는 사람이 되기로 결심했고, 그러기 위해서는 견실하고 근면해야 한다는 것을 이해하고 있다(그래야 한다는 준의 말에 동의했다). 존은 그가 사랑하는 버지니아보다 루시를 더 사랑한다고 직설적으로 말하지는 않았지만, 그것은 분명한 사실일 것이다. 그들은 스스로를 안심시키고 싶은 마음이 간절해서 존이 수개월 동안 그들에게 거짓말을 해왔다는 엄연한 사실을 무시한다.

엄마는 존에게 쓴 편지에서 그가 집에 자주 오지 않는다고 불평한다. 존이 없는 에드윈의 집에서 지내자니 우울하고 외롭다고 말한다. '나는 항상 너를 칭찬했어.' 엄마가 쓴다. '내 아들 중에서 가장 좋아하는 자식이니까 말이야. 그런데 네가 나를 슬픔에 빠뜨리니, 정말 내가 너를 가장 좋아하는지 의심스러워지는구나. 나는 로마 시대의 그 엄마가 아니야. 난 국가나 다른 어떤 것에 앞서 내 소중한 자식들을 사랑한단다.'

13

그래서 가족들이 모두 거기 있다. 에드윈은 결혼을 약속한다. 에이시아는 임신했다. 준은 순회공연을 하고 있다. 존은 나타났다가 사라졌다가 다시 나타난다. 그는 남부 연합 책동의 중심지인 몬트리올을 빈번히 방문하고 있는 것으로 보이는데, 워싱턴에도 자주 왔다 갔다 하는 것 같다. 그들은 루시 헤일이 그곳에 있기 때문에 존이 계속 워싱턴으로 돌아가는 거라고 추측한다. 참한 여자가 곧 존의 품행을 바로

잡을 것이다.

존은 여전히 필라델피아에 자주 온다. 그가 집에 있으면 에이시아는 언제든 그의 모습을 볼 수 있다. 존은 집에 오면 옷을 입은 채로 소파에서 자고 동이 트기 전에 떠나기 때문이다. 존이 떠나면 에이시아는 그가 집에 왔다 간 모든 증거들을 없앤다. 슬리퍼는 여전히 잘 모른다.

어둠 속에서 남자들이 창턱 옆에 선 채 존에게 창가로 다가오라고 속삭인다. 그들은 얼굴을 드러내지 않는다. 그들의 목소리 가운데 일부는 에이시아가 아는 목소리다. 엑서터 거리 건너편에 살았으며, 존이 어디를 가든 존을 졸졸 따라다녔던 어린 마이클 올라플렌의 목소리가 들린다. 존의 학교 친구였던 새뮤얼 아널드의 목소리도 들린다. 그러나 에이시아가 그들에게 인사를 하면 그들은 에이시아에게, 아니에요, 아니에요, 그건 내 이름이 아닙니다, 당신은 나를 다른 사람으로 잘못 안 겁니다, 라고 말한다.

대부분의 목소리는 그녀에게 낯선 목소리다.

어느 날 밤, 존이 에이시아의 손을 잡는다. "누나한테 암호를 보여주어야 할 것 같아." 그가 말한다. 그의 계획이 바뀌고 있다. 링컨 납치 계획은 더 끔찍한 것으로 대체되었다.

에이시아는 손을 뺀다. "난 그것에 대해선 알고 싶지 않아."

존은 침묵 속에서 그녀가 마음을 바꾸기를 기다린다. 그녀는 마음을 바꾸지 않는다.

그러자 존이 조끼에서 한 묶음의 편지를 꺼내 그녀에게 건넨다. "내가 돌아올 때까지 이걸 보관해줘." 그가 말한다. "금고에 넣고 자물쇠를 잠가줘." 존은 에이시아의 뺨에, 이마에, 손에 키스한다. 그런 다음 떠난다. 에이시아는 '엄마'라는 라벨이 붙은 봉투를 응시하며 앉아 있다. 그녀가 일어서기 전에 존이 돌아온다. "누나가 그걸 금고에 넣고 잠그는 것을 봐야겠어."

금고는 석재로 지은 창문 없는 차가운 방 안에 들어 있다. 에이시 아가 열쇠를 가지고 있다. 슬리퍼는 절대 이 방에 들어가지 않는다. 이 방은 문이 두 개다. 에이시아는 첫 번째 문을 연다. 육중한 문이다. 그 녀는 두 번째 문을 연다. 이 문은 철문이다. 편지 묶음을 금고 안에 안 전하게 넣은 뒤, 그들은 다시 소파로 돌아온다. 에이시아가 앉는다. 그 는 무릎을 꿇는다.

그는 그녀의 무릎에 얼굴을 묻는다. "나는 남자다운 모든 걸 과감 히 할 수 있어. 나보다 더 대담한 자는 없어."[164] 그가 말한다.

에이시아가 그의 머리를 쓰다듬는다. "만약 사내아이가 태어난다 면 나는 네 이름을 따서 아기 이름을 지을 거야. 그러면 난 나 자신의 에드윈과 존을 다시 갖게 되겠지. 몸조심하겠다고 약속해줘. 네가 내 아이들에게 말 타는 법을 가르쳐줘야 하니까. 칼싸움도 가르쳐주고, 시 낭송도 가르쳐줘야 하니까."

"그럼 사내아이를 낳아." 그가 말한다.

어떤 것들은 지속된다. 그가 그녀의 뺨에, 이마에, 손에 키스한 자 리는 언제까지나 그곳에 남아 있을 것이다. 그녀는 언제나 손가락에 서 존의 검은 머리의 감촉을 떠올릴 수 있을 것이다. "성급하게 행동 하지 마. 이 전쟁은 끝날 거야." 그녀가 말한다.

나라가 불타고 있다. 죽은 사람과 슬픔이, 공포와 유혈의 참상 이 날로 높이 쌓인다. 헤아릴 수 없는 사상자 수, 가늠할 수 없는 슬

164 《맥베스》 1막 7장에 나오는 대사.

폼……. 리 장군은 4월 9일 애퍼매턱스코트하우스에서 항복할 것이다. 교회 종소리가 울려 퍼지고 아찔한 기쁨이 북부 전역에 퍼질 것이다. 날개 달린 승리의 여신이 도착할 것이다.

이러한 것도 전쟁을 끝내지 못할 것이다. 어떤 것들은 지속된다.

"행복해야 해, 누나." 존이 말한다.

"네 얼굴을 다시 보기 전엔 행복하지 못할 거야."

그러고 나서 그는 떠난다.

링컨과 마지막 활동

이 전쟁은 내 인생을 갉아먹고 있네.
나는 이 전쟁의 끝을 볼 때까지 살지 못할 거라는 생각이 강하게 드는군.
—에이브러햄 링컨이 친구인 오언 러브조이에게 쓴 편지에서, 1864년

한편, 이런 생각도 한다.

나는 스프링필드로 돌아가서 그곳에 집을 짓고 여생을 보내고 싶네.
—에이브러햄 링컨이 아내의 사촌 존 토드 스튜어트에게 쓴 편지에서, 1865년

링컨은 익숙한 꿈에서 깨어나 낯선 감정이 차오르는 것을 느낀다. 꿈에서 그는 배를 타고 있다. 배는 멀리서 언뜻 보이는 해안을 향해 빠르게 나아간다. 그 감정이 어떤 감정인지 파악하는 데 조금 시간이 걸린다. 행복감 같기도 하지만, 그게 아니라 해도 적어도 불행한 감정은 아니다. 리 장군이 항복한 지 닷새가 지났다.

링컨은 장남인 로버트와 함께 아침 식사를 하면서, 군 생활이 끝난 후 로버트가 무엇을 하는 게 좋을지에 대해 이야기를 나눈다. 법학 공부는 어떨까? 로버트의 미래에 대해 함께 희망찬 얘기를 나누는 것은, 로버트에게 미래가 있다는 것을 아는 것은 그에게 커다란 기쁨이다. 링컨은 온 나라의 아침 식탁에서 이와 같은 대화가 이루어지는 상상을 한다.

오전 11시, 그랜트 장군이 주례 각료 회의에 참석하기 위해 도착

한다. 그랜트는 노스캐롤라이나주에 주둔 중인 조지프 E. 존스턴의 군
대에 대해 걱정하고 있다. 링컨은 그랜트가 걱정하는 것만큼 크게 걱
정하지 않는다. 그는 그랜트에게 자신의 꿈 이야기를 해준다. 섬터, 불
런, 앤티텀, 게티즈버그, 빅스버그, 윌밍턴 등 거의 모든 대전투를 앞
두고 그가 꾸었던 꿈과 동일한 꿈이다. 이 꿈은 중대한 사건의 전조이
며, 좋은 소식의 전조이다. "그것들이 다 승리한 전투는 아니었습니
다." 그랜트가 링컨에게 일깨워준다.

반란군 지도자들을 어떻게 처리할 것인지에 대한 문제가 논의
된다.

링컨은 그들에게 뭔가를 할 필요가 없도록 그들이 모두 나라 밖
으로 도망치기를 바란다. 그는 분노의 불길에 기름을 붓는 더 이상의
폭력과 재판과 보복을 원치 않는다. 그날 오후에 링컨은 과격한 분리
주의자 제이컵 톰프슨이 메인주로 가는 도중에 목격되었다는 보고를
받는다. 톰프슨은 메인주에서 영국으로 도망가려는 것이다. 육군 장
관인 에드윈 스탠턴은 그를 체포할 준비를 하고 있는데, 링컨은 그러
지 말라고 말한다. "코끼리의 뒷다리를 잡았을 때 그 코끼리가 도망
치려고 하면, 놈이 도망가도록 내버려두는 게 가장 좋은 방책이지요."
링컨이 말한다.

오후 3시경, 링컨과 메리는 해군 전함 몬탁호[165]를 둘러보기 위해
해군 공창으로 간다. 메리는 마차에 그들 둘만 있는 것을 보고 깜짝
놀란 표정을 짓는다. 링컨은 그렇게 하고 싶었다고 메리에게 말한다.
그는 그녀의 손을 잡는다. 그의 손보다 훨씬 작은 손이다.

165 선체를 두꺼운 장갑판으로 싸서 무장하고 회전포탑을 탑재한 초기 전투함.

"당신이 너무 쾌활해서 내가 깜짝 놀랄 정도예요." 메리가 말한다. 그들은 마차를 타고 달리면서 창문 너머 거리에 꽃이 활짝 핀 층층나무와 박태기나무를 바라보며 봄을 만끽한다. 햇살은 밝고 공기는 따뜻하다.

"내가 어찌 쾌활하지 않을 수 있겠소, 메리." 링컨이 대답한다. "이제 전쟁이 끝났다고 생각하기 때문이오. 앞으로는 우리 둘 다 더 쾌활해져야 해요. 전쟁에 시달린 데다 사랑하는 우리 윌리도 잃었으니 우린 참으로 비참했소."

몇 시간 후 돌아오는 길에 그는 일리노이주에서 온 한 무리의 옛 친구들이 막 백악관을 나오는 것을 보게 된다. 링컨은 그들에게 편안하게 잡담을 나눌 수 있는 시간이 있으니 다시 안으로 들어가야 한다고 우긴다. 그는 요즘 퍼트롤리엄 V. 내스비[166]의 익살스러운 편지들을 읽고 있었는데, 이 중 일부를 그들에게 소리 내어 읽어준다. 링컨은 이렇게 시간을 보내는 것이 너무 즐거워서 이른 저녁 식사가 준비되었다는 처음 두 번의 부름을 무시한다. 링컨은 치킨 프리카세를 좋아하긴 하지만, 언제나 음식에는 별로 관심이 없다.

링컨은 7시 30분께에 하원 의장 스카일러 콜팩스를 만난다. 콜팩스는 서부를 여행할 계획이 있다. 두 사람은 서부의 산에 묻혀 있는 풍부한 광물과 광맥에 대해 이야기를 나눈다. 링컨 자신도 캘리포니아에 가고 싶은 강한 욕망을 느낀다. 자신의 임기가 끝나면 가지 못할 이유가 어디 있겠는가? 이 놀라운 평화의 시기에는 무엇이든 다 가능하다.

링컨은 그날 밤 극장에 가고 싶지 않지만, 존 T. 포드가 손수 메리

166 미국의 언론인, 풍자 작가. 본명은 데이비드 로스 로크.

를 초대했고 링컨이 참석한다는 것이 고지되었다. 그랜트도 참석한다고 고지되었지만 그는 이미 사정이 여의치 않아 참석하지 못하겠다고 얘기했다. 그랜트 부인은 메리와 함께 공연을 보며 밤 시간을 견디는 것을 즐기지 않는다. 마찬가지로 스탠턴 부부도 공연 관람을 정중히 사양했다. 스탠턴은 링컨이 공개적으로 돌아다니는 것은 위험하다고 생각했고, 자신이 링컨과 동행함으로써 그런 위험에 노출되는 것을 묵과하지 않으려 한다. 평소 링컨을 경호하던 경호원은 업무상 리치먼드에 가 있다. 그를 대신하여 경호를 맡은 존 파커는 수염이 무성한 거구의 남자로, 술을 좋아하는 것으로 유명하다.

링컨은 클래라 해리스와 헨리 리드 래스본 대령을 초대한다. 뉴욕 상원 의원의 딸인 클래라는 메리의 특별한 친구이다. 래스본은 앤티텀 전투에서 살아남은 군인으로, 클래라의 약혼자이다. 클래라의 아버지가 래스본의 어머니와 결혼했기 때문에 엄밀히 말하면 그들은 남매인 셈이다.

메리는 꽃이 수놓인 흑백 실크 드레스를 입고 있다. 링컨은 메리의 옷에 대해서는 둔감하기 그지없지만, 클래라가 그 옷에 대해 가득 칭찬해서 링컨은 자기도 그렇게 칭찬할 수 있었으면, 하고 부러워한다. 그들은 30분 늦게 극장에 도착하여 조용해지고 어두워진 실내로 들어간다. 오케스트라가 〈대통령 찬가Hail to the Chief〉[167]를 연주할 수 있도록 공연이 중단된다. 관객이 박수를 치고 환호한다. 링컨은 오기 싫었던 마음을 이겨내고 여기 온 것이 기쁘다.

존 파커가 무대 옆 특별관람석 중에서 왼쪽 관람석으로 그들을 안내한다. 그들을 위해 특별히 깃발과 휘장으로 장식한 관람석이다.

---

167   미국 대통령 입장 시 연주되는 노래.

그러고 나서 파커는 입구를 지키기 위해 관람석 밖에 머문다. 메리가 링컨 옆에 앉고 클래라가 메리 옆에 앉는다. 헨리는 클래라 왼쪽에 있는 작은 소파에 앉는다. 연극이 재개된다.

메리는 링컨의 행복을 알아차린다. 그녀는 링컨의 무릎에 손을 얹고 링컨에게 더 가까이 몸을 기울인다. 그녀에게서 베르가모트 향내가 난다. "해리스 양은 내가 당신에게 이렇게 꼭 붙어 있는 모습을 보면서 어떤 생각을 할까요?" 메리가 소곤거린다. 링컨은 해리스 양은 전혀 개의치 않을 거라고 말하며 아내를 안심시킨다.

마지막 막인 3막이 시작된다.

이어서 2장이 전개된다.

에이사 트렌처드 역의 해리 호크 혼자 무대에 있다. "난 당신을 속속들이 알고 있어, 이 노파야. 이 허랑방구똥구 같은 요사스러운 늙은 할망구야." 해리는 몽체싱턴 부인 역을 연기하는 헬렌 머지가 막 퇴장한 무대 옆쪽을 바라보며, '허랑방구똥구'에서 '허랑'을 특히 힘주어 크게 말한다. 그는 링컨을 등지고 있다.

이 장면은 그날 저녁의 연극에서 가장 믿을 만한 웃음 유발 대사이고, 메리의 폭소는 모든 사람의 웃음소리보다 더 크게 들리는 것 같다. 메리가 이렇게 웃는 것을 듣는 것은 얼마나 굉장한 일인가! 그 대사가 주는 재미 이상의 즐거움 때문에 링컨 자신도 웃기 시작한다. 그때 그의 귀에 뭔가 다른 소리가 들리지만 그게 뭔지 이해할 시간이 없다.

—W. 셰익스피어, 《템페스트》

지난 일은 프롤로그일 뿐.

1865년 4월 15일

|

에드윈은 보스턴에 있다. 그와 슬리퍼는 세 번째 극장을 구입하는 일에 대해 얘기를 나누는 중이다. 전날 저녁에 그는 〈철제 상자〉의 에드워드 모티머 경을 연기했다. "이제 내 명예는 어디에 있는가?"[168] 매진된 극장에서 에드윈은 객석을 향해 그렇게 물었다. 도시는 활기 넘치고, 거리의 남자들은 이제 전쟁터에 나가 죽는 일이 없을 거라는 것을 알고 마냥 기뻐한다. 에드윈은 사랑에 빠져 있고, 그랜트 장군의 위대한 임무는 끝났다. 에드윈은 메리가 죽은 이후로 지금이 가장 행복하다고 느낀다.

---

168   에드윈의 운명을 예고하는 듯한 《철제 상자》에 나오는 대사.

그가 집에 돌아왔을 무렵에는 이미 소문이 퍼지고 있다. 기쁨의 분위기는 믿기지 않는다는 분위기로, 이어 비통한 분위기로 바뀐다. 그러나 에드윈은 피곤해서 다음 날 아침 하인이 깨울 때까지 아무 소식도 듣지 못할 것이다.

그 소식을 들은 에드윈의 첫 번째 생각은 생각이라기보다는 머리를 한 방 얻어맞은 느낌, 추락하는 느낌, 귓속에서 바다가 요동치는 느낌에 가깝다. 그의 두 번째 생각은 그것을 믿는다는 것이다. 그는 믿고 싶지 않다. 이것은 절대 있을 수 없는 일이라고 말할 수 있다면 좋겠다고 생각한다.

그는 로라 킨의 무릎 위에서 피를 흘리는 그의 대통령을 위해 운다. 자신의 삶이 앞으로 어떻게 될지 갑자기 상상할 수가 없다. 그는 이 방 저 방 돌아다니고 이 의자에 앉았다 저 의자에 앉았다 해보지만, 이 상황에서 벗어날 수 있는 길은 없다.

아침이 가기 전에 보스턴 극장의 매니저 헨리 재럿으로부터 월크스에 대해 사람들이 하는 말이 사실이 아닌 것으로 드러나기를 기도한다는 내용의 전갈을 받는다. 그렇지만 에드윈은 앞으로의 모든 공연을 취소하는 것이 최선의 방법이고 옳은 길이라고 생각한다. 물론 그렇게 하는 것이 최선이자 옳은 길이다. 가장 좋고도 옳은 길은 에드윈이 다시는 연극 무대에 발을 들여놓지 않는 것이다. 남은 것은 침묵뿐이다.[169]

에이시아는 신문을 보고 무슨 일이 일어났는지 알게 된다. 그녀가 신문을 펼쳤을 때 눈에 처음 들어온 것은 신문에 쳐진 검은색 테두리와 동생의 얼굴 스케치이다. 슬리퍼가 그녀 옆으로 달려와, 정신없

이 꺽꺽 우는 모습을 보며 무슨 일인지 알아내려 애쓴다. 그러나 그는 이유를 알 수 없다. 에이시아가 비명을 지른다.

얼마 안 가서 그녀는 마음을 가라앉히고 냉철하게 평정을 회복한다. 그렇지만 히스테리는 다시 찾아오고, 가라앉았다가 또다시 찾아온다. 히스테리를 완전히 정복하지도 못하고 히스테리에 완전히 정복되지도 않는다. 차라리 이대로 죽었으면 좋겠다는 생각이 든다.

그녀는 첫 번째 기회를 놓치지 않고 혼자 금고가 있는 곳으로 가서 존의 편지 묶음을 꺼낸다. 그중 한 통의 편지를 태운다. 그녀가 반드시 지켜야 한다고 생각하는 한 사람의 이름이 적힌 편지다. 그녀는 이 일을 차가운 벽난로에서 하고, 읽을 수 있는 종잇조각이 남아 있지 않도록 재를 훅 불어서 사방으로 흩어지게 한다. 나머지 편지들은 슬리퍼에게 가져가서 건넨다. 슬리퍼는 그런 것이 집에 있는 줄 전혀 몰랐다. 그녀가 계속 무너져가는 동안 슬리퍼는 그녀를 자상하게 살피고 챙겼다. 그러나 편지의 출현은 그를 화나게 한다.

연방 보안관이 도착하여 그들이 밖으로 나가는 것을 금지한다. 에이시아는 자기들이 감옥에 갇혀 있는(실제로 그렇다) 동시에 보호받고 있다고 생각한다. 분노한 군중이 거리에 모여 있다. 지나치게 순진한 슬리퍼는 엄마 앞으로 쓴 편지를 포함하여 그 모든 편지를 보안관에게 준다. 슬리퍼는 그 편지의 존재를 알고 있었던 사람이 아내뿐이었다고 강조한다. 보안관은 존이 옷장 안이나 침대 밑에 숨어 있을 경우를 대비해서 집 안을 수색한다. 아이들이 울고 있는 아기방도 수색한다.

모든 문에 경비원이 배치되어 있다.

준은 신시내티에서 순회공연 중이다. 그는 아침 산책을 나서면서 호텔 접수계 직원에게 쾌활하게 손을 흔든다. "당신은 아직 소식을 듣지 못했군요." 접수계 직원은 그렇게 말하고 나서 꾹 참고 그 말을 하지 말 것을, 하고 후회한다. 그는 그 소식을 전하는 사람이 되고 싶지 않다.

준이 돌아선다. "그게 무슨 말이에요?"

객실 청소 담당자 한 사람이 밖에서 로비 안으로 뛰어든다. "위층으로." 그녀가 준의 팔을 잡고 말한다. "빨리. 빨리!" 약 500명쯤 되는 군중이 그녀 뒤에 있다. 그들은 가로등 기둥에서 준의 연극 광고 전단을 뜯어낸 다음 그를 교수형에 처하려고 몰려오는 것이다. 그들이 준의 이름을 외치며 로비로 몰려드는 소리가 들릴 때까지도 준은 아직 계단에 있다. 만약 이곳이 캘리포니아라면 그는 그날이 끝나기 전에 가로등 기둥에 목이 매여 흔들리고 있을 것이다.

그러나 접수계 직원은 준이 밤중에 호텔을 떠났다고 겨우겨우 그들을 설득한다. 준은 답답한 다락방에 숨어서 하루를 보내고, 호텔 직원들의 도움으로 목숨을 구한다. 호텔 직원 한 사람 한 사람이 다 그의 목숨을 손에 쥐고 있지만, 누구도 그를 넘겨주지 않는다.

조는 모지스테일러호를 타고 파나마로 가고 있다. 그는 오스트레일리아를 떠난 후 샌프란시스코에서 일했다. 준이 그를 위해 일자리를 마련해준 웰스 파고 앤드 컴퍼니에서 일한 것이다. 그는 집을 떠난 지 3년이 되었다. 당국은 그가 집으로 돌아가려고 출발한 날짜를 4월 13일로 선택한 것에 의심을 품고 있다.

파나마시티에 도착하자마자 그는 대통령이 죽었다는 것과 암살자가 부스라는 것을 듣지만, 부스라는 이름을 가진 사람은 아주 많다. 그래서 그는 그 소식을 대수롭지 않게 생각한다. 다음 정거장인 애스핀월에서 그는 존 윌크스라는 이름을 듣는다. 그때쯤에는 그가 생각을 많이 하고 난 후였다. 그래서 그가 그 이름을 들었을 때, 그는 이미 알고 있었다는 기분이 든다.

홋날 그가 심문받은 내용을 글로 옮긴 기록에서 :

Q : 미친 적 있나요, 부스 씨?

A : 예.

Q : 얼마나 오랫동안?

A : 몇 달간요. 저는 파나마에 있을 때 미쳐 있었어요.

Q : 집으로 돌아가려던 중에?

A : 예, 그렇습니다. 그 소식이 나를 미치게 만들었어요.

엄마와 로절리는 뉴욕에 있다. 이 들뜬 도시에서는 일주일이 넘게 종소리가 울리고 뿔피리를 부는 소리가 들렸다. 그런 축하의 소음이 이제야 가라앉기 시작한다. 전쟁은 끝났다. 모든 사내들은 집에 있거나 집으로 돌아오고 있다. 엄마는 앤 홀이 마침내 잃어버린 아이들과 재회하게 될 거라고 말한다. 이제 그들은 모두 자유롭다! 조 홀이 살아 있어서 이걸 보아야 했는데. 엄마는 이 세상의 모든 엄마들이 바라는 것은 자식들과 함께 있는 거라고 말한다. 그들은 튜더홀을 방문할 계획을 세운다.

초인종이 울리고, 올드리치 부부가 문 앞 계단에 서 있다. 편집자이자 작가인 토머스 올드리치는 성실하고 동정심 많은 사람이다. 로절리는 그의 아내를 좋아한 적이 없다. 마크 트웨인은 그녀를 좋게 말하자면 안절부절못하는 수다쟁이라고 칭하는데, 로절리는 그 의견에 동의한다. "아이고 하느님, 난 그 여자가 싫어요." 마크 트웨인은 말한다.

올드리치 부부는 에드윈의 친구들이다. "에드윈은 보스턴에 있어요." 로절리가 그들에게 말한다. 로절리는 그들이 그것을 모르는 것 같아서 놀란다.

올드리치 부인이 로절리의 손을 꼭 쥔다. 너무 세게 쥐어서 부인의 반지가 로절리의 살을 파고든다. "우린 당신의 가엾은 어머니를 위해 여기 온 거예요." 부인이 말한다. 열린 문을 통해 로절리는 신문 파는 아이가 외치는 소리를 듣는다. "대통령 서거! 대통령이 암살당했습니다! 대통령 서거!"

순간적으로 충격을 받는다. "대통령이 사망했어요?" 그녀가 묻는다.

"오, 로절리." 올드리치 부인이 말한다. 그녀는 로절리가 손을 빼내려 하는데도 불구하고 여전히 로절리의 손을 꼭 움켜쥐고 있다.

적어도 존은 좋아하겠군, 로절리는 생각한다. 그녀가 가장 먼저 한 생각이 그것이었고, 그 직후에 신문 파는 아이가 "존 윌크스 부스가 체포되었습니다"라고 외치는 소리를 들었다는 것을 그녀는 언제까지나 기억할 것이다.

그녀는 올드리치 부인을 쳐다본다. 부인은 오늘 아침 시간을 들여서 가장 좋은 모자를 골라 쓰고, 볼에 분을 바르고, 얼굴 주위의 곱슬머리를 가지런히 매만지고 나서야 이 집에 온 것이다. "오, 로절리." 올드리치 부인이 말한다.

엄마는 거리에서 신문 파는 아이가 외치는 소리를 들었다. 엄마가 창백하고 망연자실한 얼굴로 그들이 서 있는 문 앞으로 걸어온다. 올드리치 씨가 앞으로 다가가 팔을 내밀어 엄마를 부축하고는 엄마를 소파로 이끈다. 로절리는 이 같은 엄마의 얼굴을 헨리가 죽은 이래로 처음 본다. 헨리의 죽음은 아주 오래전의 일이지만, 그럼에도 로절리는 그걸 즉시 알아차린다. 말할 수 없는 슬픔과 미칠 것 같은 괴로움이 뒤섞인 얼굴이다. 그녀는 엄마의 그런 얼굴을 다시 보게 되리라는 것을 항상 알고 있었다. "엄마, 이건 착오예요." 로절리가 말한다. "엄마는 존을 알잖아요. 개는 절대 엄마에게 이런 짓을 할 아이가 아니에요."

"그럼요. 우리는 모두 이것이 착오로 밝혀지기를 바라고 있습니다." 올드리치 부인이 말한다. 부인의 목소리에는 착오일 거라고 여기지 않는 기색이 역력하다.

"기다리며 지켜보는 수밖에 없습니다." 토머스 올드리치가 말한다.

에드윈의 다른 친구들도 도착한다. 오스굿 부부와 테일러 부부이다. 이 사람들은 전에는 로절리에게 말을 두 마디 이상 하지 않은 사람들이다. 로절리는 분노로 몸이 뻣뻣하게 굳어 있다. 그녀는 그들의 동정적인 태도를 꿰뚫어 본다. 이 일은 여태껏 그들에게(슬픔의 나라를 찾아온 관광객인 그들에게) 일어난 일 중에 가장 흥미로운 일인 것이다. 그리고 그들은 다들 이 같은 일을 믿으려 드는데, 그것은 존에 대한 모욕이라고 로절리는 느낀다. 더군다나 그들이 이걸 믿으라는 식으로 엄마를 설득하고 있다는 것을 로절리는 알 수 있다.

우편배달부의 호루라기 소리와 함께 초인종이 다시 울린다. 그는 존이 보낸 편지를 배달한다. 그 순간에 도착한 그 편지에는 엄청난 힘이 있다. 엄마는 손이 부들부들 떨려서 그 편지를 개봉하지 못하고, 그것을 로절리에게 건넨다. 로절리는 엄마하고만 단둘이 있었으면 좋겠다고 생각한다.

4월 14일, 새벽 2시.

사랑하는 엄마 :
나는 엄마가 내 편지를 기다리고 있다는 것을 알고 있고,

엄마는 분명 나를 용서하지 않을 거라고 생각해요. 그런데 사실 쓸 게 아무것도 없네요. 모든 게 잠잠해졌어요. 어젯밤까지는 굉장했거든요(특히 불빛이). 모든 것이 밝고 화려했어요. 내 눈에는 더 그렇게 보였어요. 그 광경이 더 고귀한 대의를 위해 펼쳐진 것처럼 말이에요. 하지만 세상은 마찬가지예요. 힘이 정의인 거죠. 나는 내가 잘 있다는 것을 엄마에게 알려주기 위해, 그리고 엄마에게서 소식을 받지 못했다는 것을 말하기 위해 이 몇 줄만 써서 보냅니다. 너무 간단히 쓴 것을 용서해주세요. 내가 좀 바쁘거든요. 로절리의 편지는 받았어요. 사랑을 가득 담아 보냅니다. 언제나 엄마의 사랑스러운 아들,[170]

존

이것이 한 젊은이가 대통령을 살해하기로 마음먹은 바로 그 날에 자기 어머니에게 쓴 편지란 말인가? 로절리는 그렇게 생각하지 않는다. 그녀는 단호한 태도로 편지를 흔들면서 그 편지를 내민다. 편지는 손에서 손으로 전해지다가 이윽고 다시 그녀에게 돌아온다.

엄마는 여전히 소파에 앉아 흐느낀다. "오 하느님, 만약 이게 사실이라면 그 애가 스스로 총을 쏘아 자결하게 해주세요. 살아서 교수형을 당하지 않게 해주세요! 최소한 우리 집안의 이름에 대한 불명예는 면하게 해주세요. 제발 그 작은 동정을 베풀어주세요, 하느님." 에

---

170 전날 밤 북부의 승리를 축하하는 워싱턴 디시의 떠들썩한 함성과 환호성, 화려하고 환한 불빛을 보고 내셔널 호텔로 돌아와 우울한 기분으로 엄마에게 쓴 존의 편지. 20여 시간 후인 이날 밤에 존은 링컨을 암살한다.

드윈의 친구들이 엄마 주위에 모여 있고, 토머스 올드리치는 엄마의 발 앞에 무릎을 꿇고 있다.

왜 모두들 이것이 사실인 것처럼 행동하지? 로절리의 확신이 번뇌가 되고, 방어적으로 바뀌고, 덜 확실해진다. 그녀는 편지를 가능한 한 심장에 가깝도록 가슴에 꼭 붙인다. 존이 직접 쓴 존 자신의 말이 담긴 편지다. 그의 결백을 증명하는 그녀의 증거물이다.

그들은 종일토록 신문 파는 아이들이 에이브러햄 링컨이 서거했고 존 윌크스 부스는 체포되었다고 거리에서 외치는 소리를 듣는다.

이것이 사실이 아니라는 로절리의 생각은 옳다. 그러나 어느 부분에 있어서는 그녀의 생각이 틀리다. 존은 체포되지 않았다. 그는 극장을 빠져나와 말을 타고 탈출했고, 현재 메릴랜드주에서 새뮤얼 머드 의사로부터 부러진 다리뼈를 접합하는 수술을 받고 있다. 그는 전날 밤 링컨의 특별석에서 무대로 뛰어내려 〈우리 미국인 사촌〉의 공연 역사상 전무후무한 것이 될 가장 충격적인 결론을 전달한다. 그것은 저지하는 사람과 그가 외친 말(식 셈퍼 티라니스[171])과 그 모든 상황이 빚어낸 명장면이었다. 그는 그 모든 것을 신중하게 연출했다. 다리가 부러지는 것은 제외하고.

존은 일기장에 다음과 같이 쓴다. '어젯밤 말을 타고서 점프할 때마다 내 다리뼈가 살을 찌르는 고통 속에서 100킬로미터를 달렸다. 비록 우리는 살인을 싫어했지만, 나는 결코 그걸 후회하지 않는다. (……) 하느님은 나를 당신이 사용하실 징벌의 도구로 만드셨을 뿐이다.'

---

171 폭군은 언제나 그렇게 되리라.

2

에드윈은 어머니를 걱정하며 16일에 뉴욕으로 돌아오지만, 다른 한편으로 그의 영혼은 죽은 상태나 다름없다. 그는 엄마가 침대에 누운 채 일어나지 못하는 것을 본다. "나는 정말 이 일로 엄마가 돌아가실 거라는 생각이 들어." 그가 친구들에게 말한다. "엄마의 상심이 너무나도 커서 엄마는 심장이 완전히 멈춰버리길 바라고 있는지도 몰라."

로절리는 다시 한번 엄마에게 충분한 위안이 되지 못한다. 어쩌면 엄마에게는 한순간도 걱정을 끼친 적이 없는 자식을 위해 따로 남겨둔 어떤 특별한 사랑이 있는지도 모른다. 그렇지만 로절리는 그것을 느끼지 못한다. 그녀 자신의 슬픔은 인정받지 못하고 엄마의 슬픔에 묻히지만, 그러나 때때로(아침을 먹을 때나 책을 읽을 때나 엄마 곁에 누운 채 잠을 이루지 못할 때) 예기치 않게 슬픔이 터져 나와 목이 메게 한다. 마음속에 존의 얼굴이 떠오르고, 그녀는 그를 사랑하는 만큼이나 그를 증오한다. 지독히 사랑하지만 지독히 증오한다. "존을 이전의 모습 그대로 기억해줘." 에드윈이 그녀에게 말한다. 그런데 이전의 존은 어떤 사람이었지? 그녀가 존을 정말 알았던 적이 있었을까? 그녀는 존을 이제 막 잃어버렸을 뿐일까, 아니면 이미 오래전에 잃어버렸던 걸까?

존은 신문에 실리기를 원했던 성명서를 한 친구에게 맡겼다. 이 친구는 암살 소식을 듣자마자 그걸 개봉하여 읽어보고는 불에 태워버렸다. 지금 신문에 나오는 것은 에이시아의 금고 속에 들어 있었고 슬리퍼가 연방 보안관에게 건네준 편지들이다. 로절리는 신문에 실린 그 편지 글을 보지 않으려 한다. 그녀의 결심은 꼬박 세 시간 동안 지속된다.

첫 번째 글은 존이 엄마에게 쓴 편지다. 신문 파는 아이가 거리에서 사건에 대해 외치던 그날의 편지보다 이 편지가 며칠 먼저 쓰였다고 생각하니 기분이 이상하다. 이 편지는 세상에서 가장 훌륭하고 가장 고귀한 어머니인 그의 엄마에 대한 깊은 사랑을 표명하는 글로 가득 차 있다. 그럼에도 불구하고 자신에게는 국가에 대한 의무가 있다고 말한다. 자신은 북부에서 노예의 삶을 살았으며, 이제 더 이상 그것을 참을 수 없다고 진지한 어투로 불만을 토로한다.

그리고 특별히 로절리를 화나게 하는 대목이 있다. '최후의 번개가 엄마의 아들을 내리치면, 엄마는 그걸 끈기 있게 견뎌야 해요. (……) 형들과 누나들이(하늘이시여, 그들을 보호해주시길) 우리가 다시 만날 때까지 자신들의 사랑과 의무에다 내 몫의 사랑과 의무를 보태서 신중하고 따뜻하게 엄마를 모실 거예요.'

마치 형제들 중 누구라도 존을 대신할 수 있는 것처럼 말하다니! 남은 형제들이 다 함께 노력해도 존에 대한 엄마의 사랑에 비한다면 절반도 불러일으키지 못할 텐데, 그게 가능한 것처럼 말하다니! 또, 남은 평생 열심히 엄마를 보살피지만 끝내는 실패하게 될 운명을 로절리에게 떠맡기고도 자기는 그 사실을 모르는 척하다니.

두 번째 글은 '관계자 여러분께'라고 쓴 편지글이다. '이 나라는 흑인이 아니라 백인을 위해 건국되었습니다.' 존은 그렇게 말한다.

우리 헌법을 만드신 고귀한 분들이 가졌던 것과 동일한 관점에서 흑인 노예제를 볼 때, 나 자신은 이 노예제를 하느님께서 당신이 총애하는 나라에 내려주신 가장 큰 축복(노예들과 우리 모두에게) 가운데 하나라고 생각해왔다. 지금까지 유지되어온 우리의 부와 힘이 이를 증명한다. 그들의 높아지는 행복감이 이를 증명한다. (……) 나보다 더 기꺼이 흑인을 위해 일할 사람은 없을 텐데, 나는 이 제도가 그들의 상태를 더욱더 개선할 방법이라는 것을 분명히 알 수 있었다. (……)

에드윈은 엄마와 마찬가지로 자기도 혼자 자는 게 불가능하다는 걸 깨닫는다. 친구인 윌리엄 비스팜이 밤에 그와 함께 자준다. 에드윈은 낮 동안에는 사람들 눈에 띄는 게 두려워서 집 안에 머문다. 어두워진 후에는 비스팜과 올드리치와 함께 거리를 걷는다. 에드윈을 좋아하는 사람들은 모두 그가 술을 마시지 않을까 걱정하지만, 그는 술을 입에 대지 않는다.

그는 기차역에서 로버트 링컨을 구해주었던 날의 일에 대해 자주 언급한다. 그가 거의 기억하지도 못했던 그 이야기가 그의 큰 위안거리 중 하나가 되었다.

그는 존의 모든 것이 언제 잘못되었는지 모르겠다고 비스팜에게 말한다. 존은 사랑스럽고 장난기 가득한 아이였다. 가족들 모두 존을 무척 좋아했다. 에드윈은 아버지가 살아 계신다면 뭐라고 말했을지 궁금하다. 준은 평소의 둔감한 실용주의적 태도로, 엄마를 제외하고는 가족들 모두 머잖아 회복되기를 기대한다는 편지를 보낸다. 그는 틀림없이 엄마가 결코 회복하지 못할 거라고 말한다.

에드윈은 토머스 올드리치의 제안에 응하여 에드위나에게 줄 선물로 자신의 어린 시절 이야기를 쓴다. 에드위나는 암살이 있기 전부터 에이시아와 함께 지내고 있다. 에드윈은 이 일로 며칠을 보낸다. 그는 그 글을 끝내자마자 파괴해버린다.

그는 편지를 쓴다.

날마다 에이시아에게 이렇게 쓴다. '(……) 네가 사랑했던 그 애가 정신의 대부분을 다른 생각에 쏟고 있다는 걸 상상해봐.'

그는 애덤에게 쓴 편지에서, 한 사람의 고결한 마음이 결코 자기를 저버리지 않을 거라는 것을 알고서 위로를 받는다고 말한다. 그 한 사람은 애덤을 의미하는 것이 아니다. 비록 애덤의 마음보다 더 에드윈과 가까운 마음은 없지만 말이다. 그 사람은 블랜치 하널을 의미한다.

그는 미국인들에게 편지를 쓴다.

(……) 위대하고 선량한, 순교하신 대통령의 생혈을 고통받는
제 가족의 문 앞에 둔 것은 하느님을 기쁘게 했습니다.
이 끔찍한 사건으로 인해 저는 땅바닥에 엎드려 있지만,
다른 조문객들이 이 땅을 채우고 있다는 것을 아주 잘 알고
있습니다. 그분들에게, 여러분 모두에게 말로 표현할 수 없는
저희의 깊은 동정을 표합니다. 이 더없이 사악하고 흉악한
범죄에 대해 저희는 혐오와 증오를 금할 수 없습니다.
(……)

그는 편지를 받는다.

블랜치 하널은 그들의 약혼을 끝내겠다고 써 보낸다.

미국인들은 한 통씩 한 통씩 익명으로, 그의 목숨은 몰수될 거라고, 총알이 그를 기다리고 있다고, 자기들은 부스라는 이름을 증오한다고, 그의 다음 공연은 비극이 될 거라고 써 보낸다.

가족은 존이 어디에 있고 그에게 무슨 일이 일어날지 알기 전에는 완전한 어둠이 찾아들 수 없는, 일종의 황혼 속에서 살아간다.

3

준과 슬리퍼는 모의 혐의로 필라델피아에 있는 슬리퍼 클라크의 집에서 함께 체포된다. 그들은 수갑이 채워진 채 워싱턴의 옛 국회 의사당 감옥으로 보내지고, 그곳에서 같은 감방에 수감된다. 슬리퍼는 거기서 한 달을 보내고, 준은 두 달을 보낸다. 바퀴벌레, 쥐, 참을 수 없는 더위, 그리고 심문⋯⋯. 준은 그렇게 말한다.

다른 사람들도 체포되었다. 마이클 올라플렌과 새뮤얼 아널드도 이곳에 감금된다. 두 사람은 존이 납치 계획을 외딴 시골길에서 포드 극장으로 변경했을 때 이 모의에서 발을 뺐다. 존은 말하기를, 이 포드 극장에서 링컨을 제압하고 수갑을 채운 다음 밧줄을 이용해 특별석에서 무대로 내릴 거라고 했다. 이것은 터무니없는 계획이었고(자살 행위야, 라고 아널드가 존에게 말했다) 존이 그걸 모른다는 사실에 두 사람은 충격을 받았다. 납치 계획이 암살 계획으로 바뀌었을 무렵, 그들 두 사람은 이미 이 모의에 더 이상 관여하지 않았다.

그런 까닭에 그들은 교수형을 면하고, 대신 머드 의사와 함께 드라이토르투가스[172]에 있는 제퍼슨 요새의 감옥으로 보내질 것이다. 그곳에서 한때 존과 불리보이스를 따라다니며 엑서터 거리를 오가던 어린 소년이었던 올라플렌은 황열병으로 죽을 것이다.

조지 애처롯도 체포되었다. 그는 프로이센 출신의 이민자로, 14일에 수행해야 할 그의 임무는 부통령을 죽이는 것이었다. 그러나 용기를 잃은 그는 임무를 수행하는 대신 술을 마시며 그날 밤을 보냈다.

루이스 파월이라는 남군 병사는 포악한 성질로 인해 '끔찍한 루

---

172 멕시코만에 위치한, 작은 섬들로 이루어진 제도.

이스'라는 별명으로 불리는데, 그는 존에 의해 국무장관을 살해하도록 파견된다. 파월이 국무장관의 집에 침입했을 때, 국무장관 수어드는 이미 마차 사고로 다쳐서 의사의 보살핌을 받고 침대에 누워 있었다. 파월은 수어드의 아들 가운데 한 명을 권총으로 쳐서 의식을 잃게 만들었고, 다른 아들을 칼로 찔렀다. 그리고 수어드의 사랑스러운 딸 패니를 주먹으로 때렸으며, 수어드의 침대로 올라가 수어드의 목과 얼굴을 칼로 다섯 번 찔렀다. 파월은 여섯 사람이 피를 흘리게 한 후에 그 집에서 뛰쳐나와 소리쳤다. "나는 미쳤다! 나는 미쳤다!" 그런 다음 그가 알게 된 것은 말과 함께 기다리기로 한 스물세 살의 약사 보조원 데이비드 헤럴드가 이미 달아났다는 사실이었다.

수어드 집안의 모든 사람들은 살아남을 것이다. 애처롯, 파월, 헤럴드는 살아남지 못할 것이다. 그들은 교수형에 처해질 것이다. 음모가 꾸며진 것으로 의심되는 하숙집의 주인인 수랏 부인도 교수형을 당할 것이다.

준과 슬리퍼에 관해 :

정부는 준이 존에게 보낸, 석유 사업에 관해 언급한 편지들을 가지고 있다. 석유 사업은 준의 경우에는 말 그대로 석유 사업을 의미하지만, 공모자들 사이에서는 모의를 의미한다. 정부는 에이시아가 존이 집에 드나든 사실을 숨겼다는 것 말고는 슬리퍼에 대해 아무런 자료도 가지고 있지 않지만, 그러나 그것만으로도 슬리퍼를 감금하기에 충분한 것 같다. 준은 철학적이다. 슬리퍼는 몹시 화가 나 있다. 에드윈도 감옥에 갇히지 않는데 왜 내가 갇혀 있어야 하는 거지?

에이시아는 임신 중이기 때문에 감옥에 들어가지 않는다. 에이시아는 가택 연금 상태이다. 그녀의 일거수일투족을 감시하기 위해 집 안에 요원이 배치되어 있다. 이 요원은 자신의 아내를 이 집에 추가로 투입하고 싶어 한다. 에이시아가 울지 않는 것이 신경 쓰이기 때문이다. 그는 에이시아에게 여자의 동정심이 필요하다고 생각한다. 그러나 에이시아는 그런 것이 필요치 않다.

그녀에게 필요한 것은 그녀의 어머니다. 그녀는 자신이 쌍둥이를 잉태하고 있다는 것을 알았고, 그 때문에, 혹은 그녀의 삶이 비극이 되어가고 있기 때문에 임신이 불안하고 위험하다. 그녀를 돌보아주었던 간호사는 그녀가 부스 집안 사람이기 때문에 이제 그녀를 돌보지 않으려 한다. 그녀의 의사는 너무 겁이 나서 그녀에게 갈 수 없다는 말을 전한다. 오직 아이 돌보미인 베키만이 기꺼이 이 집에 머물고자 한다. 에이시아는 아이들과 연방 요원들을 제외하면 거의 혼자인 셈이다.

다른 어떤 일도 엄마를 침대 밖으로 나오게 하지 못했을 것이다. 에이시아가 겪고 있는 고통을 들은 엄마는 조용히 일어나서 짐을 싼 뒤, 에드윈에게 기차역까지 데려다주라고 부탁한다. 엄마는 필라델피아로 가는 도중에 존이 죽었다는 것을 알게 된다. 다른 승객들이 휘파람을 불고 환호하는 동안 엄마는 창밖을 바라보며 들판과 잡목림을, 마을과 교회들을, 그 모든 가증스러운 가식적인 풍경들이 지나가는 것을 보는 척한다.

4

존 윌크스 부스는 죽을 뻔한 적이 아주 많다. 세인트티머시 학교에 다닐 때는 익사할 뻔한 적이 있었다. 젖소를 데려오려고 가는 동안에는 얼어 죽을 뻔했다. 매슈 캐닝의 총알에 넓적다리 동맥이 절단될 뻔했다. 앨라배마주 몽고메리에서 분리주의자들에 의해 살해될 뻔했다. 뉴욕의 징병 거부 폭동에서 죽을 수도 있었다. 팔꿈치가 감염되어 생긴 병인 단독으로 죽을 수도 있었다.

그의 죽음은 뒤늦게, 사건을 일으킨 지 13일 후에 다음과 같은 모습으로 찾아온다. 그는 수어드의 집에서 파월을 버리고 달아난 데이비드 헤럴드와 함께 도망쳤다. 헤럴드와 존은 함께 답사하고 정찰했다. 두 사람은 4월 26일 동이 트기 전에 버지니아주 볼링그린 근처의 헛간까지 추적당하고 내몰린다. 헤럴드는 항복하지만 존은 밖으로 나오려 하지 않는다. 그는 자신에게 모험을 걸 수 있는 기회가 주어져야 한다고 생각하는 것 같다. "날 공정하게 대해줘. 당신 부하들을 45킬로미터 밖으로 물러서게 해." 존이 소리친다. 그가 링컨에게 적용하지 않았던 예의이다. 그것은 존에게도 적용되지 않는다.

횃불 하나가 헛간 안으로 던져진다. 밀짚에 즉시 불이 붙어서 마치 그가 무대 위에 있는 것처럼 그 장면을 뚜렷이 비춘다. "나는 그자가 똑바로 서 있는 것을 보았습니다." 나중에 콩거 대령이라는 사람이 말한다. "목발에 몸을 의지하고 있었죠. 그자가 그의 형 에드윈과 너무 비슷하게 생겨서 나는 잠시 동안 그자를 뒤쫓았던 그 모든 활동이 실수였다고 믿었습니다.

하느님의 지시에 따라 보스턴 코빗 병장이 그의 목을 쏘았다. "나는 내 나라를 위해 죽는다고 어머니에게 전해주세요." 존이 말한다. 그러나 죽음에 이르는 데 세 시간 이상이 걸리자 그가 말한다. "제발 나를 지금 죽여주세요."

존의 몸에서 발견된 그의 일기는 법정 기록의 일부가 된다.

4월 21일에 그는 다음과 같이 썼다.

개처럼 쫓기며 늪과 숲을 지나고, 어젯밤에는 포함砲艦에

쫓겨서 물에 젖고 추위에 떨고 굶주린 몸으로 돌아올

수밖에 없었습니다. 모든 사람의 손이 나를 공격하려고 했고

나는 여기서 절망에 빠져 있어요. 이유가 뭔가요.

브루터스는 그가 한 일로 명예를 얻었고, 윌리엄 텔은

그의 행동으로 영웅이 되었어요. 그런데 나는 사람들이

알고 있는 그 누구보다도 더 사악한 폭군을 제거했는데도

흔한 살인자로 여겨지고 있습니다. (……)

비록 나는 카인의 저주를 온통 뒤집어쓰며

버림받고 있지만, 그럼에도 내가 잘했다고 생각해요.

만약 세상이 나의 심정을 알았다면, 그 한 방의 총알은

나를 위대하게 만들었을 거예요. 결코 위대해지는 것을

바라지는 않았지만 말입니다.

오늘 밤 나는 다시 한번 이 사냥개들로부터 탈출하려고

시도합니다. 누가 자신의 운명을 읽을 수 있겠어요.

하느님의 뜻대로 되겠지요.

내 영혼은 위대하여 범죄자처럼 죽을 수는 없습니다.

오, 주님, 주님께서 나를 살려주시고

내가 용감하게 죽을 수 있게 해주소서.

나는 온 세상을 축복합니다. 나는 누군가를 증오하거나

누군가에게 나쁜 짓을 저지른 적이 없습니다. (……)

5

이제 남은 것은 계속되는 일들뿐이다.

에드윈은 존의 정신 이상을 증언하기 위해 수도로 소환된다. 그의 증언은 기대했던 것과는 달랐던 듯싶다. 그는 존의 방문을 받은 적이 없다.

그는 수어드의 집을 방문하여 동정을 표하는 것에 대해 잠시 생각해본다. 그는 한 차례 수어드와 함께 대단히 멋진 저녁을 보낸 적이 있지만, 그러나 이 시점에서 지속적인 우정을 약속하는 것은 분명 비현실적인 일이다. 그를 만나는 것은 그들에게 더 상처를 주는 일일 뿐일 것이다.

에드윈은 준과 슬리퍼가 갇혀 있는 감방을 방문한다. 그는 슬리퍼에게 그들의 동업자 관계를 청산해도 된다고 제안한다. 사실상 그는 그렇게 하라고 촉구한다. 슬리퍼는 그렇게 하지 않겠다고 말한다. 그는 자신이 청산하고 싶은 동반자 관계가 자신의 결혼이라는 것을 에드윈에게 말하지 않는다. 슬리퍼는 자신의 명예를 회복하는 유일한 길은 임신 중인 아내와 이혼하는 것이라는 결정을 내렸다. 마침내 감옥에서 풀려나자 그는 집으로 돌아와 에이시아에게 그렇게 말한다. 그녀는 이혼하지 않겠다고 한다.

그는 언론에 이야기한다. 부스 집안은 독사의 소굴이라고 말한다. 이아고 같은 가족들이고, 비밀이 가득한 집이라고 한다. 정말 감사하게도 그 자신은 부스 집안 사람이 아니고, 부스 집안 사람이었던 적이 없으며, 앞으로도 결코 부스 집안 사람이 아닐 거라고 한다.

6개월 후 슬리퍼와 윌리엄 스튜어트는 뉴욕의 윈터가든 극장에서 〈우리 미국인 사촌〉을 무대에 올린다. 슬리퍼가 주연을 맡는다. 이에 대한 에드윈의 감정은 알려져 있지 않다.

로라 킨만 공개적으로 반대한다. 이 악취 나는 탐욕보다 더 고약한 것이 어디 있겠는가? 이 연극은 한 달 동안 공연되는데, 늘 객석이 만원이다.

대통령의 암살로 인해 실제로는 킨이 슬리퍼보다 더 고통을 겪을 것이다. 그녀는 특별석으로 가서 의사가 최초의 검사를 하는 동안 줄곧 링컨의 머리를 무릎에 얹고 있었다. 링컨의 아내가 그렇게 할 수 없었기 때문이다. 링컨의 피가 그녀의 치마와 속치마를 적셨다.

대중들은 여배우의 품에 안겨 죽어가는 그들의 대통령을 머리에 떠올리는 것을 몹시 불편해한다. 그녀의 직업은 희극 배우다. 이제는 아무도 그녀를 웃기는 사람으로 보지 않는다.

존은 한때 로절리에게 집을 떠날 용기를 주었다. 이제 그는 그 용기를 거두어버렸다. 이제 그녀는 의자에 앉아 에드윈의 친구들 말에 귀 기울이고 싶지도 않다. 엄마가 에이시아에게 간 지금, 침대를 같이 쓰자고 요청할 수 있는 사람은 아무도 없다. 그녀를 지켜보는 사람도 없어서 그녀는 밤새 두 손에 얼굴을 묻고 흐느낀다. 그녀의 책들은 더 이상 그녀의 마음을 빼앗지 못한다. 그녀의 슬픔은 바닥없는 우물이다. 하루하루는 그녀가 견딜 수 없을 정도로 길고, 밤조차 휴식 시간이 되지 못한다.

부스 가족 모두(대부분은 에드윈이지만) 계속해서 협박 편지를 받는다. 하지만 또 다른 종류의 편지도 온다. 두 명 이상의 젊은 여자가 자신이 존과 비밀리에 결혼했다고, 또는 비밀리에 약혼했다고, 또는 비밀리에 존의 아이를 낳았다고 주장하는 편지를 보낸다. 그 편지들은 다 긴급한 경제적 문제를 언급한다. 에드윈은 이런 주장들을 신속하고 냉정하게 처리한다.

한 편지에는 아이의 사진이 들어 있다. 여자아이의 사진으로, 아이의 이름은 오가리타 로절리 부스이다. 로절리는 아이의 모습이 부인할 수 없을 만큼 존과 닮았다고 느낀다. 에드윈이 워싱턴에 가 있는 동안 로절리는 오가리타의 엄마 이졸라에게 아이를 집으로 데리고 와 달라고 부탁한다. 이졸라는 배우인데, 외모는 가무스름한 피부의 스페인계로 보인다. 이졸라는 그녀의 비밀스럽고 열정적이었던 결혼 생활에 대해 구체적으로 얘기해준다. 로절리는 여전히 존을 훌륭한 사람으로 생각하는 사람과 존에 대해 이야기하는 것이 얼마나 큰 위로가 되는지 미처 알지 못했다. 로절리는 존이 어렸을 때는 분명 악동이었지만 밝고 명랑한 악동이었고 장난치기 좋아하는 개구쟁이였다는 이야기를 하면서 그녀답지 않게 말이 많아진다. 두 사람은 존이 더 큰 세력의 도구에 불과했다는 것에 동의한다. '골든서클 기사단'의 압력을 받아 존 혼자서는 결코 생각하지 못했을 일을 저질렀다는 견해에서로 생각을 같이한 것이다. 이것은 로절리에게는 4월 15일 이후에 느꼈던 감정 중에서 가장 행복에 근접한 것이다.

오가리타는 직접 보니 사진보다는 존을 덜 닮은 것처럼 보이지만, 아이의 피부 빛깔은 존의 빛깔이고 아이의 눈에도 뭔가 존을 닮은 구석이 있는 것 같다.

로절리는 이졸라의 슬픔이 진짜라고 느끼고, 그게 진짜라면 나머지도 당연히 진짜라고 생각한다. 존은 로절리에게 약간의 석유 주식을 남겼다. 다 합쳐도 많지 않은 돈이지만, 그것은 로절리가 마흔두 살의 나이에 처음으로 가져보는 자신만의 돈이다. 그녀는 그중 일부를 이졸라의 손에 쥐여준다. 두 사람은 다시 만나자는 데 동의한다.

에드윈은 이 사실을 알고 나서 화를 낸다. 그 여자는 로절리의 친절과 동화처럼 공상적인 로절리의 마음을 이용하여 음모를 꾸미는 여자라고 에드윈은 간주한다. 그는 로절리에게 존의 일기장에서 여섯 장의 여자 사진이 발견되었는데, 그중에 이졸라라는 여자는 없었다고 말한다. 에드윈은 존이 적잖이 마음이 동했던 상원 의원의 딸 루시 헤일의 편지를 그녀에게 보여준다. "이 상심한 여자의 글을 읽어봐. 우리 동생이 그 여자에게 그런 행복을 약속했잖아." 에드윈이 말한다. 그것으로 얘기는 확실하게 끝난다.

하지만 실은 에드윈이 이졸라의 편지를 절대 볼 수 없도록 로잘리가 이졸라의 편지를 받아보는 주소를 변경했을 뿐이다. 두 여자는 로절리가 죽기 몇 년 전까지 계속 편지를 주고받는다.

편지에서 로절리는 그녀를 '사랑하는 자매'라고 부르고, 자신의 서명은 '사랑하는 언니 로즈'라고 쓴다. 그녀는 존의 딸이 언젠가는 간직하고 싶어 할 거라고 생각되는 개인적인 물건들(존의 희곡집, 존의 장갑, 어린 시절 존의 사진)을 이졸라에게 준다. 1877년, 이졸라가 또 다른 아이(아들이다)를 낳았을 때, 그녀는 로절리에게 존의 이름을 따서 아이의 이름을 짓고 싶다고 말한다. 로절리는 아이의 아빠가 이 의견에 동의할 리 없다고 생각한다. 어쨌든 그것은 좋지 않은 생각이다. 로절리는 그 이름 대신 자신이 몹시 사랑했던 사자 조련사의 이름을 따서 짓자고 권한다. 아이의 이름이 된 해리 제롬 드레이스바흐는 제이컵 드리스바흐와 흡사하며 로절리는 흡족해한다.

로절리만 재미있는 동화를 좋아하는 게 아니다. 오가리타는 자라서 훗날 자기 자식들에게, 드리스바흐는 죽을 때 자기가 조련하던 사자들에게 잡아먹혔다고 얘기한다. 어쩌면 이 이야기도 로절리가 지어낸 것인지 모른다. 결혼해서 아내와 함께 오하이오주 애플크리크에서 호텔을 경영하는 것보다 죽어서 사자에게 먹히는 편이 더 나을 것이다.

6

에이시아의 쌍둥이가 태어난다. 한 명은 아들이고 한 명은 딸이다. 그들은 아들의 이름을 존의 이름을 따서 짓지 않는다. 딸은 1년이 못 되어 죽는다. 딸이 죽은 후 슬리퍼는 런던으로 가서 큰 성공을 거둔다. 그는 에이시아에게 아이들을 데리고 런던으로 오라고 편지를 쓰지만, 에이시아는 어머니의 곁을 떠나기를 주저하면서 지체한다.

한편, 존을 알았던 사람들은(그리고 존을 몰랐던 많은 사람들도) 존에 관한 그들의 이야기를 팔고 있다. 존은 비열한 인간, 협잡꾼, 난폭한 주정뱅이로 소개된다. 존이 그런 사람이었다는 언급은 참으로 절망스럽다.

"북쪽과 동쪽과 서쪽의 신문들은 비열한 부스 집안의 터무니없는 모험과 기행과 악행에 관한 기사로 가득했다. 모든 남자와 여자의 혀는 거리낌 없이 우리를 매도하고 모욕했다." 에이시아는 말한다. 그러고 나서 존의 일기장에 쓰인 글과 거의 똑같은 얘기를 한다. "모든 사람의 손이 우리를 공격하려 했다."

기자들이 예전에도 독사가 많고 지금도 독사가 많아 보이는 작은 시골 마을인 벨에어에 몰려든다. 이곳에 오면 존 윌크스 부스를 좋아하지 않는 많은 사람들을 찾을 수 있기 때문이다. 존이 예전에 총을 쏘았던 개의 주인인 후퍼 씨가 인터뷰를 한다. 오랜 이웃이었던 울지 집안이 값나가는 가축을 죽이고 거짓말까지 하는 존의 성향을 폭로한다. 헤이건 씨는 거의 맞아 죽을 뻔했다는 얘기를 한다.

몇몇은 친구로 남아 있다. 로저스 이모는 엄마에게 말하기를, 존이 도주 중이던 때 자기는 존을 위해 음식 바구니를 현관 앞에 놓아두었다고 한다. 한 기자가 앤 홀을 찾아가, 만약 존이 나타나서 그녀에게 도와달라고 했다면 도움을 주었겠느냐고 물었다. "난 그 애가 필요로 하는 건 뭐든 다 주었을 거예요. 내가 가지고 있는 것은 뭐든 그 애한테 주었을 거라고요." 앤 홀은 그렇게 말하고 나서 문을 닫았다.

어린 시절, 에이시아가 아버지의 이중 결혼에 대해 알았을 때, 그녀는 그 잘못을 자식들에게 지우는 것이 불공평하다고 항의했다. "마치 우리가 뭐 잘못한 거라도 있는 것처럼 말이야." 에이시아는 그렇게 말했었다. 그녀는 지금 그와 똑같은 확신을 가지려고 노력하지만, 이것은 더 어렵다. 가족들은 각자 마음속으로 이런 질문을 던지고 있을 것이다. 내가 무엇을 했기에 이런 사태가 초래되었을까? 내가 무엇을 하지 않았기에 이런 사태를 막지 못했을까?

에이시아의 죄는 한결 구체적이다. 그녀가 존의 편지들을 읽었어야 했을까? 그 편지들에 대해서, 그리고 밤에 존을 찾아오는 사람들에 대해서 에드윈에게 얘기했어야 했을까? 그렇지만 누가 이런 일이 벌어질 거라고 생각할 수 있었겠는가?

마침내 더 이상 견딜 수 없게 된 에이시아는 영국으로 간다. 하지만 누구도 그렇게 쉽게 불행을 벗어나지는 못한다. 그녀는 슬리퍼에게 절대 이혼을 허락하지 않고, 슬리퍼는 이제 결혼 생활에 전혀 마음을 기울이지 않고 모든 면에서 독신 남자처럼 행동한다. 그는 부스 집안이 마땅히 받아야 한다고 생각하는 경멸적인 태도로 에이시아를 대한다. 그녀는 영국으로 간 지 두 달 반 만에 또 한 명의 아이를 잃는다. "나는 우리 어머니처럼 슬픔으로 굳어가고 있다." 그녀는 말한다.

에이시아는 1년여 정도는 미국을 떠나 있는 것을 즐긴다. 그녀는 다시 숨을 쉴 수 있게 되었다고 느낀다. 그러나 남편은 바람둥이고, 엄마는 바다 건너에 있고, 가장 좋아했던 동생은 죽었다. 그녀는 새 친구를 사귈 수 없고(그녀의 마음은 친구를 사귀기에는 너무 황폐하다) 그녀가 보기에 영국 사람들은 믿기 어려울 정도로 자기만족적이다. 이 사람들은 자기들이 하는 모든 것이 가장 좋은 방법이라고 여긴단다. 에이시아는 진에게 그렇게 편지를 쓴다. 이제 진은 에이시아의 허락도 없이 결혼한 몸이지만, 그래도 여전히 그녀의 변함없는 친구이다. 아무도 그들에게 어떤 것도 말할 수 없다. 이것은 사람들에게 뭔가를 얘기하는 것을 좋아하는 에이시아에게는 유달리 고통스러운 일이다.

그녀는 이제 바쁘게 일하면서 오랫동안 계획해왔던 아버지에 관한 책을 마무리 짓는다. 그런 다음 두 번째로 에드윈에 관한 책을 쓴다. 이 책들은 주로 아버지와 에드윈의 연극적 성취에 초점을 맞춘다.

그러고 나서 슬리퍼에게도, 다른 누구에게도 말하지 않고 세 번째 책을 쓴다. 존에 관한 비밀스러운 내용을 담은 이 책은 훨씬 더 개인적이다. 그녀는 이것을 출판하려 하지 않는다. 출판할 수 없다는 것을 알고 있다. 이것은 그녀가 죽은 후에도 세상에 나오지 않고 읽히지도 않은 채 남아 있다가 사후 50년이 되었을 때에야 G. P. 퍼트넘이 마침내 그 원고를 꺼냈다. 비록 원칙적으로는 동생의 대죄를 비난하지만 그녀는 페이지 곳곳에서 존을, 존이 진짜 자신의 모습이라고 여겼던 영웅으로 만든다.

에이시아는 링컨이 그날 밤 극장에 간 것을 비난한다.

리치먼드가 함락된 지 얼마 되지 않은 때였고, 그 항복이 너무 쓰라리고 고통이 너무 컸으므로 그는 명백히 극장 대신 교회에 갔어야 했다는 것이다. 저속한 오락을 위해 극장에 간 것은 에이시아로서는 용서할 수 없는 냉담한 무신경을 시사한다. 극장! 악마의 소굴. 그녀의 글은 링컨의 죽음을 모독한다.

그녀는 다음과 같이 쓴다.

사랑에는 견고함이 없고, 우정에는 진실이 없으며,
부부간의 신뢰에는 확고함이 없다. (……) 그런 시련을 겪은
사람들은(만약 그런 것이 있다고 한다면)

(……) 그들은 결코 인간 본성에 대한 신뢰를 다시 배우지 못하고, 결코 이 세상에서 그들의 옛 자리를 다시 차지하지 못하며, 오직 죽어서야 잊는다.

7

무대를 떠나겠다는 에드윈의 결심이 약해진다. 처음에 그는 다시는 무대로 돌아가지 않겠다고 맹세한다. 그렇다면 그의 은퇴는 최소한 1년은 지속되어야 할 것이다. 그러나 그는 9개월 후인 1866년 1월에 햄릿으로 윈터가든 극장에 다시 등장한다.

그는 부양해야 할 사람이 너무 많고 자신의 마음을 달래기 위해 할 수 있는 일들이 너무 적다. 아무도 그의 안전을 약속할 수 없다. 여전히 협박 편지가 오고 있다. 그런 편지들은 몇 년 동안 올 것이다.

나는 네놈을 위해 총을 가지고 다닌다.
네 목숨은 몰수될 거야.
우리는 부스라는 이름을 증오해.
네 다음 공연은 비극이 될 거야.

최소한 한 지역 신문이 분노한다. '우리를 위해 순교하신 대통령의 피가 아직 마르지도 않았다. (……) 그런데도 여전히 부스 집안 사람이 등장한다는 광고가 나붙다니!'

다시 한번 많은 사람들이 극장 문이 열리기 전에 거리에 모인다. 일부는 에드윈의 지지자들이지만, 대부분은 지지자가 아니다. 경찰은 폭력을 예상하고 이를 막기 위해 많은 인력을 동원한다. 입장권이 없는 일부 사람들은 억지로 로비까지 나아갔다가 그곳에서 쫓겨난다.

연극이 시작된다. 분장실에 있는 에드윈 부스는 유령이 언제 등장했는지 알고 있다. 마셀러스 : 쉿, 조용히! 저길 봐, 그게 다시 나타났어. 이어서, 버나도 : 돌아가신 선왕의 모습과 똑같은 모습이군.[173] 그 말이 실제로 에드윈의 귀에 들리지는 않는다. 그들이 하는 말의 강세와 억양으로부터 대사를 알아듣는다. 에드윈은 그들이 매 순간 어떤 대목을 연기하는지 알고 있다. 그는 또 2장에서 자신의 역을 연기하기 위해 무대로 나갈 때까지 시간이 얼마나 남았는지도 정확히 알고 있다.

에드윈은 거울을 들여다보며 분장한 자신의 얼굴을 지나 그 뒤에 있는 공간을 응시한다. 조그만 화장대 거울의 오른쪽 벽에는 외투 걸이가 설치되어 있는데, 거기에 모자와 망토가 가득 걸려 있어서 방 안에 아주 커다란 남자의 그림자를 어렴풋이 드리우고 있다. 온갖 종류의 칼이 탁자 위에 놓여 있고, 부츠는 바닥에 놓여 있으며, 더블릿[174]과 허리띠는 의자에 놓여 있다.

문을 두드리는 소리가 들린다. 그의 오랜 친구인 나이 많고 자상한 올드 스퍼지가 에드윈에게 와서 무대에 서는 것을 재고해달라고 간청한다. 객석에 있는 사람들은, 에드윈을 기다리고 있는 사람들은 관객이라기보다는 폭도에 가깝다고 그가 말한다. 하지만 에드윈은 그 말을 전혀 듣지 못하는 것 같다. 두 사람은 완전한, 그리고 기묘한 침묵 속에 앉아 있는 것처럼 보인다.

그의 가족 중에 여기 온 사람은 없다. 경찰의 호위를 받으며 집에 도착한 그의 딸 에드위나는 이 〈햄릿〉이 다른 어떤 〈햄릿〉과도 다르다

---

173   《햄릿》 1막 1장에 나오는 대사.

174   15세기~17세기에 유럽에서 남자들이 많이 입던 허리가 잘록한 윗옷.

는 것을 모르는 채 지금 자기 침대에 안전하게 있다. 에드윈은 2장의 연기를 위해 무대로 나오라는 말을 들었지만, 자신의 다리가 움직여지지 않는다는 것을 깨닫는다.

이제 그는 관객들이 연극이 지연되는 것에 짜증을 내며 발을 구르는 소리를 듣는다. 윌리엄 스튜어트가 두 번째 노크를 하고, 세 번째 노크를 한다. "네드? 우린 기다리고 있네."

"갈게요." 에드윈이 말했다. 그렇게 말하고 나니 자리에서 일어날 수 있다. 그는 분장실을 나와 무대 위에 자리를 잡는다. 그 주위의 배우들이 긴장감으로 굳어 있다.

에드윈이 연기하는 햄릿의 특징 가운데 하나는 그가 입장하지 않는다는 점이다. 제2장의 막이 오르면 관객들은 보통 분주한 덴마크 궁궐 안에서 햄릿을 찾는 데 얼마간 시간을 들인다. 그는 이미 한쪽에, 덴마크 큰까마귀 깃발 아래 고개를 숙인 채 눈에 띄지 않게 앉아 있다. 한 비평가는 이전에 공연한 에드윈의 〈햄릿〉에 대해 다음과 같이 썼다. "화려한 궁궐에서 '그는 여러 사람들 속에서 홀로 두드러져서' 틀림없이 왕자일 거라는 인상을 주고, 그의 우울함은 짙은 강도와 빛깔로 다른 다채로운 효과를 무화시킨다." 이 특별한 날 밤, 그는 연약한 인물처럼 보인다. 그의 우울함이 지닌 짙은 강도와 빛깔을 제외하고는 가냘프고 어둡고 특징 없이 평범해 보인다.

관객들은 그가 의자에 앉아 있는 것을 발견한다. 클로디어스가 이미 말을 하고 있는 중인데, 그때 누군가가 박수를 치기 시작한다. 그러자 다른 누군가도 박수를 치고, 이어 또 다른 사람도 동참한다. 관객들이 일어선다. 다음 날 〈더 스피릿 오브 더 타임스〉지의 비평 기사는 아홉 번의 응원 함성, 이어 여섯 번의 함성, 이어 세 번, 그런 다음 다시 아홉 번의 응원 함성이 터져 나왔다고 보도한다. 연극은 계속

되지 못하고, 그들이 박수를 칠 때 그들 중 많은 이들이(남자와 여자 모두) 흐느끼기 시작한다.

에드윈이 일어나서 풋라이트 쪽으로 나아간다. 관객들은 에드윈도 울고 있는 것을 본다. 그러자 그들은 에드윈에게 더 큰 응원의 함성을 보낸다. 그것은 마치 에드윈이 나라의 모든 고통을 떠맡아왔으며 지금도 그들을 위해 그 고통을 짊어지고 있고, 그것과 함께 그 혼자만의 몫인 무거운 짐도 짊어지고 있는 것 같은 모습이다.

그토록 많은 것을 상징하고 그토록 사랑받은 배우는 없었거나, 설령 있었다 해도 거의 없었을 것이다. 에드윈의 동료 배우들이 박수를 치며 촘촘히 모여든다.

햄릿에게는 아버지의 유령이 있는데 에드윈이라고 왜 아버지의 유령이 없겠는가? 에드윈은 박수갈채 속에서 아버지의 파이프 담배 냄새와 위스키 냄새를 맡고, 그 너머에서 나는 어린 시절 집이 있던 곳의 숲 냄새를 맡는다. 그는 박수 소리 속에서 나직하지만 가깝고도 또렷한 아버지의 목소리를 듣는다. "얘야," 아버지가 말한다. "얘야, 네 발은 네 고향 황야를 밟고 있다."

8

이 나라에서 가장 미움받는 사람을 사랑한다는 것은 어떤 것일까? 존을 사랑하는 것은 세상 사람들에게 허락되지 않는 일이다. 존을 사랑하지 않는 것은 로절리와 에이시아에게는 있을 수 없는 일이다.

에드윈은 노력한다. 수년 동안 에드윈 앞에서 존의 이름을 언급하는 것은 금기시된다. 어느 날 한 젊은 여배우가 그에게 형제와 자매가 몇 명이나 되는지 물어본다. 그녀는 자신의 말이 끝나기 무섭게 갑자기 싸늘한 정적이 방 안에 고이는 것을 느끼며 자신의 실수를 곧바로 깨닫는다. 그러나 에드윈은 친절하다. "어디 봅시다." 그는 그렇게 말하고 나서 손가락을 꼽으며 각각의 이름을 말한다. 존의 이름은 그 안에 없다.

에드윈은 존이 어머니의 정신을 완전히, 최종적으로 파괴했다고 비난한다. 존이 아버지의 명성에 손상을 입혔다고 비난한다. 자신이 사랑했던 대통령을 살해한 것과, 그 결과 이 나라가 그 모든 고통을 겪은 것에 대해 존을 비난한다. 그 모든 것이 존 탓이다.

그렇지만 흔히 그러하듯이, 세월은 흐르고 그의 기억은 옛날로 돌아간다. 그는 존을 자신의 결혼식에 참석한 유일한 가족으로 기억하고, 에드윈이 행복한 것을 보며 몹시 행복해하던 동생으로 기억한다. 그는 그들이 벌인 셰익스피어 낭송 시합을 기억한다. 하늘에는 무수히 많은 불빛이 뿌려져 있지. 그것들은 모두 불이고, 하나하나가 다 빛을 내고 있어.[175]

더 어렸을 때가 생각난다. 그는 농장에서 함께 보낸 많은 여름을 기억한다. 인디언이 사용한 보물들을 캐던 일, 한 번만 타고 나가면 다음에는 쓸 수 없게 되는 뗏목을 대충 뚝딱뚝딱 만들던 일…… 에드윈은 돈키호테 같은 꿈이 머릿속에 가득했던, 나무칼을 들고 뛰어다니던 활기찬 아이를 기억한다.

그보다 더 어렸을 때가 생각난다. 반딧불이와 올챙이, 엄청나게 많은 비둘기 떼, 나무 타기, 개울 건너기…… 존은 함께 가자고 조르고, 뒤쫓아오고, 따라잡기 위해 달린다. "그는 내 동생이었습니다." 이 사실을 잊어버린 듯한 무례한 기자에게 에드윈이 상기시킨다.

---

175 《줄리어스 시저》 3막 I장에 나오는 대사.

9

결국 로절리는 올드리치 부인이 참으로 친절하게도 그녀에게 챙겨준 (마치 로절리가 스크랩북을 만들 줄 모른다고 생각하는 것처럼) 링컨의 죽음에 관한 많은 신문 기사를 읽게 된다. 그녀는 그 기사들을 불태워 버리고 싶었으나 그러지 못했다. 목격자의 증언이 실린 기사들이다.

그 기사들은 자극적인 경향이 있다. 마치 연극처럼, 멜로드라마처럼 읽힌다. 로절리는 훌륭한 독자이다. 그녀는 그 모든 것을 생생하게 본다. 존과 에드윈 둘 다 항상 악당을 연기하는 것을 좋아했다.

링컨과 일행이 다소 늦게 극장에 도착했을 때 링컨을 향한 기립 박수가 있었다. 존은 이미 거기 있었는가? 그렇게 말하는 사람은 없다.

3막. 극장은 그다지 어둡지 않았을 것이다. 왜냐하면 무대에 있던 한 여배우가 2층 발코니 밑의 반원형 좌석 뒤편에 존이 있는 것을 보았기 때문이다. 그녀는 존의 옷차림은 온통 검은색이고 그의 얼굴은 몹시 창백했던 것으로 기억한다고 말한다. 존이 계단 쪽으로 이동할 때, 그녀는 전달해야 할 대사가 한두 마디 있으므로 존을 보는 것을 그만둔다.

2층 정면 특등석에 있었던 사람이 이야기를 이어받는다. 존은 계단을 올라가 좌석 사이를 누빈다. 그는 많은 사람들에게 잘 알려져 있다. 존이 거기 있는 것을 이상하게 여기는 사람은 없다. 그가 콧노래를 부르는 소리가 사람들 귀에 들린다.

두 명의 육군 장교가 존이 가는 길을 지키고 있으나 그를 위해 옆으로 비켜선다. 대통령의 경호원은 술을 마시러 나갔다. 하지만 그의 전령인 찰스 포브스는 대통령이 있는 특별석 문 가까이에 있다. 근처에 앉아 있는 헬렌 듀베리는 존이 포브스에게 자기가 대통령에게 전해드릴 말씀이 있다고 말하는 것을 엿듣는다. 존은 포브스에게 명함을 건넨다. 루시 헤일의 아버지인 상원 의원의 명함인 듯싶다. 포브스는 존을 알아본다. 그는 존에게 들어가라는 신호를 주는데, 그것은 그의 여생 동안 후회하게 될 결정이다.

존은 대통령의 특별석에 이르러서 걸음을 멈춘다. 그는 모자를 벗고 벽에 기대어 몇 분 동안 서 있는다.

그런 다음 마지막 계단을 내려가서 무릎으로 문을 밀어 연다. 즉시 총성이 울리고 연기가 피어오른다. 그는 총을 쏘면서 뭔가를 외친다. 말이 명확하지 않고 흐릿하다. 관객들은 동의하지 않지만, 그날 밤 대통령의 초대 손님으로 특별석에 자리 잡은 래스본 대령은 그 말이 '식 셈퍼 티라니스'였다고 말한다.

래스본은 다음과 같이 이야기한다. 암살자가 특별석에서 무대로 뛰어내릴 준비를 하고 있을 때, 래스본이 그의 코트 뒷자락을 붙잡는다. 갑자기 암살자의 손에 사냥칼이 들려 있다. "이 손 놔. 안 그러면 죽일 거야." 그가 말한다. 그는 래스본의 팔을 찔러 깊은 상처를 낸다. 래스본의 피가 뿜어져 나와 래스본의 눈에 뿌려진다. 암살자는 홱 뿌리치고 풀려난다.

무대 위에 선 단 한 명의 배우(해리 호크)는 다른 모든 사람들과 마찬가지로 대사를 읊던 도중 침묵에 빠지며 대통령을 찾고 있다. 관객은 이제 암살자의 것이다. 관객 대부분은 비록 이날 밤에 부스가 공연을 할 줄은 몰랐지만 이것은 연극의 일부라고 생각한다.

존은 난간에 손을 짚고 뛰어내리는데, 래스본이 마지막으로 그를 한 번 붙잡았기 때문에 그는 균형을 잃는다. 부츠의 박차가 특별석에 장식된 꽃 줄에 걸린 탓에 존은 무대 위로 추락한다. 그는 즉시 일어나서 당황하는 해리 호크의 얼굴을 응시한다.

호크는 존이 하는 말을 듣는다. "난 해냈어. 남부가 복수를 한 거